沙汀

　　1972 年 11 月，沙汀走出牛棚之后，与家人合影。前排左起：女儿杨刚顾、孙女邓晓、沙汀、儿子杨礼、孙女杨阳、儿媳曹秀清；二排左起：小女儿杨刚虹，孙子杨希、杨帆；后排左起：女婿向世文、邓光汉，小儿子杨刚宜，小儿媳刘小漪。

艾芜与沙汀合影，摄于 1979 年。

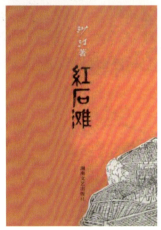

　　中篇小说《青枫坡》（1978）、《木鱼山》（1984）、《红石滩》（1987）初版本书影。1989年，作家出版社出版《走出牛棚后》，收录以上三部中篇小说。

第三卷

木鱼山　青杠坡　红石滩

# 沙汀文集

四川文艺出版社

**图书在版编目（CIP）数据**

沙汀文集 / 沙汀著. —2版. —成都：四川文艺出版社，2018.3

ISBN 978-7-5411-4906-1

Ⅰ.①沙… Ⅱ.①沙… Ⅲ.①中国文学—当代文学—作品综合集 Ⅳ.①I217.2

中国版本图书馆CIP数据核字（2017）第326836号

沙汀文集 第三卷

MUYUSHAN · QINGGANGPO · HONGSHITAN

# 木鱼山·青枫坡·红石滩

沙 汀 著

编辑统筹 卢亚兵 金炀淏
责任编辑 彭 炜 周 轶等
封面设计 叶 茂
内文设计 史小燕
责任校对 蓝 海
责任印制 唐 茵等

出版发行 四川文艺出版社（成都市槐树街2号）
网 址 www.scwys.com
电 话 028-86259287（发行部） 028-86259303（编辑部）
传 真 028-86259306

邮购地址 成都市槐树街2号四川文艺出版社邮购部 610031
排 版 四川胜翔数码印务设计有限公司
印 刷 成都东江印务有限公司
成品尺寸 149mm×210mm 1/32
印 张 168.75 字 数 4030千
版 次 2018年3月第二版 印 次 2018年3月第一次印刷
书 号 ISBN 978-7-5411-4906-1
定 价 2400.00元（共10卷11册）

# 目　录

木鱼山

# 一

人们陆续走出食堂，陆续走向外面大院里去了。

这是本镇一个大地主的院落，全院三进，食堂在正屋侧面那间宽敞的厨房隔壁，桌椅俱全，可以供七八十人进餐。前一进大厅两侧的厢房，则是寝室，全都摆着没有漆过的白木的单人床，那些陆续到前院去的农村基层干部，年纪轻点的走向院坝里去打篮球，也有打百分的。年纪大的，则多走进寝室抽叶子烟。

时候是午后一点多钟光景，还有一个钟头才继续开会。当木鱼公社社长，前党委第一书记，现在可以说只有个空头衔的汪达非，走进自己的寝室的时候，他发觉他们社一个生产大队队长贺永年，还照旧呆坐在床沿上纳闷。

汪达非是一位身材瘦长的中年人。一身棉制服虽然下过水好多次了，蓝色已经变浅灰，帽子也皱巴巴的，但是，他的神态安静、正常，不像那个跟他年岁相当的大队长那样萎，拖起久未刮过的两抹焦黄的胡子，似乎万事都不顺心。

他轻轻叹口气，在贺永年对面一张床的床沿上坐下来。

"还是要吃一点呵，——赶快去吧！"他末了说。

"不饿呵！"贺永年闷声回答，用力摇一摇头。

"不要跟肚皮赌气吧，我每顿倒都要胀它两碗！"

汪达非说的是实在话。因为打从五九年起，他也经常被当作右倾保守思想的典型挨批，只是由于两个人经历不同、脾胃性格不同，因而对于挨批的态度也就两样。汪达非的典型性似乎要少得多，原来尽管他们同样都不服输，时间一久，汪达非却总主动承认错误，主动进行检查，而贺永年呢，则始终不承认他有右倾保守思想，流露出极大委屈情绪。

贺永年一直感到委屈。特别因为在去年一次公社临时党委召开的火线整风当中，他不止被批被斗，还遭过打，而且他的右耳朵差点被揪裂口了。还有更叫人愤激的：那些动手动足的是些什么人呢？其中居然有两三个地富和坏分子！当时汪达非不在家，正在县上接受批判。那也是一次整风性质的群众大会，不过参加批判的主要是农村干部，不是一般社员群众。尽管也有"左"得可爱的人，却绝没有什么人想到打耳光和罚跪。

对于贺永年这次的遭遇，汪达非一想起就感觉难受，因为实际管事的工作组事前曾经打电话征求过他的意见：同不同意群众的要求，把贺永年调到社上批评批评？批评嘛，有什么不行呢？他立刻同意了。而当他在县上、区上接受过一两年来例有的批判，回到公社的时候，他才知道贺永年在批判会上遭受到的极不公正的待遇。

有时想起这事，汪达非总会感到内疚，因为当他赶往二大队第三生产队的时候，才一问起，贺永年就哭了。说他想不通：遭地主富农又打又骂！这个一向坚强乐观的人接着说了不少愤激的话……

然而，现在这些往事早已从他记忆上隐蔽了，他感觉闷气的不是因为这个。

"我赌啥气呵！"他照旧闷声说，"不还个价钱今天走得了嘛？……"

"那又留在这里过年好啦。"

"话倒不错，我只愁明年这个工作怎么搞呵！"贺永年忽然变得来很激动了，他一气接着说下去道，"小春尽管不错，可是现在已经有人在叫唤没吃的了！离夏收又还有多长一截日子，叫大家怎么办？……"

"你们的籽种、贷粮没有动吧?！"汪达非专注地问。

"那个都动得呀？可是已经有人在打它的主意了！……"

贺永年忍不住笑起来，因为对于籽种、贷粮已经垂涎三尺的王长林那副阴沉莫测的面貌，忽然一下那么灵活地闪现在他眼前。而且照例叫人不由得不想起五八年冬天建立公共食堂时他的精彩表演：他总担心自己吃亏，因而由于制度还不完备，每顿饭他都尽量地吃，结果肠胃出了毛病，躺了半个多月……

"紧紧裤带也好，"他接着笑道，"免得弄来睡起！"

汪达非完全理解对方这些话的含意，也笑了。因为同样的事情，整个公社发生过好几起，而且，直到现在，每一谈起目前吃食紧张的情形，也总往往免不了联想起它们。甚至觉得自己多么可笑！因为当其五八年开办公共食堂的时候，他是多么兴奋呵：从今以后，再也用不着为困难户操心了！特别是妇女们，大都欢天喜地："这下不当锅边转了！"哪知道不上一年，食堂就无法办下去了，只能散伙。因为口粮短缺，柴火也成问题，而且经常发生争端！……

他的笑意早已消失，而且长长叹了口气。

"看来吃饭不要钱还得大大展把劲呵！"他接着说。

"就像现在这样搞么，二辈人都靠不住！……"

贺永年愤愤地插嘴了，随即脱口而出地一个劲说下去："前一两年在粮食生产上说大话吃的亏还没复原，什么'技术规格'、'按计划种植'的紧箍咒又来了，恰恰天又捣乱！这么价一来，劳动力也就不断削弱：疾病，外流……

"我们那个队，可以说没有几个全劳动了！一个个都蔫妥妥的。"

"你多做点思想工作嘛！"汪达非打气说。

"每天增加几两口粮比你啥思想工作有效！"贺永年充满感情地接下去道，"你记得吧，去年春天政府才贷了一些口粮——每人不过二三十斤，大家干起活来那个劲仗！……"

随着一阵阵口笛声和叫喊，陆续有三四位社干从室外走进房来，他们全是木鱼社的干部。那个先一步进房的是个大块头，木鱼社第三生产大队队长，叫赖体臣，年岁比汪达非小不了多少，约有四十光景。宽阔的脸庞上流露出一种调皮捣蛋的神气，老是笑扯扯的。他一进屋就四处扫了一眼，而他脸上的笑意也就更显著了，仿佛忽然发现了什么趣事。

"怎么都闷起脸不张声啦？"他似问非问地随口说。

"莫有你高兴得起来啊！"贺永年赌气说。

"也是该高兴啦！"赖体臣笑答道，"见天两干一稀，——可惜会议今天就结束了！……"

"倒还没那么容易呵！"这答话的是最后走进宿舍的身材瘦小的霍荣汉，混名叫霍干人：第二生产大队的负责人，"不还个价钱你倒休想脱身！"

"当然！"汪达非笑一笑接口道，"不只是得还价钱，还不能打一点折扣！"

"×！说空话又不要本钱呢！"赖体臣照旧满不在乎。

"我倒准备在这里过年呵！"贺永年心一横说。

汪达非尽管年岁较大，快五十了，因为一向细心，他忽然一眼发现了正在走近房门的工作组副组长李自力：只有二十多岁，架着近视眼镜，满脸洋溢着自命不凡的神色，一眼就可看出是那种积极分子——随时都在摩拳擦掌，准备进行斗争。而一眼发现他，汪达非就警告似的嚷道："唉！开动啦！"

"怎么还在吹牛皮呵！"同时，副组长已经惊诧诧叫嚷着到了门边。

室内的谈话转眼就停歇了，有的在心里嘀咕道："看你跳得到好高嘛！"有的翻眼望望来人，立刻避开视线；贺永年脸色更阴晦了，一想起副组长他总立刻充满对立情绪。只有霍干人显得胆怯地望对方笑了笑，立刻收拾材料去了。

赖体臣则照旧嬉皮笑脸，照旧对那位"钦差大臣"采取了那种貌似恭顺的态度。

"吹啥牛呵！"他说，"我们正在打通思想！……"

"通了没有呢？"副组长李自力的态度立刻严肃起来。

"通了！不管县委怎么安排，我们都牵开衣包兜起回去！……"

贺永年猝然爆发出来的讽刺，引得大家失声笑了。

李自力紧接着训斥道："你少吊点二话哇！"接着却又不屑争辩似的催促大家赶快动身，"走！走！走！"那口气和神态正像呵斥顽皮孩子一样。

然而，除开干人，几个社干部都程度不一地更开心了。当然没有公开表现出来。而干人则不仅不觉得开心，反倒有点忧虑，深恐副组长怀恨在心，将来在工作上找岔子。因为自从这个工作组进驻木鱼公社，他已经领教过这位来自省委派遣的角色的味道了，动不动就来个火线整风：不是批判你右倾保守，就是给你扣上一顶"目无领导"的大帽子！……

现在，几个人终于陆续离开寝室，但都一路嘀嘀咕咕。"说话试到点来呵。"汪达非低声叮咛。"×！他又发动人斗我好啦！"贺永年并不约束自己的嗓门。

"我倒要把这顶'右倾保守'的帽子永远戴下去呵！"他随又情绪愤激地加上说。

干人抢先离开他的伙伴，紧跟副组长走去了，他显然还没有忘记掉去年火线整风时的遭遇：工作组由于偏听偏信，硬认为他那个大队一些人的病痛、死亡，是他多吃多占，克扣了社员口粮招致的恶果！……

赖体臣也为同样的诬陷遭过斗，而且都先后一两天在同一场合遭的斗。但当那些因为亲人死亡或者身染重病的婆婆大娘叫他跪下的时候，他却像对付某种过火的作弄一样，笑嘻嘻嚷道："又不是斗争不法地主呢，咋兴跪啊！"结果既然没有跪过，也没有吃一位新寡的妇女的鞋底板。而霍干人呢，因为生怕触怒群众，群众刚一叫喊就立刻跪下了，最后挨了耳光和鞋底板……

汪达非是最了解干人的脾胃和此时此刻的情绪的。望着对方的背影，他不由得苦笑着叹口气嘀咕："一下就变得这么胆小啦！"因为尽管自来谨小慎微，当其还是一名少先队队长的时候，土改期间，他也跟成年人一道揪斗过不法地主，相当勇敢泼辣。

贺永年显然也了解干人，了解他怕沾惹是非，叹息道："这两年也真把人折腾够了！"这时几个人已经来到了大厅上。他们没有发现干人和副组长，而从其他一些寝室里，则陆续走来一批参加会议的社干。他们大都认识汪达非，因为他同他们中间几位中年人几乎是同时参加工作的。他默默地向他们点点头，笑一笑；他们也用同样的动作和神色还答他。这些点头、微笑蕴藏着的含意，只有深知那些年农村工作的艰苦的人才能理解。它们反映出来的情绪是复杂的：埋怨、委屈、逆来顺受和无可奈何；想说真话而又只能默不作声的痛苦、内愧……

其中，一个约有五十上下年纪，满脸的胡茬，身材中等、骨骼宽大的同志，向汪达非顺势挨近身来，悄声问道："你准备发言吗？""没有啥说的呵。""我也只带了耳朵来。"于是嗽嗽喉咙，不张声了，一道同其他社干去礼堂开会。

这礼堂是在同一条街道东头另一座大院里。当他们走出大门，跨上大街的时候，立刻引起那些守在店铺里、饭馆里和穿过市街的各色人等的注意。这些人的神色也跟已往几年不同，大都对他们闪烁着探究和同情的目光。他们自己也有苦恼，生意已经没过去好做了，冷淡了，在这冬天，总经常烤着烘笼，枯坐在柜台边纳闷。当然，在一九五八年的那些热气腾腾的日子里，他们却也着实紧张过一通。到了双抢季节，因为部分劳力调去炼钢，还曾经下乡支农，帮助社队收获已经开始腐烂的庄稼……

过去两年，曾经一度停止营业的茶馆，也早已开张了。茶馆过去停止营业，是按指示行事，因为县城郊区的农民，每逢三六九上街赶场，卖点自留地里的小菜，总喜欢坐坐茶馆，这就无形间浪费掉不少的劳动力，以致影响生产。可是尽管重新开张，茶客却少。就是逢场赶集，也很少乡下人坐茶馆了。因为自留地已经改种粮食，闲钱也少。只有一两家中药铺比较热闹。看吧，一个面容浮肿的老头儿，挂根竹棍，一步一歇地正在跨上泰山堂的阶沿。

这病人是城郊前进公社的会计，曾经到木鱼公社做过辅导工作。由他培养出来的木鱼公社的两三个会计，一直把他当成老师看待；遇到逢年过节，汪达非也总要催促那两三个青年人："你们也该去看看你们的老师呀！"这时，一眼望见这老会计，汪达非走过去招呼了。招呼之后，他安慰老人道："气色比上次看见你好多了。"

对方带点苦味地笑笑说："少说些宽心话呵！"

老会计知道自己的病情并没有多少好转，他的口气因而不免有点伤感。但他忽然显得惊诧地一把手抓住了汪达非的膀臂。

"听说毛主席已经知道我们搞得糟啦？"他悄声问，略显浑浊的眼光紧紧盯住对方。

"总有一天他老人家会知道嘛。"汪达非抑制地叹息说。

老会计抓住对方膀臂的手，一下松了，也没有再望汪达非一眼；但却带点失望的情绪自语道："看来罪还没遭够呵！"又照旧磨磨蹭蹭走向药铺。那里已经有三个同样的病号了。

老会计的情绪，汪达非很理解，因而并不见怪。原来"总有一天他老人家会知道的"这句话，近一年来，随着人们失望情绪的增长，他自己就已经说过无数遍了，用来鼓舞那些陷在困苦和怀疑里面、他又信任得过的人们。今春以来，有时他也默默用它来鼓舞自己。近来，他对自己这个坚强朴素的信念，似乎多少也有点动摇了。这使他相当痛苦。因为这里那里都有肿病；还有饿死人的传说，他老人家会不知道？但又认为这样想是一种亵渎。……

他也想过，他应该向上级如实反映一下本县的情况，但他一直下不了这个决心。地、县两级的领导同志经常到下面检查工作，难道他们一点不了解实情？而且目前驻社的工作组，不就是省委派遣的么？！纵然是反映了，省委也会要工作组复查呵！自从五十年代初入党以来，他住过三四次地委、县委办的党训班了，学习过党章，知道他有权向中央、向毛主席反映情况，提出申诉。但他从来没有听说过一个基层干部这样做过！而一些旧的传统更加叫他不敢轻举妄动。于是这个曾经在解放后各大运动中勇于冲破一切网罗的共产党员，一下变成了听天安命的某些党组织的驯服工具……

望着老会计的背影轻轻叹一口气，汪达非跟随他的伙伴笔直走过去了。

## 二

会场在县委所在地，是五十年代中叶，由一座祠堂因陋就简改建的，现在人们还照习惯叫它作焦家祠堂。这是一户本县的大门阀，原是顺义乡烂坝子的人，因为曾祖父中了举，一部分人搬进城，并兴建了祠堂。举人老爷的直系子孙也就成了本县政治舞台上的显赫人物。可是由于那孙儿，老百姓私下叫作"烂绅"的角色，民愤太大，清匪反霸时已经在群众的强烈要求下，送到农村劳改去了。

这祠堂的门面相当壮观，只是陈旧一些，那扇"焦氏宗祠"的横匾，也早已改做了家具了。院子一共三进，礼堂是大厅改建的，布置得像一般中小学的课室一样，不过没有书桌，只有一些长凳，因而又有点像简陋的剧场。走进大门门堂，穿过第一进屋的院坝，汪达非就跟随人众走上礼堂的阶沿，跨进礼堂去了。但他没有再向前走，就在最后第二排一张条凳上坐下。贺永年他们也没有跟着一些"积极分子"

再往前走。只有干人例外，他迟疑一会，挤向前面去了，在中间一排一张条凳上坐下。

干人的迟疑，是这样来的：离开汪达非他们，他感到难为情；但是，坐在后排，他又担心会招批评！这倒也是事实，因为他刚坐下，县委农工部长，一位瘦长、精干，经常充满自信的外籍中年同志，果然在算作主席台、摆了三五张独凳和扩音器的条桌边站起来了，叫道："喂！不要溜边边吧！前面空位子还多呵。"

这一来，有些坐在靠后两三排的人们，果然红涨着脸，向前面移动了。赖体臣更像下了最大决心似的，昂头挺胸，一直走向最前面第三排去。汪达非、贺永年最后也移动了，不过他们照样坐在后面，几乎等于没有移动。自从去冬整社以来，每逢县上、区上开扩干会他们都是这样。他们并非因为挨过斗感到自卑，一般说肚子里都憋着一股气。和他们坐在一起的，还有那位"只带了耳朵来"参加会议的老干部，县城北边顺河公社的社主任，叫胡朝贵；不过也早已只剩一个空头衔了。

汪达非、胡朝贵参加工作都早，入党也早，而且都是互助合作化的带头人，还一道在党训班学习过。早在合作化高潮时期，又都分别做了区委委员，汪达非还是省人民代表。现在，他们两个挨身坐在一起，脸色庄重，而内心却不怎么平静。等到县委书记宣布开会的时候，两个人的情绪可就认真波动起来，一些往事纷至沓来地涌现在眼前了。因为打从本县解放开始，他们都曾经跟随那位正在主席台上讲话的同志一道参加过一系列群众运动。

这些运动和农业社会主义改造，以往回忆起来总令人感到自豪，但一到近一两年的一些情况浮现脑际，却不只有自豪，也有痛苦、焦虑，乃至抱怨。这一来心情也就更加不平静了。

县委书记叫叶作宾，是专管农业的。一把手胡书记没有来。叶作宾中等身材，四十早过头了，但很精干。一九四九年冬，他只带了两名干部，就到汪达非所在那个叫作通口的行政区来了，召开群众大会，宣布全区解放，建立了区政权。这不简单，因为当时本区一些恶霸早就有了所谓"应变"的武装组织，而征粮工作刚一开始，这些武装组织立刻就变成"土匪"，日夜四出骚扰。而且就在通口街上，临时组成的工作队还被打过黑枪！但是，叶作宾却毫无愧色地完成了征粮任务，牢牢靠靠地建立了区政权……

汪达非的回忆忽然中断，腰身也一下伸直了，仰起脖子，瞪着眼睛望定了主席台。因为县委书记的声调一时高亢起来，使他感到情绪有些紧张。"难道今天都还没想通吗?!"而在厉声反问了一句之后，扫了会场一眼，就又接着说下去道："无论如何，不按计划安排生产，不讲究技术规格，就是右倾保守！有的同志不只是不带头，还要老拖后腿，——这叫啥旗帜社呵！……"

汪达非叹口气，毫不自觉地，也可以说习惯地把头埋下去了。因为尽管没有直接点他的名，这却显然是指的木鱼社，而且指的是他汪达非本人！所有会议的参加者也都明白，有好几位社干甚至回过头来向他瞄一两眼。

"顶凶又批斗嘛！"他想，重又抬起头来。

他的眼光恰好碰上副组长含讥带讽的眼光，而随即又歪起嘴角一笑，就把头扭开了。

"妈的，只有你高兴得起来！"贺永年不平地嘀咕说，"横竖每个月有工资拿！"

"你管他做啥啊！"汪达非劝阻说，"悄悄听下去吧！……"

"大家想吧，"叶作宾忽然愁蹙着脸，语重心长地接着说下去道，"要彻底摆脱一穷二白的被动局面，不豁出命来干行吗?! ——难道我就那么喜欢刮胡子呀！……"

汪达非对于县委书记这席话相当感动，而且想起叶作宾五九年那次单独找他谈话的情形来了。那是他参加县委召开的扩干会不久的事，他在这次会上被斗争了，第一次给他扣上一顶"右倾保守"的帽子。不仅如此，县委还准备通报全县。因为他是位老同志，当时抵触情绪又大，在发出通报前，叶作宾把他找到县委去了，向他耐心说明这个处分的必要性：对他、对工作都有利。

"当然，"叶作宾继续道，"县委也准备充分考虑你的意见，这并不是最后决定。"

这是一天夜里的事，县委书记的神色倦怠，言谈中打了两三次呵欠。他眼睛半闭，话语一停，就又立刻打起盹来。汪达非原本有不少理由需要申诉，甚至早就老想插话，但却逐渐越来越不想申诉了。最后想道："现在哪个也不轻松呵！"

恰在这时，县委秘书走进屋来，报告说常委都到齐了，希望叶作宾去参加会议。

"你请他们先开起来吧！"早已清醒过来的县委书记说，随即催促汪达非提意见。

"我完全同意县委的决定。"汪达非轻声回答。

他同时仰起瘦脸，原想笑一笑的，但他很快又把头埋下，眼睛也润湿了。……

不只感动，当联想到这一情景的时候，他更以最大决心想道："对！豁出命来干吧！"紧接着，这个决心更加大了，因为叶作宾又继续用苏联向我逼债和撤退专家的这个新鲜事例来激励大家的革命义愤。而且，整个会场的气氛也立刻变了，一些人的腰身挺直起来，一些人的愁容已经一扫而光。那位副组长呢，重又向汪达非他们回过头来傲然一笑，那意思是说："咋样呀?!"

批评、激励以后，叶作宾就又提出"技术规格"和增产措施问题。尽管他没有用他在其他省、区几个驰名全国的公社取经时听过无数遍的"人有多大胆，地有多大产"之类的口号，但他重复要求社干们尽力克服右倾保守思想，不要给全县、全省抹黑。他终于结束了讲话，接着就由农工部长宣布分组讨论名单。这次分组跟前两天和上午不同，没有照老规矩一个社一个小组，是打花了编排的：先进社跟后进社的干部互相掺和。因为按照部长的想法，那些勇于革新的闯将准能治愈汪达非一类人右倾保守思想的痼疾。

同木鱼社部分干部编在一组的是涌泉社的社长、两三个生产大队长。涌泉社的社长原本是出名的保守派万家福，而现在当家做主的却是农工部长蹲点的那个生产大队的负责人；因为这个大队长勇于改革耕作制度，一连放了两次"卫星"，今年夏收后就抓到了领导全社的印把子。此人名字叫易家槐，只有三十带点，敦敦笃笃，嗓门很高，走到哪里，人没有到，声气就先到了，诨号叫"易糟牙"。现在，又暗地里被一些对他侧目而视的人叫作"易胆大"了。他一向的惯用语是："只有低产的思想，没有低产的土地！"以及"干革命都兴讲价钱吗?!"而且经常用这句话批评那些他认为有右倾保守病的同志。现在刚一宣布分组名单，他就从最前面一排长凳上一跃而起，趾高气扬地四处张望，叫叫嚷嚷。

他大声呼唤着编在他一组的几个人的名字，最后盯住汪达非、贺永年吃惊似的笑道："喝！咋个又是梭边边啊！"随即就用一种毫无通融余地的口气问道，"就在前面来开怎么样? ——我看这里顶好！"接着就催促大家团聚到主席台边去了。这不能怪他太专断吧，他自己更不觉得有什么不妥当的地方，因为他是临时组长，比其他的组员高那么一簸片。贺永年满脸不快地嘀咕着；汪达非步态懒散，神色既不紧张，也没有丝毫怨尤，有点像一个看穿了事态的世故老人一样。他相当轻松地对自己说："看你咋个表演。"

连木鱼社工作组那名副组长在内，这个组一共有七八个人。霍干人早已在第三排一张长凳上坐下了，他显得有些拘谨，有些愁怆。因为他一直揣测着："不还个价钱今天能脱身啦?"副组长神态镇静，仿佛对于眼前即将开展的事件早已了若指掌，而且准备看看有的人出乖露丑。其他涌泉社三个干部，都是易胆大相当欣赏的角色，而他之欣赏他们，因为他们一贯唯唯诺诺，总是跟着他顺风旗。

条凳早已由易胆大七手八足重新安置过了，等到大家刚好坐定，他就拉开嗓门嚷叫起来，来了个开场白。

"我这个人大家都晓得的，一根肠子通屁眼！"他说，满脸得意之色，"有啥说啥，不会弯横倒拐。再说，起眼一看大家都是党员，——喂！不要咬耳朵嘛！"他掉过话头，望住霍干人吼开了，因为对方正苦着脸向汪达非征求意见。而易胆大一叫嚷，他就立刻装出专心开会的样子，于是组长又继续道："说撇脱点，形势、任务，叶书记已经讲过无数遍了，就看我们是不是跟党一条心啊！"

听到这里，汪达非忽然感到脸上热辣辣的，因为易胆大这后一句话恰好触动了他近一年来的心病：真的是他有右倾保守思想？抑或党的政策、措施出了毛病？而这正表明他同党的关系有了距离。最使他感到痛苦的是，他一方面一切听随县委和工作组安排，同时却又对赖体臣一类干部和群众对工作组进行的抵制听之任之。但他随即镇静下来，因为他毕竟已经习惯于目前的处境。而且他忽然想起易胆大在产量上的作虚弄假，于是立刻浮上一个嘲讽的微笑。

因为大家都不吱声，这一个嗽嗽喉咙，似乎要发言了；但又叹口气抽起烟来。那一个在翻看材料，似乎准备发言，接着却又陷入沉思。这是木鱼社几位同志的表现，而另外一些人则带着一种探索和寻根究底的神情注视着他们。最后，急性子的易胆大耐不住了，向涌泉社一个大队的负责人，脸皮微麻的周怀喜抬抬下巴嚷道："报一下你们的规划吧，——老周！……"

"对，我又来献个丑嘛！"老周带点弯酸口气笑道，"我们初步决定按上级规定全部密植，增种二十亩双季稻，每户一千斤堆肥！……"

"你这是讲的稻子，——红苕呢？"易胆大爆发般追问道。

"红苕么，在去年的基础上一律换成良种：南瑞苕！"

"勉勉强强，"易胆大接口说，"你们呢，——老汪?"

"让他们直接抓生产的同志讲吧——我的话好说！"

"好！"易胆大快意地笑道，"那么你就讲吧！"他又把下巴一扬，目不转睛地紧盯着霍干人，因为他知道贺永年今年以来越来越落后，越来越顽固，有时说话还带刺儿，看光景干人是不会太泄气的，至少不会像他日常惯说的样："冷水烫猪！"

"我?"干人稍微有点吃惊，他一顿，接着吞吞吐吐说道，"好嘛，说到条件，我们水源差些，去年搞双季稻花了不少劳动，种都没有收够！……"

易胆大敞声大笑，乃至叫副组长李自力感到羞恼。

"咋个一来就诉苦啊！——你像还没有摸到症候呀？来爽快点：你们准备种多少双季稻，采取些啥措施？讲出来大家议一议嘛，——讲错了，没有人割嘴皮！……"

易胆大一个劲叫嚷下去，照例是一长串，而且照例带点教训人的口吻，干人在他的声势下几乎丧失掉把柄了。同时李自力又对他闪着责难的眼色。

"好吧，"他终于鼓起勇气嚷道，"只要是天不捣鬼，就来它个五十亩双季稻吧！提前一个季节栽插，每亩十担底肥！"

"不要来两口话吧，"李自力插言道，"一就是一！"

"对嘛，"干人又紧接着补充道，"不管雨水咋样，去年改的田全部栽插！"

"好呀，你今天胆子也真大！"易胆大故为滑稽地说。

汪达非、贺永年全都含蓄地笑了，他们联想起了那个自命不凡的角色的诨号和涌泉社一些干部、社员私下对他的咒骂。这些咒骂和作虚弄假，易胆大本人并不是毫无所知，因此，尽管那么自信，那么能够自持，现在，他也不免多少为自己的失言和人们的嘲笑感到羞恼。

"咋光笑啊！"他紧接着严正地叫嚷道，"报多报少总得把你们的意见摆出来嘛!"

"对!"李自力附和道,"汪社长哩,至少你也表表态嘛!"

"跟不上形势呵!"汪达非强笑说。

"你咋老跟不上形势啊!"李自力故为吃惊似的拖长声音叫了,随又无可奈何地叹口气道,"好吧!那就照老霍讲的定下来怎样?"

"我没意见。"汪达非平平淡淡地回答说。

"你呢?"

"我?"贺永年似乎吃了一惊,"我也没有意见。"

"哎呀,你们像咬过耳朵啦!?"副组长李自力紧接着苦笑道,"可是要逗硬呵!……"

于是他就重复了一遍叶书记两次讲话的精神,一九六〇年只有他们木鱼社减产最多,而这都是由于没有对改革耕作制度积极采取有力措施的结果!

"还有一点得说清楚,"他接着说下去道,"你们过去一直是全县的旗帜社啊!"

"培养一个旗帜社县委得花多大的精力啊!"易胆大自言自语似的说了,同时还摇头摆脑地轻轻叹息一声,"幸得你们那个社还不大!……"

而这一切表明,他既对木鱼社的掉队感到惋惜,同时也对自己感到自豪:这两年来,他所直接领导的涌泉社,实际已经取代了木鱼社的荣誉,成为公社化后全县的旗帜社了。因为他此刻想到的,自从五八年以来,是他们社在全县产量最高,而这又是按照各项规格办事的结果!完全没有想到社员们缺吃少穿的困境;也没有想到县委为了制造涌泉这块样板来推动工作,曾经给过他们多少化肥、救济粮和贷款!特别去冬今春,从邻近各社队调集了不少劳力,在四方碑为他们社搞了一口大山湾塘,基本上解决了水利问题!

然而,尽管易胆大这个当事人没有想到,汪达非他们却偏偏记得来很明确。因此，汪达非不仅没有感到自卑，反倒带点气愤暗自想道："现在该你扬①啊！"他的经验阅历远比易胆大多得多，当易还在娘肚里的时候，他就开始四处流浪，几乎以乞讨为生了。刚满十三岁就当地主的放牛娃；成人后又因抓壮丁被迫逃亡，抬滑竿和当"丘二"。一九四九年冬天，他是涪江沿岸码头上一名船工。而直到本县解放，他才真正享有家庭生活……

汪达非再也不张声了。贺永年也只是照样表示他一定不会惜疼气力，而小组会也就几乎陷入了僵局。只有易胆大一个人唱独角戏！幸而李自力不时帮两句腔。

三

扩干会终于如期结束，来自县属各乡的基层干部，肩上挂着挎包，陆续走出县委会招待所。一出大门，就分了好几股头，各自望家里赶。一股往西倒拐的有三四十人，木鱼社、涌泉社的干部都在一边，因为他们同属于一个区。当一走上大街，那些坐在店铺里、茶堂里的人们，比起前两天来，神色有点异样，好像振作些了，照样带着一种探究神气。

在那家铺面宽敞的供销合作社门口，几个干部和服务员一边窃窃私语，一边同走过的熟人含笑点头。

"看，咋个都蔫瘪瘪的啦？"一个精瘦的青年服务员低声说。

"总是又挨斗了。"答话的是个大块头中年干部。

这大块头跟汪达非他们相当熟，因为看见对方远远走来，就立刻住了嘴，朝着阶沿边跨出两步。

"怎么，这么晏了，还要赶回去啦？"他笑嘻嘻地迎着汪达非问。

---

① 扬：得意、自我陶醉的意思。

"家里堆起一大堆事情啊！"汪达非叹息说。

他知道对方想要了解的不是这个，也不是完全出于好奇，但他并未停步，一直走过去了。他不是有意隐瞒什么，他是右倾保守思想的典型，老早就全县闻名了！而这次会议的内容，人们、主要干部们也很快就会清楚。因为县、区的供销主任都参加了这次会议。易胆大也在连说带笑地回答着什么人的问话："哪里有那么多卫星放啊！"而且停住足小声攀谈起来。

汪达非一伙人一直走过去了，现在已经出了城门。这是县城的南门，离城门不远摊开一片白晃晃的河坝，河坝尽头便是有名的南河了，涪江的一个支流。在河坝和城门之间有条街道，越望大河边走，房屋也越简陋，多是供应船夫临时歇宿、吃饭的店房。每次走过这里，汪达非总会情不自禁地想起解放前几年他在这里的一些痛苦遭遇。有个冬季，他失业了，又生了病，曾经披着一件单衣，抱着膀子，就在左首边当头那家红锅饭馆灶门口取过多少次暖啊！

这家馆子的门面已经改装过了，招牌也换过了，叫作"工农合作食堂"。前些年生意不错，近一两年相当冷淡。在这寒场天半下午，铺堂里几张桌子都是空的，只有两三个流浪儿童蹲在炉灶边取暖。这也是近一两年出现的"新事物"，当然不及解放前多，可也叫汪达非、贺永年们感到触目惊心，似乎不怎么理解了，全都忍不住摇头叹息起来。

"真没想到又出现告化儿！"汪达非嘀咕说，不胜感慨。

"前一向不是说要收容吗？"贺永年怀疑地问道。

"咋没收容哇？"赖体臣抢嘴答道，"可惜光是收容不顶事呵！"

"听说成都更多！……"

这秃头秃脑插话的是霍干人，而接着他就干咳两声，住嘴了。会议结束以后，他一直没张声，对汪达非他们感到有点惭愧，不敢直面望他们看一眼。因为他知道他们都对他有意见，怪他经不住易胆大一伙人一压一逼，最后糊糊涂涂接受了涌泉社的挑战。

"啥啊！"干咳以后，他忽又理直气壮地嘀咕道，"这两年哪个说了话逗硬哇！……"

"对！横竖说大话不花本钱，——嗨，这个水咋浅啦？……"

这搭腔的是赖体臣。他们这时已经跨上那座横跨南河、解放后兴建的钢筋水泥大桥了。

落后他们几步的易胆大一伙人，则刚好走上桥头。汪达非他们过了桥后，随即沿着那座屹立在河对岸，名叫棺山梁子的山边，踏上一条石板小道，朝着纸厂沟的丘陵地带走去。

"喂！老汪！"易胆大忽然欢天喜地似的大声嚷道，"你们说过的话要逗硬啊！"

"好嘛！"汪达非顺口应声，可是头也没回一下。

他知道易胆大提的是竞赛问题。而那口气表明，对方显然已经料定了木鱼社不可能完成预定指标。汪达非当然更知道什么"越密越好，三熟两熟"全是大话、空话、假话，三个烂毛钱不值！但他早已习惯于用"好嘛"或者"要得"来应付这一切了。

贺永年紧接着汪达非嘶声嚷叫："妈的！骗啥人嘛！"随即揭露了一通易胆大作虚弄假的行径。

"这都不讲，"霍干人插嘴道，"你没听说昨年他们吃了多少救济粮啊！贷款也比哪个社多，还有呢……"

"这么讲这个说大话都还划得来喃！"贺永年意味深长地说了句反话。

"我倒不是这个意思呀！"干人气呼呼解释道，"无非是说……"

"哎呀，你们咋又吵起来啰！"汪达非生怕引起争执，心平气和地转圜道，"好多人都不是有意说大话啊！你只要张起耳朵四下听听，就会清楚！依我么，还是那个话，只要我们当干部的一不只顾自己，二不躺下来吃现成——这有啥怕的啊！"

"对！今年不是照样拖过来啦！？"赖体臣照旧嘻嘻哈哈。

其他两个差点争吵起来的同志，霍干人和贺永年，也都宽解地叹了口气。

"好嘛！"他们同时都无可奈何地对自己说。

此时此地，这个简单的话语不只反映了一种心意和精神状态，它还包藏着丰富的具体内容，也可说是现实生活中的矛盾斗争。他们，连同汪达非、赖体臣在内，全都清楚他们这两年是怎么过来的：他们都犯过刮"共产风"和"浮夸风"的错误，但他们不久却又开始抵制它们。这是不容易的。最初，他们都多少有点犯罪的感觉，仿佛自己对不住党。现在可比较心安了。因为他们社的生活一般不算太差。……

"杂种'眼镜'他们不知道还要搞啥子鬼！"贺永年接着又叹气说，不禁想起了副组长李自力。群众暗地里都叫他作"眼镜"。

"至多再来一次火线整风！"赖体臣说。

纸厂沟离城有三十华里，是浅丘地带。一翻过桐子垭就相当开旷了，山头可也越来越多、越大，已经接近山区。垭口下面有一块屯水田，一九五八年放干了，秋收后山洪暴发时又才开始蓄水。这是不容易的，汪达非单为件事就吃过不少苦头。而且事情并未结束，工作组还给他留了个尾巴，算是许多尾巴之一。

四周静寂，社员们早已经收工了，有的茅屋里已经闪着微弱的灯光。这些茅屋，前两年全都被苍翠的竹树笼罩着，一个外来人只有凭着灯亮或炊烟才知道那是一户人家。现在，可全都赤裸裸的了，显出一副衰老的模样。房舍都是背靠小山包修建的，依据山形而定，有的两三家，有的单门独户，住得相当分散，这也是他们的食堂没有硬搞下去的原因之一。联结这些山包、住户的，是一条蜿蜒曲折的小道，小道边偶尔可以看见一株两株小树。

沿着小道前进，人们也逐渐分散了，最后，汪达非在一户人家的坎脚边停下来。因为坎脚的篱笆后面，一个面貌有点浮肿的中年社员还在昏黄中给一块自留地里的青菜秧子淋粪。

"你这块青菜务到明年肯定不错！"汪达非鼓舞人心地说。

对方把粪档档放下了。"这个人不知道还活不活得到明年呵！"随即有气无力地叹息说。

"你咋兴说梦话呵！"汪达非大笑说。

谁都听得出来，他的笑声显然有些勉强，但他随即又爬上梯坎，走到自留地边去了。

这个社员叫刘大旺，五十带了，儿子是铁路工人，去年才调去边疆修建铁路。他中等身材，横坯宽大。作为生产队长，前年曾经带领一批人到大渡口修建过五排水库；随后又调往横梁子炼过钢铁。其间，不少社员都中途借故溜回来了，只有他坚持到底。可是，当他返回木鱼山时，已经只能算得个半劳了！

这个变化，汪达非从未忘却，更不会忘却搞互助组时他们就在一起工作，因此不由得不停下来安慰安慰对方。但他还未开口，刘大旺却抢先悬心地追问起来：

"这回又批判你些啥呢？……"

"哪里有那么多批斗的呵！——快收工吧，天都快黑了。——你媳妇好像还没有做好饭呀！……"

看见刘大旺开始收捡粪档档和粪桶，汪达非又自言自语，走进院子里去了。这个小院子只有一列三间正屋，土墙瓦顶，是五十年代初儿子参加成渝路工程时修建的。打横两边则是茅屋，一边没有遮拦，堆积着柴草，一座猪圈空无所有。当他笔直走进灶房里查看一番出来之后，刘大旺已经在猪圈旁边把工具搁置好了。于是两个人就在柴屋面前扯谈起来。

身体原本结结实实的刘大旺，现在可只剩下一个空架子了。脸倒跟过去一样饱满，然而那是浮肿！对于浮肿，汪达非曾经向省城一位名医请教过治疗方法，那位老中医苦笑说："单方简便得很：每天增加半斤口粮！"随即嘲笑了一通正在流行的什么蒸汽疗法。

汪达非是相信那位老中医的建议的，而且行之有效。现在他侧起头就着屋檐边的亮光把细看了看对方的神色。

"比前一向好多啦！"他认真显得愉快地说，"千万心虚不得——细粮吃光了你就说！……"

"他就是不愿意开口啰！"媳妇拿着锅铲从灶房里走出来了，身后尾随着一个小女娃儿，"总是说省到点吃——省到点吃！……"

"妈！爷爷吃饭我不向嘴了哇！"那个四岁上下的女娃儿仰起头来，紧盯住母亲大声嚷叫了一句。

这句奶声奶气、充满情爱和求乞的简单话语，使得汪达非蓦地感到一阵酸楚，眼睛也湿润了。而且有点失悔，他不该在灶房里问得过分仔细，以致引起那当妈妈的对小女儿的责骂。他强忍住泪水，装作高兴的神情夸奖了那女娃儿几句，就赶紧离开了。

这下好了，他独自走上回家的小道了。也就是说，他可以让感情任意发泄，无须强自抑制。他流泪，他责怪自己两年前为什么把问题想得那样天真。他建国前苦日子过得不少，但他很少流泪。四川解放初期，他倒哭过两次，因为征粮当中，那个反革命两面派的乡长有一天狠狠刮过他的胡子，说他对不起党和人民！而他的思想疙瘩，是一位解放军的干部给解开的。近两年，开始公社化的时候，他是多欢跃呵！可是，从去年春天起，他又一连阴到哭过两场，最后却逐渐清醒了。

当走到贺永年院子边的时候，他发现一堆人，有五六位，正围在一道谈话。但他还未看清楚有哪些人，一位年轻女同志便已冲到院坝边叫嚷开了，噼噼啪啪，正像土改后年节时放鞭炮样。

"汪社长！我那个队可还是要照样干我的呵！再给我压上几顶帽子，都是那么回事！……"

"好角色！——好角色！……"

汪达非打趣似的连连插嘴，一边走了过去。

"啥叫好角色哇?!我们总不能眼睁睁看见一个个都当'胖官'①……"

"难道我又愿意?"

态度尽管照样和善,汪达非的反诘相当尖锐。特别因为近一年来在食堂问题上、自留地问题上,在产量和技术规格上,他都根据群众的意愿,或明或暗支持过大伙对工作组进行的抵制,并因此多次挨批判,作检查,没完没了!那位女将一下子住嘴了。

这时他已走近他们,于是深深叹一口气,随即盯着那位名叫王桂华的女将笑起来。

"叫唤老鸦不长肉呵!今年你们队的大春、小春,是照什么人的规格种的哇?……"

"我就担心刚刚收成好点,又变卦了!"王桂华辩解说。

"锄把不是照样还捏在你们手里的嘛?!……"

汪达非原本还想说明本社有些队的特点,地旷人稀,工作组根本不可能每台土都走到。而单是这一反诘,已经使得在场的几位社员全都笑了。因为大家想起了今年在栽种上进行的各种各样抵制。于是议论纷纷,有的讽刺挖苦区委、特别工作组的领导,而且愈来愈加放肆,就连贺永年也都卷进去了。

"话不能那么样说!"汪达非排解道,"他们有他们的苦楚呵!"

"他们有啥子苦楚哇?"贺永年愤愤不平地嚷叫道,"就是颗粒不收都饿不到他们!……"

"喂,老贺!你有啥意见会上摊开说好吧?!"汪达非插入说。

"妈的,这一两年真把人折腾够了!"贺永年嘀咕说。

"依我看这样吧,"汪达非接着道,"时间也不早了,有的离家又远,大家快回去吃饭吧!"

---

① 胖官:这里意指得浮肿病的人。

"早吃过了，——恐怕都快消化完了！"有人一边转身走一边说。

汪达非懂得这话的含意，在这农闲季节，尽管这个队今年大春收获较好，口粮标准照旧不高，因而吃的所谓"两头稀，中间干"，晚饭是喝的搅团。

"吃过了早点休息也不错呀！"汪达非顺口说，"早睡早起，把小春照管得周到点吧！"

人们走后，汪达非跟贺永年继续谈了很久。主要是交换目前一大队一些社员的思想情况，以及对这些思想情况的看法；同时汪达非也轻微批评了几句贺永年刚才的态度：对群众只能多作解释，不能对他们的不满火上浇油。

谈话之间，贺永年的老伴，一个瘦长的年近五十的妇女，站在堂屋门口叫喊开了："喂得嘴啰！"接着又邀请汪达非，"你也一道来吧，老实现在连一碗面汤也舍不得啦！"

这时，从院内另一个门道里走出贺永年的后母和她的女儿，也几步跨到阶沿边招呼起来，挽留得很殷。但是客人照旧连声推谢，一边结束着跟贺永年的谈话。

"吃你们的机会多呵！——记住：明天早上一定得碰碰头，——留在那里下回吃吧！……"

四

汪达非的家在纸厂沟一条小岔道边，背靠木鱼山，面向通往麻石桥的小道。从前木鱼山是座柴山，生长一些杂木林和黄荆条，专供放牧和住户的柴薪，远远看来，倒也显得葱茏可爱；现在可已变成光秃秃的荒山了。因为开办食堂期间，几乎连树根蔸也都变成了燃料。今年春天只是生长了一些荆条、杂草，对放牧多少有点用场。

汪达非住的院子跟贺永年的院子格局一样，只是因为地势较高，得爬十多步梯坎。屋前屋后原也护有竹林，现在照样只剩有一些竹根蔸了。秋天食堂散伙前，缺柴烧，汪达非原想挖掘起来，送往食堂备用，父亲却拼命反对，不让挖，说："我不相信这几笼竹子就死定了！"

"将来年成好起来另外栽不一样？"儿子竭力进行说服。

老头儿可嘲讽地大笑了："将来？将来，——快搁倒的放倒啊！"于是说了一通公社成立时社管会向群众许的愿：吃饭没问题了，将来每月还要发给现金……

他父亲叫汪荣华。这是个最吉利的名儿，但是，对他说来，解放以前的五十多个岁月，却都灾难重重，很不吉利！他原籍川西，因为逃债把一家四口拖到川北，不几年庄稼又做坏了，就由平坝地区进山。这中间，他还跑过两年"流差"①。妻子带起两个儿女过着半乞讨的生活。汪达非成人后更不吉利，单为逃避抓丁，他就吃过不少苦头，还曾经无偿地为粮食局的船只拉过一年多纤……

因为骨骼宽阔，汪荣华看起来比儿子高大些。这可能是长期困厄，多种多样生活阅历磨炼的结果，正跟儿子一样，气质相当沉静，而且更富有幽默感。等到汪达非出现在梯坎下面的时候，老头儿悄声笑了，随即同儿子对起话来。

"像又遭斗来哇？"

"挨几句批评算得啥呵。"

"我这个挑唆犯算逃脱了！"

话刚落音，老头儿就嘿嘿嘿笑起来。

他笑，而且显出刚才完成一桩恶作剧的满足神情，因为三小队今年种大春之所以彻底甩开所有从上面一直压下来的条条框框，正是他汪荣华出的主意。他们既没种双季稻，还让几亩用旱地新开的水田还原，不再种水稻了！这一切当然都是避开工作组干的。检查出来的时

---

① 流差：抬滑竿，当力夫，什么活都干。

候虽然刮过生产队长和汪达非一顿胡子，可是木已成舟，也就只好宣称"秋后算账"。

这时汪达非已经走到院子门边，他停下来，望着父亲笑道："你的主意总算出对头啦。"

"老子粮食都比你们多吃好多担呵！——究竟又批评你些啥呢？"

"进屋说好吧？还没有喂嘴呢！"

于是就由父亲领头，两爷子进入院子，走进堂屋里去了。而刚一跨过门槛，老头儿憋不住了，就又气愤愤地嚷道："×！顶凶他们把县委搬到我们这个队来坐镇！"这才大气盘旋地在一张自己做的竹躺椅上坐下，同时无所畏惧地抹抹花白胡须。汪达非又一次开朗地笑了。

"爹！少讲两句气话好吧？"他站在父亲身边开始劝说。

"老子这两年就是一肚子气！……"

"有啥气的呵，"老太婆蓦地在门边搭腔了，"总比我生这娃那几年好多啦！……"

"当然啦，解放好多年啰，——快先喂鼻子吧！"

老头儿后一句是对儿子说的，因为老伴已经把搅团端进堂屋来了，搁在方桌上面。

母亲挨近七十不远，身材高大，脸上布满皱纹，使人联想起一枚晒干了的核桃。是所谓筋骨人，这一点正跟儿子相像。她比老伴沉静，也相当和善，她早已只能干一些家务活了。等到汪达非开始喝稀搅团，她又显得机密地闲聊起来。

"他爹呀，你把细去听听汗坝里那些人过的啥日子吧！……"

"早就听到说了！"老头儿插嘴道，"荒抛得不少嘛。"

"不止荒抛得比我们多，'胖官'也比我们多呵！……"

"再多冲几个天壳子就没有人生病了！"老头抢嘴快说着反话，"单拿旱粮说吧，这两年叫唤得多响呀：一千斤，——一千五！——真像俗话讲的，天都快冲垮了！……"

"可惜现在还有人打梦脚①呵！"搁下大红土碗，汪达非也接腔了。但他一顿，接着扭转话头，"妈！我们还有多少细粮哇？刘大旺还没有消肿呵！……"

"我看你这也是打梦脚，"父亲嘲弄地说，"明年双抢，一家人就吃红苕片吧！"

"就是这个话啰！"母亲叹口气附和说。

两位老人家显然已经猜到了儿子的心意，准备匀点细粮给他的"偏毛根朋友"②刘大旺。他们全猜对了。可是他们的情绪却也叫汪达非立刻冷静下来，而且想起好些情况：他们已经匀过部分细粮给那位病号了；刘大旺家里的细粮看来还够病人吃些日子，他实在也用不上忙忙匆匆采取措施，从而引起争执。再说，双亲都是七十上下的人了，他也应该加以体恤。

"我也不过顺口问一句呵！"汪达非解释道，"人家也并没有开过口……"

"对，等他开口借又说吧！"老头儿心平气和起来，"早些年我还跟他爹联过竿竿③呢。经常跑绵阳、三台一带，一道出门跑滩的时间最久。坝里那位红人的老头儿，也一道混过几天饭呀！……"

"尽翻这些陈账做啥呵！"母亲说。

"多想想过去也好。"汪达非说，动手收捡碗筷。

可是老伴的劝阻没有生效，也并非由于儿子的鼓励，不管酸、甜、苦、辣，对于一个年逾古稀的老人说来，在这农闲时节，又当旧历年底，青壮年时期的记忆往往成为他们精神生活的主要内容。而且，说来奇怪，它们的味道也跟身当其境时不一样了。

当媳妇出来收拾碗筷，望见丈夫已经拿上它们，但却并不动身，

---

① 打梦脚：思想开小差；粗心大意。
② 偏毛根朋友：童年时代就互相要好的朋友。
③ 联过竿竿：一起抬过轿子、滑竿。

倒是含笑倾听父亲滔滔不绝的谈吐，忍不住冲口而出地嚷了一句："你咋个听神咯?!"接着噔噔噔跨进堂屋，抢过碗筷，随即迈步走开；但却又毫不自觉地停在厨房门边，张开耳朵当起听众来了。

这其间还添了个小听众：刚到上学年龄的小孙子。原来老头儿正在讲述一九三五年红军过境，他同刘大旺的父亲怎样捉弄一家地主的经过：每天烟饭两开，抬不抬滑竿都得拿钱；睡眠就在客房里面……

"简直就跟招待新女婿样!"老头儿继续道，"要是你说头痛，就赶紧拿药你吃，——生怕会当孝子!……"

"可是你又忘记了张跛子那年把我们整得好惨啦!"老伴笑哈哈说。

"总没有五一年我把他整得惨!"汪荣华切齿说。

"你那是违反政策呵!"儿子笑道。

"啥叫违反政策哇?!"老头儿反诘道，"依得气么，我还要一刀刀地割呢!……"

"真连我也没有料到呵!"母亲追述着那次在县城参加反霸斗争大会的情景，"只见他转身抽出篾片刀来，冲到跪在侧边的张跛子身后，一刀就把家伙的耳朵割下来了! 要不是王书记挡得快，他真会再捅上几刀的!……"

"那是哩，"老头儿踌躇满志地承认道，"你想想那年退了佃我们过的啥日子吧!"

"住了个多月岩洞呵!"老伴叹口气说，"又正怀起这娃……"

"我还差点当伸手大将军哩!"老头子说，随即哈哈大笑。

"爷爷! 啥叫伸手大将军哇?"

"啥叫伸手大将军? 让爷爷告诉你吧!……"

于是，老头儿又比又说，表演起解放前告化子伸手乞讨的神情来了。不只小孙儿，就连老伴、儿子、媳妇，全都忍不住笑起来。可是末了，老头儿却又意想不到地叹口气，同时把头那么两摇。这不是表演，这是真情实意的流露。因为尽管生性豁达，眼前的困难毕竟严峻，给人的影响不小。

"准备睡吧!"他随即呵欠着曼声道,"哪有那么多精神吹壳子呵!……"

"像是干人他们来了!"老伴蓦地低声叫道,因为她听到门外传来了话语声。

"胆小鬼!哪个咳声嗽他都一惊二诧!……"

汪荣华嘀咕着,转身走向卧室,睡觉去了。

来的的确是第二生产大队队长霍干人,身后还跟着两个他直接领导的那个生产大队的副队长。干人满脸愁容,因为回到家里,他爱人就向他打听会议的情形,特别要他谈谈自己是怎么表态的。这一来,那个大块头妇女用食指向他额头上一点,骂道:"我就猜到你又会下爬蛋①!"随即数说了丈夫一顿。

人们早就有了定评:干人家里是母鸡叫鸣,他在老婆面前就跟大儿小女一样。他爱人这一回的指责真正理直气壮,因为一年前群众就对他嘀咕开了:"啥任务他都牵起衣包接到!"当年的低标准口粮更加引起纷纷责难……

秋收后种小春,他原也准备依照工作组按上级一层层贯下来的规格搞的:条播、密植,一亩地下它五六十斤种子。而且得牵起绳子挖沟下种。可是,由于得到儿子暗中支持,汪荣华所属的那个生产小队,根本不理睬干人这个大队长的叮咛,地方又拖得远,照样用他们自己行之有效的办法干,秋后获得了较好收成。于是许多队也都仿照着干起来。干人直接领导的这一队也不例外,但却完全是在群众压力下干起来的,他本人始终有些提心吊胆。

干人的爱人王玉兰也多少有点为他担心。不是担心丈夫挨批评,是担心他经不起批评。而她果然担心对了。老婆责怪不说,接着赶来

---

① 下爬蛋:一遭到压力就听凭别人指挥摆布。

打听消息的两个副大队长在问明情况后也大为不满，而且一点也不听他的解释。末了，三个人就一道来找已经成了挂名社长的汪达非。

干人一进汪达非家的堂屋，就苦着脸述说情由，进行辩解。可不等他说完，汪达非就叹口气笑起来。

"你们准备明年大春咋个搞嘛？"他甩开干人，问两位副队长。

"再像今年大春那样搞我们倒不干呵！"两位副队长气鼓鼓齐声说。那个瘦削的中年人接下去道，"就是他们工作组咬住已经提出的计划不放，双季稻我们一亩也不要栽，——今年这个亏吃大了！……"

"妈的，籽种都没有收够！"那个满脸闷气的年轻人嘀咕说。

"什么三寸见方呵，升子口呵，我们也决定不干！"中年副队长一个劲叫下去，"你自己也是老把式了，那样密不通风，就是苗价好也会烧死！群众知道你是手掌犟不过胳膊，——一不对劲就要挨斗！……"

"我倒还准备他们撤职呵！"汪达非狠心地笑一笑说。

"汪社长呀，"那个中年副队长曼声说，口气缓和下来，"群众都清楚这两年你的日子不好过呵，替我们钻了好多回磨眼！①……"

"党员干部有时候就得钻磨眼呵！"汪达非强笑说，感觉眼睛有点润湿。

这时候，又同他听罢刘大旺那个小孙女儿的誓言后一样了，猛然感到一阵难受。他曾经在产量问题上说了实话，没有胡凑：鸡吃了多少，耗子偷了多少，烂掉、捂坏了多少，私分了多少，等等；而且把减产的责任归之于指标高了，耕作规划上卡得太多太死，帮邻社修水库又占用了不少劳力等等，因此他就在地委四级干部会上挨批挨斗，被戴上"右倾保守"的帽子；随即又在县、区和社的干部会上挨次充当典型！而且，"右倾保守"这顶帽子，似乎成了铁纱帽了。此后在食堂下放、散伙问题上，也全都由他当替罪羊。然而，他感到难受的不是这些。

———————————

① 钻磨眼：比喻承担极为艰巨的任务。

汪达非感到难受，是因为，他从两位生产大队副队长的话语体会到群众对他的信任。事实上，从来也少有人在批斗会上充当工作组各色各样打手，对他进行控诉。他本人也没有把责任往生产队长、食堂经理等等负责人身上推，总是自己承担下来检讨。只有一条他始终不承认：他从来没有同什么人搞过瞒产私分！也没有多吃多占，只是承认他思想跟不上形势发展，工作也没有抓紧，有点放任自流……

"剀切一点说吧，"汪达非随即打起精神问道，"你们是不是怕工作组硬要你们照着你们大队长在县里讲过的做呵？"

"当然怕呀！"那个中年副队长立刻答道，"前一向我们老表来看我，说他们点麦子也阴着搞过点稀大窝，后来叫工作组发觉了，硬逼着社员一气拔掉，重新种过……"

"你说的是啥时候的事呵？！"

"上一个月……"

"我怕你说的现在呵！"

"现在种得早的都发苋了，倒没哪个有这样大的胆量敢拔一苗！"

"那就用不上担心了。"

"我们说的是大春啦！"两位副队长一齐呼吁似的叫喊出来。

"那就到时候看吧！"汪达非随方就圆地说，"给你们讲一点老实话：不要抱怨你们的大队长了！小组会上我也表过态呵！就只没有干人说得那么具体，只说了个'好嘛'，可是，究竟好不好呢，还是要看你们！……"

"我也是这样讲嘛，他们不听你的！"干人类似呼吁地叫道，"奶娃他妈也挽着你不松手，就那么抱怨！……"

奶娃他妈是指的他爱人王玉兰。他一直闷坐一旁，还在为老婆的泼辣劲儿发愁，不知道回到家里，她还会怎么对待他。因为一不对头她就会提出跟他离婚！他最怕的又恰恰是这一点。这不仅因为她劳动好，粗细活路都行，又给他养了个男娃儿；而她爱起他来的时候，劲头也大，叫他感觉难舍难分。

然而，刚一提到木鱼山一带这位知名人士，三个社干全都忍不住笑起来；于是干人也立刻叹口气住嘴了。

"这我又要替王玉兰当娘屋人了，"那位中年副队长打趣说，"这回她就是吵得在理！"

"种小春要不是她见天跟你吵账，恐怕你还会报告工作组哩！"青年副队长也附和说。

"工作组又不是我老祖宗！"干人愤激地嚷叫了，"不要把人说得太不值钱了！"

单从情绪上说，如果是换一个人，他会噼噼啪啪叫喊一长串的，让他这一年来捂在肚子里七拱八翘的怨言倾泻出来，但他又蓦地住嘴了。他刚转正一年，生怕自己失掉立场。而且，他才十二三岁就成了孤儿，不是解放得快，早已没得他这个人了！因此解放以来，他一直都这样对待工作：党指向哪就打到哪里，不讲价钱！

三个在场的社干都知道他的身世，而最了解他的，是他的入党介绍人汪达非。

"好啦，"汪达非曼声笑道，"话明气散，都不要抱怨了！……"

## 五

这天晚上回去，王玉兰不只没有向干人发脾气，而且对他还招呼得很周到。他一进屋，她就把早已煨好的粥用大土碗盛起，怂到他面前道："赶紧几下塞了睡吧！"虽然动作、措辞都很鲁莽，干人却十分惬意地笑起来，想道："龟儿神经①！"于是心情舒畅，从容不迫地喝稀粥。

---

① 龟儿神经：如按正常的语法，应是"这个龟儿子扯神经"。因他妻子一时训他，一时又给他好的吃食。

干人知道家里细粮不多，两口儿早就商量好了，除了有时给孩子煨一点，全都得留到明年双抢掺和些红苕片吃。因此，单从这一碗粥，也就尽可看出妻子对他的体恤了。王玉兰没有兄弟姐妹，父母都已老迈，家住本区双龙公社，离纸厂沟三十多里。父母原不同意让自家的独生女嫁这么远，可是，由于女儿的坚持；同时想到结婚后就只两口儿过日子，这样的人户大有好处，最后就让步了。他们实在也犟不过她。

边喝稀粥，干人边回答老婆的问话。而对于他的答话，王玉兰一张嘴就是"龟儿"呀、"杂种"呀，然后加上句把句评语。这里"龟儿"、"杂种"尽管都是骂人的话头，可是，它们却都充满多么深沉的情爱呵！可以说正同"心肝"、"宝贝"这些个词语相等。这天夜里，自从离开汪达非家里以后，他过活得多么轻松！神经既不紧张，说话也相当随便，比在县上开会自在多了。

可是，次晨天一亮他就醒了，且又并不立刻起床，忙着去安排工作，参加劳动。首先浮上脑际的是工作组一伙人，随即各自按照习性活动起来：向所有干部传达最近一次会议的精神，然后分组进行讨论。

"家伙些一定会咬住我表过态！"他苦恼地想道，"准备大家骂吧……"

长长打个呵欠，王玉兰咕哝着起床了。

"我弄吃的去了，"她随即分派丈夫，"你照顾下娃儿吧。"

"不行呵！"干人嚷叫着翻身起来，"我还要赶起去开会！"

于是忙着穿着衣服，也顾不上王玉兰连声责难，因为他在早饭前得去社管会跑一趟。

这是他昨天晚上，离开汪达非家里时约定了的，他们得在工作组回社前做出些必要安排，主要是讨论一下小春的田间管理工作。但他刚才跨出房门，却又赶紧回身转去，走到一直唠叨不休的妻子面前，悄声解释起来。

"懂了么？"他末了结束道，"我一个人对付不了他几爷子呀！"

"妈的，真像现在农民连庄稼都不会做了！……"

"说话不要太口敞呵！……"

干人显得严重地轻声警告了一句，接着就转身走掉了。

社管会在李子坝，属第三生产大队地区，地势平坦，正像木鱼山一带社员说的，它是全社的保肋肉。可惜范围不大，只有三个一百户不到、居住也较集中的生产队。而且，近两年来，尽管晃眼一看，这块保肋肉快只剩下几根光骨头了，病号却比其他两个大队的少。

一下平坎就是三大队的地界。站在平坎上可以瞭望很远，一直望到奔腾不息的涪江对岸山脚。那一列郁郁苍苍的山岭，正像屏障一样，维护着经过无数岁月冲积起来的叫作汗坝的平原。李子坝只是其中一小部分，百分之七十以上属于其他两个公社。社管会就在平坎下面那座大瓦房里，一共三进，这一带庄稼人从前都叫它张家大院。乡政府也在里面，是解放后新划的乡，原早这一带属于赵镇。

大院左首有一列三间瓦房，那是赖体臣住家的所在。他是合作化高潮后从部队转业回来的，当时净人一个，年龄可已不小，好不容易才找到一个寡妇——从前是一个地主家的使女，现在是卫生员，专为社员接生；但已经"失业"了。因为生育大减，倒不是由于赖体臣在产量问题、食堂问题和一位雇农的死亡问题上遭过斗，一顶顶"右倾保守"、"多吃多占"、"兵痞"的大帽子接二连三扣在他的头上，使得群众怕同他两夫妇挨边。对于赖体臣本人来说，纠缠他最久的，是那个雇农之死和兵痞问题，但他却从来没有因为它们感觉紧张、狼狈……

干人一下平坎，首先进入他视线的，正是身材高大的赖体臣，接着，他就发现三五个中年、老年社员围绕着他。有两个还挂着棍子，空手的也都一个个病蔫蔫的。他们都是一、二两个大队的社员，各自拿起借贷口粮、现金的条子，到区政府所在的赵镇去兑现的；只是顺便探询一下县里开会有些什么结果。可以说，由于工作组受了蒙蔽，群众尽管在他们煽动下批斗过赖体臣，但大多数社员却一直对他很好，因为他肯帮忙，也从没惜疼过他的复员费！……

当干人走近这一堆人身边的时候，一个拄着棍儿、胡须已经沙白、名叫刘久发的老头儿，当过生产队长的，猝然一边用棍儿敲打地面，一边愤激地叫嚷起来。他不是向干人，更不是向赖体臣生气，他是在控诉他想象中本省、本地区那些高高在上、颠顸鲁莽的人物。

"我就料定了工作组有后台！"他继续叫道，"总有一天我会到北京去告他们的状！……"

"对！"赖体臣顺着他的意愿笑道，"赶快把病养好，我陪你一道去！"

"那得花好多路费呵！"有谁叹息着嘀咕说。

"他们再胡整么，我爬都要爬起去！……"

老头儿更愤激了，昏黄的眼目里闪耀着恼怒和希望互相混合的光芒。

"你听，"赖体臣忽然用一种轻松愉快的口吻低声说道，"到时候用不上这么费事，——只要八分邮票问题就解决了！嗨……"

"你就卖白嘴吧！"卫生员蓦地在门边叫起来，"一碗搅搅都搁冷了！……"

"你们也进去喝点怎样？……"

赖体臣转过话头，挥挥手邀请人们到家里去；可是大家都陆续走掉赶往赵镇去了。因为那一两年，尽管都有困难，大家可也互相体恤，一般都不愿意只顾自己。

解放将近十年，通过一些大的政治运动，特别互助合作运动，群众毕竟不同于过去的农民了。基层干部的情况更是这样，因为他们经受的考验和教育更多，就是一块石头吧，在滚滚时代洪流中，也磨玉了，不像刚从岩石上掉下来的时候那样子粗糙了！……

那几位病号刚一转过身各自赶路，赖体臣和干人就相随跨进屋子里去，而且边走边对这一两年农业生产的情况大发感慨：庄稼最差，病号最多，活活把土地和人力糟蹋了！

这不是赖体臣喜欢打顺风旗，去年不到秋收，他就感觉他过去跟着工作组团团转未免失策。整风遭斗后他更加认识到过去的做法不对头了，因此小春播种时他也开始进行抵制。而尽管这块保肋肉恰好在工作组眼面前，他的巧妙抵制可见效了！使群众多少得到一些好处，生活比干人直接领导的那个队强。

"再这样搞下去，恐怕连稀搅搅也会吃不上呵！"干人一再叹息。

"西北风总有喝的！"赖体臣接上说。

他并不因为本队的情况得到改善而轻松多少。但是，禀性难移，他又强自振作起来。这时卫生员端了两碗搅团走出来了。

"你也多少喝一点吧！"她望干人打着招呼，"锅里还有……"

"还没有消化完呵！"干人说，拍拍空空如也的肚皮。

"耍客气谨防自己吃亏！"赖体臣打趣说，"这么稀的搅搅，一泡尿就没事了！……"

这是个乐天派人物，他青少年时代的遭际跟汪达非大同小异，同样没有糖分，也许更苦一些。因他父母去世得早，卖过油炸果子，也卖过一次壮丁；那是四十年代末期的事：一天，他正冷得瑟瑟发抖，一个认识他的保队副，提着一捆金圆券问他道："赖娃儿，缺钱用么？""你肯借我就敢用！"就像开玩笑样，他接过票子，很快就缝制了一件新棉背心；可是还没穿上两天，他就被保队副送去当壮丁了。并不是没料到这一着，他料到过："老子净人一个，看你耍啥把戏！"

赖体臣在壮丁队的遭际更是一言难尽。等到他们那一队被押解到陕南时，百多个人只剩下五六十了！大部分是拖死的，逃亡的也不少。他也是逃跑掉的，不过不是在押送途中，而是在火线上。刚在前沿阵地蹲了一天，他就跟一伙人投奔解放军了。……

望见主人两口儿吃得那样津津有味，干人咽口唾沫，接着就又唉声叹气，闲聊起来。

"我们大春看来还可以钻空子，我只愁你们咋个整呵！……"

"天无绝人之路！"赖体臣插嘴说。

"不要尽说松活话吧！"干人一时间照旧忧虑重重。

"哪里说哪里丢哇?!"

赖体臣停住吃喝，神情一下变得很严肃了，显然有什么又机密又重要的话要讲；但得对方提个保证。

"我啥时候自由主义过呵！"干人类乎呼吁地申言。

"好！"赖体臣轻轻叫了一声，于是上身尽力俯向食桌，随即机密地说下去道，"你不要以为那些人了不起，只要把他们看穿了，也就只那么回事！你们上面到处坡坡坎坎，田土又那么分散，还不好对付呀!? ……"

他把话拉住了，没有放开胆说下去，继续喝起搅团来了。这不是他不信任干人，他只认为干人无非由于缺乏锻炼，经受不起吓诈，又一直担心工作组给他扩大帽子，特别担心他们像对待星光社那位大队长那样，给他扣上一顶"反党反社会主义"的帽子，差点连党籍都搞掉了！因此他没有说这样一些事实：除开在一些当道的、工作组经常游逛的地区，他是让社员按照行之有效的办法种的小春！……

正在这时，汪达非、贺永年同平坎上一伙干部，都从门外经过，走向社管会办公室去。只有汪达非"呵"了一声，随又笑道："你们才悠闲喃！"接着转身离开众人，走进赖体臣家里去。他一向欣赏这个胆大心细、遇事乐观的复员军人。

汪达非一进堂屋就向食桌扫了一眼，随即向卫生员笑起来。

"你们这一向还有泡豇豆呀！……"

"汪社长呀，这个话你说该怎么回答呀？"主妇边收碗筷边说，"她们有的妇女问我：前几年老叫我们节制生育，可总一个接一个跟着来，现在为啥想都想不到一个呢？"

"依你说呢?"汪达非反问道。

"我就是回答不上才问你呀!"

"快不要装疯迷窍了!"赖体臣大笑道,"昨天那个尖嘴幺姑已经帮你解答过了:'咋会有小孩嘛?! 一上床就睡得跟死猪样!'……"

赖体臣话刚落音,便连素来沉着持重的社长,一向心事重重的干人,全都忍不住酣畅地哈哈笑了。而从他们的言谈神情表明,他们都继承了中华民族在战胜千灾百难中,长期锻炼出来的一种优良传统:在面对任何艰难险阻的时候,都能保持乐观精神和幽默感!……

"胀饱了就动身吧!"汪达非接着说,"看来你们壳子也吹够了!"

"一起床门首就围了一堆人呵!……"

赖体臣站起来,跟在汪达非身后走了出去,同时用一种诉苦声调讲说那几个拿起社管会开的贷粮、贷款条子前去赵镇兑现的病号。

"刘久发老头儿火气还是那么大!"他继续道,"风都吹得倒了,他还想到北京去打上控哩!……"

"他那个媳妇是他娘个怪物!"汪达非插嘴说。

"是呀,也是出名的尖嘴幺姑哩。不过家伙劳动不错! ——现在可也萎了……"

"好些人都有点萎呵……"

干人苦着脸插了一句,随即就住了嘴,因为守候在公社大门口的贺永年一批人,已经向他们嘲吼开了。有的说:"你们再不来我都想溜掉了!"有的说着反话:"还没有请你们就来啦!"似乎都有点不耐烦。

因为并不是什么正式会议,汪达非他们一在办公室那张餐桌边坐下,大家可就说开头了。十分明显,那五六个留在家里照管日常工作的主要社干,都已经知道了县委召开的三级干部会议的精神:当年大春减产的原因,无非由于没有认真贯彻执行省委、地委规定的指标和技术规格办事;什么伏旱呀,劳力不足呀,等等,影响不大;因此明年的大春决不允许各行其是! 对于本年双抢时的小春播种问题,跟其他两个社一样，木鱼社也没有逃脱批评。

小春早已播种，苗价全都不错，批评就批评吧！大家感觉恼火的是大春问题。

"汪社长，谨防会有更多的人跑滩呵！"有人发出警告。

"我们那个队已经有人放出话来，春节一过就要走了！"有的接着准备举出实例。

"能出门倒不错，就怕倒在床上动都动不得呵！"有的怒气冲冲叫嚷。

人们的火气越来越大，只有外表瘦弱、性格倔强的妇女队长王桂华一言不发，同时还不住含笑望一眼汪达非。

"嗨，你老望着我笑做什么哇？"汪达非也开口了，"有意见就提嘛！"

"雷就在你头上打呵。"王桂华轻声说。

"这三沟一坝的庄稼，全都是我的啦？"汪达非接着反问。

"可是你在坐法台呀！"几个声音同时叫道。

"好！"汪达非断然答道，"我的意见简单，先把小春田间管理研究一下……"

"这个你莫操心！"几个生产队长齐声嚷道，"先谈谈明年大春怎么搞啊！……"

"大春怎么搞嘛，"汪达非思索着慢条斯理地说，"等工作组回来传达讨论了再说吧。"

"要得！"赖体臣嘻哈打笑地接着叫道，"等他们回来挖坑坑！"

"你这啥意思哇？"干人有点莫名其妙。

"啥意思？你刚才看见的，难道刘久发还能拖过春节吗?!……"

"老赖！"汪达非切住他，忽然一下变得很严肃了，"对！你把啥子话都抖包包讲出来吧，我好把它们用箩筐装起，一到时候，让它们就像西瓜一样，从箩筐里滚出来！……"

赖体臣已经警觉出他的话太尖锐，不响了，只顾嘿嘿嘿笑。

"怎么一来就火上浇油呵！"汪达非随又深长地叹息说。

办公室一下静下来了，于是汪达非按照常规，向大家做了一番政治思想工作，然后说明抓紧小春田间管理工作的现实意义。大春栽种问题他只讲了一点，积极准备肥料；最后就同大家开始讨论采取些什么具体措施。


六


将近中午，社干们对于小春田间管理安排的讨论刚好告一段落，工作组的同志，就从城里赶回来了。

这个工作组原本是四个人。根据工作需要，一到农忙，还会追加力量。这次整个组都进了城，尽管眼前并非农忙时节，回来时却变成六个了。原有的组长可能已经另调他处，因而一道跟副组长回来的，有两位大家从未见过。

其中一个瘦小干枯，好像周身肌肉没有多少水分，面孔黄黄的，带点病容。穿着也很平常，不过整个神态、动作使人立刻想到，这不是一般普通干部，有修养，有文化，显然是新任命的工作组长。他也跟副组长一样，戴着近视眼镜，但却没有副组长那种自命不凡的神气。年岁也大得多，约有五十光景。这伙人一出现在办公室门首，就把社干们的注意吸引住了，立刻产生了一种不祥的预感。

汪达非则多少有点迷惘，因为他对那位举止不凡的中年同志感觉有些面熟，仿佛五十年代初曾经在川北区党委的干部训练班听过他一次报告。

"你们在研究工作哇？"对方望室内扫了一眼，先开口了。

"是呀，想抓一下小春的田间管理……"汪达非回答说。

副组长不等汪达非把话说完，就把嘴凑近这位中年同志的耳朵边去：

"王部长，你准备啥时候做传达报告呢？"

他多少带点神秘味道，声音可并不低，似乎一时间真的忘记了：他该按照吩咐把王部长叫作"老王"或者组长。

王部长对自己嘀咕道："拖两天传达会死人！"同时只是不大快意地摇一摇头。

这一来，这位中年同志的身份，全明白了：他是新任工作组长。而且从神色看出了他不怎么高兴，不大同意副组长的什么建议。最后这位新来的组长进一步证明了这一点，因为他随即用赞赏的语气大声向社干们叮嘱道："对！小春这一头不能让它滑掉！"于是带起一伙人走向后院去了。

然而，尽管议论纷纷，又紧张又热烈，社干们讨论的问题却已不再是小春的田间管理工作了：这位新来的组长为什么是一位级别较高的中年人？作风怎样？是来给重病号"挖坑坑"的，抑或是送药来的？他有时在一些人心目中是一块乌云，有时却又幻化为一丝曙光。在另外一些人心目中则一直疑虑重重，不能判断这位新来的组长给他们带来的是祸是福……

这是神经衰弱的表现吗？不！尽管规模不大，他们可也是一个大小四五千人的公社呵。这一两年来又吃了多少苦头！有些人得了肿病，有些人外流了，还有少数人变了"坟"！他们今年的抵制已经开始见效，——万一为此会卡得更紧呢！？……

末了，想不到还是最初那种不祥的预感占了上风，可是大家的胆量反而大了，由窃窃私议转变为放言高论。

"啥呵，你就一个生产队派一个工作组都是那么回事！……"

"恐怕硬是爬都要爬到北京去向中央告状呵！……"

"我看还是谈一谈正事吧！……"一直沉默不语的汪达非开口了。

"你这个话才怪呢！"贺永年气呼呼插嘴说，"这不是正事是邪事呀！打开窗子说亮话吧，是不是怕撤职呵？！"

"你再说尖锐点吧，——我不会脸红。"

汪达非的声调远比平常响亮，办公室的空气一下变哑静了，因为人们从没有看见过他们的社主任这样激动。

"这不是吹牛哇，"人们的惊疑神色迫使他情不自已地一个劲说下去道，"每个月拿工资我手也没有发过抖！不错，我五八年也打过顺风旗，说过大话，我可还没有说过一千斤、两千斤，把胸口都拍肿了！这两年难道我自己的日子又好过吗？至少我还没有踩在你们身上望上爬吧？如果哪个今天撤我的职，我愿意立刻扑在地上给他磕几个响头！……"

他一顿，悲哽地嘀咕道："我也眼泪望肚子里滚呵！"于是埋下头尽力控制自己。

这中间，大都多多少少感到难受。他们都在公社化初期一段时间里说过大话，拍过胸口呵！更为重要的是，他们深知汪达非的为人：他是怎样使用那二十多元工资的。他对自己是节省的，以往办集体伙食时，逢到吃肉，他总说，我今天头有点晕，忌油腥。他的钱，几乎大都照顾了困难户和病号了。这些事贺永年更是一清二楚，因为刚搞互助合作，他们就搭档了；而且，前一年多，在制订三年生产规划的时候，他自己讲的大话更加多！每一个在苦水里泡大的中国农民，谁不想早一天摆脱一穷二白的处境呢?！

因此，在所有在场的社干中，贺永年最为难受。当汪达非开始回答他那含讥带讽的责难时，他就感觉自己把话说过头了。而他随即记起，在汪达非从地、县、区依次充当过"右倾保守"的典型，回到公社以后，曾经向他交心："如果不是党员，我真想躺下来不干了！"他从未怀疑过汪达非怕撤职，而且，正是由于甘冒风险，他才咬紧牙关，明里暗里支持群众对"三风"进行抵制！……

现在，在一片肃静气氛中，汪达非终于把头扬起来了。望定眼睛湿润、神色阴晦的贺永年，好像有多少话要说；可又不知怎么开口的好。最后还是赖体臣首先打破了这闷人的沉寂。只是跟以往不同，细声细气，和颜悦色，正像是站在一位高级干部面前请示汇报那样。

"汪社长，是不是把小春田间管理的问题扯下去啦?"

"对，继续扯完它吧!"好几个人附和说。

"好嘛，"汪达非随即也开口了，轻声说道，"不过，让我给大家吃颗定心丸吧：你们用不上为大春问题担忧，怎么能多打粮食，你们就怎么干!我不会强迫命令，也不会向工作组通风报信，这一点你们总信得过!……"

"我们就是担心工作组这一关呵!组长又换了人……"

"是呀，谁也摸不清他是啥水草毛病!"

"人员也增加了!……"

"说不准一到双抢还会派人来呵!……"

由于汪达非的提示，社干们重又议论开了，完全忘记了已经到了吃午饭的时候。大家全都心平气和，声调照旧压得很低。

"就是省委书记来又怎样呢?"在窃窃私语中，汪达非又发言了，虽然并不怎么激动，声调可是多少有点颤抖，"不管怎样，斗胆说一句吧，只要他不每个生产小队都有工作组监视，你们总会有办法对付!……"

"我就担心查出来麻烦!"干人胆怯地低声说。

"砍脑袋我愿意挨头刀!"贺永年切齿说。

"不会这么严重!"汪达非沉着地接腔说，"挨头刀的也决不会是你!……"

于是他就宣布继续讨论小春田间管理工作。而大家的发言、情绪，也逐渐正常了。

人一有了自信，勇气、智慧也出来了，或者说变得又聪明又果敢了。在意志统一的前提下，讨论当中也很少出现意气之争，节约了不少时间，因而小春田间管理工作的讨论很快就告结束。主要不外分别淋粪、补苗、对间种的胡豆施一次渣子肥。说来奇怪，大家还热烈地对怎样利用一些小块荒土进行了讨论。这些荒土，因为一九五九年集中劳力搞什么丰产坊，以致错过季节，已经荒废一两季了。

在积肥问题上，大家也争着献计献策，干劲之大，正跟一九五八年冬季那样。不同的是，全都注意到了劳力分配问题，没有一个人提出什么"打歼灭战"呀，不分男女老少，整个社队一哄而上。这中间，赖体臣还忍不住谈起一些往事。去年双抢以前县委来了个紧急通知：每个生产队得积堆肥若干，而且限时完成任务，因为上级的检查团已经从成都出发了。……

经他一提，当日的情景重又在人们的记忆中复活了，全都又气又笑地叽叽喳喳起来：

"快不要提了吧！那次真把人整惨了！"

"是呀！忙得人打起火把拼命干，结果只在马路边看了看，——真是倒霉！"

"哪个叫你们那么样老实呢！"赖体臣说，他又变得同平常那样开心和满不在乎了。

因为他想起那一次在自己蹲点的生产队怎样作虚弄假。不！不是作虚弄假，他是相当清醒地对错误东西进行抵制。当接到通知时，他们正忙于翻耕稻田，准备插秧。劳力实在太打挤了，社员全都愤愤不平。于是他让大家搞了一些土堆，然后在外面糊上一些道道地地的肥料。这件事在其他负责社干中，只有汪达非一个人心里明白，但却从未透露。

"我知道你诡得很呵！"这时他含蓄地笑笑说，显然有意加以鼓励。

"不诡？那么多张嘴要吃饭呀！"赖体臣嘻哈打笑回答。

"就是这个话呵，"贺永年接上腔说，"单是自己一家人有啥了不起呵！……"

"好啦！"汪达非连连笑道，"好啦！不要又把话扯远了！……"

在继续下去的讨论中，对于一项有过争议、过去也试行过的主要办法，总算迅速做出了决定：尽量开辟自然肥源，把一切可以利用的草皮、渣泽，全部收集起来，同时组织人力到平坎上从木鱼山榨取肥料。……

"我看就这样吧！"汪达非结论道，"总之尽量不用化肥！"

"哪个还当大少爷呵！"贺永年说。

"要是他愿意贷款呢？"赖体臣意味深长地自问自答，"依我看么，他贷款我们就硬起手杆拿到！"

"就怕信贷社不会贷现金给你呵！"干人叹口气提示说。

他叹气，因为正同在场大部分社干一样，他也理会赖体臣主张不拒绝肥料贷款的用意，他们可以利用它来解决目前群众生活中的许多困难。可是贷款是通过工作组发放的，而对于今年大小春减产的原因，恰好就被认定：原因之一正是使用化肥太少。

正在这时，已经用过午饭的副组长李自力蓦地出现在办公室房门边。人们首先看见的是他那副亮晃晃的眼镜，接着才是一张有着高鼻梁和尖下巴的瓜子脸。他颈子又长又细，而且只需他把头略略一扭，人们立刻会预感到，他又准备给你找麻烦了。这是他来木鱼社一年多来向群众提供的百试不爽的经验。现在，他们又一次从他的神态感到一种不吉之兆。

好几个人原本准备接着发点议论，可是话已到了嘴边，至少涌上了喉头，又全都立刻咽下去了。他们并不是怕他，但是他们一般都认为工作组是上级派遣来的，因而总是尽量克制自己的不满情绪。

"眼镜"用一种责备神情望定汪达非歪起嘴角淡淡一笑。

"你们还没有讨论完呀？"

"已经没事了呵。"汪达非的语气相当轻松。

"没事了！"李自力反问，语调有点惊诧，叫人感到高深莫测。

"是呀，匀苗、淋粪，全都安排好了……"

"我告诉你们！"李自力显得又严重又机密地插话道，同时跨进了办公室，"不要单打一呵：谨防把大头滑掉了！"

"啥大头哇？"赖体臣东张西望，装作不懂地嘀咕说。

"啥大头？"颈脖子一挺，副组长显得有点火了，"你也是参加过县委扩干会的，怎么就忘记啦！我们回来的时候，叶书记又一再叮咛各个工作组负责人，小春问题不大，一定要把明年的大春抓紧，千方百计去把产量搞上去，——不能再靠救济过日子了！"

"哪个愿意靠救济过日子呵！"一片恼怒不平的嘀咕声。

"我不是说你们愿意靠救济过日子！"副组长赶紧解释，因为他记起最近半年来干部、群众对工作组的态度越来越加显著的变化，"不过今年贷过几次粮这总是事实嘛！再向你们讲一点情况吧：这些粮都是从别的地区运来的陈粮呵！——加上运费要合三四角钱一斤！……"

干部们的恼怒已经消除，全都不张声了。因为他们早就听人讲过，病号和困难户买斤粮食政府要贴补多少钱！……

"好吧！"汪达非埋下眼睛说道，"依你说又该怎么办嘛？"

"依我么，"李自力看看手表答道，"你们下午挤时间也把大春问题酝酿一下。"

"恐怕等工作组正式传达了再讨论好些。"汪达非的口气相当慎重。

"老汪呀！"李自力不胜惋惜地说，"你近一年多来思想感情不对头呵……"

"我早就说我跟不上形势啦！"

"我给你讲，"李自力只顾自己一口气说下去，"不要凡事当柳肩膀！只要态度摆端正了，你就能够领会这次大会的精神！"

"不见得。"汪达非摆摆头沉吟说。

"对！对！还是等正式传达了再酝酿吧！"一片响亮明确的赞同声。

"也要得嘛！""眼镜"无可奈何地说，"那就过两天再看吧！"

"过两天？！"有人显得惊疑地嘀咕说。

"是过两天！"副组长接着肯定地重复道，"老王同志还得跟我们研究一些问题。既然来了一趟，他总不能看见产量上不去啦！我们不好向上级交票关系不大，他不同了……"

"眼镜"显然还想表白一下新任组长的身份，但又似乎怕泄露天机，就住嘴了，随即摇头摆脑而去。

"眼镜"给人们留下的印象真是非同小可！他一离开，议论就又立刻沸腾起来。社干们重又开始对工作组的改组，以及那位新任组长进行猜测，几乎全都感到这次改组很不寻常。这一点尽管他们早就预感到了，可还没有这一次这么严重。

汪达非一边听大家发议论，一边暗自思量。最后，他意外地喷射出一个粗鲁字眼：

"×！饭总还要回去吃呀！——我宣布散会啰！……"

"对，对，肚皮早就在嘈杂了！"赖体臣附和说。

"那么下午怎么做呢？"干人悬心地问道。

"是呀，下午怎么搞呀？……"

贺永年同样感觉需要对当天的工作认真交换一次意见，跟即也望着汪达非发问了。然而，社长脸色严峻，只顾一径向办公室外面走。


# 七


王部长，也就是新任组长老王同志，已经五十过头，用乡下人的话说，算得是爆烟老汉了。加上身胚瘦小，又是搞文教宣传工作的，长期在旧中国生活、工作过，因而看起来斯斯文文、冷静、沉着、脸色枯黄，下巴尖削。这当然是个优点，他不高兴人叫他部长。

"大跃进"、公社化以来，他已经下过三次乡了。一九五八年也写过一些宣传、鼓动性的文章，还在本单位后院里参加过炼钢炼铁活动。那是他精力最为充沛的时候，正同他一九二八年参加领导一个县的农民起义时候那样。当然，这些活动早已变成记忆，不怎么激动他了。偶尔因为从眼前一些情况联想起来，也不再振奋人心了，而是深长叹息……

在精神生活上，每个人都有一块禁区，尽管表现形式幽默、含蓄，王部长一贯心直口快，禁区可说最小。近年来却逐渐扩大了，只是谈吐的幽默、含蓄仍然不减当年。而且，在说明具体工作时，即便是一位细心、敏感的同志，也往往猜不透他的真意何在；一般自命不凡、自信很深，又大权在握的人，则往往相信他说的是真心话。即或有时神经过敏，也无非认为他有点怪里怪气。比如，当他来到木鱼社前，他对县委农业书记的叮咛是这样回答的："好！我一定尽量把县委的指示往下面贯！"口气非常老诚。

在上午离开县城，进入纸厂沟后，王部长十分注意沿途的庄稼，偶尔也探问一两句："这也是木鱼社的小麦哇?""是呀！"和他并肩而行的副组长回答，接着指出这样那样缺点，最后又把所有的缺点归罪于社干不按"技术规格"办事。"呵哟！"随即又叹息道，"这个社的情况太复杂了！"因为王部长，或者说老王同志，一直对他的解释不置可否，副组长也就没有望下说了；但却相信自己的说明已经有了成效。

现在，就在最后一进那间正屋里面，工作组正在开会，由副组长李自力向王部长系统介绍木鱼社几位主要干部的政治历史和思想作风。而从他的叙述看来，只有干人和赖体臣好一点，当然缺点也很显著。

"干人就是没啥魄力。老赖呢，基本上还算听党的话。"

王部长微微一笑。"恐怕是听你的话呵！"他暗自对自己说。

"赖体臣就是在胡宗南部队里当过兵，有些兵油子作风……"

"你不是讲，他还是党员么?"王部长脱口而出地问道。

"后来被俘虏了，表现不错，就被吸收入党。是五五年转业回来的。前两年因为多吃多占，去年叫群众斗争过！……"

王部长又暗自在心里嘀咕了："这就叫'洪洞县内无好人！'"随即

苦笑着叹口气。

"这一点比干人好,"李自力继续说下去道,"家伙没有泄气,照旧嘻哈打笑,工作起来说一是一、说二是二。就拿小春说吧,只有他没有当群众的尾巴,技术规格相当过硬,——就是水和肥料没有跟上,苗价不怎么好!……"

"你再把汪达非的情况谈谈怎样?"王部长插入道,"他的右倾保守表现在哪些方面?"

"那就多呵!"李自力不胜感慨地回答说,"产量、技术规格问题我已经谈过了,最恼火的,这一两年县上、区上、公社管委会开会讨论什么问题,他都不大发言,实在过不去了,总是那两句话:'跟不上形势呵'、'没啥意见'!"

"既然这样消沉,为什么不调动下工作呢?"王部长显然已经从副组长详尽的介绍,对这个公社的一把手有了很大兴趣。

"这说起来就话长啰!"李自力长长吁口气说,显得顾虑重重。

这叫王部长一眼就看出来了。当然,他看出来的是问题的复杂性,而且一定牵涉到上级党委。但他还不知道具体情况是这样的:县委曾经根据工作组的汇报讨论过汪达非的问题,农业书记和其他几位常委大都同意撤他的职,结果一拖再拖,反右倾保守的运动一过,事情也就冷下来了。仅仅给他戴了顶"右倾保守"的帽子,没有进行组织处理。

然而,李自力之所以碍难出口的原因还在这里:他不能随便议论县委内部的分歧;更不能明言县委第一书记对汪达非的支持,总强调汪达非威信高、作风正派,这个县解放以来任何运动又都敢于冲锋陷阵……

"眼镜"的特点就是这样:心眼多,胆量小;他的一切重大行动都得依靠前任组长的决心。

"既然话长,那就以后慢慢扯吧!"片刻沉默之后,王部长说。

"好嘛，"李自力如释重负地赞同道，"不过既然提到汪社长了，我倒有个建议，请你认真考虑一下……"

"对呀！你就说吧。"

"这个建议简单：把汪社长调到三大队来蹲点，让赖体臣临时负责领导一、二大队的工作，——问题恐怕好解决些！"

"谈谈理由怎样？"

"理由呀，"李自力迟迟疑疑地回答道，"我刚才不是汇报过去年栽种小春的情况吗？根据我掌握的材料看，一、二两个大队的小春不按规格办事，背着工作组搞老一套，跟汪社长多少有点关系！……"

"他老头儿就跳得最起劲！"一个原有的工作组成员说。

"是啦！"李自力口气比较肯定地继续道，"我就亲自去了解过呀，不只群众这么反映，他本人还到处吹呵！……"

"你是说汪达非到处吹？"王部长插嘴追问了一句。

"不！是他父亲。汪达非他倒不会到处吹呵！"李自力赶紧申辩，随即又阴险地加上道，"不过这个人我有点摸不透，我来这里时间也不短了，看来一向做事很精细嘛！群众关系又不错，事前他会一点风声都不知道？"

王部长精神不济地一连打了两个呵欠。

"我们出去走走怎样？"他接着建议说。

当然，这不过表示客气，不是需要李自力批准，因此他随即站起来，带头跨出房门走了。而别的人也都立刻跟踪而出，往大门外走。眼前这一大片平坝又一次叫那位新来的组员小吴啧啧赞叹，只是王部长很少反应。

"眼镜"满脸闷气，说不上有什么反应，他沉没在自己的心潮中了。因为横猜顺猜，他总猜不透王部长对他的汇报做何感想。只有一点可以肯定：汇报没有受到应有的欣赏。而最后那两个呵欠更叫他产生一种失望的感觉。对于前任组长，就是打个喷嚏，他也能够猜到它的含意。现在，对于这位新任组长，他却越来越不明究竟了。当然也可能由于彼此共事不久。

更加值得注意的是，前任组长无非是个县团级干部，王部长却不同了，是省委一个部的负责同志！

王部长停在一块麦田边问道："这样的苗价有多少指望呀？怎么不见一个人呢？不是说抓小春么！"他一下想起好些问题。

"喏，那不是呀？来啦！"有谁向远处挥一挥手臂说。

人们一齐向前方望过去了。

"像是老赖他们？"李自力边探望边猜测，"唉，就是他！……"

约莫十多分钟，赖体臣果然从距离社管会最远那个生产队的地区，领着三四个社员，避开大路，走捷径赶过来了。他们是在发现工作组同志后这才赶起来的。那用意呢，可也只有他们自己清楚：大家担心"眼镜"领起新任组长四处乱窜，以致发现蹊跷……

还没走近身边，李自力就带点悬心地问：

"蚊子包那边的大小麦咋样哇？"

"跟这里好不到多少呵！"赖体臣顺下锄头答道，"都是按一个规格搞的呀！"

眼见独根苗多，出苗不齐，王部长插进来问："像这个麦子有几成收哇？"

"种总收得够嘛！"一位中年社员气呼呼嘀咕说。

"你瞎说啥呵！"赖体臣回过头笑嚷道，随又转过身来，故为乐观地回答说，"只要积极采取措施，产量不会太低！"

"你们的指标是多少呢？"

"唉，"赖体臣忽然间变傻了，他左顾右盼地嘀咕道，"老实，指标是多少呀？……"

"要你们插牌子呢，不插！""眼镜"多少有点生气，"五百斤！"

"唉，对！五百斤！"赖体臣欣幸地重复道。

"怎么还在说大话呀!"王部长长长叹了口气,在心里嘀咕说。沉默一会之后,这才意味深长似的笑道,"好! 你们认真抓一下吧!"

接着,他就转向副组长吩咐:"我们到坎上去看看吧!"于是,把和那些随着赖体臣一道赶来的社员留在身后,让他们彼此面面相觑,莫明究竟。王部长们动身往平坎上走去了。这是大家没料到的,就连"眼镜"也不例外。

"眼镜"是知道王部长的职务和级别的,也知道他一些建国以前在本省的革命斗争经历。他所不知道的却还很多,性格脾胃不必说了,因为要真正全面、深入理解一个人的性格、脾胃并不那么容易! 这里单提一点:一九五九年庐山会议精神学习、传达中间,他差一点栽筋斗这件事,除了他爱人外,就是一向交往深的同志也不清楚,"眼镜"更加不必说了。

有些事真是所谓"塞翁失马"! 正当传达、学习期间,他盲肠发炎,住院了。接着又动了手术。他当时很懊悔,老是向他爱人探听会议进行情况。他爱人是会议的工作人员,有时也向他透露一点她能够知道的消息。这次对中央政治局庐山会议的传达方式,相当别致:先要大家议一议那位"大将军"写给中央的长信,然后才传达毛主席对这封信的批评、大会的基本精神和决议。而当他听到那封长信的内容时,正同一般干部那样,他是多赞赏呵! 因为那时候不少事实已经叫他感到困惑。现在他清醒了,认定我们的农村工作确乎很有问题。

然而,没有几天,那些对"大将军"的长信叫好、表示赞赏的代表,在听了毛主席截然同他们相反的评语、大会的有关决议以后,几乎莫不吃惊、丧气,纷纷开始检讨,而所谓"右倾保守"、"右倾机会主义"的帽子,此后也就满天飞了! 在地、县、区的传达会议上,一般基层干部也少有逃脱过……

这个意外,王部长当然也很震惊,感到莫名其妙! 只有他爱人为他庆幸:"这回你不是住院呀,对不住,——恐怕一样跑不脱呵!"因为，比之于汪达非，王部长可说是幸运多了，他连检讨都没有做过。可是他的苦恼却比汪达非的深沉，只有一点相当一致：不怎么肯说话了，严格遵守着"沉默是金子"这句外来格言。现在，就由李自力担任向导，他已经漫步爬上平坎。

吁一口气，他随即又回转身来，越过平坎下面那一大片田坝，瞭望过去。他把视线停留在涪江对岸那莽莽苍苍的山岭上。

"那些白晃晃的是什么哇？"他问，举起手臂望前一挥。

"前年用石灰刷的标语。"李自力回答。

"怎么不补上呢？"王部长冷冷问道。

"现在还顾不上补它呵。"李自力老老实实回答。

两个人都在缅怀当年热火朝天的情景，味道可不一样。"眼镜"更始终没有理会新任组长的真意所在。工作组其他同志也不曾对王部长的话语有过猜测。只有一个人例外，那就是一直同他一道工作的秘书小吴。这是个瘦长青年，鼻梁、眼眶边有些雀斑。他知道部长同志近年来的情绪，以及他对农村工作的看法，而且知道他喜欢若无其事地说点反话。

因此，听了李自力的回答，小吴立即忍住笑插嘴道："这一坝该打多少粮食呵！"他担心王部长进一步幽默下去。

"可惜木鱼公社占地不多！"副组长惋惜地加上说明。

"坝地再多点搞头就更大了！……"

王部长的语调照样冷静，但却流露了少许愤慨之情。他感到愤慨，因为他想起了他刚才看过的那些庄稼：好田好土被糟蹋了！

一种沉重心情没有让他任性发泄下去，随即一声不响转身向二大队走去了。在前来木鱼社的途中，他们就沿途看过一些这个大队的庄稼，但只限于当道的一两块田，没有发现什么蹊跷，也就是违反所谓"技术规格"的不轨行为。现在为了对证副组长的汇报，一上大道，他就转上岔路，直接望二、三台土走去。

大路边的庄稼，跟平坎下面刚才看过的并不怎么两样，但一走到二台土边的坡道上，庄稼的面貌却改观了，麦子种的是稀大窝间胡豆。而副组长指控的就是这个！在县委的扩干会上汪达非他们受到批评的，也是这个！……

跟在王部长、副组长身后的组员们首先嘀嘀咕咕起来。

"呵哟，硬搞的稀大窝呢！"小吴似乎感觉欣幸地说。

"完全是阴到干的呵！"一位熟悉情况的旧有组员赶紧辩解。

"你们又什么时候发觉的呢？"王部长停下来回转身问。

"半个多月以前！"李自力抢嘴回答，"因为快开扩干会了，大家想，有些社员鬼板眼多，还是搜索一下好些……"

"平常你们很少到这一带来？"王部长随又反问了一句。

"这个大队的田土分布得好宽呵！工作组又只有那么几个人，跑不转！……"

"你这个话说得对！……"

王部长这句话的真意，副组长自以为听懂了：我们不可能每个生产队劳动时都派人进行监视！这是莫可奈何的事，农民真也不那么容易对付！因而他多少感到一点高兴，不只没有受到任何批评，还有一份赞赏。

这时候，汪荣华老头儿跟同两个社员一道，扛起锄头，从前面山坡上走下来了。王部长停在路边，一径瞭望着他们。

"这片庄稼是你们队的吗？"王部长问，当社员们走近身来的时候。

"是呀！"汪老头笑答道，"瞎胡搞呵！……"

"像这块田的麦子收得到多少呢？"

"总会比去年好点吧，——种保险收得够！"

老头儿是讲的怪话？趣话？但他叫好些人失声笑了。

"你们下的多少种呢？"笑声一歇，王部长接着又问。

"这个说了实话又该挨斗！"老头儿意味深长地叹息道，"三十多——四十斤都不到呵！……"

"那是该挨斗哩，"王部长笑扯扯地紧接着说，"起码五六十斤种不算多嘛？我还见过下七八十斤种的呵！……"

"他们就是不相信密植的优越性！"李自力俨乎其然地插嘴道。

"我们怕饿饭呵！……"

因为老头儿越来越加放肆，别的两个社员连连阻止他道："走呵，你像还不饿呀！"于是把他催促走了。

"嗨，这个老头儿有意思！"末了，王部长带一点欣赏意味说。

"一张嘴就吊二话！"有谁恼怒地嘀咕了一句。

"他还以为作虚弄假整对了哩！"副组长更多少有点愤激，"可惜照样达不到指标！"

"他们的指标是多少呢？"

"按照他们三年规划的要求么，至少亩产该四百斤！……"

"那这不算高嘛！"王部长插入说，"川南有的社还有喊亩产一千斤的呢！……"


# 八


冬天夜长，对于心事重重的人们，是难得的，可以认真考虑一些问题。有时却也不好对付，结果只落得个长夜失眠，苦恼不堪。

王部长建国前经历过长期地下工作的锻炼，冒过不少风险；五十年代中期，情绪非常稳定，几乎一挨上枕头就能入睡。近两年来，情形可起了变化：他也同一般阅世不深的知识分子样，经常在床上辗转反侧，为他所见所闻心潮澎湃。这初到木鱼公社的第一夜就是这样。他真有点痛恨自己，为什么他只能说些像强盗讲的黑话那样的隐语，而不敢明目张胆说呢?！

这种疑问不是第一次出现在他脑子里，而且他还自怨自艾地下过结论："大约是保官保命吧！"尽管压根儿他不心服，但却往往给他带来一种无可奈何的平静。这天夜里虽然他为自己没有爽直明确表明自己的看法感到难受，但也有叫他感到振奋的事物：社干、群众对于瞎指挥巧妙而又坚决的抵制！而且，他多么欣赏汪荣华老头儿机智勇敢的谈吐呵。……

副组长李自力这晚上也久久不能入睡，这个初中生解放初进过军政大学，因为敢于揭露自己父辈伙剥削、压迫农民的罪行，曾经博得一位省委同志当场表扬。由于组织纪律性"强"、斗争性"强"，在学校停办前一直留校工作，尔后为了培养这一个接班人，才下放到县、区工作。但他来木鱼社却还不到两年。他这天夜里失眠，可不是回忆当年，是他无论如何猜不透新任组长那些三言两语的准确含意。这是那个和他共事较久的组员夜里散会后悄悄提醒他的："注意呵！依我看王部长这个人不简单！……"

只有社员们一般睡得不错，正像那位泼辣妇女形容的，一躺上床就睡得跟"死猪"样。几位主要社干倒有些失眠，就是那个凡事满不在乎、性情乐观的赖体臣，也琢磨了好一会他亲耳听见的新任组长那几句含意不清的话。但他最后只嘀咕了一句："×呵，天无绝人之路！"一翻身也就睡了。贺永年在床上唠唠叨叨了很久，甚至给老婆训了一顿："你究竟睡不睡呵？就是砍头嘛，刀也还没有架在你颈子上呀！"但他虽然没张声了，一个人在妻子鼾声中还一直发了好久的闷气。霍干人更加不待说了，有时几乎有点胆战心惊。但他一直闷声不响，因为他刚才沉重地叹口气，他爱人就忭他道："赶快打个鸡蛋来藏起嘛！……"

在所有社干中，汪达非失眠的情况最深沉了。他不像赖体臣那么凡事满不在乎，也没有贺永年那样激动，更说不上胆战心惊。因为长期以来，在他思想里已经形成一个坚强信念：党和政府绝对不会辜负人民！而且他非常欣赏他父亲那句话："他老人家总有一天会知道的！"意在言外，这也就是说，本省在贯彻执行中央的方针政策上出了差错，这是他早就有过的想法，也是他敢于明里暗里支持王桂华他们抵制工作组这样那样规格的思想基础。但他有时却也怀疑，对党说来，这能说得上忠诚老实吗？……

这正是他苦恼的所在。他对前任组长是不大在乎的：粗暴、颟顸、自命不凡，实在也值不得人尊重。现在，新任组长可不同了。这不是因为看起来他的级别比前任高，而是他沉着、冷静、平易近人，不能不付与一定尊重。而这却使我们的社主任面临一个新的考验：一方面，他相信他应该照顾群众的愿望和让大伙的生活多少得到一些改善；另一方面，他又担心中央的方针、政策，正如近一两年县委、工作组叫嚷的那样，没有受到歪曲？……

对于中央的政策，一个普通党员能抵制吗？这是应该的吗？建国以来，他经过多少天翻地覆的大运动呵！哪一项运动，他这个曾经以乞讨为生的泥脚杆不是全心全意贯彻？其结果呢，除开近两年来，哪一次运动、措施又不是为人民和国家带来最大利益？！……

他越想越远，困惑也越大了。根据父亲晚饭时候讲说他同新任组长的对话推测起来，很难说他直接负责的这一片庄稼不会又一次受到批评，否则组长不会问了产量又问指标。他忽然又想起播种不久，工作组跑来检查"技术规格"时一段极不愉快的经过……

那是一天下午，前任组长一发现稀大窝就问道："你们这样胡干能增产吗？""依我看能增产。"汪达非审慎地回答说。组长可嘲弄地大笑了，接着道："不要说两口话，敢保证增产么？！"他又冷静沉着地回答："敢保证！""保证什么？——保证明年又向国家伸手贷粮！……"

接着，组长又一个劲打着转身，用手指指前后左右围观的社员群众："你们说他这个保证靠得住吗？——指标是四百斤呵？！"人们随即七嘴八舌嘈杂起来。有的含讥带讽："我们早就变成外行了呵！"有的气愤地嚷道："不只是他，我们每个人都敢保证！……"

"啥！——你们每个人都敢保证？！"组长轮睛鼓眼，大声诘责。

"当然啦!"王桂华从他背后抢嘴答道,"庄稼是我们种的嘛,社管会又没有强迫我们!"

"好,好,好!"组长转过身连连叫道,"你们马上先给我返了工再说!……"

"可惜没人管伙食呵!"有谁长声叹息。

于是,社员们和两三个生产队长随口吊着二话,四下里走掉了。

这个尴尬局面,结果还是汪达非出面来收场的。他首先自己承担起责任,有点放任自流,然后又如实反映了群众的生活情况和思想情况:口粮标准低了;对一两年前公社化初期,他这个主要负责人许的愿没兑现很不满意,以致思想混乱,从而影响到社管会的威信……

从当时工作组长的反应说来,汪达非认为问题算解决了。而他没有料到,县委、区委都先后派人到第二生产大队进行了调查:汪达非、霍干人在播种小春问题上是否是主使者?群众没有把责任望他们身上推,当然也没有说他们有意包庇。所以工作组的检举也就吹了!现在叫他猜不透的是,为什么组长换了?而且调来的又是个省级干部?……

一件往事忽然浮上脑际,他的情绪一时间平静了。这是去年春荒严重、食堂无形中停办以后的事。一天,他去了解困难户廖大娘的生活情况,刚爬上木鱼山后面那架陡坡,他就看见老太婆在推磨,身边搁着箩筐、口袋。他忍不住高声笑道:"呵哟,你还有东西磨呀!"老太婆一惊,立即回答:"是呀,红薯片还有点!"立刻把箩筐、口袋收拾起来,进屋去了;一面请来客堂屋里坐。而他随即发觉,老太婆磨的并非干红薯片,是烘晒干了的芭蕉根!他当时又高兴又难过,而这两种感情立刻叫他热泪盈眶!

他高兴,因为他感觉社员群众太好了,不愿意张扬他们的苦境;同时却又感觉自己工作没有做好,太辜负群众对自己的信任!现在,为一种蓦然而来的悲愤所控制,他忍不住嘀咕道:"啥呵,砍头也是那么回事！""你咋还没有睡着呵！"被他惊醒的妻子苦恼地叫嚷了。"好吧，这下睡得着了。"他一边回答一边翻身睡去。而且的确睡得不错，没有辗转反侧。因为他的主意已经定了：不管如何，哪怕就是砍脑袋吧，他都不能把那些大多出于主观臆造的所谓"技术规格"强迫社员接受！让收成越来越坏，老百姓的生活越来越苦，病痛也越来越多。而且老是伸手向国家贷粮、贷款，也太丢人了！……

尽管失眠了很久才得入睡，但他照旧天一亮就起床了。父亲汪荣华比他起得更早，正打算从神龛的抽匣里搜寻蔬菜籽种，因为望见媳妇端了一筲箕厚皮菜从院坝里走向灶房里去，他忍不住嘀咕道："林女子呀，试到点来呵！"他担心媳妇手下重了，摘得太多，有害于留在地里的厚皮菜继续生长。因为按照习惯，乡下人吃厚皮菜、青菜一类菜蔬，都是隔段时间采摘一次外面的老叶片，把鲜嫩的叶片保留下来，以后采摘。

嘀咕，实则是警告。之后，老头儿这才又转向神龛，拉开抽匣。这神龛是土改时分得的，已经算不得神龛了，它的职务是堆放一些零星日用物件；抽匣则用来保存社队的文件、普通书籍，以及各种单据。老头儿对于一些难得的蔬菜籽种，也胡乱往里面塞。他在第一个抽匣里翻了翻，没有找到他所需要的菜种。接着又翻腾第二个，照旧一无所获！

最后，老头儿火了，气势汹汹地面向早已来到堂屋里的儿子，像放鞭炮一样叫嚷起来。

"只图自己方便，一天就啥东西都往里面塞呀！——好吧，让你有一天饿慌了，把那些烂字纸煮起来当饭吃！……"

"究竟是啥事呵？爹，不要一来就大声武气喊吧！"汪达非求乞地轻声说。

"我没有你涵养好！可是我还长得有两只眼睛：一个冬落了几颗雨啦？直到现在老天爷还白眉白眼！……"

"这个好多人都看出来了，又会跟去年一样：干了冬又干春！"

"哎呀！这么说你比老头子还要高明啦?！……"

老头儿哈哈大笑一通之后，这才接着说道："干着急有啥用？得缩个草把子把窟窿塞住呵！"于是他把自己想到的草把子亮出来了：双抢过后赶紧在屋前屋后种些南瓜！他还根据经验算了个细账，经营管理得好么，一窝南瓜会收一两百斤！

"不是吹牛！"他又自负地接下去道，"这一炮打不响老子不姓汪了！"

"呵，你在找南瓜种哇?"

"可是几个抽匣都没有呀！"

"我怕什么事呵！"儿子手一挥轻声笑道，"檐口边棕包里那不是呀！……"

"哎呀，你也打一个招呼呢！……"

"可是这么点不顶事呵！还有那么一大堆党员、社员……"

"×！"老头儿满不在乎地喷出一个粗鲁字眼，"老贺、老赖他们都有，用得上你操心！"

汪达非没有和他争论，他自己有划算：到了必要时候，他会搞点贷粮去外地换南瓜种。虽然早已靠边站了，或者说等于靠边站了，他却照样关心群众的疾苦。十多年来，这已经成了习惯了，此生此世看来也无法改变了！……

他没有同父亲争辩，还因为言谈之间，他忽然发现，就以赖体臣为首，一些社干已经走进院子里来了。

"你昨晚上像也打更来呀?"赖体臣一走到院坝里就嘻哈打笑地嚷叫了，"我倒一觉睡到大天亮呵！"

"你福气好呀！"贺永年赌气说，"保险你活一百岁零一早晨！……"

"不要扯呵，都进来吧！"汪达非招呼说。

赖体臣的高兴，其根据是，工作组对于三大队当道那几块地的苗价虽然不满，对于它们的技术规格可没异议。特别丝毫没有发觉那大部分按照惯例偷偷播种的小春。但他也有点担心，因为那个社管会的伙房早上一起床就跑去告诉他：工作组晚上开了大半夜会呵！

因此，大家刚一随意坐定，他就又立刻说开头了，不过不是嬉皮笑脸，倒是神态严肃。而且显得有些忧闷。原来，那伙房不只笼统说工作组开了大半夜会，同时还根据他偶尔听来的一言半语，以及这两年工作组作风的不断升级这些事实，作了些必要推测，希望社干们有所准备。这也是他为什么一起床就扑爬筋斗跑去告诉赖体臣的原因所在。

赖体臣的追述一完，干人就争着发言了："是呀，新官上任三把火，很可能会来个下马威！"接着说了一遍昨天下午新任工作组长带起一哨人马视察庄稼的经过。这是他下工后东奔西走、四面八方向熟人打听来的，自以为很详尽。

所有在场的人大都证实了他述说的情况，有的还作了纠正，认为他有些夸大其词。

"'眼镜'那些话作用不大！"二大队的刘万福说，"那个什么部长吗组长呵，根本就没有听进去，只是哼哼哈哈……"

"你又没这么说！"干人情急地反驳道，"这种人才特别深沉哩，你就不知道他瓶瓶里装的是什么药！"

"哎呀！"赖体臣老毛病又发作了，"他顶凶装的是耗子药嘛！"

"它就是装的砒霜也是那么大回事！"贺永年紧接着大声叫道，"还是谈谈怎么把小春几下搞完呵！……"

"对！这才是实打实的问题！"汪达非首先表示赞成。

"要得！要得！"好多人都附和说。

于是大家谈起昨天的工作情况以及当天的打算来了。这种商谈形式，从工作组看来，是非法的。因为汪达非实际上已经成了下台干部。但是，事情可就有这么怪，在一切有损群众实际利益的措施，不管它来自什么权威人士、权力机构，总照例遇到永不停歇、坚强而又巧妙的抵制。因此，尽管副组长早已由怀疑看出蹊跷，一再刮过胡子，可是照旧一个没有办法！……

大家一个共同的忧虑是：由于冬季雨水欠缺，庄稼已经受到亏损；眼见春旱势难避免，麦子又快要扬花了，怎么办？刘万福主张用前两年搞的囤水田里的水浸灌一次。他说得专断而又愤激："管他妈的，少种水稻不会死人！……"

"对！"王桂华赞同道，"咱们祖祖辈辈不都是吃红薯、玉麦长大的呀！"

干人不由得长长叹一口气。

这是那种愧悔交加的表现。也就是说，他的叹气，是一种左右为难，有口难辩，只能咬紧牙关忍受的表现。汪达非、贺永年和赖体臣最了解他，因为他们不仅知道他的为人，他在易胆大诱逼下所作的诺言，他们还记忆犹新。

"没关系！"赖体臣富于暗示地微笑道，"现在哪个说的话算话呵，——天塌下来还有这么多长汉子！……"

"一开口就是五十亩双季稻！"贺永年说得直截了当，"幸喜还没有拍胸口！……"

"过去的事不要提了！"汪达非岔断他说，"我也表示过同意呵！我看就这样吧，——总之，千万不要再磨嘴皮子了！……"

接着，他又含意深深地谈到三大队那些庄稼，因为那块保肋肉就在工作组眼面前。

"老赖，你那一坝恐怕也得想办法呵！"

"这个你不要担心，有工夫我们扯一扯吧！"

这个一贯喜欢嘻哈打笑的角色诡秘地笑着回答，显出一种满有把握的神情。

# 九

新任组长，领起全组人走马观花地看了几个小队的生产，就悠悠闲闲回转公社去了。

一路上，人们按照各人的性情、习惯和身份，述说着自己的观感，很少停嘴。副组长李自力说得最多，简直有点义愤填膺的情势。只是新任组长很少哼声，恰好和副组长形成了一个尖锐对比。当其走下平坎，来到第三生产大队地段的时候，李自力说得更起劲了，指手画足，很少停歇。显然企图要让他的评断给新任组长也就是王部长留下一个深刻印象。

尽管出苗不齐，独根苗多，分蘖也少，比起平坎上两个大队的庄稼相差很远，但他却从另外一个角度来下判断：认为这是一个对上级党委的态度问题。而如果就生产谈论生产，将会招致脱离政治的原则性错误！

"赖体臣就是不同！"他用赞扬的口气继续道，"人家在部队里锻炼了那么多年嘛！"

"不是有人说他是'国民党俘虏兵'?!"老王停下来反问了，语气相当尖锐。

"那是去年整风扯出来的，一查，才不是那么回事。——你怎么知道的呢？"李自力忍不住紧跟着追问了一句。

王部长慢悠悠叹口气说："所以许多事不要忙匆匆做结论呵！"可是没有说明它来自县委一把手胡书记。

这一天来，这次王部长讲的两句话语意非常明确，但对后一句话，"眼镜"可也并未完全听懂，他仅仅以为它是就赖体臣去年一度被诬控为"兵痞"一事说的。因此，接着他就说明他上午向王部长提出过的建议。

建议的全部内容是：请示县委，让汪达非下来负责领导三大队的工作，权且把赖体臣临时调到平坎上一、二两个生产大队负责领导。理由呢，早说过了，一、二两个大队，原早是两个小社在合作化高潮时合并成高级社的，汪达非一直在那里负责搞，关系多，人缘好，因为他总凡事迁就社员，乐于贯彻执行"尾巴主义"！而赖体臣组织纪律性强，对党的方针、政策，特别整风以后，在生产技术规格上，贯彻执行得更认真了。

此刻，他还从性质、脾胃和作风提出一些新的论据，作为他上午评论汪达非的补充。

"你听他说话嘛，"他继续道，"总是：'好嘛'、'要得'，这一两年他就从没伸伸展展说过次话！一来就是：'我没意见'……"

"实际上他才意见不少。"王部长含意深深地插了一句。

由于语调幽默又凑合得这么巧，人们全都忍俊不禁笑了。

"是呀！""眼镜"扬声笑道，"口头上说没啥意见，实际上光跟你耍心劲，——这种阴心人最难于对付了！……"

"还是晚上慢慢扯吧，"王部长忽然又插断他，"这个肚皮已经在嘈杂啦！"

这句话深得人心，因为大家的确有点饿了。

这是实实在在的问题，不管口头心上，除了多少感觉有点扫兴，就连副组长也没有异议，因此，那个原有的组员忙匆匆叫喊了一句："让我去看炊事员搞归一没有喳！"抢先快步向社管会走去了。其余的人也都缓缓跟随过去。

炊事员，一般社员都叫他老钟，五短身材，又是所谓筋骨人，已经六十带了。是镇上的贫民，公社化后开办食堂才来木鱼社的。因为他原来就是这个地区的人，土生土长。是灾荒把他一家人赶走的，辗转流离，解放时已只剩下自己和老伴了，儿子则早已成了国民党的炮灰。他把晚饭早做好了，而且按照副组长的吩咐，他还用专门从城里给老王同志带来的猪肉搞了一样容易消化的蒸肉饼。

去年整风，老头儿也差点挨斗。有些人责怪说，他的瓢把子是长了眼睛的，能够分辨亲疏。而多数社员却信任他，那些闹嚷的人又拿不出多少把柄，末了，只是做了些检讨，兜了一衣包意见就退出会场。事后，他原想迁回镇上，可给汪达非、赖体臣一伙人留下来了。

由于那个打前站的组员相帮，当大伙陆续走进食堂的时候，饭菜已经摆设好了。王部长把把细细扫了一眼桌面上的饭菜。

"呵哟!"他跟即不以为然地惊叹道，"你们是办喜酒呀?!……"

"因为想到你年岁大了……"副组长赶紧解释。

王部长沉着脸提示道："下不为例哇!"接着顺便在食桌边坐下来。

其实，通共只有四五样菜，而且只有两种荤菜：一种是所谓撬荤，猪肉炒红白萝卜；此外，就是那一碗相当打眼，为王部长专门准备的蒸肉饼。这在从前和现在说来，真也不算什么，但在那些困难年辰，比起重灾区来，显然就是办喜酒都不会有如此丰厚!……

王部长身体瘦弱，胃口也差，晃眼一看，正跟甘地一样，倒也的确需要营养。但他对于那碗肉饼，几乎没有动过筷子。因为打从五九年来，他已经跑了不少地区，尽管这里由于离省城远，"风"刮得不算大，特别县委胡书记尚能体察民情，进行了一些必要照顾，远比路当要道，老早成为全省重点的农业地区为好。但是，个别地区的严重灾情，于他印象太深刻了。

草草吃罢晚饭，他就率先退回卧室去了，因为他相当锐敏地感觉到，由于他的在场，大家多少有点拘谨。在卧室里坐定后，他取出短烟杆，抽燃一支叶子烟卷，摊在一把破藤椅上，逐渐陷入沉思。他想起一年前自己在川西、川南农村和小城镇见到的一些情景，接着是他在省城一向的见闻。一个相当生动的场景，使得他苦笑了：夜幕降临，街灯亮了，在一盏街灯下面，蹲着一个十四五岁的少年，面前提筐里摆着一盆凉拌"无缝钢管"①；而同时蹲在街灯下的，则是一位穿着整齐的干部，正捧着一盘向那少年买来的凉拌菜大吃大嚼……

想到这里，他倒有一点振奋了，感觉自豪地自言自语道："天不会塌下来！"接着却又不免对某些负责同志的颟顸感到不满，嘀咕道："太专断了！"正在这时，"眼镜"们陆续走进卧室来了。而且一进来就忙着点燃灯亮，似乎准备立即开始预计要在夜里进行的会议。这是一次重要会议，他们将继续对木鱼社的情况进行全面研究，借以根据县委扩干会的精神，决定一些具体措施，以便开展工作，改进生产面貌。

在所有成员中，看来"眼镜"最积极了。但一想起叶书记的叮咛，而且从他这一天得到的印象考虑，王部长不只是年龄大，简直像一个半病号，他又立刻转过念头，用一种体恤语调说道："休息半个钟头再开会吧。"于是也不管王部长是否同意，随即退出卧室。

这个主张显然颇得人心，其他的人都陆续跟随他走了。然而，一到卧室外面，李自力却又立刻要大家到他本人卧室里去。

"还是我们先凑凑情况吧！"他开言说，"让老王同志多休息一阵……"

"对！"那个叫作小吴的新组员首先赞成，"今天也够他累了。"

"那我们就开始扯一扯吧！……"

"扯"，也就是说"讨论"，然而，接着来的却是副组长大开其一言堂，别人很难插嘴。

不仅如此，这个"一言堂"的货色，也不外是他早已向王部长以及其他组员推销过的货色：一、二两个大队违反"技术规格"的问题，汪达非的精神面貌和工作作风的问题；他还追述到前一年开始出现困难以后，汪达非的一系列错误做法，如此等等。

"你在那儿逛啥哇？""眼镜"猝然主动岔断了自己的话。

"我看你们还要不要开水呵！"炊事员老钟从门旁解释说。

------

① 无缝钢管：蕹菜的别名，北方叫藤藤菜。三年困难时期，人们叫它"无缝钢管"。

"不要了！——去睡你的吧！"

"好嘛！"炊事员曼声回答，随即转身离开门首。

"转来呵！"副组长蓦地又叫转对方，"我再说一遍哇：明天菜搞清淡一些，饭煮软和一点，多搭点红苕。"

"好嘛。剩下的那块肉呢?"

"暂且腌起搁在那里，——快去睡吧！……"

随着老钟的身影从门旁隐没，"眼镜"的一言堂又开张了。直到大家察觉时间已经不早，通过小吴的建议，这才又一次相率走向王部长的卧室里去。

出于防御深夜的寒冻，并非准备睡眠，王部长拥被坐在床上。因而大家一进屋来，他就赶紧说明："就让我这样坐在床上扯好吧?"于是会议也就重新开始，照例是由副组长汇报情况：稀大窝和条播密植；组织纪律和弄虚作假；汪达非如何，赖体臣又怎样，等等。"简单一点好吧?"王部长终于遮断他说。

"好！""眼镜"立刻表示赞同，"所以想来想去，只有把他们的工作调动一下。……"

至于调动的理由，正跟他前些时候说过的一样，只是口气更坚决了，仿佛别无良策。

"我早已经向农工部请示过了，"他又紧接着补充说，"张部长基本同意这个办法，认为这样可能保证全面贯彻技术规格。……"

这个补充显然是必要的，可惜并不完全。因为他还早就向汪达非本人，以及一两位他自以为信得过、一向老成持重的中年社员代表试探性地提过这个调动问题，仿佛那无非是兴之所至的闲聊，因而用不上向王部长汇报。实际呢，已经有些人知道这回事了。

他原想再谈点他向张部长请示的细节，王部长将信将疑地切住他："这个调动的作用这么大啦? ——保证全面贯彻技术规格?!"

"要不信你将来看嘛!""眼镜"的回答更加坚定。

"好！那吗是不是也可能保证增产呢？"王部长接着又追问道。

"当然能啦！省委的试验田早证明了：硬是能够增产。"

"大门外路边上那些小麦也能增产？"

"那倒还难说呵：经营管理没有跟上去呀！……"

"眼镜"多少有点激动，连腮巴也涨红了，因为由于王部长把问题提得那么尖锐，这完全出乎他的意外。但是停了一会，他又开始了详尽的说明。起初，还忍口忍口的；接着可十分流畅了，直到王部长一连打了两个哈欠，这才逐步进行结束。

"当然呵，我是按省委总结试验田的经验说的，要增产就得全面贯彻执行，来不得半点虚假！……"

"你对农业倒相当熟悉呀？！"

王部长的口气像惊讶又像怀疑。

"半罐水呵！我是前两年才参加农村工作的！……"

王部长忽然大声笑道："你一下就懂得这么多已经不容易了！"一点不露嘲讽味道。

接着他又征求意见似的说道："怎么样，好好睡一觉明天扯吧？"因为大家没有异议，于是他就宣布散会。

在人们散去之后，老王同志忍不住嘀咕道："我就猜到了吧！"接着躺下去准备睡觉。但他怎么也睡不着，"眼镜"的形象老在他面前晃。他在来到木鱼山的途中，已经对"眼镜"有所认识：省城大专院校的政工干部。五十年代从学校毕业后，就留校工作。思想单纯，一贯力求贯彻执行党的指示，而又往往误认个别地区的党委或党委负责同志就是党的化身。更重要的，是不研究当时当地的实际情况和重视群众意愿，于是一切差错，也就从这里发生了。

王部长随又回忆起县委胡书记同他的一次谈话。这是一位外籍干部，同老王一道搞过土改，关系不错，因而他们的谈话是一次开诚布公、同志式的谈话。胡书记还向他敞开了一个思想上的禁区：当县委得到毛主席五九年四月那封写给"省级、地级、县级、社级、队级和小队级"的《党内通信》的时候，他是多高兴呵！

因为在这封通信中，毛主席谆谆告诫我们："一切大话、高调切不可讲！"而为了及时煞住害人的"浮夸风"和瞎指挥，以至于表示他甘愿在事实面前公开承认自己保守。显然他当时已经察觉，来自基层的一切假话，都是"从上面一吹二压三许愿"招致来的。为此，首先就得让群众敢于"讲老实话"，所以他把公社各级组织也摆在受信人的地位。然而，当县委正准备向各公社党委分发这封通信的时候，上级的电话来了：本省情况特殊，文件立刻封存！……

他们更为愤慨的，是省委在扩干会上用那种别致方式"传达"庐山会议精神带来的恶果！从省级到生产队的负责干部，几乎全都跟"右倾保守思想"沾边！甚至不少人像汪达非样，没完没了地做检讨和接受批判。当然，这一切想起来并不怎么好受，可是，对于王部长说来，他却多少为这个边远地带感到庆幸。由于离省城最远，没有受到上级的更多重视。……

胡书记有段自白对老王印象最深："我老家搞土改我在区党委做通信员，那时候才吓人呢：'群众要怎样就怎样！'有位负责同志那才叫搞得惨呵，——幸而中央察觉制止得早！"他还仿佛重又看见了胡书记泪光闪闪、强忍悲痛的颜面。而这个县的"三风"之所以能在一些地区一直受到抵制，显然同这位长期经受过革命锻炼的书记同志有关。而且他还富于暗示地讲过："有些人就是不相信农民懂得种庄稼呵！"

王部长忍不住又嘀咕了："可是他们却相信农民甘愿吃低标准！"于是重又想起"眼镜"和他的建议，泛起一种哀怜情绪，感觉这些青年知识分子被一种脱离实际的坏作风糟蹋了。随又反躬自问：不是就连胡书记和他自己，也只能睁只眼闭只眼么?！他最后向自己说："换就换吧，让汪社长下来推广推广他们的经验也好。"

接着翻一个身，迷迷糊糊睡过去了。

# 十

一、二两个生产大队的社干、社员代表,大都陆续从平坎上下来了,前去公社参加大会。一般神态都懒妥妥的,而若果不是汪达非一再催促,他们当中一些人还不会来,宁肯留在家里搞自留地,或者为大春积肥。因此不少人一路嘀嘀咕咕:"你正说搞几棵南瓜种,就那么老催你开会!""要是招待一顿伙食倒不错哇!"有人故为幽默地从旁搭腔。

只有那个一早就四处催人开会的社主任不在一道,正在自家门口同父亲纠缠。因为老头儿不仅固执己见:"可惜我的时间了!"不肯行使他的社员代表职权,还大嚷大叫:"'眼镜'那一套我已经会说了,'这不是搞生产,是干革命!怎么讲价钱呀?!'"可以说是艺术加工吧,因为从表情到口气,他都模拟得有些夸张,而且两父子全都忍俊不禁笑了。只是儿子的笑里多少带点苦趣,一则他担心父亲这样口敞会招来麻烦,因为"眼镜"已经对平坎上两个大队的生产盯得来更紧了;而且担心影响群众情绪。

他真感到有点无可奈何,只好向父亲做出让步,以便阻止老头儿再乘兴说下去。因为正有几个社员代表向他门口走来,下平坎去开会。而这几位住在纸厂沟沟口一个生产小队的社员代表,他已经催过两三次了!但从神态看来,显然照旧不乐意去开会。

"不要说了,你就留在家里吧!"他劝说着父亲,随又打出笑脸催促三个已经慢腾腾到了门口的社员代表:"唉,我就等你们几个啰!"

"你看我两只足都在展劲跨哩!"一个瘦长无须的中年人笑一笑回答说。

"一天吃些啥你比我明白呵!"这说话的是一个小老头子,多少有点怨气。

"对啦！"父亲在大门阶沿边唱和了，"就喝他妈点稀汤汤，一个人会有多少劲吗？! 还要你丢下活路跑去开会！……"

"爹！我已经说过了，你老人家不去算了。"汪达非近乎求乞地说。

"怎么，老将黄忠今天不出马啦？"那个小老头子停住足不走了，回转头问。

"我已经退伍了！"

父亲的回答，使得几个人全都笑了。因为他们立刻回忆起公社化前夕和初期汪荣华曾以黄忠自诩，活跃在生产战线上那股干劲。可是这些笑的愉快成分，很快就烟消了，转换成当前这个大不愉快的现实所引起的苦趣。而身为社长的儿子，则深深感到啼笑皆非。

"走吧！"他强自振作起精神嚷道，"散了会我请你们到家里来慢慢扯！……"

汪达非还又一次说了两句出于无奈的诳言：父亲之所以不能前去参加大会，只因为他感冒了，头脑有点昏晕。

父亲微笑着在心里嘀咕道："杂种娃现在也学到撒诳啦！"同时目送儿子伴随几位社员代表慢步走下平坎。

当汪达非出现在会议室大门外时，小吴正在台阶上张望。而一眼瞧见他，便忍不住微笑道："请到前几排去坐哇。"他已经了解到李自力对汪达非成见深，这两三天来不止一再提到他的精神不很振作，开会光溜边边。而且为了等他，已经发过脾气。社主任对于这位跟随王部长一道来的工作组成员的叮嘱，报之以充满谢意的一笑。这也由于对方能够平等待人，不像"眼镜"之类的干部那样，爱摆架子！

因此，刚一走进会场，他就单独一直朝前排走去了。这引起不少人的诧异，主席台上的"眼镜"，则目不转睛地注视着他。

当汪达非走到前排坐下之后，"眼镜"刁起嘴角一笑，轻声哼道："咋还没去请你就来啦？"而王部长似乎有意唱反调样，紧接着轻声说："上来坐吧！论理，你才算是这里的当家人呢。"但是，在听众一片轻松的笑声中，汪达非十分平静地推谢了。

"用不上客气呵!""眼镜"说。他对王部长和汪达非显然都有不满，心想："说他精神面貌不对头还不大相信哩，——咋样?!……"

接着，尽管事先已经商定，由他传达，经群众讨论后，王部长进行总结，把大春耕作计划落实到各个生产队和社员代表身上。这本来用不着再你推我让，而由于情绪临时有了那么一点变化，他不免多少带点矜持地向新任组长多此一举地谦让了一番。最后，因为王部长十分干脆利落地坚持原议，"眼镜"叹口气说："好吧，那就还是我传达吧。"仿佛要他完成一件自己并不胜任也不愿意接受的苦差。

然而，话匣子一打开，他的情绪陡然变了! 传达县委召开干部会议的精神，特别是讲到生产指标、一些争取达到指标的具体措施的时候，正如以往偶尔代替那个已经调走的组长作什么报告一样，他倒反而感到一种最大的精神享受，简直有点口若悬河。扫兴的是，他的语言洪流尽管浩浩荡荡，效果可不理想。因为听众的反应和他的希望并不相称：汪达非的神情是冷淡的；贺永年显出一副愠怒的脸色；干人有点愁眉苦脸；赖体臣则照旧笑口常开……

至于群众，一般都相当冷淡，一年多前那种听报告和传达上级指示的气势已经萎了。还有人闭目养神。有的则干脆串瞌睡，不住把脑袋一下一上牵动；有时又猛然扬起头来，一面揩抹口涎，一面吃惊地想道："怎么还没有讲完呵!?"接着就又重新串起瞌睡来了。当然也有为生产计划和增产具体措施大为吃惊的人，但也很快就坦然了："×!一定要搞庄稼，才活得出来呀!……"

因为坐在"眼镜"后侧的新任组长看看手表后嘀咕道："咋个一混就十点啦!""眼镜"本人在这个提示下也举起手表瞧瞧，就加足马力，让语言的洪流更富于感情了。因为他早已结束了具体任务、措施的陈述，现在是作政治鼓动工作。他讲得很自得，完全没有想到听众的情绪。

"快了，快了，"他压低嗓门回答着王部长的又一次催促，"几句话就完了！……"

也许是条件反射，或者说职业病、连锁反应，统而言之，尽管他说的不是几句，而是二三十句！他的类乎疲劳轰炸的传达，现在总算堂哉皇哉地结束了。同时听众中发出一片如释重负的叹息声，仿佛他们刚才完成一桩使牛拉耙的重活……

按照副组长事先的安排，实际也是按照例规，接着是分组讨论。这个比听报告轻松，在小吴等几个组员的协助下，以生产队为单位，几位队长、副队长就各自找好地方，开始同各队的社员代表进行讨论。但与其说是讨论，倒不如说是休息、抽烟、唧唧哝哝发泄一下闷气来得恰当。而他们的闷气真也不少，首先是对"眼镜"的传达，不少人以为讲得太拖沓了，浪费了时间："他的话也真多，'王大娘的裹脚布'样！……"

至于指标呀，措施呀，大多不很在乎："完全用衣包兜回去也是那么回事！"他们已经对通过工作组贯下来的各种指示，不怎么感觉神圣不可侵犯了！却把它们看成是不切实际的空话。而且，但凭去冬栽种小春的经验，他们相信，对于实在无法兑现的空话完全可以置之不理，按照自己认为有效的办法行事。这当然得避开工作组的耳目，因而他们私下给这种做法取了一个不大中听的名色："做贼娃子活路！"个别生产队也存在忧虑：少数年轻社员，已经开始向往邻社、邻队一些离开本乡本土、出门跑滩的社员了，以为这样可能解决温饱问题。

这种对于劳动力外流感到担忧的，大都是生产队长和少数老年社员代表。只有贺永年的想法不同，他插断一个胡须花白、身材瘦长，他的隔房叔爷贺绍业，一个单身汉的诉苦。

"一定要鱼死同串么？你让他们出去闯呀！"他突口而出地气冲冲说。

"你这个话才说得安逸！——我怕像下坝样，抛那么多荒不像样呵！"

"你这是操空心!"

"好嘛,你们干部都不在乎……"

"我早就给轰下台了!"贺永年切齿说,声调有点咽哽。

老头儿本想讲完他的话的:"你们干部都不在乎,我光棍一个,有什么了不起?不少人家拖儿带女一大堆呵!"但他把它们咽下去了,因为他从声调听出来他的侄儿并不好受,同时联想起这一两年贺永年的遭遇。而且深知他打从土地改革以来对工作都认真负责……

由于试图转换一下情绪,贺永年已经站起来走掉了,而且有意回避老头儿充满忧虑和责难的闪闪发光的视线。因为他的愤恼只是外表,实则呢,他为社员生活问题的忧虑并不比他叔爷轻松多少,毋宁说沉重得多!正和汪达非、赖体臣一样,公社化初期,他是多激动呵!开办食堂期间,他还支持过一位妇女坚决不肯当炊事员的要求:"对!我赞成,不要再当锅边转了,——摸上锄把干吧!……"

而现在呢,几乎所有的妇女都各自回到厨房,并经常为点吃食引起家庭口角。他自己家里也不例外,这是不用讲的,但他此时此刻想到的却是几家最为困难的社员群众。他颦蹙着脸,毫无目的地转了几圈,然后在汪达非直接主持讨论的一个小组边停下来。

对于汪达非照例四平八稳的神态,他是多么羡慕呵!当然,他也深知社主任的苦恼不比他轻,但是社主任沉得住气。好久以来,打从他们一道搞土改起,在汪达非的劝告和影响下,他也很想向他学习,但他总是难于控制自己的感情。当一碰上意料之外的事件,不是热情澎湃,就是嗒然若丧。正像近一年来那样,他总感觉诸事都不遂心,而且毫无希望。

在汪达非影响下,这一组人的情绪也相当平稳,只是发言并不怎么踊跃。尽管"眼镜"一晃走来看见,就像下达什么命令似的嚷道:"唉,咋个老抽烟呵?你当主任的就带个头吧!"汪达非说:"我早就讲过了,其实大家也说得不少呵!……"

"那么对于扩干会上议定的指标，生产技术规格都没有意见吗？——这些都是你们在县上一致承认过的呵！……"

"我倒没有给哪个打过包票呵！"贺永年气呼呼说。

"眼镜"非常恼怒，而当他风车一样回转身去，对方可已经昂头挺胸地走掉了。

"你当然是不会打包票！""眼镜"望着在他看来早已不起作用的大队负责人贺永年的背影嚷道，"你早就躺下来了！"

接着他又回转身来，扫了汪达非和所有社干一眼，同时矜持地笑一笑。

"唉！时候不早啰！"他带点警告地说。

"是呀！"一个中年社员代表笑道，"肚子都嘈杂起来啦！"

"我们早上只喝了点稀搅搅呵！"好几个人齐声叫唤起来。

这是怨声，但也掺杂有嘲讽意味；这使"眼镜"立刻敏感到了。

"我们像吃的十大碗！"他说，车身便走。

"至少每天三顿干饭总不会少！"有谁愤然地说。

"唉，说话试到点来呵！"汪达非招呼道，"他们早上也是稀家伙呵！……"

"至少比我们喝得稠！"

"听老钟说，还从县上带来两大块猪肉呵！……"

"好啦！"汪达非苦着脸连连招呼，"好啦！还是谈正事吧！……"

"这还有啥说头呵！"有人大声搭腔，"大家都扯起衣包把啥任务全都兜起走吧！"

"对！对！对！横竖我们拿出这剩下的二两气来拼命干吧！……"
人们几乎全都口无异言。

这种爽快、一致、毫无保留的赞成，是近年来少有的，而且全都发出会心的微笑。他们已经懂得怎样对付所有这些不切实际的物事的窍门了。而汪达非又肯为他们的生计着想，能于装聋作哑，不至于拼命地往下"贯"。何况也只有全部"包下来"才能早点脱身！

然而，也有人有忧虑。一位脸面浑圆、老实和善的中年人，忽然四面瞧看一眼，把头伸向汪达非去。

"听说你就要调走啦？"他显得机密地问。

"哎呀，你消息真灵通！"汪达非笑笑说，"不过不要那么紧张！……"

于是他向大家透露了工作组个别同志的一点设想：他同赖体臣在分工上打个掉，并不是什么决定。他的交代一完，不仅问探的社员轻轻松了口气，其他社员也大都安心了。因为即或真的调动，他们也都相信那个平常嘻哈打笑的退伍军人，断不会不顾群众死活。

"放心吧，"汪达非接下去道，"就是赖大汉调上来，你也不会再胖下去！……"

而他的打趣刚告结束，几个已经向王部长汇报了讨论情况的工作组组员，就一面拍着巴掌来引起大家注意，一面招呼大家各归原位，听取总结报告。只有"眼镜"有点扫兴，因为他认为就连社干也还思想不通，主张小组讨论继续进行。直到王部长近乎打趣地提出一项建议："那就不管干的稀的，供他们一顿饭怎样？已经快十二点，我都有点饿了。"他才没有坚持。

等大家坐定了，于是王部长开始总结发言。这个发言，跟他平日闲谈一样，很朴实，有时措辞幽默，同时对于他有些话可也有点叫人不知道应该怎样理解。而不管如何，听众却都感到亲切、新鲜，不伤脑筋。他也讲得简短，一来就开门见山，说他相信群众、干部是愿意在党的领导下把生产搞好的。"再说，哪个又不愿意把肚子塞饱呵？"这一句反问，可立刻把群众逗乐了；可也杂得有深沉的叹息声，还有一些人不由得用一种嘲讽神色扫了眼那位坐在主席台上的副组长，浮上一点冷笑，好像是说："就只有你相信我们愿意饿饭！……"

接着，新任组长就说到具体问题，认为应该尽力按照上级指示办事，但也不要闭着眼睛一个劲"贯"。而在叭了两口他那根经常捻在手里的叶子烟杆以后，随即讲了一个民间故事：一位自以为高明的医生用门板、磨石治疗驼背的故事。于是听众连饥饿也暂时忘掉了。

"这一来，驼背还是驼背不说，——人可背起包袱见阎王去了！……"

人们大笑起来，他可照旧不动声色。副组长呢，早已上脸的不满之色，却也更触目了，愤然在肚皮里叽咕道："哗众取宠！"

"不要尽笑，"王部长继续冷静沉着地说下去道，"暂且来个短安排吧：春节以前抓紧小春田间管理和大春备耕，首先把肥料准备好！——你还讲不讲哇？……"

他侧过头问副组长，而他得到的却是摇头；于是跟即回转身来宣布散会！

十一

王部长首先走下讲台，回到后院去了，只有"眼镜"满脸闷气照旧愣头愣脑留在原地，呆望着整个会场。

副组长似乎被一片五颜六色的声响吸引住了：凳子的移动声，匆忙的动作声，吁气声和哈欠声。倘有例外，则是近年来少有的轻松愉快、短促而又含蓄的笑语声。……

而从副组长的表情变化看来，那些笑语声显然叫他不大好受。因为尽管只是一些断句，同时又仿佛是人们在互开玩笑，但他总感觉自己有什么地方被刺痛了。

"非向县委反映不可！"他嘀咕说，越来越发生气。

"光景还要把我们喊转去吹一盘呀?!"有人在大门首回望一眼之后，笑一笑说。

"谨防给你记上一笔账呵！"接着有人发出警告。

"走、走、走，——又不是把戏呢！"走在最后的汪达非连声催促。

"看你高兴得到多久！"副组长望定社长的背影嘀咕。

现在整个会场已经空了。所有的声响也消失了。而副组长则照旧闷坐在原地不动。

"嗨，快准备吃饭啰！"小吴大声招呼他说。

因为"眼镜"只是轻轻点一点头，小吴接着走过去了。

他已经看穿了副组长闷气的由来，试图解开这个自负不凡的人物同那位他十分理解、十分佩服的部长之间的疙瘩。

"他是那副脾胃！"他开门见山地轻声说，"我跟他一道工作好几年了……"

"这里干部的脾胃我也多少知道一点！""眼镜"愤愤然说。

"这个当然你最清楚！可是你们两个今天配合得不错嘛！……"

"配合呵！""眼镜"非笑地嘀咕说。

"当然是配合呀！"小吴肯定地重复说，"你把细想想吧，都把绳子扯得很紧，不解决问题呵！……"

"照你这么样说，对于党的方针政策可以随便打折扣啰?！"

小吴迟迟疑疑，没有立刻回答。他很想问问副组长看过毛主席那封《党内通信》没有。因为长时期来，王部长一提起就感慨万端，认为如果这封信真的下达到生产小队，按照他老人家的要求行事，生产可能早上去了！由此可见，王部长对当前农村工作的某些看法，是有根据的。但他轻声一笑，决定不要招惹麻烦。

"那你又说说看：他在啥地方对党的方针政策打过折扣?"他轻声反问，紧紧瞅定对方。

"这样严肃的会议，你好不容易报告做了——好像故意拆哪个的台！……"

"眼镜"嗫嗫嚅嚅，车过脸不张声了。于是小吴脸上的微笑扩散开来。

"难怪不得！"他醒悟似的随又轻声笑了，接着便解释道，"同志，一人一性，他无非讲了点笑话，怎么说得上拆你的台呢！……"

接着，为了进一步弥合两位负责人之间的裂痕，按照近两三年来从若干显著的人事变动中学到的一点世故，他从他个人日常感触到的劝说起来，肯定王部长对副组长不错，认为他是个好帮手。而且，他又一次赞扬他们两位今天就配合得好。因为如果大家都板起面孔讲话，只会激化群众的抵触情绪……

"你可能也看出来了，"他继续道，"想想昨天下午平坎上那些社员的态度吧！……"

"好啦！"副组长插入说，"也许是我神经过敏！……"

于是佯笑一声，站起来，表示他已经想通了。其实他的思想疙瘩并未完全解开。午饭当中，他几乎一言未发；但却十分注意王部长的神色，以及把细推敲他偶然说的句把句话，仿佛它们含意深奥、有意要刺伤他这位副组长。然而，他却逐渐相信了小吴的解说，王部长只不过喜欢打趣而已，并且逐渐对这个已到中年的部长同志的谈吐感到亲切。只是最后却又不无惋惜地想道："未免太不像个老同志了！"

这个灵机一动得来的判断，不只扫除了他的所有委屈情绪，而且一下有了点优越感：自觉在政治上比这个原以为高不可攀的大人物略胜一筹。他还忽然记起，王部长是主管文艺的，小吴曾经向他夸说王部长旧诗写得很好。而这样一来，他就更加感觉他的判断正确。

因此，吃罢午饭，当王部长伸伸懒腰，准备退席的时候，他也显得随便地劝告对方："我看你赶快去扯伸睡一觉吧！"

"对！储备点精力，下午又出去压田坎！"王部长说。

"压田坎你倒不怎么顶用呵！""眼镜"也忍不住打趣起来。

"是呀，"王部长接嘴说，"我连包装一起过秤都不到一百市斤！……"

随即在一片笑声中率先离开饭桌，走回卧室去了。

副组长和组员们虽然都不过是三十上下的青年人，他们也照例回寝室午休去了。只是动身前"眼镜"一再叮咛，不要睡过头了，都得早点起床，分头去了解群众对大会的反应。这是多年来工作组行之有效的办法，而在他看来，今天这项工作远比以往重要。

自从参加革命工作以来，每年年终鉴定，不管是在县委、地委做干部时期，抑或到农村参加工作组这两年，他的鉴定都相当好：立场坚定，工作认真负责。他不是革命圣人，当然也有缺点：沾染得有邀功思想。这在机关工作中还不怎么显著，参加农村工作以后，随着"大跃进"、上级不断发动的这样那样运动，便日益严重了。然而，正好相反，鉴定上却再也没有"邀功思想"这类话了，变成了贯彻执行上级指示一贯坚决！

尽管年轻人瞌睡多，小吴上床不久就打呼了，"眼镜"却还一直在考虑工作。主要也就是已经摊在面前的这个如何同王部长"配合"的问题。对于前任组长，他们的思想、语言都很相通；现在可成了问题了！"配合"可也并非小吴的创见，他早已从领导同志口中听到过了，但他总还感到不够踏实。……

虽然尚未找到最为适宜的同王部长"配合"的方式，他可终于也昏昏然睡去了。只是照样比任何人醒来得早。

"哎呀，怎么一下就睡着了！"他大声说，当其呵欠着醒来之后。

紧接着又是一片响亮的哈欠声："呵、呵、呵！"因为人们全被他吵醒了。

他举起左臂看了看表："呵哟，已经下两点啦！"随即翻身而起。

组员们也陆续起床了。大都相当爽利，尽管有的人似乎还有睡意，显得蔫搭搭的。随即人们都分头出发了。他们没有惊动组长，只是留下一个组员在家整理材料和守电话；因为说不定啥时候县委突然下达重要指示，而又必须"闻风而动"。近两三年，这早已变成家常便饭。尽管今年"双抢"以来，次数比以往大为减少，紧迫程度也逐渐降低了，它在精神上给人们留下的影响却还没有消除，甚至可能还会持续一个相当长的时间。……

因为上午大会中间出现了一些不大愉快的情节，给他留下的印象太深刻了，一出大门，副组长简单同组员们谈了谈各自的任务，他自己就径直走上平坎，望汪达非家里走。他想进一步了解一下，这个在他看来早已萎靡不振的社长，今天忽然开朗、积极起来的原因究竟何在？他很难相信这是一个偶然现象。

两年多来，副组长对汪家可算最熟识了，留下来的印象也相当深。汪达非本人和他父亲不必说了，就是婆媳俩和孙儿孙女看见他的影子都会忍不住嘀咕两句，猜疑他又想搞什么鬼板眼了！当然，公社化初期他们也曾衷心喜欢过这个外乡青年，特别是两位妇女。因为那时候谁都认为，一切创举全都那么符合自己的愿望："嗨！早咋没有想到这一点呢？这个饭一天真把人磨够了！……"

有件事老太婆近半年偶尔想起来还感觉很好笑。她曾经拒绝当队上公共食堂的炊事员："你们拿八人大轿都把我抬不进厨房去！大半生这个饭真把人煮伤心了！"坚持要搞生产，最后还是"眼镜"说服了她："你一双小脚，能够下水田吗？"这确乎是个难题，只好怪自己出世得太早了，没有媳妇、女儿的运气好……

现在，当副组长走上社主任的门阶时，两婆媳也正在边说边笑。不过不是因为想起了公社化初期那些热气腾腾的日子，也不是想起了争取和万幸自己不再当锅边转的往事，倒是想起上午会议上新任组长讲的医治驼子的故事。这个故事，散会后就在公社各队传播开了，大家听了都有一种痛快爽利的感觉。

汪达非的母亲陈修真身材高大，跟丈夫差不多，话言话语却秀声秀气的；面前摆个簸箕，正同媳妇按照丈夫的吩咐在堂屋里选南瓜种。她早已望见"眼镜"在上台阶，但却立刻忍住笑警告媳妇："医驼子的来了！"一面装作得仿佛什么都没有发现，只是在一心一意选种。

媳妇叫林长秀，四十岁不到，但却显得苍老，仿佛快五十了。中等身材，曾经参加过王桂华领导的妇女队，还被评比为"穆桂英"。现在，这个"穆桂英"已经被妇女病缠得来够苦了！而她的性情却比婆婆硬朗，不仅不曾埋下视线，反而望定"眼镜"嘲讽地笑起来。可是这对副组长并没有取得应有的效果。

　　"眼镜"照旧旁若无人地向堂屋内扫了一眼，这才把视线落在两位女眷身上，向她们问起汪达非的行止。于是林长秀一个劲回答道："到后沟找肥源去了！你也去吧？就是路不大好走呵！——一不当心一点就会栽岩！这碗饭不好吃啰！……"

　　这时婆婆陈修真忍不住切断了她的话头。

　　"咋个说话总像放鞭炮呵！"婆婆嗔怪她说，"幸得副组长是熟人哩！"

　　"出名的'穆桂英'啦！""眼镜"装作大量地解嘲道，"可惜也有点泄气了！"

　　"看来只有你照旧干劲大！……"

　　林长秀没有接下去讲完想说的话："横竖每个月有工资拿！"她叹口气咽下去了。

　　"我们要对党负责呀！"副组长不无自负地接着道，"就是刀山也得爬呵！……"

　　于是开始做起政治鼓动工作来了。从国际、国内和本省的形势，谈到本县本社。他没有讳言困难：苏联的逼债和有的地区天灾严重，这都需要我们付出巨大努力，争取粮食增产。说了好一阵他才把话头落在汪达非身上，因为他觉得母亲、妻子的话可能使这位已经近于躺下来的干部奋发起来。

　　这时候，他说话的调子逐渐变缓慢了，情绪也不再显得激昂，倒是有些忧心忡忡。

　　"你们是清楚的，党为培植他这样一个干部花过多少的精力呵！"

他一唱三叹地继续说，"全县旗帜社的主任，又是省人民代表，——这都不简单呵！……"

"费你们的心多给他做点工作吧！"老太婆诚恳地求乞说。

"依我说你们最好让他当个普通社员！"媳妇断然地大声说。

她的心里也不好受。但跟婆婆不同，并不感到什么内疚；对于"眼镜"，更不存在任何希望。作为一个妻子，她深知汪达非这一年多来思想负担的分量：既要为群众的生活担忧，同时却又不能不服从上级的指示；而对这些指示，他却又并不信服。可怜他近年来挨过多少斗呵！幸而从来没人诬枉他多吃多占！……

她原有不少话要说的，但她立刻埋下头不响了，不断发出紧迫的喘息声，这有点出于"眼镜"意外，气氛一下变得来十分沉静。而更叫他吃惊的是，这个曾经博得副组长赞扬的"穆桂英"林长秀，随又一跃而起，狠狠瞪了眼副组长，一脚踢翻于她并无大碍的小矮板凳，气冲冲离开堂屋，走进厨房去了。

副组长好一阵才回过神来，喷出一个简短评语："神经！"为他自己解嘲。

"现在就是喜欢发跳疯呵！"婆婆替媳妇打着圆场。

"我早就猜到了，你们家里有人拖后腿吧！""眼镜"恍然大悟似的紧接着判断说，"要不，汪主任不会那样消极。"

"这倒不能怪我们哪个拖他的后腿呵，"老太婆解释说，"那娃真也可怜：起来早了得罪丈夫，起来迟了得罪公婆！……"

"你老人家这个话倒点到汪社长的命脉上了：前怕狼，后怕虎，不敢硬起腰杆来领导群众，只说些抹嘴皮的话！"

"全社这么多人的眼睛都望到他在呵！"老太婆呼吁说，"他爹就随常提醒他：你不要忘记我们在这里住过几代人啰！……"

副组长忍不住笑起来，显得十分满足。

"你看我猜得对吧？"他随即插嘴道，"你们汪大爷拖起后腿来恐怕比你媳妇厉害!"

"呵哟!"老太婆惊叫了,"他才从不拖儿子的后腿哩!总是说我们那娃:'你是土生土长的,得好好工作呵!'……"

"呵!这么说我猜错了!""眼镜"忽然起了点机心,改口道,"那么他平常在生产上给汪社长出过些啥主意呢?"

"这我就不大清楚了。"老太婆推口说,开始有了警惕。

"难道他们一点都没有向你透露过啦?"

"呵哟!你咋这么说呵?好像哪个是在搞反革命活动!……"

老太婆失悔自己说溜了嘴,有一点生气了。"眼镜"于是开始弥补,竭力解说他刚才是开玩笑。而他非常相信,她们全家人都是拥护党的,必不会有二心。正在这时,一位妇女挽着一个空提筐走进堂屋来了。这位客人既不跟什么人打个招呼,也不放下提筐,一进屋就在一张椅子上坐下,显然憋了一肚皮闷气需要发泄……

这是贺永年的妻子。"眼镜"很快认出来了,而且认定是来借粮,于是赶紧退出堂屋。


## 十二


副组长前脚刚一跨下梯坎,房内两个女眷就对着他背脊指指戳戳,嘀嘀咕咕抱怨起来。仿佛木鱼社近年来遭到的困难,都是他造成的,而且直到现在还把大家的脖子卡得很紧。特别她们两家人都有亲属在当干部,都不断受到批判,同时可又不允许他们辞职!……

等到"眼镜"的身影从她们视线上逐步消失,她们的话语也逐渐响亮了,因而媳妇林长秀也很快从厨房里走出来参加她们的合唱。

"我真想拖他进来看我们吃些啥!"她人还没有露面,声气可就先出来了,"自己一天塞饱了就到处卖嘴白!……"

"光卖嘴白都还好呵!"贺永年的妻子李全贞接口道,"他还要强迫你干这干那！——好像不把你这二两气都磨掉他不甘心。"

"不知道怎么还把这个家伙留下来呵！"袖头挽得高高的林长秀望来客说，"听他爷爷讲，那个新组长人倒和气。"

"就怕作用不大，"婆婆不住摇头叹气，"看来风都吹得倒了，总那么蔫妥妥的！……"

老太婆很为新任组长的健康担心，一直接下去诉说她所直接得来的有关新组长的印象，以及一切传闻。可是，两位中年妇女，已经自顾说起家常来了。

李全贞的丈夫贺永年这天也打起精神，吃过午饭就同儿子一起到十多里外的后山探查自然肥源去了。而他走后，李全贞在自留地里同婆婆口角起来。原因呢，又是为了那个曾经引起好多青年追逐的贺永年后母过门时带来的幺妹！因为提到她近来爱赶场，家里几乎住不下了，已经得了个不中听的名儿：小妖精！还相当含蓄地透露了一些不大中听的传闻：她和一个不务正业、名叫邱二的年轻人的关系十分暧昧。而这就立刻引起婆婆的责难！

李全贞原是来找林长秀诉苦的，因为她们一直就谈得来，"大跃进"初期又都是妇女队的闯将。林长秀远比客人坚强，也相当开朗，对方刚才提了个头，她就哈哈哈笑起来。

"你管她那么多做啥呵！"她大笑道，"总有一天会气得她捶胸口嘛！"

"我们那娃他爹像也给蒙到鼓里了！"

"你们妈可已经吃过了人家不少的欺头①！吃人口软……"

"你两个咕咕哝哝在说些啥呀？"耳朵不怎么中用的婆婆大声追问。

"呵，你看我把正事都搞忘了！"李全贞猛然醒悟地大叫。

随即撑身起来，说明她得赶忙去一位熟人家里，收讨前些时候借

---

① 吃……欺头：占……的便宜。

去的两斤苕片；只是路过这里，顺便来摆两句龙门阵。她边走边说，已经开始下梯坎了。林长秀呢，则已重又进入厨房。她先前是为了避免把她同"眼镜"的争吵扩大起来，以致给丈夫招来更多麻烦；现在却是真正为了准备晚饭。她知道汪达非这天的活路不会轻松，早已同婆婆商量好了，决定在搅搅里增加一点细粮。

因为老是不见丈夫回来，几个路过门口的社员，又顺便传达了个消息：汪达非、贺永年同副组长在木鱼山吵起来，一路到公社找组长评理去了。这样，在两婆媳重又咒骂了副组长一通之后，实在熬不住了，就同那娃儿吃喝起来。只是都注意掏稀的喝，不兜底掏干的吃。

等到汪达非回家时，天已经黑尽了。还有父亲和贺永年一道，只是后者无论如何不肯留下来用饭。

"你们吃吧！"贺永年站在梯坎下说，"看来那个瘟牛脑壳还不肯罢手的！"

"他撤我的职好啦！"汪达非说。

"我还准备他把我开出公社哩！"父亲照旧满不在乎，"单干户不一样靠气力吃饭啦？不过说起来丑人就是了！……"

"好啦！"汪达非连声对贺永年说，"好啦！那你就赶紧回去吧……"

等他回身走进屋里，父亲已经盛了一大碗干起来了。

然而，汪达非却食欲不振，闷着脸在一张圈椅上坐下，情不自禁地开始回味他们同"眼镜"那场争吵。对于母亲、妻子的催促，则照例只是简单回绝一句："我现在还不饿呵！"这倒也是实情，愤怒、不平以及种种忧虑，已经把他的肚皮给塞满了。

事情是这样的：根据父亲的建议，汪达非他们并没有到后沟去，路太远了，他们就到附近的木鱼山去照管小春。过去那原是匹荒山坡，长满荆棘、杂木，去年秋冬之交，两个大队才暗中通力合作，很快把它开垦出来，种上杂粮，以便来春全部用来解决病号和困难户的生计。不幸副组长也嫌路远，没有走到后山就转来了。而且无意间爬上了坡度较小的木鱼山……

这当然出乎副组长的意外，认为是社干们对他耍阴谋诡计。于是，最近一向积累下来的不满、猜测，一下子爆发了！指责汪达非有意设置骗局，暗中发动社员开荒、增种。这一来，一向气性温和、最不容易生气的汪达非也火了，于是掀起了一场争吵。而且，首先是贺永年，紧接着其他一些社员，也都卷进去了！你一句、我一句地站在社长一边进行还击。末了，几个主要人物一起去公社找组长评理，判断一个是非曲直。在社员代表当中，只有汪大爷一个人跟去了，因为他承认自己是主谋人："要砍脑袋也该我挨头刀！"一点不理睬儿子的劝阻。

结果有点出乎汪达非的预料。新任组长自然和气、公正，没有以势压人的味道；但是，由于生来乍到，却也有些顶不住副组长咄咄逼人的中伤、挑衅，最后采取了一种息事宁人的态度，同意了"眼镜"的建议：增种部分也得算入正产，而且旧历年关一过，汪达非就同赖体臣调换一下工作任务。这个办法，原本"眼镜"早就向新任组长提到过，汪达非也知道，而今天一下子提出来，这就不能不叫他这个当事人震惊了。

社长震惊，因为他感觉这是王部长对他一种不信任的表现。"眼镜"对他固然早就不信任了，这是他知道的，同时也不大在乎；目前的情况却不同了，显然竟连他对之怀有敬意、充满期待之情的省委机关来的负责同志，也开始对他产生了怀疑！这就非同小可了……

"他就是把县委背起来也是那么大回事呵！"父亲忍不住劝说了，"我才懒得气哩！"

"不过这个包袱要到啥时候才甩得掉呀?!"儿子照旧不无苦闷。

"他总不会在这里养老!"

"快吃饭吧!"妻子林长秀已经猜到公公、丈夫间谈话的含意了，"我倒懒得跟他赌闷气呵!……"

接着追述了一遍当天"眼镜"来这里的经过：寻根究底，滋事生非，总怀疑她全家人都落后。于是重又忍不住咒骂起来。

"正像贺大嫂讲的，他不把人二两气都磨掉不会甘心。"她继续道，"我可是偏要活起来干他的眼睛！——看你又咋办！"

"林女子这个话对！"老头子大为赞赏，"赖大汉儿也不会跟着他屁股转！"

"我倒不担心老赖呵！……"

汪达非泛起微笑，摇摇头轻声叫了。但他随即话头一顿，没有说明他信任赖体臣的主要原因：这个转业军人已经把那个自命不凡的角色麻痹住了，误认为他是个跟着自己的指挥棒团团转的干部；而不曾察觉乃至怀疑在去年秋末小春栽种上已经进行的巧妙抵制。除开当道地方，十分注意所谓"技术规格"，大部分田亩都不是按照上面安排的框框行事。

"好吧，"他停停转个弯说，"干稀都帮我盛碗来吃！"

"这就对啰！"母亲笑道，"一个人不要跟肚皮赌气嘛！……"

"我这个人就从不跟自己的肚皮赌气！"老头子凑趣说。

"那还消说！"母亲故为生气地接着说，"有时把你气得啥样，他倒一个钱事情也没有了！——现在，我倒不爱跟你扯陈账啰！……"

"恐怕你也没有多少精神扯陈账呵！"老头子叹气说。

他叹气，因为他已经喝过两大碗搅搅，不能不克制一点，否则已经坐上食桌的儿子，就会吃不够自己的一份了！而他确实又只吃了个半饱。同时他更相信，他的老伴和媳妇，还有孙儿，吃得会比需要量更少些。因为他们一向都是这样，从来不肯让两个全劳力吃亏。这也是为什么这家人一向能够和睦相处，一年多来不曾在吃食问题上发生任何不快的根本原因。

现在，汪达非已经开始干起妻子为他盛来的搅搅来了。因为搅搅比一向要稠些，他才吃了两口，便忍不住笑道："哎呀，你们又像是特别优待我呀?!"

"今天这一顿就是搅得稠呵！……"

妻子赶紧解释，担心丈夫又会说些首先她该多为父母和孩子着想的道理。

"管它的呵！"老头子插嘴道，"吃垮了大家都出门跑滩吧！"

"你过去跑滩好像还没有跑够！"老太婆赌气说。

这一来她不免想起解放前那些灾难深重的年月。当时他们就连找一个藏身之地都不容易！而且，老太婆明确记得，他们结婚以后，有一年就搬了三次家！还曾经用"观音土"充过饥。而现在，他们总算有了个固定的家，吃的虽然欠缺，可是货真价实的粮食！……

除开孙子，其他三个成年人也在老太婆的提示下想起过去；而汪达非更联想到他从城里开会回家，经过大河边那段街道时看到的景象：两三个在饭馆炉灶边取暖，同时也是等候残羹剩饭的流浪儿童。他忽然感觉自己的胃口一下倒了。他把筷子挂在碗里，仿佛有千言万语想要大声叫喊出来！因为"眼镜"之类的人物好像对于这些现象熟视无睹！

他不只对"眼镜"感到气愤，作为一个党的干部，他还感到一点内疚：自己竟然一直听任工作组摆布！就是进行了那么一点抵制，有时还感觉对不住党，仿佛"眼镜"他们真是代表党的！现在，他猛然理直气壮地对自己说："我就不相信一个共产党员，应该眼睁睁看见老百姓饿饭！——管它的呵！……"

妻子看见他只顾一个劲想心思，而且气呼呼的，忍不住惊叫了。

"嗨，你咋个想神啰，——我等着你几下吃了洗碗哩！……"

"这么说锅里就掏光啦？"丈夫憬然一笑，回过神说。

"你要吃完我才好给你添呀！"

"还是让那娃吃点吧，"丈夫怜惜地说，"你看他脑壳都耷起了。"

"我不饿。"孩子细声细气地推辞说。

这孩子十岁了，黄皮寡瘦的，独自阴缩缩坐在门角落里。但在一年多前，他却面色红润，活蹦乱跳，一到晚饭过后，总是伙着左邻右舍的同龄儿童尽情玩耍去了！而他现在却已经失掉了这分精力，邻家的小伙伴，这时候一般也都坐在门背后发饭闷哩。

嘴里虽说不饿，而且的确也不想争吃食，但在父母的劝诱下，最后，还是到食桌边去吃那从锅底铲起来的小半碗搅搅。

"妈的！看来只有出门找野食了！"父亲汪荣华愤愤然说，"你们看杂种邱二喳！"

"你老人家咋个说他呵！"汪达非鄙视地说，"已经变成二流子了。……"

"我给你们说个话哇！……"

妻子林长秀的嚷叫声立刻集中起全家人的注意。因为单是她那惊诧诧的语势，就说明她想说的事儿很不寻常；但她一下又不响了，脸上堆满迟疑和担心的傻笑。而人们却全都在微弱灯光下紧紧地瞅住她。

"嗨，咋个才吼一腔就扎板啰?！"汪达非取笑说。

"简直像发羊儿疯样。"公公不满地嘀嘀咕咕。

"哎呀，也就是这么点事！"媳妇鼓起勇气紧接着道，"你们倒不要小看这个二流子呵，谨防会搞得你们这些党员干部脸没处放！"

"这一点你放心！"丈夫非常自信地说，"我们党员没有人会跟他拉拉扯扯！"

"可惜你们总还有个三亲六眷呵！"妻子诡秘地笑笑说。

"你这个话倒把我提醒了！"丈夫忽然醒悟地接腔说，"杂种这一向爱在老贺家里东旋西旋，那个鬼女子又收收拾拾①，经常到赵镇去赶场。……"

"好啦！"妻子阻止地插嘴道，"不要说起风就是雨吧！……"

"对！"母亲立刻加以附和，"这些事可不能随便说呵！"

---

① 收收拾拾：梳妆打扮的意思。

"我倒懒得管它这些事呵!"父亲说,"也没有那么多精神!"

父亲随即伸个懒腰,站起来,摸进房里去了。媳妇开始收拾桌面。在祖母的命令下,孙儿则到大门外左首的大茅坑撒尿去了,然后也跟婆婆前去睡觉。现在,堂屋里只有汪达非一个人了,他从挎包里拖出笔记本来,就着灯亮在上面记录了当天几件大事。其中有三四个字,是只有他自己才认识的符号。

末了,他关上大门,回转身一口气把灯熄了,摸向卧室里去。

# 十三

吃罢早饭,把日常工作安排好了,汪达非又把几个公社党委委员、支书留下来开会。

这种慎而重之地主动召集党的会议,在他近年来是少有的。因为早已反客为主,工作组无形中竟已代替了社管会和公社各级的党组织。当然,但凭三言两语,在一些问题上彼此也时常心领神会地达成一项默契。而去冬的小春栽种就表现得最突出。

会议的内容相当简明:木鱼山那几亩地的粮食,看来已经不能按照原计划支配了,必须划入正规产量;因此,他那个发动社员在屋前屋后种南瓜的计划势在必行。否则,老天爷就不作对,明年的吃食问题仍然会把一些人扔到各种病痛里去。他的建议很快就获得了大家的赞同,而且,由于他自己已经储蓄了一批籽种,这就使得一些同志更放心了。

这也就是说,他们不再为"眼镜"昨天的捣蛋而过分担忧了。于是会议宣布结束,五个党委都心情舒畅地相率离开,前去各人的工作地区发动群众种植南瓜。只是贺永年刚一转身,汪达非却又把他叫转来了。

"等阵我们两个一道走吧!"他招呼说,"你坐嘛!……"

"这个'眼镜'不知道还要耍些啥把戏呵!"贺永年叹息说,在汪达非的右首边坐下,"不怕官,只怕管……"

"我现在倒决心不管他那一套呵!"

"好嘛,我也横下了这条心了!……"

"这些那些不说,"汪达非轻声切断他道,"我是想提醒你一件事:对你们家里那个'小妖精'已经有反映了呵!"

"这你叫我怎么做呢?"贺永年激动起来,"我们家里的情形你不知道?……"

"这么说你也看出来了?"

"我又不是瞎子!……"

贺永年回答得很干脆,随即站起来了,显然不愿再扯下去。因为那个年轻姑娘是他晚母带过来的,父亲早去世了;随后同晚母又分了火,彼此素不和睦。

"莫忙呵!"汪达非阻止地说,"就是外人,你也不能睁起眼睛看到她去跳岩呀?!"

"是外人我倒早就管起来了!"贺永年停下来了,愤然答道,"她妈的话难说得很——又住在一个屋顶下面,一天鼻子撞眼睛的,关着房间门打个喷嚏都听得见!"

"不管怎么说,你要记住:外人是把你们看成兄妹的呵!"

"真倒霉透了!……"

贺永年沉重地叹口气,随即回身转去,看来已经接受了汪达非的劝告,不能对他后母带来的那个女孩子的问题等闲视之。主要因为那个勾引她的并非别人,而是一个不务正业的流氓。而且,当他开始在本地套购物资时,贺永年还召开过对他的批判会。

汪达非也看出了贺永年心思的变化,忍不住为他这个共事多年的战友有时对人处事的直憨和迂气笑起来。而且想起了十年前贺永年老头子续弦时,自己的父亲还曾经劝阻过:"你像活得不耐烦啦?"可是没有生效，因为那时候老头子同儿媳处得不怎么好，生活又比解放前松动了，感觉自己日常生活上确乎需要一个帮手。但是，结婚不到五年，他却在食堂停办后得下肿病，而且不到一年就一命呜呼了！

当其两个人一道走向田野间时，话题也就立刻变了：南瓜的育苗问题。除开种植技术，同时也不免想到"眼镜"一贯的工作作风，考虑是否事先取得工作组的批准，否则又会遭批：不务正业！有碍正规生产计划。因为在"眼镜"心目中，特别一切规矩、手续重于生活本身。可惜的是这一切规矩、手续，不管是来自何种崇高原则，抑或令人向往的理想，而且一向为群众所崇敬，而当它们变成教条，又只能带来痛苦和折磨的时候，也就不管用了！

经过前一天那场意外，一向闷闷不乐的贺永年显然也有了变化，因此，两个人的意见很快就一致了。既然食堂散伙后自留地已归各家分散经营，他们也实在犯不着再为工作组的态度去瞎操心。应该积极进行南瓜育苗。

汪达非只感觉肥料是个问题。少了影响收成，尽量用呢，却又担心影响社员的集体投肥，招致大春减产。

"妈的，实在不行就搞化肥！"贺永年心一横说。

"不行！"汪达非摇摇头否决道，"化肥他们是要用来保重点的……"

"这叫啥名堂呵，——肯说老实话你就是吃不开！……"

"吃不开有吃不开的好处，背后少挨些骂！成本也少得多。"

汪达非一向气概豁达，措辞幽默；而若果他没有这些特点，他可早已变成另外一种人了：不是跟易胆大一个样，抖擞精神，做梦都要提点虚劲①，一张嘴就是"豪言壮语"；否则就会像前些日子的贺永年样，成天胡子眉毛皱成一堆，好像塞满了一肚皮解不开的疙瘩。

"哎呀，还是你想得开！"贺永年赞叹说。

---

① 提虚劲：硬充好汉，或虚张声势地大喊大叫。

"我不是想得开，我总相信这句老话：天无绝人之路！……"

不知不觉间，他们已经来到第二生产大队三小队了。而贺永年这才发觉，这不属于一大队的地段。在公社化最初那段时间不必说了，今年在木鱼山开荒，他们又开始搞协作，因而他就停留下来。同时汪达非立即声称，他们不如就在这里换一天工。

这里的庄稼也的确叫人高兴！麦苗乌澄澄的，十分茂盛；间种的胡豆也旁若无人地伸展开枝叶。那些追过清粪的社员正在停下来歇气，各种烟具，从烟棒到长长短短的烟杆，都出场了。人们就坐在附近的田埂上，一面抽烟，一面估计着收成。同时也拿工作组大开玩笑：他们的背时主意真正算背时了！

"我敢打赌，"一个青年人嚷叫道，"要是依照他们那一套么，明年保险连种都收不够！"

"要不，怎么叫背时主意呢！"有谁搭腔，一面敲落水烟锅巴。

"让他们扯伸歇歇气吧！"汪达非向贺永年关照说，"我们两个来补点课！……"

于是他顺手拿起一根扁担，挑上粪桶，担粪去了。贺永年也未肯落后，另自挑上一副粪桶紧跟上去。那些坐在田埂上歇气的社员、干部，则各随自己的脾胃叽叽喳喳起来。有的慎而重之地叮咛着淋粪的轻重，有的则开着玩笑："这下该我们匀匀净净歇口气了！"

其实，他们一担粪刚淋完，那些歇气的社员，又重新投身在繁忙的劳动中了。一般都是两个连手照管一副粪桶，一个人担粪，一个人淋。两个负责干部，汪达非和贺永年，也都让出一担粪桶，一个粪档档来，两个人变成搭档了。这就减轻了工作的分量，增加了谈天的机会。而又大多不外乎对于一九五八和一九五九两年间生产、生活中一些具体情况的回忆。而且只需提个头大家就心领神会了。

这些回忆，一般几乎已经变成口头语了，发泄怨气和说笑话，都随意用得上。问题只看当时说的情绪如何，因为很快就是新年，有人不免提起一九五八年那个热气腾腾的年节。他们社本身没有炼钢任务，稻谷全入仓了。

"那才真叫'胖子年'哩！"有人羡慕地插嘴道，"吃不完还可以包杂包！"

"简直像做梦样呵！"有人长声叹息。

"不是做梦！"汪达非否定说，"实实在在的九大碗呵！"

"当然呀，要不，他幺爸为什么弄得来呻唤连天，成天蹲茅坑呢！……"

这引得人们大笑起来，因为何止个别人物，好多社员都因为嘴馋把肚子吃坏了！只是没有幺爸那样严重。幸而当时公社的卫生处刚成立，看病吃药方便，又不大花钱。而他的事迹却像名胜古迹一样传下来了。

当大家第二轮休息的时候，刚才坐定，王部长就踱着方步走过来了。照旧身穿二马裾短棉袄，外面披着灰色帆布的棉短大衣。只有小吴跟他一道。他们的神态，仿佛感觉老待在屋里太闷气了，是出来散步的。社员些才一发现他们，就嘀嘀咕咕议论议论起来，都为他的衰弱大发感慨。一俟走近那些正在歇气的社员，汪荣华老头笑嘻嘻从田埂上站起了。

这大出儿子意外，特别担心他会不择生冷地重又提起昨天同副组长的争执；但又感到不便当场阻止。

"王同志，我们那娃硬要调到平坎下面去啦？"他问，态度十分和善。

"怎么，你像有点舍不得呀？"王部长用了玩笑口吻反问。

"有啥舍不得呵！早就吃饭都不长了。"

"那就不要操空心吧。就是调换也要春节以后的事！……"

接着王部长就向人们谈起当地的风俗来了。说是看来也和其他地区的农村一样，他们照样不把新历年当一回事。因为他就没有看到一点准备过新年的气象。

他的话一落音，一个老头子紧接着插话了。

"就是到了旧历年吧，你也不会看到一点过年的气象呵！"

"×！"有谁用反对的腔调答道，"前年那个春节你哪辈人见过?！一个生产队杀一条猪，不论大小，每人两斤！食堂的回锅肉在外。"

"像你这么样说，今年春节就是吃素，也都想得过啦！……"

于是七嘴八舌的龙门阵就扯开了。这中间既有浸透怨气的冷言冷语，自我安慰的顺气话可也不少；既有对过去的追念，也有对这一年多来低标准口粮的怨嗟。一个老头儿说："锅都生了锈了！"然而，不管如何，这是一场无拘无束、生动活泼的闲谈。但也只有个中人才能领会其中深刻复杂的含意。

王部长虽然是省一级的高干，这一两年的见识、经历，对于群众在这场谈话中的复杂思想感情却也立刻就理解了。而且多少有点失悔。然而，正在这时，汪达非却又把空气一下弄得轻松了。他讲了一个和他父亲同庚的外籍老社员的故事。这个故事，是解放初诉苦中老头子亲口讲的，讲完就昏过去了。而当醒转来后，足有很长一段时间，他逢人便笑嘻嘻说："嗨，怪，苦一诉，人像忽然变聪明了！"

他才提了头，大家就笑起来，接着你一言我一语同那位老社员开玩笑。可是王部长和小吴却都无法全部理解那些引人发笑的只字片语。于是叩问起来，这才由汪达非扼要讲述了整个故事的原委：若干年前，老头子的家乡有个习惯，由于饥寒交迫，每到旧历年关，当地贫苦农民都要扶老携幼，出门乞讨。万一是运气好，还会讨到腊肉。因为就是极为悭吝的老财，在这些吉庆日子里，也会变得慷慨起来，免得被乞儿咒骂，以致招来祸殃。有一年春节，老头儿的父亲也领起一家人出发了，或者像他们私下讲的，到附近一带地主家变"叮狗虫"去了。

那是什么家呵！只是孤零零的两间茅棚，然而那毕竟是个家，有些日常生活必需的锅瓢碗盏、两床破棉絮和锄头一类家伙。特别还有一点交租后剩下的余粮。他们就留下一个四五岁的小女孩看家，为她焙了一个烘笼，两三个玉米粑粑。父亲叮咛她得节省着吃，因为所有成年人都得三五天才能回来。可是，等到他们饱载而归的时候，由于小孩子不懂事，烘笼倒了，引起火灾；而她本人和房屋都化成灰烬了！……

此后的日子，用老头儿自己的话讲是：由父亲拖起全家"周游天下"，直到他本人成了年才来到这木鱼山落户。先打短工，随后租了点地，这才又安了家。父母呢，早拖死了！一个哥哥、一个姐姐，可都先后在"周游天下"变成了养活全家人的粮食！……

"呵哟！"王部长忍不住叹息道，"那你这次这个年花的本钱大喃！"

"是呀，像这样的年二辈人都不想过了！"那老头儿说。

"可惜现在想要过这种年也不成了！"有人接着搭腔。

"这么说你倒还想变'叮狗虫'啦？"一个青年人寻衅似的反问。

"你肯说我想当地主更过瘾些！……"

显见可能爆发一场争吵，敏感的汪达非出马了。

"闲话少说，"他高声叫道，"赶快把这一片淋完好收工呵！"

"对！"好几种声调齐声赞同，"这趟气也歇够了！……"

于是淋粪的拿起档档，挑粪的担上粪桶，工作又开始了；王部长则已走向平坎。只有那两个吵嘴不成的伙计余怒未息，还在嘀咕。然而没有多久，他们却也被另外一种景象吸引住了：一个青年人推着架车座前后捆扎着大包大包家私的自行车，打从平坎下走上来。

这就是一大队的有名人物，一年多来专搞投机倒把勾当的木匠邱二。今天赵镇赶场，他特别备办了些年货回来；扬扬自得，十分神气。隔了一阵，在人们纷纷议论中，一个身材瘦长的少女，也在平坎上出现了。手上挽个提篮，埋着脑袋，可是好些人立刻猜到了那是贺永年的妹妹。因为他们的关系，早已变成公开的秘密了。而他们本人显然也意识到了这点，所以故意前后拉开十多步路远近。

人们有的嘻嘻哈哈，有的摇头叹气；而因为在汪达非家里那场私人谈话，贺永年则怒气冲冲地嚷叫了。

"又不是把戏哩！"他大声嚷道，"有啥好看的嘛！……"

"对！"有谁顺嘴地嘲弄道，"等把戏玩起来再看吧！"

## 十四

春节终于一天天逼近了，可是没有什么节日气氛！一切冷冷清清。一九五八年那种出格的享受和欢快不必说了。就是合作化高潮前后那一两年的排场，也连影子都看不见。那几年便是私人杀猪的也不少，收入较差的也大都要从自己所属的社、队分割十斤、八斤集体的猪肉，让全家人饱饱吃顿年饭。霍干人一伙青年人还组织过几批儿童搞演唱呢！现在可连最平常的响璜声、竹号声，也都听不见了。

当然，积习难移，不应一下景，感情上也实在通不过。因而不少人家经过几番商议、踌躇，当家人终于切齿嚷道："啥呵，到了哪匹山唱哪个山歌！"于是断然决定，到了旧历除夕，把预备农忙时动用的粗细粮食匀一部分出来，让大家饱饱吃顿红薯干饭，借以犒劳全家人一年的辛勤劳动。同时也治疗一下孩子们的馋病，免得春节期间都显得萎靡不振。细粮太少的，还要求社长和队长开条子，到赵镇向粮站买返销粮。也有人忍心拿出一点仅有的积蓄，或者央告信用社贷点款，到赵镇割点肉给上了锈的锅打打牙祭。这一年多，就连例有的初二十六，都很少有吃肉的人家了。

建国以前，在旧政权统治下，每到农历腊月底边，一般老百姓都把这段时间叫作"年关"。这对一般贫下中农来说，它确乎也像一道关卡！不是地主催收欠粮、账项，就是保甲长催逼这样那样捐税。如此这般的关卡现在是没有了，但却从未想到又会发生吃食紧张的情景！当然也有少数人例外，主要是那些跑到外地混日子的手艺人、木匠以及石工。他们最近一般都满载而归，准备同家里人欢欢喜喜过春节。

其中最打眼的是邱二，因为他不仅会做家具，而且不仅依靠自己的手艺，主要是经常回来买点鸡鸭鹅家禽，还套购过粮食，到大城市卖高价。去年上半年又弄回一对安哥拉兔子养起，由他母亲照料，简直就像栽了摇钱树样。……

而日子最不好过的是汪达非一类社干，因为他们不仅得咬紧牙关对付自己面临的年关，同时还得为社员操心。尽管实际上他已被免职了，整个社早已由工作组当家做主；但他却是这一片地方走合作化道路的带头人呵！而且土生土长，已经定居几代人了。因此，但凡来找他开条子买粮、贷款的社员，他都积极支持，很少叩问底细。遇到那些愁眉苦脸、唉声叹气的人，他还要安慰、鼓励几句："人一辈子哪个没有点三灾八难呵？咬咬牙就过去了！"此外他还要对个别留在本乡本土参加集体劳动的手艺人大费唇舌，说服他们不要羡慕邱二，出门做手艺并不划算，家伙主要是靠投机倒把牟取暴利。

特别是这一向，即或并非木工、石工，其他社员对于邱二也都议论纷纷。因为投机倒把尽管说起来丑人，在他可已成了家常便饭！批判不必说了，就连去年一次批斗，他也几乎完全忘怀。大家对他最为不满的，是家伙趾高气扬，正在准备大办婚事。对象呢，恰好是贺永年后娘带来的女儿！而家伙甚至坏到这种地步，有人曾经亲耳听到他胡说八道："嗨！批判我？现在你妹子很快不就要陪老子睡觉啦！"

这些胡言乱语，是他最近一次在赵镇赶集，喝了两杯后吐露的心里话，也很尖刻，于是很快就传播开了。不少社员感觉愤恨不平。但又无法劝阻那位女青年同邱二断绝关系，因为看来"米已经下锅了"！那个已经从手艺人蜕化成投机倒把的歹徒，每次回来，总要带些吃喝送到她家里去，巴心巴肝地讲些甜言蜜语……

这天晚上，汪达非刚才送走两位来开贷款介绍信的社员，没想到贺永年闯来了，板起一副惹不得的脸相。他开始有点莫名其妙，接着可就想起邱二同他妹子的问题。

"怎么，有点抓不开啦？"汪达非有意支支吾吾问道。

"妈的！要是我的亲妹子倒好办，老子几下会把她捏死，顿都不打一个！……"

"呵，我怕啥事！"汪达非尽力装作轻松愉快的神情插嘴了，"对啰，又不是一个娘肚皮下来的，家呢，早分了，心尽到就行啦！眼目前么，恐怕就是你老人在，也只能气得来吹胡子、瞪眼睛，——那个鬼女子光景已经变成油嘴猫了！……"

"你少讲点顺气话吧！"

贺永年训斥似的大嚷大叫，随即翻身在一张竹凳上坐下来，脸色却更加阴暗了。可没有再张声，显然是在尽力克制。

汪达非不由得长长吁一口气，也在一张条凳上坐下来，同样陷没在沉默里面。不错，他说的是顺气话，而且不止为了帮助贺永年平静下来，同时也为了减轻这几天来他自己的愤懑不平，不要老在那桩极不合理的婚姻上动感情。因为尽管他同女方并不沾亲，却同来客亡父之间有过不大寻常的情谊。两家人又自来就常有来往，解放以后，还鼓动过汪达非站出来参加工作，并肩战斗……

而且，年多前批判邱二投机倒把，汪达非也有分呵！他能够把那些侮辱人的昏话装作与己无关？这是无论如何办不到的！他不由得想起最近两天在一般正派社员当中传播的那个投机倒把分子的胡言乱语，而且指望他收拾家伙一顿，因而他很快就无法自持了。

他终于首先打破沉默，声调相当激动。

"依你说怎么办呢？"他扭转身望定贺永年问，已经决心出面过问。

"只要你肯管办法多呵！"贺永年充满信心回答，"我肯信他们不登记就敢结婚，——老实没王法了！……"

"可惜我的印信早就被摘掉了！"汪达非恼恨地插嘴说。

"你社长、乡长的名义总还在呀！先给刘胡子打个招呼，不给他两个写证明。"

"这个倒容易办，就怕他们搬出婚姻法来，刘胡子那张嘴说得过邱二呀？家伙这两年嘴头子更滑了。"

"这样说就拿他没办法啦？"

"咋会没办法呢？我们一道去找找她妈，你看怎么样？向她说明利害，至少问明那个鬼女子究竟哪年生的……"

"可惜她护得跟脓包疮样，她会听你我的呀？哪年生的看来也掏不出真话来。"

"不要从门缝里看人吧！依我看那个老太婆还是有气性的，她很可能不知道那个二流子的胡说八道……"

接着汪达非又举出几个具体例子：有土改时期的，也有合作化运动中的，而这些例子都足以证明那个后娘并不顽固，不会吃人嘴软，而且荣誉心相当强。

"人会变呵！"来客摇摇头叹息说。

"她总不会变成一块石头！"汪达非的语调沉着而又坚定。

"好吧，"贺永年服输了，"那就一道去试试吧！……"

汪达非惊诧道："怎么今晚上就去啦？还是明天上午方便些吧！"

"也行啦，"贺永年同意了，"夜里那个鬼女子在一起，有些话也不好讲。"

于是事情就这样决定下来，贺永年丢心落意走了。而汪达非却大半夜都没睡好，因为他在上床以后，更不由得想起近两年来木鱼山一带人事关系的变化。主要是各种各样跟公社化、"大跃进"初期同自己和一般干部、群众的想望完全相反的现象！

虽然为时短暂，在那个人心振奋的年头，他们把生活想得多美妙呵！他算是比较冷静，只是办了食堂，搞了"三包"，易胆大却搞了"六包"！特别在产量上他一直没有口出大言，一来就亩产八百、一千，这也是他开始被当作"右倾保守"典型的最基本、最突出的口实！而有的事例却也不免多少叫他刹那间感到苦恼……

他想起那个喜欢调皮捣蛋、曾经就生育问题作难他的妇女同志在开办食堂时的经过来了。队上分配她去搞炊事工作，她拒绝了，说："哪个现在还当锅边转哇?!"千呼万唤她都咬住那句话不肯干，要搞生产。这个妇女第一次领到工资，为自己唯一的小女孩买来花布衣服的情景，竟也在暗夜中活鲜鲜出现在他眼前：她拿那花布衣服在她那小宝宝面前摇晃，同时笑道："这是妈自己领到工资给你买的!"而这个活泼跳蹦的孩子，去年已经离开这人世了，她的母亲也一直没再生育。

这位挂名社长、乡长随又想起那位满面羞惭、萎靡不振、昨天跑来要求他给信贷社写介绍信的王兴贵。这是个青壮年，驶牛打耙都行，公社化前还被选为劳模。可在去年，由于熬不过低标准，他也跑到外乡求吃去了！可他除开耕种庄稼，并无一技之长，结果把两件好衣裤都换了吃食。因为他不愿为非作歹，乞讨吧，城市居民也吃的低标准。

就在本队，王兴贵这样的例子又何止一个呢！可他们都表示，现在就拿棍棒也都把他们赶不走了，因为都先后了解到，绝大多数干部、群众，已经不再由随工作组牵起鼻子走了，全都反过来千方百计蒙混他们！

想到这里，汪达非忍不住笑起来。"哪个能领起农民尽走黑路呵!"他同时嘀咕说。

"你咋还没有睡着呵?"这是林长秀的嗔怪声。

"这下要睡着了。"汪达非轻松愉快地回答。

"可惜天都快要亮。现在担子轻了，还东想西想些啥嘛!……"

因为已经好好睡了一顿，妻子嘀咕了很久，汪达非可早已入睡了。一顿抱怨对他正像催眠曲样。然而，不到两个时辰，从简陋的牛肋巴窗框里就投进来几缕阳光。只是由于过分疲乏，妻子林长秀起床时又特别当心，他却一直安安静静地睡了下去。

汪达非是贺永年把他吼起来的。"看把脑壳睡扁啰!"接着吵吵嚷嚷，催他赶紧起来去当说客。

"早饭都不吃就去呀？"汪达非边起身边说，"你咋也变成急猴子啰！"

"人家可比你我更着急呵！"贺永年说得来理直气壮。

紧接着他就机密而又紧张，悄声告诉一边扣着纽扣、一边走出房来的汪达非，邱二同那个"小妖精"不等吃早饭就要到社管会办理结婚登记去了。

"你怎么知道的呢？"汪达非有点莫名其妙。

"怎么知道的？我刚才碰见二麻哥，家伙一张口就开玩笑，说：'赶快把牙齿磨磨吧！好吃你妹妹的膀驼子！'一问，才是这么回事。"

"那就这样，我们一个去找刘胡子，一个去找你妈！"

"她是我啥子妈呵！总之，你说的两处我都不大顶事，你得亲自出马！"

"好嘛，"汪达非随顺地说，"不过时间已经不早，只有去平坎下面等他们来登记了。我不相信就没办法对付他们！"

于是，他向正在灶屋里做搅搅的妻子叮咛了两句，就走了，也不对林长秀接踵而来的抱怨进行解说。正在自留地淋粪的父亲已经猜测到贺永年为什么来找他儿子，以及他儿子早饭都不吃就走掉的原因，也在嘀咕，但是汪达非照样没有理会父亲的责怪，笔直走了。

"这咋叫管闲事呵！"他在心里为自己辩解，"他们还没有把我的党员搁下来嘛！……"

他还想了很多，就拿他同贺永年父亲的情谊和一位够格的社员来要求自己，他也不能让邱二一伙把群众的思想搅得更乱，有责任出面加以澄清，端正社会风尚。

在到达乡政府也就是社管会的途中，他碰见好几位社员，他们大都对他闪着期望和问询的笑脸。尽管口头的招呼跟平日一样，十分明显，他们也猜测到了他为什么这样早就到平坎下去。因为邱二的结婚登记问题，他们昨天就知道了，而且正渴望知道落个什么结果。这对他们无疑也不只是由于低标准、冷冷清清的年节前生活过分单调寂寞，主要是邱二的胡言乱语激起了他们的不满。

只是乡政府的气氛却很平静，仿佛谁都不知道邱二在平坎上，也就第一、二两个大队掀起的愤激之情。刘胡子更不曾想到邱二今天同他的对象要来办理结婚登记，溜回他家里去了。汪达非在他一向既是办公室又是卧室的狭小房间里扑了个空。工作组副组长还在睡觉，因为昨天夜里给县委农工部写情况汇报，夜熬久了。倒是王部长已经起床，正在屋子里烤"霸王火"，埋下上身，舒张两臂，独自一人占据着一个木炭火钵。

其实，昨晚他也没有睡好，老是想着、考虑着如何让农民群众比较愉快地在这个一年一度的节日里吃顿饱饭。当汪达非走到他房门边时，他恰好随着一声长叹，把上身扬起来了。

"怎么样，"王部长即兴似的笑道，"年货该办齐啦？"

汪达非忍不住笑起来，但却不知道他该怎么回答的好。

"怎么光是笑呵！"王部长接着又说，"进来烤一烤吧。"

于是汪达非无拘无束跨进室内去了，而且无拘无束地在一张凳子上坐下。这一天他更加感觉这位组长不是什么首长，而是同志。

坐定之后，他更像对待一位老同志、老朋友样，谈起，或者如他按习惯说的，汇报起社员群众对于春节的各式各样想法、说法，以及采取的具体措施。他思想活泼，语言流畅，因为他丝毫没有想到，这在"眼镜"一类同志听来，由于他对群众的嗟叹和愿望充满了同情，又会给他扣上一顶帽子：尾巴主义！

王部长的反应相当复杂：有时愁戚，有时苦笑，有时又兴会葱茏。现在，他自己竟也忍不住同汪达非唱和起来。

"昨天下午赖体臣他妈就向我这样说呵：'锅都生了锈啦！'那咋不生锈呢？"他自问自答地接下去道，"一年多没见过油腥了！她倒没要求五八年那种'排场'，只希望能够吃顿饱饭，你能说她不顾大局、想入非非？可是我怎么敢开口呢？只好往你们身上推！……"

他拍拍椅子靠手，叹口气，全身往后靠向椅背上去，显然费了很大力量控制自己，但没有凭感情发泄下去。

然而，谈话并未因此中断，停停，他又撑身起来，寻根究底地问起过去这里的春节人们是怎么打发的。于是又此唱彼和，从解放后追溯到解放前，而且扯到自己幼年时一般地主家庭大年夜的排场，以及种种禁忌。仿佛是在研讨风俗民情一样，就连汪达非也听入迷了，同时搬出不少早已忘怀的自己幼年、少年时代的回忆，两个人愈谈兴致愈高。

最后，炊事员请王部长吃早饭来了，汪达非这才记起他到这里来的目的。而且想起自己也得回家喝点搅搅。他一面撑身起来，一面忍不住嘀咕道："怎么这样遇缘！"他忙匆匆首先跨出房间去了，竟连王部长的真心挽留吃早饭也都当成客套话了。

他多少有点怨恼，因为他没料到刘胡子会溜回家，当然更不知道刘胡子是得到王部长的同意走的，而且还带走王部长叫炊事员给他的约莫半斤多工作组的盐肉。尽管这在副组长思想上掀起过一阵波澜："这个传出去得了呀！"十分担心社干、群众都会跑来告哀。现在，因为听到王部长说，"今天不留你了，明天来吃团年饭吧！"刚好起床不久、走向食堂的副组长，也就更加不快意了。

可是，汪达非并没有注意副组长的嘴脸，就是王部长那句令人感到温暖的话，他也没有认真作答，只是漫应了一声："好哇。"因为邱二的问题重又把他的情思控制住了，正在考虑，既然没找到刘胡子，他是否该给那位老炊事员留个口信，叫刘胡子有事去招呼他？或者，他先不回家，倒是赶到老贺后娘家里去相机行事？最后，他决定就便去找找赖体臣，把事情的内幕告诉他，要他就便起点作用。赖体臣板眼多，住得离乡政府又最近，刘胡子转来，邱二带起女的去办登记，都得经过他门外边那条路，那么，只需他在他家门口注意一点就成了。

当他横过大路，走进赖体臣家门时，对方已经吃完饭了，正在抽饭后烟，刚一发现来客，却就忍不住笑问道："究竟啥事情哇？在里边绵缠了这么久！"而汪达非又是气恼、又觉可笑地说起来了。准备几下交代完就提出自己的委托，然后赶回家吃早饭。可是刚才提了个头，赖体臣就大笑着骂了一句粗话，原来三大队的群众也有不少人对邱二的婚事议论开了。

赖体臣嬉笑怒骂地对邱二和贺永年那个既不同天也不同地的妹子都进行了暴露性的批评，但不同意徒然为他们浪费时间精力。

"这句老话你总还记得吧，"他继续道，"'衣食足，礼义兴；衣食不足横扳筋！'……"

"哎呀，你真啥事都比我想得开豁！……"

汪达非感觉无法再扯下去，他叫嚷着，一转身走掉了。没有在意赖体臣的解释、挽留。


# 十五

蹲在一个土墩上面，贺永年已经盼望好一阵了，因而一眼瞅住汪达非的身影，他就紧接着撑身起来。

"哎呀，总算等到你了！……"

他近乎欢呼地嚷叫起来，一边快步向汪达非迎上去，一边问他邱二和贺永秀办理登记的事。

"刘胡子昨晚上就回家里过年去了。"汪达非回答道，"听老钟说，邱二鬼头鬼脑去过一趟，很快又溜走了！……"

"你不等他们就走啦？两个家伙对你还是有些扯火。"

"我可不能饿起肚皮在那里等下去呵！"

"真怪！"贺永年惊叫道，"这两个家伙跑到哪里去了呢?！……"

"依我看么，你去找她妈问问吧！"汪达非切住他说，"我还没有吃早饭啦！"

接着他就继续前进，回家去了。贺永年沉默一会，就又跟随上去，而且一路嘀嘀咕咕，寻思着事情的变化，自己应该采取什么行动。

"尽想那么多做啥呵！"汪达非搭腔道，"管它前娘后母，你快回去问下她妈吧！记住探听一下够不够结婚年龄！"

当他走进自己的院子时，他没有注意到贺永年照样跟在身后，因为堂屋里一位面貌浮肿、满脸泪水、约有四十左右的妇女，一下把他的注意全部给抓住了！这是他妹子，嫁在邻县，一向难于回娘家来。这次回来显然不很寻常，单看她的神色就清楚了。

父亲、母亲的神色也不对劲。似乎都在训斥女儿，声调相当高昂。"这下好了！"汪大爷一眼瞧见儿子到了堂屋门前，"快跟你哥说吧，他见的世面比我们多，又懂政策。"

"究竟啥事情呵？"汪达非边进堂屋边问。

"我们正在扯家务事，"汪大爷可又望着在门前踌踌躇躇的贺永年嚷开了，"你有事等阵再来好吧？咋这么遇缘呵！"

"好吧，"贺永年望汪达非声明道，"我就回去照你说的办吧！"

可是，他去不去似乎毫无关系，汪达非已经没有注意他的存在了，开始倾听他妹子汪素贞的哭诉。

事情是这样的，汪达非的妹夫昨晚上对汪素贞由争吵而动手动足，结果互相扭打了一场。起因呢，由于男女双方都是社、队干部，而对一桩拿摸事件彼此发生了严重分歧：丈夫主张彻底清查；妻子却不同意，认为应该听之任之。因为她深切了解吃食在目前的艰窘情况，而且劝他以后对于这类事件不必那么认真，只要工作组不追查就行了。这却立刻被丈夫扣上一顶帽子：给拿摸行为打掩护！

"还打赌说要搞我的火线整风呵！"汪素贞接着说下去道，"跳起脚马上就要去向工作组反映！……"

"这就把你吓得这样？"汪达非笑笑问道，"你让他去反映好啦！"

"妈的，跟易胆大一样，工作组放个屁都是香的！"父亲不由得想起本社的一些情形，"我就不相信工作组敢把你社员资格都取消了！"

"其实当干部有啥味呵！……"

母亲连声叹息，随即叫儿子自己去厨房里端早餐。

"万一冷了，就燎把火。"她又加添上说。

可是，汪达非没有心肠吃饭，这不是因为他知道那点清汤寡水的搅搅吃不吃关系不大，他的心情愈来愈沉重了。

"唉，咋不动呢？"母亲又催促了，奇怪儿子一无反响。

"留到晌午一道吃吧！……"

汪达非的回答显然出于应付，实际是心事重重，照旧浸没在不断纷至沓来的想念和印象的浪涛中。

他重又看见三年以前他妹夫王炳昭的身影：敦笃、精神抖擞，看来像一个小胖子！因为他妹子哭诉说，"也不想想自己都瘦得来像干豇豆了！"而他不免感到奇怪，在目前的条件下，他还那样不通情理！他自问："难道是我错啦？"想起自己为了照顾群众生活，默认他们在生产上采取不合上级规定的种种措施。

"不！"他随即把自己的想法否定了，"我们不应该让社员挨饿！"于是逐条逐款问起汪素贞来了，具体仔细得像搞调查研究那样：从生产规划直到口粮标准和健康情况。

"有的人前年都还在使牛打耙，现在走路都要杵棍子呵！……"

"那么就是该偷！"汪大爷愤然大叫，"不偷倒是傻瓜！……"

于是从门角落里拖来把锄头，做活去了。

汪达非浮上苦笑想道："事情就是这样！"随即问他妹子作何打算。

"你们看我该怎么办？"汪素贞断然回答，"现在动不动就拿我出气：生产上不去，怪我；群众意见大，也怪我……将来还会说拿摸也是我唆使的呢，给我加上破坏分子的罪名！——我准备把户口迁回来！"

"你这是啥话呵！"母亲有点啼笑皆非，"大娃都找到对象了！"

"好吧，妈！"汪达非笑道，"你就让她住两天回去办手续吧。"

他把大家全逗笑了。当然连汪素贞也在内，因为她更清楚自己是在赌气。而且深信不疑，用不上两天，她丈夫就会要她大娃来接她回去。说不定还会亲身前来劝说她这个既是生产能手又是火头军的妇女队长，否则，单是家务活就会弄得他昏天黑地！

但她忽又显出一副愁容，在另一种情绪下诉起苦来，发泄她对丈夫的不满。

"老话讲的，人穷气大！"她带点怨愤说道，"现在又把过去的派头拿出来了：饭迟一点，就寏出寏进嘀咕：'这顿饭究竟要啥时候才吃呵？太阳都快落坡了！'搅搅清了，也怪我！说：'我倒不如爬在堰沟边喝几口水痛快得多！'他就不想想一个人只有那么多口粮呀！——这个食堂真不该撤！……"

汪大娘帮腔道："吃大伙食的确省事得多！"颇有今不如昔之感。

"你们都在说梦话呵！"汪达非叹息道，"可惜大伙食不会把一斤粮变成两斤！……"

"可是他总不会专在我身上发鬼火！"汪素贞理直气壮地插入说。

"这也很难说呵！"哥哥摇摇头回答，"究竟是怎么一回事呀？"

这后一句话是汪达非望定快步走进门来的贺永年提出的。而他已经从来人的神色看出了事情的急剧变化。

"杂种真比泥鳅还滑！"贺永年一边走一边嚷道，"我估计是到区上去了！"

"怎么会去找区上登记呢？这就怪了！"汪达非沉吟说。

"区上不知道底细啦！……"

"走！我们赶紧给区上打个电话！……"

汪达非边说边迎着贺永年走去了。但才跨出堂屋，而贺永年已经在门外阶沿下回过身，准备随同还有个乡长头衔的伙伴即刻去乡政府，汪达非忽又站定，转身安慰妹妹。叫汪素贞安心留下来住两天，不必枉操空心，更不必那么难受，这才认真出门走了。

等到两个人相伴跨出院子大门，贺永年于是就又接上刚才中断了的话头，向汪达非谈起他向他后母探听的经过。而且认为他去得好，因为经过他的耐心解释、说服，主要是讲社员群众的反应，老太婆失悔了。还怪贺永年没有及时去告诉她，说："就是对我气大，也该多少为你老子想一想嘛！……"

"那娃给她说了些好听的呵！"贺永年继续道，"什么结过婚就把她的户口转到县里，随便摆个小摊子都比做庄稼强！……"

"他该说公安机关都是他喂到的，一切由他摆布！"汪达非冷笑说。

"那当然是吹呵！"贺永年接下去说，"所以我几句话就把她点醒了，发觉自己上了呆当。"

"那她现在又打算怎么做呢？"

"她打算怎么做吗？她要我告诉你：她不赞成这门亲事！"

"年龄你该弄清楚啦？"

"还要半年，那个鬼女子才有资格结婚呵！……"

贺永年话头一顿，紧跟着汪达非一起停下来了，都显得有点惊奇。这引起他们惊奇的，不只是乡文书刘胡子，主要是跟在他身后的邱二和贺永年的妹子永秀。三个人当中，刘胡子而外，两个青年人也显得惊奇地停下来。

文书身材高大，拖着两片胡子，约有五十多岁。几个人当中只有他毫无惊疑之色，倒是满面笑容有点喜出望外。

最后，刘胡子稍一停步，随即笑道："我还说到家里去找你哩！"同时又拔步前行。

"你找我啥事哇？"汪达非佯装不懂地追问道。

"给他们扯结婚证明呀！……"

刘胡子回答时顺手指指身后那两个年轻人。

汪达非可没有让他作此一举。准备接下去作些必要解说。

"走，进去讲吧！"他切住对方的话头，带头走向乡政府去了，只是冷笑着瞟了一眼那两个年轻人：男的装作满不在乎，女的则已勾下头去，带点羞愧神情，似乎已经从她阿哥的冷漠、乃至不快预感到了他们的登记将会遇到阻碍。

紧接着汪达非走进乡政府的是贺永年。刘胡子招呼那两个准备拜堂成亲的年轻人说："走呀！"随即也转身进去了。

"你听哇！"一到得办公室，汪达非就向跟着进来的刘胡子叮嘱道，"不到婚姻法规定的结婚年龄，没有家庭的同意，你不能给他们开证明啦！那娃是个什么样人，这两年你不会不清楚，不要让他蒙混过去！……"

"可是他们说双方的家长都同意啦！"

刘胡子带点惊怪轻声叫了，感觉自己差点受骗。

"永秀她妈就绝对不同意！"贺永年搭腔道，"刚才亲口对我讲的，一个字也不假！"

"那这家伙睁起眼睛瞎说哩！"刘胡子解嘲地笑起来。

"这样，你要他们把家长都找来！特别女方的年龄要搞准确。……"

"对！"文书刘胡子赞同道，"我去找他们进来！"

"嘻！"汪达非笑了，"看你还叩头礼拜去迎接他们么！……"

于是三个人坐下来开始闲谈，由汪达非告诉刘胡子事情的经过。对方听得相当专注，只有贺永年不很安静，不时跨出房门，走到大门边窥探，随又把自己的观感汇报给那两位留在室内的同志。虽然只有三言两语，而在知情人听起来，内容却很丰富。现在，贺永年又开口了。

"我说他们对你有点扯火吧？家伙好像已经没抓拿了！"

汪达非听了，笑一笑，接上中断了的话头照样向乡文书刘胡子摆谈下去。

"你拿耳朵去打听下吧！家伙硬在茶馆摆厂子：'斗争我？你妹妹不

就要跟老子睡觉啦！'——这个话好听吧？"

"杂种怎么这样恶毒呵！"刘胡子惊诧诧叫出来，"要是我的女么，我倒宁肯留下来养老女也不准跟他结婚！"

"经过老贺一顿劝起，她妈已经反对这一桩婚事了……"

"你们来看，已经变成西洋镜了！……"

贺永年探头在房门首叫嚷着，充满惊喜交集的味道。因而汪达非、刘胡子也相随走向大门边窥探去了。

约有五六位社员，有的扛起锄头，有的提着狗粪篼篼，也有打空手的，都从大路边折往那条小径，前前后后望乡政府走来。不少过往行人也到此止步，准备探看个究竟。他们大都望那两位青年人眨眼努嘴，嘀嘀咕咕……

然而，邱二毕竟见过一些世面，他的二流子习气这年把也更重了，一阵惊惶之后，他可终于镇静下来，不住给那个未来的新娘打气。最后，两个人鼓起余勇望乡政府走……

"噫，家伙今天想撒豪呀！"汪达非轻声笑道。

"看他又敢搞些啥嘛！"贺永年的口气很硬。

"让我先去给他个下马威！……"

刘胡子也很恼怒，他迫不及待地走出去了。一到大门门堂，他就喝住了那个正待率先走上阶沿来的邱二。

"你们是来扯结婚证哇?!"他紧接着问。

"这个在你家里不是都讲过了么？"邱二反问，停留下来。

"那我问你，你们双方家长都同意吗？"

"不同意敢来扯结婚证?!"邱二陡然气势汹汹反问，同时朝前大跨一步。

眼见这个响当当的投机倒把分子决心争吵一场，汪达非三脚两步跨出去了。

"这样吧！"他开言道，"老规矩，双方的家长、介绍人一到场就给你们办手续！"

"呵哟，好像哪个是在骗人！"邱二势头已经萎了，"走，我们去请你妈来！……"

他带起贺永秀转身走了。但才跨出一步，他又回过身来，求乞似的望定汪达非和刘胡子。

"单是家长来，这个总算数啦？介绍人都在街上住家……"

"不行！"汪达非切住他说，"住在街上也得动一动步！"

"说得容易！"邱二的气势更加萎了，"好像哪个时间多得很样！……"

"不要老是破罐子煮屎！"汪达非重又大声喝道，"不只家长、介绍人也得到场，还要把女方年龄查对清楚！"这个一向以对人和善闻名乡里的基层干部竟然有一点发火了。但他随即却又望那些逐渐转移过来的社员喜形于色地大声笑道，"这有什么好看的呵？快做你们的正事去吧！"于是招呼刘胡子跟他退进乡公所去。

而万没料到，当他转身退进大门以后，王部长正从后院漫步踱到前院里来。


# 十六

吃罢早饭，王部长回到房里，坐在火盆边抽了支饭后烟，就到前院散步来了。这是他的消遣，也是他锻炼体魄的重要节目，且是全国解放后在爱人劝说下长期养成的习惯。建国以前，他没有这个习惯，因为那时候艰苦生活本身，就是一种很好的锻炼。

他同贺永年不曾有过直接接触，因此没有引起他太多注意。但一发现从大门外进来的汪达非，他可就停下来，同时轻松愉快地笑道："怎么样，有胆量杀一两头猪让社员打一回牙祭吗？"无疑，汪达非使他想起了早饭前他们那场谈话。这次谈话，对他印象太深刻了，因而口气虽然轻松，还面带笑容，但却无法掩盖一年多来窝在心里的那股无可奈何的苦趣。

汪达非原想这样回答他的："这两年我连看见麻绳也吓怕了！"但他说了句别的话，"这得看工作组呵！"

王部长锋利地反问道："你们的猪是工作组喂的?"可是仍然叫人感觉他没有丝毫恶意。

"他们倒猪草都没有扯一把呵！……"

这搭腔的是贺永年，只是声调低沉，同他的满腔怒火很不相称。

汪达非则照旧满面笑容："你这个人呀……"他叹息着说了一个断句。

尽管没有十分听清楚两个人的话语，但从他们的语调、神色，王部长看出两个人都有顾虑；同时却又多么希望社员群众欢欢喜喜过一次春节！于是笑一笑说："走！到我那里坐下来慢慢扯吧！"招呼他们到自己卧室里去。

汪达非向刘胡子叮咛了两句有关邱二问题的处理意见，随即望贺永年笑扯扯下巴一扬："走呀！"同时在心里嘀咕道，"今天你啥话都可以说！"而贺永年多少迟疑了一会，这才下定决心似的跟随上去。他迟疑，不是担心说错话王部长会刮胡子，他已经从汪达非了解到王部长的作风平易近人。恰好相反，他倒有点不愿意向这样一位同志大发牢骚。等到大家围着火盆坐定之后，王部长就提出一点要求：希望他们谈一谈木鱼社饲养公猪的情况。"有多少肥猪、母猪、脚猪、架子猪、双月猪?"他一面埋头拨弄炭火，一边出题，"你们都讲讲吧！"

"呵哟！"汪达非惊叹道，"这个账恐怕没有人一口说得准啦！"

"也许我们大爷有这个本事！"贺永年接腔说。

"那你就去找他来呀！"王部长扬起头说。

"可惜已经钻了土了。"汪达非叹息说。

而接着他就向王部长诉说贺永年大爷的经历：互助合作运动以来，

一直是积极分子；公社化后做了社委，负责经管社队的饲养场。为了推广良种猪和人工授精一类新技术，真也付出不少劳动！可是，在去年公猪层层下放时期，由于眼看一个个饲养场相继解散，自己又实在没办法继续办饲养场，老头子一直唉声叹气，蔫妥妥的，最后一场大病就去世了。

"就叫那一对隆昌种猪把他死伤胃了！"贺永年补充说，"听么女子说，还阴到哭过呵！"

"本来也是，"汪达非紧接着说，"打从办高级社起，他就当起'猪司令'了，——大男妇女一向都这样叫他！……"

"哎呀！"王部长大笑着赞赏道，"这也是你们社上一位能人呀！"

"贺大叔倒也的确为公社做过些好事！"汪达非庄严地加以肯定，"所以，去年那么多人给他送葬……"

"老百姓是知道好歹的呵！像是有的人么，万一个筋斗就没气了，大家恐怕会拍起手欢迎哩！……"

这噼噼啪啪接腔的是贺永年。他又从反面联想起那个副组长来了。而事情就有这么遇缘，这时候副组长本人忽然出现在房门边。这个"太上社长"对于两位社干都可说很熟悉，因为他是他们近年来无数次挨批挨斗的策划者，特别对批贺永年很积极。

他飞快扫了他们一眼，随即浮上一抹意味深长的浅笑。

"你们有什么找我嘛，"他同时说，"让老王同志多休息下，——"

"我这就是休息！"王部长插入说，"你也进来随便吹一盘啦？"

诨名"眼镜"的副组长迟疑一会，随即跨进门去。没有谁给他让座，也没有人为他安排座位，他自己搬张凳子，在火盆边坐下了。

等他坐定，王部长就如实向他提到刚才中断了的话题。

"究竟全社有多少公猪，这个你总该清楚啦？"

"听说过去多呵！""眼镜"笑一笑回答说，"公社化那年大家好吃啦！中秋节——杀！国庆节——杀！春节么，更加不必说了！……"

"这个倒是群众通过，领导批准的呵！"汪达非忍不住解释说。

"至少社干没有多吃多占！"贺永年相当气恼。

"管你哪个多吃多占没有，群众到现在还有不少意见！……"

"旧账搁一搁吧！"王部长插嘴道，"现在究竟还有多少猪呵？"

"这个话就难说了。""眼镜"开始推推诿诿。

"怎么，你也不摸底呀？"

"恐怕他们也搞不清楚！去年公猪层层下放，分散开了，下放以前，因为照管不好，又一次两次地闹猪瘟……"

"单说现在圈存肥猪有多少吧！"王部长插言道。

三个人你向我扬扬催促的下巴，我向你也如法炮制一番，结果汪达非答话了。

"恐怕就是赖体臣他们有七八头大架子算得上肥猪……"

"人家生产、副业都按指示办事呀！""眼镜"自负地赞扬说，随又问道，"至少二大队的情况你总该清楚吧？"

"这个不敢夸口：架子猪都只有三四头。"

"你们呢？""眼镜"又幸灾乐祸地把脑袋望贺永年一歪。

"我们啥哇？"贺永年反问，显然有意顶碰。

"嘻，闹了这半天！……"

"呵！"贺永年随又捣蛋地插入说，"你问一大队还有多少猪哇？可惜我连自家屋檐口有多少蜘蛛都回答不上！"

"你这是啥态度呀!?""眼镜"火了，"我看你又整得风了！……"

"我赞成！"王部长风趣地说，"不过还是先解决猪的问题吧！……"

就这样，一场可能爆发的争吵，算被他平息了。然而，说来说去还是赖体臣领导的三大队有七八头大架子，可以勉强说得上是肥猪。而为了把头数、大小弄准确，王部长立刻叫来自己的秘书小吴，去邀请那个曾被错划为"兵油子"的赖体臣。

事情真也十分凑巧，因为赖体臣刚好在大门外把邱二和贺永秀弄走，所以抬抬腿就到王部长房里来了。

"哎呀，这个邱二有两下哩！"他一进门就望汪达非、贺永年笑道，"说了几箩筐话才把他们送走呵！……"

"闲话少说！""眼镜"切住他道，"现在谈正事吧！……"

于是扼要介绍王部长找他来的意图。

"我相信你不会打梦脚！""眼镜"结束道，"究竟你们还有多少头公猪啊？——主要是肥猪！"

"这个你知道的，大架子倒还有个八头呵！"赖体臣的神色一直笑嘻嘻的。"一队两头，二队三头，三队也有三头，——绝对没有人打埋伏！……"

他的结语使得贺永年嘀咕道：

"我们好像在打埋伏！"

"眼镜"可十分欣赏赖体臣一清二楚的汇报，赞扬道："看来你还不怎么官僚！"随又拖来张凳子要他坐下。

王部长显然对赖体臣也欣赏，但他没有在神态动作上暗示出来，借以贬低另外两位干部含含糊糊的汇报。而且对"眼镜"那一句带刺儿的话还感到不满。同时他也看出贺永年的恼怒、汪达非的淡漠和神色自若，于是紧接着就又把话头引到那个实际问题上来了。

"说撇脱点，"他开言道，"你们那些大架子有资格进杀房么？"

"按照这一两年的行情呀，倒也有资格呵！"

"那就杀它两三头，让社员些犒犒劳吧！——怎样？"

"呵唷！——那都杀得呀！……"

"眼镜"惊叫了！正像柴茅灰烫到足样。而接着他就有板有眼地说了一长串不能杀猪的道理：影响肥源，影响大春的栽插和指标；也不能让社员再大吃大喝了！还有，这笔账将来又怎么算？看来不会有人拿得出现钱来！"谨防又是给干部做好事！"这是他的结论。

"我连猪毛都不要一根！"贺永年义愤填膺地大声叫嚷。

于是，在众目睽睽下，他连招呼都不打一个，就走掉了。

"这哪里像个党员呵！""眼镜"摇头叹息。

"是呀，"王部长含意深长地接口道，"一点气都受不得！……"

"我就不管这些！"赖体臣照例满不在乎，"哪个就指着我鼻子骂都是那么回事，——骂都挨不起能搞工作？"

汪达非非常理解这些话的含意，他赶紧接口道："还是说正事吧！"但又随即沉默下来。

"唉！"王部长催促道，"接着说下去啦！……"

可是汪达非照旧一声不哼，赖体臣则只顾嘿嘿嘿笑。

于是王部长又亲自出马了："你们要客气我又来嘛！"接着他就心平气和，同时用他惯有的幽默语调，针对前一刻钟"眼镜"提出的意见一一加以解释性的批评，认为杀两三头猪让社员过春节完全合理。

他还提出一个经过深思熟虑的具体方案：每个社员分多少肉；怎样记账、付价，则全部由生产小队队长负责经手。

"我这个人没啥忌讳，"他最后笑道，"什么不同的意见都可以提！"

"让我先表个态哇，"汪达非发言了，"我决定一两肉都不分！……"

"咋个也一来就说你自己呵?!"王部长插话道，"先讲讲社员群众怎么过春节吧！"

"好！我赞成让社员犒犒劳！……"

汪达非沉重地叹口气，把话头带住了；但他随即情绪激荡，谈起近年来社员群众的生活和健康情况。

"肥料当然会受影响，"他的口气缓和下来，"群众的要求可总得多少照顾下呵。"

"这也倒是。"赖体臣意外沉着地附和说。

"走下去听听吧！"汪达非接嘴道，"好多人都叫唤锅都快生锈了！"

"我就不相信有这么严重！""眼镜"俨乎其然地摇摇头说。

王部长津津有味地失声笑了。

"我也不相信有这么严重！"他笑道，"我们从城里带来的肉恐怕可以吃到'破五'①！"

在座的每一个人都理解他这些话的含意，可是只有"眼镜"一个人没有笑，神态反而更加严肃起来。

"好吧！"他边从凳子上站起来，边说，"若果是我脱离群众，将来整风我一定检讨！"接着一转身准备走掉，但他随又停留下来，接着说下去道："老实说我有点想不通：两三条猪杀起来全社社员分，一个人能分多少？又是三大队的猪！——我倒不敢再刮'共产风'啰！……"

"唉，怎么就走啦?!"王部长惊问道。

"那就再顺便提一下吧！""眼镜"重又站定，"有时间也请谈谈他们两位调动的事！"

他说时用下巴指一指汪达非和赖体臣，于是什么也不管顾地扬长而去。显然不惜拉开同王部长在对待社干问题上进行一场公开论争的序幕，不复只是在肚皮里嘀咕了。他的行动当然也没有叫留下来的三个人感到惊诧，他们都会心地笑起来。

而且，王部长无疑已经决定接受这个挑战，他的言辞、语调忽然变得明确而坚定了。

"怎样，由你们杀两三条全社分没问题吧?"

"没问题呵！"赖体臣回答道，"又不是让大家白吃！"

"依我看这样，"汪达非接腔道，"三大队按每户人口多少，分一斤到一斤半；一、二两个大队每户一斤，——社管会的同志一两肉都不分！"

"具体办法你们下去再同大伙扯吧！"王部长断然说，"总之，这件事我向县委、省委负全部责任，搞错了我检讨！"

"咋能由你一个人负责呵！"汪达非紧接着叫出来，"不过调动工作

_____

① 破五：农历正月初五，又叫"小破五"。正月十五叫"大破五"。

的问题，请你同副组长认真琢磨下吧!"

"说穿了，还是那么回事!"赖体臣的口气相当乐观，"牵起绳子干，升子口，'越密越好'，——我们展起劲贯彻好啦!……"

"我知道你照例啥都不在乎呵!"汪达非愁戚地叹息说。

"不要那么紧张!……"

王部长重又变得很含蓄了，而且把其余已到口边的话咽到肚皮里去:"横竖锄头在你们手里，他怎么会跟省委反起说呢!"但他毕竟平平稳稳添补了这样一句，"大家心情舒畅过个春节再慢慢商量吧!"以免引起疑猜。

最后，他又对猪肉分配问题提了一项补充办法:如果两三条大架子的确少了，有些社员分不上肉，可以把准备收获小春、栽种大春用的贷粮匀出一部分来，至少让大家饱餐一顿! 这立刻得到了两位社干的赞赏。因为他们知道不少群众都有一个最起码的想法，春节能够有点细粮吃就满足了! 一年多来的低标准已经叫他们深切感觉到无法忍受……

因为问题已经基本定案，汪达非、赖体臣随即告辞出来。当经过"眼镜"卧室门口时，那位在思想深处以"太上社长"自命的角色忍不住嘀咕了一句彩话:"看你们还把我轰得走么!"但是他们只是淡淡地笑一笑。同时也没有让刘胡子在邱二的问题上多耽误时间，却招呼他一道走向前院去了。汪达非边走边吩咐他做一些有关杀猪和分配猪肉的准备工作。

汪达非简略提了提杀猪过春节的问题，要他计算一下全社有多少户和每户大体有多少人，平均每户分配得多少猪肉。

"呵唷!"刘胡子惊叫道，"你们想让大家过回胖子年啦!"

"你不管嘛! 下午我在老赖家里等你。……"

"好嘛，——我倒算已经沾了老王同志的光了!……"

他们一直谈到大门外才分手。

# 十七

尽管引起"眼镜"极大不满,个别工作组成员也多少有些顾虑,全体社员可都感到温暖,每一家都有了节日气氛。当然,就连肠肠肚肚计算在内,每户平均一斤肉都不到;但是总比吃素饭好多了,就连快要起锈的铁锅也沾了光,何况这点油腥对他们来得多么意外!……

邱二的婚事也已不再使社员们愤懑,以及少数人对他的满载而归感到羡慕。因为由于贺永年晚母意想不到的反对,那个投机倒把分子已经垂头丧气,没有前几天那样扬了。而他的遭遇也很快就为节日的气氛所淹没。倒是那个身患重病,曾经向赖体臣发誓,但等病势稍好,爬都要爬到北京去找党中央、毛主席诉说农村的真实情况的病号之死,至今还有人念谈……

有些人深为悼惜:"真替他想不过!解放后才来拖死。"有些人却又为死者告慰:"哎呀,打从减租退押开始,他总算过了十打十年松活日子!"但是正如一缕烟云那样,这点伤悼之情很快也消失了,只是残留在至亲好友心底。直到"小破五"前夕,除开情况严重的病号,因为所有社员全都投身到双抢的准备工作当中,就连他们也彻底摆脱了个人的悲伤。

打从决定杀三条勉强可算肥猪的大架子欢度春节那天开始,干部就忙得不可开交:开会,杀猪,分配,都得他们直接参加;但是心情却很振奋!就连贺永年也不复赌闷气了,而且感觉得相当痛快。正同汪达非一样,他本人也的确坚决拒绝分肉,把自己的一份让给了重病号。但他却承担了那一份不少人不大愿意承担的任务:清洗三条猪的肠肠肚肚。屠宰的任务则由赖体臣承担,因为以往逢年过节他都干得相当利落,几乎已经成了全社知名的业余屠夫了。就是私人杀猪,也常有人请他帮忙。

汪素贞果然早由儿子接回家了，因而汪达非的心情特别愉快。他统筹全局，乡文书刘胡子算是他的助手，帮他敲算盘和记账。当其各队按户口分配完了，这个助手把几个被一般人视为珍品的猪腰，根据所有干部事前的决定，携往社管会，送给王部长去了。但他不久就又把原物带转来了，笑嘻嘻的，因为王部长不肯接受！说他"怕吃了肚子痛"，于是在一番笑语声中，最后大家一致商定，把它们分别送给两三位老年的重病号，让他们增加一点营养。

汪达非还不只是为让群众过好春节忙碌，一空下来，还得考虑怎样应付双抢的问题。而关于他同赖体臣对调的主张既未撤销，也更需要他动脑筋。虽然不曾公开谈到过他们各自暗中对待"眼镜"那一套的具体办法，但他相信赖体臣比他的板眼多，而且比他高明，已经博得了"眼镜"的全部信任。同时他更相信调动后对一、二两个大队可能反而有利；但也担心，他去了三大队，如果"眼镜"把全部注意用起来监视他，这就可能给三大队带来困难！

然而，出乎汪达非的意外，当其春节过后，社员们忙于加强田间管理，继续为大春储备肥料的时候，由于调动的问题已经确定，而且只等小春收获就得去平坎下面接受新的任务，他却反而很安静了。因为他相信这是更改不了的，同时相信群众有办法对付"眼镜"，可能有更多田亩按照以往行之有效的办法栽种大春。

其初，他也的确有点紧张，随着时间的流逝，却愈来愈不大在乎了。因为小春已经接近收获，那些按照群众意愿、习惯栽种的小麦、油菜，"眼镜"是无可奈何的。也就是说，他不敢命令群众拔掉，另自按照他的主观意图重新种过。这一点"眼镜"自己显然也很清楚，所以到了对调的问题确定以后，特别快要开镰收获以后，他就很少到平坎上查看庄稼，或者像社员讲的"压田坎"、找漏洞了。

在二大队还有一处始终不曾被查出过，这就是麻柳桩。因为地方并不当道，而社员们在栽种上也更加不理睬"越密越好"那一套了。这是值得夸耀的，因为大家居然瞒混过了工作组任何一位成员；就连鼻子最尖、眼睛最灵、心眼又多的"眼镜"也都一直被蒙在鼓里！不过社员们却也为这一片庄稼费过不少心思：千方百计避开一切可能引起猜疑的行迹。劳动力集中了容易暴露目标，人少了登打不开，很多时候是趁月夜或拂晓时起来干。

汪大爷为这种劳动方式取了个有趣名称：做贼娃子庄稼。麻柳桩属于二大队的第三生产队，作为大队长的干人曾经几次三番劝阻、警告，可是大家不听他的！因而他挨也不敢挨了。正跟汪达非样，从来不到麻柳桩去。以为这样一来，即或被工作组发现了，他也可推脱一些责任。他曾经向老婆诉过苦，但他招来一顿臭骂："这龟儿，有胆量你去向'眼镜'反映嘛！"最后可又开导他说，"你土生土长的，也看得惯大家走路打偏偏啦？怕吗，装聋作哑好啦！"

干人还曾经向汪达非提起过，希望他首先阻止一下自己的父亲，因为汪大爷可说是个"主犯"！但是，直到他诉苦完了，汪达非这才毫不惊怪似的笑道："你说这些我一点不知道呵！——就是知道了吧，我也只好准备将来检讨！"随即就用别的问题把话题牵扯开了。他的话有虚假成分，因为他并不是一点都不知道；也有真情：将来万一被查出来了，要他检讨他就检讨，这在他早已成了家常便饭！……

仿佛真的对检讨一点也不在乎，在父亲不断的吹嘘下，而且愈是接近收获愈是对麻柳桩那一片"贼娃子庄稼"吹嘘得无以复加，夸说小麦亩产至少会比那些按"规格"播种的多一倍！于是这个素以冷静、沉着见称的中年干部竟也不免头脑发热起来。

以往，每当父亲谈起那些小麦、油菜的苗价、长势，他总是淡淡一笑，不声不响。这天，他的神态忽然变了。

"哎呀，你说得这么热闹，我倒真想摸去看看！"他喜形于色地说。

"好呀！"老头儿大为赞赏，"去看看是不是老子吹牛！……"

"好，好，好！"儿子忽又连连提醒自己，"不要给你们惹祸！"

"怕啥哇？已经开镰割了，哪个还敢叫老子拔掉另外栽呀！"

"可是大春又咋办呢？"他含意深沉地提示说；随即就话头一转，"我倒要出工去啰！"撑身站立起来去拿工具。

父亲对他的支吾感觉莫名其妙，就那么凝望着儿子走向屋角，拖来一把山锄，又跨出堂屋；而当他发现王桂华一伙人正从大门外走来的时候，老头儿这才恍然笑了。理解了儿子诘问的含意：如果麻柳桩小春上的蹊跷一被发觉，将会给大春播种带来极大困难！

老头儿可并不同意儿子的想法："我就不相信赖大汉会专门卡我们！"口气相当坚定。

"这一点我倒也相信呵！就只担心他会被缠得更紧，不好耍手足了。"

"这两爷子啥事谈得这样起劲哇?!……"

这是王桂华的女高音。而一问明情由，她更敞声大笑。

"下面一个大队，老赖他们都哄得'眼镜'团团转，这里两个大队，又有不少沟沟坎坎，不弄得他昏头昏脑那才怪哩！"

"老赖这个家伙鬼板眼也真多！……"

这插话的是汪大爷，随即向人们摆谈一个暗中流传的故事。

事情是这样的：去年播种小春，三大队干柏树的社员正在按稀大窝的规格搞小麦间种油菜，"眼镜"来了！于是大加斥责，申言赖体臣骗了他：扯谎说所有的生产队都是密植；还四面八方开展示范活动，给社员们做出榜样！

可是社员立刻出面为他们的老赖辩解："他是给我们示过范呀，就只没有把着手教！"对于"眼镜"的反诘，他们则回答道："那是脑筋死板，一摸上手老一套就来了！"也有嘀嘀咕咕讲怪话的："我们担心种都收不够呵！"而正在这时，那个算得故事的中心人物来了！他是听到消息后赶来的，已经考虑好怎样应付这场意外。

他一到场就向"眼镜"检讨，承认这是自己的作风粗糙招来的恶果，不该自己动手播种几行就走掉了！随即又向"眼镜"为群众求情：已经播种好的，为了惜疼籽种，只好由它去了；剩下的一定按照上面定的"规格"，一律条播密植。而且自愿留下来完成这项任务。他的神态庄严，情绪热烈，正像宣誓一样。最后他还用从部队上学来的派头大声问道："你们说做得到吗?!""做得到！"社员们的回答相当响亮。

可是，嘴上说"做得到"，不少人心里却又觉得好笑，因为他们知道这一切是他们大队负责人、曾经被工作组误划为"兵痞"的赖体臣表演给"眼镜"看的。因此，这场精彩表演一完，为了拖延时间，接着来的却是这样那样借口。首先，他们要求"眼镜"做几行示范，赖体臣理解这是捉弄"眼镜"，他主动把任务完成了。而且进行得异常认真，可说一丝不苟。……

这下应该懂得怎样按"规格"掏沟、播种了吧？不！这个还要抽烟，那个又要大小便了。而刚好播种三五分地，便已到了午饭时候。常言道，慢工出细活，"眼镜"不只满意这几分地的播种规格，特别对大队负责人加强了信任。

老头儿的叙述引起一片笑声。而笑声还未停歇，王桂华又出马了。

"还有呵！"她大声道，"说出来会笑破肚皮。"

"好啦，好啦！"汪达非提高嗓门嚷道，"到了田坝里慢慢扯吧！……"

"要得！"有人大声赞同，"一晃又要吃午饭了！"

这是昨晚上收工时约定的，汪达非、王桂华一伙人去干茅厕规划秧母子田。然而，由于两块囤水田里的水已经用来浇灌了小春，又决心少种水稻，秧母田并不多，因而到场叮咛了几句，他就一个人摸到麻柳桩去了。因为干茅厕正将开始收获的那一片条播密植的麦子，正像癫痫头样，实在叫人看了心烦，因而父亲的吹嘘也就更加引人入胜，十分想去看个究竟。

干茅厕离麻柳桩并不远，只有两里多路。只因为需要绕过一座陡坡，穿插两条沟道，它那一大片耕地也就显得格外僻静，不大引人注意。本地人总喜欢走捷径，而只需腿脚得力，登上土丘，麻柳桩那片耕地就在望了。而当他奔上山顶，看见社员些进进出出于保管室的情景，情不自禁地哑然一笑，停歇下来。原来他从耕地上人们的活动猜测到那是怎么回事。而且联想起两天以前，他在倒桑树处理妇女队收割几亩秘密种植的小春的经过。

因为要去乡政府开会，那天上午，他出工时已经半晌午了。他正碰上妇女队长王桂华在同一位中年妇女扯皮：强要对方把藏在衣兜里的小麦全部拿出来归公。而对方则理直气壮地进行抗争："我是后娘养的，你就只晓得卡我哇？"因为并非独创，她是跟着其他社员学来的呵！而她家里的口粮，也由于前一向吃过头了，存贮下来的已经不够糊口。

这一提示帮助我们的妇女队长取得一项重大发现，其他几位男女社员身上都建立有小仓库，于是纷争扩大起来，弄得不可收拾。因为藏粮的有藏粮的理由，而干部又有干部的苦衷：他们已经在瞒产私分的罪名下挨过多次批斗。尽管这个罪名是随意扣上的，过去两年产量上不去的主要罪犯，是浮夸风和瞎指挥！

在产量问题上汪达非挨的批斗可说最多。不只实际产量低首先该他负责，在制定生产指标时他就吃过苦头。但是，当一问明争执的缘由，他却在筹思之余提出一项大胆办法：让大家把私分合法化！而他的办法立刻得到了群众的赞同：但凡耍过手足的人都得将粮食让保管过过秤，将来分配时如数扣除。

至于他自己呢，不只没有参加私分，在整天工作中，就是群众一时大意，偶然掉在地里的麦穗，只要他发现了，就马上拾起来，送交保管员归公。因为他拒绝私分，有的社员曾和他开玩笑，说他怕背个坏名声吧：偷盗！

"你这个话才怪！"他笑着反驳道，"这个庄稼又不是别人做出来的！……"

"可是'老人婆'会说你是偷呀！"

"如果工作组硬说是偷，我就是'贼头'了！"他说罢大笑，随又加以解释：庄稼是社员做出来的，预先分点救急，是理所当然的事。他不同了，按月有工资拿。

"一句话，"他结束道，"我腰杆没有你们的硬！"

现在，他从种种形迹猜测到了山坡下社员们活动的意义，但他犹豫起来，拿不准自己是否应该下去。麻柳桩"贼娃子活路"的丰收，他更不会硬起手杆参加私分，但一想到自己的父亲，他一时不知道应该怎么办了。

按照自己的愿望，他该劝阻父亲，但是春节时分配猪肉的问题证明，他的劝阻又会落空。

"家里的口粮还能混些日子，"他最后想道，"这次他也许会听劝吧。……"

于是迈步下坡去了。

他没有猜错，不少社员都参加了私分，而他对父亲的担心，瞬息之间变成了高兴！原来他一下到地里，老头儿就兴高采烈地指出那些堆放在晒场上的颗粒饱满的麦穗，夸耀起来。

"老子没吹牛吧？这还只是那块犁辕地里的呵！"

"你们也在搞私分哇？"汪达非试探地插断他问。

"你放心！"老头子大声道，"老子一颗都不会分！"


## 十八

全部小春刚一收获完毕，"眼镜"就催促赖体臣上平坎，把汪达非换到第三大队负责。

只不过两三天，来到三大队后，汪达非就如实了解到赖体臣一向富于暗示性的话语的全部含意。他们当然也做"贼娃子庄稼"，而面积之大却叫他大为吃惊。私分呢，更加不用说了，去年大春收获时就干过。而且，为了保证小春产量，囤水田也减少了，显然跟平坎上两个大队的群众一样，已经决心不种那么多水稻。

然而，离开平坎那天，却是汪达非多年来最不愉快的一天。因为出乎意料，积压已久的愤懑在一个偶然机会中爆发了。而且恰恰是"眼镜"触发的。本来已经决定当天一早就去三大队的；因为二大队在干茅厕提前做的两块秧母子田，三天前出苗了，他想看看长势怎样，并顺便继续商定，哪些新开田应该用来种早玉麦，他就陪同前来接替工作的赖体臣一道去了。

当他同新的负责人到达目的地时，承担平整秧亩田的社员也到齐了，正准备动起手来。现在，却由于汪达非和赖体臣的同时出现，那位平素喜欢发表意见、对于这次调动又心怀不满的王桂华，忍不住叽叽喳喳起来。

"哎呀！你们是来正式办交代的啦?!"

"又不是做官哩，"赖体臣笑道，"这一枪你杀飘了！……"

"她是讲笑话的！"汪达非解释道，"出名的尖嘴幺姑哩。……"

随即就向赖体臣谈起自己的一些想法。

"逢真人现本相，"他最后说，"这个做法工作组知道了会挨批评，你不同了，就是不同意重新走旱路吧，也不会说我右倾保守！"

"你这个计划还不够格呵！"赖体臣接腔道，"我们搞的大春生产规划才叫右倾保守，——你今天下去了解一下就清楚了！"

但他随又用惋惜的口气表示：干茅厕不够隐蔽，接着又指出，他们不该动用大路边那两块囤水田里的水！这很可能被工作组发现出来，而且由此猜测到他们已经决心不按计划种植那么多水稻；更不必说双季稻了。

汪达非听得来很专注。然而，末了，他却轻松地笑起来。

"哎呀！"他说，"你肯打圆场就行了。"

"当然啦！未必姓赖的会跟他'眼镜'打和声？"

"这点我们倒信得过！"人们齐声笑道。

"依我看这样吧！"王桂华建议说，"万一他发觉了，你就说已经刮了汪社长和我们一气，就没你的事了！"

"对！"赖体臣大笑道，"把老汪推出去让他刮，刮一个够！……"

他原本说的反话，表明他不会把责任推在汪达非一人身上；然而话一出口，他觉得这倒是个对付"眼镜"的好办法。而且，只有打阵假叉①，他才能继续取得信任，一、二两个大队的抵制也才能顺利进行。于是他把话头一顿，没有尽情发泄下去。

汪达非的想法可以说和赖体臣一致，但对他的反话却并不完全理解。

"你倒不要多心！"他解说道，"王桂华这个点子又对头哩！她不是要你耍金蝉脱壳，依我看，你还不能只是望我的身上推，还要当面刮这个生产小队一顿胡子，要他们千方百计设法一下雨就把水蓄起来，争取满栽满插！"

"可惜天老爷不那么听话呵！"有谁大声地叹息说。

"嗨，你咋这么老实呵！"王桂华插言说，"到哪匹山唱哪个山歌嘛！"

这一来，谈话更活泼了。因为大家都不是傻瓜，又不止一次诳骗过那些脱离实际，固执己见"左"得可爱的人。而且，由于他们对汪达非和赖体臣的信任，谈话的锋芒逐渐指向了工作组，随又集中在"眼镜"身上。

"看来两个组长都没有他厉害呵！"有人不由得叹息说。

"是呀，"王桂华搭腔道，"这一个更一切都由他摆布了！"

"那倒不见得，"汪达非否定说，"两个人根本不能比呵！……"

---

① 打假叉：做一阵子假。

"哎呀！"赖体臣不无自负地接口道，"说来说去，还是我们厉害：小春这一关不是已经闯过来啦？你就让他去汪汪汪吧！"

"是啦！俗话讲的，汪汪狗不咬人！……"

"女将！"汪达非岔断王桂华道，"我知道你不睬祸事，可也得提防点呵！……"

老百姓有两句口前话：一提曹操，曹操就到！事情有时真也凑巧，正当"眼镜"成为中心话题的时候，"眼镜"本人冷不防闯来了。简直有点怒发冲冠的气势，因为一路走来，他已经发现那两块围水田干枯了！

一眼瞧见汪达非他就噼噼啪啪叫嚷起来，没头没脑地指责他作虚弄假！

"我究竟啥事又搞错啦？"汪达非有点火了，"你指出来我就检讨！"

"好！""眼镜"右手往身后一甩，同时轮睛鼓眼、专断地接腔道，"我只问你，那两块围水田里的水哪里去啦?!"

赖体臣敞声大笑。

"原来是这搭事！"他接着说，"我刚才还批评过他呵！……"

"你也发现啦?"

"我一来就发现了！心想，这不是给我出难题么？所以特别找了汪社长来……"

以下全是诳言，但他谈得十分流畅，而且丝毫不感到内疚。正如他去年以来抵制工作组的歪风邪气一样。

"不过你也不要着急！"他末了转圜道，"只要两场春雨，保险又关得满满的！……"

"你这是靠天吃饭的思想呵！""眼镜"不胜惋惜。

"咋会一连三年都干了冬又干春呵！"

"就依你吧，""眼镜"退一步说，"这里可还有个思想作风问题！"

"这一点，我已经提到过了，"赖体臣随方就圆地接着说，"将来再胡敲整他的风！……"

他的态度更加严肃起来，而他随又用带警告味道的口气说将下去。

"当到这么多人的面，副组长也在场，我把丑话说在前头哇：我在三大队安排的计划，你可不能动呵！……"

"你这个意见提得好！""眼镜"大为赞赏。

"水稻一亩也不能少！……"

"庙儿子的全都搞双季稻！""眼镜"继续帮腔，为赖体臣的"誓言"助威。

"你放心吧！"赖体臣向"眼镜"提保证了，"下面的社员我信得过，不会听他那套。啥哟，横竖又没十里八里，脚一伸就到了，我每天都可以到下面遛一转，他乱来就给他个现过现！"

"对，对，对！""眼镜"更高兴了，"给他来个火线整风！"

汪达非和所有在场的社员，早就知道赖体臣是做起给"眼镜"看的，因此一直都面带笑容，满不在乎。但当听到"火线整风"的时候，许多日积月累下来的不满，一齐涌上心头，社长的笑容可立刻变了。而且带点狞猛味儿，显然已经决心不辞由此触发一场争吵！……

"火线整风就火线整风吧！"他顶上去说，"我不会下炕蛋！"

"可惜下炕蛋也没用！""眼镜"说，"不认真对待你这样的干部，这个生产上得去吗!?"

"依我说最好你现在就撤我的职！"

"没有那么便当！"副组长邪恶地笑了，"想让我批准你临阵逃跑?！"

"眼镜"极大的嘲讽语调，这一下可真正把汪达非激恼了。因为不仅语调，他那种貌似最高权威的自我表现，就连在场的社员、干部全都感到愤怒，全都怒目而视、嘀嘀咕咕。王桂华更挺身站出来了。

"看来你也还做不到主呵！"她望"眼镜"瞟一眼说，"你们一道去找王组长解决吧！……"

"要得！——要得！……"

这一军将得好，群众一起叫嚷起来。于是就由汪达非带头，"眼镜"也不无狼狈地跟上去走掉了；因为他不相信王部长会跟他一条心。

一直到遛下平坎，两个人谁也没有张声。可是，猛地全都吃了一惊，因为赖体臣在身后开腔了。虽然讲的都是一句半句无关痛痒的话，多少只能起点和缓气氛的作用。而他之跟上来，主要为了必要时帮汪达非出把力。

他一张声，气氛也的确缓和了。首先，汪达非反省到他的发火太过分了。他不该提出撤职的话。他应该像赖体臣有一次私下讲的：对付"眼镜"这种角色，只能软抗，硬的一套不只会引起更多麻烦，从组织关系上说，有理也会变成无理！因为无论如何，他是上级派来督促、检查工作的代表呵！

于是，当其三个人见到王部长的时候，尽管"眼镜"还余怒未息，汪达非已经心平气和，恢复了他平常那种谦虚谨慎的习性。而且准备重复一遍近年来那种在大会、小会上例有的自认无能为力，又廉价、又省事的检讨。

对于两位社干说来，他们来得也正是时候，而对于"眼镜"可就有点两样。因为王部长恰好相当显明地向其他几位工作组成员，从一般社员的思想动态、生产情况，谈到副组长的主观主义和脱离群众的作风。措辞尽管含蓄，任何人可都听得出他的真情实意。而且全组成员，几乎早就对"眼镜"的做法多少感到不满。

因此，当汪达非一跨进屋就开始检讨时，王部长便把他的话岔断了。

"不要一来就检讨吧！"他说，"你莽起劲按照县委的指示往下贯好啦！"

"要是这样又好办啰！"副组长接着叫道，"他就老阴到作怪，——今天我才发觉……"

副组长准备陈述具体情节，可是王部长意外地插话了：

"既然这样难缠，那就撤他的职吧！"

"我完全服从领导上的决定！"

汪达非轻松愉快地接着说，感到撤职的办法正合孤意。这一下可叫"眼镜"慌了手足，而同时却又叫他感到那么一点高兴，因为王部长竟然不知道撤职的问题工作组无权决定。

"不行！"他高声笑道，"不行！这怎么行呢？他是群众选出来的呀！"

"啊！"王部长故为吃惊地叫道，"这么说来还得看群众的意愿啦?!"

"当然！民主办社嘛。"

"好！那么生产问题也让群众讨论讨论好吧?"

"这点可更得慎重考虑！"副组长一下子嘴软了，"你不知道，这里的群众思想相当落后，——要不的话……"

"眼镜"还想说："要不的话，有些人咋那么吃得开哩！"但他叹口气把下文咽下去了。

"唉，怎么不说下去呢?"王部长笑着追问。

"总之，平坎上不好搞！"回答有点支支吾吾，"所以我才建议调动一下工作。"

"哎呀，"王部长惊叫道，"我倒忘了！你怎么还在上面瞎指挥呀?"

"事情倒不是现在发生的！……"

"原来又是陈账！"王部长插入道，"那就暂时挂一笔吧！……"

正在这时，那位看守电话的组员惊叫着奔跑过来。

"县委来电话啦！……"

"又有啥指示哇?"王部长迫不及待地问。

"他们要你亲自去接哩！"

"这就怪了！"

"总是事情很重要嘛。"副组长显得矜持地解释。

"好吧！"王部长接着道，"陈账就暂且挂一笔，你们两个的工作今天就对调吧! ……"

接着，他又像警告、又像劝导地对汪达非作了指示，希望他认真工作。

"总之，尽力做到不要再带账了!"

于是站起身来，走出室外，前去接县委来的电话。一路都在心里嘀咕："眼不见，心不烦；要是调我回省里吃'无缝钢管'那倒不错!"但他没有猜对，是要他当天下午去纸厂沟南口，县委将派车前来接他。因为县委胡书记昨晚从北京参加扩大的中央工作会议回来了，很想同他谈谈，并准备下月一道去成都参加省委召开的工作会议。那位机要秘书的口风有点诡秘……

等他闷闷不乐地回转房里，汪达非、赖体臣已经出工去了。只有工作组的人没有走散。

"啥事哇?""眼镜"显得好奇地问。

"等我开会回来传达吧!"

"你们看这个工作不抓紧点行啦?!""眼镜"神气活现地抢嘴说，"依我看，汪社长的问题恐怕你得认真反映一下，要不，这个生产怎么会搞得上去啦? ——我们都得准备检讨! ……"

于是他又重复一遍他对汪达非的看法，而王部长则带点欣赏神情由他畅谈下去。


# 十九

工作组所有的成员几乎都有点惊奇，王部长这一次认真让副组长大开一言堂畅所欲言地谈了个痛快。

说是几乎，因为当其语言洪流正在畅行无阻的时候，小吴首先暗自笑了。认定那个一向自以为是的角色简直成了傻瓜! 一点也未察觉是在受人摆布，还在口若悬河地吹下去。

可是，他的"报告"终于结束，这下该主要的听从王部长发言了。而且照旧心平气和。

"你就谈完啦？"他自问自答地微笑道，"那就让我发发言吧！……"

人们忍不住笑起来。"眼镜"也伙着笑了，可是不无勉强，因为他已经感觉到自己受了愚弄。而王部长只在开始他的"发言"时说了一句，"你的意见我一定如实反映！"接着就谈起县委打电话来的内容了。当然不算详尽，只是说胡书记从北京回来了，约他去县委休息一阵，然后一同去成都参加省委召开的工作会议，听取中央的重要指示。这后一点使大家立刻显出一种严肃庄重的神情。

神情最为庄重严肃的是"眼镜"。他已然忘却了自己前一刻钟的尴尬处境，不由得在心里嘀咕道："不加点压力这个生产上不去呵！"因为根据近年来的多次经验，总不外在批评贯彻中央方针、政策不力的同时，提出几项重要措施。

不仅神情庄重严肃，他的干劲又十足了。所以王部长一住嘴，他就立刻行动起来。

"我还得到平坎上去摸一摸！"他说，"看要带些什么材料，你就让他们准备吧。"

"好！"王部长赞同道，"汪社长说不定还有什么玩意儿。午饭你总要回来吃吧？"

"当然！搞出什么名堂来，我要向你汇报嘛……"

接着他又叮咛了其他工作组成员几句，就各自拔步走了。而王部长望着他的背影在心里嘀咕道："像他这种人啦，恐怕就是碰得头破血流都不会转弯！"因为他忽然想起那位出色军事家的名言……

尽管这类话他只能对自己说，不会公开发表，但他照样旁敲侧击地发起议论来了。

"社干些都是土生土长的，没群众支持他敢唱反调啦——哼？！"

"当然，"一位原有组员接口道，"所以你一刮胡子他就要求撤职。"

"那依你们又怎样办才好呢？"

"总之，"对方有一点踌躇了，似乎不愿深说，"看来光刮胡子不行。……"

"问题恐怕还不在刮胡子。"小吴摇摇头说。

眼看这个缺乏锻炼的青年人会提到方针政策问题，王部长就赶快岔断他。

"你这个意见好呀！"他甩开小吴，照旧追问下去，"你们怎么一向不张声呢？"

"哎呀，犟不过他！……"

"呵！你们在他面前连发言权都没有啦？"

"说了不顶用呵！"

"总比不声不响要好些吧？同志，生产搞不好群众背后会骂我们！其实已经有人当面说彩话了。就是看脸色也感觉得出来！……"

不仅语重心长，接着他还举出实例来证明群众对工作组流露出来的不满，以及群众缺吃少穿的实际情况。从情绪说，他尚未畅所欲言，但他蓦地叹口气说："好吧，大家各自干各自的事情去吧！"谈话就结束了。同时却已下定决心，如果上面贯下来的还是庐山会议后那一套，他就要求留在省城养病，乃至退休。

他本想留下小吴清检一下行李、用具的。因为分量有限，自己能够处理，也就由他跟同众人走了。但他仍旧沉浸在无法摆脱的思虑里面。在来这里不到半年的时间当中，他的见闻、感想太繁杂、太沉重了。他忽然想起二十年代末期，他在川黔交界一个偏僻小县上参加党组织发动领导的一次农民起义的情形来了。当农民群众在一个场镇上夜半集合起来、准备前去攻打县城的时候，而眼看就快要出发了，一位同志却开始进行政治鼓动。

这位同志是这支由少数步枪，以及戈矛和大刀等各色军器装备起来的队伍的政治委员，年龄不大，但是读过不少马列主义的书籍，也能言会语，又很热情。因此，在那个革命遭到同盟军中野心家出卖的日子里，他更义愤填膺地没完没了向群众宣传革命成功后的美好前景，似乎共产主义社会当晚就会实现！

他的热诚是感人的，这次起义他是豁出命来干的，这也需要有共产主义理想，更需要为实现这个崇高理想而战斗的献身精神。半年以后，他也正是在敌人屠刀之下慷慨就义的，尽管他执行的是错误路线。

可是他讲得太多了！又是寒冬的深夜，因而群众开始感觉有点烦厌，同时也又冷又饿，真是饥寒交迫。

"鸡都快打鸣啦！"有人叹息着嘀咕说，"干就干吧！"

"对！对！说干就干！"一些人附和道。

"我赞成这个话！"忽然响起一阵硬朗的话语声，"赶紧打进城去，大家饱饱吃它一顿再慢慢说！……"

回忆到这一情节，他深长叹息，情不自禁地自言自语起来。

"想不到今天要饱饱吃一顿还这么难！……"

因为他忽然想到，革命成功十年多了，田分了，合作化了，农民的生活也日新月异，可是庄稼一下却不容易做了！说起来这不太出人意外么？而他又不是没有看到这种怪事是怎么来的，但他却不敢公开表示反对！

"真是糟糕！"他又自言自语了，一种羞惭的感觉向他袭来，而且接着想道，"无非是丢官嘛！……"

随即又想起在前年本省那次三级干部会上，由于赞赏那位杰出军事领袖给毛主席写的长信的几位老同志的遭遇。他们都受到不同程度的批评，戴过"右倾机会主义"的帽子，有的也确乎降了级，只是没有罢官。

由于盲肠发炎住院，不曾参加会议，那一次他算是逃脱了！自己一直为此感到幸运，现在他的想法可是起了变化。

"×！"他愤愤然嘀咕道，"就是开除党籍，命总还要我革！……"

他先前那些退休、称病的消极想法已经无踪无影，青壮年时期那种不信邪的精神重又使他变得激昂起来。

而且，他已经迅速决定了一种将在省委工作会议上采取的态度：如实反映他所了解到的农村情况。不管中央现行的农业方针政策是否改弦更张，省委是否又会像对待《党内通信》那样，侈谈本省的特殊性，他都将这么办！到了必要时候，他还将根据党章规定，直接向中央和毛主席为千千万万群众呼吁。

因为估计午饭后不可能得到休息，他原想上床躺一会的，现在他倒反而生气勃勃，不想睡了。他站起来，跨出房门，走向组员们的住处，想去看看大家是否都"踩田埂"去了，然后再去厨房里问问老钟什么时候开饭。而他没有料到所有的组员全都缺勤！

"呵，你们今天都怠工啦？"他又是惊奇、又是作玩地叫了，同时在门首停下来。

"我们在扯谈这个工作究竟该咋个整呵！"有谁顺口回答。光景，他们也不无苦恼。

"咋个整？"王部长接口道，"你们副组长不是早就做出榜样来啦？——相信群众已经不会种庄稼了！讨厌的是他们可都想吃饱饭，却又不愿意按规定搞生产，这里那里跟你捣乱，弄得产量越来越低，叫大家干着急！"

他意想不到地说了一长串反话，引来组员们一片哄笑。同时他们也更感到无拘无束，放言高论起来。

"他干着急因为他党性太强啦！"

"单凭这一点我都敢打包票，下半年他一定会转正！"

"这么说我就得准备开除团籍了?！……"

小吴佯装成灰心丧气的模样；但他正待继续表演下去，"眼镜"，那个被嘲笑的对象，在房门边出现了，于是谈话也就戛然而止。

副组长正泡在自我陶醉的精神状态中，没有察觉人们在议论他。当然也有不满，认为组员们不该全都捂在家里，让他一个人一气跑了三个大队！但他并没有让它流露出来。

而他之所以能够轻而易举地控制住自己，主要是检查的结果太叫他高兴了！在平坎上，赖体臣的严格认真不仅得到一般社员拥护，就连汪老头子也服服帖帖，不敢再吊二话。这是他在干部碰头会上亲自见到的情况。

他在第三生产大队，虽然只向两三个生产队长从各方面探问过他们的种植计划：现在由社长亲自抓了，他们的原定计划，亦即赖体臣上报过的计划是否准备改动？生产队长们都异口同声回答："雷都打不动呵！"态度十分坚决。

"眼镜"非常满意他们的回答。因为这进一步说明他的估计完全正确，只要汪达非和赖体臣一对调，许多困难都不复存在了。这也就是说，县委一再要求的"技术规格"将会带来一次丰收！把产量搞上去。

"有什么新发现呀？"看了他的神色，王部长笑问道。

"说新也不算新，都叫我们早料到了！……"

"眼镜"显得满足地回答，随即谈了一遍他所取得的第一手材料。

"你们看吧，"他结束道，"一下平坎，他那一套就吃不开了！"

"哎呀！"王部长笑道，"这个'兵痞'倒还有几手嘛！"

"老赖当然不错，不过平坎下面的群众一向觉悟就高！……"

他把话头一顿，没有说明原因，就扯到旁的事情上去了。而在场的原有组员，却都了解他的本意：群众觉悟高是他和前任组长做过不少思想工作，包括对干部进行过多次火线整风的结果。同时相当怀疑三大队的干部、群众竟会那样听话！然而，他们都不愿揭穿它，以致招来无谓的麻烦，因此只好由他去自我陶醉。

王部长也没寻根究底，只是说了一句毫不相关的话："怕要催一声老钟赶紧把饭弄来吃罢！"于是谈话也就真的结束。这种远比冷淡还要叫人难受的态度当然叫"眼镜"不痛快，但他没有听其爆发，倒是随声附和起来。

"呵哟!"他看看手表叫道,"已经十一点啦!让我去厨房看看吧。"

说罢,正待举步,小吴却捷足先登了。但他照旧顺势跟身出去。

副组长总算又一次溜出了尴尬处境。午饭时候的气氛是平静的,午饭以后,王部长动身前去纸厂沟沟口乘车之前,还意外地把他单独请去做了一次心平气和的谈话。而且相当诚恳,没有丝毫含讥带讽的幽默语调。

他首先肯定了副组长对工作的认真负责,随即语重心长地指出他对群众的偏见。

"希望你记住这一条吧:群众绝对不愿意老吃低标准呵!——你说是吧?"

"你这个话当然对。可是,如果还让汪社长那样搞下去,口粮标准也绝对不会提高!"

"那么我又问你!一搞互助合作他不是就在领导生产吗?"

"那时候就只有平坎上当道那么几十百把户人呵!"

"可是问题恰恰平坎上最难办!"王部长激动起来,"好像一搞公社化他们倒愿意饿饭了!"

"好吧,""眼镜"尽力克制自己的情绪,"等你回来慢慢扯吧……"

随即提醒王部长收拾行李,准备动身。这不是他已经服输了,今天上午的视察结果,倒使他进一步相信了自己的判断。而且,相信汪达非和赖体臣这一次对调定将使"技术规格"得到认真贯彻,从而获得丰收;口粮也将随之提高,群众不会再吃低标准了。

这次谈话是在王部长卧室里进行的。他原不准备带走卧具,现在却把小吴叫来帮他打铺盖卷。因为在同"眼镜"谈话之前,他就已经决定,不管中央的方针政策是否改变,省委是否又使用"特殊论"作盾牌,不按中央的指示办事,他都将摊开自己的看法!……

他预感到他将冒一场风险,但他决不动摇,因而应该做好充分精神准备。

"其实用不上带铺盖啊!"莫明究竟的副组长劝说道,"县委招待所满不错呢。"

"还是自己的用起来方便些。"王部长解释说。

"那就把所有的东西都带走吧!?"

正在收拾行李的小吴显然有点抵触情绪,但是王部长干脆利落地做了肯定答复。

"当然都带起走!"


# 二十


就在王部长带起小吴去县委的这天晚上,汪达非老思量这件事,又一夜没有睡好。因为每一个推测刚好相信其合情合理,却又立刻被推翻了。王部长自己也说是去县委开会的,但他却又带走那样多行李!……

这一来,思想又在问题的性质上反复绕着圈子。说穿了可也简单,他之离开,是县委为了加紧把现行那一套望下面"贯"呢,或者另外换一套符合实际的办法?至少松松缰绳,让群众缓口气?同时他也为眼前的情况担忧,王部长一走,副组长更可以为所欲为了!而他又多么希望那位平易近人的老同志长期留下来呵!

次日早饭后他去平坎下面出工,离家不远他就碰见了赖体臣,于是向他诉说了自己昨天夜里的各种猜测。他显然希望得到一点支持,而那一个却一直笑扯扯听他说,末了,又不以为然地扬声一笑。

"哎呀!"赖体臣大声道,"想那么多做啥呵,——你就放手干吧!"

"这一点你倒不用担心!"

"那就好呀!所以我说不要想那么多。"

"不过,万一老王同志不转来了……"

"顶凶再派一副'眼镜'来也是那么回事!我们总不能睁起眼睛让

社员一个个当胖官。"

"是呀！"汪达非忽然振奋起来，"我倒准备当'典型'当到底呵！"

"对！'兵痞'这顶帽子也并不坏！"

于是两个人在一阵哈哈哈笑声中分手了。他们原以为副组长会出动全组人马，"打起灯笼火把"四处寻找漏洞的，照样强制各队按计划、按规格种大春。然而奇怪，只有"眼镜"一个人干劲十足，其他组员都懒妥妥的，有时几乎只有他一个人唱独角戏！而更叫大家吃惊的，不到三天，"眼镜"也背起铺盖卷，走掉了。

这也引起一些社干、群众的猜测，最后则是更加放手按照大家的意愿干将起来，对于"眼镜"一直嚷嚷扰扰的那一套，越发置之不理。而在汪达非得到去县委汇报工作的通知时，随之而来的却是震惊。

这感到震惊的是一些生产队长和社员群众，汪达非本人倒是出乎意外的镇静。

"我倒有精神准备呵！"他对贺永年说，"又从县委、区委一直斗回来嘛！"

"不过干人心里更加甩了！"

"只要老赖硬断不弯，你就由随他去！"

"看来他老婆又得教训他一顿，他才不会破罐子煮屎——一天嘀嘀咕咕！……"

"那你就动员王桂华去做点工作吧！……"

这当然是讲笑话，说罢，汪达非背起挎包就出发了。当经过第一生产队时，他本想去看看刘大旺。因为担心引起刘大旺对他在县委又可能挨批挨斗而牵肠挂肚，增加病情，就硬起心肠一直出沟去了。沿途碰见正在地里劳动的社员，他总是边走边回答他们的招呼、问询，给大家打打气，说两句宽心话，因为这一带庄稼最合规格，——可也最坏！……

他的宽心话效果当然不大。"看来罪还没遭够呵！"有人望着他逐渐消失的身影叹息。那些做"贼娃子活路"的群众则更加胆大了。因为在赖体臣、汪大爷一伙人鼓动下，横竖没有工作组监督，他们几乎全都公开或者半公开地按照过去行之有效的规格进行栽插。而且意外卖力，恨不得两三天就全部栽种完。

他们有个共同的想法：你就地委书记、省委书记来搞火线整风，总不能强制社员把已经种上的庄稼拔掉，按照脱离实际的框框再种一次！然而，作为一个大队的负责人，干人的想法就不这么单纯了。

正像一切弱者一样，凡事他总爱往坏处想，而他那次罚跪、挨打的情景经常浮现脑际。

他每次息肩就立刻想起这事："准备又挨鞋底掌吧！"他深长地叹口气想。

"你咋个一天都唉声叹气呵！"王桂华轻声笑道，"就砍头也只有碗那么大一个疤嘛！"

"你像是我肚皮里的回食虫啦？"干人忍不住回嘴了，"可惜我倒不是怕挨斗呵！"

"就是怕狗娃他妈指着你鼻子骂！……"

王桂华的口齿更加锋利起来，这一次干人可没有再回嘴。主要因为他爱人恰好走过来了，提前回家去照顾孩子和做午饭。而如果她听见了这场带点打趣的拌嘴，说不定她又会指着鼻子数落她的丈夫："这龟儿！……"

两三天后，当其全部工作组成员都被调走的时候，这倒没有使大伙感到震惊，只是有些奇怪，有些较为轻松的设想："像是不再派人来啦！"他们都不希望再有工作组来！同时却又纷纷赞扬互助合作运动，乃至解放以来、公社化前那几批工作组的同志。一般都工作深入细致，善于从思想上帮助群众，虚心听取群众意见；而不是一来就刮胡子和火线整风！……

在这种充满希望的情绪支配下，劳动效率不断提高，就连干人也很少在心里嘀咕了。只有一件事不大愉快：尽管由于具有顽强的生命力，不只吃到自己带起病苦心经营的青菜，还意外地在春节期间尝到油腥以及王部长不肯接收的猪腰。刘大旺的病情可逐渐严重了！已经到了命如悬丝的地步。

病人的唯一亲属青向真对当前社管会、乡政府的现状并不了解，只知道社管会早已只有个空架子，工作组已经调走，汪达非到县委汇报工作去了，可能又是挨斗！左邻右舍呢，全劳都忙于栽种大春，连半劳也很少空闲，因为大家都想同心协力，乘机把庄稼按照自己的意愿、以往行之有效的经验一股劲栽种完毕！……

少数留在家里的病残老弱，则只能说几句安慰话，或者提出一两个流行的民间验方。可是，有一天，一位年过七十的老太婆，终于为那哭哭啼啼的媳妇青向真想到一点门路。

那位老太婆拄着棍儿，颤巍巍地走过来了，不住摇头叹气。

"我这几天老想，"她开言道，"你这样下去怎么做呵？……"

"是呀！"那媳妇边哭边说，"贺队长这年把的情况你知道的……"

"你看这样好吧：找赖大汉！他总会管一管。"

"可惜他不是乡长，又不是社长。"

"你快莫那样讲！听我们那娃说，现在就是他在'顶起竿竿'①跳呵！"

"又不晓得在哪里才找得到他！"

"唉，你算遇缘，听说他今天就在贺家梯坎插秧子！"

老太婆的话一点不假，赖体臣的确正同社员在贺永年院子外边插秧。因为这里正当大路，他们原来计划拿这几块田用来做幌子，完全按照"眼镜"几次三番往下"贯"的"规格"栽插，可是，工作组一撤走，他把计划改了！

---

① 顶起竿竿：担当主要责任的意思。

现在，他一面栽插，一面同群众大开"眼镜"的玩笑。

"这下他要抓辫子更容易了！不戴眼镜都不会抓瞎①。"

"他真的抓住了，我们帮你担待！"

"可我也还得检讨呵：官僚主义！……"

而在一阵嘻嘻哈哈的笑声中，青向真流泪抹眼来了。但她刚一提出主要情况，赖体臣就把办法告诉她了：这里息气时候，他就去乡政府，派人到赵镇卫生所请医生。并催促她赶快回去招呼病人。

"还不晓得来不来得及呵！……"

"这么说，病情很严重呀!?……"

赖体臣大为吃惊！于是立刻分派一个名叫小余的小伙子，马上到乡政府去给区卫生所打电话，请求派医生来。

"你找刘胡子打，他跟卫生所相当熟。"

"实在不行，扎乘滑竿把病人抬起去也行啦！"贺永年显得十分焦急。

"也要得嘛！"赖体臣说，"小余，你去你的，等我先去看看！……"

于是拔步便走，同时叮咛社干、社员，不必再息肩了，一个劲把两块田栽插完。而他立刻引起一声高昂的回答："要得！让'眼镜'回来气得来捶胸口吧！"随即纷纷收捡起各种烟具，下田继续栽插去了。"瞎指挥"显然激起了他们的强烈蔑视。

但也有少数人愁眉不展，犹犹豫豫，很想跟赖体臣一道前去看望病人。就这样，在贺永年带动下，又有五六位社员陆续跟上去了。

这五六位社员都同刘大旺熟识，彼此一路忧心忡忡嘀嘀咕咕。

"现在的病人，一倒床就没事了！"他们有的心情沉重地说。

"你光说这两年过的啥日子呵！"有的深长叹息。

他们都是二大队的，似乎全都预感到了不祥之兆。

---

① 抓瞎：没有抓住的意思。

而带头走在前面的赖体臣呢，也许由于生性豁达，也可能因为同刘大旺共同劳动时间不多，平日又少交往，或者几种因素都有，他却相当镇静，坚持着中国老百姓对待疾病的传统观念：相信人在不可预测的三灾八难中都有绝路逢生的可能，实在用不上悲观绝望。

现在，他同贺永年一道，就由刘大旺的儿媳青向真伴随着，已经来到刘家大门前了。那个守候在门前的小女孩，望定悲悲啼啼的母亲和赖体臣、贺永年，就又重复一遍去年冬天她向妈妈和汪达非所作的誓言："妈，爷爷吃饭我不向嘴了哇！"声调叫人感到怜惜。因为她显然深信不疑刘大旺还会在这世界上生存下去。

"哎呀，"赖体臣不无勉强地笑道，"这个小家伙真乖！……"

随又暗自追悔："妈的，该叫小余把工作组留下的细粮捎个十多斤来！"接着走进堂屋，转入病人房间里去探问究竟。

然而，出乎意外，在他印象中原本结实精干又肯为集体吃苦耐劳、刚刚进入老境，本地区第一批积极参加农业合作化运动的老社员，已经咽下最后一口气了！

青向真放声大哭："这个女子她爹回来你们叫我咋个回话呵！"

"我主张把'眼镜'抓回来当孝子！"贺永年悲愤地大叫。

那几位跟随而来、未能挤进死者狭小的卧室的中年社员，则都站立门首咽咽哽哽。在那短暂的困难时期，人们对于病痛死亡原已见惯不惊、视同故常，这次却也一下子心软了。

赖体臣尽管尽力克制，心头却也不断沁上酸楚。

"好吧！"但他终于对青向真劝慰了，"现在看怎么办后事呵！"

"是不是请你们去个信叫女子她爹回来一趟呵！"青向真咽哽着哀告。

"'人死归土'！天气又暖和了，等到安葬了我们会通知他！"

"总不能就这样抬出去软埋啦！"青向真又放声哭起来。

"这个你也放心，一家凑扇门板也要给他钉个火匣子嘛！……"

"要得！"赖体臣为贺永年的激昂大声叫好，"我就愿意捐献一扇！总之，一切社、队都会给他安排，你就清点一下他的衣服，看有哪些让他穿上，哪些你们留下来做'眼目'①。"

"这个汪社长不知道又要挨斗到啥时候才回来呵！……"

媳妇心里显然还是不够踏实，而赖体臣却也并未因此见怪。

"不是吹牛：保证汪社长回来会表扬我们办得周到！……"

为了叫女主人放宽心，赖体臣讲说得又坚决又轻松，仿佛他又是平日的赖大汉了。接着，他一面跨进堂屋，一面又向那五六位同死者熟识又共同劳动多年，挤在堂屋外院坝里的社员大声嚷叫起来：

"呵嗬！你们这一走，那些田今天能够栽插完啦?!"

他们都是因为悬念刘大旺陆续赶起来的，于是纷纷开始辩解。

"我们划算过来，只要少息点肩，今天保证全部栽完！"

"我就不相信这两天'眼镜'会摸回来！"也有人说宽心话。

"我倒巴不得他就回来呵！"一个老头儿叫嚷道，"正要他回来才好，安埋刘大旺的时候让他跪下来端灵牌子！"

"我就这么样想过！"贺永年呼应说。

"不行，不行！"赖体臣故作正经地连声说，"啥都不讲，我担心刘大旺知道了，会从棺材坐起来叫他爬开！……"

这一来，轻蔑的嘲笑声更响亮了，而他却又一下变得严肃起来。因为他忽然得到一个回忆：调来一、二两大队后，他来看望过刘大旺，曾经发现猪圈上用稻草掩盖着几块木料。

"嗨，我这个记性真好！那不是木料呀？还找什么门板！"

他大声说，同时抛出手臂，指指右前方空空如也的猪圈。于是那些随着他的指示望过去的人们纷纷赞扬起来。

---

① 眼目：纪念品的意思。

"哎呀，你这个眼睛真尖！——做'摸哥'①都去得了！……"

"眼睛不尖，能搞得'眼镜'团团转啦？……"

他自我解嘲似的敞声笑了。随又回头责问那个媳妇：

"家里就有现成木料，你先前咋不张声啦？"

"我一时气蒙了！……"

"你倒不蒙！"一个老头儿插话道，"我们才蒙，去年硬相信你们送到食堂去当柴烧了！连你公公也这么说……"

"这个不能怪他老人家！"媳妇赶紧跨出门来申辩。

"没哪个会怪他！是你两口子玩的把戏。你爱人去年不恰好回来要探亲假？"

"那她两口子这件事做对头了！……"

"闲话少说，"赖体臣插入道，"等阵哪个去把丘二找来？"

"找那个二流子做啥哇?!"贺永年大声道，"等阵我去找李木匠！"

"对、对、对！人不说了，手艺也比他丘二高一篾片！……"

一片赞同声以及这样那样建议，这又迫使赖体臣嚷叫起来。

"怎样，现在我们就一道转去莽起干一阵吧！莫要按住这头，那头又按飘了！过两天社管会会请你们都来参加送葬。"

"啥哟！"有谁不以为然地叫道，"我就不相信'眼镜'这两天会回来！"

"嗨，同志！天地间有些事偏偏就有那么凑巧！……"

"怎么，出了啥事情啦?!"

一种充满惊诧的话语声把赖体臣的解说给腰斩了。而当他带住话头，昂首向前方望去时，竟也忍不住笑起来。其他的人则都先后证实了自己的听觉不错：尽管音色上有些微差别，那插话的确乎是汪达非！

青向真更看得一清二楚，而且已经迎上前去，双手捂着脸哭起来。

---

① 摸哥：扒手的俗称。

"你爹怎么样啦?!"汪达非思想上的震动显然异常强大。

"昨晚上还在念谈你呵!——现在眼睛都没闭呢!……"

如入无人之境,汪达非一径闯进刘大旺房里去了。

一到死者面前,他就放声痛哭,其间只悲哽着嚷叫了一句:"你也多等我个半天一天哩!"这句话包罗着千言万语:如果刘大旺多活一天半天,他将尽情向他倾吐,他这次在县委听到的党中央七千人大会上对几年来农村工作的总结报告和新的方针、政策……

至少至少,他会直截了当地告诉他,党中央、毛主席已经知道了广大社员群众的苦况和意愿,大伙又能在党的领导下进行社会主义生产了!实事求是,光明正大,用不上再做什么"贼娃子活路"了!省委工作会议以后,还将为两年来被定为"右倾机会主义"和"右倾保守"的同志甄别平反。因此,他的那顶不很光彩的帽子也将被摘掉,不再挨批挨斗。

他之那样悲痛、激动,倒不单只因为老战友的死亡,而是长期思想感情上的压抑猝然爆发;这次在县常委会听到的传达,太出乎他意外了!不仅同他离家时的预感相反,没有挨批挨斗,胡书记还对他暗中支持群众抵制瞎指挥加以肯定!而对他教育意义最大的是:党中央在总结"大跃进"以来的经验教训时,竟连毛主席也进行了自我批评!……

青向真是不能理解社长这种悲痛的复杂原因的,她就一个劲向汪达非哭诉公公病情恶化的经过,以及她束手无策的苦楚。汪达非耐心地听下去,有时也插句把句话。

这之间,贺家梯坎所有的社员几乎全都陆续来了。他们来,主要是因为听说汪达非已经回来而且在刘家放声痛哭,不免疑虑重重。正像一个老头子嘀咕的:"罪像还没有遭够呵!"所以很想探问一个究竟。

尽管赖体臣再三劝他们回去劳动,不是下午就是明天社主任会向大家汇报。他本人也多少有点疑虑,但他那种不信邪的性格,总觉得世界上没有不可解决的大问题。

"×的，真像天会塌下来样！"而满面愁容的霍干人一出现，更加引得他笑起来，"家伙的胆子恐怕已经吓得掉到裤裆里了！"

他随又开始劝说大家回去参加劳动，保证下午请汪达非进行传达。可是大家仍然不散，而且人数还在增加，甚至连一些老太婆也颠着小脚来了。于是他同贺永年嘀咕了几句，决定留下他的伙伴把门，他本人去房里向社长反映一下群众的情绪。

当他把需要反映的情况述说完了，凭着自己积累下来的经验，他又提出一项建议，由他向群众宣布：下午开大会传达县委的指示精神。一俟群众安静下来，汪达非就回家里休息，进行准备。同时还保证一定把刘大旺的丧事安排妥当，劝汪达非不必再难过了！

汪达非接受了他的建议。最近一连串思想上的大起大落，真也把他颠簸够了！加上这大半天的奔波，他的确十分困乏，需要静下来喘口气。

而且，他更需要时间来冷静考虑怎样传达的问题。因为胡书记曾经声明，省委没有给地、县安排传达任务，如何传达，将由省委工作会议决定。而他这次只是想通通气，所以一再要大家保密。

至于他之能以破格列席这次县常委会，则出于王部长的全力推荐。他认为汪达非作风正派，群众关系又好，思想包袱可特别重，应该让他尽快放开手脚，狠抓生产。

王部长自己呢，则不仅扔掉了退休一类消极想法，而且已经开始考虑怎样总结前两年自己和自己主管工作方面的经验教训，以便在省委扩干会上进行检查，提出今后的工作方案。

青枫坡

# 一

只有归心似箭这句话可以用来形容邵永春这天的心情。

这是个农业生产合作社的负责干部。中等身材，一身蓝布制服，略显瘦削的脸庞上嵌着一对生动和善的眼睛。他是十一月底离开家的，已经快一个月了。先是到县里开会，接着又去地委参加四级干部会议。他在四级干部会上总结汇报了前锋农业生产合作社改造土壤，特别是实现旱地浇灌的经验。会后回到县里，他本想马上就回去的，可是又被县委临时组织去参观邻县一个新近出现的名叫永丰的先进社。

这次参观，只耽搁了两天，但是，他想回去的心情，却更加迫切了。因为他去参观的这个社，基本上同样实现了旱地浇灌的规划，攻垮了好几个山头，可是，仅仅花了两个冬季不到的时间。而要点还在这里：人家真正消灭了贫困，早已没有一户要救济了，现在还将进一步达到共同富裕的境界。他们呢，生活虽然已经有了很大改善，但是每年都还有两三户得救济！谁能保证自己家里不遭点意外呢？当然，这个社比前锋社大得多，山头也少一些，家底也厚一些，可是，人家那个干劲也比他们大啊。……

这天上午，在县委座谈的时候，邵永春照例凭着他的爽直，首先谈了谈自己的观感，认为前锋社已经掉到后面去了。于是很少留心县城附近几个社的代表的发言，只顾一个人想心思，盘算自己回去后该怎么干。首先是怎么和留在家主持工作的副主任、所有的支委以及各个生产队长同心协力，把群众的干劲进一步调动起来，保证如期完成这个冬天的基本建设规划。他不时偷眼去看会议室墙壁上的挂钟。可是座谈会一直到午饭时候才告结束，眼看要在当天赶到家不行了。他离县城最远，有一百二三十里。但他决定吃过午饭就走，到不了家，就在三合区委会宿一夜，次晨一早赶回青枫坡去。

吃过午饭，在县委会收发室外面的墙脚边，他已经忙着把一些钢钎、四把十字镐绑扎好了。这些钢钎和十字镐，是地委奖励前锋社的，他正要利用它们如期完成今冬的基本建设规划。具体说就是改造土地和进一步加强水利设施。正在这个时候，县委书记任文才推着自行车走出来了，车子后面扎着一个铺盖卷儿，并在车杠子上捆了一把锄头。

任文才又瘦又长，脸色寡白，从前是山西岚县一个泥水工人。他穿着单薄，身上只是披着一件已经下水多次的灰布薄棉大衣，看了会叫人打寒战。他是下乡去蹲点的，但他顺便在邵永春身边停了下来。

接着，他把自行车靠在墙边，弯身下去，提起那些绑扎在一起，邵永春准备带走的钢钎和十字镐，掂了掂重量。

"还是搭一段汽车吧，这家伙不轻呢！"最后，他笑望着邵永春说。

"我这两条腿还不错！"邵永春回答道，"今天至少可以赶到三合。"

"可是搭汽车你今晚上就到家了！"任文才接着说，随即兴趣盎然地笑起来，"你们今年一个劳动日是八角，这里搭货车到三合才九角多钱，你说，这个究竟哪个划得着呀？"

"下午有没有货车靠不住啊！"邵永春推托说，想起临走时他为路费、粮秣同父亲的争执。

"黄家福！"任文才转向收发室叫道，"你帮邵主任问一问车站吧！"

"让我自己去问好了！"邵永春说。因为激动，面孔涨得通红。

可是，那个名叫黄家福的年轻的收发员，已经跳到电话机旁边了，随即向汽车站打电话。

"同志！"任文才回过头道，"现在时间比什么都宝贵，就是走路，也要算一算细账呢!"

"是呀!我们前后搞了四五年啊,人家两个冬季不到就搞好了!"邵永春大笑说。

"记住这一点有好处!"任文才说,一面已经抓住了车子的把手,"你们是先锋,比人家搞得早呀!当然还得继续加油干啊!你们现在不是每年都还有人买不起口粮么?"

"是呀,今年就有两三户超支啊!"

"这个问题得认真处理啊!"任文才审慎地说,"处理不好,会影响到社员的生活、干劲……"

于是推着车子,任文才一直朝大门外走去;到了街上,立刻翻身上车,在人丛中隐没了。接着年轻的收发员已经打过电话,走了出来,告诉邵永春说,一点半还有一趟汽车,要他赶快上车站去。

车站在北门外,当邵永春买好车票的时候,停车场里一架货车旁边,已经聚集着二十多个候车的乘客了。他们大多数都是邻近各县的共青团的干部,刚从地委开会回来,路过这里,等候搭车回到自己的工作岗位上去的。他们每个人只有一个小小的背包,一把锄头,或者是十字镐。这是当时农村一个值得发扬的风气,连结婚送礼都是农具。另外是七八个复员军人,一个拖着三个小孩的妇女同志。这位女同志的行李最多,面前大大小小堆集了六七件。

这个妇女同志是从新疆来的,爽直,开朗,有三十上下年纪。连那几个孩子在内,全都穿得棉滚滚的,而且戴着羊皮帽子,皮肤黑里透红,显出一种风尘仆仆的模样。这一家人早已成了大家注意的中心,因为人们正在不断地向她提出问题:新疆的土地怎样?出产些什么东西?冷冻究竟有多么大?她在路上一共走了多少天?等等。

搁下行李,邵永春没头没脑听了一阵,竟也忍不住打出笑脸蹲下去插嘴问道:

"小地名叫什么呢?"

"龙巴司，哈密过去还有两天汽车!"

"那不是离苏联都很近了?"

"没有多少路就到苏联了! 不过离莫斯科还很远。"

"你们是回来搞生产的吧?"另一个人插进来问道。

"当然呀!"那个女同志爽快地回道,"住在那里,几个娃儿就把你拖坏了,又找不到人带,哪里能参加劳动呀? 回来可不同了,有老的伙带,自己裤脚一挽,说下田就下田了!"

"像你这个干劲,保险不到一年就当劳模! ……"

邵永春说罢大笑,其他好些人也都受了传染似的笑了。而且,就是那些没有被他的豪爽和热情鼓动起来的人们,竟也忍不住对这瘦长精干、穿着一身粗布蓝色制服的农村干部注意起来,开始估计他的身份。

"你们莫讲,现在不少女同志比一般男同志劲头大呢!"邵永春接着说下去道,"去年我们社上要开一条渠道,把水从山上引下来,开几亩田,种点稻子,好多男社员认为有水浇灌旱地,已经很不错了,想吃米是想吃天鹅肉! 可是女同志就不这么想,说干就干,才两天就带头把渠道开出来了!"

一个胖胖的青年人,胸前口袋上插着两支自来水笔,终于慎重其事地插进来问道:

"请问,你们那个社叫什么名字?"

"前锋农业生产合作社。"

"是不是回龙乡青枫坡那个前锋社?"

那个胖胖的青年人接着又问,而在得到邵永春的肯定回答以后,在那许多共青团员当中,好多对眼睛立刻亮了,掀起一阵无法抑制的赞叹声。因为就在上一个月,邻近各县就有不少丘陵地区的社、队负责人到前锋社取过经,急想弄清楚他们怎样提前十年完成农业纲要四十条中旱地浇灌任务的事迹。这一带几乎都给这件事轰动了。

"我怕是哪个前锋社啊，你们干得很不错呀！"好几个人异口同声地赞叹说。

"不行，不行，这回回去还要加油！"邵永春摇摇头说。

"你们青枫坡说起来我都知道！"一个油黑，敦笃，生着一对黑白分明的大眼睛的复员军人插进来说，"'青枫坡，难活人，白天吃的稀搅团①，晚上睡的豌豆藤！'对吧？我才七八岁的时候，就听到我外婆说过了。"

"从前的确是这样，"邵永春大笑道，"你这位同志不是回龙，就是三合的人，对吧？"

"三合。你们那里的人下来骗了我们多少姑娘走啊！我姐姐就是你们那里的人骗起走的，后来又偷跑了！"

"从前的确是这样，"邵永春越来越加笑得开心，因为过去的痛苦已经一去不复返了，这点他比对方更为深刻理解，从而也更为激动。"你想吧，那时候怎么不骗人呢？四周围都知道我们青枫坡最穷，本地方又都是自家人，不骗人就只好一辈子打单身。可是同志，前年我们社上娶的那两个新姑娘，都是你们三合的人呢！"

"该不是骗去的吧？"有人小声地打趣道。

"现在这一套还吃得开？都是自己对的象啊！"邵永春带点见怪地笑道，"跟你们讲吧，单只这两年粮食就增产了两倍半！大米也吃上了。主要的还是人变了！难道解放前哪个姓邵的正大堂皇赶过场吗？都只敢溜边边！"

"那倒是，哪里的农民过去都是这样！"好些人齐声说。

"可是我们受的气特别多，你在哪个摊子边站一下，都会被人当成乞丐、扒手……"

邵永春的语气、态度逐渐有一点愤激了，而且准备讲几件印象最

_____

① 搅团：用米粉或玉米粉搅成的粥一样的食物。

深的小故事。但是，正在这时，一个站上的管理员吆喝着走过来，要大家拿出车票，准备上车。这一来，一阵匆忙的行动，把他们的对话给打断了。开车以后，邵永春也没有再触及这些过去的创伤，而且好像已经忘得一干二净，完全恢复了平日那种平静愉快的心情。

货车是没有座位的，那些堆在车上的器材、行李，坐起来可比座位舒服，可以不受拘束。而在车子遇到阻碍跳动起来的时候，那种互相撞碰往往引起一种愉快的哄笑，好像人与人的关系更亲近了，谈话也比任何场合热闹。而且，一个人可以随心所欲地同这一堆人谈上几句，跟着又和另一堆人接上话头。邵永春本来是健谈的，又是一个什么问题也不放松的人，这一天他更加活跃了。

坐在他背后的那几个复员军人，都是从朝鲜回国的志愿军。但是他们的谈话内容，却都不是战争，而是回家以后如何参加农村的社会主义建设。他们从复员前的讨论学习，一直谈到每个人的具体生产计划。而且互相保证：一到家就立刻投到和平劳动中去，三个月以内决不上街赶场。

邵永春正在倾听着同他面对面坐着的几个共青团员搞试验田的计划，这时，突然扭转身大声笑道：

"你们这一条作用不大，现在已经不作兴赶场了……"

"茶馆总还有吧！"一个戴着口罩的复员军人反问了一句。

"要逢场天才有，稀稀拉拉十多个人，有时候连柴火钱都卖不够！哪个还能经常做生意啊。"

"那么这一条还是要！"一个皮肤油黑、眼睛鼓鼓的复员军人接着叫道，随又用手指了指对面一个高个子青年人打趣起来，"这家伙正在场口上住家，又爱闲扯，碰到赶场，他会熬得住不坐茶馆我才不信！"

"好呀！"高个子青年人拖长声音笑道，"我们又加上一条不坐茶馆嘛！"

邵永春忽然想起一个十分重大的问题，他态度严肃地向那个皮肤油黑的青年人问道：

"同志，你们看美国鬼子还敢打么？"

"这说不定，战争贩子嘛！"这回答的是那个戴口罩的青年人，而且立刻把口罩拉到下巴下面，亮出整个英俊瘦削的脸相，"不过，中间只隔条鸭绿江，它要是敢乱动，大伙一抬腿就过去了，照样打它个落花流水！"

这个坚定的表示使得邵永春很受感动。

"这个话对！"他激赏地大叫道，"它敢乱动，就再拿点辣椒让它尝尝吧！……"

在车身不停的动荡中，谈话一直继续下去；不过话题已经多了，不是生产、劳动，而是同和平建设直接相关的朝鲜战场上的伟大胜利。当听到那几个复员军人谈到他们在朝鲜战场上的战斗、生活的时候，除开振奋，邵永春还多少感到一点歉意。因为在一九五一年，他已经报了名要参军的，可是由于工作需要，结果被剔掉了。

这时，忽然有人用亲切愉快的调子，报导似的嚷道：

"董家湾都过了呢！离三合只有七八里了。……"

于是那些靠近车厢边沿坐着的乘客，立刻回转身去，撩开油绿色的帆布，向车外瞭望。因为三合是中间站，又有好几个人要在三合下车，较有系统的、热烈的谈话被打断了，沿途的景物已成为大家注意的中心。在这深丘地带，一切都是那么素朴、厚重，那些成群的、圆圆的褐色山岭，唤起人一种渴望劳动的感觉。随着汽车的奔驰，不时可以望见一些盐场上的井架、烟筒、用竹梢铺盖的晒盐的棚子从面前晃过。

汽车开到三合的时候，是下午三点多钟。这里没有车站，车子就停在公路上，离场还有半里多路，中间隔着一条河道。邵永春同着三个复员军人替那个远从新疆回来的妇女同志搬完了行李以后，这才又回到公路上来，扛上自己的钢钎和十字镐，望区委会走去。他准备简单扼要向区委书记汇报一下，就动身回青枫坡。

区委书记叫余峻臣，只有二十六七，解放前是城关中学里的校工。个子很小，经常在腰身上紧紧地扎着一条很宽的皮带，这就使他看起来更瘦削了，但也更加显得灵活精悍，充满了精力。当邵永春走进区委会后面一座仓房改成的楼板屋里的时候，他正埋头在一张铺了报纸的条桌上阅读文件。

听到邵永春洪亮的招呼声，余峻臣把头抬起来了；接着高兴地笑道：

"嘿！你这回走得久哇？坐下来呀！……"

"已经快一个月了！"邵永春一边说，一边走到条桌对面一张凳子旁边，坐下。

"该学到不少东西吧？"余峻臣收拾着文件，问。

"东西倒学到一些，可是担子也更加重了！……"

接着邵永春开始汇报将近一个月来的活动，特别是最近参观邻县那个先进社的观感。余峻臣热心地倾听着，瘦削红润的脸蛋上，一直浮着一种激赏和鼓励相混合的微笑。虽然邵永春大为称赞的这个社，他早已经从地委的通报上知道了，但他所激赏的，主要的却不是这个社已经取得的一套经验，而是邵永春由于这次参观引起的一些看法、想法和那一股决心进一步消灭贫困的干劲。

邵永春一个劲充满了感情地说下去道：

"走的时候，你还再三叫我们不要自满——这个怎么还能够自满呢？去年都还有困难户需要救济！不要说对国家多做贡献，就是不向政府伸手，也还得展劲干啊！……"

"是呀，你们搞了几年才做到的事，人家两个冬天不到就完成了！"余峻臣哈哈大笑起来，随又接着说下去道，"可是，同志，你动手得比人家早啊！当然，搞社会主义嘛，这没个止境啊，我们决不能把成绩当成包袱！"

"说实话吧，县委、地委派人到我们那里总结经验，那时候，倒还没有什么自满情绪，"邵永春说，脸蛋一下子绯红了；但他照样那么坦率地望着余峻臣说下去，"看到成都报纸上都在宣传我们，就多少有一点觉得了不起呢。地委黎书记在大会上表扬我们，要大家向我们看齐，现在想起来，当时的思想感情也不大对头。"

"好吧！"余峻臣笑一笑遮断他道，"就在这里宿一晚上，明天一早走吧！"

"不行！"邵永春切然说，"摸夜我都得赶回去！……"

"还有人在这里等你啊！能够叫别人跟你一道摸黑爬骡子坡？！再说，我也还得跟你谈点问题！"

## 二

邵永春终于被区委书记留下来了。

吃罢晚饭，余峻臣向邵永春扯谈问题。这场谈话没有花多少时间，但很重要。因为最近区委得到反映，分配方案公布后出现不少问题。主要是，由于邵永春父亲一场吵闹，在群众中引起思想混乱，部分社员意见很大。但是为了减轻社主任的思想负担，余峻臣只是着重提醒他要注意解决超支户的问题。因为这涉及社员的生活和生产积极性。

余峻臣随即让他去和从地委所在地来的那位省报驻地委的记者站负责人谈话。这位记者是来实地采访前锋社解决旱地浇灌经验及其有关情况的。他叫方白，架副近视眼镜，年近四十，已经有十多年采访经验了。瘦小精干，喜欢寻根究底。而邵永春的健谈正合他的口味，所以见面以后，他们就生动活泼地扯谈开了。

他们是从吃水问题上谈起的。因为青枫坡的三十多户居民，过去在吃水问题上尝过不少苦头。而旱地浇灌也正好发源于解决吃水问题。邵永模大门口有口穿井，水脚很浅，只能供给一两户人用，而且很早就淤塞了。这口井是二十多年前一个外来的富农汪跛子开掘的，为了怕人偷水，他成天端个凳儿在井边坐起，井里有一点水，他就赶紧用瓢盛起，泼在自己菜园地里。因为到了深夜，仍然有人偷水，他又想出一个恶毒办法，在水里投进一些牛粪！这场斗争一直继续了好几年，跛子后来索性把井填了。邵永模早就知道这个经过；等到成立了互助组，作为组长，他就发动组员把它淘出来了。

这立刻变成青枫坡一件大事，把三十几户全都轰起来了，别的互助组接着也都开始凿井，一年当中接连凿了五口，青枫坡的人不再到大河里担水吃了。可是，等到成立了联组，邵永模在总支指示下，发动大家进一步解决浇灌问题的时候，却又普遍遭到反对，这时他是联组组长。

"不要心太肿了！"他们说，"看你还想把地变成田么？"

"我这个人就是心肿！"老头子生气道，"咋不心肿？增了产我好上腰包呀！……"

可是大家始终不听他的，事情就这样搁下来了。

直到一九五四年冬天，已经做了社主任的邵永模，才又在党的支部会上提起了这件事。这天晚上，兼主任的分支书记邵永春刚从乡上调回来，传达了党和政府各项有关生产的号召，邵永模就一肚皮牢骚地谈起来了。

"要增产当然行啦！可是没有水我看又咋个搞？……"

于是这个生性急躁，曾经在外乡流落了三四十年的老长工叫嚷了。接着就开始向新从乡上调回来的邵永春谈到浇灌问题的重要，谈到他前些日子的建议和大家的反对。

"告诉你吧，不要讲旁的人，就是党员同志都思想不通！"他接着道，横了一眼坐在他对面的邵永光，"好像现在生活已经很不错了，不吃红苕藤都可以过活了。也不必为了一点油盐，黑更半夜摸到三合'人市'上守轮子……"

邵永光现在是一队队长，瘦长长的，但很结实，他受屈地哭声哭气地打断老主任的话道：

"我只问你一句：你事先打过招呼来吗？……"

"这还要事先打招呼？你不是也叫唤过水的问题吗？我看你这个思想呀，就打招呼也不见得通啊！"

"过去的事不要争了！"邵永春笑道。

"这回没人干么，我一个人都要把干柏树那口塘挖出来！"撅一撅胡子，邵永模一个劲说下去。

"一个主任，怎么想到单枪匹马干啊?"邵永春笑嘻嘻地问道，态度随即变得认真起来，"这是党内开会哇，我要不客气地说，你这个人啥都好，就是爱闹脾气，有点脱离群众！……"

"人家不跟到来，你把他唷两口！"老头子并不服输。

"用不着把什么人唷两口！"邵永春毫不含糊地说，"大家都耐心点，问题就容易解决了！……"

这是青枫坡党的生活中最严肃的一次会议，也是时间开得最久的一次会议；而接着他们又开了一次社管会，散会时鸡都已经叫了。在这两次会议上大家不仅统一了思想，还决定趁着农闲时候，发动群众在凡有穿井的地方，都挖上一口塘，作为计划的第一步；同时，所有出席的社干、党员，全都提出保证，要在这次的开塘工作中充分发挥带头作用。

尽管回去以后，好几个人刚才上床就睡着了，但是一阵当当当的钟声，可又立刻把他们惊醒了；接着便是邵永春干脆利落的讲话的声音。那口钟是挂在山坡上那棵大青枫树上的，他正拿了传话筒站在下面，通知大家吃过早饭就到社上参加社员大会，讨论水利问题。自从上月从乡上调回青枫坡后，他就经常这样进行鼓动工作，有时是讲任务，有时谈点时事，至少三五天就有一回。

那时候社办公室还设在山王庙。当山风开始驱散梓江上和庙儿岭树丛间的浓雾的时候，在那仅有一间大殿的庙子里，便已经挤满人了。因为大家听到要搞水利建设，都很兴奋。但是，等到邵永春在报告中提出具体计划的时候，邵永春的父亲首先敞声大笑，随即从板凳上站起来了。

"娃娃！"他笑嚷道，"我看你是想拿谷壳子榨油啊！……"

"比那还糟——是劳民伤财啊！"不少人紧接着摇头叹气，七嘴八舌地附和起来。

而且，正像一年以前邵永模碰到过的那样，不管邵永春怎样解释、说服，反对派始终认为社管会的计划不切实际，做起来白费功夫。特别是邵永春的父亲邵业隆比一般人反对得厉害，自以为他们土生土长，在青枫坡生活了大半辈子了，硬说"自古以来"就没有人在这里挖过塘，搞过旱地浇灌一类的玩意。

可是邵永春比邵永模耐性大，等到大家吵闹够了，他又提出一个折中办法，先把干柏树和麻柳桩两口塘挖出来，然后才按照计划搞。这得到了一些人的支持；但也仍然有不少人闹嚷着反对，咬定没有多少成功把握。

"就是两口塘工程也不小啊！"邵业隆直着嗓子叫道，"挖瞎了哪个包工分哇？"

"我包！"邵永春平静地顶住说。

"娃娃！像你这样干工作么，谨防把老婆都贴进去！……"

"这个你不用担心吧！要是挖瞎了我包工分！"邵永模抢着说，担心邵业隆两父子吵下去影响不好。

于是，经过这场争吵，社管会的决定算勉强通过了，立刻调动了十多个劳力，分成两组，由邵永模同邵永春分别负责领导，在干柏树和麻柳桩干起来。开始的一天，大家的情绪还相当好，接着好几个人都不愿意干了。邵永模一组走得最多，到了第三天上，只剩下一个党员同志和一个群众邵继禄在那里坚持，而且情绪很不稳定。

这天晌午，邵永春砍了一捆竹子，正从山王庙下来，打算到麻柳桩去，忽然看见他那个远房侄儿邵继禄，叫喊着从干柏树走来了。他猜想一定是工地上出了什么事情，立刻把竹子顺在麦子地边，迎着走了过去。

"啥事这样一路吵起走哇?"他问，站在邵继禄面前。

"你去试一试吧，我倒整死都不干这个活路啊!"

"不干就是了呀，怎么闹呢?"

"不闹? 你看看吧，手上血泡都打满了!"

"你又看看我手上是啥吧! ……"

邵永春伸出同样满是血泡的手掌；可是邵继禄看也不看他的，扭转头抄田坎走掉了。这时，另外一个名叫邵继江的小伙子正从后面走来；于是邵永春立刻动员他到干柏树去。

"好呀! 我叫我妈也一道去! ……"

"工作硬啊!"邵永春警告似的叮咛了一句，对邵继江的过分爽利有点怀疑。

"它总没有我锄头硬!"邵继江回答得更利落，仿佛干劲十足。而且很快就吆喝他妈到工地去了。

这个有点出乎邵永春意外，同时也叫他感到高兴；但是，当他次日下午到干柏树，去看工程进展情形的时候，邵继江他妈已经连影子都不见了，邵继江本人呢，也正从塘坎下爬上来，准备回家里去；就在他面前停下来。

"大爸! 这个工分让别人去拿吧!"邵继江顺下眼睛说。

"昨天你怎么讲的哇? 一个青年人……"

"昨天不摸底呀! 这个工作我看只有搁下来了……"

"放屁!"邵永模叫道，"怕恼火赶快爬吧! ……"

这个塘已经挖了七八尺深，可是土层越来越坏，山锄一啄下去，那些密密麻麻的礓石子，几乎跟羊肝石一样硬。邵永春下去查看了一阵土质，就同邵永模和其他三个人开了个党小组会。最后，邵永春建议，自己从麻柳桩带两个人来协助邵永模，麻柳桩的工作，暂时不必他们亲自去抓。因为那里的困难不大，班子又比较整齐。

"好吧！"邵永模想一想说，"你可以在我家里吃饭，省得你老人又跟你淘气。"

"他是那个德行，吵一阵，就过了！"邵永春满不在乎地说。

他们是谈的邵业隆。因为自从开始挖塘以来，邵永春每天回去吃饭，老头子都要闲言闲语讲一大堆。打昨天起，由于那个双手打满血泡就当逃兵的邵继禄那一闹，老头子的责骂更厉害了。而且，到了第六天上，邵永春想都没有想到，忽然逼着媳妇把火分了，说他不是地主，没有那么多的粮食，让儿子一天吃饱饭去干没眉没眼的勾当。

这是老头子解放以后第三次闹分火。第一次闹分火，是因为儿子去参加区委组织的建社试点工作，他拼命反对，认为这样一来就会耽误庄稼。第二次闹分火是儿子从乡上调回青枫坡当主任和分支书记，因为儿子把一笔固定收入丢了，而且还把再三要求将儿子调回来的邵永模骂得狗血淋头。

正跟上两次闹分火一样，邵永春的爱人照旧哭了。邵永春安慰她道：

"哭什么啊！等到塘挖好了，让我慢慢跟他磨吧！"

"可是才给了你四五十斤粮食！又没柴火……"

"四五十斤粮食尽够吃了！真正吊起锅[①]又再说吧。今天晚上我们还要点起火把干呢！……"

这是昨天夜里党小组会议上决定的计划，因为大家全都尖锐地感觉到，反对的人越来越加多了，而且有一股很不正派的幸灾乐祸的气味。这中间有的人，每天总要挤时间到麻柳桩走一转，或者蹲在干柏

———————————

① 吊起锅：意思是没口粮了，只得把锅吊起。

树塘坎上抽支烟，故意问东问西，说些叫人听了生气的闲话。因此，事情非常明显，只有赶快挖出水来才能巩固支部和社管会的威信。

因为开始了夜工，那股幸灾乐祸的气味也更浓了，晚上没事，翘起烟杆走去看热闹的，也逐渐多起来。有个富裕农民，叫作邵永乐的，身材瘦长，满脸病容，有四十一二岁，那时还是个单干户。这家伙来得最勤，可是从不说一句话，因为他是出名的阴心人，诨名糍粑，五十年代初在统购粮食上耍过坝钱①，但也挨过群众的批评。从此他一再警告自己，凡事少说为佳。可是，几天后，他却差点挨一顿揍。事情是这样的，那时候干柏树这口塘已经有了近两丈深了，那一层夹满礓石子的死黄泥，也已经清除尽了，可是下面忽然又出现了一些岩包。

这完全出乎邵永春他们意外，那些站在坎上的人们，也都带点好奇心理，陆续走了下去。这里看看，那里摸摸，不住摇头摆脑。最后，邵永乐咳嗽一声，夹着烟杆，也大着胆子走下去了，照了火把，比任何人看得仔细。

"依你看怎样哇?"一个人靠靠邵永乐膀子问。

"不错，又向社会主义前进了一大步!"邵永乐忽然忘记了自己的警惕，回答道。

所有新仇旧恨不能抑制地爆发了，他的声调充满着一种幸灾乐祸的嘲讽味儿；可是邵永模立刻一把手扭住了他的领口，一面咆哮似的嚷道："老子今天晚上要揍你娃娃一顿!"虽然很快被邵永春挡住了，因为正在气头子上，老主任照旧狠狠地赏了邵永乐两拳头。……

这晚上邵永春几个人干得最久，谁也不提休息的话，因为大家都想很快弄个清楚，那些岩包，是不是整块的连山石。这是个关键，因为如果是连山石，这口塘可能就打瞎了!白白花费了好些劳动。而这样一来，整个挖塘的计划就会停顿下来，让邵永乐一直冷笑下去，让

---

① 耍过坝钱：耍过把戏，这里是说做过手脚。

青枫坡的农民永远辗转在靠天吃饭的日子里，不敢放胆突破大自然的牢笼。

深夜一点多钟左右，邵永春的爱人吴桂芳走来了，提着一壶滚烫的老荫茶。大家正在息气，因为经过两三小时毫不停歇的挖掘，已经完全可以判断，那些岩包是互相分离的，而且已经在一些岩石下面发现了潮湿的泥土。他们喝着吴桂芳提来的热茶，一边商量继续干下去呢，或者回去睡觉。虽然兴致照旧很好，但是他们的眼睛，几乎全是半闭着的；有一个小伙子，搂着一件破棉紧身，就靠在塘边上睡熟了。

吴桂芳走过去，重新给那个睡熟了的年轻人捋了捋棉紧身，让它盖得周到一点。接着，她照着火把，蹲下去，在那些石岩下边，以及石岩的夹缝中，不住地用手掏挖、试探，最后又用锄头把到处戳。

邵永春、邵永模已经商量定了，决定大家回去休息；而且已经把那小伙子叫醒了。

"走啦！"邵永春望了她爱人说，"有兴趣明天来参加吧！"

"明天早上不兴一家一户喊哇！"邵永模说，已经走上塘坎，准备回家休息。

这时候，吴桂芳忽然惊喜交集地大声嚷道：

"你们来看，这不是水呀？到处都在冒啊！……"

邵永春第一个跳了过去；几个已经爬上塘坎的人，连邵永模在内，也都蹦跳着下来了。而且立刻站在湿漉漉的泥淖里工作起来，一直到大天亮。他们终于把这口引起好多人摇头叹气，甚至冷笑的干柏树的泉塘挖出来了！而且，就在次日早上，麻柳桩那口塘也挖成功了，同样很快就在塘底汇积了一两尺深清汪汪的泉水。

不到早饭时候，消息就传遍了青枫坡，人们立刻向干柏树跑来了。他们拥挤在塘坎上，毫不吝惜他们的惊叹、赞赏以及喜悦。就是保守派也把腔调变了，承认这口塘挖得好。

彻夜未眠、眼睛枯涩的邵永春，笑嘻嘻地向大家问道：

"现在你们说吧，前几天社管会提出的计划能完成吗？"

"当然能够完成！"好多人齐声答道，"连这个背时地方都挖出水来了，哪里挖不出来？……"

接着大家纷纷提出建议，指明什么地方可以开塘。这时，一个十二三岁的红领巾，牵着一个白发蓬松的瞎老头子，挤到人丛中来了。这是邵业显，最近十多年来，只有土改时离过房门。他也是来参观水塘的，一到塘边，就用棍子在面前胡乱地戳起来；随又叫他小孙子捡块石头，亲手投到塘里面去。而当"咚"的一声从塘底传来时，老头子撅起胡子笑了。

"这口塘水旺呢！"他大声说，接着把邵永春叫了过去，"你听我讲，春娃子，去挖荡岩头吧！你祖爷在那里挖过，因为人不齐心，结果没有搞成。不要听你爹他们那一套吧，我们这里到处都有水啊！……"

于是，就从这一天起，为了认真改变一穷二白的面貌，青枫坡掀起了一个群众性的挖塘运动，花了几个冬季，就基本上解决了旱地浇灌问题。而在这个冬天又轰轰烈烈搞起改土运动来了，决心把那些下劣土升升级，同时让一些沉睡多年的荒地复苏。


# 三


尽管昨晚睡得并不算迟，邵永春可几乎一夜无眠。因为他老是考虑区委书记那场简短但很慎重的谈话，感觉余峻臣一定发现了青枫坡目前存在什么重大问题。

他只在凌晨时睡了一会，一天亮可又醒了。但他静静躺在床上，又慢慢回忆他同那位省记者的谈话。这次谈话主要是他说，记者同志很少插嘴，只是不时用表情、动作和惊叹鼓舞对方。

这天早上醒来，记者方白也想了很多，设想他该怎样以邵永春的介绍为根据，对前锋社的工作进一步进行了解。特别因为区委书记暗示性很强地指出过，不要光看好的，应该认真了解一下前锋社前进中存在的问题，他就更需要做些深入调查研究。

邵永春刚一起床，方白立刻就发觉了，随即翻身起来。

方白一边穿着衣服，一边笑道：

"你昨晚上好像也没有睡好呀！"

"要想问题呀！不过光景你一直在写东西。"

"我们是熬惯夜的。怎么样，不吃早饭就走吗？"

"恐怕得装点东西啊，那个骡子坡够你爬呢！……"

从三合下场口出来，走不多远，就是远近驰名的骡子坡。山势很陡，足足要爬个多钟头。吃过早饭，他们分别支付了食宿费，就和区委书记道别，向青枫坡，也就是前锋农业合作社进发了。

骡子坡的确陡峭。尽管扛着十多件农具，邵永春却走来毫不费力。方白则早已有一点气喘吁吁了。因为一面爬坡，一面还得提出一些问题要邵永春回答。也许为了息一口气，他有时又停下，说："我们坐一下怎样？"于是首先就坐下来，仿佛这是理所当然的；而邵永春也只好照办了。

根据报社领导给他的任务，方白还得了解合作社成立的经过，邵永春坐下后照例倒背如流地回答了他。因为所有昨天讲的和需要讲的，他早已讲过多少次了：在地委、县委他都讲过，对来访者讲的次数更多。不过今天讲话时情绪跟以往有点两样：他离开青枫坡将近一月，总担心工作上出问题，他是多么想早点到家啊！特别参观中许多事是那么样刺激他！

而他毕竟还是谈起来了：

"相当早啊！一九五四年就成立了。只有二十三户。社主任呢，就是邵永模，过去联组的组长。这个人怎样吗？昨天我不是都讲过了，干劲很大！人家成分好呀，十四五岁就出门帮人了，土改时才回到青枫坡。联组组员都信任他，——人家舍得吃亏呀！"

"你又是怎么回去的呢?"方白插嘴问道。

"我吗? 说起来话长! 我原是乡上的干部,因为前锋社大春还没种完,就有好几户闹退社,——这个邵永模能答应吗? 他干脆禁止退社!"邵永春大笑了,接着说下去道:"这一来有些社员闹得更凶,他就天天往乡上跑,可是因为他的'禁止退社'被刮了几次胡子。后来他又跑到区上去,坐在那里不走,硬要区上派我回青枫坡,说我原早就是青枫坡的干部,乡上挖了墙脚,现在又只晓得刮他的胡子……"

"你原早在青枫坡搞互助组?"

"那时才土改不久啊! 当村农会主席、武装队长,——到乡上快一年了,参加几个月建社试点工作;这以后不久,就又把我调回青枫坡了!"

"听口气,你当时像不大愿意呀?"

"啥叫不愿意啊,组织决定的嘛!"他说,叹了口气。

这个叹气,引起了一个具有长期采访经验的方白的好奇心,于是在他的追向下,邵永春讲起这个调动的主要后果:父亲对他的责难和对邵永模的愤恨;怪他坑害了自己的儿子。因为既然失掉一笔固定收入,有时还得向家里伸手;经常到县、区、乡开会,工分也跑掉不少! ……

"我父亲七十三了,解放前苦日子过得多啊! 一到农闲,不是出门挑脚,就跑流差:抬短程滑竿! ……"

"那怎么会连这点事都想不通呢?"

"所以怪呀! 可是鸣放时候,他的表现又不错哩。就指着'一角五'的鼻子叫喊:'你这不是反党是啥?!'……"

"老实,你们青枫坡反党反社会主义的多么?"

"不多! 你想嘛,只有一个地主分子,一个富农。地主早抓去劳改去了;那个富农,就是我昨天讲的那个连水都不让农民喝一口的跛子,早见阎王去了。只有三两个搞投机倒把的富裕农民,都对统购统销不满，那个‘一角五’就是一个……"

"那么鸣放时候这些人的表现怎样？"

"北京、成都的右派向党进攻的时候，‘一角五’他们嘈嚷得厉害，都经常吊二话，好像党很快就会垮台，说我们这些当干部的，抖不到多久了！到了要他们提意见的时候，可又都像闸水板样，不响了，因为这些家伙消息灵通——经常到三合赶场，熟人又不少呀，打听到几个右派大头头挨斗了。他们的错误是群众揭发的啊！"

"这样看来，你们这个社平常政治思想工作抓得紧呀！"

"这是个原因。主要贫困户太多了，解放后生活又都有了改善，那两三个搞投机的，比如‘一角五’吧，又早尝到过辣椒了！你说，怎么叫‘一角五’？说起来会笑破肚皮！前年，他用一角五的高价套购了一批黄豆去搞投机，在市集上叫查出来了，照牌价全部收了，——回来在家里躺了几天！"

说罢哈哈大笑。

"风平浪静？"他接着向方白反问道，"不啊！群众给我跟邵永模都提过一大堆意见！这好嘛，该解释的解释，该检讨的检讨；个别想捞一把的人也就没话说了！粮食问题呢，没有范家湾闹得凶，因为他们那里地主、富农多呀！……"

看见方白举臂在瞧手表，他把话头一顿，问了问时间。

"啊哟！"他接着叫道，"路还远呢，我们又走怎样？"

"你对这次运动怎么样估价呢？"对方边起身边追问。

"这次运动意义大啊！干部群众都受到了教育，‘一角五’他们也规矩多了。老实讲，要不是这把火，我们的改土计划倒不会提出得这样快啊！社员的干劲更不会这样大！"

这席话邵永春说得特别带劲，充满一种革命乐观主义精神。接着，他就扛起农具，又重新动身了。

走不多久，他们就折向一条小路。这条小路，连接着无数连绵不断的褐色山岭，迂回曲折地望北一直伸展过去。从山岭上望下去，沿途不时可以望见一片片耕地和竹树围绕的住宅，或者一段奔腾不息地往南流去的河道，这就是有名的梓江了。此外，便是一望无际的光秃秃的山头，正像一片褐色的波涛汹涌的海洋。

一翻过大垭口，眼前的景色忽然变了，出现了苍翠的山岭。这是这条足足有四十里长的山道的尽头，地名叫庙儿岭。陡峭，杂着不少岩石，石缝里屹立着不少小而细长的柏树。青枫坡就在庙儿岭后面半山腰，山势更陡。好像那些无穷无尽的群山，走到这里，忽然被奔腾的梓江冲刷断了。

可是，就在庙儿岭山梁上，离一口山湾塘不远的地方，一个新的大蓄水池已经挖好了一大半，还有许多人在挖渠道。这条渠道，得穿过不少岩洞，主要是荡岩头那个离耕地较近也较大的岩洞，伸展向瓦窑湾，以便将来把水引到下面那些蓄水池里，叫十多亩经过改造的旱地变成水田。听了邵永春的介绍，方白忍不住惊叹了，认为这是一个"大胆的设计"。

"是呀！"邵永春接着道，"要不是那场大辩论，这个方案恐怕还在肚皮里七拱八翘哩。可是，一定了案，不到十天，蓄水池就挖好一半了！这几坡的水将来都可以蓄起来！……"

接着，他指指点点说明着四周的山势地形。

"老实讲吧，它就是老天干，单是这个池子里自己冒出来的水，用处也不小啊！至少可以浇好几亩地。"

"渠道挖通了吗？"方白皱皱眉头问道。

"恐怕差不多了！大部分是些女将在搞。你看！"邵永春忽然惊喜地抛出手臂叫道，"那不是呀？！……"

随即领起客人望山腰上一大群挖渠道的人走去。而越往下走，山脚下一凼凼盛着水的明晃晃的水池，也全都在眼底了。记者方白不住地停下来展望、赞叹；邵永春呢，也为这些群众的劳作成果感到高兴。

至于渠道，还差一里多才能挖通。参加开发渠道的人大半都是妇女，她们负责挑土，担去平整那些零碎、瘦瘠的薄土；几个男社员则专管挖掘，多是青壮年。

当邵永春领起客人走到工地的时候，人们就停下工作，立刻嘈杂开了："你这次该耍伸抖了呀？""快一个月了，哪次到县上整风也没这么久呀！""啊哟，买了这么多家私回来！"于是大部分人，跑去看那些已经从邵永春肩头上暂时卸在地上的各式各样的农具去了。

邵永春一张嘴简直有点忙不过来，刚回答了这个，那一个又开口了，现在，他却一意阻止他们拆散那些捆扎好了的作为奖品带回来的农具。

"看就是了，将来社管会会分配给你们的！……"

"这也才像个军器嘛！"有的人赞叹道。

"家伙倒好，不知道这又该开支多少钱啊！"有的人则摇头叹气，担心会影响公益金的积累。

"不要担心钱吧！"邵永春笑道，"这全是奖励品！"

"哎呀！"有人笑道，"这个会开得着嘞！……"

"不是会开得着，是大家搞水利、搞改土干得好！"邵永春说，随又连连嚷道，"好啦！好啦！又开始干活吧！……"

于是人们又开始工作了，挖的挖，挑土的挑土。

邵永春顺着渠道走去。很快，那些担土的妇女也跟上来了，她们都是那样高兴、愉快、干劲十足。尽管筼篼不轻，她们却走得很快，还一路说说笑笑，前后互相唱和。忽然，走在前面的一个年轻妇女跌倒了。

这立刻引起一阵哄笑。有的责难，有的打趣。

"还不到休息时候，你怎么就躺下啰！"一个人说。

"去你的，老子还要把开会耽搁的时间抓转来呢！"

这回答的是那个已经翻身而起的女同志，她叫潘耀华，乡上来的住社干部。她接着把两条辫子往背后一甩，拍拍身上的尘土，跟即重新装好箢篼，又照样前进了。

"你们这里的女同志干劲真大！"方白赞赏说。

"还不错。刚才跌跤的那个女同志，就是一个闯将。再说，我们这一带比不得坝子上，过去男的得经常出门找油盐钱，到三合盐井上搞几天临时工，祖祖辈辈都全靠她们帮着干啊！要不么，一家人会连嘴都糊不匀净！"

到了瓦窑湾，他们就和那些挑土的分手了。邵永春沿路指出几口蓄水池给客人看，还在那口昨天讲得比较详细，工程也较艰苦的蓄水池边停留了一阵。并且惋惜地告诉对方，可惜那位由孙子牵来探看的盲目老人，已经在春天作古了，要不然么，他会对青枫坡的新面貌更感到高兴呢。

快到大田坝时，还有几口这两年"农闲"时打的穿井，以及和穿井连接的泡青池。这一带的土地大部分都面过土了，新开的背沟的土色还很松软，锄痕历历在目。在另一个山嘴上，他特别向记者指出一片去年开垦出来的耕地，说明那早前是片荒土，地名都叫干嘴地；可是已经收获过一次了。

现在，这片从沉睡中苏醒过来，照样为人民服务的土地上的小麦，苗价很好；可是，去年大春，因为是第一季栽种，单在包产上面，就费过不少唇舌：都怕做不够定量。

讲到这里，邵永春忍不住笑了，显然想起了当时的情景。

"你问后来怎么样解决的吗？"他反问道，"后来吗，我向队长拍起胸口担保：'达不到指标由我赔吧！'嗨，你说结果怎样？每亩地都超产百分之五以上！"

他笑得更畅快了；但是很快却又严正地加上说：

"你莫说，人家也舍得花工夫啊！真像他们队长后来说的：大家真是把吃奶的劲都拿出来了！你怕是靠土好，又有水浇灌，庄稼就到手啦?! ……"

这最后的反问是随着语势来的，但却得到了来客方白的赞赏。同时也领悟到：贫困户太多显然对青枫坡的工作起着推动作用。因为便是水、土这些自然条件，也需要人做出创造性的加工，而如果生活富裕，可能不会有这样大的干劲。

这一切都是顺路看到、谈到的。他们只是远远看了看干嘴地下面奔腾不息的梓江，邵永春就把客人安排到干嘴地上面邵永让家里去住下了。这里一连有好几个院落，彼此相隔不远，都是土墙瓦顶；而以邵永让的屋子较为宽敞整洁。这倒也正合方白的意愿，住在社员家里，了解情况比较方便，至少比住办公室和社干家里强。

把客人安顿好后，邵永春就到办公室去了。办公室是青枫坡唯一一个地主的住宅，地主本人因为民愤很大，早就经过群众公审，被抓去劳改去了。可是，前一向进行社会主义教育当中，却有人揭发出那两个由群众监督劳动的地主婆，在一个地窖里埋得有大批制钱！这件事给大家的教育很深。

现在，对那两个地主婆的管制比较严了，加强了监督劳动。因为房屋多已破烂，除了小会计两母子经常住在这里而外，这座住宅，只有保管室和会议室比较宽敞完好。会计住家的地方，同时也便是办公室。当邵永春进去的时候，会计不在，只有他母亲在看守房子。

老太婆快七十了。四十二三才结婚的，得了孩子不久，丈夫就去世了。两夫妇都是孤人，靠帮人生活，是仰仗亲朋打了个"会"才结婚的。盘养儿子的苦处一言难尽！解放后总算是出头了，而且靠着政府的救济、社队的培养，儿子在羊拐沱读完高小后还当上计工员，随又升为会计。

儿子当上会计，是经过周折和争议的。因为青枫坡能写会算的人不少，而一般都不赞成邵继明做会计，其中卖力的是"一角五"，可是邵永春用一些确凿事例，把大多数社员都说服了，认为继明具备会计工作的主要条件：公正、勤谨，并自愿在业务上进行辅导⋯⋯

邵永春一进屋，老太婆就搁下鞋底板，张罗开了。

"啊哎！你这回走得久嗬。快搁下来坐坐吧！……"

"你那娃呢？你先把这批家私帮他收捡起来吧！……"

"好、好、好。"老太婆连连应声，"那娃么，看热闹去啦！"

"耍猴戏的来啦？"邵永春玩笑地说。

"你真会说笑话！文素芳他们又在闹离婚啊！……"

"啥?!"邵永春惊叫了，"这个鬼女子咋个又反翘啊！……"

"你不要错怪人，"老太婆说，"这回是那娃闹起要离的啊！……"

接着就把事情摘要向支部书记汇报了一通：文素芳的丈夫邵继祥，当邵永春出门开会不久，从州里"农专校"回来了。本来都好好的，一天，两口子为一点小事情闹翻了！男的就那么跳出跳进叫喊："平常太受气了，就是娘在也没有这样训过我。"额外还讲了些叫一个青年妇女难于忍受的话："不管是男是女，对外人你咋一句话一个哈哈呢？哪个晓得你阴倒搞些啥呀！"于是提出离婚。而文素芳马上就答允了，只是有个条件：两个儿女由丈夫每月供应二十五元钱生活费，一直到长到十五岁为止。那娃呢，也顿都不打一个就同意了！

"这个邵永隆难道一声不哼？平常那样夸文素芳！"

"就只差没有跪下来跟那娃叩头，——是他妈个犟遭瘟呀！当天晚饭都没有吃，就回学校去了，弄得一家人哭哭啼啼。有人说恐怕在外面瞎胡搞……"

"难道就没有人劝一劝啦？"

"咋个没人劝呢，邵老师给那娃写过好多信啊！"

"结果呢？"

"结果还好。那娃前天从州里回来了，说不离了，文素芳可又不答应呀！今天她妈又一早赶来了……"

"啊！"邵永春又惊又喜地大叫一声，接着转身就走。

他是到邵永隆家里去的。邵永隆是他的隔房哥子，也是前锋社一个最得力的生产队长，社的前身联组，也是领导之一。他曾经被骗参加过袍哥，但早就搞清楚了。而在前一向鸣放、整风当中，群众对他意见最少。宣传婚姻法时，文素芳确乎闹过离婚，但是很快被说服了。

那时候，文素芳的丈夫在读初中，前年才考上"农专"的。邵永春一边走一边想道："事情像有点咬手呢！"因为他深知文素芳的为人：倔强，逗硬，不会随便听人摆布，同时他也知道她母亲是个同样精明强干的闯将，丈夫在征粮剿匪中牺牲后，她就跳出来工作了。文素芳这个独养女呢，也就成天跟在忙于开会和揪斗地主的母亲身边乱窜。……

当他到了二队队长家门首的时候，那丈母娘正在面对着邵永隆提出严厉的质问："邵队长，我们都是吃饭不肯长的人了！我这个女子究竟做了什么见不得人的事？请你说出来听！只要是事实呢，当到这么多人在这里，我手都不抖一下，就几爪把她捏死！"

"妈！"和母亲一样，身材中等，相当健壮，而口齿也同样清爽响亮的文素芳开口了，"如果他举得出芝麻大一点事实，用不着你老人家动手，梓江又没有盖子哩！"

"亲家母呢！……"二队长邵永隆又开始赔小心了。

"哪个是你亲家母哇？赶快拿话出来回吧！"

正在这生产队长下不了台的时候，邵永春拨开拥在门口的人众，跨进去了。他已经在门边不声不响站了一阵，现在，他觉得已经到了他该出场的时候。

而当他一露面，文素芳就从母亲身边站起来了，或者不如说跳起来恰当些，因为她是那么样激动！

"你来得正好！……"

她嚷叫着，看来会一气说一长串；但是邵永春切断她道：

"莫忙啊！咋个介绍都不介绍下啦！这是你母亲哇？"

文素芳叹口气，接着就向母亲作了介绍。

"这下该我说话了吧?"她紧接着叫喊似的说道,生怕又被打断,"邵书记!让我当众表表态哇:邵继祥他不离,我现在倒要离了!不过,这一点我们先讲清楚:离婚归离婚,青枫坡我不会离开的!大家都长得有眼睛,搞水利,搞土地加工,我是流过汗水来的!老实讲,真也有点舍不得离开!我想,社里该不会赶我走吧?!……"

她说得理直气壮,一气呵成;邵永春深深地感动了。

"你放心!"他拍拍胸口,同样大声地嚷叫了,"支部不会让你离开青枫坡的!也没有哪个有这样大的胆子,敢叫你离开这里。邵继祥,这下你又怎么说呢?"

"他还有啥说的啊!"二队长愁眉苦脸地叹息道。

"要他自己还价钱啊!唉,怎么不张声呀?"

邵继祥垂头丧气,缩在屋角,含含糊糊嘀咕了一句。

"咋个像蚊子叫啊!大声点好吧。"邵永春接着追问。

"我前两天就说了,不离吗又不离嘛。"邵继祥这次说得一清二楚,只是懒声懒气。

"你不离我要离!"文素芳叫嚷了,"不过青枫坡我不会离开的!别的拼不过你,做一个社员么,我们又来试试看嘛!当然啊,也许你就要当大干部了!"

"文素芳呢!他把话收回去就算了吧!"邵永春劝解说。

于是其他的人也开始劝解了。那个公公同时还一面责骂着儿子,又向文素芳的母亲一再道歉。其中说话最多的是羊拐沱"村小"的教师邵永显。他同男女双方都熟,而且是他们结婚的介绍人,因为都是他的学生。邵继祥的追悔,就是他不断写信劝说、责备的结果;他的学生这次回来,更同他的一再催促有关。

最后,文素芳母女,气都逐渐消了;不过提出要订个书面条约。这是那女儿提出来的,邵永春听罢大笑起来。

"好吧!邵老师呢,这个圆场还是你来打吧!"

"怎么，你就要走啦？"小学教师惊怪地问道。

"我还没有到过家啊！社上又来了省报记者站的客人；只好偏劳你了！……"

但是，邵永春还没跨出门槛，随即又回转身来。

"难怪我在庙儿岭没有看见你们哇！"他望着二队队长翁媳俩笑道，"松不得劲啊！……"

"这个你放心吧，今晚上我准备干它一夜！……"

"我也决心把这半天的时间抓转来！"文素芳接着说。

"好！"邵永春重又转身走了；但他一眼发现了小会计。

小会计邵继明二十刚出头，见了生人多少有点腼腆。个子瘦小，看来体质单薄，一双眼睛却相当灵动。现在，邵永春用手摸摸他的头顶，半开玩笑地说："好看吧？快回去把家伙些收拾好啊！"随即抄小道走掉了。

他准备顺路先到邵永让家里看看，然后回家里去。

## 四

邵永让老头儿已经七十带了，须发皆白，身穿棉滚滚的旧式短袄，头上却戴顶蓝布的棉制帽。儿子是副业组长，老太婆除了照料三个孙儿，有时也出点工，这老人自己呢，除了选择籽种一类轻活，只是照管家了。

永让老头儿是健谈的，可以说是青枫坡一部活的历史。一般山村居民都很好客，方白一到，在忙着安排好床铺后，他就向客人谈起家常来了。大有所谓"想当年"的味道。不过正跟青枫坡一般农民说的那样，这个"当年"很苦，至少没有放得有糖。但是他的声调、神情却很愉快。

方白首先问到他的家庭情况，同时取出笔记本来。

"不怕你笑，"老头儿笑道，"快到五十才结婚啊！……"

"这有什么，有的山区，过去一辈子打单身的都有呢！"

"我们幺爸就是这样啊！你想，解放的时候已经六十八了！要不，也许还找得到个老伴。不过他也算沾到解放的光了！是建社后才死的。安埋那天好多人送葬啊！"

"青枫坡一带都姓邵么？总还有一部分杂姓吧？"方白追问。

"当然算不得清一色，还有两三户杂姓，一家是汪篾匠，杂种恶毒透了，把一口水塘当成龙脉一样，早见阎王去了。那地主是他堂叔，当过乡长，这家伙更恶毒，清匪反霸时就抓去劳改了，现在还没回来，要不是政策管住么，一家一泡口水都早把他淹死了！……"

"这样说，青枫坡你们姓邵的没人敢惹了呢。"方白忍不住打趣道，想起有的边远地区大家族的威风。

"那也看怎么说，"这搭腔的是一个身材矮小，照样白发蓬松，胡须更长更白的老者，他边从侧面屋子里绕过来，边说，"过去还是照样这样捐那样款的，把刮痧的钱都给你刮去了！要不大家怎么会穷得来穿刷把裤子呢。当然，也有好处，太刮得不像样，大家可以一窝蜂闹个够！……"

这老人叫邵永平，是永让的隔房哥哥，同住在一个院子里面，一家分住一半正屋。方白刚到不久，他们就已经见过面，又经过永春介绍。而他更是这里一本活的历史。

现在，他已经坐在堂屋阶沿边了，动手掏叶子烟。

"叫我们老二讲吧！"他边裹叶子烟边说，"抗战时候，抓走过我们几个人呢！"

"前后只有两个！"邵永让说，"都是自己大意被抓走的。邵继初不是冒冒失失跑去赶场，就在家里会遭抓呀?!背时邵继春更倒霉，自己一气，把指头砍了，以为这一下没事了，结果遭罚了款！……"

"你们是怎么逃避抓壮丁呢？"记者方白进一步追问。

"全坡人都姓邵，不是爷爷、叔伯，就是弟兄，山林也多，只要有点风声，哪里不好躲呀！"

"你想，老祖宗是大明永乐皇帝时候搬来的，已经十一代了！"那阿哥已经裹好烟卷，吸燃，谈起古老的历史来了，"原籍是陕西富平，先住在白龙庙，元甲祖才搬到这里来。队伍越拖越大，一两房人就只好钻山了！……"

"难怪你们现在都这样齐心呀！"方白不由得赞赏道。

"话也看怎么说，"那兄弟插嘴道，"从前抵制乱抓壮丁，反对浮派捐款，的确齐心；解放后搞土改，当然是更齐心！搞互助合作，就不那么齐心了。有的先参加，有的看了一两年风色才参加；有的对粮食征购一直很不痛快！前回整风鸣放，还暗地里大放毒气，攻击政府把粮食箍紧了！"

"叫他现在又来'放'点看嘛，"那阿哥说，懂得邵永让指的是住在东头的"一角五"，"我倒还想跟他辩论下哩。"

"他敢！"邵永让说，"单是他儿子就驳得他连嘴也张不开了！想么，一个人说话要公道嘛，就拿我说，大大小小六七张嘴，要不是搞合作，糊得圆啦？同志！"他又望定客人笑道，"六七口人的肚皮要些东西装啊！"

"依得我那时候的气么，真想把他弄来'照半身相'！"

"你们这里也兴'照半身相'？"方白懂得照半身相就是罚跪的别致称谓，他略带惊异问道。

"他们六村搞得凶啊！我们没有搞过。"永让老汉回答，"那里坏分子太嚣张了！你想嘛，地方富裕，地主富农多，社管会又经常扯皮；好在有工作组压台啊！……"

"可是这一闹也有好处，现在人家搞得多红火啊！"

"这个话倒是，要不，岚垭水库能动工呀?！"

"听说岚垭水库工程大？"方白显得好奇地问道。

"大哟！"邵永让答道，"闹了三四年了，总搁不平。这回辩论还没结束，就干开了，连嗽都没人咳一声！是过去么，你一提起，怪话就来了：'磨折人也要试倒来啊！'……"

"你们刚才说叫儿子驳得张不得口的，是哪个啊？"

"哪个？还不就是邵永富呀！"邵永平回答道，"全乡响当当的'一角五'。杂种，鸡没偷到，大把大把米可蚀掉了！"

"可恶的是，他不怪自己，倒怪政策错了！……"

"这个人过去的情况怎样？"方白又问。

于是扬声一笑，永平老汉就开始讲说了，纯白胡须间时露笑意，"一角五"本名叫邵永富，是两个老人的隔房兄弟，五十上下，解放前农闲时经常在外面跑短脚，生活相当富裕。在青枫坡，解放以前，恐怕只有他的老婆不是拐骗来的，花了不少钱和酒肉，因而他的大男子主义也特别厉害，动不动就揍一顿。而且，就是对待子女，他也特别刻薄。

解放以后，他该好一点吧？不错，他不再拿吹火筒对待他妻子了，可是越加恨她。特别在宣传婚姻法后，她竟敢要想占他的上风，因此经常在家庭间进行"明争暗斗"。而他的主要武器是把现金和粮食箍得更紧！对政府也更不满了，认真说，土改时候他对党和政府就有意见，因为他不但没有分到一分一厘田地，还差点把他和他父亲历年东拼西凑的田土划一部分出来，填补那些寸土均无的贫雇农。

而最使他不满的，是统购。开始，他想隐瞒产量，刚参加互助组就又退出去了。但他没有料到，在工作组教育下，那个已经戴上红领巾的儿子，十分勇敢地揭发了他暗藏粮食的事实：这一下叫弄痛了！他对儿子老婆却也更加苛刻。而且本性难移，事隔一年，他又搞起投机倒把来了。……

"是卖黑市黄豆吧？我已经听说过了！"想起邵永春的介绍，方白停下自来水笔笑道，"照你们刚才讲的，我算懂得了为什么老伴、儿子对他都像冤家对头一样。"

"是呀！那娃还到处说，他爹回来躺在床上呻唤了几天啊！认为不这么整他不会收手。"

"他总不至于现在还在搞单干吧？"

"前年高潮就入社了。可也不简单啊：不是老婆、儿子天天吵闹，他倒还会抱起膀子在一边看热闹啊！当然呀，看到社队年年增产，瓦窑湾跟我们合并后，三十几户一下增加到五十几，他也看出合作化确实有油水了！"

"这个人说起来话长啊！"那阿哥接着道，"私心重了，掉下来连脚背都会打肿！可是有时也肯帮忙……"

"他对我就帮过大忙啊！"邵永让大笑道，每根胡子都在抖动。

"我记得！"邵永平插嘴道，"你一提我就记起来了：你结婚过后借苕种给你那回事吗？一背篼苕种就有半背篼泥巴！也是你啊，是我么，——倒给他车身就走！"

"那时候人老实呀！……"

"你老实啊！"正在厨房里弄猪合食的永让的老伴，高大，头发沙白，忽然间搭腔了，随即走到阶沿上来，"你才老实得很！同志，我是被他骗过来的啊！哄我说有这有那……"

"哎呀！"永让老汉自我解嘲地插嘴道，"我就是说过有一块水田嘛，现在全社才一块水田啦！"

"我懒得跟你扯！"老太婆瘪瘪嘴说，退回灶屋里去。

老两口儿吵架般的打趣，惹得正在记录要点的方白大笑起来。

"说到水田，我倒又想起来了。"邵永平接着笑道，"过去龙古井一带的有钱人挖苦我们说：'你们青枫坡好啊，单是门槛脚下那块长田，就没人犁得到头！'……"

他随即又向方白指明，那是指的梓江。但是，方白最关心的不是两个老伴的打趣，也不是已经成为陈迹的地主们的挖苦话，他想进一

186

步了解"一角五"目前的态度。因为由他看来，这是属于走什么道路的问题，而且，也是他这次下乡需要了解的内容之一：整风鸣放后农村的政治思想动态怎样？出现了一些什么新的问题？当然还有超支问题。

因此，邵永平一住嘴，他就把问题提出来了："一角五"入社后的表现怎样？去年的收益有没有增加？还有，他的老伴、儿子同他的关系有些什么变化？……

"入社后态度还好……"

邵永让开始回答，但那阿哥把头一侧，打断了他。

"好个屁！老是蔫妥妥的，要不是头一年就尝到了甜头，恐怕还会闹退社哩。依我看，他一直心里就不舒展！要不，前一向整风鸣放，他会背后放那样多的毒呀？"

"一句话，私心重了！"邵永让赞同说。

"当然，经过辩论，有一点干劲；可是人心隔肚皮啊！"

"你这一说，我倒想起来了，"邵永让接着带点猛然省悟的神情说道，"上个月赶双龙回来，他就在路上向我诉苦：'连多抽一两回烟，我们那娃都要刮我的胡子，——好像走社会主义道路，烟都不该抽了！'"

"放屁！"永平噘一噘白色胡须间的红润嘴唇，"他那娃就说得对：他哪里是抽烟啊，——磨洋工！"

"哎呀！"方白笑道，"你们这里的问题真也不简单呢！"

"同志哩，常言说，家家有本难念的经啊！"这叹息着接话的是邵永平，"就是我们书记家里，就那么齐心啦？两爷子、两婆媳还不是，'这里不平，那里有人'①！"

"不过在搞社会主义这点上大家倒是齐心的哇！"

"那也要看！"永平摇摇头说，"你又忘记前一向在超支问题上扯横筋了！哎呀，说起来真丢人！"

---

① 意思是说，邵永春家里随时都有纠葛、摩擦，存在着矛盾。

似乎担心泄露天机，老头儿把话头带住了。这使得方白大为失望。而作为一个记者，他可已敏感到，在超支问题上，业隆老头儿的态度不很光彩。他原想乘机追问一下，然而，显然有意回避，永让谈起永春父母的经历来了。

他说："其实都过过不少苦日子啊！"男的长期跑过流差，女的给三合盐井的老板们当牛作马，割草坡度日……

"嗨，你说怪吧，"老头子接着说，"解放了，生活好了，人可变了！过去哪里像现在刻薄啊，简直一钱如命！儿子出门开两天会，就老是训：'对，老子挣工分养活你好了！'媳妇呢，不出工不行；出了工回去，也有话说：'对！老娘煮起来你吃现成！'"

"连超支都兴赖账！"永平老汉重又嘀咕了一句。

"儿子到县上开会，零钱他都不肯给一个啊——还要骂：老子幸得只有你一个啊，要不，这个家早垮杆了！"

"那么邵书记呢？"方白悬心地问。

"这个人倒大家都讲好啊！"邵永让说，"公道，能干，跟邵永模两个也配合得好——邵永模是副主任，没啥文化，邵主任就是他死活从乡上要回来的！"

"可是骂也叫他挨够了啊！"邵永平插嘴说。

方白对这已经知道一点，此刻他想了解的是，邵永春对他父母，特别对他父亲的态度怎样。

"你是问这个么，"邵永让在鞋底边上敲掉烟蒂，抢嘴答道，"我觉得也没啥弹驳的。每回群众对这件事提意见，他都表示：只要他不闹退社，不损害集体利益，家里的事我由他去。他骂，——就是把嘴骂出血吧，只要我在工作上松口劲，损害集体利益，你们都揭发批评吧！"

"就看他今年这个问题咋解决啊！"永平又嘀咕了，"好多人都盯到他在！"

来客赞许地点点头，期待着下文。

"当然，半边讲阴谈话的人还是有的，"邵永让照样机灵地接着说，又一次把超支问题回避开了，"'一角五'有次挨了批评，就阴悄悄嘀咕过：'那么会教育人，就该先把自己家里的人教育好嘛！'恰好文素芳听见了，就反问他：'邵书记家里人搞过投机倒把，闹过退社？磨过洋工？举一两桩出来听吧！'……"

"他碰到这个女将就又该倒霉了！"邵永平哈哈大笑。

"文素芳硬问得他大张嘴呢，只好承认错了。"

凭着一名记者的敏感，方白知道不大可能从他们嘴里进一步了解到邵永春两父子在超支问题上更多的情节，于是把注意力转移到文素芳身上。而在他的问询之下，永平老汉就用赞扬口气向他做了介绍：党员，妇女队长，只有二十七八，劳动好，觉悟高，很会做点政治思想工作。

"这个人眼睛里才一点沙子也掺不得呢！"他结束道。

"去年暑假，邵继祥、邵继顺也叫她整哑过呢！"这搭腔的是邵永让的大块头老伴，她也显然对文素芳有好感，顺手把大半桶猪合食蹾在阶沿上面，"两个人也真糊涂，就那么说劳改队生活好，每个月都要杀猪。文素芳听到了，马上反问他们：'你们好像也想当劳改犯呀？——一个人也不要把自己看得半文钱都不值啊！'这个邵继祥还是她爱人呀！"

"啊，听说两口子这两天又在闹离婚呀？"邵永让问道。

"娃娃都两个了，还闹啥离婚啊！"邵永让的老伴叹息说。

她颇为两个青年人惋惜，随即提起潲水桶走了。永平老汉也有点惋惜，但主要是感觉文素芳未免做得有点过分，因为他只知道宣传婚姻法当中那场离婚纠纷，是女方闹起来的，而且文素芳早已保证不再提了。

那兄弟正想插嘴，但他忽然想起还没有给自己负责饲养的公牛上料。于是"啊"了一声之后，加上道："我也要给牛开饭去了，你们扯吧！"接着就转身去了牛棚。这时中午已过，上下左右院子里的炊烟大半已消散了。附近两家已经在吃饭后烟的农民，知道永让老汉家到了客人，还是同社主任一道来的，也都走过来了；男妇老幼都有。

一个中年妇女，袖管挽在手拐上面，拿着把空瓢，忙匆匆从东头一座院子里跑到永让家大门口望了一眼，随即笑了；自语道："我怕是哪个啊！"接着转身便走。原来当邵永春陪着记者同志经过庙儿岭时，她就见过他了。

其余的人，有的坐在大门口继续吸烟，有的走进院子，站在阶沿下面，听邵永平讲说文素芳闹离婚的往事。

"这女子是说话算话的呀？想不到又闹起来了！……"

"不！"阶沿下一个中年人纠正他道，"这回是那娃闹起来的！"

"是那娃闹起来的？"老头子大为吃惊。

"已经闹了二十多天了，你还在鼓里？"有人从旁证明。

"那这个家伙读书像读到牛屁眼里去了！"

"是呀！"那个诨名笑头和尚，拦腰扎根白布帕子的邵永中应和道，"他不想想，人家文素芳哪个社员不说好啊！社管会叫干啥就干啥，从来不讲价钱！前年那条约克母猪，下五个仔就坏三个，批评下他么婶，就掼纱帽！文素芳接过手，一连三窝都七八个仔——可是从来没坏一个！"

正在这时，客人方白忽然满面带笑站起来了。于是经常笑眯眯的邵永中立刻话头一顿；其他的人也都回转身去。原来邵永春走进院坝来了；一边走一边高声插嘴。

"你们是在讲文素芳哇？这个邵继祥也太不像话了！"

"是呀！"有三个人一齐应声，"这样的对象他还嫌呢！"

"打起电棒也不容易找啊！……"

"你说他糊涂吧，"邵永春已经跨上阶沿，在一张长凳上坐下了，

"真像一毕业就会当上干部，两个娃儿，每年由他贴补二十五元，他都敢答允啊，——不过今天也叫他够受了！……"

"他够受啦？听说文素芳为这件事阴倒哭过好几场啊！"笑头和尚邵永中接嘴说，"骂了人家那么多牛都踩不烂的脏话，没有拿鞋底板收拾他就不错了！"

"文素芳是懂得政策的，倒不会动手动脚。"

"那么事情又是怎么解决的呢？"有人关心地问道。

接着，邵永春就叙述了一遍事情解决的经过。

"邵老师正在替他们写书面保证，看来问题算搁平了。大家回去休息下就出工吧！不是今天晚上就是明天晚上，我们还要开大会呢。……"

当人们走散了，他就同方白商量活动日程。


五


邵业隆的院子，隔永让、永平的约有半里路光景。院子的格局也差不多，只是业隆老头儿心劲好，弟男子侄又不多，院坝里种了几株果树，一两间空屋也叫杂七杂八的家伙给塞满了，都是破烂货。

因为久跑四外，还抬过长路滑竿，到过省城，他多少带点流浪汉的气息；但也饱尝过没钱没势的苦楚。因此，尽管并不富裕，他却不顾老婆的埋怨，犟着要把邵永春送去羊拐沱小学读书。高小毕业后，因为手头太紧，他才没有让他升学。而他酒后曾经夸口："就是当裤子我都要让那娃把中学读完！"最后就只好叹气了："让那些龟孙子去升学吧！"

他还有个女孩儿，叫邵永秀。老头儿没有想到也该让她读书。曾经有人提起，他可笑道："女娃儿读啥书嘛！"永秀六七岁时，他就编了个小背篼，叫她掏野菜、猪草和捡枯枝落叶，干起杂活来了。这个女孩子跟哥哥一样灵醒、能干，前年才结婚的。结婚不久，就让丈夫参军去了。丈夫羊拐沱人，姓潘，父母早去世了，一个兄弟一直住在外祖父家里。潘世太走后，邵永秀就仍旧搬来本队参加劳动，现在是猪场饲养员。

瞎公公邵业显去世后，邵业隆在青枫坡辈分最高，土改不久儿子调到乡上做过财粮工作，现在又是本社的支部书记、社主任，老头多少有点自命不凡。他是喜欢喝两杯的，一喝醉了，他在旧社会所沾染的流浪汉气息就发作了，喜欢自吹自擂。"一角五"之流看中了这一点，有时故意叫他做"老太爷"！一次被儿子听见了，曾经把"一角五"狠狠批评了一顿。

邵永春母亲是三合一家盐场主人家里的使女，受过不少虐待，二十岁那年，日子实在难过极了，就跟邵业隆逃到了青枫坡，多少也有点拐骗味道。盐场主人随后四处捉拿，也派人到过青枫坡寻访；但是连屁臭都没闻到。因为那时候邵业隆都三十过头了，没有一个姓邵的不多方掩护，以免老头子当一辈子光棍！当时他父母都还在，只有他一根独苗苗。……

这老两口儿身体都很不错。邵业隆虽然比老伴大十多岁，七十带了，却更健旺。他身材高大，胡须沙白，经常叫人感觉他精神抖擞，与众不同。他跟这里的一般老年人样，长袍短裤，拦腰扎根白布帕子；头上却戴顶干部帽。老伴比他矮小，穿着跟过去毫无二致。她几乎一天都在嘀咕，小时候受过的折磨无疑太深沉了。她对媳妇老是看不顺眼，显然也与此有关。

儿子媳妇仿佛理解老人们一些不合时宜的旧习性，是旧社会造成的，是压迫和剥削造成的，当然也因为看惯了，听惯了，除了儿子有时乘机劝说几句，一般是听之任之！只是对于有损集体利益的言行，则坚决进行抵制。

现在，全家早已吃过早饭。因为听说丈夫已经回来，媳妇把一钵搅团热在锅里，罩好锅盖，就离家出工去了。妹妹呢，也跟着走了，她是去饲养场。

母亲翘起张嘴，默默望着她们走了，随即唠叨起来。

"都是地主，吃过饭嘴一抹就走了！……"

"真是稀奇！走了快一个月，到了家大半天还不落屋！"

"人家是'以社为家'哟！"

"那就在社里吃喝好啦！"老头儿接着道，"肚子饿了可还是只晓得望家里跑！哼，依得我的气么……"

他还没有说完：依得他的气，他会把那碗搅团倒去喂猪！但他叹口气挥一挥手臂，把话头顿住了。因为他发现儿子已经出现在大门口了，而且正满脸堆笑走进院坝。

"爹，妈，你们都好吗？"邵永春边走边打招呼。

"咋不好？"老头子说着反话，"伸伸展展玩了这么久哩！"

"玩啥啊！开会，讨论，参观——忙得人屁滚尿流！"邵永春已经走上阶沿，一边问道，"妈，该有我吃的啦？"

"热到锅里在哩。"母亲容忍地叹口气说。

"就是没有杀鸡炖膀欢迎你哇！"老头子怄气说。

可是，对于父亲的这一套，邵永春早已见惯不惊，仍旧笑嘻嘻的，也不还嘴；把取下的挎包收捡好，就笔直走进厨房去了。随即端了一大红土碗搅团出来，碗边堆着一大撮干腌菜。

当他在方桌边坐下来吃喝时，父亲又开口了。

"听说你带了不少家私回来呀？"他问，态度已经缓和。

"是呀，"儿子答道，"大大小小一二十件！……"

"有镰刀么？"

"都是搞水利、搞土地加工用的啊。"

"唉，"老头子叹息道，"你也搞把镰刀回来哩；我那把已经成了锯锯镰了，只好拿去讨债！再不给我换么，这个牛我不喂了，我没有那么大的本事！……"

邵永春只顾吃饭，不搭白了；他知道这没有多少用处。

"光说又跑掉好多工分啊！"父亲又换了题目说。

可是儿子照旧不声不响，而且照旧吃着搅团。因为他深知父亲的脾胃，当他唠唠叨叨得津津有味的时候，任何道理他都听不进的，只会闹翻大吉！

果然，等他喝完搅团，洗好碗，母亲早已领起孙女，背个小背篼割猪草去了；老头子毕竟也已心平气静，动手裹叶子烟。于是邵永春轻言细语，对他的"干部吃亏论"进行了解释性的反驳，同时指明，在镰刀问题上，他的想法也不对头。

开会有工分补贴，这项规定，则已经向老头子解说过好几次了。这次，他只是就"为人民服务"这个光辉思想对他进行了鼓动，因为他深知父亲自尊心相当强。

"爹！千万要记住前一向群众提的那些意见啊！"

"好嘛！"父亲带点激动说了，"胡子刮得那么光哩！"

"对！大家提过不少意见，可是也讲过你不少的好话呀！"儿子笑呵呵反问道，生怕老子又火了，"我主要是指的这些啊！比如都称赞你牛养得好……"

"不是吹牛，"老头子自负地插嘴道，"是喂得不错呀！"

"所以说，公道自在人心，群众都生得有眼睛啊！……"

"娃娃！你放心，老子不会给你丢脸！"

邵永春本想趁父亲兴致好，向他谈谈浮上记忆来的超支问题，因为只等春节来临，这个问题总归得解决的。但是，老头子已经昂首阔步，走向牛棚去了。

邵永春不由得微笑着叹了口气，想道："另外找机会跟他谈吧！"而且觉得，现在工作正紧，万一吵起来不大好。于是，扛了把锄头，朝大门口走去了，准备到马鞍山工地上参加劳动；因为这里是本社今冬的重点工程。

而且，他已经同省报记者站的方白约定，一俟永让老头儿领他去参观了其他地段以后，他们将在马鞍山会合，由他亲自介绍马鞍山工程的规模和进度情况。他顺着大门外一条小路走去，一面查看着沿途小春的苗价，一面自言自语："这一块还像样！"或者："苗价不错，只是行距宽了！"碰到院落他就顺口吆喝两声，看该出工的社员是否都出工了。

　　就像一根长藤一样，隔不多远，这条山径边就有一座或大或小、高低不一的院落。刚走到干柏树，前面一座院子里走出一位妇女，头上一笼帕子，担着一副箢箕。她才走上山径，一个头戴黄色绒布制帽，约有四五岁的娃儿，从门内赶出来了；同时"妈呀妈呀"地叫个不停。……

　　那妇女停住了；娃儿跑着叫着，手上挥着一瓣气柑。

　　"妈妈，这个，剥不动！……"

　　"慢慢走吧，看跌倒啊！"邵永春远远打着招呼。

　　等那孩子走近妈妈身边，社主任也走到了。

　　"快给妈讲，是哪个给你的？"社主任又玩笑地问。

　　"婆，婆，她说甜，好给娃娃吃。……"

　　那母亲已经几下剥好气柑，引人愉快地笑了。

　　"好好吃吧，妈收了工就回来，听话点哇！……"

　　这位妇女叫李翠华，矮小健壮，面色红润，约有三十五六光景，是到马鞍山参加土改的。而且是一位有名的闯将，社主任因此尾随着她一道走去。

　　现在李翠华边走边向支部书记反映工地上的情况。邵永春听她讲，有时也插问一句两句。他对这位妇女同志印象不错，十分同情她过去的遭遇：她过去是双龙乡街上住户谭复光捡来的一个孤女，成年后就给儿子做了媳妇。但那儿子又驼又秃，还比她小七八岁；不久她偷跑了。被抓回去后吃了婆婆一顿好打！从此更是经常挨揍。正像人们说的："她挨的吹火筒么，你一背篼总背不完嘛！"

而在一九五三年宣传婚姻法时，正是当时的村长邵永春，由于熟人反映，才到乡上积极支持她离了婚的。随后又介绍她同本村复员军人邵继炳结了婚，现在龙古井供销社工作；李翠华则已经入党，早已不像惯挨吹火筒的小媳妇了！沉着，精干，只是总不像文素芳、潘耀华那样开朗，有说有笑。

闲谈之间，他们已到达工地了。马鞍山是座孤山，两个山头，中间一横山梁，晃眼一看，整个山形就像一副庞大的马鞍。山脚周围，连同荒地，足有七十多亩土地；但都是下劣土。绕着山顶挖的缭壕，快完工了，人们正从那里担土下来，面在山脚周围的地里，加厚那些劣土的土层。

面土的工程而外，还有些人在沿着山脚挖掘背沟，李翠华早已担起箢篼，奔上山顶缭壕边担土去了。那些早一步出工的人们不断打趣她道："我怕你要吃了夜饭才会来哩！""你再不来我们都收工了！"但她也不示弱："我们又比一比哪个脚板翻得快嘛！"……

落后一步的邵永春敞声大笑："对！让我也来献点丑吧！"可是，人们目前需要他做的不是这个，是想知道他这次出门开会的情形，有些人在地上面好土，就把他包围了；几个挖背沟的也都跟着围了过来。当然也有一些人并不怎么高兴……

于是，正像倾盆大雨一样，各色各样的问话，一齐朝着他倾泻而下。有的态度严肃，有的随随便便，也有开玩笑的，但都像对待自己远道归来的亲人那样。

"同志！"邵永春笑嚷道，"我只生得有一张嘴啊！"

"好吧！让我们一个一个地问：听说还要评比，照你从大家的汇报看来，我们社会不会'坐红椅子'啊？"

"这个大家放心，地委已经表扬了我们了，还发了奖！"

"是些啥东西啦?!"又是一片欢腾的笑嚷声。

"不慌！不慌！今天夜里会有交代，——慌些啥啊！……"

接着他说，既然受到了表扬，又得到了物质奖励，可见大家的努力，上级会知道的，因而更该鼓足干劲，把工作干得更好，沿着毛主席指引的道路前进！

"就这样吧！"他结束道，"再扯下去，就像磨洋工了！"

于是，他带头走去挖背沟去了。尽管话语声并未切然而止，各人却都回到自己工作岗位上干起来；劲头也比过去大了，表扬、奖品并没有变成大家的包袱，而很快就只能听到一片相当协调的劳动声响。而有些人则一直在磨洋工。

将近收工时候，记者方白才由永让老汉领来。他看了不少地方，穿井和泡青池，而每到一处，老头儿几乎都要向他介绍它们的历史，一个小故事或者插曲。客人最感兴趣的是汪跛子那口穿井，因为它本身的历史，就是一长串小故事。

因此，刚同邵永春一见面，他就开头从这口穿井畅谈起他的观感来了。这也因为还在区委的时候，他就听邵永春提起过，当时印象就相当深。

"真怪！"他笑道，"水脚并不浅嘛，怎么那样刻薄？"

"只能说他毛病太深沉了！"有人从旁答道。

"不过去水脚也的确浅，"邵永春说，"建社之后，大家花了半天不到工夫，一淘，水就一天天旺起来了！"

"这就叫人有一算，天也有一算：那么愿人穷，恨人富，从前水咋会旺嘛?！地脉龙神又没睡觉！"

这答话的是个老者，包笼帕子，胡须已经花白。

"不要笑哇，同志！"他接着又说，当方白回过头去看望他的时候，"这是旧脑筋说的话，——年纪大啦！……"

当被问到年龄时，他先伸出大拇指两晃，又比了个八字。

"不行了！只能敲边鼓了！……"

"老将啊!"邵永春说,"前两年还使牛打耙!……"

他随即招呼大家抓紧收工前的时间工作,领起方白同志上山参观去了。他执意要永让老汉留在山脚下休息,但是永让老汉并不服老,摇摇头谢绝说:"这点坡算啥啊!"

已经起了西北风了。三个人逆着风走了一阵,这才爬上最大一个山头。人们正在挖一个大蓄水池,约有五分地大小,已经挖了有两人深了。正像个碓窝样,上面宽,下面却逐渐狭窄。沿着池壁,开了两条梯形的坡道,一直通到池底。设计好,工作不错,好几个人都在搬运石料。

邵永春向方白介绍说,这座山只有两尺多土的覆盖,下面是羊肝石,打起来相当困难。钢钎打了很久,已经进去尺多深了,只能撬开几小块石头。……

因为听说还得打一公尺深,方白不免大吃一惊。

"啊咦!这个得花多少工啦?!"

"不打深点怎么行呢!"一位中年人机灵地解释道,"要管这一大坝土的水呀!老实讲,也只有合作社才敢干这样大的活路,你一家一户么,连水烟都供不起啊!"

大家情绪饱满,而且有时还互相打趣。

"谨防我拿刀子给你割了!"一个老头大声说道。

"屎尿不容情呀!"那个正在靠近池壁小解的青年回答。

而当方白弄明白这是怎么一回事的时候,也大笑了。接着,他亲切地问他们是否早就学过石工。

"都是半路出家的黄昏子啊!"

"建社后不搞水利,恐怕还只会挪泥巴!……"

这时候,扶着拐杖,一个有点伛偻,须发皆白的老人,气喘吁吁地走到池边来了。老人叫邵永成,面貌很像小庙里的土地,人们也叫他做"土地",七十多了,已经丧失了劳动力,由两个儿子供养。还没走到，他就开了腔了："也让我们来开开眼界喳！"

"啊唷！老大王今天都出马了！"池底有人玩笑地说。

"你们干得好！"土地连声赞叹，"山下那些土也该重见天日了！"因为方白大声问他山下那些土荒了多少时间，他又慢慢回过身去，接着说下去道，"这一片土么，我二十多岁的时候还做过呀！——总荒了有四十年了！同志，这个账算起来，会气得人把胸口都捶肿啊！……"

土地的谈话引起一片笑声。这些笑声的含意，主要有这两项内容：大家感觉他讲得太有趣了；同时也感到自豪：翻了身的农民，叫土地也跟着翻身了！

笑声未停，方白对土地的兴趣更加大了。

"问你的生活情况怎样？"邵永春大声重问了一句。

"问的过去吗现在啊？"土地大声反问。因为方白已经知道了他耳朵背得凶，就又提高嗓门，要求他前前后后都讲一讲。"这个大家都清楚啊！"土地接着回答，"从前么，一个家一背篼就搬走了！现在呢，托毛主席老人家的福：就拿我家里说，单是铺盖帐子，你一挑总挑不完嘛！……"

"要不解放，你倒休想制备这么多东西啊！"有谁充满感情嚷叫了一句。

"要不解放，我的骨头早叫汪跛子两叔侄车成纽扣卖了！"

又是一阵欢畅的笑语声，因为土地的话概括了在场每个农民的遭遇，同时突出了农业合作化以来的变化。

接着，由于时间已经不早，邵永春在劝说土地和永让老汉早早回家以后，就领客人向着山梁走去。

山梁上在挖掘一个五角星形的蓄水池，邵永春赞扬道："你看他们青年人心眼灵吧！"接着指明它是青年突击队开掘的，而且还准备挖很多水沟，让两季那些遍山乱窜的山洪全部汇积到蓄水池里。不过这些水沟，还只是画了线，不曾动工；现在都集中力量在挖水池。

当邵永春的介绍告一段落的时候，那些正在抓紧时间挖掘的青年同志当中，有人停下来说道："请多提意见哇!"接着就又哼呀吭唷地工作去了。

在较小一个山头上，邵永春没有停留多久，只是简单介绍客人结识了副主任邵永模。

# 六

副主任邵永模，身材矮小，但很精干。已经六十二三。两夫妇在三合帮了二十多年的人，直到土改时候，才由当地土改工作队介绍回青枫坡。因为副主任原是青枫坡土生土长的人。

帮人，不! 实际上是给恶霸地主王汤元变牛马。这样说对副主任两夫妇也更恰当。事情是这样的：年轻时候，他们同在王家佣工。男的种地打杂，女的煮饭喂猪。因为都是孤人，工作中又常接近，有时也就免不了互相帮助。女的为男的补补缝缝，男的帮女的提提潲桶，或者劈劈柴块……

就这样，两个人也就更加互相关心。有天黄昏，因为该做的事都做完了，他们就一同坐在柴房里息气，谈心——这是每个人的需要啊! 就是哑巴，也会比比画画，用手势在朋友间互相交谈。这是常识问题，而那个发现这一情节的地主婆，却大发雷霆，认为这是悖逆行为! 诬蔑他们关系暧昧，亵渎了神祇，把家里连年出现的乱子，死人啦，猪瘟啦，都推在他们身上。可又并不赶走他们，反而强制他们成婚；只是从此不给工资，而且便是瘟死一只小鸡，也得挨顿臭骂!

同他们一道回青枫坡的，还有两个孩子。男的十二三了，但到土改后才去羊拐沱小学读书，女儿有三四岁。邵永模是当地土改后成立的第一个互助组组长；后来又是联组组长，成立合作社时是社主任。等到邵永春回来了，他又甘居副职。人们之信任他，主要是因为他直爽、公正，凡事先公后私。这在土改时群众就看在眼里了：分配胜利果实时从不斤斤计较！否则，他早下台了。因为他的爽直往往变成简单生硬。……

在邵永春伴送方白回转永让老汉家的途中，他还讲了老主任一个故事：挖掘大柏树那口较大的蓄水池时，他带头连夜出工，下决心一口气就挖成！一天，傍晚收工时他叮咛大家，要继续夜战。吃过晚饭，他又传锣，又挨户催，可都推推诿诿。

他发了顿脾气，就回家了；忙着收拾钢钎、锄头……

"你一个人也要干么?"老太婆问，看出蹊跷来了。

"怎么一个人呢?! 难道你也想拆我的台!?"

"我跟你去也不顶事呀!"

"啥叫不顶事？我挖你担，班子就凑圆了！……"

老两口干了一夜、两夜，还是台二人转！可是，到了第三一天夜里，就有五个人自动跑来参加；又隔一夜，就增加到八九个。而这些人一到场，大都要自言自语地解说道："前两天的确累了。"老主任可只顾猛力挖掘。……

就在邵永春把他介绍给方白的当天晚上，从马鞍山工地回到家里，老主任忙着吃过晚饭，就赶到办公室来了。这时，除了小会计两母子，支委和党团员还一个没到。群众呢，更加不必说了。这是他早就料到了的，而他从不喜欢拖拖拉拉。不管别人怎样，说过吃了晚饭开会，他就一定准时到场。

他一到会场，就在大门门槛上坐下，取出烟荷包来，卷叶子烟；然后凑在短烟杆上，吸燃。他一向沉默寡言，一吸上烟管，就更少开口了。他害怕的是做报告，这也是他死活要把邵永春拖回来的原因之一。而现在碰到他得讲话的时候，总是直截了当地几句话就完了；但对每项任务他都能起带头作用。他最喜欢讲的一句话是："主要看行动啊！"

但是，一根叶子烟都没抽完，党团员就开始到场了。也有少数社员群众。首先到来的是几位青年妇女；其中有团总支副书记潘耀华和本社的团支书王秀真。潘耀华是住社干部，在一队托儿组组长邵永康大娘家里寄食寄宿。她身材不高，花布棉袄，背后拖着两条辫子。同老主任打过招呼，一伙人就拥进会场去了。王秀真胖胖的，落后几步才到。

　　王秀真一到，就挤到潘耀华一伙人当中去了；同时嚷道："不讲清楚你今天过不了关！"于是立即向潘耀华挖根挖底地问起来：为什么在三合会耽搁这么久？原来，开过团委会后，王秀真就问过她了，可她一直支支吾吾，不肯直说。

　　潘耀华是三合一个盐业工人的女儿，婆家姓王，也在三合住家。她是近半年才结婚的，爱人叫王志兴，从部队转业后就在三合供销社工作。由于结婚不久，人们始终都觉得她还是新姑娘，一有机会总要开点玩笑。

　　"本来在区委开完会就要走的，老王死死要留你呀！……"

　　"你就那么听话？也不想想，都在等你听传达吗？"

　　"你听我说嘛！"潘耀华红着面孔继续解释，"我想，要不留下，他会说你对他有意见的。好，留下来吧。第二天决心要走，他又塞一把破袜子要你补！……"

　　"当然啊，如果不给他补，又会说你对他有意见了！"

　　"哎呀，我懒得跟你扯！……"

　　潘耀华嘴唇一嘟，佯装气恼地冲到门口去了；老主任哼声叹了口气。他是很喜欢这一批女将的；而且对她们的乐观、开朗有些羡慕，因为自己的青年时代充满了痛苦；但他却又厌烦她们经常嘻哈打笑！

　　因此，叹气之后，他又硬枝硬杆地训起人来。

　　"你们是咋个的啊？怎么一见面就叽叽喳喳！……"

　　"哎呀，"潘耀华笑道，"摆几句龙门阵有什么嘛！"

"对、对、对！"老主任有点火了，"你们横竖都有道理，——又耽误一晚上！……"

这后一句，是老主任指这天夜里的社员大会说的。当支委们在马鞍山工地交换意见的时候，作为支书的副手，他就提过不同意见：只需支委讨论一下地县干部会议的精神，以及奖品的分配，明天早上由邵永春用土广播传达一下，也就行了；但是他的意见没有得到支持！

潘耀华是了解他的脾胃的，也知道他为什么有点闷气，准备向他解释几句。但是，正在这时，党团员和群众，大批大批拥进来了。方白也跟邵永春一道并肩走来。而一眼望见了老主任，他就抢前几步走过去了，紧紧握着对方的手。

老主任带点惊愕地站起来，有点不知所措。

"有机会扯一扯好吧？"方白很想进一步了解他。

"你问他吧，"老主任指指跟将过来的邵永春说，"社里的情况邵主任知道得最全面……"

"他想了解你过去的情况啊！"邵永春大笑道。

老主任随口吐出一个粗鲁字眼，接着闷声说道："那有啥讲的嘛！"随又支支吾吾同邵永春谈起来。

"怎么样，是不是还得传传锣啦？时候不早了呢！"

"再等等吧！"邵永春说，估量了一下已经到场的人数。

"也行嘛！"老主任赞同道，随即借口溜进会场去了。

方白并未因为他的耿直、躲闪见气，反倒津津有味地笑了，显然已经更加理解老主任的性情、风格。客人的情趣，邵永春显然也很理解，而且同样笑了。

"怎么样，"他轻声笑道，"这个人有意思吧？"

"好！"方白认真地赞扬道，"本色！很有意思！……"

这时，那个瘦削，清秀，神情招人怜惜的小会计走了过来，告诉邵永春说，社委些请他去商量事情。邵永春立即到办公室去了；方白紧紧跟在他的身后。他边走边吩咐小会计，要他再到山头上吆喝几声。

正副主任而外，所有社委和生产队长都参加了，因为主要是商议邵永春带回的那批奖品分配问题。这些社干中间，除开两位主任，方白只认识邵继康，那位在马鞍山山梁上开掘星形蓄水池的青年突击队队长。瘦长长的，只有二十带点，性格十分开朗。

当邵永春根据各队作业的具体情况，提出初步分配方案的时候，青年突击队长几乎就没有听，也无法听，因为他得回答记者方白同志的悄声问询。那个敦笃、健壮，表情多少有点沉闷的中年人，是二队队长邵永隆；那个中等身材，没有辫子、发髻，蓄着个前刘海的年轻女同志是文素芳，邵永隆的儿媳。两个都显得不大痛快，这是当天家庭纠纷留下来的残迹。那个瘦长精干，老在东张西望的叫潘复太，支委，又是三队队长；然后是潘耀华、王秀真……

记者同志忽然想起来了：这个潘耀华，就是他在庙儿岭看到的那个挑土摔跤的女同志。但他正想向青年突击队长邵继康进一步追问下去的时候，邵永春的发言已告结束："现在大家就议一议吧！"而方白也就把注意集中到另一方面去了：准备认真观察一下大家对奖品分配的态度。

因为一时清风雅静，老主任不满地向在座的人们扫了一眼，生气似的说道："大家抓紧时间讲哇！"于是大部分人几乎同时嚷道："我没意见！"有的则说："这个还有啥议的啊！……"

"说了话要算数哇！"老主任又说了，"莫等下去又扯！"

邵永春望着老主任笑起来，问他自己有没有意见。

"目前就是你那里工程大啊！"他又加添上说。

二队队长，面容有些沉闷的邵永隆这晚上第一次发言了："依我说，把分配我们的十字镐，都交给马鞍山工地用吧！"他一向比老主任更少言短语。

"不要！不要！"老主任连声叫嚷，"就用手也要把它挖出来嘛！——哪个还兴吃双份啊！……"

由他直接领导的两个队长，也先后表示了意见，他们赞成维持邵永春提出来的奖品分配方案，那个青年突击队长邵继康，还赞扬了二队队长几句。

"这种风格很好！"他说，"弄来吵仗就太没味道了。"

"还就这样吧，"邵永春结论道，"不过大家要注意哇，群众万一说长道短，你们得做点工作啊！……"

"等阵，你倒应该从正面多鼓动几句啊！"文素芳说。

"这个意见很好！"邵永春赞同道。

"又耽误一夜！"老主任说，"继康，明天早一点传锣哇！"

这时，大家早已离开座位，开始向会场走去了。青年突击队长邵继康是管土广播的，每天早上都由他传锣和用土广播召唤社员出工，他应了声："好！"也跟众人一道走了。

社员群众比平日开会参加的多，连晚上不大出门的永平老汉也赶来了。他同另外几个老年人围在主席台边翻看那一堆邵永春带回来的奖品。而他们也正是为这些奖品才赶来参加会的。有的人甚至下午就跑到保管室，要求小会计让他们看过了。他们大多只能做一些手头活了，用不上这些干笨重活的工具，但是，吸引他们来的却是另外一种东西：他们的道路选对头了！已经受到了上级的表扬。

当然，也并不是到会的所有老年人都是这样：邵业隆就因为连镰刀都没有奖励一把而快快不乐。"一角五"是用得上这些奖品的，他可也不怎么愉快，蔫妥妥的，正像前一向被他儿子批驳得张不开嘴那样，总感觉不痛快；而且忽然想道："这一下牛纤绳更套紧了！"但他立刻大吃一惊，因为凭借经验，他知道这样的话是会挨批评的；于是抑制地叹口气。

那些刚开完社委扩大会的人们，全进入会场了。多数都望人丛中挤，走向自己领导的生产队一伙人中去寻找座位。邵永春、老主任和潘耀华则走向主席台。方白婉谢了两位主任的邀请，没有坐在前面一排空位子上，紧跟邵继康一道走了；最后，在一处不大打眼的地方坐下。

会场是恶霸地主汪复初院落里一个大敞厅改建的，相当简陋，只有一些七拼八凑的条凳，以及拿石条、砖头作支柱，临时用木板搭成的座位，也有人自家带了条凳、独凳来开会的。原本相当嘈杂，现在已经很清静了。

不曾住嘴的，只有方白和青年突击队长；但都把嗓门压得很低。首先，突击队长偷偷给客人指出邵业隆来；接着又东张西望，继续寻觅身材矮小，所谓寡骨脸人的"一角五"。当被寻觅出来，指给客人欣赏的时候，"一角五"立刻察觉到了。开初一刹那间，他真想溜掉；因为自己有病自己知，他非常灵敏地直觉到，为什么人家会对他这样注意。而此时此刻，他多么为自己一些不光彩的行事害臊啊！……

然而，"一角五"毕竟没有溜掉，最后，反而强自振作起来，特意把腰身伸直了。而且半张开嘴，两眼直视，装着他在专心倾听报告。这时，邵永春正在阐发那些奖品的重大意义。

"大家说吧，这个搞单干办得到吗？"社主任自问自答地接着说下去道，"不只粮食打了个滚，——有些地还不止一个滚啊！又开始吃上了大米！恐怕还有人记得吧，解放前三合一些地主老财笑话我们，说，青枫坡咋不好？那里的人打屁都带苕味儿！……"

会场里忽然嘀嘀咕咕起来。

"现在又把他们牵起来闻闻看吧！……"

"将来有一天老子还要尽吃大米呢！……"

"对！将来会生产更多大米，"邵永春已经学会怎样主持这样的会议了，他让群众嘈杂了一通之后，这才又接着道，"可也不要忘记现在我们每年都还有困难户啊！怎么叫共同富裕？还有困难户，就说不上共同富裕！更不要说向国家多出售商品粮了！你们说，这还不该展起劲来干吗!?……"

"我就猜到了吧!""一角五"想,接着却装作听得更加专心。但是绝大多数社员,却都为支部书记诚恳严肃的谈吐所打动了。"我今年就过不到关啊!"就在"一角五"左手边,一个怀里抱着奶娃的梢长大汉沉重地叹了口气。

"再说呢,就是收入多的户,跟人家永丰一比,也还差一截啊!"邵永春接着介绍了永丰没有完成最后一批水利工程以前,即去年每个社员的平均收入,随又接下去道,"人家明年的平均收入,我估计至少会增加两三成!所以我们千万不要以为,已经受到了表扬,又得到这一大堆奖品,就了不起了!当然,这是我们全体社员的荣誉!每个人都有份,就是红领巾也不例外。嗨,继亮!"他指着一个红领巾笑道,"不要光是张大嘴笑,春天如果是缺雨,也得像去年那样,把吃奶奶的劲都拿出来,帮到庠几天水啊!……"

"一切为了社会主义!"场子里忽然响起一声响亮的口号,而从嗓音可以听出,这是少先队长邵继寿在叫喊。有时早晨广播,他也会这样鼓动几句。

"是继寿吧?"邵永春又自问自答地说下去,神态已经逐渐开朗起来,"这个口号喊得多好啊!我不是讲笑话,如果我是红领巾么,我都要选举你当队长!毛主席早就说过,只有社会主义能够救中国嘛!经常记住这一点就好得很!我希望你每天早上都跟你哥哥跑一趟,用土喇叭喊一遍,鼓动鼓动大家,莽起劲把各项工作搞好!……"

"是那一个!"青年突击队长把一个面貌同自己相仿的红领巾指给方白说道,"家伙像有点害羞了,一张脸通红。你问他功课怎样?每项都一直五分啊!……"

一个坐在他们侧面,诨名糍粑的小个子老头儿,忽然叹一口气,又抓抓颈脖子,接着站起身走掉了。突击队长用左手拐靠靠方白,又朝那小老头儿的背影噘一噘嘴,同时悄声说道:"这也是我们青枫坡一个宝贝呢!"于是讲了讲糍粑邵永乐在一九五三年统购中怎样作虚弄假:开始隐瞒产量;被兄弟检举后,他又交售湿玉麦;粮站当然拒绝接收,挑回来了;可又向村主任撒谎,说是在路上摔了跤,损失重大,足有五十斤给糟蹋了!……

突击队长忽然草草做了个结束,嘀咕道:"你看跟'一角五'配得起吧!"就住嘴了。原来糍粑已经回归原位,他疑神疑鬼地挖了突击队长一眼,显然猜测到了他去小解时邵继康向客人讲过他的"坏话",但他嗽嗽喉咙,挺直上身,装作得很严肃,仿佛他什么都不在乎。而且决心还要在超支问题上吹冷风。

看了邵永昌的神情,突击队长邵继康微微一笑,随即秃头秃脑嚷道:"我们队没意见!"因为邵永春已经讲完奖品的分配原则和分配方案,在叫人们提意见了。

会场立刻沸腾起来,一般都认为分配合理。

"各队工作不同,贡献也不同嘛!……"

"总之,这个来不得平均主义!比如说……"

"也平均不了啊!又不是饼子,喏,再劈一搭给你!……"

"没意见就算通过了吧!"老主任叫嚷道。

"不忙!不忙!"邵永春紧接着说,"看还有人发言没有。"

"也行嘛!横竖今晚耽误定了。"

"拿几天早点出工就抓转来了,你不要愁!……"

邵永春安慰着老主任,同时却从群众的嘀嘀咕咕察觉,绝大多数人都想早点回去休息,不愿意拖延时间。而且他也懂得,要求所有在场的人都没意见,只是幻想。何况有的人就有意见,也不会当场明言呢。

因此,并没有等多久,他就宣称,奖品分配方案算通过了,接着宣布散会,并且一连叫出几个年轻人的名字,要他们注意扶持一下自己家里的爹娘。

"爹！"最后他又大声叫道，"等等我们一道走哇！"

"老子不会栽岩！"邵业隆粗声粗气回答。

两个主任全都无可奈何似的笑了。在已经开始离开会场的人流中，也有好些人笑起来。几个队长笑嘻嘻收拾着小会计早已分配好的工具。从主席台望出去，可以看见一片火把的亮光。因为发觉方白忽然走将近来，老主任赶紧溜了。

但他估计错了。方白是来找邵永春的，希望能同他一道走，以便协商一下明天的活动日程。因为他在区委耽延太久，预定的访问时间转眼就满期了，他得赶回县委参加一次会议。


## 七


黑夜还未退尽，突击队长邵继康就起来传锣了，通知各家做饭。

这时候，邵永春也起床了。连声催他爱人做饭，因为这天他为自己安排的工作日程很紧：他得趁热打铁，赶到庙儿岭去，把昨天夜里的会议精神简短地讲几句；早饭后他要接待那位省报记者站的方白；争取下午照常出工。

但他还未出门，父亲可就在床上叫嚷开了。

"老是半夜起来闹天光，这个急猴子又啥事啊？！"

"啥事？昨晚上的会你也参加了的，得展把劲来干呀！"

"就是这样，鸡也还没有叫头道嘛！……"

"你忘记了，昨晚上都睡得早啊！…"

因为老头儿还在嚷，邵永春只好丢下句话："你要睡吗，睡你的嘛！"就已经跨出大门，向庙儿岭走去了。那里地势最高，吆喝一声，整个青枫坡都能听见。

当他顺着正在挖掘的渠道，绕过山梁上那个大半已经挖成的蓄水池，来到庙儿岭山包上的时候，天色已经粉粉亮了。鹊鸟的飞鸣更加陪衬出黎明时山林间特有的静寂。它使人感觉到严冬即将过去，春天即将来临。而这正是每一个集体农民辛勤劳动的大好时光！争取小春丰收，同时为准备大春播种安排肥料籽种。

山包上有个哨棚，哨棚前面一株柏树的枝丫上挂着一面铜锣。邵永春没有发现继康，他估计突击队长很可能是在哨棚里打盹。走近一看，他果然猜对了。

而且，连少先队长也都来了，同样把头埋在肘腕上假寐。

"嗨，锣都叫人偷起走了。"社主任玩笑说，两兄弟立刻仰起头来，笑了。"看着凉啊！"社主任随又叮咛了一句。

接着望望天光，他就顺下锄头，在哨棚外坐下。

"大爸！我跟你反映个情况。"少先队长继寿笑一笑说。

"这个时候反映情况？好吧，说简单点！"

"继宽哥说，'一角五'前两天又在骂他：'老子抽两口水烟你都要管，这又出在哪个文件上呢？真越搞越怪了！'继宽怎么说吗？那才叫顶得好：'你那是抽烟吗？是磨洋工！'家伙回不上嘴，只是不住摇头，说：'这个书读安逸了！前前后后花了老子一大堆冤枉钱啊！'……"

"这娃儿不错！"邵永春赞赏道，"他和他妈过去受了好多折磨！——有时连饭都不准多吃一口！……"

"是呀！继宽哥就常说：现在他那一套来不到了！"

"不过你得劝他不能光是硬顶！"邵永春叮咛道，"我有空还准备找他拉伸谈一谈呢。……"

他一面说，一面站将起来，加上道："我看动得手了！"但他既没有亲自打锣，也不准备亲自鼓动几句，倒是把这两件事让那突击队长两兄弟分担了。

继康坦然走去执行自己的任务；那弟弟迟疑一会，却也红着脸跟身走过去。原来他早就有了准备，昨天晚上散会后还在哥哥的帮助下拟好一篇稿子。不过，由于社主任就在眼前，多少不免有点紧张。

这叫邵永春看出来了，就说："不要紧张！又不是考状元哩。……"

然而，当突击队长邵继康传了锣，吆喝了几声，希望大家早早出工，接着就由那位红领巾跨在柏树的丫枝上，开始通过土广播进行鼓动的时候，社主任尽管表面上很随便，实际倒真像一个监考的老师，或者像批改作文的老师那样，几乎对继寿每句话都暗暗在心里加以品评。

红领巾队长的鼓动，同昨天夜里社主任发言的精神，基本上是一致的。而他那种略带童音的语调，似乎另具魅力，叫人听了感觉愉快。因此，邵永春有时赞许地笑笑，有时又肯定地点点头，最后暗自想道："这个小家伙行！"这时，继寿已经提高嗓门，呼喊了那句他一向最喜欢的口号："一切为了社会主义！"纵身从树上跳下来了。面孔通红，只顾张开嘴笑。

邵永春立刻回转身走过去了，左手腕搭在继寿的肩头上，右手和继寿的紧紧相握，连声道："不错！——不错！"继寿呢，则不住摇头，憨笑道："哪里啊，——没有讲好！"那哥哥也给了他一定鼓励，说："的确不错——就是有点紧张！……"

于是三个人一同离开哨棚，各自回家去了。一路上，主要是两个成年人在交谈。题目呢，是如何促进马鞍山的工程，把它提前完工，改变一下摊子铺得太宽，以致劳力调配紧张的情况。特别两个人都考虑到：春节一过，要不到多久，夏收夏种就紧紧跟来了，那时候怎么办？而且几乎已经干了一冬，万一老天爷再作对，困难就更大了！……

走到山梁上那个大蓄水池边的时候，因为已经黎明，而且二队队长邵永隆也带了本队一些人正从下面上来，邵永春就让突击队长两兄弟先走了，自己留下等二队队长。他对这里的工程也相当担心，准备同大伙商议商议，把脚步跨大点。

邵永隆身材不高，但很结实；晃眼看来像一个小胖子。单从面貌来看，谁也想不到他已经是有两个孙儿的老汉了。五四年死了爱人，至今一直鳏居。他也少言短语，脸色愁闷。由于昨天的家庭纠纷，这就显得更突出了；但在工作上照样卖力。为了把昨天丢掉的时间抓转来，他锣一响就起床了。

还未走到水池边时，社主任就招呼起来了："二哥！这里的工作怕要大大展把劲哩！"队长应着招呼朝上望了一眼，随又叹一口气，接着边爬坡边在心里骂道："这个背时娃呀！"想起昨天儿子闹离婚带来的耽误，他又生气了。

"哪个愿意拖啊！"刚一走近邵永春身边，他就闷声闷气地抱怨道，"背时娃的事昨天就耽搁你大半天；晚上呢，本想一个人也来干它一夜，又要开会！……"

"二哥！我不是怀疑你惜疼气力……"

"对啰！大家都长得有眼睛啦，——你问嘛！"

"我是怕春节一过工作堆起来不好整啊！"

"我也是：干嘴地几亩小麦的叶子已经在翻黄了！"

"好吧！等大伙来了，划算划算，看怎样把步子跨大点。"

"要得！"队长满口赞成，接着回过身去吆喝了几声。

并非完全由于队长的催促，昨晚的会议的确给了群众不少鼓舞，那些掉在后面的社员们，很快就到达了。而且已经商量好一些加快步子的办法。

"啊哟！"好几个人齐声嚷道，"你才起得早喃！……"

"三早当一工嘛！迟了行啦？"邵永春笑着回答。

"唉，主任、队长！"参前两步，嗽嗽喉咙，一个长条子中年人慎而重之地开口了，"我们几个人在路上扯了一盘，总算想出几个点子，——这个文素芳哪里去啦？潘耀华，你讲吧！"

"哎呀，要我讲吗我又讲嘛！"团总支副书记应声道。

她的豪爽立刻引起一阵赞赏的笑声，同时她已从人丛中挤到前列来了；接着清楚响亮地谈起来。

大伙同她一起在路上扯出来的办法相当简单，但这当中却包含着群众对社会主义的热爱和冲天干劲。具体说办法只有三条：轮班夜战，这样可以避免时冷时热；集中人力首先挖好水池，接着再挖渠道；最后，把面土工作和深耕结合起来。

"就是这些！"她结束道，"讲漏了的哪个来补充吧！"

"我就担心弄来鸭儿翻田坎啊。"邵永春寻思道。

"不会！"刚好赶来的文素芳顶上去说，"你照旧一些人挖，一些人运土呀；只是一起堆在那里，耕地时候再搬去面。"

"二哥！你说呢？"邵永春转向队长；而他自己显然已经同意了群众的建议。

"只要不磨洋工，啥办法都好！"邵永隆简捷地回答。

"唉，方法也重要啊！"邵永春提示说。

"方法当然重要。那就分好组干起来吧！……"

于是队长就开始提分组的名单了。接着又同群众商定了堆土的场所；至于夜战轮班名单，大家都同意息气时候再议。随即各行其是，干将起来。

队长首先跳下水池，邵永春跟着也下去了；他已经忘了昨天夜里同方白的约会，甚至忘记了他还没吃早饭。群众的劳动热情把他吸引住了。因为主任、队长都是使用山锄，有人想用队上分配到的十字镐跟他们换，但是两个人都没同意，拒绝了；说是山锄用起来照样顶事。

这时，天已经大亮了。从山梁上望出去，越过梓江，一轮红日正从九龙山背后冉冉上升。雾没有前一向重，而且大多已经消融，看来春天真的即将来临。鸟雀声尽管更加响亮，但是已为吭唷声和铁器啄着礓巴石的声响所掩盖了。

当队长招呼大家息气的时候，邵永春忽然自言自语似的笑道："这个肚皮像要装点东西才对头哩！"随即向大伙申明，他不只没吃早饭，额外还有约会。而正在这时，曾经因为追记材料熬夜到凌晨的方白，已经来到山梁上了。

方白一到，就双手拍拍大腿，唉声叹气笑道：

"哎呀！要不是突击队长提醒，我还会跑到马鞍山等你呢！"在向队长打过招呼之后，他又向邵永春问道，"你究竟在哪里蹲点啊？怎么连你家里人都搞不清楚！……"

"我么，他们讲的，十八圈的草帽：满天飞啊！只要有把锄头，各个生产队都算是我的点，——现在走吧！……"

"就在这里一道扯怎么样？"方白多少有点迟疑。

"不行！肚皮早就嘈杂开了。再说，家里谈方便些……"

于是，留下句话："你们扯你们的吧！"就领起客人回转家里去了。吃饭固然要紧，但是，社主任主要是怕耽误大家的工作。因为扯谈起来都会插嘴。至少会把文素芳和潘耀华卷进去，因为这两位女将都能言会语，又相当了解情况。……

在回家的途中，由于方白一再追问，邵永春就一边走一边讲了些二队队长的经历。介绍是这样开始的："你问他为什么总那样闷闷不乐？有思想包袱啊！"原来抗日战争时期，邵永隆到街上捐了一名光棍，占个九排，临近解放，那哥老头子又给他升了级：五排！而这就成了他入党的障碍！……

"早交代了！人一直又很老实。他为什么想起加入袍哥？那阵壮丁抓得多凶，都为了保险啊！表现么，都讲好。他还是我们这里头一批互助组组长呢！"

"既然这样，你们应该帮助他解决嘛！"

"快了！"社主任回答道，"总支已经讨论过一次了！……"

方白原想接着追问下去，因为已经到家，就住嘴了。

等到邵永春从灶屋里端来一大钵红苕片煮的饭食，一碗腌菜，坐在方桌边吃开了，这才又忍不住追问起来：二队长邵永隆那个儿媳妇的表现怎样?

"你是问文素芳?"邵永春笑了,"这是个闯将啊!……"

"我听永平老汉讲了一些,据说是泼辣呢。"

"也可以这么说,可是人家只讲道理,又不跟哪个拌嘴!想来你已经知道昨天的事了,是别人天都会跟你闹红,她可一条一款地问,问得那娃两爷子张不开嘴,——幸得邵老师和我都赶去了!……"

"据说,跟你她也敢顶撞呀?"

社主任苦笑了,随又叹了口气。

"人家的意见就是对吗,哪能叫作顶撞?……"

于是索性停住筷子,讲起文素芳闹办托儿组的事情来了。她扭着社主任闹了几次,说:"蓄水、改土,这样那样你都管到了,就是不关心下一代!"还打赌说,"再不解决,我要到总支告你的状!"而且她的理由越来越多:"你不想想,这一来,妇女才能多出工啊!——你把细算算这个账吧!"

"请问,"邵永春结束道,"你能说这些意见不好?!……"

他准备重新吃饭;但刚才端起碗,却又毅然放下。

"我这个人是藏不住话的!"他又接下去道,"都是自己人嘛。前年乡上整风,她对我提的意见才尖锐呢!说,'你啥都好,就是对待么爹么婆的态度上不大对头!'接着举了一大堆事实要我检查!……"

邵永春又一下不响了;嘴唇勒得很紧;随又松了口气。

"老实讲,我一两天想不通!"他接着道,"总认为那是鸡毛蒜皮,——忘掉自己处的是啥地位:又是分支书记,又是社的主任!你不要说,她这次对我帮助大哩!后来我检讨了,还为自己规定了两条:家里的事,我由便你;对于集体利益,哪怕是一根草,都要逗硬!"

"难怪得有人说,你近两年来表现得比从前更好啊!"

"还差得远!"邵永春摇摇头说。

想起不久前父亲在超支问题上的瞎吵瞎闹,他的心情陡然沉重起来。

他本想认真谈谈事情的经过，而且声明他是前两天才知道的，但又感觉难于启齿。因此，尽管方白一再催促，他才又开始吃起饭来。可是，刚好扒了两口，他又把筷子搁下来了。

他想起前天夜里，他爱人告诉他这事的经过。他们早睡了，当一问明经过，他就赤裸着上身一下坐起来了，痛苦地叫道："这个多丢人啦！"随即用双手捂了脸。但是，吴素英把他推进被窝以后，就又劝告他说，事情既然已经冷下去了，不妨拖个时间再说。于是他听从了这个劝告……

"喂，吃呀！"方白随即催促他道，"怎么又搁下啦！……"

"说什么呢？"邵永春自语般沉吟说。

"先吃饭吧！"客人含蓄地笑笑说，"吃完谈谈你们的远景规划。"

邵永春简捷地说了声："行！"正像摆脱一场噩梦，显然又振奋了。但他并没有立刻拿上碗筷吃饭，只是一口气讲下去，因为正是这些远景规划鼓舞着自己和调动了广大群众的积极性。但他吁了口气，尽量控制已经迸发出来的热情。不久才又在客人劝说下一边吃一边谈，正跟人们谈家常那样。父亲的问题，已全部抛开了。

他首先告诉对方，中央要求的十二化，他们已经有几项基本上做到了。这当中，他对水的问题、园田化的问题谈得相当详细：只要目前正在进行的几项工程竣工，他们就不仅可以不管它春旱、伏旱都能扛住，而且还可以增加几十亩水田，同时将使那些已经沉睡了多年的荒坡苏醒过来。他说得很豪迈，但他随又叹了口气说："不大干怎么搞？我们还说不上富裕啊。"那个超支问题重又冒上喉头，但他咽下去了。

在谈到把像马鞍山那类荒山改造成花果山的时候，他特别兴奋，说他们已经培育好了几千株一般桑树苗和马桑苗，去年还买了几百斤桐籽种起，苗价不错，明年就可以移植了。而从他的神情、气势看来，这些树苗则仿佛已经成长起来，枝叶蔽天了！这是幻想，但同时也是现实！任何人看了他面前的简单膳食，都将为他的豪情壮志感动。……

电气化，在他看来明后年就可以基本实现，因为躺在他们面前的梓江，就满可利用起来为人民服务。而且，打从前三年起，它就已经被利用了：他们搞了栋水磨，结束了解放前长期用旱磨加工粮食的历史，把节约下来的劳动力用于生产。

"机械化、化肥化相当恼火，我们家底子太薄了！"他不无苦恼地说，"三合盐场如果能搞些硫酸铵，本来可以解决部分问题，可是他们不愿意干！"

他把话头一顿，现出一种责难神气；但他随又笑了。

"啥啊！"他接着嚷叫道，"他们总有一天会想通的！"

"当然！"来客安慰他道，"地方工业都该为农业服务嘛。"

"是呀！大势所趋，由得你长期思想不通?! ……"

邵永春豪迈地笑了，接着一心一意吃起饭来。等到吃罢早饭，收拾好碗盏，他又自言自语似的说道："让他们等一两年再搞也好！"口气相当轻松。

正在做着记录的来客仰起头来，询问地望定他。

"你拨拨算盘就清楚了！"社主任解说道，"化肥好贵啊。过一两年，他们想通泰了，我们家底子也垫高了……"

"那么目前呢，农家肥够用吗?"

"够、够、够！你看到的，我们好多泡青池啊！公私猪只今年增加了半倍。你知道为什么我们种那么多马桑么？也是为了解决肥料问题！啥？当然可以拿叶子沤青肥！可是不只这个：主要是让曲蟮①吃，用曲蟮拉的粪做肥料。肥效么，大啊！这是永平老汉去年的贡献！"

"曲蟮粪可以当肥料用?!"方白吃惊地取下眼镜问道。

"你没看到山上的曲蟮多大啊：总有小拇指粗！拉的粪有米那么大。去年在一块小麦地试了试，才用了好多点呀？大半箩筐！就增产

---

① 曲蟮：蚯蚓。

了百分之二十几！……"

他挥起膀臂比比手势，就到屋角拿锄头去了。

"怎么样？我还想到庙儿岭干活呢！"

"等你去人家都散工了！"母亲在房里忤气说。

"哪里会这么快！午饭你们自己先吃到吧！——怎样？"

这后一句问话，社主任是对那位客人方白讲的，因为他担心再待下去，母亲会说些不三不四的话。这一点，客人也看出来了，而且知道他母亲嘴巴零碎。

"那么就这样吧：我还想到马鞍山看看！"

"行！就开动吧，时间真也不算早了。……"


# 八


就在这同一天，早晨，老主任邵永模，也锣一响就起床了；叫醒老伴做饭。接着，他的儿女也起来了。大的儿子有十八九岁，已经参加劳动；女儿十岁，在羊拐沱读书。

女儿到厨房帮母亲做饭。儿子担了一对空桶，出门打水去了。老主任呢，则已在大门外山径上了，一路走去，一路吆喝。有时对那些已经露出灯光的屋子赞赏两句："对啰，锣一响就起来嘛！"若果还是黑黝黝的，他就要叫嚷了："唉，看把脑袋睡扁啊！"好在这样的队员只有两户，其中一户是"一角五"。

这一带的院子都是沿着山腰建的，并不连接，相隔至少有十多步。而且高高低低，并不整齐划一。但一般都是顺着这条山径建的，所以相当集中。一队的社员都住在这一带，小地名叫岩嘴。再望下走，就是二队的地界了。

一队队长叫邵永光，五十多岁，春节前后就要当爷爷了。他就挨近二队地界住家，妻子儿媳早已掌了灯动手做饭，队长走出大门，叫住已经回身转来的老主任，攀谈起来。

"我们那娃今天要请个假呢。"邵永光说。

"怎么这样遇缘啊？才说今天展起劲干！……"

"二爸！你放心，不到半晌午就回来了！"那儿子继怀走到大门边搭了腔，"就买几斤挂面，一些红糖……"

"好嘛，"老主任同意了，"你们秀真就是这一向的事哇？"

"是呀！"那父亲答道，"他们年轻人福气好啊！这娃他妈生他的时候，吃些啥呀？挂面、红糖，——肚子塞得饱就不错了！说起来真可怜，不是借到两升玉麦么，哼！……"

"哎呀，现在还扯这些做啥啊！还是装点啥出工吧。"

老主任切断队长的话头，笔直望家里走去了。他照旧一边走一边吆喝。但是"一角五"却又在自己大门口招呼住他；接着诉起苦来！告他儿子的状。

"你看怪吧，我才说腰有点疼，他就说我又想装病！"

这时，继宽也跟出来了。这是个健壮、开朗的青年，二十岁不到。刚才取下红领巾三年光景，是青年突击队队员。

"我只问你一句，"他插言道，"你今天出不出工？"

"就是刀山吗也要爬过去嘛！……"

"你又想放毒哇?!"

"咋又扣帽子啊！是嘛，昨晚上才开过会，我就那么样落后呀？就是有病，也要把劲拿出来干啦！"

"好啦，好啦，"老主任厌烦地说，"赶紧装肚子吧！"

正转过身，他忽又止了步，"一角五"又开始喊叫了。

"嗨，安逸，连你两娘母也经常拿气我受！……"

"是拿气给你受？"继宽娘，一个身材高过丈夫的中年妇女嚷道，"你以前动不动就蛮干又叫啥呢?!……"

"妈，不要同他讲了，让群众去斗他！……"

听到这里，老主任想道："他妈的，核桃型！"随即拨步又走。因为这种争吵在"一角五"家里已经很寻常了。

当他回转自己家里的时候，妻子、女儿正在堂屋里一张小方桌上摆饭。儿子继光，却已添了一斗碗饭，坐在堂屋门槛上吃起来了。他是突击队队员，一向也沉默寡言。

吃过饭，两父子扛了工具，就一起向马鞍山工地走去。这时天已麻麻亮了，可以看见白扑扑一片浓霜，路多少有点滑。两父子一路走去，一路交谈着庄稼，特别是马鞍山挖池开沟、改土面土工作的进展情况。他们都感觉工作量大；只是，父亲有点抱怨情绪，而且早就有点抵触，认为摊子太铺宽了。

现在，他又忽然想起在乡上开会时同邵永春的争执来了；可以说是"争得来脸红筋涨！"最后，由于总支和本社大部分干部支持，计划终于是定案了。

老主任是这种人：凡是党和群众决定的工作，他都不讲二话，莽起劲干；现在，他的抵触情绪想不到又冒头了。

"真是，"他嘀咕道，"就像俗话讲的，一锄头就想挖一个金娃娃！心起得太大了。"

"干社会主义就是心要起得大嘛！"儿子理直气壮地说。

"好吧，那么我们就一锄头连金娃娃的娘也挖出来！"

"爹！这些话就不谈了，工作上倒要多跟群众商量到来啊！不要只顾自己苦干，找窍门也要紧！……"

"好嘛！上午我们就挤时间让大家议一议嘛！……"

父亲回答得相当诚恳；口气生硬，那是从习性来的。因为前年，特别不久前的整风，干部、群众给他提的意见，他不会一下就完全忘却了，照旧但凭主观愿望行事。

当两父子到达马鞍山时，突击队长邵继康和两三个队员也早到了。这几个人，一向出工最早；而且，一到工地就爬上山顶自己的工作地段，干将起来。这早上却很例外，都蹲在山脚下。因为他们都有一个共同想法：应该在动手前同大伙议一议，推动一下当前的工作。

因此，一望见老主任两父子，青年突击队长邵继康立刻就说起来了。内容是他自己的一些想法，以及他在从庙儿岭回家途中同邵永春的谈话内容。主要是一些担心。

"你想，一个冬下了几滴雨啦？万一再来个春旱……"

"肥也有问题啊，"老主任说，"现在几头跟你扯起！……"

"无论如何，这里的工程总不能搁下来！"老主任的儿子邵继光插嘴说。

"当然啊！"突击队长坚决地嚷叫了，"问题是加快进度！"

"好嘛，"老主任叹息道，"又看群众怎么说嘛。"

这时候，以一队队长，那个容颜苍老，快要当爷爷的邵永光为首，两个队的社员已经牵线地来出工了。昨晚的会议对多数群众显然也起到了极大鼓舞作用，特别是那些已经领到新的工具的积极分子，情绪十分饱满。因此，当他们发现老主任、突击队长还在山脚边坐起，不免感觉有些惊怪。

但是，老主任才一提说，大家很快就明白过来了，纷纷叫道："啊，这样好嘛。"随即也纷纷在附近坐下，并向陆续到来的社员说明着老主任的意图，要别人也挨身坐下来。

一队队长是同老主任坐在一起的，而且两个人一直在交谈着，无疑是在事先交换意见。

现在，一队队长住了嘴，仰起头来，向人们扫了一眼。

"怎么样，人到得差不多了吧？"他回过头问。

"就动手吧！不抓紧点，会开完又烧晌午火了！……"

接着，老主任就扼要谈了谈全社的工作情况，以及社、队领导的担心、设想和对群众的要求。简括地说，就是希望大家多出主意、多流汗水，把步子跨大点，争取有时间、有力量克服任何意外困难。主要是自然规律跟人们作对：春旱。

在听到老主任谈起多种可能发生的困难时，多数人更加振奋；锄把也捏得更紧了。少数人则摇头叹气："我就说摊子铺大了吧。""一角五"也有反应，他幸灾乐祸地想道："你看嘛，总要几头都按飘的。"但又赶紧四下瞟了一眼，随即半张开嘴，装作非常舒坦的神情，想叫人相信他并没有私心杂念。

可是，谁也没有留心他"一角五"，人们的注意，几乎全都集中在老主任提出的要求上了。纷纷议论起来，而且从劳力组合到工具使用提了不少建议。

"依我看呀，"有人叹口气道，"把摊子收捡下吧！"

"那就请你讲讲，咋个收捡好吧？"一个莽撞声音立刻就反问了，"搁下来回去睡觉？！"

"我哪里是这个意思呢，——该收捡的吗才收捡嘛！……"

突击队长忽然站起来，拍着手掌，要大家静下来。

"这样满堂蛤蟆叫不行啊！"他接着说，"我们商量了一下，还是干起来分头酝酿，等息肩时候又再扯吧！只是一件：什么'收捡'的话少说，——要积极想办法！"

"我看就动手吧！"老主任紧接着说，"天已经大亮了！"

他随即就往山梁上爬，一面叮咛跟在身后的突击队长继康："你们那个五星池就不要搞那么考究吧！太赔工了。""看嘛。"继康笑一笑回答。到得山梁，两个人就分手了。

老主任参加劳动的那个小山头，工作量较小，因为地势要陡一些，只能搞鱼鳞坑，以便将来种树。另外也只有几条小沟渠，把多余的，或者说鱼鳞坑盛不住的水导向沿山开的缭壕里存储起来，留待山脚下开垦出来，正在面土的荒地使用。

他直接领导的这一组只有七个社员，但都身强力壮。因此，他一面挥动锄头挖鱼鳞坑，一面想道："调一两个人给三组吧？他们那里的活路大啊！"

隔阵，他就把他的意图告诉了同组的社员。

"你们想，那里的工程还吊起多长一截！"他又说。

"索性几下干完，全组都调去不更好呀？"

这回答的是邵永炳。外号叫么蛮子，已经五十带了，高大，憨厚，过去经常下坝打短工过活，一直到解放后才安家。

"对！"老主任愉快地赞同了，"那就莽起干吧！……"

"行！"连同邵永炳，大家都应声叫了，真的大干起来。

吭唷声，铁器啄着泥土、石子的声响，更带劲了。

而当两个队长，一队队长和突击队队长，吹着口哨，要大家息肩的时候，老主任带点情绪哼道："咋个就息肩啰！""磨刀不误砍柴工！"有人安慰他说；同时他也没有什么不满意了。因为他四下扫了一眼，估计了一下，看出今天的工作进度，的确比过去快多了。

三组、搞星形蓄水池的突击队队员，都在山梁上可以俯瞰山脚的一边空地上停下来了。老主任率领的一组人，也跟着停在那里；只有三四位挑土的女将，各挑着一担土还在往山下冲。其中带头的是李翠华。这个过去挨了不少吹火筒的妇女同志，一边下山，一边回答山梁上人们的劝阻道："哎呀！总不能就这样搁下来嘛！"而且，一走下山，脚板翻得更加快了。她也正同其他女将一样，花布棉袄上罩着破旧单衫。

可是，不管如何，等到她们满脸通红，淌着汗水，返回山脚边时，由于工地上几个负责干部的托付，突击队长早已把他挤时间了解到，刚才又经过他同老主任他们研究过的几项加快工作速度的办法，向社员们汇报了，要大家议一议。

这些办法，主要一项是：搞一个撑竿，让它把那些蓄池里挖掘出来的泥土，从池子里吊上来，然后直接扔到山下面去，不必一挑挑往山下搬，这样就可以减少很多劳力。场子里很安静，人们边听，边抽着各式各样烟棒、烟杆。……

只有妇女们偶尔谈一两句，对汇报下着评语。

"这倒安逸，要少爬多少坡啊！……"

"你就默倒安逸！脚板不翻快点，你担也担不到呢！"

"这个撑竿搞成活的倒不错！"取掉烟杆，一个老人插嘴说。

"对！等阵你提出来吧。"有人从旁鼓励。

等到突击队长邵继康的汇报刚一结束，那个老年社员把烟杆往裤腰带上一插，就大声把他的意见说出来了，还做了解释：搞成活的，这里一完工，就可立刻又搬到别处去使用。而他的补充立刻得到了赞同。

"要得！我是说你的板眼多嘛！……"

"我们立刻就去庙儿岭找料吧！"突击队长跳起来说。

"不忙，不忙，"老主任招呼道，"咋个说起风就是雨啊！"

"那么光吹风不落雨好吧？"

"随便你说好了！"老主任说，毫不在意突击队长的调皮，"这个只能挤时间搞，人呢，我们会商量着安排，有你的撑竿，——总之我来一个！怎样，现在又开干吧！……"

"劳力调配，那就挤时间再安排。"突击队长补充说。

"还有夜战的问题呢？"一队队长沉吟道。

"这个还有啥讨论的啊！"老主任断然说，"过去一向都是这样，现在总不能反而停下来不搞啦！……"

他多少有点发火，大约想起几年以前，因为大家一下都不愿意熬夜，他独自带起老婆，挖大柏树那口蓄水池的情况来了。这件事他一想起就不痛快，有时却也感到自豪；因为结果证明，他这一挺，挺对头了！……

工地上的劳动声响，重又沸腾起来。等到半晌午间第二次息肩时，老主任刚刚走上山梁，那个请假前去赶场，一队队长的儿子继怀，背起夹背，气喘吁吁地上山来了。

继怀放下夹背，裤脚一挽，就跳下星形蓄水池干起来。

"我说不会耽搁得太久吧！"他边干边说。

"啊哟！这个挂面好细。"两三个从大水池走来的社员围住夹背，翻看起来。

"你想吃哇？"有人打趣问道。

"可惜我不会生娃娃！"这引得好些人失声笑了。

记者站的方白这时也刚爬上山梁找老主任。

"哎呀，你们这里情绪真好！"他笑望着老主任说。

"都还不错，"老主任说，随又望着继怀笑道，"看你把跑掉的时间还抓得转来么，——展劲干吧！……"

他想溜掉，回避开一场访问，但被方白拦阻住了。

"怎么样，挤时间谈谈好吗？"

"这一向就是时间打紧得很！"老主任叹口气说。

"很简单：只想了解点这里的情况。"

老主任又叹气了，接着简捷地说："好！"就把客人领到一处僻静的地方，坐了下来；但他随即又站起来，叫住突击队长和一队队长，交换了几句有关分组和组织人砍树、扎撑竿的意见，这才又回转原地，在方白身边坐下。

他强笑着向方白客气道："实在也没啥好说的。"于是对方开始发问，他也开始回答；但跟学生回答老师的口试一样，干脆、简单，没有多余解说，更没有与之有关的回忆和展望。真是干瘪得很，没有水分，而且他的神色也不安静，显然只想几下完成这项不便推卸，但又不感兴趣的任务。

在回答了这匹山上面准备栽种树木的种类，以及它们的各自的数字以后，他又勉强笑笑，这样说了："其实，你到办公室看看我们的远景规划，就清楚了。"接着又望附近两个社员叫道："这有啥看的啊，你们去参加讨论嘛！"

方白含蓄地笑了。他早已理解到老主任的情趣：由于深切关心眼前的工程，他有点厌烦这类访问，而对一个记者来说，这也是一种收获：它合乎老主任的性格，也反映了他那种争分夺秒的跃进精神。

然而，当记者就得有这份能耐，不管对方乐不乐意，既然题目已经出了，做就得把文章做完篇。

"下面这些荒地，你们计划怎么搞呢？"他又问了。

"这十几亩地么，想先种一季短期作物。"

"时间来得及吗？"

"所以说工作紧啦！"

"有的社员反映：摊子太铺宽了，你觉得怎样？"

"已经花了这么多工，——快一个冬天了！"老主任有一点激动了，"堆起这么多人，你总不能半中拦腰搁下来啦！现在只有莽起劲干哩，未必还下爬蛋？……"

这席话叫方白很高兴，因为根据经验，接着将是一场痛快淋漓的谈话；然而，上工的口哨声忽然响了。

老主任随即舒了口气，接着又笑一笑，道歉说：

"你看，又上工了！请随便参观哇。……"

于是丢下那位客人，走去挖他的鱼鳞坑去了。


# 九

真是个"满天飞"，这天，邵永春又到大瓦窑参加劳动来了。上午车水浇灌麦地，二十多亩地一会就浇灌完了；可是几个蓄水池却也全部都亮了底。

大瓦窑是妇女队的工作地段，她们的任务，原是开掘庙儿岭那两条渠道，把上面那个大蓄水池的水引下来，因为发现前年经过面土，又把十多小块土连成三片，从而获得小麦丰产以后，她们眼前对这片

226

地的希望，也更大了，还想大春种上稻子。但是，看见麦苗已经翻黄，不免担心起来，于是临时把队伍从庙儿岭下面的荡岩头拖下来进行浇灌。……

下午的工作，中午散工时就议定了：趁机会暂留下来，把几个由于栽种、追肥已经用去不少蓄水，经过这次浇灌，干涸得比较厉害的水池的浮泥都挑起来，用清粪沤沤，将来做肥料用。因此，邵永春吃过午饭就到麦地来了。

这是他从地、县开会回来的第五天；方白昨天就赶到县里参加县委会去了。临走之时，来客相当审慎地表示了他的担心：超支问题如不趁早妥善解决，可能影响到群众的干劲，只是没有追问社主任的父亲业隆老汉的态度目前怎样……

社主任远远就听见歌咏声。而他刚一出现，却立刻哑静了。而且随即变成一种哧哧哧的笑声，同时你推我搡……

"唉，咋又不唱了呢？"他问，一下抛开方白的提示。

"你问她咋不唱嘛！"文素芳说，用肩头靠靠挨身站着的潘耀华；但她立刻却吃了一巴掌。"咋兴打啊?! ……"

"你不叫我唱，我就唱啦?!"潘耀华佯装气恼地反问。

原来，她带头同其他两位女同志在哼唱旧社会妇女出嫁时哭爹娘和骂媒婆的嫁歌。虽是住社干部，潘耀华却从不摆干部架子，同文素芳和群众相处得很不错。因此，她的气恼又立刻转为憨笑，最后伏在对方怀里笑个不停。

"你还干不干活啊?!"文素芳也佯装生气地问。

"对！还是干起来吧!"邵永春笑着表示赞赏；同时想到："情绪满好嘛!"但又转而提醒自己："当然也不能拖久了。"

而接着他就认真抛开超支问题，脱去草鞋，第一个跳下只剩有泥浆的水塘里去了。跟到下去的是文素芳和其他几个妇女。她们有的拿扁扁锄，有的挑着筬筬。这时一个中年妇女兴冲冲赶到了，这是老主任的爱人，叫谭爱真，身穿中式服装，手上拿根粗大篾绳。

"啊唷，你才来得早喃！"池底，有谁仰起头打趣说。

"我早啥！"谭爱真的高兴变成了扫兴。

"的确早！再坐下来息口气动手吧！……"

谭爱真不再理会旁人的打趣了，她抖抖篾绳，仍旧气鼓鼓地望了文素芳指明说：用不着一挑挑往坎上挑，篾绳上已经系好勾绊，把篼篼吊上来就行了。

"哎呀，欢迎，欢迎！……"

她的话刚落音，潘耀华立即拍着双手欢呼起来。

"半边人脸，半边狗脸！"谭爱真嘀咕说。

可是，潘耀华没有理她，也许根本没有听见，而且，就穿着胶鞋爬上塘坎来了。一边说："让我来试试看！"一边已经夺过篾绳，把系有勾绊的一端，坠到塘下去了。结果不错，的确省力省事，于是重新分组。谭爱真因为小时候缠过脚，当然应该留在坎上，潘耀华则照旧被派去挖塘泥！……

她嘟着张嘴，显然对于这种安排不很满意。这不是掂重拣轻的问题，她一向就不计较这些，而且深知自己应该服从组织分配。她不满意，只因为她觉得在坎上工作痛快得多。

"哎呀，我上都上来了！"她想赖在坎上劳动。

"你穿的胶鞋呀！"文素芳说服她道，"下来吧！……"

这双长筒胶靴，是她结婚不久，她的丈夫，那位现在龙古井工作的复员军人给她买的，她一下醒悟了。

"是呀！"她笑嚷道，"穿起它我啥烂泥窑都不怕！……"

"这样说，你这双胶鞋好喃，晚上睡觉也穿上吧！"

文素芳的打趣没有引起见怪，潘耀华已经跳蹦着走下塘底去了。在她们浇灌麦地时几乎已经把水用得精光的五个蓄水池中，这个蓄水池最大，有三五分地口径，丈多深。是两年前挖的，浮泥已经积得不少。可是，等到第一次息肩时，大半浮泥就都搬到坎上来了。

男同志息肩时一般都是抽烟；拉闲话只是陪衬。女同志息肩可不同了，拉闲话几乎压倒了一切。

其中有两位中年妇女，正在讲说文素芳和继祥和好以后，丈夫回转学校以前的小插曲：当天夜里，有人发现小两口儿几乎谈了半夜，又哭又笑。那个诨名肉电报的大个子还忍不住笑道："他们讲，继祥还装过矮子哩！"也就是下跪过；但都是悄悄说的，因为担心潘耀华一伙知道了会笑话文素芳。

这时全体成员都坐在塘坎边地埂上，所有在塘下工作的人，脸上身上都有泥浆，两条腿更不必说了。

邵永春瞧了瞧自己的两条腿，自我打趣道：

"现在倒正像从前城里人笑话我们的：成了泥脚杆了！"

"唉，主任，"文素芳说，"我们再把工作扯一扯吧！"

"你们这里问题不大，"邵永春说，"我只担心马鞍山的工程啊！他们想了一些办法，工作进度是快多了。单是那个撑竿就减少了很多劳力，可是……"

"人家不但自己想办法，还跟我们想办法啊！"一位正在纳鞋底板的中年妇女停住针插嘴说。

"啥？"邵永春惊喜地反问了，"你讲清楚点吧！"

说明非常简洁：用篾绳吊塘泥，就是老主任出的主意。

"听大婶讲，家伙也是他趁午休搞的啊！"那妇女加上说。

"我们几下干完，拖去支援他们吧！"文素芳热情地叫道。

"赞成！""我也赞成！"一片激动的赞成声响了起来。

"你们这种风格很好！"邵永春说，"可是你们的活路还剩起多长一截啊，——起码总还有里把路吧，不先把它挖通，山弯塘的水就来不了：这片水田明年会栽插不上，——照例又是红苕、苞谷，——休想大米！"

"你这下说完了吧?"文素芳笑扯扯地反问。

"对! 让老文说!"潘耀华大叫道。

"那就让她讲吧,我没啥了。"邵永春挥挥手说。

"那么我又说吧,说错了大家都可以批评!……"

文素芳常以头脑清醒、能言善辩著称于青枫坡。经过前一向整风、鸣放的锻炼,她更长于摆事实、讲道理了。而她也有缺点:句把句话都不放松。最近,因为离婚事件给她带来一些痛苦,可也反省到这缺点了,同人争辩时开始有所克制。

现在,她首先心平气和地向支部书记指出:"我是说把这里的工作搞完去呀! 从没讲过,渠道都不挖通就拖起去嘛。"接着她承认这条渠道对浇灌的重要意义,但她根据最近几天的经验分析,只要把夜战的时间拖长顿把饭久,争取提前完工没有问题。她最后问道:"大家说怎样呀?!"

这其间,社主任的父亲,一贯摆老资格的业隆老汉,早已牵起牛走过来了。他原想牵去放牧,文素芳的谈锋却叫他住了脚,带点欣赏神情倾听下去。现在他也忍不住赞叹了。

"文女子呀,你这个口才真要些人来赶呢!……"

"啊! 幺爷,放牛哇?"文素芳感到害臊地问道。

"不过我不赞成你们妇女家这样熬夜!"老头子只顾有板有眼地说,尽管同时已经有好些妇女立眉瞪眼,嘀嘀咕咕,"别的都不说啊,转眼就过旧历年了,你们也该晚上在家里做一点鞋脚呀,——未必尽当赤脚大仙?"

"我们那一堆不是鞋子呀!"文素芳指一指放在塘坎子的鞋子,不大在乎地笑一笑说。

"我还穿的是靴子呢,你看!"潘耀华大笑道。

"对! 你们能干,——鞋穿烂了横竖你们男人会拿钱跟你们买! ——他们都是金哥! ……"

"又开干吧。"因为听见父亲越来越说得不像话，邵永春一蹦站起来了，"只要大家同意，我赞成你们队长的意见！"随即带头下塘去了，嘀咕道，"真叫遇缘！"

业隆老头儿也嘀咕了一句："犟遭瘟！"牵起牛放牧去了。妇女们笑了起来，因为她们想起支部书记父子间几年来暴露出来的三四次冲突和一些小摩擦。

对于这些冲突、摩擦，文素芳了解最多。

"大爸！你今天这个态表得好！"她边下塘坎边说。

"他想干预社、队的事倒不行啊！不过，素芳呀，时间你还是要认真掌握下啊，他们二队轮班熬夜的办法效果不错，——你爹现在思想上也通了。"

"你听，大爸！我不会强迫命令！"

"这点我信得过！还有一位堂堂住社干部在这里呀。……"

"我倒是来学习的啊！"潘耀华说，满脸涨得通红。

而随着工作的进展，干劲的增长，话语声却逐渐地零落了。可是，一句半句的交谈或自我表白，却也始终未断。有时，在劳动声响中，还可听见一点笑声。

在一个伟大目标指引下劳动，尽管艰苦，毕竟和解放前给地主种庄稼性质上根本不同。因此，不但都能自觉和半自觉地坚持下去，效果也很两样。还不到半下午，她们就把那口大蓄水池里的污泥全部起到坎上，只剩下一些污水。而且，那些污水，很快就澄清了。

这一轮息肩的时间很短。她们随即把人分成两组，又分了下工，争取晚饭前把四个小蓄水池的污泥全部都起上坎，以便晚间丢心落意去挖渠道。她们为那根篾绳该由哪一个组使用，不免争论了几句。结果，文素芳说服了自己直接领导的那一组的组员，把它让给潘耀华一组人使用去了。

现在，大家已经分开走过一段路了，潘耀华却也终于说服了本组一两位多少有点本位的妇女，取过篾绳，赶将过来，把它塞在文素芳那一组的一个组员手里，只说了一句话："还是你们留下用吧！"就又转身跑了。

"转来啊！"那个妇女嚷道，"看把运气给跑掉了！……"

"我们两口水池都浅！"潘耀华边跑边叫嚷着回答。

"好啦，好啦，时间都不待啦！"邵永春大笑着劝阻。

然而，他的担心未免过分，两组的妇女们都在晚饭前爽爽快快完成了各自的任务。当大家在回家路上走不多久，永让老汉和两个老太婆，带起六七名小学生，各自背了从山上搞来的青肥，对直走过来了。

永春、素芳和潘耀华，以及其他几位妇女，全都停下来了，同时掀起一片赞叹声和笑声。那个少先队长邵继寿也在，但带队的却是永让老汉，这段田地过去曾经归他负责照管。

因为妇女们停住脚，娃娃们随即也停下来。

"大爸、大妈，你们今天的队伍大哇！"文素芳笑道。

"老头子带娃娃班啦！"永让老汉笑着回答。

"二娃子，你们也搁下来息口气嘛！"少先队长邵继寿嚷叫道。

"咋个叫小名啊——他是你老辈子呀！"潘耀华大笑道。

"一向叫顺口啦！"少先队长脸一红说。

这立即引起一阵笑声。接着邵永春、文素芳就同永让老汉简单商量了一阵：怎样处理那些马桑叶和草皮。最后又各自分头走了；可是话语声并未停歇。不知是谁向娃娃们挑战道："是好的今晚上又来参加夜战呀！"而这立刻得到反应："好呀，不会拉稀！……"

"不行！不行！"邵永春插嘴道，"你们晚上得温习课！……"

"我们温了课来参加啦！"几个小将齐声回答。

"也不行！你们要早点睡，早点起来温早课呀！……"

这一次没有回答，也许相隔已经较远，话语声逐渐模糊，已经听不准了。然而，不管如何，支部书记的劝阻并未生效；到了晚上，孩子们照旧到荡岩头参加挖掘渠道的工程来了。而且首先受到了文素芳的欢迎。

“我就担心你们跌到哪里啊！”邵永春叹息说。

“你咋也怕这怕那来啰！”文素芳反驳说。

接着她就为孩子们安排具体工作，指定他们就从渠道内把泥土搬上坎，然后通通由大人担下坡。而且把他们分成两组，安排在地势平坦的工段上。

为了加快工程速度，她们已经把渠道分成两段搞了。一组的照明是“满堂红”，一组是风雨灯，全都搁在沟坎上面，随着工程进展不时移动。文素芳直接领导的一组，还有一座闹钟，摆在风雨灯一道；邵永春不时瞄它一眼，偶尔还嘀咕道：“快十点了！”担心时间熬得过久反而影响干劲。

到了十点半钟，口哨声响了。接着是文素芳在高声招呼：“休息十分钟又干啊！”随又叫出两个身体较差的中年妇女的名字，要她们回去休息……

“还有这些娃儿呢？”邵永春高兴地问道。

“我们倒还不走啊！”少先队长自豪地表白。

“不要绷硬劲，”文素芳说，“哪个想回去睡觉就回去吧！”

“嘻，二娃子已经在‘请神’了哩！”潘耀华大笑道。

“我才啄了两下脑壳！”二娃子揩一揩口涎说，“要我一个人走倒不行啊！”

“我看，不要挫折小将些的积极性吧，”文素芳望了支部书记说道，“横竖又放假了，温课时间还多！”

“也行啦！我倒巴不得老老小小都变成闯将啊。”邵永春同意了，“你看到么，”他又接下去道，“几个队已经把好些塘里的水都用光了，万一再来个春旱呢?!”

“哎呀！光是上面山湾塘里的水，也还要管它好多地嘛！”

“那个水倒不能随便动用啊！得存在那里救急。”

"对！存起栽种大春，可是，下面，小蓄水池还不少呀！哪里就全用光了？我也长得有眼睛的。老实讲吧，实在都用光了，一家吐泡口水也要把它们装满！……"

"当然啊，面前还有条大河嘛！……"

"你这样想心里就开阔了——唉，现在又动手呀！"

随着文素芳的呼喊，口哨声也响了，于是人们重又挖掘渠道，运走泥土，把它堆积在空地上，准备小春收获后对那些土层薄、礓石子多的下劣土进行改造。

这一轮劳动中，相当静寂。除开劳动声响，人们只偶尔说句把句话，而且都直接和劳动有关："你身子迈开点喳！"或者："当心锄把撞到你啊！"在这酷寒的冬夜，仿佛只有这种不畏艰难的辛勤劳动，方才适合它的庄严肃穆。隐隐可以听见梓江边磨坊里面篾儿碰击着面柜的声响；夜却更深沉更静寂了。

因为听到抑制的呵欠声，邵永春瞟了眼闹钟：十二点半了！于是，他停止挖掘，用手向文素芳指指闹钟。对方看了，可是一声不哼，就跑到另一组去了。

她估计了一下两组已经完成的工作量，然后又回转来。

"再搞半个钟头怎样？——我原想搞到两点半呢。"

"让大家早点休息，明天一口气干完它吧！"

文素芳不由得扫兴地叹了口气。

"他们挖水池的好像还没有收工呢。"她说。

"人家是轮班搞啊！"邵永春提示地说。

"马鞍山也像还在搞呀！"

"他们那样干不会持久，——不要讲生意了吧！……"

"啥叫讲生意哇？你这说法有问题啊！……"

"口前话嘛！"社主任赶紧解释起来，"就算是说错了，这个群众的积极性总该保护？"

文素芳抑制地嘀咕道："总是我想打击群众的积极性嘛！"随即吹了口哨，宣布收工。而她之没有坚持己见，因为据她估计，明天的确可以把渠道挖通。同时，支部书记的话完全对头：应该保护群众的积极性，用过头了，群众反会疲沓起来……

群众的反应不错。那六七个娃儿还吵着明天他们照样要来参加挖掘渠道的工作；支部书记和队长都没同意他们，要他们继续在永让老汉率领下展劲积肥。

"就尽叫我们跟些老婆婆一道搞。"二娃子嘀咕说。

"哼，倒嫌人家老呢！你们懂得那些塘泥应该怎样窖么？"文素芳笑着反问，随又紧接着说下去道，"我才来青枫坡的时候，她们干起重活来比我行啊！"

"二娃子的话不算数！"少先队长申说，"我们服从分配！……"

"二娃子呀，难怪你老戴不上红领巾啊！……"

收拾好工具，人们回家去了，一路说说笑笑。

# 十

三队的人聚居地叫瓦窑湾，也是因为有人在那里烧过瓦而得名。一个垭口把它和青枫坡分开了，山势比较平坦，有不少冬水田；只是往往栽插不上。现在，不仅满栽满插，还变成了两季田，因为前年并社后搞了个大蓄水池，情况变了。

那个蓄水池是一块约有两亩的烂泥田改造成的。以往，青枫坡的人打捷路去三合，经过这里，几乎都要议论几句，认为："要是改成囤水田多好呀！"可是，到了前年并社，前锋社好些社员却不愿意。因为当年这一带遭了旱灾，粮食相当紧张，青枫坡可又夺得了丰收！直到现在，还有个别人感到心痛，叹气说："那年三队吃了我们两千多斤苕啊！……"

三队的社员通姓潘，邵永春的妹夫就是这里的人。全队只有二十多户。原来叫前进社；并社后改为前锋一社；等到去年老主任潘荣清逝世，才改为三队的。这样，它同前锋社的关系更密切了。所以这天一早，邵永春又扛起锄头到了三队。

　　这个冬天，三队没有多少基本建设工程，只是在接近三合地界挖一口山湾塘。此外就是培修一下旧有的塘堰、涵管、渠道，主要是加固那个大蓄水池四周的堤埂，以防夏秋之交山洪暴发时出现险情。此外就是浇灌麦地和积肥了。

　　由于劳力分散使用，比起庙儿岭、马鞍山工地，这里要清静多了。邵永春在蓄水池边停了下来。

　　他并不立即开始干活，却同队长扯谈起来。

　　"这些堤埂上栽上蓑草就不错了！一举两得……"

　　"我们也是这样计划。"瘦长精干的队长潘复太插上说。

　　"邵书记！他们讲，城里在用蓑草弹棉絮呢。"一个正在捶着土埂的老头儿仰起头来，惊诧诧地说道，"听说又暖和，又便宜；将来还准备用来纺线、织布，——是真的么？"

　　"正在试验。所以我们要认真发展种蓑草呢。"

　　"我们已经琢磨过了，像那些山嘴上、塘埂上呀，都要种，——这也不难，把过去种的分分窝，就行了！"

　　"好，动手吧！"邵永春说。

　　接着他就参加了增高蓄水池堤埂的工作。

　　他一直都精神焕发，笑嘻嘻的，因为马鞍山、庙儿岭两处工程的进展情况，他都相当满意。妇女队在完成了荡岩头的渠道以后，经过调整，留下一部分人扫尾，其余的人已调往马鞍山了。当然，那个恼人的超支问题，他也并未完全忘怀。

　　但是，此时此刻，在他清醒的头脑中出现的，却是蓑草！蓑草，过去一般都是用来绞制绳索，现在人们正在进行试验，把它弹制出来，当作棉花用了！这不免刺激起他的想象。这时候，他的眼前、脑际，仿佛每根塘埂，每个山嘴，都种上蓑草了。而且已经发苋，长势蓬勃。……

他忽然直起腰来，望着年轻的潘复太笑道：

"小潘呀，你说这两三年这个变化好大啦！……"

"是呀！"小潘吁口气回答，"好多事过去想都没有想过！"

"可是，'八字宪法'总算也叫我们做了好多事情！"

"你们抓'水'抓对了呀！……"

"咋个还你们、我们的啊！"支部书记笑一笑插断他，"经过改造，这块烂泥田不是已经使这一坡的庄稼变样了吗？你听，翻过年，社管会还要专门讨论一次三队的问题。"

"好嘛！怎么样呢，像该息肩了呢！"

"这点轻活，息那么多肩做啥啊！……"

他照旧干起活来；可也照旧幻想联翩。他想到，靠紧蓄水池的堤埂后面，还可以种树，这样，堤埂也就更牢靠了。而且，最好移植桑树，发展蚕业。人们都知道他热情，脑子灵活，有时却也笑话他喜欢东想西想；而不大理解这些从实际出发，经过斗争可以实现的幻想的意义。

等到十点半钟息肩的时候，他就把他在堤埂后面移植桑树的想法公开出来征求意见。首先，那老年人响应了："好呀！"但也有人以为不如按习惯种桤木；因为桤木长起来比较快，又可解决社员部分柴薪问题。

"你桤木没有桑树经济价值大啊！"队长小潘提示地说，"再讲，我们这里不像平坝地区，并不缺柴烧呀！"

"那还是桑树好！"有人赞成道，"去年桑叶好俏啊！"

"自己养蚕也行啦！……"

"还可以缫丝！……"

"咋愈说愈远啊！——看你哪来那么多人手！"

"这不是愈说愈远！"邵永春反驳那头一个发言的老人道，"一、二队前一向算了个账，单是吃水一项，因为不必下河挑了，一年就少花八百个劳动日；那么十化真的都完成了，你还愁没人手？恐怕会没有那么多活路做啊！"

"那不知道还要多少年啊！"那老年人叹息说。

"快、快、快，——'事在人为'嘛！你听过'愚公移山'的故事吗？……"

"老潘在世的时候讲过啊！"

"那就对！发狠做个新愚公吧！……"

息肩后，工作了没多久，培修堤埂的工程很快就完工了。接着是修理渠道。这个工作并不怎么繁重，因此，队长小潘就抽出两个社员去挖粪池和泡青池。

"我们比一、二队太挖少了！"队长小潘又加上说。

"那是呢！"邵永春说，"多挖一些，又方便，又省人工。"

按照一、二队的规格，两三亩土就有一口泡青池或粪池，足够栽种前后施肥。大多又和蓄水池或穿井邻近，因此，站在庙儿岭望下一看，蓄水池、泡青池几乎是星罗棋布，随处皆是。三队需要增挖的泡青池，队长同社员商议后，早已经定案了。

挖泡青池、粪池，要花力气一点，队长提名时就有自己。现在，支部书记固执着同一个中年人打了掉，就也扛起山锄，跟队长一道走了，在一块大田边挖起来。

不到中午，两个人就把一口泡青池挖好了；但都汗流浃背，而且都有点气喘吁吁，显得疲累。

"哎呀！地下只顾在冒水啊！"队长一边揩汗，一边叫道。

"趁热打铁，我们再拿它一口下来怎样？"邵永春说。

"行呀！我们就挖那边那一口吧！……"

然而，当他们正想动身的时候，小会计赶来了。

"要你上三合开会呢！……"

刚一快步走到离社主任还有两块田远近的地方，他就停下来。一面嚷叫，一面用袖管胡乱揩着满面汗水。

"咋个又开会啊！"邵永春脱口而出地说。

"晓得的呀，"多少有点着急的小会计说，"是幺爸给乡上送面粉，刘书记叫他转来说的，他也没问啥事。……"

"啥时候去，他也没问一问？"邵永春追问说。

他忽然想起前两天他同小会计的一场谈话，以及方白临走时的提示。

"你该问一下嘛！"他又叹口气加上说。

"说是叫你跟到去呢！看来相当紧急……"

邵永春抑制地叹口气，接着就说："我晓得了，你走吧！"随即想道："家里还有多少事情得抓！"并又向队长解释道："慌啥啊，总得把这半天干完嘛！……"

他多少有点抵触情绪；他回来还不到半个月啊！而他上次开会，竟然耽搁了三个多星期！他承认这些会对工作、对提高自己的政策水平，是必要的、有益的，目前工作较过去大有进步，也和这些会直接有关。较早一些时候的整风和社会主义教育运动，更显然推动了整个工作前进。

然而，尽管基本理解这一个冬季所有政治活动的巨大意义，目前他的抵触情绪却也并未消除多少。因为接着他就明确地意识到一场可能爆发的争吵：父亲将会说三道四，责怪他老是误工。而更为重要的，根据前两天从小会计听到的一些反映，他敏感到超支问题再不抓不行了！

小会计的反映，尽管只是吞吞吐吐提了一下："这几天又有人跑来查账来了。"等到邵永春追问起来，他也仅只补充了一些平平淡淡的细节，个别还得领取现金的社员，曾经暗示他说："你也记住翻一翻皇历啊！"意思是说，转眼便是春节，都等到钱用啊！方白临走时的提示更不能等闲视之……

停停，他的思路又转到父亲身上来了："他肯定还没有想通！"但他随又心一横想到："啥唷，你又大吵大闹一顿好啦！超支总归要还，——真是丢人！……"

这时收工的口哨响了；但是泡青池却还没有挖成。

"收工啰！"队长招呼道，"下午你不是还要去三合吗？"

"你回去吃饭吧！我一个人再一阵就挖成了！"邵永春边想心思边说，企图尽力摆脱他的苦恼。

"那么我也陪你挖吧！"队长说，重新又干起来。

"对！我们把它一气挖成！"那个中年社员立刻表示赞同。

接着，也就参加了工作。而由于增加了力量，工作进展也更快了。其他两个顺路走过的社员，也忍不住参加了，帮着把池内的泥土望坎上搬。

真是人多力量大，不到半顿饭久，泡青池就挖成了。

队长邀请邵永春就去他家里吃饭，说是从瓦窑湾去三合路捷些，横竖他也要到山湾塘工地去。支部书记没有同意，也没有同小潘提谈超支问题，因为他知道三队只有一户超支，容易解决。他照旧扛起锄头，望大柏树走去了。他一路走去，一路筹思，为了避免不必要的家庭争吵，他该采取些什么预防措施？而他决定先去办公室找小会计了解一下情况。

办公室正在三队和二队交界处。在那座较为整齐，砖木结构的院落门首，一个满脸横肉、眼睛阴凄凄的中年妇女，正在那里劈柴。社主任还没走上阶沿，她就打出笑脸招呼起来，装作非常热情；但她得到的却是严厉的盘诘："你这些柴是哪来的？！"最后还告诫那个恶霸地主汪复初的老婆，她得按时向治保委员汇报自己的活动。……

最后，他才走去找小会计。他碰上小会计两母子正在厨房里吃饭；但他辞谢了他们热诚的邀请，直接说明，他想向他们私人借一点钱，回来就设法归还。

"有、有、有！"那母亲首先满口承认，"我上场才卖了只肥猪！"

"你两娘母知道我的情形，——真说不得！……"

"其实他幺爷那个人什么都好，过去苦日子过多了，就是手紧一点，——你坐嘛！……"

在那母亲去房里取钱的时候，社主任就仔细问了问超支的总数，特别分配账目公布以后个多月了，该补发现金的，究竟还有多少？会计回答："钱倒不多，超支户也不多；可是都不来气。有的人不超支也跑来查账啊！"他一顿，叹口气沉默下来。但是邵永春立刻懂了，因为他又记起了公布超支户名单时，他父亲曾经大吵大闹，叫嚷小会计给他写了些冤枉账！而这就不免引起人们对于账目的怀疑。……

"这样吧！"他带点激动地说，"我马上去找老主任商量，你再认真把账查对下吧！我知道有些人怀疑账有问题，如果哪个到办公室说东说西，你就替我声明一下，我们家里超支的，我回来就了清手续！还有呢，有的人该照顾，就由社管会按规定想办法解决。这个也得注意！"

那母亲把钱取出来了。接过钱，他又叮咛小会计道：

"啊，记住哇！各队的工分账要经常查对啊！……"

离开办公室后，邵永春顺路去看了看二队队长，又把对小会计讲的话重述说了一遍。主要是他家里的超支问题。接着还叮咛了工作上一些应该注意的事项。当他问起妇女队的情况时，文素芳叫他放心，尽管去开会好了。

离开二队，他原想直接去找老主任的，但他中途拐往邵永文家里去。当他刚进大门，"一角五"就兴冲冲走出来，一张皮包骨的瘦脸上堆满欢笑；但他一愣，赶紧向邵永春打个招呼，笔直走了。

担心弄脏面子，仅穿着一件新制的棉背心，邵永文正在堂屋里吃饭。他诨名千俭省，上街买个锅魁，都要东挑西选掂掂轻重。一看书记走来，他也站起来打招呼；装出一副若无其事的神气。

"不坐了，"邵永春说，"我只讲几句话，你那个超支……"

"老弟！你放心吧，我不会耍死狗！……"

"那就好！我跟你讲，我家里的超支，我负责还清！"

邵永春有一点激恼了，因为他立刻理解了邵永文那些带刺的话的全部意义，而且理解了"一角五"来这里的全部意义。出乎本愿，话刚落音，他转过身拔步便走。

他在老主任的门口耽搁得较久。因为，除开马鞍山这个全社的重点工程，整个社的其他工作而外，他照样着重说了一遍他对超支问题的意见，而且透露了他的担心；旧历年快到了，都得花钱，拖下去群众很可能有意见。而且"一角五"显然在这个问题上耍起手脚来了！"你现在才知道啦？雷都在你头上打啊！"老主任想，但没有说出来。……

一般说，在超支问题上，老主任很少发言；有时只插入一些短句："好嘛！"或者，"你放心去开会好了！"但在心里，却对自己谈了不少："遇到这么样一个老的！"接着可又想道："当然啊，你总不能不承认他是老子呀！"最后又很生气地想："这样影响多坏啊，——公布账目那天他就大吵大闹！"……

一句话，在超支问题上，他为支部书记父子间的纠纷有点心烦意乱：他为邵永春设想，为邵永春焦急，他深为惋惜和责怪业隆老汉。同时却也赞赏邵永春照顾大局，坚持原则。

"我看就这样吧！"老主任末了说，"能拖到你回来解决就拖下去！万一还有人吊二话……"

"好！总之，这件事你好生掌握一下，——该照顾的也得赶快明确起来！免得人家老背包袱。"

"对，我们过去就是这样办的嘛！"老主任顺口说，随又想道："不是你爹问题早解决了。"但他只说："你快回去吃饭了吧！社、队上的事情有我……"

"总之，我家里的超支，我一定负责解决。"邵永春最后说。

"这个大家倒都信得过啊！"老主任深信不疑地说。

于是邵永春回家去了。

"啊，还没有请你就回来啦！"刚一进门，父亲就这样说了。当他从厨房里端出给他留下的饭菜时，老头子又说了："听说又在叫你上街去开会呀？"儿子回答他有这回事。

"那么，你是不是准备又要去呀？"老头子接着问。

"当然去嘛！组织上叫开会能不去？"儿子回答。

他浮出强笑，声调缓和。但父亲照旧火了。

"好！——好得很！——我知道你是个犟遭瘟！……"

儿子装着不理会他，只顾一个劲扒饭。

"先讲清楚，要想在家里带盘缠可不行哇！"老头子更火了。接着又唠叨道，"一点现金，看还够你开会用么！我是唐百万倒好喃，——可惜要着打倒！……"

"你老人家一天心里想些啥啊！"儿子苦笑着说。

"总是我还想当两天地主嘛！"老头儿赌气说。

"我也不相信你还想当地主！可是，老想到自己一家一户也不好啊！莫讲全省、全国，至少也该多想想这个社！爹，前一向搞'社教'，你不是还批评'一角五'……"

"难道我想搞投机倒把？"老头子充满自信地反问。

"怎么横起扯啊！……"

老头子敞声大笑。

"哈哈哈！再多开点会，我看，你还会要我叫你爹哩！……"

这时候，妹妹走进屋来。这是个二十多点的妇女，身材中等，花布棉袄上罩着件破旧蓝布衣服，头上是干部帽，背上背个稀眼背篼。她一进门，就愣着眼停下了。

"这又是啥事情啊？"她问，但却显然已经猜到了父亲叫嚷的性质，因此，她又特意望着阿哥，苦笑道，"不是说要上街开会么？你就几口把饭扒完走哩！……"

"不要干着急吧！"那阿哥坦然地说，"我几下就完了！"

"总之，要想从家带钱走靠不住！"父亲又断然说。

妹妹几步走到支部书记的面前去。

"又喝醉了！"她悄声说，"不要跟他要钱，——我有！……"

"这个你不要担心，我已经借到钱了。"

于是几下扒完剩下的饭，准备收碗、洗碗；但是妹妹放下背篼，抢着收拾去了。邵永春懂得她的用意，这些争吵同样会在群众中引起不良反响，妹妹希望早点结束。

把笔记本、脸巾、牙刷等装进挎包，挎在肩头，邵永春也终于动身了。当走过父亲面前的时候，他闻到一股酒气，不由得叹息着想道："难怪得！"于是想起一些旧社会传染给父亲的恶习，"喜欢大吃大喝！"而且还有一套"正大堂皇"的理由："苦了大半辈子，好容易熬出来了，老子不该吃些喝些，——又不是投机倒把搞来的钱！……"

业隆老汉几乎每天都要喝酒，有时一天两台。他房里那个大肚子酒罐，经常总装得满满的。逢到节日社上、队上杀猪，他一割就是五斤、十斤。去年春节，他甚至还想多割，可是叫儿子挡住了，坚持按人口分！……

然而，邵永春眼前最担心的，还是那个恼人的超支问题。为了万一等不到他回来问题就得解决，他原想好好同父亲谈谈的，没想到一到家父亲就寻事生非，很快叫嚷开了。

"唉，啥唷！"他最后想道，"顶凶你又闹一场好啦！……"

这时候，邵永春已经走到骡子坡顶端了。而越过无数波浪似的光秃秃的山峦，隐隐可以望见高高耸立在三合盐场上的烟筒、井架、绞车……

<br>

# 十一

就在邵永春去三合这天下午，老主任挤时间召开了个临时支委会，商量怎样处理超支问题。

老主任是副支书，三个支委，在马鞍山工地的就有两名：突击队长邵继康和妇女队长文素芳。荡岩头的渠道已经挖通，住社干部潘耀华也在马鞍山参加劳动。这说来费不了多少时间。实际上花的时间却最多。事情是这样的：旧历年快到了，都缺钱用，在"一角五"和糍粑邵永乐的煽惑下，吊二话的也更多了，三个青年人都肯定超支问题该早解决，但是老主任却总迟迟疑疑，下不了决心，这同他一向做事很不相称。

就这样，分歧也就来了：老主任主张拖到邵永春回来解决，因为他相信邵永春有办法不超支，而现在急急忙忙解决，业隆老汉不但不会拿钱出来，反而又会大闹一场。这就使得问题更加复杂化了。但是文素芳一再反驳说："你担心不好收摊子哇？"

"依我看，让他早点闹好！"她继续道，"等他闹够了再说！"

"发动群众斗他？"老主任反问道，觉得文素芳太偏激。

"用不上！摆事实，讲道理，把账目盘出来跟他查对！"

"他就不跟你讲道理呀！"突击队长邵继康也不无犹豫。

"问题倒不只是对他哨！主要是教育群众。"文素芳并不让步！"让大家看一看，账目是清楚的，支部的领导是逗硬的：不管你是社主任的爹也好，爷也好，就是不讲人情！"

"有时还是得和点稀泥啊！"老主任叹息了。

"那也要看对象！有些人，就得倒倒轮子！……"

"好好好，我愿意认输，看来小潘意见不大，你两个呢？"

老主任带点无可奈何的神气征询着潘耀华和突击队长邵继康的意见。现在他只想到早点结束讨论，免得多耽误工作。"问题的确也不能再拖了！"他想，更加发愁起来。

"让他出点汗水也好。"潘耀华说。

"对嘛，免得有些人以为社管会包庇他！"邵继康终于也赞同说。

"那就吹哨子吧！开会的事晚上收工通知。"

老主任担心通知早了，大家又会叽叽喳喳，影响工作；但他错了，事实上，已经有不少人知道了晚上开会的事。因为咱们这世界上总有人喜欢扯长耳朵，四下探听消息，然后广为传播；青枫坡当然也不例外。何况这又不是值得保密的事，打听、传播更容易了。比社、队传达什么指示还要省事。

所以，当老主任同几位干部商谈的时候，就有人在息肩当中，一面吸烟，一面议论开了。现在，尽管大伙已经开始挖的挖，担的担，面土的面土，各色各样议论已经收捡起了。但也有不少人表面上一直闷声不响，肚子里却老在嘀咕："连社主任家里的账都敢乱挂，我们就更加该吃亏了！"少数超支户则都故作镇静，仿佛他们只知道展劲干活……

"一角五"更同多数人大不一样，正在兴高采烈想道："今晚上有好戏看！"他最近干了些什么，他自己很清楚，因而非常肯定支部书记的父亲会大闹特闹，而他已准备好当一名热心的观众了；但却装着他啥也不知道样。……

一个中年社员，算是"一角五"的隔房兄弟，矮笃笃地挑着一挑淀泥搁在他脚边，然后嘘一口气，取下扁担。这淀泥是从梓江边挑来的，真不简单。

"听说，夜里要开会呀？"那人说，在倒了淀泥之后。

"啊！""一角五"停止面土，吃惊道，"真的呀？"

"还真的假的，遍坡都闹麻了：超支户今晚上得现过现！"

"整过风，他们干部些进步真大，多关心群众啊！"

"一角五"堂哉皇哉的讽刺态度，使得正打从他附近走过的李翠华大吃一惊。她站住了，怒目凝视着"一角五"。但家伙装着什么他也不曾看见，重又面土去了；同时得意扬扬地想道："杂种才几天没挨吹火筒啊！"他对李翠华一直都不放在眼里。

当然，真正替会议担心的人毕竟不少。因为他们认定账目清楚。邵永春是个好当家人，业隆老汉这个包袱对他来说不轻，有些惋惜情绪。他们中间有两三个多少还该收入部分现金，却都有个共同想法，绝不催逼着讨还现金，家里的钱够用，就行了。而且相信社主任家里的超支一定会如数归还。

干部们更一直在心里盘算、估计。主要是怎样设法避免老头子瞎吵瞎闹。因此，收工时候，老主任和几个社干还在山脚下逗留了好一阵，互相交换意见。

"你们注意到么？好多人都在咬耳朵啊！"老主任说。

"啥啊，前一向那个大风大浪都过来了呢！"文素芳说。

"倒不是怕有人煽风点火，"老主任解释说，"我们这个堂子①现在也算够清楚了：就是'一角五'也只敢阴着吊些二话，我最担心的是，老家伙一闹，邵永文他们又会向他看齐！"

"那么这个会开不了？！"文素芳切然反问。

"当然照样开啊！"突击队长邵继康说。

"你先去找老头子谈谈怎样？"潘耀华向老主任建议道。

"对！先给他把丑话说到前头！"一队长赞成道。

"我看没多大用处啊！"文素芳说，"不过先打道符②也好，——多

---

① 这里"堂子"一词，是指前锋社。整句话意思是：前锋社的阶级阵线，政治情况是清楚的。

② 打道符：意思是事先加以防御，正如巫师的打符念咒一样。

少总要管点事嘛！我们也算心尽到了。"

尽管老头子因为把邵永春调回来埋怨过自己，叫嚷了相当久，老主任不无顾虑，但他照旧找业隆老汉去了。还没跨进大门，他就听见老头在发脾气。大声武气，正如俗话说的，恰像给柴火灰烫到了那样。叫他责嚷的是那老伴，短小，瘦削，总是啥也看不顺眼。

老伴并不示弱，也在嘀咕；但照例只有她自己明白。

"见天两台，看你有多大家当嘛！"

"不要破罐子煮屎了，老子过去当裤子还要喝！……"

"你咋又在翻过去的皇历啊！"老主任边走进屋边搭讪说。

一对老伴都吃惊地"啊"了一声；但是只有老太婆招呼说："坐呀！"来客已经走到饭桌边了，他向桌面上扫了一眼：一盘腊鱼意外地引起了他的注意。

"啊哟！还有腊鱼吃呀！"老主任说，一边坐下。

"不是背时腊鱼，咋会又想起喝马尿水呢！"老太婆说。

"是你自己搞的？"老主任硬起头皮追问。

"是'一角五'刚才送起来的，——我会搞啥鱼啊！杂种聪明，编个'涮篙'① 安在磨坊里堰口上，鱼走近它，水一漩，就进了篙子了，——一条都跑不脱！"业隆老汉说。

他讲得真有点兴高采烈；老主任可在心里想道："恐怕你也进了'篙子'了啊！"这时，业隆老汉又开始叫老伴拿酒来。

"咋不动呀？让我跟老二喝两杯！"老头子敷衍说。

"我们都不喝吧！"老主任劝阻道，"今晚上要开会啊！"

"我已经听到说了！啊，我把丑话先讲给你听哇：今晚上要我现过现就靠不住！那娃挂了我好几笔冤枉账，——公布账目那天我就讲了！这个钱也兴还？我又没有印人民币！"

---

① 涮篙：捕鱼的竹制器具。"篙"字系借用。

248

"今晚上还要再公布一次细账。会计咋会记你的冤枉账啊!? 我们每笔账都查对过……"

"总之我一个现钱没有!"

"那么这样好吧,等永春回来了清手续,什么冤枉账不冤枉账,你今晚上就不要扯了,——行吧?"

"对! 他钱多,冤枉账也还得起!……"

"我给你明讲!"老主任忽然变严肃了,"不要一口咬住冤枉账不放,好多人都等你闹起来好看'笑神'! 万一大家要跟你辩论啥,你不要又怪我整你哇!"

"你们斗我好啦!……"

尽管话语还相当硬,老头儿的口气可已经软多了。因为他并没有忘记掉上一次社会主义教育运动,没有忘掉在那一次大辩论中那些用确凿事实所作的新旧社会对比,以及他自己用解放前的苦难生活驳斥"一角五"和"糍粑"邵永乐的生动情节。而且他心里清楚,冤枉账的说法根据不多,主要是他自己护痛,不愿意退还现金!……

现在,因为老主任仁至义尽的劝说,尽管多少感觉到难受和羞惭了,却还不能说已经真正心服。因此,当客人离开时,他连"慢走"这类客气话都没有说一声。

业隆老汉闷闷不乐地坐了一阵,末了,生气道:

"不让我喝酒,饭总得让我吃嘛,——真管得个宽!……"

可是,习惯力量确也不那么简单,等到吃过晚饭,走到寝室里取叶子烟的时候,他又忍不住从立柜边提起酒罐,摇了摇,接着拔去塞子,凑在嘴上喝了两口,徐徐舒一口气。……

这间屋子,与其说是卧室,不如说是库房恰当:粮食、银钱不必说了,凡是可吃可用的东西,一到他的手里,就往屋子里塞! 而且正像有人讲的:"一塞进去,钉耙都挖不出来!"儿子有时苦笑着嘀咕说:"这是哪里学来的啊!"但也不必查证,因为来源非常清楚:过去地富家庭的当家人都是这样。

当他从"库房"出来，准备卷两杆烟就去参加大会，这时候，女儿永秀走回来了。从猪场去会场近些，但她回来不是毫无缘故：文素芳找她谈过次话，要她开会时候心灵眼快一点，多多注意她父亲的行动。而且不要轻易离开父亲身边。

女儿刚才一走近他，就耸动鼻子，焦眉皱眼叫了。

"咋个又喝酒啊！……"

"哎呀，这个女子鼻子尖嘀！"父亲大笑着说。

"喝点也不要紧，可不兴说酒话哇！"女儿撒娇地说。

"你看，老子这张嘴呀，今晚上只管叭烟！……"

"倒不是不要你说话啊……"

"我懂，我懂！"老头儿嘲讽地抢嘴道，"刚才那么大个干部都跑来叫我装哑巴哩！……"

不错，老头儿这席话带点讽刺意味，但也是真心话。因为尽管一向不满意老主任把儿子从乡上拖回来，现在，他的脑子毕竟清醒些了，觉得凡事都得考虑后果，不能一张嘴就瞎说。更不能好了疮疤忘了痛：他从前过的啥日子啊！……

烟还没有裹好，召集开会的锣声就响开了。"爹，你慢慢裹你的吧！"看见父亲有点忙乱，正在绑扎油竹子火把的永秀说。最后，留下母亲照管孙儿孙女，两父女，还有那个性情柔和、身材高大的媳妇，三个人就一起开会去了。

媳妇叫吴桂芳，一向本来很少参加社、队的会议，因为她既要出工，又得照管大部分家务活。而她这次参加会议，主要是那妹妹吹嘘、鼓动的结果。

顺着山径，人们都在望大瓦窑走，一路嘀嘀咕咕。

"你好呀！不只休息一夜，还有钱拿！……"

"账目公布好久了啰！眼看又过年了……"

"现在哪个还兴那一套啊！——唉，么爸呢！"

这招呼业隆老汉的，是一直对政府的粮食政策不满，诨名糍粑的邵永乐。所不同者，因为原是个阴心人，早就吃过批判，"社教"以后他就只好阴到作点怪了。公开说话没有丝毫毛病。

招呼之后，他还客客气气站在一边让路。等到业隆老汉理所当然似的参前一步，他又紧跟上去；但被永秀给隔开了。然而，这却并不妨碍他同老头子边走边谈起来。先是些家常话，不久就假装糊涂，扯到这天晚上的会议来了。

"又说要另自公布分配账目，又说超支户都要现过现把超支的都退出来，——少一分钱都走不到路！这究竟是咋个一回事啊？教人摸不到火门！……"

"快走路吧，"永秀切断他道，"社管会等阵会讲！"

"对！"糍粑说，"社管会咋讲咋做，——横竖我没超支！"

他说时带点情绪，因为他的造谣挑拨被永秀粉碎了。他从此一声不响，但在心里不断嘀咕："我不相信老头子就会由你摆布！"又在心里骂道："才几年的黄毛丫头啊！"……

到得会场门口，"一角五"已经早在大门边恭候了。他一望见业隆老汉，就满脸堆笑地招呼道："快来，快来，我跟你老人家占了个好座位！"因为那盘腊鱼，老头儿早已很高兴了，觉得"一角五"懂得大小，肯把自己当作老辈子看待。因此，听见招呼，他就紧跟"一角五"走过去了。

然而，永秀却一把手拖住父亲："爹，前边去！"她同时说。

"这个女子啥事情哇?!"老头子甩脱她，照旧笔直走去。

"你也一道去吧！""一角五"强笑说，"挤到坐嘛！……"

永秀叹息一声，接着却毅然跟过去了。一看，座位空起的并不少，她又回转头叫嫂嫂也紧紧跟上。就这样，四个人坐在一排位子上了，只是"一角五"紧挨着老头子，把永秀隔开了；这叫永秀不大痛快，担心父亲会受愚弄。

"看你今晚上会搞些啥鬼板眼！"她恨恨地想。

"那个鱼，味道还不错哇?""一角五"讨好地问道。

"好！就是酒没有喝痛快——，老人婆管紧了！"

"啊，——还有人敢管你?!""一角五"佯装着大吃一惊。

永秀正想顶他："你少卖些烂药哇!"老主任恰好宣布会议开始，叫大家不要开"小会"了。接着是文素芳作报告。在谈到会议的内容时，她特别强调，所有账目，社管会都分别查对过了，没有发现差错；最后，还表扬了两三户早已偿还了超支的社员，夸奖他们公正、逗硬、关心集体利益……

"我希望大家向他们看齐，"她接着说，"也不能再拖了！一眨眼就是春节，哪家又不需要一点现钱?……"

这时候，场子里又开起小会来了，都在嘀嘀咕咕。

"是嘛，鞋子总要搞一双么，——尽当赤脚大仙?……"

"我倒只想缝两条裤衩啊!……"

"水不紧，鱼不跳，有钱，哪个天天跑去找会计啊!……"

这是一般收入户的说法，超支户却不同了。

"拿得出来哪个愿意拖啊。"这嘀咕的是三队的潘有义。

照旧反穿着那件新棉背心，邵永文说得相当响亮："总不会像过去，没钱么：走，到乡公所去!"看来他决心不向那些受到表扬的超支户看齐。

只有一个超支户例外。大块头，怀里躺着奶娃，满脸愁容，一声不响。这是邵永旺，因为老婆长期生病，又死掉了，超支了些现金。坐在他面前的一个社员，也超支了，叫邵永中，同样一声不响，但是相当平静，因为他下午已经向老主任摸到底了："你的情况支部了解，快好好干活吧!"

"噫!"并非超支户的"一角五"故为吃惊地嘀咕道，"今天像硬要现过现呀!……"

"不要开小会哇!"永秀生气地阻止说。

"对!你听,财务委员在念超支户的名单了!""一角五"圆滑地赞成说;但当念到业隆老汉的名字和他家的超支账目时,他又忍不住故为惊怪地叫道:"啊唷,一大堆哩!……"

"挂我那么多冤枉账我倒不承认啊!"老头子紧跟着叫喊了;随即一蹦跳了起来,望着主席台嚷叫道:"你再把花账清清楚楚念一遍喳!"

"爹!"永秀抑制地哀告了,同时用手拖他坐下,"你吼啥啊,人家不是把细账念过了么?……"

"你把老子这张嘴拿针线缝上嘛!"他又转向女儿叫喊。

这时候,老头子已经把整个会场的注意,集中到自己身上来了。财务委员的口头公告也已中断。而那个作为会议主席之一的文素芳,忙匆匆向业隆老汉赶过来了。

"走、走、走!"她一到来就连声招呼,"上面去讲!"

"上哪里去哇?我怕晕倒,——没有那么大的福气啊!"

"嗨!你不是说挂了你的冤枉账吗?上面查对起来大家都听得见!报一笔,查一笔,——哪一笔是冤枉账,摆事实,讲道理,你一桩桩谈出来,——可是我告诉!要不是账冤枉了,是你冤枉了记账的人,你总不能车身就定,得跟大家说个清楚,——又不是三岁两岁的人,你胡子都白啦!……"

老头子理亏心虚,无词以对;于是骂了一句粗鲁不过的脏话。但是,文素芳不但没有见怪,反而敞声大笑。

"真会骂!——亏了论班辈你还是爷爷啊!……"

会场里面的群众,也相继大笑。他们赞赏文素芳的豪爽、沉着和从容不迫。对于那个在青枫坡本家中辈分最高,平常喜欢训人的业隆老汉的狼狈相,不少人也有兴趣。而他们竟自没有料到,他只嘀咕了一句:"总之我没有钱还!"就逃避似的从人丛中挤出来,跌跌冲冲,走出会场去了。

文素芳立即吩咐永秀和她嫂嫂带上火把，赶去招呼老人，也就是她的隔房幺爷。接着，照旧回转到主席台去，而且在老主任帮助下，让会场平静下来，继续听财务委员，一个瘦长中年人宣读其他超支户的细账。当然，窃窃私语仍未绝迹，不过远不如前一刻钟那样子嘈杂了。

三队唯一的超支户潘有义嘀咕道："对吗，大家耍死狗嘛！"他是因为给儿子办喜事超支的，而他前不久已经卖了一头肥猪。一队的邵永文想得更横："业隆老头子不还么，你就死两个人摆起，老子都不在乎。"他是因为瘟了一头猪才超支的，而他借款买来的猪仔，已经养成架子猪了。少数应该收入现金的户头想法不同："妈的，像演戏样！"有的发出冷笑，嘀咕道："我肯信还赖掉了！"大多数社员却都深为社主任邵永春惋惜，竟会碰到业隆老汉这样顽固的父亲。

"一角五"也有他自己的想法："不是背时文女子，今晚上这本戏才有个看头哩！"接着打了两个哈欠，随又想道："他妈的，不是上次那场辩论，老子倒还要放火啊！……"

这时，超支户的名单和细账已经念完，老主任在讲话了。

"让我插一句好吧？"邵永文忽然一下子站了起来，随即一口气说下去道，"你说限三天缴齐，业隆幺爷的呢？"

"这个你不要管！"文素芳回答道，"他不还我负责！"

说时，她还拍了拍胸口，表示她决不食言。

"就看要不要把戏啊！""一角五"忍不住嘀咕说。

"你再讲一遍喳？！"有人猛地从前排扭转上身，瞪住"一角五"问道。

"哪个说啥来啊！我是说……"

"让我告诉你吧！"看了对方的狼狈相，那个诨名幺蛮子的邵永炳抢着说了，"社上的账目你可以随时去查！——哪个社员都可以查！煽风点火可不行啊！"

于是扭转身去，继续倾听老主任讲话。

# 十二

为了深入了解社员的思想动态，老主任接受了青年队长和文素芳的建议，散会以后，他们分别杂在群众中间望家里走。而且一点不露声色。

但是，还没有走多久，从一些零零碎碎的话语中，他们就分别了解到一个大概了。而且，大体都和他们的估计相符：超支户几乎都把业隆老汉当作盾牌，说："大家马儿大家骑，慌啥哇！"邵永旺、邵永中因为按政策得到了照顾，群众也没意见，这晚上都把思想包袱卸了。特别邵永旺大大松了口气。有些应该收入现金的社员怨气可也不小："变了一年的牛，结果背死人过河！"

除开业隆老汉，宣读细账时，几乎没有一户人有意见，人们对于账目的怀疑，基本上消除了。只是有些社员对于繁重的劳动和夜战感到不满："老是这样熬夜怕不行啊！"是呀，这样子搞下去，社会主义没到，人都钻了土了！"文素芳感觉这个话相当恶辣，而且从声调猜到了这是谁在放毒！

她三脚两步赶到前面去了，拦住了诨名糍粑的邵永乐。而正如糍粑这个诨名所召示的，家伙是阴心人，又软又硬，非常难缠。

"你刚才说的啥呀？！"她十分严厉地问。

"哎呀，都是摆空龙门阵。"有谁在暗夜中劝解说。

"我没有问你！——他自家长得有嘴！——你回答呀！"

"就算我说错了，好吧？"糍粑假笑着告饶说。

"咋个算错了啊？硬是错了！"文素芳并不放松。而等到糍粑重又慎重承认错误以后，她又警告对方，道："依我看这不是你大意，是你太顽固了，我今天是提醒你！……"

接着，她就伙着这一群人走了；同大家闲谈起来。她向人们说明，对支部、对社管会各项措施提意见，是完全可以的。但是不能放毒，不能攻击社会主义，不能煽动人们反党：而这都是不容许的，应该辩论清楚。随后，她又向大家征求意见，一再劝说不必顾虑。

沉默一会，有人提出："这一向这个工作真够紧了，息一两天气行吧？"因为文素芳没吱声，又有谁接下去道："至少得把夜战停下来啊！自留地草长满了。"

"大家有意见还可以提呀。"因为大家沉默下来，文素芳催促道。糍粑十分想说："我只求不要乱抓辫子！"但他又叹口气忍住了。

"不多心哇！"有谁笑道，"业隆幺爸的钱你都敢拍胸口，——噫，胆子真不小哩！……"

"这个你们不用担心！说到休息，怕先得展把劲啊！……"

糍粑在心里冷笑道："这个话等于圈圈！"别的人也没吱声，但却显然并不怎么心服。幸而到得二队地界，这一伙人，大部分都陆续回家了。剩下来的人也没有再哼声……

次日一早，庙儿岭的锣声和喊话声稍停不久，老主任就沿着山径吆喝起来，于是人们都陆续出工了。时间跟以往差不多，天刚放亮，照例，不管一个人吧，两个人吧，老主任总是一上山就开干的。这天早上，他却在山上缭壕边停了阵，直等三部分人都到齐了，这才吁口气上山去挖鱼鳞坑。

他原本感觉心上压了块石头，现在，这块石头落了。因为昨天夜里他也了解到一些社员的思想动态，担心那些对超支问题和劳动强度，以及连续夜战意见较大的人，将会缺勤，没想到也都到了。当然，从神色上也可看出，这批人情绪都有点不大对头。

随后，他又去各部分逛了一转，总算是安心了。

"等阵息肩扯一扯哇！"他对文素芳叮咛说。

"恐怕要逗一逗情况啊！"文素芳意味深长地回答。

他们互相交换了一下眼色；可是他们之间的看法、想法并不一致。

这在息肩当中，彼此交换意见的时候，问题就明显了：老主任的乐观有点过分。他、一队队长、突击队长和文素芳，都坐在山梁上，打从那里，可以望见山脚下的社员，一堆一堆坐在一起。他们有些吸烟、闲谈；也有相互打闹的；妇女同志比较安静，她们只是低声交谈，有的在纳鞋底。

根据昨天夜里，以及今天劳动中了解到的情况，文素芳认为，尽管有"一角五"和糍粑邵永乐这对宝贝继续在吹阴风，超支问题，以及与之有关的部分群众对于账目的怀疑，经过昨天夜里的大会，特别每户都对了细账，多少总算得到了澄清。而当前一般社员最关心的是：工程搞了快一月了，是否不要再夜战下去了，让大家松口气？

文素芳认为这个问题必须首先解决，搅在超支问题一起，是没有好处的，因此她主张轮班夜战。甚至女同志可以自愿参加，因为她更了解她们。

"你是不是也丢不下你那两个娃儿啊？"老主任说。

"我不会溜筒的，二爸！"文素芳斩切地大声说。

"这一点大家倒信得过！"一队长赞扬道，大约因为快要当祖父吧，神气乐呵呵的。"你怎么会溜筒呢！"他又加上一句。

"可是这个端开不得啦！"老主任苦着脸呻吟了，"你说，女同志来个自愿参加，那么多男社员不会讲怪话呀？首先'一角五'那张嘴你就不好收拾！……"

"二爸，你也不要把他估量高了，——我们是吃饭的？"

"好吧！看你们大家咋个讲吧，——我容易犯主观！"

"我赞成老文的意见，"突击队长邵继康说，"我们突击队可不下火线哇！这点我先得讲清楚。"

"我也赞成！"一队长说，"我们队怕要轮班才行。……"

于是，事情就这样决定了。可在哪天开始轮班这个问题上，却又发生了争论：三个队长都主张当天开始轮班；老主任却认为昨天已经耽搁了一夜，坚持得从下一天算起……

最后，大家都勉强同意了。宣布的时候，虽然不免引起一些议论，不少人果然因为没有从当天开始实行合理的轮班制感到美中不足。然而，多数人倒也相当满意，认为这究竟比一个劲地熬夜要强多了。除开李翠华三两个党团员自愿继续参加夜战，其余的妇女们皆大欢喜，她们可以夜里做一些针线活了。青年突击队不仅是毫无异议，反而更加感觉自豪。

这时候，人们已经扛起山锄、十字镐和用扁担挑着篾箢，陆续回家去了；一路议论纷纷。当然都是三言两语，而且一般是按照自己的处境和脾胃说的，并不一律。个别还该领取较多现金的社员火气最大："啥啊！不把钱补齐么，你就是说上天，这个劲都展不出来！……"

老主任和其他几个干部走在最后。虽然新的措施取得了一定效果，但是都不认为就没有问题了。超支问题还没有完全解决啊！因为他们料不定支部书记啥时回来，更不敢肯定业隆老汉是否接受劝告。……

对于三队，他们比较放心，那里只有一户超支；但是二队怎么样呢？当他们刚走到大柏树时，那个一向闷闷不乐，缺乏主见、火气的文素芳的公公，就嘟着嘴走来了。

"事情有一点咬手呢，——这个背时老头子！"他一停下来就在心里嘀咕，脸色更沉闷了。

"究竟怎么样嘛？"老主任顺下山锄，问道。

"怎么样呀？有的讲，连刮痧的钱都没有了！有的说得更好：'人家那么多都拖起，邵永文咋会不护痛嘛！'……"

"放心吧！——我记得我当众拍过胸口！……"

这插嘴的是文素芳，接着她又说明她得赶回去煮饭，并去托儿组看看孩子，就走掉了。

剩下的人最后商定，如果过两天支部书记还不回来，老头子又照旧一毛不拔，他们就凑钱填还这笔超支，扫除老头子散布的坏影响，以便把工作推动前进……

于是各人分头回家去了。当老主任进入院内，从一个堆满灰粪的抹角拐进灶屋的时候，他的爱人、孩子，已经吃过饭了；女儿继芳坐在方桌边温习功课；方桌上摆着几只空碗，一盏既可当作灯台，也可当作亮油壶用的竹筒做的油灯。儿子继光正就着灯台在用烟棒抽饭后烟。

"你妈呢?"老主任问，当他在灶屋门边扫过一眼之后。

"爹!"女儿惊喜地叫道，"我们咋不搞人工授粉呢!"

"你咋不半夜回来呢!"谭爱真在屋后抢嘴叫嚷了，接着数落起来，"吃顿饭像等命样，——那娃都回来好一阵了!"

老主任拖长声调说道："有那么多事情嘛!"这时，儿子已经放下烟棒，从灶屋里端来饭菜，摆在方桌上面。于是父亲也就坐在女儿对面吃将起来；一面回答女儿先前的问话："还没学到这项本事啊!"同时却叫女儿放心，只等改土工程告一段落，莫说人工授粉，还要搞机械化呢!……

谭爱真走进灶屋来了。她把一只已经空空如也的潲水桶蹾在墙角落里，然后用围裙擦着手，同时望老伴叹一口气；随又充满怜惜地摇一摇头，显然不胜感慨。

"六十带了，"她末了说，"做事摸到岁数来啊!"

"要跟这么多家社员负责，你总不能溜边边哟!"

老主任口气和缓，态度却很庄严。而正同往常样，这句话很生效，谭爱真叹口气，不响了。她想起了社员们平常对丈夫认真负责精神的尊敬；她自己又过了不少的苦日子，深知缺吃少穿的味道。她开始收捡碗盏，攒到锅里去洗。

这时候，青年突击队长已经在庙儿岭用土喇叭喊话了。天已煞黑，整个小山村显得静悄悄的，好像已入睡了，因而这个精干灵动的小伙子的声音听来特别响亮。

"不是说，你们也要轮班搞夜战么？"谭爱真问，停住洗碗。

"就是轮班，我也不能不到场呀！"老主任说，随即从油灯上叭燃烟站起来。

"好吧，我知道你也活得不耐烦了！"妻子重又嘀咕起来。

老主任没沾惹谭爱真，已经走到院子外面来了。院子是建造在一个土包上的，门口有个石砌的梯坎，一直通到地埂边那条小路。走下梯坎，他沿着时高时低的山径走去。经过一座院子，他就吆喝几声，要人们出夜工。反应呢，有的干脆不声不响，有的懒懒漫应一声。

这时候，所有的人家都早用过饭了，他们大多正在抽烟闲谈；或者整自留地。"一角五"则在大门口扎制火把。家伙显得病哀哀的，几根稀稀疏疏的黄胡子，更加了无生气。但是，他大门台阶下那块围着篱笆的自留地里种的蔬菜，却总青浩浩的。因此老主任经常怀疑他在投肥上耍过手脚。……

现在，看见"一角五"在扎制火把，老主任平日价那种鄙视他的心情，一下子隐退了，以为他"社教"后总算多少有了点进步。因为他认为"一角五"是为出工扎制火把。

"其实都用不上火把啊！"吆喝之后，他叹息说。

"唉。""一角五"扬起瘦脸，含含糊糊应了一声。

"走的时候，跟你们幺指拇打个招呼哇！……"

这一次，"一角五"连应声也没有，只是一个劲扎制火把。老主任没有管顾这些，笔直走过去了；但是，不多久他身后却传来一阵阵叫嚷声。原来"一角五"扎火把不是为了出工，是为了下河叉鱼。他还吹嘘了两个对超支问题有怨气的社员一道去。可是，老婆、儿子都怪他不老实，这就吵起来了。

老主任一听不对，就立即返身转去。这时吵闹已经逐渐平息，而"一角五"的儿子，正在劝慰母亲。

"妈！不要说了，让人家去斗他！……"

"嗨，你的鬼板眼多喃！"老主任忍不住张声了，"我倒以为你准备出工呢！"

"这有啥嘛！""一角五"辩解说，"不过想找点零用钱。……"

"工作这么紧你去找零用钱！这是啥思想呀？"

"总之我又错了！抽杆烟马上出工。……"

接着他就叫儿子收捡火把，以及剩下的油竹子，自己进屋子抽烟去了。同时，他的兄弟，一个比阿哥精干的中年人，却从大门内走出来了，手上拿着根烟棒。

叉鱼的事，本来他也有份，现在他却极力掩盖。

"我还以为今晚上我轮班呢！"他搭讪地强辩说。

"轮班要明天才开始！你该哪天息肩，还不知道……"

"原来我把话听夹页了！"他急忙插断老主任说，"啊，二哥，这个超支究竟啥时候才还得齐呀？我三十多元现金，才拿到十多元！今天我爱人去找会计，不给钱不说了……"

"不要扯那么多！过两天有你的钱……"

"可惜今天一天还没人来气啊！……"

蓦地，有人从附近一个院子大门口搭腔了。听了那老痰包声音，老主任知道这插话的是邵永恒，六十带了，瘦小，蓄着大把胡子，他家也还该领点现金。

"啊！"老主任讽刺地说，"你才打听得把细喃！"

"还要打听？只要不是聋子，哪里都可以听到超支户的意见：'老实社员比干部矮一截哇？人家拖起一大堆不说，还又吵又闹，——咋没哪个去啃人家两口！'"

"这是哪个讲的?!"老主任火了，往东急走了几步。

"人家讲的事实，又不是放毒哩，你钉住问啥嘛！"老痰包邵永恒搪塞说，不肯指明这些话都是"一角五"告诉他的。随又话头一转："这还不清楚啦？我下午去找会计，小家伙就哭不烂稀地告诉我：'你咋光催我啊！'这个还要打听？你不是也常说，'社员看干部'么？咋个一下就忘记啰！说句天理良心的话，不是油盐钱恼火，哪个愿意天天跑啊！"

"你肯说已经没米下锅了还好听些！"

"我这个人说不来假话：粮食完全够吃！"

"那么上次鸣放，你咋又讲口粮短缺呢?!"

"那是我伙到'洋人'造反：已经检讨过啦！"

"我不过提醒你一下啰，不要那么紧张！……"

老主任随又轻言细语地告诉他，不管是谁，超支了，都得限期了清手续！干部绝不例外。而且保证两天后偿清欠款。同时要他逢人解释两句，以免耽误工作。

走这一转，老主任觉得确乎已经摸到病在哪一经哪一脉了：超支问题！的确也有个别人在放火，但，无风不起浪，人们的闲言闲语，情绪消极，却是有根据的。业隆老汉两次的瞎吵瞎闹难道不是事实？分配账公布了好久了，细账也在大会上算清了，转眼又是春节，哪一家又不等着用点钱啊？……

他原想按照习惯，立即带头去马鞍山工地的；但在半路上忽然转了念头，又回家里去了。这时候继光正扛了锄头出来，但他没有跟儿子一道去马鞍山，倒是在院子门口坐下。他望着梯坎下面的山径，试图看看究竟会有多少人出工。他还下定决心，如果出工的太少了，他就再挨家挨户催促一道。工程还吊起多长一截尾巴，单靠青年突击队不行啊！……

但他刚才叭燃烟卷，却又转到院内去了；想道："还是先打个影子好点！"谭爱真在阶沿上绾柴草，他望她秃头秃脑问道："我们卖猪那个钱还存得有多少哇?"

谭爱真一怔，住了手，莫名其妙地望定他。

"今晚上你轮班休息哇?"她末了问。

"我轮啥班啊！——问你还有多少存款？"

谭爱真说了个数目，接着想道："一定又叫金银火烧糊涂了！"因为她猜想，老头子肯定又要借钱给那些劳力短缺，经常患病，或者子女过多的贫困户救急。

她又绾起柴草把儿来了，只是动作有些急骤。老主任知道现在还不能把问题摊开来谈，就又翘起烟杆，走出去了；一边想道："看来差不离了！"决心再等一天，万一邵永春还不回来，他就把存款取出来垫一手。而且相信谭爱真会通商量。

这因为，过去谭爱真自己也不时借钱给贫困户啊！只是她对业隆老头一向的顽固、自私和自命不凡有意见。特别对他两次瞎吵瞎闹非常不满，这就可能使得老两口发生争执。……

刚才走到院子门首，幺蛮子几个人过来了。

"今晚上咋个的呀！"幺蛮子嚷叫道，"都蔫妥妥的。"

"你们先去到吧！"老主任说，"等我再吆喝一遍！"


## 十三

就在这同一天夜里，二队队长一吃过饭，也在荡岩头半山腰吆喝起来，要求社员们去庙儿岭出工。但是，比之一队，效果似乎更差。原因呢，同样是那个倒霉的超支问题！

青年突击队和妇女队的成员多半住在二队，这些人对什么超支呀，夜战呀，很少抵触情绪。而且，两三个青年人，还把那盏久已失灵的汽灯给弄燃了，准备提到马鞍山工地上用。这就更加使得大家兴高采烈。

只有二队长邵永隆越来越不痛快。因为喉咙都喊哑了，准备出工的人还不满员！而且，他们是轮班做夜工啊，这就更显得人少了，二十个都不到！

"好吧，动身吧，——总比搁下来好呀！"他叹息说。

随又望儿媳叫道："你也回去照料下家里哩！"但是文素芳随口就反驳了："碗也洗了，猪也喂了，照应啥哇？……"

"你还有娃娃唷！……"

"娃娃我也安顿好了，二婆婆会跟我带！"

"二爸！"一个青年人叫道，"她打赌今晚上夜战哩！"

"你听！"文素芳声调更响亮了，"这些人从来没梭过筒！"

"好好好，由你去吧！……"

二队长嘟着嘴嘀咕了一句，扛起锄头走了。他对孙儿们很关心，但对文素芳却是毫无办法。由于儿子不常在家，有个时期，他颇为媳妇担忧。因为不管是什么人，什么场合，她都那样大方、随便，有时真也像儿子责怪的，一句话一个哈哈。时间一久，他却十分信赖她了，认为她作风正派。这就是为什么前些天儿子闹离婚叫他那样苦恼的缘故。

比之二队长领去庙儿岭夜战的队伍，不只是人数多，青年突击队又是主要力量，还包括一些妇女队的年轻妇女，当然也更加活跃了。两个人抬了汽灯走在前面，其余的尾随而去。到了一队地界，还有人陆续参加进来，气氛也越来越热烈。

那个住社干部潘耀华，这天夜里又逐渐成了谈笑的中心人物。这个又黑又瘦的青年妇女，花布棉袄上罩件破旧单衫，紧挨着红润壮实的文素芳一道走，抱着文素芳的膀子；而且不时又把头埋在文素芳怀里，哧哧哧笑个不停。

尽管同样开朗、愉快、爽直，由于彼此经历不同，年龄上也差几岁，潘耀华远不及文素芳沉着。现在，真像自己还是新姑娘样，她显得有点娇憨，这就更加引起人们的打趣。

"怎么一提起王志兴，你就腰杆都笑弯了啊！？"

"哎呀，抓这么紧做啥嘛！"文素芳叫起来。

"她以为你是王志兴呀！……"

这立刻使得大伙全都笑了；接着可来了老主任的责难声。因为这时大家已经来到一队地界，老主任打发么蛮子们走后，正赶到二队来察看究竟，希望摸清底细。

"这么好的精神，你们也帮着多吆喝几声呢！"他生气说。

于是，青年们一边走一边吆喝起来，立刻打破了笼罩着整个青枫坡的冬夜的静寂。好像给暗夜和疲劳结束了的紧张生活，又开始沸腾了。沿途都有人参加，有的精神抖擞，有些却懒妥妥的；他们避开灯光，总是跟在队伍后面。

到了"一角五"院子大门口时，两兄弟一面应声，一面也走下梯坎来。他们对当尾巴兴趣更大。一直等队伍快走完了，这才阴缩缩进入行列。

这些尾巴也在交谈，只是全被前面的笑语声掩盖了。

"你还该拿多少现金哇？"有人小声问道。

"钱不多吗你要用嘛！哪个又不是金哥呢！"

"还是手杆长好，人家多的都到手了！……"

"看撞到鼓架子①啊！"这是"一角五"的声音。

"总不会拉去敲沙罐②嘛！"有谁愤恼地低声说。

"说超支就说超支，可不兴放毒哇！"有谁严正地警告说。

于是叽叽喳喳的怨诉切然而止。前列的笑语声则更加欢腾了，惊动了一群群宿息在大柏树丛林间的鸟雀，一阵风地向梓江边飞过去。最后，毕竟到工地了。

于是蓦然而起的争嚷代替了笑语声。因为人数究竟不多，山风又大，老主任主张就一起在下面搞，不要到山上去；而且已经叫人在牵

---

① 撞到鼓架子：招祸、引起麻烦。
② 敲沙罐：枪毙。

绳子，准备挂汽灯了；大部分青年人却犟着要上山挖蓄水池。在这严寒的冬夜，似乎只有在高高的山头上，汗流浃背地挥动着十字镐，才和他们的气概相称。

和在路上相比，文素芳已经另外一个样了，她严肃，她爽朗，她再也不嘻哈打笑了，倒是十分勇敢地同老主任争论起来，犟着要上山挖蓄水池。

"你就是不公平！"她说，"一点不考虑青年人的意见！"

"我只问你一句：究竟还服不服从调配啊?！"

"这叫不服从调配吗？你倒是在打击积极性啊！……"

"可是只有一盏灯呀！……"

文素芳扣上去说："只要你同意，我们会有办法！"于是，她向一队的社员讨来马灯和"满堂红"，分别让潘耀华她们提起，随即带起工具，上山去了。

同山下比起来，上山的人可说最多。因为突击队员几乎全都到了，还有三五名妇女队队员，山下呢，由于地面宽大，灯光又把一片荒地照得白晃晃的，人就更显得稀少了。而且，有些人显然在磨洋工，阴司倒阳的"一角五"最显著。

由于人数不多，老主任和一队队长，最后把大家集中起来清理一段剩下的背沟和一条渠道，放弃了尚未完成的面土工作，实际上也不可能到河边去担淀泥。天黑坡陡，河风也大，老主任担心会引起社员们纷纷抱怨。

现在，山上山下，所有的人都早已投入艰辛的劳动中了。而且各有各的特点。一队队长不时发出展劲用力的哼哧声；干重活时还爱自言自语。他正用杠子把一块大石块从背沟里挑起来，一边说道："我怕你不动呢！"好像那家伙是一块和他思想相通的活物。"啊，听话点吗！"他又出声笑了。

老主任恰好和他相反，干起活来，一般都不张声。但是如果发现什么人磨洋工，或者做的活不合规格，可就立刻吵起来了。而且比平常还严肃。他也早把短棉袄脱掉了，在垒埂子；不时奔眼奔眼①地注视着"一角五"。

山上，青年们在那唯一一盏马灯的照映下，全部集中在搞那口星形的蓄水池和渠道；只是因为天黑，他们没有使用撑竿起碎石和泥土，也没有通过溜槽放下山去，但把它们堆积在空地上。他们劳动时又别具一格，一般都爱开点玩笑。

那口星形的蓄水池快完工了。只是有的地方深些，有的地方浅些，还得弄平。潘耀华正在用撬棍揎动一块片石，因为老揎不动，她就全身坐在撬棍上面，一闪一闪的，正像幼儿园的小朋友玩跷跷板那样。

正在坎上卸碴的文素芳发现了，大笑起来。

"这个鬼女子啊，你这才好玩喃！……"

"好玩得很，你也来试试吧！"潘耀华佯装着打赌说。

"这你才把我恨干了喃！"文素芳笑着回答。

随即踏上一块木板，走下去了。这块木块一头搭在坎上，一头搁在池底。这一伙人都是干不来"哑巴活"的，坎上坎下立刻响起一片表示欢迎的笑语声。

然而，突击队长首先不让她干重活；而由于队长的指示，人们也都纷纷劝阻，因为她已有三四个月的身孕了。

最后，她也只好服从众议，退回坎上去了；照旧坐下来卸泥土和石碴；一边嚷道："过几个月我们又来比一比嘛！"

"对，等你把包袱卸了来比！"有谁大笑着嚷叫了。

这时候，几个在坎上倾卸泥土、石碴的人，都忽然停住工作，把注意集中在听觉上。而正好爬上坎来的文素芳首先叫道："下面在吵仗呀？——你听！"

---

① 奔眼：一种专注、探究和怀疑的眼神。

"哎呀，你耳朵才尖喃！"有谁紧接着打趣说。

"好像是老主任跟'一角五'闹翻了！"又有谁猜测说。

人们随即拥向山边去了。仔细一听，果然是老主任、"一角五"的声音最为响亮、激动，其他的话语声则比较零碎、平稳，仿佛只是企图劝说双方。

一提到"一角五"，文素芳就不免会想起前一向那场热烈的辩论。在这场辩论中，他的套购粮食，偷懒耍滑，特别是散布他从三合场听来的一些从外地传来的反党、反社会主义的言论，都遭到了揭发批判。而文素芳本人，就对他的罪行批判得最尖锐。加上最近他在超支问题上耍的把戏，文素芳就更恼怒！

因此文素芳即刻下山去了。下得山后，一打听，她才知道原来这场争吵，还是那个倒霉的超支问题引起来的！而她很快就明白了，"一角五"竟自还在煽风点火！妄想败坏党支部、社管会的威信，叫工作瘫痪下来！但是，当她打听清楚，准备参战的时候，"一角五"已经蔫了。

蔫倒蔫了，但是"一角五"并未真正服输。

"对，这下做哑巴活路好了！"他说，一面去摸锄把。

"这么说，哪个在禁止你说话啊?!"文素芳走过去问。

"禁倒没有禁止，就是我只能说：超支马上就会还清！气都不要多出一口……"

"你这话啥意思呢？你得讲清楚来！"

"啥意思？有干部带头嘛！""一角五"一向最讨厌文素芳，现在，他心一横说下去道，"带头超支，又不赖账……"

这些带刺的话，把群众激恼了：好几个已经开始工作的人，全都拖起锄头傀了过来。因为怕多耽误时间，老主任劝阻道："他认过输就算啦！"但是效果不大，因为他们感觉"一角五"那些话浸透了诬蔑、挑拨，同时相信，如果这样下去，他还会暗中说怪话的，困难也会更多！

他们一个劲向他质问："你讲这些话是啥意思？"可是，"一角五"已经失悔自己口太敞了，只顾一声不响地理背沟。老主任抢嘴叫道："让我来告诉你们吧！他还想打邵永春一闷棍！"接着催促大家赶紧干活。

"可惜这一闷棍又打飘了！"文素芳说，一点也不理会老主任的着急，"哪个不知他家里的事哇！"

"一个人也要凭良心说话啊！"身材高大、满脸胡茬的幺蛮子邵永炳插嘴了；他一向说话都只三言两语。"整风当中，大家提了那么多意见，转来转去也只那么一条嘛：幺爸太自私落后了，——好像啥事儿子都该对老子负责！大家都看见的，他邵永春没有让老头子牵起鼻子走嘛！远的不说，去年分玉麦秆，幺爸尽管把天都闹红了，硬不把多拿的退出来，永春还是犟着退出来了！难道还要他传个锣脱离关系?!"

"幺爸今天这一板吼伸展了！"文素芳衷心地赞扬道。

"背时老头子有时就像小娃儿样。"别的人深为永春惋惜。

"好啦！这下动得手啦！"老主任重又连连催促。

可是，在逐步散去的人丛中，文素芳并不直接上山，她走向老主任，叫了声："二爸！你来下喳！"二爸叹了口气，想道："这个鬼女子真麻烦！"但却照旧迎面走去。于是文素芳悄声告诉老主任说：她准备明天去三合卖猪！

"工作这么样紧，你再一走……"

"你还没有看出来吗？大爸这个超支不能拖啦！"

"啊！"老主任理会了，"你卖啥猪啊，我早有办法了！……"

"你有啥办法哇？"文素芳悬心地问。

"你莫管嘛！——我看你就在下面搞背沟好啦！……"

文素芳没有再吱声了，但也没有听从老主任的劝告，就留在山下搞；她的心情很不平静。老主任对她的关怀，她很感动，但她更感动于老主任对邵永春的体恤，同时担心他可能同老伴发生争吵。因为她知道他们前两场刚才卖了一头肥猪，而同时她更知道谭爱真一向对业隆老汉的不满。

正是这样，上山以后，尽管照旧出碴出土，文素芳却总显得有点闷闷不乐。纷至沓来的笑语声中，一直都没有她的份了；首先发现这点的是潘耀华。

"嘻，这个鬼女子到下面打嘴仗吃亏啦?!"

"哎呀，赶快抓紧干吧!"文素芳回避开对方的挑逗。

"我今天偏要把你逗笑! ……"

"我没有你心宽!"她的神情更严肃了，而由于她的口气生硬，潘耀华多少有点见怪，闷着脸走开了。但是文素芳毫不在意，却只顾自己想道："是不是先跟二婶谈一谈呢?"接着又想："她也过了不少苦日子啊，一向又关心贫困户，——不过这不是三五元的事呀! 一向又讨厌么爷……"

等到息肩时候，山脚下忽又响起一阵阵话语声。尽管不像争吵，青年们又走到山边窥探去了。在汽灯雪白的亮光下，肩头挂着挎包的邵永春站立在疏疏落落的人群当中。虽然不断有人发出问询，却不及上次回来时那么热烈。他自己也冷静多了。因为他在庙儿岭已经暗中了解到一些情况。

他感觉那些对他问这问那的贫下中农社员，神情都有一点异样，主要是带点拘谨的痕迹。这无疑跟同他一道出现在工地上的省报记者站的方白有关。因为大家都不由得想到，如果把业隆老头儿的吵闹泄露出来，不仅社主任感觉丢人，他们也会脸上无光! ……

然而，邵永春毕竟并不是没有经过风浪的毛小伙子，他已经在党的领导、教育下工作七八年了。而且，因为彼此已经熟识起来，还在路上，他就进一步向特别关注超支问题的方白提到过他父亲上一次在这个问题上的扯横。

因此，在简略回答了开会的经过后，他照常爽朗地笑起来。

"啊，我跟大家宣布一件事哇：我家里的超支明天还清！"

场子里一下静了。好些人都停止了抽烟。

"一定还清！"他又加重语气说，"真不大好，太拖久了！……"

"又不止你一个人拖得有嘛！"有谁安慰他说。

"不！我跟一般超支户不同：负责党员干部嘛！"他忽又变严肃了，"我将来还要检讨。老实说，我们的财会制度漏洞很多，在路上我跟方白同志扯谈过；今晚上就不详细讲了。我只希望一点：所有超支户现在也向我看齐吧！永旺、永中的超支，已经按政策办理了，我完全同意！"

"我倒有个建议，"方白笑一笑说，"大家最好把邵主任刚才讲的话向每户社员都传达一下！"

"对！免得有的人老钻空子！"文素芳说，她早已下山来了。

"还有空子钻啊，把脑壳削尖些吧！"有谁说着反话。

这时候，那些尖起耳朵，一直坐在地埂上冷眼旁观的人们，又开始嘀咕了。有的说："噫，真像要过硬啦！"邵永文则不免感到气恼："×！我横竖只超支了十多元！""一角五"用膀子靠了靠坐在他侧面的一个老人："如何？你闷声不响他就不会来气。——这下该你过胖子年了！"

穿过静夜，召唤人们重新投入劳动的口哨声噪响了。邵永春是在区上吃了晚饭赶回来的，本想参加劳动，但他得赶快把记者站的方白领到永让家里去宿息。

然而，刚才转过身去，老主任又一把手拖住他。

"有多少把握啊？"老主任悄声问，他指的是退还超支。

"死两个人摆起都得还，——他不是没有钱啦！"

老主任没吱声，一任邵永春领起客人走了。但他随即叹一口气，又摇摇头。他感觉邵永春有一些盲目乐观。

# 十四

业隆老汉的职务是饲养员。他所饲养的那头水牛，每次评比总是名列前茅。如果说他还有点受人尊重的地方，恐怕也只有这一点了。每天夜里他都要起来两次。特别是冬天，总尽力不让牛湿窝受寒，引起病痛。

这天大半夜，他又照例醒了。在暗夜中摸索着穿好衣服，趿上鞋子，然后很响地打个哈欠，出了房门，又扣好它。因为发现媳妇房里还有灯光，他一下更清醒了。

"吴女子呀，用油要知道油价啊！"他高喉大嗓叫道。

"你在吵些啥啊？就只有几针了！"答话的是永秀。

在这屋里，只有这个黑瘦、拖着两条辫子的妹妹敢同老头子顶嘴；最受气的是吴桂芳。她身材瘦长，已经是两个孩子的母亲了。因为人很本分，她得劳动，又得照料家务。这后一桩事她最头痛，原来一切油盐酱醋，都归父亲控制。

"我知道你两个是'何一升的何一明'① 啊！……"

老头子嘀咕着，走向牛棚去了。两个女同志忍不住咻咻咻笑起来。她们在忙着做鞋帮，准备春节好穿。

"也是你啊，换到我么，恐怕还在骂呢！"吴桂芳叹息说。

"你不理他好啦！如果哥哥像你，那就不要搞工作了。"

邵永春的耐性倒也的确惊人。好多时候，尽管老头子暴跳如雷，天都快吵红了，他都沉得住气；但又不是置之不理。碰见老头儿心情好的时候，他会喜笑颜开地开导他，讲清道理。话不投机又搁下来，另外等候时机。

---

① 川剧里面的人物，难兄难弟的意思。

邵永春这种韧性，就是老头儿有时也不免暗自赞扬："这娃真是他妈块橡皮糖呢！"他有种错误思想：以为儿子能有今日，是他解放前节衣缩食送他读了几年书的结果；同时把干工作理解成"当公事"，就跟过去做乡保长样。……

毕竟已经到了睡觉时间，永秀端起麻线笆笆，从床边一条长凳上站起来了，准备回猪场去。自从爱人参军以后，她就住在猪场里了。猪场就在附近。

这时，院内忽然响起一阵带点玩笑的话语声。

"啊哟，你们也像在夜战呀！……"

"哥哥呢！"邵永秀欢呼说，把房门打开了。

"又是搞鞋脚哇?"哥哥问着，同时瞧了一眼麻线笆笆，"我就猜到了吧！"于是跨进房门，带点诡秘神气用嘴指了指父亲的卧室："这两天咋样呀?……"

邵永秀叹了口气，开始悄声诉说父亲那天夜里在大会上最为丢人的表演。

"这个我知道了。我是问，这两天还是那个调门?"

"照样咬着那句话不放啊：他没有钱填黑窟窿！……"

邵永春勒紧嘴唇想了一会，然后又很响地放松它；而且豪迈地笑了。显然已经下定了重大决心。

"就死两个人摆起，这个超支明天都要还清！……"

为了克制自己的激动，他把话头一转，问起猪场的事。

"那个隆昌猪应该下仔了呀?"他问，有点心不在焉。

"我这一向正在着急这件事啊！"妹妹邵永秀愁眉苦脸地诉说道，"拖下去天更冷了，咋办嘛！……"

妹妹想起猪场，想起那些毛猪，特别记挂起那口肚皮已经拖在地面上的隆昌母猪来了。那二十头猪仔，她全都熟悉它们的脾胃，它们也熟悉她，只需她挥挥竹篙，叫唤几声，它们就会按照她的意图行事。

简直比顽皮的小孩子还听话。

她显出一副愁相，很为那条母猪焦心；但是邵永春早已没有听她的了；实际却在暗自思忖："听口气二哥会有办法，——不行！这件事怎么能够麻烦他呢？……"

"好吧，我走了，"永秀末了说道，"说不定今晚就会下呢！"

永秀正待跨出房门，父亲高大的身影在门口出现了。

"这一回又是两天！——县委赏了你个啥哇？……"

"赏我个啥？"邵永春重复说，感觉有点哭笑不是。

"爹这个脑筋不知道一天想些啥啊！"妹妹永秀紧接着赌气说，随即夺门走了出去。

"这个鬼女子啊，你又转来猜猜老子一天想些啥嘛！"车个转身，老头子望着女儿的背影嚷叫了；随又回过身来，开始责备儿子，"你一天就东一趟、西一趟开会好了，谨防有一天会连裤子都没穿的！……"

"就这么危险啦？"儿子嘲讽地说，神色更坚毅了。

"哪里会啊！当他妈个主任，还要给人家写冤枉账！"

"所有的账，社管会指定专人，都一笔笔查对过啊！"儿子理直气壮地顶撞说，"要有假账，那天晚上，你咋不当众一笔笔揭穿它呢？爹！大家都尊重你，你也该试着点来啊！"

"不要扯那么多！一句话：冤枉账老子就是不还！"

父亲说完便走；儿子提着灯台走出来了。

"爹，我们就来把账逗一逗好吧？"儿子请求地说。

"这还有啥逗的呢？我肚皮里早就算了无数遍了！"

"单凭心记怎么成啊！"

"这么说我记错啦？"父亲反问，向儿子参前一步。

"不管怎样，逗一逗总是对的：我两个手上都有账呀！"

"好嘛，我知道你只相信外人！……"

于是，老头子摆出一副不惜争吵一场的架势，在灶房外阶沿上一张方桌边坐下了。儿子坐在他的对面，随即从方桌抽匣里取出一把算盘，一本账簿，开始一面念着细账，一面拨弄算珠。他提高嗓子，念一笔账，都要加问一句："对吧？"

邵永春一向办事都很干脆，可是，碰到麻烦事儿，他也有一份好耐心，直到把问题搞清楚才罢手。这主要是解放后工作中锻炼出来的，因为他也犯过一些简单从事的错误，挨过一些批评，而不少老同志那种深入细致的工作作风，对他影响很大。一个南下同志，单是为了消除他对利用旧乡、保长人员征粮的怀疑，就找他谈过多少次啊！……

对于父亲，他也不是一下就这样有耐心。经常吵仗，有时还不能坚持原则。当然也跟解放前不同，那时候，他只看到他见多识广，吃苦耐劳，想尽一切办法养活家小，所以他尊重他。解放初期，也没什么改变，因为老头子热烈支持他参加工作。土改时候，已经六十带了，他还伙着青年人扭秧歌。但是，到了分配胜利果实，儿子才发觉他多么自私！

这个变化使他感觉苦恼。有时也引起一些争吵，群众反应也大。随后，儿子被调到乡上工作，眼不见，心不烦，轻松多了；可是后来又调回本村办社。这一来，彼此间的矛盾更加多了。同志和群众的反应也更强烈！逐渐，儿子对他形成了一种新的态度：凡是涉及社、队的事，一定坚持原则，家里的好多事就由他去；心想："他还活得到几年啊！"

这天晚上的情形，当然有点两样，儿子已经预感到了一场争吵。因为事情非常明白，钱是老头子坑起的，超支却非还不可！而且必须明天全部还清。这是他已经在庙儿岭和马鞍山当众宣布过的啊！而且还有新闻记者做证……

现在，尽管邵永春把账报得那么详细、准确，一笔笔进行核对，父亲可一点也不在乎。既不反对，也不赞同。而且，刚才算到一半，他就站起来了，望了儿子一眼。

"你就把铁算盘搬来我都不怕!"他说,向着卧室走去。

"爹!"儿子抬起头惊叫道,"还没有算完啊!……"

"你怕我偷跑哇?"父亲回转身来,笑扯扯地反问。

"怎么兴这样说啊!……"

"娃娃!让我告诉你吧:等我去把叶子烟取来,你不找我,老子都要找你,——横竖夜长,我们就往天亮算吧!"

说完,老头子走进灶屋去了,接着折进卧室,也就是他的库房。凡是可用的东西,他都往他的库房里塞,但却很有条理,而且随手就可拿到他所需要的东西。取了放置叶烟的竹箩儿,他又顺手提起放在床脚边的烘笼,就又顺路折进灶屋,叫媳妇吴桂芳焙点火。

"你锅里煮的啥哇?"吩咐焙火之后,他又问。

"这阵还煮啥啊,晚上还剩了点搅团。……"

"对!你咋不杀鸡炖膀给他接接风喃!……"

从他的语调便可听出,他对儿子的不满越来越强烈了。因为他有个错误想法,儿子受了老主任、文素芳一伙人怂恿,是回来逼他还超支的。而凭着经验,儿子断不会在这件事情上让步的。因而越发感觉气恼。

他重又在方桌边坐下,裹起烟来。儿子也裹了一支。他平常不抽烟,只在熬夜时偶尔抽上一支。裹好后,在灯台上吸燃,他却把它递给了父亲。

"爹!你抽嘛,我们接着算吧!……"

"我又没有断手!"父亲说,照旧裹自己的。

"啊哟,烟都不吃我的啦!"儿子装作幽默地说。

每每碰到父亲生气,他总照例采取这样一种不大在乎的态度。"好,那我们又开始吧!"他接着说,"七月十五,棉籽枯一百斤,——我经手的,猪没吃的了……"

"不是那些棉籽枯我的猪不会害瘟!"老头子插嘴说。

邵永春把话头顿住了，愣着眼睛；随即又笑起来。

"爹！"他接着道，"像你这样说，去年我们那两头猪又是怎么死的呢？就拿今年来说，瘟猪也不止我一家啊！二哥他们就瘟过一头，你去调查下吧，看他们喂的啥！……"

"我知道你的嘴头子操出来了！"

"不要这么想吧，这是大明大白的道理。……"

"你又知道他们把那些棉籽枯咋个折的价吗？"父亲把头朝前一耸，忽然插进来追问了；但他随即自己答道，"搁了快一年了，油都走完了，还要我三四元，太黑心了！还有，小春分的麦子，也口报鲤鱼三斤半，硬说是四百斤！我问你哟，除了八月十五过节，我借过一回钱，我支过啥现金哇？拿起笔一气就给我写了几笔，——这个钱也兴还吗？——哼?！……"

"爹，你听，单是我就借过三笔，——不信你看账吧！……"

"我是白眼窝啊！"父亲非笑地说，并不看账。

"那我又念起你听吧：八月三号，五月……"

"那么会借，你自己去还吧！"父亲不断插嘴。

搁下账簿，儿子闭紧嘴不响了。他带笑望定父亲。

"爹，"末了，他斩切地盯着父亲问道，"这个超支我们究竟准不准备还啊？"

"随便写些黑心账也兴还吗?！"老头子气急败坏地反问，"那天大会上我就说了，我又不是金哥！……"

正像他在庙儿岭听二队长暗中向他谈到这种丢脸的情况时一样，邵永春又一次感觉每根汗毛都竖立起来了，这可能爆发成为狂怒，但他尽力控制自己。

"你扯得好！"他嘶声地、几乎一字一顿地说。

"写我的冤枉账我不扯？哪个来把我的嘴皮割了嘛！"

"爹，你怎么不考虑下影响啊！"儿子痛苦地说。

"啥叫影响哇?"老头子误认为儿子的容忍、克制,只不过是理亏的表现,他气势汹汹地站起来了,"老实讲吧,过去吃地主老财的亏,已经吃了大半辈子,现在解放这些年了,还要我闷着脑壳吃亏? ——靠不住!"

"对! 你还没有忘记过去,这好得很! ……"

"是好呀! 老子现在就要伸伸展展过几天日子。……"

"这么说,还了超支,你的日子就过不伸展啦?"

"那是呢。"老头子回答得有点勉强,重又坐下。

"爹,你又想过没有,你倒过伸展了,那些应该收入现金,又缺钱用的社员,他们又会不会过得伸展? 他们过去跟我们一样,也吃过不少地主老财的亏啊!"

"不管你说上天,要我拿一个钱来还超支都靠不住!"

老头子重又气势汹汹地站起来了。儿子痛苦地笑一笑。

"你不还我还!"邵永春轻声说,语气却很坚定。

"你去还吧! ——没有钱当家仙①,卖土地,——还有娃娃、老婆! ——你通通卖了拿去还吧! 要想我拿一个钱出来都不行! 我说过多次了,我不是金哥! ……"

"就是在旧社会,赖账说起来也不大好听啊!"

"我要那么好听做什么哇!"

原本以为论争算结束了,正在往卧室走去的父亲,忽又翻转身来大叫。儿子所谓"赖账"的说法,显然刺激了他,使他感觉得受了辱;而他的回答却多么无聊啊! 因为解放以前,在一般穷朋友当中,他并不是一个一钱如命的人,而且被认为讲究义气,他本人也常常以此自豪。还向人吹嘘过。

这种"无聊",老头儿自己显然也一下反省到了,于是他的气势开

---

① 当家仙:把"神主牌"都拿去进当铺。

始下降，跑来代替的则是羞惭，而且又逐渐转化为颓丧……

"爹，"儿子看出了父亲的苦恼，颜色、声调一下也更加柔和了，"你去睡吧，超支的事你也不用管了，——我还!"但却终于不免激动起来，"不过我决不会卖老婆、娃娃!……"

"我知道啊，你翅膀长硬了!"父亲说，不由得发出苦笑。

儿子没有再张声了，动手收捡算盘、账簿。而令人感到奇怪的是，老头子翻身在一把用竹片绷成的马扎上坐下了。神色愈发颓唐，跟他平常的健康、乐观很不相称。仿佛一下感觉到了年龄和一种道德感的压力。……

他坐了一会，嘀咕道："好嘛!"这才又站起身回房去。这时候，儿子的心里也并不好受，他很想走过去安慰他，劝说他："爹!又何必硬要自讨苦吃啊!"但他克制住了。

因为他看得明白，父亲还没有弄清楚问题的实质。


十五


吴桂芳早就把搅团热好了，但她就让它焖在锅里。

现在，看见父亲已经折进卧室，又砰一声关了门，上好门闩，她不由得对公公的反常神态叹口气，从灶门口站起来，用一个大碗盛起搅团，又找出半碗腌菜，端出去了。

她把饭、菜搁在丈夫面前，随即在丈夫对面坐下。邵永春尽管早已把算盘、账簿收捡好了，在抽烟，而且的确有点饿了，眼前的食物却对他完全丧失了诱惑力量。在开始调回来工作那一段时间，每每碰到父亲在群众中胡说八道，或者因为贪图小便宜争吵一场之后，也总是对自己说："我一碰见他道锣就不响了!"这天晚上，他心情却要沉重得多!

停停，他取掉烟杆，望着吴桂芳抱歉似的笑笑。

"这个肚皮，好像都饱了呢!"他轻声说。

"吃不吃由便你啊！"吴桂芳说，做气地把嘴一嘟。

"当然要吃。我问你哟，那晚上开会你不在场吗？"

"我和妹妹都跟在他一道啊！文素芳就担心他横扯……"

"你们咋个都不兴张声啊！……"

吴桂芳警告地向他嘬嘬嘴唇，要他留心父亲听见。

"哎呀，事情过都过去了，"她末了说，"快吃吧！"

"少说些顺气话，今晚上庙儿岭、马鞍山还在扯啊！"

"你两处都去过啦？"吴桂芳多少有点吃惊。

"听二哥讲，应该退还超支的现在还没有一个人来气！"丈夫一个劲接下去道，"这不很明显吗，你党员干部家庭都又吵又闹，群众会把钱拿出来？这不止是两三户人的问题，群众的情绪给搞坏了：都在嘀嘀咕咕。……"

"听说就是'一角五'下了烂药。……"

"这个不能光怪人家，你自己砧不硬啦！……"

"吃完又说好么？搅团已经凉了！……"

于是邵永春把话头一顿，又轻轻叹口气，端上碗吃起来。他吃得很勉强，因为他一面吃一面寻思："总之，这个钱明天非还不可！"因为他很清楚，这不是某一个人、某一家的问题，它牵涉到整个前锋社全体社员的情绪和劳动积极性。特别牵涉到党支部的威信！而且，改土、挖塘的工程还待扫尾，双抢转眼又逼近了！同时还想到那位已经知道底细，跟他一道来的客人方白。……

然而，他还没有想出一点头绪，忽然又响起了老头子的吵嚷声；随即赤脚趿鞋，披起棉袄，一路吵吵闹闹走出来了。十分显然，禀性难移，他还不愿意草草结束这场争吵。

"我这个人就怪！现在你不跟我算账，我倒要跟你算哩！"

"好！看你算啥账吗！"儿子说，放下碗筷，手有点抖。

"我问你哟，你们几个人呀？"父亲猛然发问，同时挨近方桌坐下，但他随又撑身起来，拍着桌子嚷道，"老子都快要叫你一窝窝揩干了！你他妈四五张嘴，就有两张嘴只会吃！你呢，汉子倒有这么大一筒，一天就只晓得开会，乡上一趟，区上一趟，一下又到县里去了！……"

"说明白点，你是不是怪我们工分没做够啊？"

"你一年的工分做得多啊！又有补贴。……"

"口说不为凭，我们又把工分账拿出来算算吧！"

邵永春插断他。接着，津津有味似的，他打开抽匣，找出工分账来。因为就在个多月前，在一次社干会上，大家还表扬过他参加劳动积极，这一年已经超过了出工计划。媳妇也不像老头子形容的，就跟抱鸡婆样，一天就把孩子揸在怀里，只要有点空隙，她就背起奶娃出工去了，大的寄放在托儿组。

但是，正同先前一样，老头子总不断地发问，打插，只顾说自己的。因为他自己有本账，实质上是有一套他自己的主观主义的算法，你真奈何他不得！末了，邵永春几乎无法同他谈下去了，而正在这时，妹妹永秀奔走呼号地从后门跑了进来，因为那只隆昌猪下仔了，一窝就十五个！这一来，许多对连续注精的摇头叹气派，一定会服输了。

她是一口气从猪场跑来的，就是在后门边听到了叫嚷声，竟也来不及放缓步子。但是，当她到了哥哥房门口时，看了父亲衣履不整，口沫乱飞的神情，她可不由自主地站定了；一团高兴立刻变成了沮丧。因为父亲已经扯到分火的话。

停停，这才同样奔走呼号地走向方桌边去。

"不要把我扯进去哇！"她叫道，"丑话说在前头，我倒不跟哪个一道住啊！"

"你几个杂种老子一个不要！"老头子接嘴说；平常尽管知道女儿同阿哥是一气的，但他没有料到她会如此狠心，"过去汪跛子孤家寡人一个，不一样过日子？早吃早弄，晚吃晚弄，——看还会多活个几年么！"

"你这啥思想啊?!"女儿说,光景可能一气讲一串的,但哥哥立刻给她递了个制止的眼色。

邵永春已经好一阵没张声了。他默着声息,就让老头子瞎扯下去。因为他深信在这种局面下,是谈不出一个所以然来的。只有沉默,才能使父亲很快收场。

果然,隔不多久,老头子气势越来越低,口气也缓和了。

"我知道你几个啊! 不过要逼我还超支,办不到!"

"你这个话才怪!"妹妹忍不住叫道,"家是你当,这个超支你不还哪个还?!"

"冤枉账我也还吗? 我又不是地主!"父亲又激动了。

"我看倒有点像!"妹妹从嫂嫂身边一下站起来了,"那晚上会上吵得来多叫人难为情啊! 一个人一天牵起牛东转西转,也拿耳朵去听听群众的反映呢! 好些社员都说,人家有资格闹呀:那么大把胡子。……"

"讨厌老子这把胡子,他跟我剃掉嘛!"老头子插嘴说。

"你说明白点吧,究竟哪一笔是冤枉账啊?"

"才止一笔冤枉账吗? 他牛娃子还把我骗过了!"

"哥哥,他不相信会计,你把我们自己的账算起他听吧!"

"今晚上还算啥啊,不要提了!"邵永春说,随又望着老头子心平气和接下去道:"爹,这样好吧,时候也不早了,你请去睡,俗话说的,账错包来回,等你啥时候想通了……"

"老子这一辈子都想不通! ……"

老头子大声叫嚷,气势可已经萎了。接着便摆出一种不可干犯的神气,嘀咕着走向卧室里去。

"杂种! 再说上天,我总是你们老子! ……"

妹妹早就想发作了,现在她抱怨起来,责怪老头子这么样拖后腿,他们以后在青枫坡的日子咋过呀! ……

"你不让他拖住你好啦!"哥哥说,口气轻松诙谐。

"你总爱说松活话!还不清楚这回影响多么坏啊!"

"那又怎么样呢?开他的斗争会?"哥哥反问。

"那他不把天都跟你闹红!"吴桂芳轻声说,随又叹了口气。

"对啦!"哥哥说道,"这样影响就更好了!……"

他并不比妹妹舒服,他比她更难受,但他觉得目前的问题在于赶快设法归还那笔超支,解开群众的思想疙瘩,挽回支部和社委会的威信,把大家的积极性重新调动起来。因为他越来越感觉工作的分量重,不能估计轻了。

至于父亲的自私落后,这绝不是短时期内能解决的。实则不只他这一生无法完全解决,还将在一个时间内流传下去!……

"你听啦,"他接着又低声道,"我说的并不是松活话,不让他拖后腿,这是我们任何时候都能够做到的,一定非要他同我们一个鼻孔出气不可,那就只好一天都吵仗了!"

"那就由他当一辈子落后分子吧!"妹妹生气地嘀咕说。

"你不要这样讲,想想我刚调回来那半年的情形吧!……"

"钱是他坑起在,我担心这个超支咋个还啊!……"

吴桂芳突然叹了口气,脸上罩着愁容。当丈夫承认自己没法归还超支的时候,她就有点担心;但以为那是气话,他会设法让父亲拿出钱来,这个想法显然错了。

"哪个还指望他!"丈夫插嘴道,"雷在我们头上打啊!"

"那你就硬撑到吧!"妹妹说,一气冲进自己房里去了。

她爱自己的哥哥,但她现在感觉他对父亲过分迁就。因为父亲管家,她料定哥哥是拿不出钱来的,所以也就更加生气。当她从房里出来时,眼看又要到猪场去了,而且还在生气,哥哥可意外地叫住了她。

"去猪场吗?"哥哥漫不经心地问。

"不去咋行嘛?一窝就下了十五个!胎包又还没下来。"

"一窝就下了十五个?"哥哥重复说,仿佛刚才听到那样。

"我不是早说过了? 一个个圆滚滚的! ……"

"这倒是件大事情呢!"

"那就一道去看看吧!"妹妹神色开朗起来。

"好嘛。"哥哥懒懒地应声说,心想:"横竖今晚上没事了!"

接着,叹息着拍拍桌子,站起来了,决心到猪场去。

"只有你才这样心宽,"吴桂芳说,"是旁人胡子眉毛早愁在一堆了!"

"管它的啊,"妹妹说,"我那里还有点钱,先拿去还到吧!"

"啊! 你也在攒私房呀?"哥哥半开玩笑问道。

"我攒啥私房啊! 潘世太在部队上,我一个人……"

"那是哪里来的钱呢?"

"偷人家的!"妹妹扑哧一声笑了,随又一字一板说下去道,"晓得么,潘世太从部队上寄了点钱,要我替他买几双袜子,上好底子,——这下你该清楚了吧!"

她装着生气的样子,但却始终闪着幸福的脸色。

"这个钱咋能扯啊!"停停,哥哥可反驳了,"绝对不能!"

"你不管嘛,横竖我现在也没有工夫跟他做! ……"

随即,不由分说地把哥哥拖往猪场去了。

邵继康家的院子,正跟青枫坡所有的院子一样,木料建的,门口有个陡坎。这个院子是三个小院子凑成的,有的木色新鲜,有的很陈旧了,木料黑浸浸的,正像刷过染料的一样。养猪场是一排旧房子改造的,中间一条过道,过道两边用栅栏隔成两大间屋子,分别饲养着架子猪和肥猪。进门地方有一小间,算是母猪的产房。

这时候,附近一些社员,都被母猪的分娩吸引来了。他们谁都见识过母猪生仔,但是,对于人工授精、连续注精却都不免有点怀疑,不相信会成气候。而且没料到一窝就产了十五个! 这就更轰动人心了。

他们围绕着母猪和它的仔仔，满面笑容，嘴里说个不停，正像是跑来道喜的那样。

然而，大家忽然又沉默了，全都显出一种焦急不安的神情，悬心地凝望着那只躺在窝里气喘吁吁的隆昌种母猪。担心最大的是邵继康的母亲，一个瘦小精干的老太婆，已经六十带了，算是永秀的助手。可是，等永秀带起哥哥赶到的时候，那个混着血污的胎盘，终于生下来了。

于是好多人重又嘈杂起来，为母猪的平安感到庆幸。

"怎么样，社管会没吹牛吧?"邵永春边走边说。

"啊哟，哪个说过社管会吹牛来啊!"一个老头子插嘴道。

"幺哥呢，"邵永春招呼说，"这个办法都不错哇?……"

他问着，随又意味深长地笑起来，因为这个身材矮小，便服制帽，胡须斑白，平常说话有嘴无心的幺壳子邵永福本人，首先就对连续人工授精表示过怀疑。

"那怎么会错呢!"现在，幺壳子坦然地回答说，"打从办合作社起，社管会哪一件事处理错啦? 大家都是吃饭长大的嘛!"

"对!"邵永秀调皮道，"你这个人从来都不保守!"

"当然啦! ——你让我一桩桩讲起你听嘛! ……"

老头儿笑容满面，显得非常热情。因为此时此刻，他的的确确认定，自从办社以来，每一项新的措施都没有失败过，给大家带来了好处。可是，他的话头已经被一阵笑声和零碎的话语所淹没了。而邵永春已经在相当具体地叮咛妹妹，要她怎样照料母猪和一个个圆滚滚的猪仔。

这时候，邵永春几乎已经全然忘记刚才同父亲的争执，和那个恼人的超支问题了。而且，正当他的嘱咐告一结束，幺壳子邵永福忽然一把手抓住他。

仿佛为了保密，抓住以后，幺壳子还把他拖到人丛外去。

"怎么做呀?"幺壳子又是着急又是求乞似的悄声道,"家里油盐钱都没有了!问起会计来呢……"

"你不要发愁!"邵永春大声说。一种飘然而来的想法,还叫他望了那些在场的中年、老年社员接着说下去道,"你们都在这儿哇,应该补领的现金,两天内一定兑现!"

"啊哟,"有谁叫道,"听说还没有一个超支户来气呢!"

"没有那么怪的事情!"邵永春反驳道,"我明天就首先还清,一个不剩!请你们也告诉一声永文哥,不要拖了!至迟后天,我们就发个榜,看哪个退了……"

"对!"幺壳子兴高采烈地插嘴道,"让那些到现在还不逗硬的出点洋相!"

"这也活该!"有谁叫道,"收入增加了还赖账!"

"的确也有人还不起啊!"继康娘说,"比如他三爸……"

"怎么你还不知道呀?!"邵永春插嘴道,"那晚上社管会不是已经宣布过了:他和邵永中两个的超支拿救济款解决。"

"这就好啰!"老太婆双手拍拍,惊诧诧地叫了,"老婆生病死了,留下一窝仔仔,还了超支他一家人还吃不吃饭啊? ——可惜那晚上我没有去开会!"

"我们倒都知道了!你那娃怎么没告诉你啊? ……"

人们于是议论纷纷,全部赞扬社管会的办法通情达理。

"好吧!你们告诉大家:我家里的超支明天首先还清!"

邵永春这次的表示更为坚决,心情却也更加爽快,显然认为这是天经地义的事,也是完全能够做到的事。末了,他劝人们早点回去休息,他自己也走掉了。

他之所以坚决相信自己能够很快还清超支,因为他早已在心上酝酿着一个打算:说服妻子卖掉那两头山羊。这两头羊子,是吴桂芳唯一的私房,很小就养起的,快一年了,就准备养大了冬天卖掉,给自己和孩子，还有丈夫，缝两件新衣服。只是因为那只母羊有了胎儿，有点舍不得卖，她就暂时把它们留下来；否则早已牵到市上去了。

他相信吴桂芳会答应他的要求，但也有点迟疑。这多半来自体恤，因为他知道妻子这点私房是怎样积起来的，知道她多么渴望一家大小都能跟一般社员一样，穿得漂漂亮亮地过春节，而且知道，父亲决不会拿出钱给他们制衣服！……

当他回到自己房里的时候，吴桂芳已经睡了，屋子里黑簇簇的，没有一点亮光，也没有一点声息。他没有把灯点燃，因为担心会打扰妻子的睡眠；但他自己可也并不想睡，于是找出那剩下的半截叶子烟来，划燃火柴，抽起烟来。

叭燃烟，他侧耳细听，照样没有听见一点鼾声。

"你还没有睡着哇？"他轻声问。

"这咋睡得着嘛！"吴桂芳叹息道，"就是把妹妹那点钱借过来，还一半超支都差得远！"

"她那个钱不能动啊！……"

"那就把那两头羊子牵去卖了吧。"

"我也正想跟你商量这件事呢！"丈夫愉快地笑道，"好吧，这下大家都可以丢心落意睡一觉了！……"

于是几下灭掉烟蒂，准备上床睡觉。


十六


正是昨天夜里，邵永春对于归还超支问题尽管表示得那么坚决，在他领起客人离开工地以后，老主任可越来越加替他担忧。

老主任并不怀疑邵永春的决心，但他了解邵永春的家庭情况。因此他就只顾自己盘算，怎样说服谭爱真了：让他拿那笔前两场卖猪得来的钱替邵永春垫一手，免得大家都脸上无光。

这时候，在收工回家的路上，话语声和短促的哈欠声，已逐渐零落了，他也已经领起儿子和大伙分手了。夜很黑，但也正在悄悄逝去，而黎明，白昼，也正在一步一步迫近。

当他走进院子，推开房门，谭爱真立刻醒了。

"人家都轮班你不轮班！"她开始嘀咕起来。

"少说两句好吧，我心里有事哇！"丈夫乞求地说。

"只有我心里清闲！……"

口气虽然不大对劲，接着，她却翻了个身，不响了。

"听听劝吧！"停停，她可又开口了，似乎是在恳求丈夫发发善心，"既然感到工作恼火，你就让人家去干哩！"

"笑话！变泥鳅我还怕泥巴糊眼睛?! ……"

出乎意外，他的心情忽然间开朗了。

"啊，我不是早问过你，前两场卖猪那个钱呢?"

"存到信贷社去了，未必现在哪个还好意思把钱坑在家里么?"同时想到，"恐怕硬是给金银火烧糊涂了！"

"明天你把存折交给我吧。"

"我就猜到了吧！"谭爱真叹口气想，但却故意用笑话反问道，"你不放心我哇?! ……"

她多少有点抵触情绪。因为当前天问到这笔存款的时候，她就猜想，丈夫又要把钱借给什么人了。她不是一钱如命的人，也经常帮助人解决困难，但是这笔款子不小，而且，她已经打算好怎样开销它了：买两只双月猪填槽，此外就是给全家大小制备点新衣服。

而当丈夫向她说明用途的时候，她简直生气了。

"这才怪呢！"她叫道，"他们也才卖了肥猪，要你借钱！"

"未必你不知道：正像有些人讲的那样，那个老鬼，钱一入库，你就拿钉耙也耙不出来了！"

"他拿不拿出来关你屁事！"

"倒不是为他啊，——你拿耳朵出去听一听吧！……"

"好吧，你就全借给他我都不管！……"

谭爱真一直抱怨下去；但听口气，丈夫相信她已经不会再反对了。一个劳动妇女，一个在旧社会生活过大半辈子的人，是不会没有点残余的旧思想的。而她的嘀咕，只是还有些想不通：为什么竟连丈夫也会对业隆老汉的自私、顽固如此迁就？万一他家里真的没现金也不说了！……

到了次晨黎明，两老儿被庙儿岭的锣声和土广播的喊话声惊醒转来的时候，谭爱真显然已经把问题想通了。起床以后，不等丈夫开口，她就从一只木板箱子里取出存款折子，嘟着嘴交给丈夫；随即走进灶屋去生火煮饭。

老主任带上存折出门去了。走不多远，他就碰见了邵永春；于是两个人就停留在路边扯谈起来。他们面色都跟昨晚不同，开朗多了。因为他们各自都相当满意地解决了问题。

"哎呀，"邵永春笑笑说，"我们爹这个头真不好剃！"

"你跟他扯啥啊！我还存得有钱，先垫一手再说。"

"那怎么行啊！我们决定把两只羊牵去卖了……"

"你们那只母羊不是就要下仔了么？"

"管它那么多做啥啊！喏，老吴不是都牵出来啦！……"

的确，吴桂芳牵起两只羊走过来了。那只母羊，怀身大肚，走得特别缓慢。当走过邵永春身边时，她顺口道："搅团都好了哇。"同时又和老主任打了个招呼。

"好歹都卖掉啊！"邵永春叮咛说。

"总不能白送人嘛！"吴桂芳多少有点忄气。

老主任摇摇头想道："这个背时老头子真少见！"随即向邵永春建议："这样好吧，还是先拿我的钱垫到，你们羊子卖掉还我好了，这样利落得多！……"

"对！这样等于给永文大爸打道催符①！"

这插话的是文素芳。她也是为邵永春的超支问题放心不下，而且已经取得公公同意，必要时他们可以提前把猪牵去卖了填还。她在路上已经碰见了吴桂芳，对于事情的经过，大体都知道了。她的出现没有引起两个男同志的惊怪，相反，因为她的到来，一个临时支委会倒开成了。

这是一般的碰头会，问题又简单明了，所以三个人很快就决定了，吃过早饭就在庙儿岭开社管会，先由文素芳去三队找小潘，同时也请省报记者方白参加会议。因为她到永让老汉家和三队比较顺路。另一个支委邵继康呢，则由永春负责通知。

这个女将尽管身怀有孕，但她做事照样利落，从三队回来，经过社办公室的时候，她又顺便把小会计吆喝出来，要他分别通知两三个自己来不及通知的社委开会。

"你自己也要去啊！不要忘记带算盘、表册……"

"超支户的表册呢？……"

"喝！这个都忘记得呀？难道你不清楚，就是为这个问题才闹来大家不顺气啦！……"

"你听我说，大嫂！……"

"快赶忙回去吃饭吧！有话会上再说。……"

文素芳一边叮咛，一边已经望家里走去了。她还得去邀请那位记者同志，而且赶快回去通知公公，赶快吃饭，并将孩子送到托儿组去。她的声音已逐渐消失，一转弯，竟连影子也不见了。然而，小会计却还呆呆地站立在大门口。

小会计还有好多话要想告诉她啊：昨天夜里，他已经和他母亲商

---

① 催符：过去妇女怀孕后，有的人家担心发生差错，就请巫师打道符保产、催生。这里是促进、推动的意思。

量好了，就用他们的存款来归还邵永春家里的超支。因为这两天催收超支，他吃过邵永文、潘有义多少碰啊："你只认得我们这些普通社员哇？"或者："干部拖得，我们是后娘养的，就拖不得？"甚至还讽刺说："真不枉自邵书记培养了你一场，所以你就只晓得向我们汪汪汪……"

那些该收入现金的，除开个李翠华，没有人不曾跑来催过。少数人像赶场样，一两天来，几乎把社办公室的门槛都踩垮了！有的人就公开在支部书记头上开刀："他家都不还别人咋肯还啊！"有的甚至还讲些弯酸话："你么爷家里又没有喂得有老虎，我就借点胆子，也跑去催一下呢！"

当夜里向母亲诉苦的时候，他还受到母亲的指责，同时却也使他忽然醒悟，找出办法来了：把自己家里的存款拿出来，这就不仅解决了支部书记的困难，也把许多刻薄嘴塞住了。

他原想把这些都告诉文素芳，但她竟然走了！

"也好，"他惘惘然想道，"等到开会说吧！……"

于是，在通知过两三位社委后，他就回转家里吃饭，接着拿起算盘、账簿、表册等等，赶到庙儿岭去了。这里离几个队远近都差不多，少数干部开会比较适宜。庙子不大，一个石刻的龙王，头已经不在了。这也算得一种惩罚，因为它把人们欺诈得太长远了，真是罪有应得！……

当会计赶到时，社委们大部已到齐了。他们各自搬了石头坐在殿堂里面，叭着烟杆。没有叭烟习惯的文素芳，则在谈说自己的各种想法以及见闻。

当她发现小会计走来的时候，她又大笑着招呼道：

"啊，你不是有好些话要说吗，就先讲一讲吧！……"

"对！"突击队长继康笑道，"就讲讲你这两天催收超支的反应吧！"

"还有啥讲的啊！"小会计苦着脸说，"昨晚上我跟我妈商量好了，我们还有点存款，先给大爸垫起。……"

"啥?!"文素芳、潘耀华和继康,都一下跳起来了。

"要不怎么办呢,——么爷那个钱都要得出来呀?……"

"哎呀,我真没有想到!"文素芳走过去,两眼含泪,双手搭在小会计肩头上;停停,她又柔声问道,"你妈通吗?"

"她有啥不通的啊!平常她就爱说,要是不办社么……"

小会计垂下头,有一些哽咽了,没有说完他母亲对他私下里常说的那句话:"要不是合作社么,我两娘母早活不下去了!"他也满眼泪水,因为两母子多年来的苦难生活,以及近一向他受的委屈,都一下全部涌上心头。……

其他两三个支委和社管会委员,也为小会计两母子的行动感到意外,只是没有三个青年人,特别文素芳激动。恰在这时,邵永春和老主任,还有客人方白,都一起到来了。

他们边走边谈;但是支部书记忽然间住了口。

"你们两个啥事情哇?!"他带点惊异神色,急步走到文素芳、小会计面前去。

"没有什么。"文素芳仰起头,浮出强笑,鼻翼边挂着泪珠。

这种多少掺和着失措和害羞的表情,同文素芳一向的爽朗,利落,是远远不相称的。因为小会计母子两个的举动一时使她想起了我们这个社会,特别在"社教"以后出现的很多珍贵、动人的事迹,同时也想起一些残留的恶习……

但她毕竟不是一个感情脆弱的妇女,等到正式开会的时候,她就又侃侃而谈,有头有脑地讲起小会计两母子的想法和决心来了。这中间,来得较迟,还第一次知道这件事的邵永春和老主任,不时叫道:"这怎么行啊!"或者:"我早安排好啦!"两个人也都多少感到有点意外。

文素芳一直没有让他们插断话头。直到情况介绍完了,这才又主动提起老主任的安排;只是没有一个字提到她本人曾经有过的打算,以及她公公的同意。

"依我看么，"她结束道，"就依会计的好啦！"

"那么我这个钱又拿来咋办呢？"老主任苦恼地说。

"借给我买麻糖吃吧！"有谁开了句玩笑。

"不要开玩笑啊！"邵永春严肃地劝阻说，"依我看这样吧：就照文素芳的说法办好了！羊子卖脱了就归还；万一卖不脱呢，就暂时用二哥这笔钱还。……"

"对对对！"老主任说，不住点头。

"我们倒也并不等钱用啊。"小会计说。

"总之，这件事把大家都麻烦了！这都不说，支部、社管会，整个工作，都受到影响，——这个我该首先负责，向支委、社管会检讨，——将来有机会还要向群众讲清楚，不能含糊！不逗硬，这个工作搞得起走吗？"

"以后借支得有个规矩啊！"老主任叹息说。

"没有队长签字，社管会批准，不管他天王老子，一个钱都不借，——我不相信哪个还会把办公室给拱了！"

文素芳的建议引来不断的赞扬。

"这个话说到点子上了！"潘耀华首先叫道。

"我看就先把这一条定下来吧！……"

社干们纷纷主张提付表决。记者方白也频频含笑点头。

表决时，没有一个人有异议。接着，突击队长提出，以后排工调工，应该对困难户有些照顾；这也很快就通过了。对于继续催收超支问题的决定是：下午就发个榜，同时广播一番：谁还清了，谁还拖起，谁已经给予照顾。

"今后的工作呢，一定要按时扫尾！"邵永春说。

"只要把这股火按倒，问题就不大了！"老主任说。

"可也不能大意，这次区上开会就是打催符呢！……"

邵永春的传达相当扼要，既讲了好的一面，也着重讲了一下摆在面前的困难：有的工程大了，就搁一搁，先抓抓水，为几乎每年都会出现春旱做好准备！肥料问题也得认真解决。而传达一完，他又向客人笑道："你看这样行吧？"

"我是来学习的，"方白说，"你们这个会开得好嘛！"

"不客气啊！让我告诉你一个好消息：我们母猪连续注精搞成功了！"

"这样好吧！"老主任插嘴道，"既然方同志没意见，就出工吧！"

他的口气有点生硬，因为他担心邵永春和客人闲聊下去，把时间浪费了。支部书记远比其他的人了解他的情趣，于是宣布散会，同时要求大家，分别将社管会这次临时会议的精神和决定原原本本传达下去。

小会计呢，这天没去离办公室最近的大瓦窑参加劳动，一回到家，他就着手清理两项账目。一笔是超支户的，一笔是不曾全部领回现金的户头。两笔账数目相等，他的账目的确是清楚的。刚好写完已经归还超支户主的名单，吃午饭了。

他三掏两咽地吃了点饭，就又忙着回办公室为尚未归还超支的户头写榜。但他动笔不久，潘有义和邵永文陆续走来归还超支。而当千俭省邵永文赶来时，小会计恰好把名字给他写上榜了。

"啊嗬！你早来两步也好嘞！"小会计惊叹说。

"让我看看，你么爷的名字呢？"邵永文说。

"这个有啥！看吧：邵业隆还来超支……"

"他硬还清了啦？"又是惊奇又是怀疑的口吻。

小会计哗的一声拉开了写字台的抽屉。

"你快看吧！——还点不点数目啊？！"

那位怀疑家吃了一碰，嘀咕道："火气好大！"接着从反穿着的新棉背怀抱里掏出一个用手巾叠成的小包，打开，清捡出一小沓人民币，归还了超支，于是叹口气走掉了。

最后跑来办公室的，是一个满脸胡须、衣履不整的高大个子，手上抱个一岁多的奶娃。这就是邵永旺，久病的妻子上个月才去世，给他留下三个娃儿。……

他呆呆地站在会计面前，嗫嚅着，眼睛里有泪花。

"啊，三爸哩！"会计终于把头抬起来了，"你坐嘛……"

"坐啥啊！我是来谈我那个超支。那晚上开会，说是社管会拿救济款帮我还，——真的呀？"

"你是咋个的啊！社管会啥时候说过假话？……"

"那就算做了好事啦！"邵永旺流泪了，赶紧空出右手去擦。

"快不要这么说吧！去年也是这样办的，搞社会主义就兴这样嘛。因为你猪也瘟了，社管会还决定再拨点款借给你，让你买两条架子猪把槽填起。"

"填啥槽啊！不催我还超支，就松口大劲了！"

说完，邵永旺就抱起娃儿走了；同时还在揩抹泪水。小会计则只管继续写榜。榜写好后，他就张贴在大门首，然后又去庙儿岭广播。不仅广播超支户偿清超支和困难户已经由社管会代为偿还超支这两类户头的名单，同时，还通知所有应该补领现金的户头，吃过晚饭就到办公室如数领取。

这次广播，立刻叫整个青枫坡沸腾了。每个院子的住户都在纷纷议论："这下倒真可以过个胖子年了！"或者："我早就说人家永春从来说话都过硬嘛！"这是该领现金的人们的说法。两个超支户的想法也还不错："人家那么大一堆都不心痛哩，我们才好几个钱哇！"困难户的反应特别强烈，"干社会主义，就是好嘛！"只有"一角五"在心里嘀咕道："妈的，又空欢喜一场！"

这天下午出工，社员也特别踊跃。劳动中间，也再没有人磨洋工、发牢骚了，都想如期将工程结束掉，然后舒舒服服休息两天，好好过个春节。

邵永春在去工地的路上，记者方白单独向他提了项建议，春节时候，社管会最好叫小会计上街办些杂货，借以节约社员的时间。因为他毕竟感觉他们的工作量大。

当然，在半下午间，在听完有关超支问题，以及催领现金的广播后，作为记者，他企图了解前锋解决超支问题的全部过程的目的，算完满达到了。随即告辞，准备赶去三合宿息。

邵永春送了记者方白一段路程。当他重返工地的时候，大伙已经在息肩了。穿过一堆堆坐着息气的人堆，他在山脚挨着老主任坐下。

"怎么'一角五'那么蔫妥妥的呀？"他笑向老主任说。

"总是他没有看到笑神嘛！"老主任一针见血地回答。

"啊！忘记告诉你了，永隆大哥的问题，已经报县委了。"

"他这问题早就该解决啊！"

"方白同志也打算向县委反映一下……"

"好！——唉，吹哨子呀！……"

这末一句，是老主任对站在前面丈把远，正在同社员们闲谈，快要做爷爷的一队队长说的。而接着，上班的口哨声就响了。于是两个伙伴，也就从山边撑身站起来干活。

他们一直干到天快黑尽了，这才收工。当支部书记回到家里的时候，妹妹已经帮着把饭食弄好了。这是吴桂芳走之前托过她的，哥哥刚一到家，她就回猪场去了。只是简单谈了谈那窝猪仔仔的情况。父亲不在，大的孩子，这天说好了在托儿组搭伙，邵永春只好独自搬出饭食，吃将起来。

他吃不多久，父亲就牵起牛回来了，一面嘀嘀咕咕："真是霉不醒了，都快下仔了牵去卖！"等到父亲走出牛棚，吴桂芳也背起奶娃赶回来了，很开朗。

"哎呀，"她边从背上卸下奶娃边说，"幸得市场管理员帮忙说话……"

"光抽税连屁都不放一个呀！"老头子生气说。

"抽税吗是国家的制度嘛！你这是咋个的啊？"

儿子也有点气，但接着他就帮吴桂芳照料孩子去了。这是体恤劳苦奔波的妻子，同时也是为了避免同父亲爆发一场新的争吵。因为父亲显然又想滋事……

# 十七

迄至农历腊月二十九夜，所有改土、挖塘的工程，就先后完工了。按照社管会规定，一般休息三天；实际却也并不清闲，每家都有一大堆活路得做。

因为早就可以自由参加夜战，妇女们已经快把新衣、新鞋赶制好了。同时把从社上分来的猪肉腌成腊菜。男人们则忙着搞自留地和积肥。半大孩子们把响簧和自制竹号搞得来震天响，更加增添了节日气氛。春节真的就来临了！

干部们也并不清闲，不同的是，他们都不得不事先考虑考虑春节后的工作安排。因为根据前几天邵永春在区上开会的传达和体会：春旱和肥料问题都得事先做好充分准备。特别由于一冬无雨，蓄水已经用去不少；麦子扬花、灌浆时候，很可能需要浸灌。新挖的蓄水池又全是干的！

所有这些，支委和社管会都讨论过，也分别向社员提示过。因为直接牵涉到每家每户的收入，社干们还特别鼓励大家积极投肥和开辟肥源。这天下午，邵永春照例扛起锄头，到一二队跑了一转，查看着泡青池和蓄水池，以及小春的长势和墒情。而当他走过么蛮子门口时，忽然停下来了。

这个贫农社员正担了挑油浸浸的泥土从门内出来，倒在梯阶侧面。他照旧满脸胡须，头发直耸，看来正像一个毛芋头样。邵永春已经走到院子门口去了。

"啊哟，这个土肥哩！"他说，抓起一撮搁在手掌上细看。

"给你讲吧！拿清粪水一窖，至少抵得上棉籽枯！"幺蛮子邵永炳自豪地说。

"你这是地脚泥哇?"邵永春问。

同时，他已跨上梯阶；但却没有跨进门去，因为室内已经大坑大洞，几乎没地方下脚了。幺蛮子的爱人、孩子都在进行挖掘，而且都干得很起劲。

"这个办法真好！"邵永春赞赏道，"还要哪里去找肥啊！"

"你看行吧?"幺蛮子更高兴了。

"当然行呀，——不过幺哥，明后天就春节了，你也把胡子刮刮呢！……"

"×！不刮胡子哪个还不准我过春节啦！……"

邵永春因为他的耿直大笑起来。幺哥的爱人、孩子，也都笑了。而还不到半个钟头，庙儿岭的土喇叭，可就把幺蛮子的经验广播了，要求大家推广！

这个号召立刻得到了普遍响应。一则，经过改土、垦荒，田土的数量都增加了，的确缺肥；其次，多投点肥，社员个人收入也可增加，于公于私都有利。所以吃过晚饭，前锋社所有社员家里，几乎都动手干开了。但也不是一切顺顺当当，就在一二两队交界地方，一队队长邵永光家里，儿子邵继怀两口子就因为挖地脚泥发生了一场口角。妻子因为自己快分娩了，脑筋旧，禁忌多，担心挨到旧历年节动土"犯"到哪里，死也不赞成挖地脚泥。也许担心当不成爷爷，却又想多积肥、投肥，公公敷敷衍衍劝了几句，就遛去搞自留地去了。儿子可不让步：一个堂堂共青团团员，父亲又是社干，自己怎么能跟老婆屁股转呢！所以不管爱人怎样反对，刚一搁下饭碗，他就准备从堂屋里挖起来。

然而，他刚才摸到锄把，爱人就停止收碗盏，赶过去夺过锄头，扔在屋角，嚷叫说："过了春节随便你挖！"可是，继怀不甘示弱，她一转身，又把锄头抓过手了。

他可照旧没有挖成，爱人又从灶屋里赶出来了。

"实在要挖，你先挖个坑坑把我埋了！……"

"看人家听到笑话啊！"继怀说，死死握着锄把不放。

"让他笑吧：他进步他的嘛！我是有点迷信。……"

"你究竟松不松手啊?!"继怀有点火了。

因为嚷叫越来越凶，附近院子里陆续有人劝解来了。就连正在和公公、丈夫一起挖自己家里地脚泥的文素芳，也被一队一个青年妇女拖起来了。她一到场，就立刻采取了行动。

"都不要争，把锄头交给我！"她十分权威地说。

"看你见过没有哇？……"两夫妇一齐开始申辩。

"你们都莫忙吆喝！继怀，你先去搞自留地吧。"

"那还成了笑话了呢！"继怀非笑地加以拒绝。

因为继怀固执着不肯走，文素芳就搂着继怀爱人的肩头，把她领进卧室去了。她自己也有身孕；虽然还不到四个月，而单凭这点，却很快就把那位青年妇女给说服了。只是也有妥协：对于两夫妇寝室里的泥土，春节前却不能动……

当两个女同志从卧室里出来时，继怀已经把堂屋门脚下挖了一条沟了。看了这些，继怀爱人知道事已无可奈何，那些准备看热闹的，则都大为失望。

临走之前，文素芳又悄声叮咛了一阵继怀。

"记住哇：不要走直线，你们房间里就绝对不要动了！"随又望门首三五个老人和孩子们说，"光看到人家做有什么味道啊！支援一下，帮着搬搬土怎样呀?"

"又没有家伙。"有谁闷声闷气地推诿说。

"那是啥哇?"文素芳说，指指搁在屋角的篼篼。

于是，两三个小将拥进屋搬土去了。文素芳呢，则回到自己家里。她刚一露面，那个累得满头大汗的公公邵永隆就嘀咕道："咋个把摊子摆开就走了啊！""你吵啥嘛！"同样满头大汗，刚从学校回来不久的继祥嚷道，"她是去给人家解围！"文素芳粲然一笑，立刻卷上裤脚，挖土去了。

这天从傍晚直到深夜，青枫坡几乎没有一座院落、一个房间是清静的，都在点起灯亮挖土挑土；不少人家，由于人手齐全，还挑了生土，把地填平、捶平……

邵永春、老主任已经把家里收拾好了，两个人叼着烟，坐在大柏树山道边，交谈着彼此的一些想法。

"其实这个年有啥过的啊，"老主任叹息说，"又是一天！"

"不行，不行，——一下还改不过来！……"

"明天三十，能够再搞点什么就不错了！"

"行！明天约几个人车水，把干嘴地几个池子灌满好吧？"

"对呀！让我去通知各队……"

"还是等搞开了，广播一下，让大家自愿参加好些！"

于是事情就这样决定了，分别去搞工具和通知党团员。分手时候，根据记者方白同志临别前的提示，他们还共同商定：叫小会计明天一早去三合买些甘蔗、糖食回来，原价出卖，同时也可让小商贩来做生意，免得社员们往街上窜。

次晨一早，五六个上一天夜里已经约好的党团员干部，就已经到了干嘴地了。搬来了水车、庌箢和其他工具。邵永春和老主任在查看水路，商量怎样挖燕儿窝和整理渠道。陆续还有人来，但大家都是看热闹的。文素芳一家人也来了：继祥固然是来参加劳动，主要却是为了照顾妻子，尽力劝阻她干重活。由于前一向闹过离婚，这就不免引起一些人打趣，但是两夫妇全不在乎。

消息不知怎么传播开的，七八个红领巾也来了。都穿着旧衣服，显然是来参加劳动。但当一切准备停当，一架水车的"肠子"忽然断了。正在这时，业隆老汉恰好又牵了牛打从这里经过。人们修理当中，他冷眼旁观了一阵，最后笑道："快放倒让我来啊！"于是系好牛，走过去了。

为了谋生，他早年土木工都懂一点。如他所说，"就是不会割包剪绺①！"他拿起钉锤、钻子，很快就把水车修理好了，于是拍拍手站起身道："不要以为我光有本事吃饭！"然后又老腔老调，对使用水车的社员尽着忠告。

"不只两个人要配合好哩，"他一字一板地说，"一个人两条腿用力也要匀称，——不要像扯鸡爪疯样！……"

说完，牵起牛，他就大摇大摆走了。而他的身后立刻发出一片颇为克制的笑声。

"啥都好，就是太自私了。"有谁悄声说道。

"妈的，你不自私！"老头儿嘀咕说。

"他耳朵才不背哩！……"

哧哧哧的笑声张大起来；老头儿已经走远了。

两架水车和五六副戽篼，全都在工作了。有的人则拿了锄头在疏通沟道，让江水毫无阻碍地流到蓄水池里。安在白泥包那架水车，蹬车的是几个红领巾，他们的劲头最大，深恐落在那批成年人后面。

"展把劲啊！"有谁大声取笑娃娃们道，"不要等我们把水车光了又来哭哇！"

"不会！"娃娃们答道，"你们又不是车起回去喝呀！"

"对，喝多了好'练海军'！……"

"练海军"是小孩子在床上撒尿的隐语，人们都大笑了。

自觉自愿的劳动，为了一个崇高目的进行的劳动，无疑是愉快的。

---

① 割包剪绺：当小偷、扒手的意思。

而愉快却又使劳动者不怎么感觉劳累，进度也特别快。由于靠河最近，两三个池子很快又清汪汪满沿了。只是较大的那口池子总差一截，老盛不满。而当永让老汉刚一发现这个，就立刻叫唤了。

"这口池子有问题啊！"他叫道，"看，那里老是鼓泡！"

"是呀！这里也在鼓水泡啊！……"

邵永春跟着爬下水车，走过来了。默着声息看了一阵，他就分派两组戽水的人堵住渠道，又开了条沟，把有问题的这个池子里的水往附近一个泡青池引；随即就走掉了。

等到邵永春从家里搞来大半箩石灰，蓄水池里的水，已只剩下有一小半；但是已经不渗漏了。池壁上的几处裂痕，也都暴露出来。他一运到石灰，所有围观的人们，都立刻懂得了他的用意："用石灰一抹，问题就解决了！"人们说。接着，继康脱下棉裤，跳下去了。

跟即下去的是邵永春，其他的人留在坎上拌灰。永让老汉相当内行，他在石灰里拌些细沙，同时叫孙子回家取来泥工的用具：铁的木的抹子。……

裂缝很快就补好了，可是邵永春和突击队长都冷得嘴唇铁青，周身直打哆嗦。……

"走！加紧干一阵就暖和了！"邵永春跳蹦着走向水车。

"这下把沟道掏开吧！"突击队长也跳蹦着紧跟过去。

"这下保险不会漏了！"戽水的也都继续跑去戽水。

果然，到了午饭时候，一池清汪汪的水，又满沿了。而且没有一点气泡，这说明渗漏已经不复存在，给补好了。永春、继康也不再打哆嗦，反而汗流浃背。

看了那些清汪汪的水池，人们七嘴八舌议论起来。

"这几池子水么，等一向，你出两三百元都买不到！"

"吃过午饭，我们再来拿它个三四百元好吧？"永春说。

"今晚上就三十夜了，下午大家都多少有点事啊！"

"也对！"永春接上去道，"下午休息，明天来它个开门红，怎样呢？……"

于是议论更热闹了。特别是党团员和一些积极分子，发言踊跃，建议最多。有的主张继续搞水；有的主张积肥和浇灌苗圃；因为转眼就交春了。单是一个马鞍山就需要栽插不少树秧，同时也需要不少水！

最后决定了两条：自愿参加，不勉强一律。因为看来各项工作虽有轻重缓急之分，但是，既然是都需要，又是自愿参加，任何硬性规定，也就不必要了。

不过，下午仍然有干活的，这就是老主任和邵永春。

"那些桑树应该灌一下了。"老主任回答永春说，正担了粪桶去荡岩头。

"那么我也来赶个船吧！"永春说，赶紧回去挑桶。

也还有些人到河边挑淀泥，不过是为了给自留地追肥，好给社、队多投些人畜粪。也有在收拾打扮的：互相交换着理发和刮胡子。孩子们的响簧、过山号玩得更起劲了。

小会计和保管，挨黑时就把甘蔗、杂糖买回来了。副业组也主动采购了不少货色：挂面、粉条和豆腐干，应有尽有。贩卖部就设在办公室，早就有买主在那里守候着了。还有小商贩挑了干酒、香料、杂货来的，这一来，办公室门里门外就更加像一个市场了。男女老少，络绎不绝。

只有"一角五"两弟兄例外，既未搞自留地，也没有去贩卖部；他们需要的年货早办齐了。倒是专心致志在门口扎火把，准备夜里下河叉鱼。

"那些酒没掺水我就不信！"他边扎火把边说。

"现在小商小贩都学习过，不兴这一套了！"

"学习几天人就变啦？笑话！""一角五"不住摇头。

从他一贯的顽固、自私说来，这个看法倒很自然。他学习的次数不少，还挨过斗争，栽过筋斗，他的思想就没有变多少啊！也许是火候还没有到家。……

笑眯眯的，业隆老汉提起个大肚酒罐走过来了。

"唉，这回这个干酒不错!"他停下来，望了"一角五"说。

"你尝没尝啊?""一角五"怀疑地问。

"没尝我买?"老头子说，十分精明地笑起来。

"谨防拿烟骨头泡过啊!""一角五"还是不肯相信。

因为这个一向尊敬他的侄儿尽说些扫兴话，老头儿在心里骂道："妈的，都跟你杂种一样坏!"于是不再答白，笔直走了。回到家里，他就叫道："吴女子呀，这顿饭要啥时候才吃啊?"而他坐下不久，吴桂芳就把饭菜端出来了。

他向一碗腌肉端详了一阵，随又叹一口气。

"那么大块肉才这点啦?"他怀疑地问道。

一声不响，吴桂芳随又端出一个瓦钵，中间盛着未曾切碎的一方腌肉，老头子这才丢心落意笑了。这时候儿子正担了粪桶回来；他和老主任已经把桑苗灌过了。

"今天团年，吴女子呀，全都出来吃吧!"老头子说。

"哎呀，总算把差事完成了!"洗好手脚，邵永春欣喜地说。

"今天记不记工分呢?"老头子问。

"当个干部，咋能动不动就说钱啊!"儿子兴冲冲说。

"对! ——你积极! ——你觉悟高! ……"

老头子的语调含讥带讽，儿子但只笑笑，就吃起饭来。

整个会食当中，老头子只顾一声不响地喝闷酒，当然也没有饶过那碗腌肉。儿子有时也说句把句话："想不到这个猪的膘这么大!"或者："这个萝卜再多股火就好了!"但是，尽管老伴、媳妇、女儿以及大的孙儿全都一年一度，例外地入了席，食桌上却始终没有一点活泼气象。

用过饭，邵永春就又出门去了。他顺着山径走去，每过一座院落，又恰巧碰见人们正在吃"团年饭"，他总要招呼一声："年过得闹热哇！"屋主人也总照例回答一句："进来喝一杯水酒吧！"有些社员还跑到院子门口，吵架般地跺着脚邀请道："哎呀，你就进来素坐下嘞！……"

路过老主任的院子，他倒主动进去坐了一阵，还喝了半杯干酒。商量了怎样在明天认真搞一个"开门红"，迎接一九五八年的春节。商量定后，他一口喝完杯子里剩下的干酒，揩揩嘴唇，又嘘口气，就又去找青年突击队长继康商量，明天早晨怎样通过土广播鼓动社员来一个"开门红"。

这事倒也简单，因为原则问题，在当天收工时就已经确定了，两位主要负责人又对一些具体做法取得了一致意见，现在要谈的只是广播时怎样措辞。

"我懂你的意思了！"长期经管土广播的继康说，"先用支部、社管会名义向全体社员祝贺嘛！……"

"不能笼统说啊：男女老少都要提到！……"

"对！然后才鼓动大家自愿参加劳动，来一个开门红！"

"不行！还得表扬下过去一年大家的辛勤劳动！"

"那么存在的困难恐怕也得提提。……"

"对对对！你再把细琢磨下吧。……"

邵永春接着又分别找文素芳和三个队长交换意见。当他回家时已经是深夜了。次晨，他醒得比较迟，没有来得及去庙儿岭；但是突击队长的广播辞却很叫他满意！……

问题还在效果：吃罢早饭，人们就三五成群，在自愿结合的原则下各自干起来了。显然都不自甘落后，在这个伟大劳动交响乐中充当一名不起作用的听众。当然也有例外："一角五"夜里叉鱼，一不当心，落水了，感冒了，躺下了；但是好多人怀疑他是装病。……

然而，便是他也起了一定作用。那批照旧在车水戽水的人们，就拿他的这点意外当作笑料，而工作也干得更欢快了。有的说："恐怕很喝了几口吧！""听说，要不是他兄弟抓得快，已经灌成推屎爬了！"别的人唱和道。

"就是灌成了推屎爬，将来他还会'下水'啊！"邵永春意味深长地说，"不过，不要老谈他吧，还是赶快把昨天许的愿还了，——再拿它个三四百元又说！……"

于是他双脚踏得更平稳、更有力了。水流也更哗哗哗随着车瓦子爬上燕儿窝，然后流入渠道、水池……

阻碍总会有的。但是，只需动动锄头，清除阻碍，水又照样流过去了。

1977 年 6 至 7 月初稿

1978 年 1 至 2 月初修改

1981 年 4 月二次修改

红石滩

# 一

近两三个月来，一到晚上，十字口照例比别处热闹。上场下场的街道漆黑，这里却灯火辉煌，成了闹市。

更锣早已经响过了，烧腊摊子、担担面、卖汤圆的担儿边都还有不少顾客。刘家烧房门口的长柜台边，聚集的人可说最多，但是认真喝所谓碗碗酒的人只占少数，大多是看热闹的，准确说是摆龙门阵和探听消息：解放军打到哪里了？"老蒋"是否能守住川西？

这是个大题目，而且因为各人的社会地位、经历不同，识见也存在差异，各人的设想和感受就更加复杂了。只有两三个提竹篮叫卖花生、香烟的小贩比较单纯，只顾窜来窜去，口中念念有词："你尝两颗看脆不脆嘛！"或者："吸不通不要钱！"

真正前来喝酒的多半是小商贩和力夫，他们经常出门，消息特别灵通。这天夜里，最活跃，也最吸引听众的，是刚从成都为人挑脚回来的二麻哥，尽管他一向短言少语。

这是一个约有五十岁出头的中年人，瘦削精干，中等身材，是所谓筋骨人。他只有少许细碎的麻斑，整个脸型就像红铜的浮雕一样，身穿一件新做的青布紧身，拦腰扎根白布腰带，头上却是青布套头。他是镇上出名的脚夫之一，可以说是信用昭著。

"呵！"他显得惊羡地叫道，"你们没听说解放军开进重庆那天那个劲仗呵，城里鞭炮都卖光了！……"

"是不是公买公卖呢?"一个小商贩担心地问。

"人家有'三大纪律'管倒在呀!"二麻哥回答说。

"哪'三大纪律'呢?"另外有人插话问了。

"不只'三大纪律',还有'八项注意'呵!"二麻哥爽朗地回答说,随又显得歉然地接下去道,"不过我也搞不清楚,听说成都好多电灯杆上都贴得有油印的,只有巴掌大点——可惜我两眼墨黑!"

"这一说,成都已经有他们的人啦?"

"那还消说!"有人从旁边解说道,"你们忘性真大,前两三年重庆、成都学生闹事像是搞到玩的!人家没有伸手那才怪呢,——怎么连这个症候都看不出来啦?……"

这是个中年人,瘦长的,寡骨脸,常去素以纺织出名的邻县购买些家机窄布回来贩卖,所谓扛布捆子的布商。因为他本钱不多,而且早已被金圆券把他的生意整个盘算掉了,现在剩下来的只有满腔怨气。

他正想倾筒倒匣地说下去,一个又瘦又小,蓄着一把沙白胡子,穿着整齐的老头,闪着狡诈的眼色,用手拐杆一杵他的腰部:

"闲话少说,"他同时嘀咕道,"快喝酒呵!"

"担心血喷到你身上哇?"小布商马青山丝毫也不知趣地揭穿沙白胡子的暗示,"又不是哪个在造谣呢!"

"哎呀,我跟你说不通!……"

沙白胡子自我解嘲地还了句嘴,接着端起红土酒碗,将剩下的几滴酒灌进喉咙;接着还把把细细地一边看一边吮吸,直到一滴不剩,这才撑身站将起来,走了。

他的表演,使得所有的酒客和听众全都悄声笑了。因为他们全都或深或浅、或多或少了解沙白胡子,从这个地主兼工商业者的变化,联想到这镇上一些大人物的更加打眼的变化。

沙白胡子叫李聚奎。他是拥有近百担租谷的粮户,又开着杂货铺,从机织布到针头麻线,他都卖。货源相当丰富,铺面也还堂皇,可是,随着时局的变化，他的铺面却逐渐减色了。从品种减少一直到关门大吉，最近几场，就只在已经关闭的铺面阶沿上，用长凳铺张门板，卖点小杂货了。

大约估计到老家伙走远了，听不见了，二麻哥的话语也更尖刻起来："你们看杂种那一副样子吧，不是当着这么多人，他会拿舌头把碗舔过！"

这首先引得那个酒店老板娘打起哈哈笑个不停。这也是本镇一位有名人物，矮胖胖的，鹅蛋脸，已经快五十了。她是正房，由于久不生育，丈夫就借口娶了吴家一个姑娘为妾。而这个小老婆过门不到两年，就生了刘家庆，这一来她的醋劲就更加大了，经常寻事生非，吵架打架，而且提出她要出面经管烧房。丈夫只得立即承认下来。

刘春阶之所以接受她的要求，一则烧房在他全部财产中不算回事，二则可以乐得个清静。实际老板娘也感觉经常吵闹太烦人了，何况她早已安于孤眠独宿，酒瘾也越来越大，且不便于照顾已经破产的娘家。现在，烧房里里外外的具体事正是由兄弟一个人顶起干，她只支撑门面，因而心胸越来越开阔了。

六七年前，当她老公刘春阶把第三位如夫人接回家，人们采用打趣方式向她道贺的时候，她也打过这样响亮的哈哈，似乎乐不可支：

"我怕他抬十个回来哩！"她大笑道，"我知道他孳钱多！……"

现在，她的笑声未停，二麻哥可又说开头了。

"家伙锥呵！"二麻哥大声道，"我从成都回来，前脚才跨进门，他后脚就跟上来了，打听得好仔细呀，连一般住家户的日常生活开支都问到了，好像明天就要搬到成都跑滩！"

"他像又想起前些年的情形来了。"老板娘插嘴道，"我们那位也是这样，正在拼命搞硬银圆，只等解放军打扰了，就带起他那两个嫩妈出门跑滩！……"

"这一回恐怕靠不住了！"有谁幸灾乐祸地插嘴道，"人家不是连重庆都占啦?! ……"

"管它靠得住靠不住,好多人可都在这么样准备呵!"老板娘反驳道,"要不,怎么那样按硬银圆?——你听到田才卖几个钱一亩么?——来了!……"

她说"来了",是答应一位客人的招呼,随即打好一碗酒递过去,同时取回一枚用竹片做的筹码。

"你带起耳朵到成都听听吧,那才会吓你一大跳哩!……"

二麻哥的话匣子一打开,是不容易收住的,这也可以说是他本人近几个月来的一点变化。因此,不等老板娘接下去,他就又说开头了。从一些川西坝大地主用一个老石黄谷卖一亩田讲起,一直扯到安乐寺、正裕花园各种抢购金银的闹剧。但他忽又一顿,掉过头去望对门面食店嚷叫开了。

"莫忙收摊子呵!先给我来一个双碗吧,——红重!"

"那可得你自己动动步呵!"

"我只要个单碗,多点青尖!"另一个招呼说。

在五六位酒客中,几乎都在向面摊子订货,深恐一下子收了堂,落个空肚子回去睡觉。

那两三个手挽竹篮,兜售瓜子、花生和纸烟的小贩,也都叽叽喳喳起来,表白他们耐不住这深夜的寒冻,真想回去躺在铺盖窝里舒服下。一个身穿破棉短袄的老头,甚至同一位年轻脚夫争吵起来,声气喊得像敲破锣一样。

"你摸我老婆?可惜她早就钻土了!……"

"大家都少说两句吧!"二麻哥劝解道。

"你看怪吧,"青年脚夫解释,"我才说尝一颗脆不脆,他就凶神恶煞地给我这样一推。就像你是扒手,他满篮子装的金银财宝!"

"你酒还没沾嘴就尝起……"

"算啦!"老板娘开口,"钟大爷哩……"

正在这时，一个体格魁梧，身着破旧冬季军衣，长方形的脸蛋带点调皮捣蛋神气，约有三十上下的青壮年，一下闯到柜台边来了。同时旁若无人地叫道："来一碗喳！"

他这一来，立刻把人们的注意力吸引住了。

"啊哟！"好些人冲着他叫道，"彭兴旺哩！……"

"我们那娃呢?！"钟大爷猛地揪住彭兴旺问。

这个孤老头子，从对方想起他的独苗苗儿子来了，完全忘记了两个青年人并非同时抓起去当兵的。他的儿子钟万良被抓的日子比彭兴旺要早个三四年。

"这我咋知道呢？我是在太行山……"

"我那娃也跟李家钰住在那一带呀！"

"那就保险没有问题！"彭兴旺回答得很肯定，仿佛即使要他担保他也不会改口，"说不定已经是解放军了。你想嘛，川军都叫中央军东一整编，西一整编，吃掉了！老是把你推上去跟八路军搞摩擦。难道他会比我蠢啦?！……"

接着，就嘿嘿嘿笑起来，随又叹一口气。

"总之，你放心吧！"他草草结束道，"空闲了再摆谈！"

随即他要钟大爷同他一道喝酒。老头子连连推谢，同时却大大抓了一把花生。因为虽然他未说明，他们一同解放军接触总是溃败，而且好多被抓去的壮丁，又总是在"缴枪不杀"的召唤下自愿被俘。不少人留下参军，他可是领到路费，学习了一段时间，就回来了。但他懂得，这一点不能随便张扬。

至于他不肯留下来参加革命武装的缘由，是因为他在结婚不久被抓走，他的娇妻和他的老母仅仅依靠一个贩卖花生糖果、纸烟香料的摊子过活。不幸的是，他回来才知道，老的死了，妻子则已经改嫁。这当然是个打击，但和他近几年的经历和所见所闻比较起来，它的分量已经大为降低。因而伤伤心心痛哭一场之后，也就很平静了。他还年轻，而且确信一种新的生活正在日益接近。只是对于老母的谢世，倒多少还有点悲伤……

他一到场，柜台边的谈话又活跃了，人们不断向他问这问那，从部队生活、异地风光到解放战争的近况，以及他自己的看法。他回来不到三天，可已经敏感到本地的气氛，正跟他经历过的其他很多非解放区基本一样，因此他说话很谨慎。而且一直强调他是被遣散回来的，可惜证件掉了。

他对各地的风俗习惯谈得最多。而当他形容一部分山西中年旧式妇女的小脚，说它们比三寸金莲还小，而上下炕的动作却又特别敏捷时，出名的乐天派，那位酒店老板娘又首先哈哈大笑起来：

"那我这该算是大脚板了！"她抬一抬腿。

"不管大脚小脚，当心将来把你抓去配个十七八岁的小伙子呵！"那个年轻脚夫打趣说。

"好啦！"老板娘凑合道，"我会待他像幺儿样！"

因为反动宣传过于离奇，什么老配小啦，男的和女的分开睡啦，早已被人们当作不折不扣的谣言了，只是说明反动派自己的愚昧可笑。这是瞒不过彭兴旺的，生活已经教会他很多东西。

而正唯其如此，他只意味深长地哼了一句：

"好听的话还多得很呵！……"

"好听的话的确很多！"年轻脚夫紧接着附和道，"有人说，重庆刚一解放，有人在家里打纸牌，给解放军查住了！好，就叫每人拿一张牌，这么举起，跪在自家大门口示众：看你还打牌吧！"

"照你说这个赌应不应该禁呢?！"

这个冷声冷气的反问，可叫大家不由得一愣，立刻回过头去，而且都立刻站起身招呼开了。

"呵哟！伍老师呢，你也变成夜猫子啦！"

"没办法啰！麻将打够了又在大喊大叫划拳……"

"这也算应变吔!"老板娘讽刺地笑笑说。

因为她知道,伍老师那个冷冷清清的宿舍,同乡长的大院子只隔一层薄薄的泥壁。而他所憎恨的那些稀里哗啦的麻将声和大喊大叫,正是那批假"应变"之名大肆剥削、尽量抢购硬洋的家伙。

接着来的是一阵沉默。这沉默的原因非常简单,尽管大家都深信不疑,长时间来那种叫人喘不过气来的日子,很快就会结束,但它毕竟在这个场镇上还未变成现实,因而不能口敞。老板娘可不同了,她腰杆硬,而且,都知道她是个醋坛子,巴不得她老公立刻倒霉!

提起"应变",确实把大家都触动了,近两三个月来本地出现的一些社会动态全都涌现眼前。正如二麻哥在心里嘀咕的:"单是山防队就把人闹酸了!"接着他就想起了子弹费和各项供应……

那最叫他难受的是王二老婆一连两三夜凄凄惨惨,同时也是那种无可奈何的呼吁、控诉……

因为王二被抓去参加"铁肩队"去了!

"伍老师!"二麻哥终于忍不住带点嘲讽地发问了,"拉夫就说拉夫好啦,咋个叫啥'铁肩队'呢?"

伍老师本想说:"这就叫巧立名目!"但他又把它咽下去了。他知道自己已经成了豪绅们注意的人物之一,因而换了句话:"是指肩头硬吧。"

"对!就是说随便啥'大行李'都扛得动……"

"棺材顿都不打一个就扛起走了!"老板娘大笑。

"咋个兴'抬快'呵!……"

"要得!这年辰,多说点吉利话吧……"

正在这柜台边的谈吐越来越加活泼的时节,烧房屋檐脚烧腊摊上蓦地叫嚷开了,蒋牛肉一面将菜刀晄当一声往菜墩上一掷,一面嚷道:"究竟还要不要人做生意呵!!"于是吵闹就爆发了。

伍老师、酒客们随即转眼望去,但见一个身穿淡黄色军衣的汉子,正冲着蒋牛肉大声咆哮。

"他妈的！你这是做生意的态度吗?！……"

"对！做生意应该让人白吃，不能提钱！……"

蒋牛肉的回嘴把人们全逗乐了，大家不免想起这镇上那个土皇帝一向的"文明抢劫"，他家里连捡服中药、打几分钱的调料，都照例要"记账"，实际则是白吃。可是，近来就连他也作兴用现钱交易了。

也许那个山防队班长因为那些嘲讽的笑声想起时局，想起可能立即发生的大变化，他也一下子变得很慷慨了。

几乎笑声未停，他就掏出两三枚半圆铜板往秤盘上一掷。

"老子这不是钱还是瓦片?！"班长同时大叫。

单听那一连五六下叮当声，人们的确相信那是铜板，尽管都只有半边。正像大家日常说的，那是硬货，银圆券出世后它就开始露面，而至今还有信用，照样在市面上流通，远比快要断气的银圆券受欢迎。

然而，蒋牛肉并不怎么满意，因为他想起两次班长拖欠很久的陈账，可又不便直接地提出来。

"切多少呵?"他提起菜刀，同时含含混混问道。

"是这个买的!"班长一晃大指拇说，"一下切!"

伍老师对自己冷笑道："哎呀，总算买东西兴给钱了!"因为他从班长的比画知道大指拇是指的谁，而且深信这是一种心虚胆怯的表现。

可是，蒋牛肉照旧不满，因为这次现金交易使他联想起大指拇历年来给他的亏损;而班长的两次欠账，顷刻间就变得微不足道了。因为大指拇不仅自己白吃，有时还要把他那名闻邻近场镇的毛牛肉称上半斤、一斤的买去请客送礼。当然，严格说来，也不是百分之百的白吃，因为每当摊派各种五颜六色的款项时，他总要照顾一下蒋牛肉的，说："算了吧，只有那么大一点生意!"碰到年节走去讨账，他也会赏你几个现钱应应景……

这就是大指拇和蒋牛肉之间的微妙关系，同时也是他和这镇上多数商贩的关系，人们早已习以为常。而这半年多来却已开始在变化了。

尽管因由不一，深浅有别，观感却很一致：随着战局的发展，大指拇一伙的好日子不多久就会变成历史陈迹。

在片刻沉默中，老板娘忽然一连打了几个哈欠。

"赶快喝吧！"她随即吆喝道，"我要上铺板了！"

"对，好好过几天饱瘾吧！"有谁打趣地接腔道，"将来恐怕要禁烟哩！"

"酒，他总不禁！——管它那么多做啥呵！……"

伍老师听罢笑道："好！还是你想得开豁！"随即在一片笑声中转身回学校去。

## 二

离开烧房最早的是伍老师。不多久，彭兴旺、二麻哥也都陆续相随而去，在跟上伍老师后就同他聊起来。

二麻哥、彭兴旺都在玉皇观住家，同伍老师一向就熟。因为后者虽不出生于玉皇观一带，但他还未婚配，就住到老丈人家里了，可以说是二麻哥他们老邻右陈菜贩子的主要亲属。

三个人的谈话虽然零碎，但却始终没有离开刚才的那个题目。而大家最感兴趣的是酒店老板娘，几乎都欣赏她的乐观、机灵，对待眼前一切变化都满不在乎。因为她从来在场上没有整人害人，处境也不顺心。

"这就叫为人莫做亏心事，半夜敲门心不惊！"二麻哥说。

"是呀！"彭兴旺道，"有些人心里咋不甩圆了呢！……"

"没有报应，那还成个世界！"伍老师的声调有些愤激。

于是沉默。因为三十多年前，伍老师丈人家里爆发的那场惨变，二麻哥当日尽管不过十岁光景，彭兴旺还没出世，由于老住户、老邻右的关系，家里的长辈又是那场惨变的见证，他们可都知道。

老菜农陈大发是个半自耕农，专门经营蔬菜，妻子出身于场上一个磨豆腐卖的小贩家庭，能做一手针线。结婚以后，除开料理家务，常到街上领些活路来做；有时候，也为老爷、大爷们雇佣去为准备结婚的闺女赶嫁妆，做个十天半月。可也因此跟她大女儿一道被害死了！

事情是这样的，那一年夏天，本镇的幺舵把子，一位绅粮出身的大袍哥，也就是前任乡长方慎之——诨名胖爷的父亲，为嫁女赶嫁妆，陈大发妻子的手艺被看中了，就被雇佣去做针线。随后，幺舵把子的账房又根据胖爷的提示，借口赶工，要她把自己的女儿叫去当她的助手，因为这个才十六七岁的姑娘，已经跟母亲学会针线活了，虽然还不曾单独领活路做，只有时帮母亲赶赶工。

应该说，这事本来就不无勉强，拖起女儿也跟着去做活，当然更勉强了。因为本乡人全都知道幺舵把子那个独苗苗儿子是个什么货色：在性的关系上，只有他妈没有受过他的糟蹋！

这个说法也许刻薄，而他的一个嫡亲姑妈，两个表妹，却都像乡下人说的，被他"一锅熬"了！陈大发妻子是知道这一切的，因此她很警惕。每每胖爷梭到她两母女工作的房间里东拉西扯，乃至用一些借口支使开母亲，那当娘的更不轻易离开那女儿一步了。而在她即将完工回家那天，胖爷恼羞成怒，栽诬她们偷盗了他家的财物。于是搜身、毒打，并拿出两三件所谓赃物，双双赶出门去，大肆喧嚷……

结果呢，由于身后拖起一长串替幺舵把子摇旗呐喊、满嘴脏话的光棍，而且一直跟到场外不散，那个悲愤不止的少女，在经过红石滩时，便纵身一跳，投水了！母亲又因为回家后受到丈夫责难，也在丈夫、邻右往下游打捞女儿尸体时自缢而死……

伍老师记得，他老丈人陈大发并没有将妻子和女儿的尸身掩埋，倒是请求那些愤愤不平的邻右们帮忙运到乡公所搁起，跟着就进城告状去了。他知道本乡本土没有公道，他只有进城找县衙门。但是县衙门的看法恰好和他相反，认为案子只能就地解决。直到他弄得腰无半文，准备回家借贷点钱再去城里把官司打到底时，他这才搞清楚，他还没有进城，胖爷父亲的包袱已经进了县衙门了。

那两位屈死的妇女呢，也由幺舵把子一位军师转圆，拨公款安埋了，还请玉皇观的道士做了法事。然而，被埋葬的只是尸体，那位倔强农民的悲恼并未被埋葬掉。他发誓说："我就不相信蛇是冷的！"往后每换一次县长，他就要到县里告两三次状……

三个夜猫子在短暂的沉默中忽然听到一声吆喝："要出场就快点儿吧！我要锁栅门子了。"这是那个看管栅门子的董大爷的声口。于是，二麻哥赶紧招呼："我一向就说你这个人落教！"随即又向伍老师笑道："倒腊过后你总要下乡住几天啦！"同时快步向栅门子走去。

彭兴旺也是红石滩下面邓家辗的老住户，可已经无家可归，回来后就在中心校的做饭厨师钟大爷那里挂单，因为孤老头子钟大爷是他的表叔，因此他没有出栅门子，却拐右首，跟伍老师一道走向中心校去。

"莫忙扛大门哇！"伍老师关照着彭兴旺，"等我看那娃回来没有。"同时走向他的寝室去了。

他没有猜错，寝室还是被暗夜笼罩着，这说明儿子还没回来，于是不由得嘀咕道："我就担心吹出祸事来呵！"

随即摸索着打开房门，点上油灯，在一张竹圈椅上坐下，吁口气，往后一靠。他得等儿子回来。

面对荧荧孤灯，隔壁乡长院子里的划拳声照样扰人。伍老师最近半年来，老是想起他岳父的遭遇，想起丈母娘和妻姐的惨死。当时他还在童年，不怎么理解，到目前，印象却愈来愈加鲜明……

对于隔壁的叫喊声，伍老师也不再只单纯地厌恶了，反而派生出一点快意。"看你横行到几时！"他吟哦地向自己说，同时想起刚才听来的重庆已经解放的捷报。

这时，房门轻轻地被推开了，一个小青年喜气洋洋的笑脸闪现出来，瘦长、清俊，光景不过十五六岁。

他顺手关上身后敞开的房门，趋向伍老师笑道："真太痛快了！……"

"怎么这么晚才回来呢？"父亲多少带点责备口气。

"更锣一响原就想回来的，刘家庆又窜去了。"儿子伍文斌解释道，照旧满脸笑容，"说是广元都解放了！喝！爸爸，你没听说那个劲仗呵！……"

"光景老蒋硬要在川西决战?!"伍老师插嘴问道。

"屁！一接触就垮了，那样的队伍打啥仗嘛！一个个告化儿样，看见豆渣都抓起往嘴里塞……"

"看来他们的山防队还抵得住！"伍老师冷笑，同时脑袋朝着隔壁院子那面一偏。这时候，饮酒划拳声早已经停息下来。

"睡吧！明天还有作文得做。"

"这两天哪里还有心写作文嘛！"文斌在心里嘀咕说。

他有点笑爸爸太迂，但还是睡觉去了。

然而刚躺下盖上被盖，却又起来光着上身跑到爸爸床边，又惊喜又激动地悄声道："爸爸！……"

伍老师正在慢条斯理解纽扣，他提醒儿子道：

"你安心闹场病哇!?"

于是文斌就又赶快回转自己床边，抓起摊在被盖上的棉衣披在身上，光起两条腿子奔向伍老师床边。

一在床沿上坐下，他就倾箱倒匣地说起来。

"爸爸！刘家庆说，他在州里听见民盟的人说，邓锡侯、刘文辉、潘文华在彭县起义了！已经发出通电，欢迎解放军进川——你看怪吧！……"

"这有什么怪哇？那些人都会同时下几着棋。"

"不过，不管怎样，老蒋的川西会战算完蛋了！"文斌无限欢喜地回转自己床边去了。然而，他又猛地折身转来，把头伸近爸爸，"他还讲杨姐姐都到了重庆啦！"

这是他挨近伍老师耳朵说的，嗓门虽压得很低很低，惊喜之情却远远超过于放声歌唱！因为这个杨姐姐杨素芳，不仅是伍老师的得意门生，童年时代每次从成都回来，都要给他带点玩具……

"又是刘家庆讲的？"伍老师的声调颇显激动。

"是呀，人家从广播里听到一个委员会的名单……"

"快去睡吧！"爸爸叹口气说，"果真是她，总会有信来的。天下同名共姓的人多得很呵！……"

听了爸爸不无怀疑的声口，小伍的高兴一下吹了，他也叹口气惘惘然住了嘴，漫步转身回去睡觉，同时咀嚼着爸爸的判断。这一次，也只能从外表说睡了，他上了床躺下去，实则却并未入睡！想起自己读小学高年级后，从爸爸那里听来的有关杨素芳一些传奇性的经历。

伍老师呢，也吹熄灯台，躺下去了，直到孩子已经发出轻微的鼾声，他却还未入睡。由于儿子的提示，他倒想起杨素芳去延安前夕，他们之间的一场短促晤谈。

那也是一个冬季的寒夜，伍老师已经准备就寝，他忽然听见了敲门声。而他没有料到来客会是他的高足！真是又惊又喜。因为她丈夫牺牲的经过早已在本地区传开了，博得不少人同情、惋惜，也有些人感到快意。而且，所有的人全都知道，她同那位中华儿女不只是夫妇，还是同志，于是她也立刻在官府眼中变成危险人物。

杨素芳是当天傍晚才暗地里摸回家的。在夜静更深时，她又暗地摸来看望她的恩师。她母亲以洗浆衣服、做稳婆①营生，就养她和一个小弟弟杨奶娃，而她之能够到成都住女一师，主要是伍老师的支持。

---

① 稳婆：过去农村为产妇接生的人。

她一见到她的老师，就忍不住流泪了。

伍老师开始安慰她，鼓励她。不用说，她是倔强的，尽管个多月来她也暗自淌过更多的眼泪！而她前一刻钟哭泣，只因为她就要和家乡分别了，她的老母弱弟又将累赘她的恩师……

她向伍老师陈述她将前往延安，并要求他对她母亲、兄弟多加照顾的时候，她又一次得到支持，特别赞赏她到延安去学习的计划。她只在故乡隐蔽了两天一夜，就到重庆去了。而七八年来，伍老师只是在最早一两年得到她三封信、一笔给她母亲的小额汇款，都是辗转托人从重庆寄发的。最后一封信里，暗示她即将到前线去工作了……

然则，在这漫长的岁月中，由抗战胜利转入解放战争，已经快十年了，在这种天翻地覆的变化中，一个投身在时代洪流中的青年人，难道不会发生这样那样的变化，碰上这样那样遭遇，乃至于死亡吗？

这一夜，因为心事重重，浮想联翩，好些年来，伍老师从来没有经历过这样的失眠之夜。而他最后不由自主地嘀咕道："管它的呵！那些骑在人民颈子上的家伙总归算垮台定了！……"

于是，逐渐心平气静地进入睡乡。

# 三

当伍老师从十字口夜市回转家里不久，大指拇家里的划拳声就逐渐消歇了。然而，这种临近末日的狂欢虽然消歇，代替它的却是密谈。这就是说，豪绅们并未散去，正在冷静地考虑问题。

他们的耳目也不闭塞，只是一贯利令智昏，总是不能正确判断他们多方探听到的消息。他们往往把那些于己有利的传闻、喧嚷当成货真价实的讯息，对于确乎言之有据的讯息则表示怀疑，正如俗话讲的："捂着鼻子哄眼睛！"

这种聚会，在半年多前是难于相信的。其中不少冤家对头，平常不仅在不同的茶馆喝茶，而且互相诋毁。就是每年"公口"①上的"团拜"，也都各自说些含讥带讽的话，丝毫没有清末民初那种所谓江湖义气的影子。

大指拇是所谓的当权派。自从联保主任改名为乡长之后，表面上他把自己的外甥焦继聪扶上台当乡长，实际上他却是太上乡长。当然，这俩甥舅早已不再一个鼻孔出气了，逐渐开始钩心斗角。倒是真正的冤家，还有点江湖气。早被大指拇挤下台的唐简斋，此人可以说是镇上在野派的头头，有相当声望，也有一定实力。为了缓和彼此间的矛盾，大指拇还设法使对方成为自己扶上台那位乡长的岳丈。

然而，真正使他们多多少少和解起来的，却是这半年逐步在一切既得利益者中间扩散起来的所谓"应变"活动。除开两个头目及其依附者而外，还有些利害冲突并不怎么尖锐的中间派。可以说，今天晚上在这里聚会的，都是些实力参差不齐的当过权的乡长和袍哥大爷，以及一部分本镇有点名气的财主。

一般人背后都把大指拇叫作"胖爷"，因为他像镇上久享盛名、站在东岳大帝身边的胖爷一样，体态从头到脸都是肥敦敦的。一向，他一走近贩卖猪肉的案桌，刀耳匠就发愁了，眼鼓鼓瞧着他拨弄悬挂起来的猪肉。

最后，一块块检视完了，指着那一块皮薄膘壮的猪屁股笑起来，用一种甜蜜语调吩咐屠夫：

"就割这一块圆尾吧——五斤！"

"大爷，"刀耳匠求乞地笑道，"近来这个生意……"

"呵哟！还少了你的钱啦？等阵我叫人来拿！"

胖爷的吩咐一完，就气而派之如只鸭婆那样走了。而刀耳匠呢，一面在心里骂道："妈的，说得好听！"一面却忍气吞声割下那方胖爷指

---

① 公口：袍哥组织。

定的"圆尾",至于钱么,"只好由他挂在二穿枋上"。

当然,正像二麻哥说的,太阳忽然从西方出来了,最近一两个月来,胖爷买东西作兴现过现了,对肉店也是如此。只是不像往常那样,每天早晨一定都巡视一番"案桌"割方"圆尾"。也许正因为这样,胖爷已开始"掉膘"了。

现在,在那座新建的中西合璧的会客厅里,胖爷扬起已经消瘦的圆脸,扫了散坐在火盆四周高矮肥瘦不一、本乡的各色阔人后,就把目光停留在一个敦敦笃笃的青年人身上。

这是他的外甥,他的霸权的继承人。两年前,因为争权夺利他们之间曾经公开扯过次皮①。

"怎么样,"他望着那个饱满俊美的脸蛋笑道,"我这着棋没下错吧?那年把东岳庙那股庙产抓过来办果园,你跟我还扯呀!只要刘、邓起义成功,——你看!说不定这一带就是王旅长的防区。"

"我先前不知道办果园是王旅长发起的嘛!"乡长焦继聪嗫嚅着辩解道,"随后你一揭穿,我该没有出气了哇?!"

"哎呀,话明气散,过去的事不要提了!……"

这插话的是一位六十上下的瘦小老人,叫刘春阶,寡骨脸,脸色灰蒙蒙的,一眼便可看出烟瘾不小。他近来当然常为他的家业和儿子担心,但更担心强迫戒烟。"现在说正事呵!"他接着又加上说。

"亲家!你明天就叫人到灌县跑一趟怎样?"

"好!"胖爷客气地点点头说,因为这个叫他亲家的唐简斋正是本乡在野派的头头,"我明天一定派骆渊去。信呢,用我们两个人的名义写。"

"那倒不必!"瘦长长的唐简斋说,"就由你写好了。"

他说得相当诚恳,倘在以往,他会这样回答:"高攀不上呵!不要

---

① 扯皮:互相争执。

扯上我吧。"因为不只他和王旅长素不相识,便是胖爷,也只同那位小军阀在成都见过一面,经常同他来往的无非王旅长的一位副官……

唐简斋跟胖爷不同,不是粮户,没读过书,因而也不是一步登天的大爷,完全是凭着江湖义气,从小老幺开始逐步成为本乡的哥老会头子的。他也一度做过"团正",当过权,"掌过教",后来却被粗通文墨、诡计多端的胖爷挤下台了。

因为出身、经历不同,这两个人的作风也有很大差异。胖爷喜欢结纳官府和一切有权势的人物,借以壮大声势,巩固自己的统治地位;唐简斋呢,则经常是那些亡命之徒的保镖。在当"团总"时代,凡是因为命案、抢案而被追捕、通缉的匪类,只需给"唐哥"拿个"上咐"[①],便可烟饭两开,逍遥法外。

"唐哥"的耿直也同胖爷的圆滑形成鲜明对比。而且,如果说胖爷是本乡一切小商小贩诅咒的对象,那么恰好相反,唐哥得到的却是他们的赞扬。因为尽管他干过坐地分肥的勾当,但在正常的交易上,他总银钱清白,没有抓拿骗吃的流氓作风。

本来,他对胖爷的应变活动,开初只是感觉可笑,因为他想:"×!老子十多年没有摸公事了!"而且相信自己没有对老百姓带过"账",然而,他毕竟已经从一个穷小子变成粮户!何况谣言越来越加离奇,胖爷又不断进行拉拢,他开始动摇了,于是也就同胖爷的"应变"活动沾上了边。

在彼此客气一番之后,凭着自己的直爽,他又提到因为山防队最近摊派子弹费在市民中引起的种种怨言。其实,他对这种苛扰,早就有意见了,而且深知胖爷们一贯都作虚弄假。

"依我看,"他尽量审慎地继续道,"现在既然刘、邓都起义了,这个子弹费是不是就免了呵?"

———————————

① 上咐:托付;嘱咐。

"呵，不！"胖爷着急地插嘴道，"这恐怕不能免！为了保境安民总得准备点武力吼？你记得民国二十六年那个劲仗吧，连石梯子都在抢人！"

"这个公事现在真咬手呵！"乡长叹口气接着道，"起来早了得罪丈夫，起来晚了得罪公婆！……"

他接着还讲了一遍王陵基①和"自总"②的要求。

"各人打算不同，目的可是一样：加强地方武装！"他接着阐发道，"一搁下来就会两头都不讨好！"

"是呀！是呀！"刘春阶帮腔道。

"你几十百把人难道抵拦得住？"唐哥冷冷地反问。

"总可以掩护妇女伙到乡下避一避嘛。"乡长尽力解释。

而恰在这时，后院忽然响起了一阵阵妇女们的叫喊、咒骂，还夹杂着一种充满愤怒的啼泣声。客室里的密谈一下子停息了。大家都心里明白，这是乡长大老婆和他的新宠发生了口角。这个新宠原是有夫之妇，丈夫是小商贩。一年以前被乡长用尽心机，通过一种貌似合法的手段骗到手的。因为担心杀人灭口，那小商贩则已迁往邻县避祸。

乡长从客人们短暂的沉默感到难乎为情。特别因为他岳丈唐哥在座，他立刻赶往后院去了。

一见到女眷们，他就跌着脚呼吁道："你们不要趁火打劫好吧！……"

"是我闹起来的嘛？你问简幼芬吧！……"

这回嘴的是大老婆唐秀英，同乡长年岁相当，都不过三十刚刚出头，经过电烫的卷发早已不怎么弯曲了，因为近来只是用自备的钳子烧热了烫过两次，但她仍然涂脂抹粉，可惜任何打扮都对她那柿饼脸、

---

① 王陵基：当年四川省主席，四川军阀。
② 自总：民众自卫总队。

塌鼻阔嘴帮不了多少忙。

至于这简幼芬呢，则是三年以前，由于乡长喜欢寻花问柳，同时又怪她久不生育，由她做主接过来的一位农村姑娘，实则无异于她的使女，她嘟着嘴没有吭声，想道："我倒说不来冤枉话呵！……"

那新宠旦玉兰则坐在一张椅子上吞声饮泣，因为尽管由于她的娇小、漂亮获得真正宠爱，但她深知乡长是怕那个醋婆子的，无法为她撑腰！

"你看怪吧！"因为简幼芬不张声，唐秀英接着又说，"我叫她把两个金戒指拿出来检在一起……"

"我担保明天交给你好吧？"乡长求乞地插入说。

"对！晚上多叩两个响头！……"

唐秀英口齿尖刻，醋劲十足，这把乡长认真地激恼了，但他尽力克制，只是狠狠瞟了那张涂脂抹粉的柿饼脸一眼，同时在心里骂道："妈的，到了现在还一天收收拾拾！"随即一转身走掉了。

客人们正在议论那些先后从成都和县城回来的大中学生的行径，做着各种揣测。因为有三四名大专学生，半年前就回来了，秋天晚上，往往领起一批暑假回来的学生在场外的河坎上纳凉，歌唱着《湘累曲》："爱人呀，你还不回来呀！"

现在，这些人再也不唱"爱人呀，你还不回来呀"了，但同在座的人士相反，他们一点也不显得惊惶，倒是带点高兴神色，仿佛真盼到"爱人"了。

这些青年人，大都是地主家庭和袍哥头子的子弟。刘春阶的儿子家庆，那个因为参加反内战、反饥饿运动被迫退学的川大学生，就相当活跃。自那以后，他没有离开过家乡，只偶尔到成都逛一转。借《湘累曲》以抒发对解放的渴望这种做法，就是他从成都带回家乡来的。

刘春阶也是三个老婆，可是只有第二位如夫人为他生了个刘家庆。他对儿子的思想情况大体是了解的，只是中学毕业以后，由于想到传宗接代问题，他曾经主张要儿子结婚，却被刘家庆反对掉了。

现在，因为有人在政治上对儿子表示怀疑，这个全乡闻名的粮户，不免重又记起这段往事。

"妈的，简直孽障！那年要他结婚，也跟你扯！……"

"恐怕他的新娘子连花甲都不到，太年轻了！……"

这句趣话是从反动谣言"老配小"来的，立刻引一阵笑声，刘春阶却不免紧张起来。

"这个开不得玩笑哇！"他神气严肃地辩道，"我的人我知道，他怎么会跟'老共'沾嘛！将来老子一口气不来了，全部家业还不是他一个人享受？"

"是呀！"有人赞同道，"你说那个家伙倒差不多！……"

这所谓那个家伙，是指伍老师讲的，说的人只是用嘴朝学校那边一努，显然担心会被伍老师本人听见。近来，伍老师的身份，已经在本镇这些阔人中间增加了分量了，也引起不少猜疑，乃至愤恨。

"亲家！"胖爷显得心虚地插嘴道，"你该摸得到一点经脉吧，老共万一将来打起来了，他不会乱来吧？"

"人心隔肚皮，这个就难说了，不过人倒正派！……"

正和胖爷一样，他也想起伍老师丈母娘俩母女的屈死。在座的人同样不由得都回忆起了这件曾经轰动全乡的往事，特别菜贩子本人的形象：执拗、顽强，每换一次县长，他就提起一口袋炒胡豆进城了。饿了，他就用胡豆充饥，晚上呢，就在大堂上睡觉。

胖爷一向认为伍老师不简单，就是一般哥老对他也多少有点戒心，而且早就看出一点蹊跷：经常同刘家庆一伙往还。当然，他从来没有同他们一道唱"爱人呀，还不回来呀"一类歌曲，说话也很慎重。可是谁知道他同那些大专学生背地里谈些什么？菜贩子的执拗，难道他就没有暗中支持？还有他的高足杨素芳远走高飞后写信、汇款的事，他们也略有所闻，而且猜想她是去了延安……

"这个人呀，"胖爷望唐简斋摇摇头说，"依我看城府很深，嘴上不说，就喜欢打点肚皮官司。正像大家经常讲的：'装莽吃相，阴着咬人！'"

"×！"吐出一个粗鲁字眼，乡长装嘴硬插话了，"他老丈母俩母女，是自己做贼心虚自杀的，又不是哪个给他干掉的呢，——怕啥哟！"

这不是他不曾联想到伍老师丈母娘和女儿为受辱致死的真情，更没有忘记菜贩子在为妻女申雪问题上的顽强精神。尽管他当日还没有出世，少年时候，他就从父母因为某种不满，对胖爷发泄的怨言中知道了。而他现在很为胖爷担心。

外甥的宽心、壮胆，避重就轻的话并没有减轻胖爷的思想压力，反倒增强了它。他咆哮般开言了。

"我怕个屁！邓、刘干的坏事难道还少啦？！"

"这个话有道理，"刘春阶赞赏道，"我们那娃六月间从成都转来，就告诉过我什么《八项公约》，说什么既往不咎，立功受奖，光景不会乱来。"

"对啰！"此时此刻胖爷十分欣赏这个公约，也早听人讲过，"人家是打天下，又不是为哪个报私仇哩！"

"所以我说赶紧给王旅长去封信。"唐简斋说。

"夜不成公事，这个明天一早就办！"胖爷回答得很干脆，"继聪！"随又望乡长道，"你就准备下吧，看有野牛蹄子没有？还有毛牛肉、板栗；盘缠呢，也在那九分半田里出①！信，我找人写。"

"好嘛！"乡长的回答不很振作。

乡长还多少感到有点丧气，自从应变活动开始以来，他这亲爱的舅父，对于购买武器成立山防队等等搜括来的民脂民膏，已经自由支配得不少了。但他不敢公开反对，因为他自己手上就不干净。

---

① 九分半田：指一项专款而言。

这其间，唐简斋已经站身起来，准备回家。其他的人也早已捂着嘴打呵欠了，刘春阶则已到了过瘾的时候，于是一次难得的聚会就此收场。

## 四

刘春阶的院子，是顺山坡修建的，三进，五开间宽。而前面一进，为了躲避过往防军扎营，除却一条巷道，全都租给人开店和住家了。

刘春阶自己居住的两进房子，都得爬十步左右的阶梯。他一进最上层的卧室，那个能言会道、善于开烟的第二个老婆，已经独自摊在床上吞云吐雾了。而她之得宠，也正因为她会开烟，特别是养了个为刘春阶传宗接代的儿子。

丈夫一进卧室，就长长吁一口气，在那个身胚比他肥大的老婆对面摊下。实在说，单是那些阶梯，已经叫他吃不消了。

"哎呀，"他呻唤道，"幸得是过饱瘾去的！……"

"难道大门口一个人没有?!"声口带点挑拨意味。

"闲话少说，赶紧开两口吧！"

"这不是?!"

她娇声说，同时一支烟枪已经顺过来了。虽然已经徐娘半老，若干年来，同丈夫也仅只有大烟关系，但她照样撒娇卖俏，尽量想得到好处，以便支持娘家。因为她父亲原是个小地主，可早已变成破落户了。

刘春阶感觉惬意地瞄了对方一眼，随即伸手托住烟枪，凑上嘴吸起来。眼睛则早已闭上了。因为调整烟泡和烟灯火苗之间的恰当距离，以便吸起来一气到底，且不让烟膏作火产生苦味，自有那个躺在对面的娇妻掌握火候。

他就这样舒舒服服一气抽完吴桂芳早就为他准备好的三个烟泡之

后，就又长长吁了口气。但这吁气，既非表示困乏，也非吐露怨言，而正好说明他感觉自己舒服透了。

"×！"接着他自言自语哼道，"老子至多不过多点'棋盘格子'①，总不会抓起来敲沙罐！"但他随又叹了口气，"千万不是这两口烟把人给笼起了。"

"哎呀，"吴桂芳安慰他道，"啥事都是说得个凶！"

"当然！那年'参谋团'入川，不说得更凶？什么一抓住烧烟的就用铁链环穿上嘴皮，像案桌上的猪肉一样，挂在街上示众，——可是这个共产党跟老蒋不同呵；说到哪里做到哪里！……"

正谈得很带劲，他可一下又泄气了。

"哎呀！"吴桂芳显得又恨又爱地瞪他一眼，紧接着嘴一噘生气道，"像你这样两口烟瘾都提心吊胆的，我们乡长早该打了鸡蛋藏起来了！……"

"那倒是呵！真是胆大包天，到现在还拼命刮钱！……"

接着追述了一通最近摊派子弹费的经过和各色各样反应，真是已经到了天怒人怨的地步。

"是呀，"吴桂芳插嘴道，"张寡母哭了三晚上了！"

"有趣的是，刚才唐团正主张停收，他还在强辩呢！"

这所谓唐团正，是一般人对唐简斋的客气称呼，因为三十年前，他的确当过本乡的团正，于是也就成了他终身最荣誉的代号了。而且按照惯例，还将永远流传下去，在提到他的儿子、孙子时，一定会这么说："这是唐团正的孙子……"

"这个人有眼光！"他接着赞扬道，"心劲也好，你知道的，他过去瘾不小，那年人家说戒，就连盘子都不靠了！"

"这些那些不说了，我只愁旦家那笔账呵！……"

---

① 棋盘格子：田地。

"自作自受，不要替古人担忧吧！"

"我倒不是替他担忧，杂种太毒，连瓮子都给人家端了！先搞上手，接着唆使两口子打架，逃跑，挑唆娘家告状。后来尽管婚是退了，总有点竿眼睛。真也亏他，年纪轻轻的，就那么会挽圈圈！"

"外甥多像舅叫！"刘春阶嘲讽地笑笑说；接着却支吾道，"闲话少说，赶紧裹两口睡吧！"

遇到知心人靠盘子，是任何隐秘的见闻都不会老憋在心里的，更何况是常伴一灯而眠的夫妇呢。因此，一口烟没裹好，丈夫的话匣子又打开了，兴之所至地多方评述胖爷的为人。

"唉，"刘春阶道，"见人说人话，见鬼说鬼话，要不，只剩两个空拳头了，咋会一下又到手那么多田产！"

"我们爹早就说说这家伙有两下！"

"凶得很呵——神仙碰到他都要掉蚊帚子！"

丈夫已经接过顺过来的烟枪，而且正想把枪口往嘴边送，但他忽地转过念头，又把烟枪送还对方，说："你抽吧！"随即翻身坐起来了。

"你知道他那座通体漆过的大院子的来历吗？"

"这个怎么会不知道：原早是曾家明的，曾家出事以后，产业全充公了，房子就归了他！"

"说归他就归他啦？……"

刘春阶迫近老婆追问，笑意把一张寡骨脸一下子点亮了。同时紧接着声称："说起来会把人肚子都笑破呵！"于是细细谈起了胖爷在吞没房产上玩的花招。他读过好几年私塾，自来又口齿伶俐，很会摆龙门阵。

说了一会儿，他又翻身坐起来了，咕咙咕咙喝了两口浓茶。

"唉，我刚才讲到哪里了哇？"

皱着眉头，他尽力搜寻线索，而他随即拍拍前额，大彻大悟似的"呵"了一声，重又讲起来了。

"不错，当时我没有把西洋镜揭穿！……"

"你就揭穿也没用呵！"吴桂芳讨好说。

"当然没用！可是这家伙得寸进尺，过几天又挽起圈圈来了，愁眉苦脸地向我大诉其苦。"

"那么后来又怎么样呢？"老婆进一步追问。

"看来杂种凶就凶在这里：不管你好话歹话，他都自有主见，不让你牵着他鼻子走，就是你指着他额头骂他：'我倒入你妈呵！'只要于他有利，他也会当成恭维话听：'很好！随便啥时候都行。'……"

刘春阶蓦地话头一顿，随即俯身床头，撩开蚊帐瞄看：原来是使女秋菊在咻咻咻笑。

"乱说话谨防割嘴皮呵！"他警告地低声说。

"赶快滚去睡吧！"老婆欠起身接着吼道，"顺便看看家庆回来没有。"

她重又躺下去打泡子，同时充满好奇心问道：

"后来呢？——未必就这样归他啦?!"

"他咋会有这样傻呵！呵，"他回忆地接着说，"顶多两个场期，他就大办招待，请大家吃油大。等到彼此嘴巴一抹，准备散席，正戏也开场了。杂种加油加醋地叙述了一遍事情经过，就做眉做眼地向大家表示感谢，接着又显得非常为难，可是一点也不脸红地当面扯谎！硬说我向他讲过：这有什么呢，你随便给个五六百元好啦！——大家断不会吊二话！可是我总觉得至少也得一千元钱！'好好好！'凡事爽直的唐团正接口表示同意，大家也就立刻附和。可见家伙火色老呵！他并不因此就放心了，随即叫王胡子取出写好的字约，请大家一一画押。"

"哎呀，这一说我们这个乡长还差得远哩！"

"当然啦！所以两舅甥尽管经常都打肚皮官司，好些事还是得依仗胖爷扇鹅毛扇子！……"

"这样说，上半年放火烧仓库恐怕都是胖爷出的主意?!"

老婆搁下裹烟的打石，翻身坐起来了。她之如此关心这一件事，因为上半年在各界人众要求下，省参议会成立了查仓委员会，清理存粮，不久，本乡一座最大的仓竟焚毁了，吴桂芳一个诨名麻鱼子的亲戚，作为管理人员还被关押过一段时间。吴桂芳不清楚，这是为掩人耳目，麻鱼子并没有吃多少苦，而且还得到不少好处，因而每一提起就很气愤。

"他妈的！神仙打仗，凡人遭殃！……"

"气啥呵！这搭事内幕还复杂呵！没有你想的简单！……"

刘春阶快意地想起迫在眉睫的解放，深信这一关胖爷和乡长都不好过，特别因为他们现在还在拼命刮钱。但他却也不免想起了自己的处境。

"家庆老是这样那样劝我，"他接着又叹息道，"其实就这两口烟戒起来难受……"

而他随即叮咛老婆，一定得把百多两南土以及大量烟灰藏好。烟瘾呢，也得进行限制，到了万不得已时戒起来也容易，不至于过分吃苦。

"好吧，"他最后说，"烧完这一口就睡觉吧！……"

"那么明天就戒掉它吧?"老婆故意打趣他。

"不到黄河心不甘，现在还谈不到这上面来！"

"你不要老是把这根冷红苕揣在心里！"老婆神情诡秘，声调轻松地安慰他道，"抽你的吧，它就是用钉棉穿上嘴皮示众，我都保险你有烟烧！"

"杂种，我知道你也早就在准备'应变'了。"

"是为我一个人啦?!"老婆娇滴滴地反问。

"好吧，完全是心疼我！……"

# 五

胖爷的公馆在正街上，街对角就是"公口"上开设的茶馆。这条街赶场天最热闹，因为是乡政府，也就是胖爷指定零星小贩摆摊设市的场所。

最多的是菜贩，因此胖爷家里就从来没有买过菜，逢场集单是打次头就够他全家吃几天了。这当然不足挂齿，他每逢场集的收入，主要是赌摊和各种政府明令规定的厘金。不过，近几年来，他已经把斗秤厘金让给他外甥承包了。

昨天夜里，从乡长家里聚谈回来，已经是深夜了，家伙没有吸烟的恶习。回到家里，吃了些滋补品就睡了。他一向瞌睡多，每每头一贴上枕头，鼾声就随之而起。但他这天晚上却一直清醒白醒。常言说，自己有病自己知，而且正同一般老年人样，年代久远的事反而记忆得最清晰。

那个叫他老是睡不安逸的，是他青年时期的那笔孽债：把陈菜贩子的娇妻弱女逼迫死了。不错，这是一笔陈账，人家的控诉也早已停歇多年。但是尽管如此，自己又老迈了，有时候遇见了，陈菜贩子总要对他横上两眼，显然还窝着一肚皮火。而且，那个同他一道生活多年的女婿伍老师，看来很不简单。特别由于唐简斋的偏爱，在主持本场中心小学的几年中，已经赢得不小声誉，同时又跟那一批大中学生绞得紧。他还联想起伍老师全力培植起来，后来听说早已逃到延安的本场杨大娘的女儿杨素芳，两三年前还通过信。过去他就相当注意这事，现在更加感觉问题不简单了！仿佛大祸即将临头。

他曾经想把伍老师挤到乡下去当村小教员，乃至赶出本场，然而，那位同他既是冤家又是亲家、中心小学的挂名校长唐简斋却大力护庇。有时还吹嘘伍老师能干，老成持重。他在半年前也曾装着无所谓的神情，向唐简斋探索过那个愈来愈加叫他疑惧不安的小学教师的动静。

他对伍老师的恼怒，远远超出于对老菜贩子的恼怒，但他从来没有泄露一点声息。就是伍老师同他见面，恐怕也未见能理解他心底里的怨毒之深。可是，到了凌晨，他也终于把问题想通了。

"好嘛，又看我们哪个的云头驾得高嘛！……"

于是充满自信地轻轻呼一口气，随即起了鼾声。他一直熟睡到大天光才起床，洗漱完毕，就又大吃其银耳羹。近半年来，大吃大喝之风已经在胖爷一伙，以及大粮户中刮到七八级了。

这天，吃过早点，首先出现在胖爷脑子里的，既不是王旅长，也不是老菜农和他女婿伍老师，而是俘虏兵彭兴旺。因为他听说这个青年农民已经成了本地的新闻人物，经常在街上为解放军喝彩……

为此，用老婆递来的毛巾擦一擦嘴，他就吩咐人去叫骆渊，以便把彭兴旺找来查问一番。这骆渊是胖爷的贴心斗伴，公口上是三哥，又是山防队副队长。少年时代曾经依靠"卖风"度日：夏天，手拿蒲扇，主动站在茶堂和饭馆中的客人背后制造凉风，消除溽暑。

胖爷毕竟有点眼力，一下就看出了这个穷小子未曾发掘出来的能耐，把他收留下来跑腿。这是个五短身材、浓眉大眼的角色，动作敏捷，很能见机行事。

不一会，骆渊就旋风似的来了，静听胖爷吩咐。

"是不是找乡长来一道谈好点哩？"末了，他建议说。

"对！现在我更犯不着一个人顶起干了，——快去！"

当骆渊赶到乡长家里，那位外表英俊，身兼山防队长的角色还在蒙头大睡。而且是在客室里沙发上睡！来客忍不住抿嘴笑了，接着传达了胖爷的指示。

"好吧，"乡长焦继聪呵欠着说，"昨晚上太闹久了……"

"看来也不是啥要紧的事，你就再躺躺吧！"

骆渊转身走了，边走边忍不住咪咪发笑。想道："三个老婆弄得来当光棍!"而且猜到了昨晚上乡长一定把醋坛子打翻了,因而只好孤眠独宿。

当乡长来到胖爷家里的时候,已经半晌午了。谈话一开始他们彼此间就出现了分歧。这也由于讨好胖爷,乡长以为彭兴旺不足为虑,他对本地的情况所知有限,又大字认不到一箩筐!伍茂卿可不同了,既是陈菜贩子的女婿,杨大娘那个女儿的老师,见多识广,又会舞文弄墨,近一年来,更同场上一批大中学生打得火热!谁知道他背地搞些啥子鬼呢?

他把问题解说得相当细致,语气充满自信,同时胖爷以往又大都三番五次向他谈过,因而舅舅很少插话,就由外甥一张嘴大肆活动。

为了证实自己并非饭桶,最后他打赌说:

"说在这里看吧,将来这个人才是坏酒的曲子!"

"这个我比你清楚呵!"胖爷曼声笑道,"不是早就向你提谈过嘛?单看他这一向那副神情,就把他肠肠肚肚都看穿了!"

"妈的,真想先把他这个祸根除了!……"

乡长说得十分带劲,因为并未忘怀伍老师前两天那些尖锐的暗示,显然深知他在粮政上的劣迹。

"来不得,——来不得,到了那匹山唱那个山歌!现在还得跟他敷衍,不要一来就横眉立眼的。"

乡长抑制地长长叹了口气。

"可惜杂种是他妈个硬断不弯的角色!"他加上说。

"我倒还没有蠢到想跟他打亲家呵!"

"那又怎么样呢?"乡长多多少少有点气恼。

"敷敷衍衍,装作不懂!到时候再算账。"

"好!那么彭兴旺这搭事呢?"

"光景家伙硬在解放军里挖过几天饭……"

"那一定是探子!"乡长忍不住插嘴说。

"不见得!"胖爷摇摇肥头沉吟道,"是探子,他会打鸣叫响把解放军讲得跟天兵天将一样呀?看来真的只是被俘虏过,吃过点甜头,就做起肉广告来了!……"

正在这时,彭兴旺跟随骆渊进门来了。

"不要唱草鞋花脸哇!"胖爷低声叮咛乡长。

"呵,大爷、乡长,你们看我又回来啦!……"

彭兴旺客客气气,嘻嘻哈哈,一进客厅就大声招呼说,一点也不显得拘谨,更不显得卑微。

"家伙像见过大劲仗!"胖爷想,随即把手一挥,"坐!"他同时说,"你这回跑得远哇?"

"地方倒跑了些呵!"来客在一张凳子上坐下,随即叹息般回答说,"可是盘缠花得不少,连老婆都跑掉了!……"

"哎呀!"骆渊机灵地插言,"将来我帮你介绍一个!"

随即又顺手抽出一根纸烟给彭兴旺,他感觉客人的谈吐有点带刺,同时对他的遭遇也不无同情。因为出乎意外,俘虏兵的神态忽然严肃起来,再也不显得怎么轻松了,眼圈还有点红润……

此后的谈话非常呆板,一问一答,正像青少年入学前的口试那样,问和答的双方都没有一丝感情。

至于彭兴旺的回答内容,他掺了不少假。他诳称自己是被解放军俘虏后跑掉的,接着就找到了自己所属的国民党部队,而在集中训练后,就遣散回家了。

"给没给你遣散费呢?"乡长机灵地插嘴问。

"多呵!几大捆金圆券,——可惜都买麻糖吃掉了!……"

这回答把大家逗笑了,谈话也一下活泼起来。

"那你到我们山防队来好吧?"骆渊脱口而出。

"不!"胖爷紧接着否定了,"还是让他挖泥巴吧!你们想嘛,一伙兵一当起,全家人都五零四散了,咋能再耍枪弄炮呵?!还是老老实实把庄稼做起，过两年成家立业。"

"这个倒是维护你的话呵！"乡长大为激赏。

"还有呢，"胖爷又继续道，"眼下的世道，你自己比我清楚，说话要当心呵，——免得搞来笼起！"

"上面又在叫追查谣言了！"乡长说。

"我说的倒都是实在话呵！"彭兴旺申明说。

"对！"胖爷假装激赏地笑道，"一个人就要一点'雨'一点'湿'，不过呢，有时候就是实在话也得看人。常言道，'逢真人，现本相'，哪能什么话都张开嘴就说呵?！"

"大爷！这点你放心吧，我当不来肉广播！"

"我这里你又啥话都可以说啰！"显然是以"真人"，也就是"知己"自居，胖爷愉快地申言道，"共产党对绅粮，像我们这些摸过公事的人，究竟怎么个对待法呵？你该知道点吧。"

"这个我不清楚！"来客回答得很简捷，不住摇头晃脑。

"沿途都没有听说过吗？"乡长紧叮着追问。

"当然听说过呵；什么既往不咎，立功有赏……"

"他妈的就怕过桥抽板！"胖爷想道，随即切断对方的话，"好吧，我劝你的话，你把细想想嘛，总不会是害你，你老子还跟我一道挖过几天饭呢。"

因为估计掏不出什么话来，胖爷随即把对方推送走了。

"杂种嘴紧！"彭兴旺离去不久，胖爷就嘀咕说。

"家伙再口敞就抓他的逃兵！"乡长有点气恼。

"这个倒来不得呵，——对他也用不着动大响器……"

骆渊送走彭兴旺转来了；但是很快就又转身出去，奉命前去找乡公所的司书，并用乡长名义吩咐会计去备办野牛蹄和毛牛肉，而且要会计支付硬币。

骆渊前脚一走，乡长也随即告辞了。因为明天就是场期，他得去乡公所了解一下山防队的子弹费催收得怎样了，以便召集保甲长开会。同时还得料理有关"应变"的私事，比如同他两个兄弟搞假分家之类的勾当，兑换"袁大头"一类硬币……

胖爷公馆对面那家茶馆比往常更清静，茶客的成分也改变了，几乎全是一般市民。看吧，临街那张茶桌的首席，原是胖爷的宝座，今天也坐上了普通居民，而且是一个平常爱一边递二话的老年人。

"唉，怎么头有点晕啦？！"那老人挤眉弄眼地大声说。

"杂种会装疯呵！"乡长悄声嘀咕，因为他知道这是说给他听的，便佯装不加瞅睬，一直向乡公所走去了。

刚进大门，乡长就隐约听见有人叫嚷。随即，头戴雷帽、胡须浓黑的文书刘胡子迎面走出来了。他笑嘻嘻地说："两个人又闹崩了！"

经他一提，乡长立刻就明白了：是骆渊跟会计在吵账，而且是为备办礼品和去成都的差旅费发生了争执。他无可奈何地叹了口气。

接着三脚两步跨进耳房，制止住双方对吵对闹。

他向会计问到两名关押起来的人犯。

"最后杂种还是一口咬定出不起吗！？"乡长厉声追问。

"都护痛得要命呵！"神态冷漠的会计说。

"就跟你杂种一样！"骆渊想道，同时歪起嘴角一笑；随即对人犯之一的狗老爷嘲笑了一通，"他妈的，前一两年，一出太阳就关起门晒金圆券，三分利他都要你保上加保才借——呵喝！现在只好拿去揩屁股了！……"

"家伙一定还有不少硬货！"乡长着力地说。

"他要藏起来应变啦！"骆渊嘲讽地解释道。

"妈的，给山防队买子弹这不是应变啦？！……"

乡长一听，更加火了，随即分派起来，要骆渊命令值勤班长，以后不准给人犯送吃食，更不准送鸦片烟泡，因为两个财主都是"瘾民"。

"杂种！看你是要钱吗，还是要命！……"

正在骆渊走去下达命令不久，安装在日常开会的大厅上的电话铃响了，会计趁紧去接。

"啥?！已经派人号房子来了!?……"

听到惊惶的声调，乡长跑去抓来会计手上的传话器，而他的神情声调越来越发紧张："是杨森的队伍哇?……见啥拿啥?！……还在牵线不断地来?——真是糟糕!……"

最后，他放下电话筒，奔向胖爷家里。


# 六

按照惯例，凡是"国军"过境，胖爷一伙当权派总是大力施展油大政策，接纳其军官以壮声势。但是这次过境的却是溃军！而且人数众多，军纪糟糕透顶，因此两舅甥立即疏散女眷……

这一来，刘春阶之类的绅户不必说了，一般殷实商家，凡有年轻妇女的居民，正像大难临头一样，几乎全都搬下乡了。

乡长本人没有撤离，但把骆渊去灌县给王旅长送信的任务，给勾销了，要他留下来协助他支持这个混乱局面。山防队的武器呢，则分别派下乡保卫女眷伙的贞操和资产去了。一般贫民，比如靠洗浆衣服过活的柳大娘还有原在乡下居住的伍老师没有从街上撤走。

伍老师不但没有撤走，他在中午时刻还步出校门，在街上逛了一转。当他走到烧房门口的时候，看见了二麻哥坐在柜台边喝碗碗酒。他还停留下来，同看管烧房那个乐观派的老板娘闲谈起来。

"呵!"伍老师惊叹道，"你胆子大喃!……"

"啥胆子大呵!"老板娘笑答道，"那些烂丘八会把我抓去当压寨夫人!?当干妈倒差不多!"

"依我看老董倒是避一下好!"

"老师! 你放心吧，拉兵，拉夫，我这把岁数都不够格呵!……"

"秀才碰到兵，有理说不清，——还是不要冒充胆子大吧！"老板娘大笑道。

当伍老师回到学校大门口时，彭兴旺也正从场外走回来。而两个人一见面，就一道往宿舍走去，同时又说又笑，摆谈着各人这天的见闻和感想。

这位见过一些世面，经历过一些艰险的大块头，对于山防队的作为大肆嘲笑：

"嗨，稀奇，山防队原来是防国民党的军队！……"

"这也算'应变'叫……"

"对！以不变应万变：坚决不改刮地皮这一条！……"

"唉，我再告诉你一遍哇：说话还是注意点啊！……"

"三岔全场简直像水洗过了！也是卖盐巴那个老黄讲的。"

"究竟有多少人呢？"

"老头儿说，场里场外都塞满了，还在牵线不断地来。啥都要！只要是吃得的，就跑不脱！他的几十斤盐巴全报销了，只给打了一张欠条，要他找三岔乡政府领款；他就赶紧溜回来了……"

"那倒还讲理哇，总算写了张欠条。"

"这是什么团部吗师部，打窎抢起去的。如果碰到连排长、散兵么，倒说不上啥手续呵！给你打起吃了连饱嗝都不会打一个！……"

"老师呀，"年老、枯瘦的厨师老钟忽然走进门边问道，"我们是不是也把吃的东西收检下呵？"

"呵，你也扯起地皮风来啦？"伍老师风趣地说。

"不是我扯地皮风呵！你上街去听听吧。"

"好好好，就照你的办吧。可是晌午饭呢？"

"这个容易，用不上半根香久就开饭了。"

因为担心抓壮丁和拉夫，也对上山下乡有点兴趣，儿子文斌早跟随一批青年人走掉了，陪同伍老师一道吃午饭的，只有那位每逢假期都借住在学校里养病的老教师周兴，以及孤老头子老钟和彭兴旺。

吃完午饭，刚把食具收进厨房，三五个身着黄军装的丘八就撞进厨房去了。他们是打前站的人员，而且只是其中的一部分，专为营团级单位号房子的，还有不少人在街上活动。

这些人在校门首插上尖角红旗，用粉笔写上单位名称，就进入校内，东摸西窜，终于把厨房找到了。于是不由分说，掏起剩饭就吃。

老钟没有阻拦，可是乘丘八们只顾大吃特吃的时候，立刻取出一袋米，又塞了一瓶菜油，赶紧支使他表侄趁机提起溜了。而彭兴旺一撞进伍老师的卧室，就把口袋往床脚下一塞，然后伸起腰长长吁一口气。

伍老师开始显得惊怪，就一直瞪着眼睛，默不一语；但也很快就猜到这是怎么一回事了。

"来啦？！"等到彭兴旺藏好口袋，伍老师小声问。

"哎呀，简直像抢'水饭'① 一样！"彭兴旺笑一笑说。

"有好多人哇？"伍老师问。

"遭得住人多啦？——还有些家私表爸在捡……"

"我看你也该回避下呵！"伍老师警告他说。

"对！我这身烂军服光景也不大保险……"

彭兴旺回答着，带点调皮捣蛋的神气，随即跨出房门走了。伍老师长长透一口气，情绪十分开朗。

"老蒋的川西会战肯定是完蛋了！……"

伍老师则单独上了街。整个市街不过半里，已是满街满巷的丘八和骡马了，以及各类机枪大炮。而且越来越加拥挤，就连街沿上也坐满人！他走走，停停，看看，没走多久就又转回学校。

到得学校门首，两边已站上卫兵了。看来住的是什么司令部，人

---

① 水饭：坐师穰解时用的米饭。

数虽多，秩序却比较好。他才推开门一露面，那位一身是病、终日闭门养息的老教师立刻惊喜交集地呻唤了。

"哎呀！你没有碰见老钟?!"他压低嗓子问。

伍老师摇摇头："整条街都水泄不通！"他接着说，"走一步总得停一刻钟！"随即摸出手巾揩汗。

老教师起身掩好房门，悄声告诉伍老师住在学校内的，起码是个团部。他们说停留一下就开赴成都，却详细把前去茂县的途径，甚至连道路情况，特别有些什么场镇和多少住户，都问到了。

"看来是想钻山！准备凭险顽抗……"

房门又一次被推开了，随即是一声沉重的呻唤。

"哎呀，差点把肋巴都给我挤断了！……"

"喂!"伍茂卿切住他，又用嘴指指房门。

"每家每户全都给操翻了！"老钟用手拐掀上门扇，接着说了下去，"瞿师遭得最惨：昨天剩的几十斤猪肉，全都搜出来了——他是藏在米糠里面的呀！以为保险得很……"

"看来还是我们这里保险。"伍老师打趣说。

"咋不保险！要不是我手脚麻利，那几块腊肉早变成大粪了！……"

"刘家烧房今天恐怕热闹。"伍老师沉吟说。

"说起来会笑破肚皮：老太婆气也算受够了！……"

于是，用讽刺口吻叙述起来：当兵们发现这家酒铺，一拥而上抢着要碗碗酒，有的就拿漱口盅打。可他们并不喝，用来点燃，摸擦腿脚。都嘀咕着这双脚可出不得问题。酒一点燃，火焰不大，一晃就又熄了！那些丘八一口咬定老板娘渗了水！还把酒泼她一身。

"那么老板娘的酒总算保存住了！"伍老师笑道。

"要不是有人从哪里搞到两瓶绵竹大曲，几个酒坛子恐怕都给砸破了！"

"我更敢打赌了：一定是准备往茂县跑！"老教师说。

"看来给解放军打惨了！还跟在后面追。"老钟笑一笑说。

"你怎么知道的呢？"伍老师插嘴问道。

"怎么知道的？我碰见一个小勤务兵，穿他妈件大人军服，军帽罩住大半截脸。我问他，他们是打算长住吧？家伙慌里慌张用手比了个八字，说还要走，'跟勾子'① 打起来啦！"

"闲话少说，赶紧搞饭吃吧！"伍老师吩咐着。

"妈的！厨房里挤满了人，这顿饭咋个搞嘛！……"

老钟嘟嘟囔囔，但却立刻转身走了。这时已近黄昏，真也到了应该吃饭的时候。当他转来时已经点上灯好久了，而他带进卧室来的不是饭食，却是十多个又冷又硬的陈锅盔！

老钟刚把锅盔从怀里一一掏出，伍茂卿就惊叫了。

"呵哟！硬得跟石头样，周老师啃得动呀?!"

"没关系！"周老师笑笑说，"我的牙齿还行！"

"好吧，这里还有一瓶开水！……"

伍茂卿说，同时取来紧靠窗户一头的条桌上的温水瓶来，给每人冲上大半盅开水，三个人就开始晚餐了。直到夜深，才又各自睡觉。

凌晨三点，老钟就忍不住悄悄从床上爬起来了。最叫他吃惊的是，学校里的官兵全都走了；而恰好相反，街面上的响动却越来越大！大门是敞开的，丘八们正从上场口潮水般通过市街。显然是从三岔一带来的，老钟壮着胆赶紧把大门关了，上了门闩，额外又加了两根杠子顶住……

他非常担心再来军队驻扎。直到天色大明，再也听不见人嘶马叫声了，这才又从床上起来。首先把把细细从门缝里窥视了一阵，接着敞开一扇大门，最后，走上大街观光去了。真好风光：遍街人粪马粪，稻草和木柴灰烬！每逢赶集，就在那个下场口卖肥肠汤锅的老太婆，

---

① 跟勾子：勾子即屁股，紧随身后之意。

一路嚷叫着走过来了。

而在离学校不远的街对面，那家用几张篾笆笆围绕着的豆花饭铺的老板，则正袖着双手，不住摇头叹气，回答着老钟的问话："已经下街上街窜了两三遍了，找她那口卖肥肠的大锅！……"

"恐怕是叫那些丘八带进山了！"这插话的是伍茂卿，他刚才从学校里摸出来，"你想，他们会跟你留下来呀！……"

"呵，你也摸出来了！"老钟回头望一眼说。

"看看老蒋最后大家留下些啥德政给咱！"

"你该没受到亏损吧？"伍老师关切地问。

"我么，全靠这几扇篾笆笆保险！"老板捋捋花白胡子，笑了，"我一家人睡在里面真连气都不大敢出！瞿师给整惨了！你们听，他老伴还在哭！"

穿着破烂的老头子随即放声大笑。

"现在刘家酱园的调料才够味呵！……"

饭馆老板之所以感到可笑的是：这家酱园是刘春阶一位堂兄弟开的，规模大，货色也好。前天全家都疏散下乡了，只留下一个胖老用人守门。而丘八们不仅抢光了酱园里存储的一切可吃的物资，还图方便在酱缸菜坛里拉屎拉尿！……

伍茂卿要老钟回去弄饭，自己沿街继续走去。

一路之上，几乎没有一家不在向邻右摆谈他们各自一夜之间遭到的骚扰、损失，狠狠咒骂一通。其中，烧房老板娘讲述得最精彩，听众也多。

伍茂卿停下来听她亲自述说有关酒的故事。

"你总算火头旺，把几缸酒保住了？"他笑着插嘴说。

"屁！"老板娘否定说，"油盐柴米不说，箱箱笼笼都捣翻了，凡是值钱的就往衣袋里塞！像推磨样，这批人一走，那批人又来了！最后来的是一个大块头，一进房间就东翻西操，我说，不要操了，你要啥开口吧！他想找双鞋子换换。我就顺手把自己两双新棉鞋扔给他……"

"他拿起走没有呢？"有谁插了句嘴。

"常言说：脚大爱小鞋！"老板娘大笑道，"他才瞅一眼就溜了！……"

听众除伍茂卿外，还有二麻哥、彭兴旺和两三个小商贩。

"捡到便宜的人可也有呵。"二麻哥沉吟说。

伍茂卿挥手指指一堆堆人畜粪。

"这么多肥料该抵多少子弹费呵！"他同时说。

"这个话说得好！"老板娘拍手大笑。

"我完全赞成！"彭兴旺紧接着叫出来。

"你呢？"伍茂卿向二麻哥把头一扬。

"我当然也赞成……"

二麻哥的情绪没有老板娘、彭兴旺的饱满，因为他所说的"便宜"是另一回事：就在下场口半坡上，一位农民只用一件蓝布长衫就换到一名逃兵的美式装备。但他不愿张扬出来，怕为旁人招祸。

其实，彭兴旺也知道，这类事情在他昨夜借住的那位熟人家的附近也出现过。他还推测昨晚上不少丘八玩过同样的把戏。不过他更清楚不能当众说穿。

正在这大家谈得兴高采烈的时候，乡长带着骆渊、三五个山防队员打从上街走过来了。他和他的兄弟伙也有点"举步维艰"，加上臭气扑鼻而显出愁眉苦脸的神色。他并没有一径留下来招待那批不速之客，一看火色不对，他就借故溜下乡了。

他和胖爷一伙人家里，也都受到损害。只因驻扎的是旅团以上的机关，所受损害不大。现在，他已经来到十字口刘家酒铺面前，因为看见铺面前围了十多个人，不由得停下来审视了。

而且立刻对那些正在谈笑风生的人们训斥起来，责怪他们不该只顾摆龙门阵！

"你们至少也把十字口这一带打整下哩！……"

"我们打整?!……"伍茂卿一下子火了,这在他是很少有的,实在也来不及控制自己的情绪。

"我没有叫你!……"

"不管叫谁,乡公所那么多人总不能光吃闲饭!"

"乡公所的人尽都在吃闲饭?!好!哈哈哈……"

响着一长串充满羞恼的干笑,乡长一转身就朝乡公所走去了,假装自己并没有被刺痛。

# 七

到了下午,街面上的人畜粪和所有垃圾,终于被打整干净了。全部都在山防队和保甲长督促下,由居民分段扫除,近处农民搬运下乡。

然而,打整干净的只是街道,所有的损害、屈辱和一切丑恶现象,则照样挂在人们的嘴上,而且势将永远保留在记忆里。这不是他们第一次遭受旧军队的扰害,但这一次却特别精彩!

到了夜晚,人们又向茶馆和十字路口汇聚起来。这两处地方都是本镇体现民意的舆论场所。夜间的十字口照样热闹;胖爷公馆对门那家茶馆的客人,换班得更彻底了,几乎全是些无名小卒,而且敢于放言高论。

二麻哥刚一坐下,就向邻座的客人谈论起来:"还是胖大爷他们安逸,恐怕连针都没有掉一苗!"

"不!听说,凡是能吃的也光了!"

"可是,真正值钱的,早就搬下乡啦!……"

"最值钱的恐怕是乡长那个土摩登!"彭兴旺插嘴道,"听说费了好多心机才弄到手,不最值钱?!"

"少抬点快呵!"咳嗽一声,二麻哥低声说。

"他们倒横竖输赢都有糖吃呵!"别一个茶客说。

"不见得!"彭兴旺摇摇头沉吟道,"正戏还没有开场呵!……"

在他们思想上,所谓"正戏",有它的明确含义。简单说,只等本地获得解放,胖爷乡长们一定倒霉!而他尽管说得含蓄,挨近他的两三位茶客,特别经常出去营生的二麻哥,却立刻领会了。

于是他们各自带着一种期望"正戏"早点开场的心情,慢条斯理地品起茶来。

但是,乡长已经得到了离县城最近一个场镇上同伙的电话,县城已经解放,新县长也已经到任了!乡长早就派骆渊到县城探听去了,叮咛他得打扮成老百姓……

谢谢当代的科学技术,通过电话,这消息在当时的红石滩无疑算得上绝密!然而,没有多久,却逐渐传播开了。因为尽管局势紧张,过往客商并未绝迹。而且胖爷家里和乡公所的忙碌景象,以及刘春阶一伙人的行迹又早已引起人们的怀疑:他们刚才上街不久,就又赶着往乡下溜了。

伍茂卿和周老师是从那批小青年中得到县城解放的消息的。但是,伍茂卿不仅没有回转乡下家里,他倒伴随由于肺病平时极少动颤的周兴,上街游逛来了。全都显得喜气洋洋,而且用含蓄语句解除一些熟人提出的疑虑。

一般言之,街上的情形比溃军过境时安静得多。有些小商贩也照旧营业了,便是李聚奎吧,也在门口摆个簸箕,卖点针头麻线。

伍老师、周老师全都在李家店铺前住了脚。

"呵哟,你这个生意才越做越大嘛!"伍茂卿说。

"说不得呵,老师,我眼泪望肚子里滚呵!……"

他本想诉说一番金圆券、银圆券和溃军给他造成的损失,然而,两位老师却已转身走了。他们知道他相当奸狡,也知道他会诉些什么样的苦楚。

当老师们走到那家豆花饭店铺面前时,骆渊推起自行车面对面走来了。他的装束使他们忍不住暗自惊叫了一声"呵!"

目送山防队副队长的身影直到逐渐消逝。

"一定是去打听消息才回来的。"末了,伍茂卿沉吟说。

"走呵,我看你最近也爱管闲事了!"周兴说。

"这倒不是闲事呵!"伍茂卿暗自嘀咕。

而从感情上说,他还很可能高声大叫。因为他预感到,既然县城已经解放,胖爷们又那样紧张,本乡的解放,无疑为期已不远了。而连他自己也无法解释,竟一下变得来容易激动了。

在一间教室里,儿子伍文斌正跟几个青年人在一起,听刘春阶的儿子刘家庆,那位因为参加反内战、反饥饿运动,前两年休学回家来的川大学生,摆谈解放军进城接收旧政权的经过。只有十二三位同志,而且只有少数人带得有手榴弹、步枪和盒子枪,两匹牲口驮着行李。而他们的人数、装备就这样简单得叫人吃惊!

然而,还有更叫人吃惊的:一进入县政府,他们就自己动手搞清洁卫生,搬动桌椅床铺。因为旧县长仓皇逃跑以后,县署已经被当地一些流氓闯出闯进,洗劫过好几次了,一切弄得稀糟!……

刘家庆的听众比日常听讲课的小学生还要听得专心。尽管有的偶尔插一句嘴,也是为了想把情况弄得更加清楚。因为不少情节太出人意料了。

当刘家庆提到解委会曾经指挥自卫队维持过秩序时,竟连站在窗外的"旁听生"也插嘴了。

"这个解委会是些啥子人搞的呢?"

"呵!我也正想跟你老人家扯扯呢!……"

刘家庆紧跟着叫喊了,从一张书桌上梭下来。教室内的听众也都把脸转向窗外。可是,伍老师却要刘家庆回到讲台上继续讲,他就站在窗外旁听好了。

于是,讲述人重又走上讲台,一连举出好几位解委会成员的姓名。

对于有的成员，伍老师微笑着点点头，乃至赞赏一句，"这个人正派!"对于有的成员，则并不怎么样欣赏地摇一摇头。

而当提到一位素以通匪贩毒有名，同胖爷有些瓜葛，诨号叫么胡子的豪绅时，他更惊叫起来。

"怎么连这个人也钻进去了! ……"

"脑袋尖冊!"周兴竟也忍不住嘲讽地插嘴说。

"你继续讲下去吧!"伍老师望定刘家庆说。

"解委会大约就是这些人了，"讲述人随即接上中断了的话头，"成员是杂一点，听说有的地下党就有意见，可是你总不能不准人家改恶向善! ……"

"么胡子这些人会改恶向善?"伍茂卿嘀咕说。

"让他讲吧!"周老师用手臂敲了敲伍茂卿的胳膊。

在阐述了西南军政委员会四项公告的精神以后，刘家庆就谈起解委会的活动来了。一听说一批解放军进驻了县政府，他们就赶快派人联络，这才弄清楚是来建立新政权的人们。

跑去联络的人接着探问新县长什么时候到任，看来准备前去欢迎。而得到的回答是，县长已经来了! 随即指出一位正在搬运一架木床的解放军说："他就是新县长。"这个消息一经传开，解委会不必说了，不少居民也都忙碌起来……

一位"县太老爷"竟然自己动手搬运家具，这是个新鲜事物，而一般老百姓也的确朝朝暮暮盼望解放，寄希望于新的政权。因此，不到一顿饭久，大堂前面的广场上，全都站满了本城的居民。

最后，解委会的成员，陪同新县长和其余解放军走到大堂上来了。新县长跟即站在一张长凳子上面，拿着喇叭筒大声宣布全县解放! ……

所有青年听众，仿佛身临其境一样，全都忍不住鼓起掌来。只有窗外两位听众情绪不大热烈。

"可惜红石滩还是胖爷他们的天下！"周兴叹口气嘀咕说。

"我就不相信他们永远是不倒翁！"伍老师切齿说。

"喝！"掌声一息，刘家庆继续道，"这一下鞭炮声、锣鼓声响开了！好些青年学生还跑上街扭秧歌！这天要不是他们维持秩序呀，群众会把大堂给挤垮呢。请新县长站在条凳子上讲话的就是他们！还把解委会的主任拖在一道站起！……"

"这些小家伙有心劲！"周老师赞赏地轻声道。

"肯定是地下党出的主意！"伍茂卿唱和说。

"他们还做了好多五星国旗在街上卖呵！"刘家庆一直讲述下去，"只收点成本费；纸做的分文不取。很快，每家每户大门首都挂上国旗了！……"

他的讲述并未减色，他的听众可已纷纷议论起来：他们应该怎样准备迎接本乡的解放。

而且，已经换上军装的骆渊，一下在窗外出现了。

"伍老师！"他高声招呼道，"乡长说请你去一下哩。"

"啥事嘛？"伍茂卿神色庄重地反问。

"总是迎接解放的事嘛。"骆渊笑嘻嘻地回答说。

"呵！"伍老师显然有点惊怪，也有点踌躇。

"乡长说无论如何都要请你动动步！……"

周兴含蓄地笑一笑，劝说伍老师道："我看你就去一趟吧。"随又对自己说："我不相信他们现在还敢带账……"

"好！"伍老师回答说，嘴唇边掠过一点冷笑。

于是，就在那些早已停止议论的青少年目送下，迈开步子走了。骆渊像个侍从一样跟在他的身后。周老师则跟他到校门口就止步了。

有些相当敏感，又素来熟识的居民，对于伍老师的神情、步态多少有点惊诧，觉得他比平日庄重，同时也比平日开朗。更何况他的身后还紧跟着那个胖爷、乡长的贴心斗伴呢。

由于深知过去伍老师老丈人家里发生过的惨变，有的年长居民甚至有点为他的命运担心。这是错觉，在伍老师本人心坎上更不存在任何阴影。只是感觉胖爷们的行动未免可笑，竟然想到利用他来做幌子！而这才是他当时的真实想法。

一到乡公所大门口，他的猜测进一步得到了证实：山防队的招牌已经换过，变成民众自卫队了。"真会'应变'！"他想，爽朗地笑一笑。这时候，骆渊早已抢步走到前面去了，接着就又尾随风流俊秀的年轻乡长走出来向他表示欢迎。仿佛一向招待前来视察的官老爷样，脸上堆满谄笑。

本乡较有名望、实力的绅粮、商家和袍哥大爷，几乎全到场了，把整个乡公所的会议厅坐得来满满的。他们都穿着朴素，化过装了，跟一般老百姓不差上下。而变化最大的却是那个暗中导演这场闹剧的胖爷，他的膘跌得更打眼了！……

胖爷首先站起来同伍老师打招呼："大家就等你了！"随又拖了把藤椅到自己身边，要对方坐下来，说，"这里舒服一些！"客气到难于推辞的地步。伍老师在向唐团正招呼后，于是也就当仁不让地坐下了。

刘春阶跟伍老师来往较多，也相当谈得来，但他只是意味深长地点点头，随又心领神会地相视一笑……

在胖爷的提示下，乡长终于嗫嗫喏喏，谈起这次会议的内容、意义来了，使用了不少进步词汇。

他叙谈着旧政权的崩溃和新政权的诞生。

"想来大家都听到了，城里已经宣布解放……"

"简单点吧！"胖爷悄声地提示道，担心乡长说话"走火"。

"只有几句话了，"乡长说，"我想，今天到会的各位都是很欢迎解放的！……"

他的口气非常肯定。而毫无疑义，在他看来，在所有参加会议的人们中，他又是最欢迎解放的！接着他就提到成立解委会这一中心议题，并介绍了外地和县城解委会的具体组织情况后，他就请大家提意见，说是本乡不能落在其他场镇后边。

"听说连顺余乡那样小的地方都成立了！"胖爷帮了句腔。

"好吧，现在就请大家发表意见。"

乡长的发言就这样结束了。于是会场内立即叽叽喳喳起来，各自向挨近自己的熟人随意摆谈。有的是酝酿人选，有的是交换彼此听到的有关县城里的消息，也有人闷着脸不张声。

这样叽叽喳喳下去显然不行，乡长向胖爷递了个眼色，希望他来压压场子。这也是本乡一种惯例，因而土皇帝开口了。

果然，他一开口，场子就雅静了。在简单说了几句欢迎解放的话以后，他就提出一个解委会候选人的名单。

"还有伍老师，当然也得参加！"他继续提名。

"我怎么有资格参加呵！"伍老师微笑着惊叫了。

"怎么没资格哇？你代表学界哩！"胖爷大声解释。

接着，其他几个人也开始劝驾；刘春阶甚至嚷道，"哎呀，你就乘到①吧！"同时眨眨眼睛。

"好吧，"伍老师笑一笑说，"我就凑个数吧！"

等到解委会成员的名单提完，既没有谁推辞，也没有谁遭到反对，算全体通过了。接着来的，按照常规，应该是散会，各走各的路了。

万没料到，代表商界的李聚奎忽然提出子弹费的问题，说是既然山防队已经撤销，解委会也成立了，给大家摊派的子弹费理应停止征收。而这立刻引起一阵纷乱，获得不少人的同情和公开支持。

也有少数人反对杂货店老板的提议，最突出的是胖爷一伙。乡长乃至激动得流露出那股长期养成的恶霸作风，用一种训人口气叫喊起来。

_____

① 乘到：承担、担当之意。

"嗨！你咋打梦脚呵？"他着急地解说道，"山防队撤销了，民众自卫队就不需要买子弹啦!?"

"解都快解放了，还需要啥自卫嘛！……"

"我倒赞成李老板的意见。"伍老师插嘴说。

"伍老师！"胖爷紧接着出马了，因为他知道伍茂卿不同于李聚奎，"你看来还不大清楚，这个解委会的主要责任就是维持地方治安，没有点武力不行呵！万一散兵游勇跑来骚扰又怎么办？……"

"石床沟已经发生过两三起抢案了！"乡长理直气壮地补充说，"说不定土匪还会多起来的。听说，就是县城郊区，这两天都还有抢人的呵！"

"呵！"伍老师轻声笑道，"这么说还是不要解放好些！"

"我不是这个意思！"乡长赶紧申辩。

"好吧！"伍老师点点头说，"那就照你们的办吧！"

从此，尽管心里老是七拱八翘，面有愠色，一直挨到散会，他都默不一语。

八

会议一散，人们就各自结伴分头走了。那些前两天溜下乡的，大多数照旧下乡；就是已经做了解委会成员的两三位有名人物，也不例外。

凡是照旧溜下乡去的人们，尽管在会上也表示过他们欢迎解放，实际照旧顾虑重重，对解放并不怎么欢迎，因为正像俗话讲的，"自己的事自己明白"，他们又并不健忘，怎么有胆量在街上登起呢！至于那些原来在乡间居住的，更加不用说了。

胖爷和乡长当然更清楚自己过去干过些什么勾当，胆量也并不特别大，但是两舅甥却边走边谈，最后拐进那座价廉物美的公馆里去了。

尽管大体保持原状，门窗桌椅似乎没有被砸烂当柴烧掉，可已残缺不全。

在堂屋右边那间颇为敞亮的厢房里，摆着一盆燃得红朗朗的火盆。一走进去，胖爷首先在火盆边一张藤椅上坐下了。这张藤椅已经破旧，倘在半年以前，他一坐下，肯定会扎扎作响，但它安然承受住了他那体重已经大减的身躯。

一坐下去，他就显得疲倦地长长吁一口气，弯下腰身嘀咕起来："妈的，现在他倒踮起来①了！"接着又一下扬起他那已经不那么浑圆的阔脸。

"我就不相信他长的四个卵子！"乡长断然回答。

"唉，现在是过经过脉②的时候，不能凭气性办事呵！"胖爷已经翻起身来，靠在椅背上了，轮睛鼓眼地紧瞪着他外甥，"单凭气性我还想杀人哩！"

这最后两句话是从嘴唇边逼出来的，低沉且带嘶哑。

"那又怎么办呢?"乡长紧接着反问。

"小伙子呀，多看两步棋再说吧！"

正像泄了气的皮球，乡长的气势一下又烟消云散了。于是吁一口气，弯下腰盯住炭火，陷入沉思。

他已经领悟出他目前处境的微妙了。不管怎样，解委会既然已经成立，山防队的招牌也换过了，城区和邻近场镇同他地位相当的人物又都安然无事，他怎么能冒昧从事，拖起队伍上山打游击呢！

原来，在他两舅甥的预谋中，他们应变的工作之一就是拖上山打游击。而且早已在远通松茂的大山区屯集了一批粮食，同时还和山区接境一个县的场镇达成默契，必要时采取一致行动。实在站不住足，

---

① 踮起来：得意起来。
② 过经过脉：关键的；要害的。

356

就隐埋姓名逃亡到异乡或藏族地区去……

然而，由于解放军进展的迅速，县城的解放又那样风平浪静，特别只有十多个解放军就接管了县城，解委会又立即合法化了，受到了接管人员的承认，这都大出意外，因而他们怎能凭气性蛮干呢！这也就是说，光景只有不理睬伍茂卿那些带刺的话头，冷静下来看了。

胖爷叫来骆渊问探起来。

"你说说吧，像周怀德这些人还露面么？"

"他倒还在城外半边茶铺登起呵！"骆渊回答，脸上流露出对那个经常拖起一批武装胡作非为的土匪头子的钦佩之色，"只是都换季了，穿得跟乡下人样。几个兄弟伙呢，也一样不像从前那么贴得紧了，都离开得远远的……"

"钟洋盘呢？"乡长忽然打偏头插嘴问。

"这个家伙像是溜了！你想嘛，过去的事不要说了，刚从'游干班'一回来就大吹大擂，还带回来一批武器、电台，不是还到这里来联系过么?！"

"幸得我们二指拇没有跟他深缠！"乡长欣幸地说。

"不是我挡，老二恐怕还会下深水呵！……"

胖爷自负地插嘴了。这倒是事实，当初他确曾劝阻过乡长的兄弟，也就是所谓老二，说是对于钟洋盘这种人只能不沾不脱，不能搅在一起。

"依你说，现在老二是不是也该避避相呢？"乡长又问骆渊。

"现在还用不上！那时候每个乡都得派人，你手掌还强得过胳膊？现在又是自卫队的队副了……"

"我就担心有人操老底子！"乡长照旧不大放心。

"你叫他把证件藏起来嘛。"

"我倒想干脆叫他毁掉！"

"不忙，不忙，万一将来形势又变了呢？……"

接着，胖爷就又详细地问骆渊：幺胡子一伙人的态度究竟怎样？胡宗南的队伍是否全部垮了？西昌一带形势如何？……

这一连串的问题，弄得骆渊傻里傻气笑了。

"都说问题不大，可惜哪个都不敢拍胸口！……"

"周遂良呢？"乡长又插嘴问。

"我跟他不熟。听说他在解委会上再三再四给大家打招呼：'唉，既然参加了解委会，就不要踩假水①呵?! 一定要老老实实协助政府维持治安！'……"

"现在当然该他神气！"胖爷又是羡慕又是嫉妒地插嘴说。

"是呀，人家在前清就有功名，随后是当视学、当教员，学生又多，——听说当中还有好些人是共产党！……"

"呵！"乡长突然问胖爷道，"你看我们这里有吧？"

"就是有你还能动？——快搁倒的放倒呵……"

关于本乡是否存在地下党的问题，他们两舅甥已经猜测、讨论过好多次了。而且，刘家庆和其他一两位小青年，就曾经被怀疑过，甚至还怀疑过伍老师！可是证据不多，形势更越来越不大对劲了。

两舅甥原本都是不折不扣的土皇帝，胖爷还有不少流氓气习，可是他早已不随意白吃白喝，按照新规矩用硬币和粮食交易了，怎么会赞成对嫌疑分子下毒手呢?! 而且，邀请伍老师参加解委会就是他出的主意，认为这步棋必须走。

对于邀请伍老师参加解委会一事，两舅甥还曾经有过争执。现在，胖爷又重述一遍他的主要理由："眼目前水浑得很，冤家宜解不宜结呵！"

"妈的，说起话来像顶门杠样！"乡长愤愤然。

"你装作不懂好啦！"胖爷满不在乎地接腔说。

---

① 踩假水：弄虚作假。

"对！他就爬到头上来撒尿都不要管！"

"你咋变得这么古板了呵？两口子搞不好都还要闹离婚哩！……"

乡长、骆渊全都失声笑了。这不只因为他讲得有趣，主要是它反映了胖爷一贯对人对事的作风。而佩服之外，他们对他也不无忌惮的原因也在这里：说不定啥时候他会搞你一下！……

胖爷本人也面有得色地微微一笑。但是，也许自觉说得太刻毒了，他随即又问到骆渊，县城近郊出现土匪以及自卫队的情况。

"难道就在沙台下面搞他们都也不管吗?"

"光景都有点弹眼皮①呵——看新县长咋办！"

"他就毫无办法！"乡长带点幸灾乐祸的神色说，"你十多条枪，又都是外省人，管得了啦？听说，又不大相信本地人，连吃饭都自己煮！"

"地下党呢?"胖爷十分留神地近一步追问。

"李树前呢?"乡长忽然想起那个曾被通缉的地下党员。

"县城一解放就钻出来了，也只有他才贴得紧！县长拜会周遂良这些人，他都跟在一边，就像尾巴一样！说是只有他听得懂北方话。"

"恐怕事情没有这么简单！"胖爷摇摇头说。

"说不定家伙在扇鹅毛扇子！"乡长机灵地揣测说。

"倒有点像。"骆渊紧接着加以证实，"听说现在好多人都在跟他挪关系呵！……"

"嗨！"胖爷忽然惊喜交集，"你们不是跟李家沾点亲吗!?"

"这个要我们爹才清楚。"乡长回答。

"欸，一定沾亲！我当娃娃头的时候，你祖爷做大生，我记得他爷爷还来过，瘦长长的……"

"恐怕都是瓜葛亲呵。"乡长不无遗恨地提示说。

---

① 弹眼皮：垂下眼皮，指不闻不问或装作没看见。

"管他啥子亲，你下步棋在那里又看嘛！"

"那就只有问问我们爹了，他才搞得清楚……"

"呵，"胖爷忽又灵机一动，"我又记起来了，骆渊一定还得去灌县跑一趟——这两天真把人搞昏了！……"

"唉，这个倒挺重要！"乡长大为赞赏。

"我看你明天就动身吧！"胖爷立刻吩咐骆渊，"在成都多住两天，摸摸水到底有多深。信是写好了的，看来得多带点礼物、路费……"

"这怕要乡长招呼声哩！"骆渊焦眉皱眼插嘴，"那个张会计呀，一说到钱，就像挖他的护心油样！"

"你不要管，这个我跟他打招呼！"乡长说。

"给成都刁大爷他们是不是也要写个信呢？"骆渊问。

"不必了！这些人你都认识，就说我叫你去看望他们的好啦。我想，他们不会溜掉吧？……"

"成都就出事倒一下轮不到他名下来呵！"

"地方大就是这一点好。"乡长不胜羡慕地叹息说。

"地方小倒不一定就怎么坏呵！"胖爷说，"说起来也不小，全县十三个半场镇，他十多个接管人员，就一个场镇派一个吧，也会像撒花椒面样，看他们又能搞些啥名堂出来嘛！……"

"单是土匪他都毫无办法！"

乡长忽然也大彻大悟了；但他随即又叹口气。

"就怕还要派解放军来。"他又紧接着嘀咕说。

"四川一百多县，看他们又有多少解放军来派嘛！……"

胖爷的脑子更加热了。因为由他想来，打比一个县住上一个连吧，数目也就不小！何况四川每个县的地方武力都雄厚呢。还有不少向西昌撤退的国民党军队需要他们对付……

随即他又详细问到石床沟土匪骚扰的情况。

"看来是白鹤大爷放的五猖①。"骆渊抢嘴快答道。

"我也这样猜想！"乡长说，"都是些毛毛贼，顶多只有两三条硬火，山防队一去就溜掉了！"

"嗨！"胖爷显得惊怪地叫道，"下不得黄手呵！"

"当然。过两天我准备给白鹤大爷打个招呼……"

"用不上呵，——你现在管他们做什么?! ……"

胖爷说得相当含蓄，乡长可立刻领会了。

"对！"他接着笑道，"摊子摆起总会有人来收！"

"摊子铺宽了恐怕也不好吧?"骆渊多少有点担心。

"你懂个屁！"胖爷半开玩笑地嚷叫了。但他并未畅所欲言地对他的贴心斗伴进行点化，却又提出一个新的问题："听说现在麻柳湾、倒须沟，还有烂坝子都在成立'公口'，是吧?"

"倒不止这几处呵！"骆渊笑着回答，"连陈家油房那么屁大个地方，也都成立了'公口'了。"

"他们究竟跟街上打上咐没有呵?"乡长神态严肃地问道。

"有的打过，说他们这也是为应变叫！"

"要得！"胖爷放声大笑，"大家都插起野鸡翎子充几天霸吧，——闹同志会的时候，就是这样子呵！……"

于是他就老腔老调谈起历史、掌故来了。

保路同志起义可以说是四川袍哥的极盛时期，胖爷的父亲就是从一名监生在本乡入流的，而且比捐监花了更多的银钱才当上一名所谓一步登天的大爷，后来竟成了本乡的头号人物。

那时候也是公口林立、土匪如毛。这些土匪不一定是袍哥，大部分是饥寒交迫的农民。而他们常常因为抢劫一名过往客商被那些已经在新政权下当上保镇、团总，曾经为辛亥革命出过点力的袍哥头子或

---

① 放五猖：纵容兄弟伙抢劫。

捐班出身的绅粮袍哥，把脑袋砍掉了！

这些往事勾起胖爷不少幻想，仿佛历史又会不折不扣重复一遍。而正在这种自我陶醉当中，随着一阵叽叽喳喳的叫嚷，一个妇女走进室内来了。

这是个半老徐娘，是胖爷的如夫人王桂英。自从胖爷的发妻由于遭受丈夫的冷落，她的排斥、欺负，因而前往异地和儿子居住以后，她就成了真正的内当家了。

"哪个叫你摸上街来的哇?!"胖爷多少有点发火。

"这还要哪个叫吗?!"王桂英上身朝前一耸，似乎比丈夫更气大，"连几坛泡菜都给你挖空了! ……"

"一点吃喝东西算什么呵! 还是赶快下乡去吧。"

"我就偏不下乡——再下几次乡会连房子都没有了! ……"

接着腰身一扭，做嘴做脸地在离门不远的一张藤椅上坐下。她和其他几位担当家务、相约上街的大小老婆一样，具有一种共通想法：若果她们留在街上看家，便可减少一些损失……

如有所悟，乡长想起自己屋里的管家婆来了，因为她们一向亲密，又一道下的乡。

"我们唐秀英该没有上街罢?!"乡长插嘴问道。

"只有你们才该上街!"王桂英冲气说。

"真没办法! ……"

乡长叹气、嘀咕，同时站起身来。他也准备回去劝说一番自己的管家婆，照旧回乡下去。

"莫忙走呵!"胖爷看出蹊跷来了，阻止道。

"我去一趟就转来!"乡长赶紧声明。

"那我们就一道走吧!"骆渊乘机紧接着说，"先去找一找张会计，免得又弄得流汤滴水的。"

"你们都莫忙走!"胖爷说，"我还要赶着下乡去呵!"

"你还要下乡?!"乡长更诧异了。

"解委会都成立了,要那么多人留在街上打老虎呀!"

"这个法台我一个人怕坐不下来呵!……"

"咋个是你一个人呢?你们老丈人不会走啦?"

"他这个人的脾胃你知道的,一向不爱揽事……"

"管他喜不喜欢揽事,有啥响动难道我还会眨眼皮?!"

"不过还有多少事没搞清楚……"

"所以我叫你们都莫走喃!……"

"先把话讲清楚,我可不下乡哇!"王桂英插嘴说。

"随你的便!解放军来了,你也在街上承住吧!……"

"我不相信他们会啃我两口!城里那么多妇女伙,人家不一样过日子啦?好像只有你们才长得有耳朵!说穿了,无非想溜下乡陪你那个嫩妈!……"

"这样好吧,"胖爷无心恋战,于是劝告她道,"等我们把正事商量好了,再来慢慢扯总行吧——哼?"

"随你的便,——我可要搞饭吃去了!……"

说罢翻身而去,胖爷不由得如释重负地叹口气,就同乡长、骆渊商量起"正事"来了。也就是如何八方挂钩,力求在这瞬息万变的局势中保存自己的既得利益,至少免遭灭顶之灾。

他们有时高兴,有时沮丧,两位策划成立解委会的主角,始终感觉解放对他们是一种极大威胁,使得他们把肠肠肚肚都操烂了。

"啥呵,他们总不会开红山①。"胖爷心一横说。

"要是第三次世界大战打起来就好了!……"

"老二在游干班听来那些话看来是吹工呵。"

"是呀,都嘈吼了半年啦。"骆渊笑一笑说。

"好吧,还是那一句话:多下几着棋总不会错!……"

---

① 开红山:匪徒大肆抢劫,逢人便杀。

# 九

因为要同行一段路，又相当熟，一跨出乡公所，伍老师就同唐团正微笑着点点头，挨近身一道走去。没多久，并不顺路的刘春阶竟也跟上来了。

刘春阶一挨近唐团正，立即嘀嘀咕咕起来。

"你这位主任该看出症候来啦?"他嘲弄地轻声说。

"甩包袱嘛? 这个包袱我又愿意背哩!"

"对!"伍老师赞同道，"看里面究竟裹了些啥!"

"要不是两口烟么……"

刘春阶叹息着说了句半截话，随即转身走了，准备回家关照一下，然后照旧下乡去过几天饱瘾。他的神情使得其他两位又是惋惜，又觉可笑。因为这个玩世不恭的角色在地主阶级中，一般说相当正派。

当一走近刘家药铺门首，伍老师辞谢了唐团正，也就是解委会主任的邀请，一直往下场口走去了。一路酬答着居民的招呼。这些招呼比平日热烈，因为他们一般都知道县城解放的消息了，同时也知道乡公所刚才开过会议。

他们大都从眼光和招呼声中透露出一种询问意味，而伍老师虽然不曾向他们进行解答，他的步态、神色，却也多少叫他们安心了。

学校大门只有一扇是敞开的。在一间较为僻静的教室里，那一批小青年正在高谈阔论。

伍老师"啊"了一声，随即在窗外停下了。

"光景你们的会比我们还开得热闹咧!"他接着说。

"爸爸! 解委会真的是成立啦!?"

"难道还会是假的吗?"伍老师嘲讽地反问道，随又接下去说，"有些人比你们更盼望解放呵!"

青年们从神色和语气听出来这是反话，大都立刻敞声笑了，接着就一一叩问起来。

"有些啥子人参加呢?"刘家庆神色庄重地问。

"该不会又是他几爷子吧?"有的满腹疑虑。

由于问话纷至沓来，伍老师忍俊不禁笑了。

"哎呀，让我简单告诉你们：成立解委会总比成立'反共救国会'好! 管它那么多做啥呵。"

"谨防挂羊头卖狗肉!"有谁气愤愤说。

"我，还有唐团正，总不会是这种人吧!?"

"你和唐团正都参加啦?! ……"

人们连声喊叫，有的甚至一跃而起，奔向窗边去了。

"这有啥奇怪的? 唐团正还是主任委员哩!"

"这中间有讲究!"周兴摇摇头沉吟说。

他最近不大掿在宿舍里了，早已闻声来到伍老师身后。时而皱皱眉头，时而冷然一笑，他一直咀嚼着伍老师和那批小青年的问答，越来越感觉事态严重。

伍老师回头望他一眼，说："好吧，我得休息一会，你来跟他们扯吧!"

"还扯啥呵，恐怕就要吃晚饭了。"周兴叹口气推谢说。

"那么就这样吧，"伍老师索性回转身招呼道，"只要高兴，你们就饿起肚皮自己扯吧!"

于是，在一片笑声中走掉了。周兴呢，也气喘吁吁跟在他身后相随而去，一跨进卧室却又嘀咕起来。

"哎呀，你的涵养真好!"单从语气可以听出老教师又佩服又不满。

"那就又转去揭露他们全是卖假药的好吧?"伍老师回过身来，笑嘻嘻望定对方反问。随又叹口气道，"老兄，最近一向我的涵养已经比从前差多了! ……"

于是，他把话头一顿，叹口气在书桌前面坐下。

这时，一个身穿青布棉毛混织品，约有十岁光景，体态壮实的孩童，跑到屋内来了。这是伍老师的次子文光，在玉皇观读村小，跟随母亲一道生活。

他一边跑一边喊叫，好像家里发生了什么意外。

"爸爸！外公叫你今晚上一定得回去呢。"

"你慢点哩，看把舌头咬到！"跟在文光身后的哥哥伍文斌打趣说。

"人家外公叫我来喊的嘛！"文光奶声奶气辩解。

"好好好！"伍老师笑道，"吃了饭我们一道走！"

"人家妈要我跟到就回去哩！"

"那你就先走吧！说我吃过饭就回去……"

因为看见孩子满头汗水，伍老师话头一顿，顺手拖他靠在身边，同时爱抚地说，"你看你这一头汗呵！"随即取出手巾，替他擦抹。

擦好孩子额头上的汗水，伍老师俯身问他，轻声叮咛："慢慢走回去好了，不要乱蹦乱跳！"而他随又向刚刚进来的文斌吩咐起来，"我看这样，你就带起他一道走吧！"

"人家还有话跟你说啊！"文斌显然不大愿意。

"有你说的时间——赶快走吧！"

两个孩子刚一跨出房门，周兴不由得叹了一口气。他到本乡教书的时间算最久了，是伍老师聘请来的。他们既是同学，又一道共事多年，大略知道老菜农的遭遇。

"你们老丈人这一向恐怕也睡不好觉啊！"他感慨道。

"已经找我谈过两三次了！"伍老师回答说，"你说我涵养好——我涵养不好他早上街闹翻天了！就是住在乡下，他也一点都不忌讳，逢人就破口大骂！……"

"幸得这两年他不大上街卖菜了！"

"可是就在乡下，这样下去也不行啊！"伍老师摇头叹气，"不只操胖爷、乡长的老底子，对于那些听信谣言，忙着把十七八岁的女娃儿嫁出去的农民，他也吊起嘴问人家，老旦那个媳妇是哪个'共'了的哇？也把眼睛擦亮点哩！……"

"这简直是在为'异党'张目嘛！"周兴大笑得不住喘气。

"你看，要不是我劝到，这样下去行啦?!"

"好吧，吃了饭你赶快回去吧！……"

吃过了饭，伍老师就回玉皇观家里去了。

老菜农的住宅在离玉皇观约有半里的平坎下面。主屋是草顶，另外相当简陋的三间瓦房，是伍老师五六年前用自己的积蓄修建的。刚从大道拐上一条小路不久，他就隐约看见了那个熟识的身影。

自从妻子和大女儿屈死，儿子又夭折以后，他就没有再娶。也有亲故多次劝他结婚，但他总推托说没心肠搞这搭事，乃至愤然大叫："不把这件事搞清楚，我愿意当一辈子光棍！伍茂卿不是我的儿子呀？"因而他们两个人之间的关系，这么些年来远远比一般翁婿还要亲密。

伍老师的老丈人：瘦长，挺直，头上缠着青布套头，拦腰扎根白布腰带，非常打眼。单从那站立的姿态，伍老师也仿佛已经看见了他平日生气或提起往事时，那副凛然不可干犯的气概。

"哎呀，我还说亲自去请你呢！"他迎着伍老师高声叫道。

"我放下筷子就动身了。"已经走近身来的女婿解释。

"好吧，你横竖都有道理！……"

说罢，老人就转身望大门走去，伍茂卿暗自苦笑，感觉自己前两天该回来一趟！同时紧紧跟在岳丈身后。

两个男孩和那个只有五岁的小女孩正在堂屋里玩耍，外公还未跨进门槛可就火辣辣地吆喝起来。

老菜农直接走向神龛边去，顺手抓来一只装有烟叶的竹筐，然后在方桌边坐下，动手裹烟了，手却多少有点颤抖。

"我准备进城啊——他妈的！……"

"你准备进城?!"女婿多少有点吃惊。

"是呀——我不相信这一回又告不响!"

"是进城打官司?!"

"你也许忘记了,我可永远不会忘记!……"

老头儿索性不裹烟了,开始倾箱倒匣地诉说三十多年来积累下来的愤懑,而女婿却早已理会了他准备进城的意图:向新县长控诉胖爷!

"现在还不是时候啊!"他哀告地插嘴说。

"咋不是时候哇?县城都解放了!难道共产党的县官也跟'刮民党'的一样,只要哪个望袖筒里一塞……"

"问题没有你想的简单啊!"

"爹!你先让他讲讲听到些啥消息吧!"

这插话的是女儿陈永芳。中等身材,完全是农村妇女打扮。她站在堂屋门边,袖子卷在手腕子上,是刚从灶屋里赶来的。

老菜农吁口气道:"好嘛!"重新裹起烟来,手可仍照不怎么听使唤。

伍老师于是故为轻快地开始叙述县城解放的情形,以及本乡成立解委会的经过,尽力避免使用刺激感情的字眼。但在叙述当中,老菜农仍然不时惊叹一声:"啊!"或者:"这是怎么搞的呀?!"当一谈到本乡解委会成员时,他便丢下烟不裹了。

伍茂卿已经看出老丈人快火了,他就赶快弥补,强调唐简斋和自己的重要作用。

"他俩舅甥耍把戏倒不行啊!……"

"可是,你们搞得过他俩爷子呀?!……"

"你听我说完来嘛!他们把唐团正请出来顶竿竿,连我也叫他看中了,这说明他们早已经心虚了,知道自己这一关不好过。"

"不管你怎么说,我要进城告他!"

"现在还没到时候啊!"女婿恳求地说。

"啥叫没到时候哇？我等了这么多年了！——头发、胡子都等白了！"

"全县只有十多个接管人员啊！……"

"县城里那么多常备队做啥的哇?!"

"难道你还不清楚么？那些人都靠不住！……"

于是女婿向他解释起所谓"常备队"武装力量的性质来了。现在本乡的山防队，民众自卫队，就是过去的常备队，横竖是他几爷子这类人在掌阴教①!

老菜农的火更大了，厉声大叫：

"我不相信共产党连老蒋几百万大军都打垮了，会拿他一撮毛毛贼没办法收拾！"

"你这样想就对了!"

"那你还劝我不要进城?!"

"这样好吧，"女婿笑一笑让步说，"过两天看!"

"爹!"女儿帮着丈夫劝道，"这么多年都耐过来了，你老人家就再等两天看吧！……"

"好嘛!"老菜农切齿地嘀咕道，"躲过初一你总躲不过十五！……"

这时候，二麻哥串门子来了。他原想上街过酒瘾，赶夜市的，因为听说伍老师回家了，就顺路走来，看望下老菜农。当然，他也想就一些传闻向伍老师请教。

"陈大爷! 你老人家好哇。"他边进堂屋边说。

"咋不好哇？我还要看两天花花世界哩！……"

"你总算等到啦!"二麻哥笑笑说，同时应着主人的招呼在一张长凳上坐下。"啊，伍老师! 听彭兴旺说，你和唐团正也参加了解委会啦?"

---

① 掌阴教：专权主管一切事务之意。

"是呀！"伍老师笑道，"大家一起欢迎解放呐！"

"那些人会欢迎解放啦！"二麻哥反问道，"现在还在催收山防队摊派的子弹费啊！他们么，就是躺在棺材里了，也还要伸出手捞一把！"随即，他又谈起邻右的动向来，"嗨，陈大爷，汪大汉硬把他三女子嫁出去啦！"

"他总不会连他幺女也嫁出去！"老菜农愤然说。

二麻哥大笑，连伍茂卿两夫妇也笑了。因为汪大汉的幺女只有十二三岁。而老菜农之所以感到愤恼，因为他已经劝说过汪大汉多次了，力言共产党不会像胖爷们那样作践妇女！

"赵木匠呢？"老菜农接着又问。

"赵木匠倒一点就醒了！"二麻哥说，"经常出门，究竟见识多得一点。只是这个谢聋子呀，硬把他二娃子过继给肖瞎子了！——毫不费力地当了粮户！……"

"妈的，他咋不把自己也过继给瞎子呢？"

"胡子巴叉的了，恐怕瞎子也有点不敢当啊！"

"他那两箩筐票子呢？"伍老师忍俊不禁地问。

事情是这样的：这谢聋子是肖瞎子的佃户，多年以来，为了自己能够有点土地，省吃省穿，拼命存储，终于积累了两箩筐金圆券！打从银圆券一露面，他所受到的损失也就远比李聚奎的惨重。

"你问这个！"二麻哥叹息说，"光景家伙好像还在做梦，以为有一天会照样通行呢！"

这时，天已经黑尽了，文斌忽然叫喊起来：

"爸爸，要上街就走得啰！……"

"啊哟，今晚上是个月黑头哩！"二麻哥向着堂屋外瞄一眼，"伍老师，看来你今晚上不上街了。"

"难道你还想摸上街过酒瘾？"伍老师笑着反问。

"嗨，怪！这一向这个人在家里坐不住了。"

"那就等等一道走吧，我有马灯！……"

伍老师说罢，随即转往室内去了。陈永芳跟身而去，准备为丈夫清理两件换洗衣服。

以往几年，每逢假期，伍老师一般都搬回家里住，只不时上街去照料一下学校。最近一年多，随着时局的变化，经过商量，他却留在学校里了，只是每星期回来一次两次。

收拾好衣服，他叮咛妻子道："你要经常劝到下呵！"并说明事情不能操之过急的道理。最后他又着重指明："他几爷子的命已经定了，还用得上去告状？！"接着就相随进了堂屋，燃着马灯。

临走时候，老菜农只是严重地叮咛了一句："喂，你还是要心里放明白点啊！"

"你老人家不要担心我吧！"女婿洋溢着乐观情绪笑道，"你老人家倒要把身体保养好，等到看正戏呵！……"


十


刘家酒铺早已上好铺板，十字口的摊贩也早就收堂了，整条街都冷冷清清，就连野狗也找不出一条来。

当然，在灯光暗淡的东岳庙大门口，一个由山防队员变成民众自卫队的队丁，身披被盖，怀里抱着步枪，正在那里打盹。而从上场口一家"售店"，也就是鸦片烟馆里，两名过足了瘾，正走将出来的自卫队班长之类的人物，正准备回家去睡大觉。然而抬头一望，他们却陡然在街道边停下来了。

两个家伙都充满了好奇心，睐眼鼓眼望着一长列身穿草黄色制服的军队，默默打从进城的大道上走来。特别叫他们不解的是，这天下午，他们并没有发现过有人在街上号房子；在这更深夜半，也没有听见打门声和叫喊声！……

两个烟鬼当中的一个，大着胆问一个战士道："弟兄！你们啥番号哇?"他没有得到回答。接着他更加好奇了，又问从他们身边走过的第二位、第三位，可是照样一无所得。当他们问到第四位战士时，一位头包白色毛巾，身着青布短袄，腰束皮带，走在队伍侧面的北方人回答道："解放军!"

这一来，两个烟鬼恍然大悟，赶紧车身溜到乡长家里去了。乡长家里近来也有人守卫了，只是没穿军服。来人立刻被引进室内，乡长也很快从暖烘烘的被窝里爬起来了，着急得胡乱绕着圈子，车前车后，同时自言自语，嘀嘀咕咕……

一时说："这个怎么办呢?!"一时对着正在收拾日常用具，准备下乡的妻妾叫嚷："叫你们莫忙回来不听劝啦!"一时又不提名地抱怨胖爷只图自己安逸，"把我一个人留下来坐蜡!"结果，当那两位被他留下的自卫队员打从后门送走妻妾，他也溜了。

常言说，"狡兔三窟"，乡长为自己应变经营的洞窟至少也有三处。这次他没有到家小藏身的龙湾子，而是到离街有十多里，且与大山区的邻县接界的鱼洞山。他的硬洋金条之类，都在那里，还储存有粮秣和一些武器。到达不久，他刚好坐在火堂子边息了阵气，正待向陪他一道烤火的本保保长徐荣明吩咐一些注意事项的时候，胖爷竟也由斗伴搀扶着赶来了。

胖爷是从他的外甥媳妇们得到消息后赶来的。不！不是赶来，准确说是被人架来的！可是，这也已经叫他很够受了。几乎得用刀子在喉管上割几条口，气才出得匀净。"哎呀，我的妈呀!"一到火堂子边他就连声呻唤。

胖爷的仓皇到来，重又叫乡长不安了。他预感到解放军一定对他们一伙采取了什么革命行动，立刻跳起来问道："已经动了大响器啦?!"

"哎呀，你让气出匀净来哩!"

大约过了半顿饭久，气喘平了，胖爷这才同他外甥，那个早已将皮鞋换上草鞋的乡长摆谈起来。

"动没动大响器，你难道不知道？"他反问道。

"我怎么知道呢？我听说到了很多解放军；事先又没有得到通知。摆尾子他们好像也没听到一点风声，要不他们会来电话；这就叫人更加摸不着头脑了！所以只好下乡……"

"那我就更加不清楚了！我是听到唐女子她们说的……"

"这些尖嘴幺姑！——我叫他们暂时没张声啦！"

胖爷沉吟一阵，随即吩咐保长和兄弟伙去休息，只留两个人在门口站岗。

这是一所建造在一个山坡上的小四合院，保长徐荣明在这里已经称王称霸三代人了。父传子，子传孙，都是鱼洞山的土皇帝。这座院子面临峡谷，从大门口可以瞭望很远。

等到众人离开以后，胖爷就同乡长密谈起来。

"怎么样呀？杂种这么神出鬼没的！……"

"真没想到会来得这么快！"乡长只顾吃惊，感觉事情咬手，"只说有十多个接管人员！"

"现在单说拿来咋个办啊?!"

"这个骆渊也还不回来……"

胖爷冷冷一笑，回忆起近两年外甥的一些悖逆行为。

"不要尽埋怨了！得设法应付啊。"

"实在不对就拖上龙背！"乡长切齿地低声说。

"不要下整楼梯啊！"胖爷慢悠悠说，"到了必要时候，这本戏还是先让邓显模先上场吧！你们老二昨天不是说，家伙前几天收编了好些人么？"

"是呀！说是有好几十杆中正式啊，还有一两挺机枪！"乡长忽然眉飞色舞，不胜羡慕，"我已经叫老二联系去了。"

"好！可是露不得马脚呵——这只是一着棋！"

"我们还是不动?!"乡长多少有点不解。

"当然!你现在还不知道来的有多少人,会搞些什么鬼⋯⋯"

"我们老丈人该不会出事吧?"乡长想起了唐团正。

"这个怪得谁呢?他自己要在街上稳起啦!"他假装叹口气说,"不过也好,可以看看解委会这道符灵不灵。如果连他都出了事,那么什么将功折罪、立功有奖就尽是些鬼话了!——逼得人下黄手!"

这最后一句,不仅措辞、语气杀气腾腾,在熊熊燃烧的火塘光映照下,脸上竟也罩上一层杀气。

"是呀,说了话不算数哩!⋯⋯"

乡长狂妄地唱和说,仿佛他一向都讲信用,而且非常愿意将功赎罪,到了迫不得已时他可也会不惜一拼。这小子自己明白他作的恶并不少。

可是,正在这两舅甥互相壮胆的时候,一个在大门口守卫、瞭望的自卫队员忙跑着进来了。

"大爷!像有人进沟来了!⋯⋯"

"啥!——有多少人?!⋯⋯"

胖爷、乡长蓦地一蹦站了起来,惊惊诧诧地连连发问。当一听到有两三个人时,两个家伙可又立刻训斥起来。

"妈的,两三个啥子人嘛?!"

"四处漆黑,只有他们打电筒的时候才看得见一点影子。"

"看都没看清楚,你们就这样惊风扯火?"

"滚!"乡长的火气更大,"去把徐保长叫起来!"

当保长睡眼惺忪地来到火塘边时,胖爷们情绪又稳定了。

他一到来,就忍住哈欠劝胖爷和乡长去躺一躺。

"现在哪里还有心肠睡啊!"乡长摇摇头说。

"至少去靠一靠嘛!"

"不忙、不忙!"胖爷说,"听说有人进沟来啦⋯⋯"

"那就让我去布置下吧！"保长满不在乎地抢嘴说，"你们不要担心——我还在七根柏准备得有后路！……"

"你咋比我还饥荒啊！……"

胖爷轻声笑了。接着说明情况，要他前去侦察。

"好！是他三五个人，随随便便就解决了。"

"喂，千万不要一来就'取起'① 啊！……"

胖爷紧接着叮咛，保长可已向大门口走去了。

"哎呀，"乡长苦笑道，"这个家伙怎么总是这么毛啊！"

"嗨，现在就是需要他这种角色！"胖爷忽然欣赏起保长的毛糙来了。

"那也倒是！"乡长敬服地说。

这时，约有三五个人，一路嘀嘀咕咕从大门外拥进来了，因为曙色已经来临，乡长一眼就认出了他兄弟。

这个兄弟，也就是他们一向私下称呼的老二，前任山防队副队长，现任自卫队的副队长。他比乡长略瘦一些，年龄也轻得多，只有二十六七。他的华达呢军服早已收捡起来了，单看穿着，无非是自卫队的班长、小队长之类的角色。

他那满脸堆笑的愉快神情，立刻叫胖爷和乡长放了心。因而尽管一来他就说个不停，两位早已饱受惊恐的家伙，都叫他坐下来慢慢讲。

老二对深夜到达场上的解放军侦察得相当详尽。

"顶多有一个连。"他接着说，"连机枪都没有一挺！现在恐怕还在阶沿上冻起——不知道是啥讲究！"

"啥讲究？"胖爷笑道，"他们就是这一点麻人啊，——不打扰老百姓！"

"也许休息到天亮就会走。"乡长推测，"你派人跟邓显模联系没有？

---

① 取起：对仇人动手动脚，乃至杀害。

他们得有点准备啊!"

"我已经派人去了!"老二说,"只等他们上去!……"

接着他就说明,如果这一连解放军敢于前去追击几天前向大山区逃窜的国民党溃军的后卫,邓显模准备在麻柳湾干一下,试一试软硬……

"你可不能缠进去啊!"胖爷警告地插入说。

"这个你老人家放心吧!"乡长两兄弟同时说。

"不到九分九厘我不会下深水!"老二接着又说,"想嘛,能不能动还要听你一句话呀。据我猜测,一连把人,恐怕他们也没有胆量进山。"

"嗨,我倒想起一个办法……"

胖爷口气有点得意忘形的味道,但他却没有紧接着说下去,反而沉吟起来。于是一向做事机灵的乡长看出蹊跷来了,立刻借故支使开老二随身带来的两个队丁,叫他们去息息气。

由于对他们一伙十分忠诚,地位也不同了,乡长没有支使开保长,只是叮咛他嘴稳一点。

"这点你放心吧!"保长带点恼怒地说,"大小一个光棍!"

"要不放心,敢把身家性命都交给你啦?!"满脸堆笑,胖爷赶紧出面弥补,"牵到藤藤瓜要动,他也是为我们大家着想啊!哼,你说哩?……"

"这点意思我懂!"保长爽直地抢嘴说。

"对!"乡长大为赞赏,"大家还要共患难哪!"

"那就谈正事吧!……"

于是嗽嗽喉咙,胖爷谈起正事来了。他在前一刻钟想到的办法,也就是所谓正事是:如果已经到达街上的那一连解放军,只是过路,问题不大,万一是住下来,那就必须及早提防。提防的办法是:怂恿小邓进行骚扰!

"只要在坝子坎埋伏七八条硬火，保险搁他一排排人躺起！"胖爷越说越发带劲，"这样碰两回钉子，他们不滚蛋那才怪！"

"万一它增加部队呢？"乡长忽然蹙着脸问。

"看他们又有好多部队来增加吧！"胖爷回答。

"他队伍大了，邓哥不会溜呀！"保长也凑趣说。

"对啰！"胖爷更自信了，"大山峡峡里哪里不好溜啦？！"

"好吧！"乡长说，"老二，你就照着办吧！"

"嗨！"胖爷忽又压低嗓音，望定老二叮咛，"不过你要把身子迈开点啊！还有呢，我们都在这里蹲起恐怕也不行吧，你们两个是不是先回龙湾子去呢？那里离街近，消息灵通，好应付些。"

胖爷这后一点意见不能说没有一点道理，可是乡长俩兄弟互相望一眼后，却都发出苦笑，没有哼声。

"怎么样？"胖爷催促道，"你两个都有职务啊！"

"还有秀英她爹在街上顶住啦。"乡长叹口气说。

"可是万一要他办一点差事呢？"胖爷笑一笑问。

"他们会计、文书是吃饭的啦？！"

乡长显然有点气恼，胖爷可笑得更酣畅了。

"让我告诉你吧，"他用教训口气反驳道，"该顶住的时候千万溜不得筒！当然要看火色——万一露了面会出鬼，你们老丈人会拉起你一道跳岩？！"

"一晚上床都没挨……"乡长嘀嘀咕咕。

"其实在这里也一样啊！"老二这时候开腔了，"会不会乱来，天一亮就清楚了！我有安排。"

"我也并不是要你们马上走啊！"胖爷申明。

"那大家就打个尖，先去躺一躺吧！"保长讨好地说。

接着他就忙乱起来，为胖爷、乡长张罗吃食。这时候鸡已经打鸣了，保长老婆正在厨房里为客人准备吃食。这是保长起床时做过的安排：醪糟煮荷包蛋，这在山区算是较为珍贵的食品。

可惜的是，胖爷原本一气可以唉一只羔羊胎的，竟然也倒胃了。乡长顾虑重重，一直考虑着面临的吉凶福祸，更加食不下咽。刚才喝了两口醪糟，也把碗搁下了，跟着胖爷踅向保长为他们准备好的房间里去，各人选了一张床铺躺下。

胖爷一向睡眠很好。近来尽管差些，由于当夜的奔波，特别自己已经隐身后台，他很快就入睡了。而听着他那紧一阵慢一阵的鼾声，乡长可越来越加清醒，并逐渐对胖爷感到不满。

仿佛是个重大发现，他忽然那么明确地感觉到，自从他荣任乡长以来，他就是个傀儡。

"嗨，安逸！"他恼恨地在心里嘀咕，"还口口声声说是提拔我啊！"接着他又进一步想，"要是外人也不说了——跟我们妈一个娘肚皮下来的呀！……"

可能正因为这个舅舅太不像个舅舅。他的这个外甥，竟也针锋相对，不大像一个外甥了。

"太刮毒了！"他切齿想道，"现在推我站出去挨头刀！……"

他一下子从床上坐起来了。吁气，克制，尽量避免自己的怨气膨胀下去。最后，他摸出烟盒，取来一支美制骆驼牌纸烟点燃，吸食起来。


# 十一


解放军到达本乡的消息传播得十分迅速，还没到半晌午，街上便显得拥挤了。但是，上街赶集的人，几乎没有青年妇女，青壮年男子也少，大都是中年和老年农民。偶尔还会有两三位本乡知名人物，杂在人群中荡来荡去。他们的穿着变了，不是狐皮或者羊皮袍子，而是一色的蓝布棉袄，头上包笼帕子。斗伴些也只远远卫护着他们，不像从前那样紧跟在身后了，手枪则都藏在衣服下面。

因为年事过高，近几年很少赶场的老菜农陈大发，竟也摸上街了。他当然没有化装，照样在棉袄的罩衫上束根白布带子。他的心情更和那些有时也干点坐地分肥的把戏的中青年绅粮袍哥不同，不只毫无戒心，倒是神情开朗，仿佛碰到了什么喜事。

这所有跑来赶场的人们，大都有个共同愿望：想看看解放军。近来，他们听到的有关解放军的传闻多得无以复加，而且又互相矛盾，他们希望亲自见识一下究竟是怎么回事。

老菜农原想先到女婿伍老师那里去歇歇脚，同时探问一点动静，但他被正在自己豆花饭馆门前，向两三位农民闲谈的饭馆刘老板招呼住了。

"啊哟，你才是稀客哩！"刘老板乐呵呵笑道。

"你像又在摆场子啦？"老菜农打趣说。

"是呀！"饭馆老板答道，"不过我讲的都是实话，没有掺一点假！人家硬是清风雅静，就在阶沿上坐了大半夜呢！让我一家人在里边睡大觉。"

谁都听得明白，他指的是解放军。

"到底有多少人呢？"老菜农忍不住问。

"光景有好几十个，已经在学校里住下了。……"

这时，彭兴旺也从下场走过来了，正像已经美美喝过了两碗酒来，神色开朗极了。

"哈哈，李老板的生意更红火了！"彭兴旺大笑着道。

"怎么，未必他又打开铺面啦？"饭馆老板问道。

"他没有那样蠢！"已经将棉军装改成短袄的彭兴旺回答，"连门板摊子他都撤了，只在阶沿上摆个背篼，上面搁个簸箕，卖点针头麻线——好在他还没有跟钟大爷抢生意：提个篮子卖香烟花生！……"

"不要打岔！"老菜农插嘴道，"等刘大爷说完吧！"随即向饭馆老板追问，"后来呢？"

"后来呀，我一看都是穿二尺五的，转身就想溜走，可被一个军官模样的解放军叫住，问我乡公所在哪里……"话头一顿，刘大爷四面瞧瞧，于是放缓语调讲述他的经历。而且措辞平淡，同时又夹杂着一些辩解，表明他之不得不加以应付的苦衷。"就是我不给他指路，他也找得到啦！……"

"那还消说！"有谁在一边帮腔道，"那么大道衙门呢！又挂得有招牌，你怕是耗子洞么?! ……"

"你让他讲完来吧！"老菜农又插嘴了，"后来呢？"

"后来嘛当然是找到了，"刘大爷继续道，"因为好久都没动静，我正想回家里叫老大磨豆腐，刘胡子就把那个军官引到唐团正家里去了……"

"嗨！咋个往唐团正家里引呢？"有谁不平地叫道，"人家早就没沾染公事了！"

"可是前两天被选成什么主任啦！"刘大爷解释说，"听他们讲，这个主任就是专门选出来接待解放军的。所以没有多久，三个人就到学校里去了。随后队伍也都开进学校，到现在还一直没有露面！……"

"可不可以去看看呢？"有谁问道。

"可以吧，听说门口卫兵都没有哩！"

"走，陈大爷！"彭兴旺插言道，"看你女婿去吧！"

"你是想搭船啦？"有谁打趣彭兴旺说。

"搭啥船哇？这些人一品老百姓！"那个曾经在解放军里混过几天的年轻人，挺挺胸回答道，"高兴去的都可以去——只要自己屁股上干净！……"

说时，他显得倨傲地瞄了那个恰好挨身过来，已经乔装打扮的中年绅粮袍哥一眼，就紧跟老菜农走掉了。

倘在以往，彭兴旺会吃两耳光的。至少会着一阵臭骂。但家伙只是强笑一声，向刘大爷点点头，嘀咕道："唉，讲呀！"

因为他的露面，人们的神色立即变了，饭馆老板则机灵地赶紧收场。

"讲来讲去就是那些！"刘大爷含笑道，"好吧，大家去赶场吧！欢迎你们等阵吃开锅饭。"

"分文不取！"一位老头边开玩笑边走开去。

"行！"刘大爷回敬道，"赶紧去把胡子刮了！"

这玩笑使得大家一下轻快起来，而由于那位绅粮袍哥出现造成的紧张气氛也就随之消失，人们都各自车身走了。但是大都有点迟疑，因为他们已经听到的情况还远不能满足要求。

正在这时，一群人拥着一位个子矮小的老太婆，从场外吵吵嚷嚷走过来了。那位老太婆显然同饭馆老板熟识，她忽然停住脚哭诉起来。

"你看怪吧，大白天场口边都抢起人来啦！……"

"你跟他讲没有用啊！"有谁提醒她说。

"我上个月卖肥猪的钱呀！"老太婆一直哭喊下去，"正说今天上街，买两条架子猪把槽填起……"

"可惜我连甲长都不是啊！"刘大爷叹息说。

"依我看么，"有人建议，"还是赶快到乡公所报案！"

"我就是要去找乡公所哩！"老太婆勃然大怒，"每个月这样款、那样捐的，就是喂条狗吗，看到生人也会汪汪汪叫两声么!? ——刘大爷，可怜我说了几箩筐好话，瞿师才没有拿银圆券给我呵！……"

刘大爷听罢大笑，想起溃军带给屠夫瞿师的灾难：条子都没有打一张，近百斤猪肉就丢掉了！老头儿的大笑，并无恶意，倒是充满苦趣。接着就又催促那位遭到路劫的老太婆去乡公所报案，说："至少，他们总会派两个人去吆喝两声么!!"这也无异暗示对方，不要妄想追回赃证。

由于他一向的信用，说话做事又通情达理，老太婆算给他说服了。而由于老太婆的哭诉聚集起来的农民和本街上的居民，也都各自散去。

刘大爷叫老伴、儿子动手准备今天的生意。

"这个生意恐怕得搁一下啊！"老伴叹口气说。

"早知道不该泡这些黄豆！"儿子也很苦恼。

媳妇一向是没有发言权的，一声不哼。

"你们的话完啦？"老头儿反问，摆出一副一家之长的神态，"让我告诉你们吧，不要给吓得那样六神无主，快赶紧动手吧！"

"盯到做啥!?"老伴向媳妇嚷道，"弄早饭嘛！……"

这婆婆也真像个婆婆，她把闷气照例立刻转嫁到媳妇身上。于是那个身材矮小、低眉顺眼的年轻妇女，烧锅做饭去了。儿子则动手打整磨盘，准备吃过饭就磨豆腐。

老头儿安排完全家人的日常工作后，就转往室外去了。出现在他眼前的情景立刻叫他大吃一惊！

前山防队副队长，现任自卫队副队长的老二，带起一队武装队丁，就在那位遭到路劫的老太婆引导下，走过来了。那气势，仿佛是去对付什么成群结队的土匪，不会是三两个毛毛贼！

饭馆老板不由得暗自笑了。看神情，几位老邻右显然也理会其中奥妙。刘大爷挤挤眼睛哼道："你们看，一定会逮一串回来！"

"黄鳝！"一位小摊贩紧接着唱和了。

"逮得到一串黄鳝也不错呀！"饭馆老板的兴致越来越好，"干煸、马鞍桥、拉成丝都成！"

"可惜黄鳝都进洞了！"小摊贩语意双关地叹息说。

他们全都明白，派出大队人马出阵，是走过场，而且，如果不是昨晚上开来了一大队解放军，什么山防队、自卫队的头儿们，是连这点过场也不会走的。因为他们对于出现抢劫这类事早就摸准一条规律："土地不开口，老虎不吃人！"那些毛毛贼大半都有后台。

闲谈之间，一个瘦削、寡黄、五十过头、身穿一件黑直贡呢，已经浸透油腻的棉短袄的汉子走过来了。稍有阅历的人，都不难看出此人的鸦片烟瘾不小。这人叫李学义，本场最有名的厨师。胖爷们招待显客固然离不开他那份手艺，平日高兴起来，也会拖他做两样拿手菜，饱饱口福。

"你们倒会想呢！"他苦笑说，"看还想吃天鹅肉么？闲话少说，今天倒要给我留两箱豆腐！"

"你也想娶媳妇啦？"

"快爬啊，——是人家请客！"

"哪个哇？"刘大爷专注地轻声问。

"这个猜也猜得到啦！难道会是你我？……"

"嗨，有意思！——可是要硬火哇！……"

厨师刚才点了一句，饭馆老板立刻就醒悟了，而且忍不住笑起来。同时，从那带点讽刺的话语、笑容，其他的街邻心里也全都明白了。

因为这已成了惯例，便是从县里来个什么委员，胖爷、乡长总是毫不惜痛他们的油大。仿佛只需嘴上一抹，总会捡到一些便宜，至少不会是蚀本生意。

然而，这一次，饭馆老板却不相信他们的油大政策会生效了。而他之敢于提出要银圆铜圆，也就是所谓"硬火"作价的胆量，也是这么来的。否则，顶多他也只能推推诿诿，或者自认晦气，准备奉送两箱豆腐给大爷们上供了。

对于他的要求，厨师也回答得很干脆："现在哪个还敢拿这样券、那样券塞给你啊！"说完就车身走掉了。

然而，厨师本人尽管走了，他所提出的话题却照旧留在刘大爷及其邻居的嘴上，并未由他带走。而且还有很多发展。他们回忆、推测，都想看个究竟：胖爷们这一次的油大政策结果如何？但当他们正在驰骋想象的时候，乡长走过来了。

当然不止他一个人，还有他的岳父，那位被他舅舅和他临时扣上一顶解委会主任帽子，已经同解放军打过交道的唐团正。乡长穿着朴素，大约是怕烧坏玉体，花缎面子的皮袍，已经换成直贡呢棉袄了，脚上是一般老百姓穿的深口便鞋，神情则显得老实谦逊。他们身后，只有那个机灵而又忠诚的骆渊。

此外，饭店老板一眼就看出来了，正同那些化了装上街探听虚实的中年绅粮袍哥一样，乡长身前身后也跟了些同样化过装的斗伴，以防万一。也就是说，一不对劲就掏出家伙来！……

饭馆老板看在眼里，不由得暗笑道："有意思！"于是默默目送乡长跟随唐团正温文尔雅地经过饭馆斜对面的药铺，随即就倒个拐，走向学校……

"真有意思！"刘大爷这一次嘀咕了。

他希望能够很快看到一个心满意足的结果。


十二


由老二和骆渊伴随着，草草吃过早饭，乡长就从鱼洞山上街了。他一路嘀嘀咕咕，正像俗话讲的，好像破罐子煮屎样。因为离红石滩愈来愈近，他的心情也就愈发紧张。

按照他老丈人的想法，他是上街共同接待解放军的，这在解委会成立会上，乡长本人就说得很清楚。可是，事到临头，他把所有表面文章全忘怀了，充分暴露出他的本性：他是多么讨厌乃至仇恨这个铺天盖地而来的历史变革洪流！因为半年以前，三两天以前，他还在左右红石滩老百姓的命运，此时此刻，他在精神上却已变成阶下囚了。

现在，在崎岖的山径上行进着，他嘀咕，抱怨，有时还踢足高声叫骂一句两句。不过不是叫骂那些陌生的闯入者，倒是那个惯于使鬼拍门的胖爷，似乎如果他不一再催促，他就不会上街冒一场不可预测的风险。

尽管没有提名道姓，那两个同行者可都知道他所咒骂的对象是谁，因此他们有时相视一笑，有时也劝说几句。

"他咋会存心害忌你呵!"骆渊柔声说道,"你是乡长啦!"

"我是'草把把'①,啥乡长哇!"

老二出世不久,没有带老百姓多少账,又住过游干班,因而比他哥哥冷静。他劝说乡长不要那么紧张。末了还说:"他乱来吗,我们又看哪个的手快嘛!……"

"唉,老二!"乡长忽然慎重起来,"火色看老点呵!"

"对,还是摸到石头过河好些。"骆渊立刻附和。

他们还没进场,乡公所的文书,拖起两片浓黑的胡子,从栅门边快步迎上来了。而且一见面就惊喜交集地悄声道:"呵哟,团正还要我赶到鱼洞山催你哩!"

于是一同进场,一同到乡公所去会团正。因为唐简斋已经等得不耐烦了。

俩翁婿一见面,唐简斋就沉着脸道:"怎么连我的话都不相信了呵!"同时用指头叩叩桌面。

"你老人家怎么这样说呵!"乡长紧接着连连解释,"这两天真把人拖够了……"

"那一位怎么没上街呢?"唐简斋切住他问。

"他说他连保甲长都不是哩。"乡长知道他岳父问的是胖爷。

"家伙真比泥鳅还滑!"唐简斋笑一笑暗自说。

为了叫乡长解除一切顾虑,他相当详尽地谈起他对那批不速之客的印象、观感和他对时局的看法。凭着哥老会一些传统,比如爽直、讲究信义、凡事"明砍"②,他在直接同解放军接触后,相信他们的话是作数的,不大像踩假水。而且相信所有的事实已经驳斥了半年以来的一切谣传。

---

① 草把把:傀儡。
② 明砍:把意图直截了当地提出来。

他十分明确地指出，问题是在他们自己，是否真像成立解委会时乡长所阐明的，为迎接解放做些力所能及的事。他复述了一段那位领队同志的话，"当公事的，哪个敢说没有做过几件对不住老百姓的事呵？问题是看你改不改。你们那位鼎鼎大名的军长、省主席，你说又有多干净呵？人家现在不都是西南军政委员会的委员啦!?"他对那位领队把自己叫家门兄，很高兴。

"眼目前么，"唐简斋接着说，"他们最注意的是个治安问题！"随又机警地探身向房门外瞄了一眼，继续道："陈家桥、庙儿子那两位该不会放五猖呀？这倒得向他们说明利害呵！"

"好嘛！"乡长连声赞同，"他乱来我们就公事公办！"他说得很带劲。

骆渊乃至老二，忍不住悄声笑了。因为他们知道乡长说的跟想的恰好相反。而正在这时，那个刚在场外遭抢的老太婆，在门外哭嚷开了，执意要找乡长本人申诉。

乡长三脚两步走出去了。

"你啥事呵？"他问。

"啥事嘛？"老太婆开始控诉，"我上个月卖猪的钱全给我抢了！——就在红石滩河对岸啦！……"

"啥时候的事呢？"

"啥时候，——不过顿把饭久啦！刚才'登场'①……"

"那还了得！……"

乡长大叫，接着就分派他兄弟立刻带人前去缉拿，而且限定当天破案！……

队副则表演得更像样，跟即跳出跳进地集合队伍，仿佛大敌当前一样。"外甥多像舅"，这两兄弟，真把胖爷作虚弄假一套学到家了。

---

① 登场：指上街赶集的人已经多起来了。

骆渊忍不住在心里暗笑："好，大家都装闷吃象吧！"开始协助老二分派队伍。

唐简斋很高兴自己的解说已经见效。"唉，这就对啰！"他笑逐颜开地对他的娇婿说。

等到老二亮出盒子炮，挂上值星带，还有一架望远镜哩，精神抖擞地带起十多名治保队员，也就是原早乡公所的常备队丁，放小跑冲出乡公所后，乡长又带点矜持地向他岳丈征求意见："怎么样？我们就一道去学校吗？"而当唐简斋表示了同意后，他可随即向骆渊支支嘴，退回屋里去了。

乡长踮起脚，附耳对骆渊悄声道："你赶紧安排几个人跟到来哇！"随即又走出去了，同时高声吩咐刘胡子找李学义安排酒席。

"我看都用不上呵！"唐简斋摇摇头说。

"还是表示一下好些吧，——叫他就做几样家常菜哇！……"

"对，实在要表示一下，就简单点！"唐简斋让步说。

"我就担心说我们对解放太冷淡了。"乡长一再解释。

这时算已经登场了。而乡长才一露面，就又一次引起不少人的注意，嘀嘀咕咕，大发议论。发表议论的多半是本街的居民，而一般都有点惊讶，"怎么胖爷不露面呢？""他恐怕就这样腌起了！"那些化了装的绅粮、袍哥，一瞅见他也不免吃一惊，接着就心照不宣地眨眨眼睛。

所有这些嘀咕、议论，乡长都不会听见，便是那些化了装的角色迎面闯来，他也视若无睹，紧紧跟着唐简斋一道走进学校去了。

这是乡长不曾预料到的，学校里的情形，比之街上更叫他触目惊心，不少农民穿出穿进不必说了，老菜农陈大发、彭兴旺一些人也不会怎么样刺激他的神经，主要是伍茂卿、刘家庆几位知识分子，正在一间教室里同两位军官模样的解放军谈话。

当他跟随唐团正走到教室门口，正准备进去时，那位身材瘦长、神色开朗的青年军官，却三脚两步跨出来了。这是一位从部队转业的连级干部，已经内定为本区区长。他一跨出教室，就向唐简斋打招呼："哎呀！我还说派人去请你呢！"随即邀请他一同进入另外一间教室去。

区长也姓唐，山西人，而由于参军最早，十多岁就在八路军一支游击队当勤务员了，因而普通话说得不错。经过在县城的调查研究，组织上决定争取唐简斋这位在红石滩较有人望、已经多年不沾公事、中心校的挂名校长。而在两三次接触，以及到达这里后的一些了解，他对老团正的印象可以说很不错。

唐简斋一面解释一面相随走进教室，并为乡长做了介绍。

"好呀，"唐区长笑道，"你看你们老丈都站出来啦，就向他学习吧！"

"凡是干得下来的我绝不推诿。"乡长回答。

"很简单，首先把治安搞好。听说，今天场外面就在抢人啦！"

"我已经把队伍派出去了！"乡长插嘴说，"抓他两个来枪毙示众！"

"怎么一开口就枪毙呵！"区长紧接着笑道，"只要他们愿意改过自新，就释放吧！……"

于是相当概括地叙述了一遍党的政策，比对唐简斋说得还要肯定，同时也暗示乡保人员不可能没有对不住人民的地方。同样，只要他们改悔，人民政府一定"既往不咎，立功授奖"。

"问题在自己呵！"末了，他意味深长地结束道，"我们说了话是算数的……"

"这个倒是有点脑筋的人都么说呵！"唐简斋赞赏道，"就拿这几年的战事说吧，不是国民党不讲信用打得起来？"

"就是它吃掉我们几个县，我们都还在呼吁和平呵！"唐区长看看表，插言道，"怎样，是不是就召开大会呢？"

在米市坝召开群众大会，宣布本场解放，今天一早他们原就商量好了，而在他提示下，唐简斋、乡长也反应地看看手表，认为时间已经不早，就吩咐队副骆渊赶紧派人鸣锣通知，要群众集合到米市坝去。

骆渊是吆喝着奔出学校的。他吆喝，一方面他想表现乡公所的竭诚欢迎解放，一方面也因为随处都有群众，纷纷聚集在操场上、课堂门首和过道上。而那些首先应声出现的，则是刘家庆一批青年学生。他们大都挟着红红绿绿的标语、旗帜，还有拿鞭炮的。伍老师和岳父陈大发，还有那个身带残疾的周兴，也从教室里走出来了。

可能不只为了表示尊重，主要由于太了解本场的风气，一不对劲就铤而走险。特别今天又发现那些化了装、神情鬼祟的绅粮袍哥，唐简斋一路都挨近那位尚未正式宣布的本区区长。因为他只带了七八名解放军，余下大部分都照常留在学校里面。

街上人纷纷拥向米市坝去。而一发现解放军、唐团正和乡长也在人流中磨磨蹭蹭前进，不少人都停下来，试图比较接近地看一看他们的"显客"。这多半是些贫苦农民，大都确实早已盼望着解放了！而现在终于盼到了这一天。那些心怀疑惧的角色也有停下来观望的，他们的心思、感情，可就复杂得多。

刘大爷可以说已经半停业了，因为几位正在照顾他的过往客商，都三掏两咽就放下筷子，赶往米市坝去。而他自己，当唐团正陪着未来的区长经过饭铺面前的时候也笑嘻嘻跟上去。他走不多远就发现老菜农陈大发，便一把手抓住对方的胳膊，同时颇有抑制地笑起来。

"哥老倌！人太多了，我两兄弟不要跟着挤吧！……"

"怕什么哇？又不是纸扎的呢！"陈大发笑道，"你比我硬朗呀，——怎么？……"

"你听我说，"刘大爷悄悄插断对方的话，"我两个要开眼界，比那些山沟里来赶场的人容易呵！"

老菜农显然同意了饭馆老板的建议，于是两个人肩并肩缓缓前进。如果身后有人一个劲朝前面挤，就停下来让路。

等到他们磨磨蹭蹭到达米市坝时，唐简斋已经陪同未来的区长登上两张方桌拼成的讲台。同时，响起一阵阵鞭炮声和热烈的鼓掌声。

因为站在密密麻麻的人群后面，尽管踮起脚侧耳谛听，可是除开最初大声宣布红石滩解放那两三句话听清楚了，还鼓了掌，以下讲的什么，陈大发都模模糊糊，听不准了。

"啥？乡长怎么样呀?!"他问。

"还是他们顶竿竿呵!"有谁回过头苦笑说。

"大约坏事还没有做够吧!"陈大发气愤愤嘀咕了一句。

"只要他不听胖爷摆布倒也可以。"刘大爷悄声沉吟。

"哪个不知道他两个是钟鼓楼的棒槌，——那都分得开啦?!……"

等到大会结束，一般群众也开始发起议论来了。因为，既然乡长照旧负责维持红石滩的治安，并未垮台，归根到底：老狗不死旧性在！都根本就不相信乡长一伙干得出什么好事。不过由于没有经历过陈大发那样的惨痛遭遇，因而不像他想得那样深沉，燃烧着满腔怒火。而且总影影绰绰看见那个脑满肠肥的家伙，依然在为他外甥出谋划策。

现在，那些拥向街头的群众，忽然又一层挨一层地停下来了。而立在最后面的一排人，包括陈大发和饭馆老板，都不由得踮起脚朝前瞭望，同时抛出问询，很想知道街面上发生了什么事故。

"呵哟!"刘大爷顺着前面一些人的报道惊叫道，"那不是硬抓到啦?!"

"啥哇?"陈大发有点莫名其妙。

"啥？自卫队抓土匪呀!——真也太不像话了!……"

接着开始简略追叙当天场口上发生抢案，以及自卫队报案后前去抓匪的经过。但他还没有说完，却已走到饭馆门口。

"逮到几个哇?"他问站在店铺边的老大。

"好像只有一个。"儿子笑嘻嘻回答。

"起了那么大的科场，也要抓一个回来才像话呵!……"

"谨防是抓马填槽!"

陈大发直截了当地叫喊了一句，紧接着车身便走。饭馆老板可一手拖住了他的胳膊。

"不吃碗豆花就回去啦？今天我办招待！"

"我还要到学校去一趟呵。"

"对，看看你们那一位又咋个说吧！……"

饭店老板没有猜错，陈大发去学校的目的，确乎是想找伍老师谈一谈他所困惑不解的几个实际问题。从情绪上说，则无疑是去找他女婿发泄闷气。因此，一见面他就噼噼啪啪说开头了。

"嗨，我真不懂，说来说去红石滩还是他们几爷子的天下！……"

"不要这么火吧，爸爸！……"

"我就是一肚皮火！已经捂了几十年了，——难道现在还要我不张声吗!?"

"我不是这个意思！你老人家让我慢慢讲嘛……"

根据自己今天早上和召开大会前他同那位未来本区区长的谈话，他相信自己对于共产党和人民政府的政策有了进一步的理解。事实倒也确乎如此，因为根据县委的调查研究，他算已经得到相当信任。然而，他还没有说上十句，老头儿又火了。

"我不要听！"他跳起来嚷叫道，"到时候我会到县里去！……"

伍老师没有挽留住他，只是对着他的背影苦笑。


十三


一回到乡公所，乡长就说："哎呀，总算过了一关！"在一张躺椅上倒下来。

于是，从最里面一件毛衣的口袋里，摸出一盒美制骆驼牌纸烟来，吸燃。他近来在公开场合是抽美女牌，今天，他更注意不要把美国货亮出来。现在当然用不上忌讳了。

他感觉自己这半天来应付得还不错。尽管对于土匪的整治受到批评，他可认为自己做得对头：表明了他对扰害人民的土匪多么深恶痛绝。而共产党和政府一方面宣扬宽大政策，一方面又十分重视治安，倒也正合他的口味：放五猖这着棋下对了！还不免对胖爷大为佩服。

这主要由于他两舅甥把宽大政策理解错了，以为解放军人力有限，又是新来乍到，但求平静无事，不能让局势长期动荡不安。而这么一想，一刻多钟前紧张、复杂的心情，也就一扫而光。同时，那种符合他这一类人本性的邪恶思想又逐渐抬头了。

这时，骆渊走进来了。看了乡长的神情，他笑起来："把人出了好几股冷汗，——结果就是这么回事！"语气十分轻松愉快。

"打草鞋才在缠鼻子呵！"乡长笑一笑说，"恐怕只有我们老丈人想得开。"

"这一次幸好有他老人家在前面顶起呵！"

"当然，不过他也太相信人家那一套了！"

"哎呀，这个头不好剃①！——把人嘴皮子都磨玉了！……"那位全副武装的自卫队队副走进来说。

"抓到人没有呵？"乡长插断老二的话头问。

"倒还没有空起手回来！"老二不无夸耀地回答说，"不过庙儿子那位老大王真够应付！"

于是开始叙述他破案的经过。他从一位老太婆找到了一点线索，最后查出一名叫作白刀疤的土匪，还有两名却逃跑了。因为，很快就有人跑来进行阻拦。

这个阻拦的不是别人，正是庙儿子的头面人物李应忠，也就是所谓"老大王"。唐简斋曾经要乡长提醒他，得听招呼，不要再胡干了。而白刀疤正是他的爪牙，一贯不务正业，专靠赌博营生。

---

① 头不好剃：人很厉害，不好对付。

"他来阻拦都不说了。"老二一直追述下去，"还想把你搞得脱不到手！……"

"这个家伙又胡说些啥呢？"乡长迫不及待地插嘴问。

"这个你问骆队长吧！"老二笑一笑回答说。

"这个有什么呀！"骆渊满不在乎，"你们舅爷不开口，我敢吊起嘴乱说啦？"

"那你又怎么样向他讲的呢？"乡长追问，多少有点生气。

"我呀，我说大指拇讲，'年关到了，兄弟伙要找点零钱花可以，不过你自己要把身子迈开点。'家伙锥！又钉住我问，'你们乡长不会打官腔吧？'我说，'哪个不知道他跟大指拇一个鼻孔出气呵！'……"

"连招呼都不跟我打一个！"乡长有点火了，"就像哪个硬是草把把样！"

"哎呀，横竖又不会要人死，叫刀疤承认改悔，问题就解决了！"骆渊尽力排解。

"那我倒晓得呵！……"

乡长对于骆渊的宽心话同样不大满意。因为归根到底，他对共产党和人民政府的每一项措施都将信将疑，正如他一伙平常行事一样。

"我看就这样吧！"他望着骆渊和老二说，"你两个马上到学校去交代一下，看他们又怎么说！"

"要不要把刀疤带起去呢？"老二有点不解。

"刀疤，我看就不要带去了。"骆渊抢着说。

"你咋个又'走火'呵！"乡长板起面孔嚷道，"硬是要请他们出来坐法台哩！"

"好，又算我说错了！"骆渊说，心里却暗笑道，"对我也装起疯来了！"随又故作正经请示，"那么我们马上就去怎样？"

"你们就去吧！"乡长吩咐，"记住问问跑掉那两个是不是都非抓住不可。"

"要追赃怕要把那两个家伙逮到才行呵！"老二笑嘻嘻说出自己的看法，"不过这一来牵连就更宽了。"

"撞到藤藤瓜要动叫！"骆渊歪起嘴角笑一笑说。

"公事公办！"乡长摇摇头否决了两位的担心，"当然要交代清楚！……"

而一等两个人走出办公室后，却又在心里嘀咕道："眼目前就是要把火色看老一点！"于是抽出骆驼牌香烟来。

乡长多少有点踌躇满志的味道。因为他感觉自己今天不只闯过了难关，而且相信自己能够应付当前这个极不稳定的局面，甚至相信他能够得到共产党和人民政府的信任，让他照常总揽红石滩的大小事务。

而正当他悠然自得地抽着烟卷，推敲着下一步棋应该怎样着子的时候，电话铃响了。接着刘胡子走来请他去接电话。

"哪里来的电话啦？"他问。

"摆尾子！"刘胡子笑笑说。

乡长"呵"了一声，撑起身，快步向电话室走去。

他满面笑容，正像碰见什么长期渴望的喜讯一样。因为这摆尾子是邻场一位十分讲究吃喝玩乐的绅粮袍哥，在父亲扶持下当上乡长还不到两年。而他们之间的交情却相当长远，十年以前就已经拈香拜把，结为兄弟了。这位年轻乡长的真名叫余建初，比红石滩这一位土皇帝年轻，而交游却宽广得多，三教九流都有熟人。

现在，乡长"喂"了几声之后，紧接着就对他那位盟弟的打趣笑道："家伙咋一来就抬快①呵！"于是专心专意听下去。"啥？成都街上都有人打黑枪？"接着又哼哼唧唧显得乐不可支。原来对方正在告诉他成都社会秩序混乱的情形。

"黄包车夫前天到军管会请愿，人民币已经没有人接手了！正裕花

---

① 抬快：说了使人为难或不吉利的话。

园照样抢购黄金；安乐寺成天拥挤不通！……"

乡长听到这里，忍不住插话了："这么说，骰子是还没有定盆①呀?!"接着就在对方的答复下更加眉开眼笑。

"据说，上海谣传更多，好多大商人已经派人到重庆买起公馆来了！有防空的最吃香……"

听到这里，乡长就又插问了一句：

"这么说，世界大战快打响啦！"

"都这么说啦！无风不起浪，总不能说都是扯神经啦！"

"当然！"乡长又插话了，"你个家伙像安的有电台呀？消息这么灵通！"

而对方刚才说了一句，"你忘性太大了！"骆渊忽然推开门走进来，但他正待开口，乡长却立刻叫嚷着切住他。

"你不要趁火打劫好吗？——有话等阵说吧！"

骆渊笑笑，退出去了，又顺手拉好门。

于是乡长又"喂喂"起来："我啥事忘性大哇?"

"啥事？三〇二师没有人跟你们联系吗？我就是从他们听来的呀！他们那个电台网网扯得宽哩，不只经常跟国内一些地方互通消息，——不过这个话我两个人对头了才说哇！"

"你放心吧！"乡长赶紧接腔，"我不会弄得大家都脱不到手！"

单从声调可以听出，乡长的话充满了感情、信赖，是绝对可靠的，但他听见的却是一阵模模糊糊的叫嚷。这显然不是为他而发，只因为对方碰上了干扰，正在大发脾气。而很快，话语声又十分清晰了。

"他妈的，老是在门口东旋西旋的！"对方余怒未息地开言了，"你旁边没有人吧？要注意呵！"

"我跟你通电话都是把什么人都支使开的！"乡长答得很干脆。

① 定盆：赌博用语，决定胜负之意。

"唉，我刚才说到哪里了呀？——呵！三〇二师，你不要看他们起义了，就没有问题了，内部还在七拱八翘呵！那个电台就只有少数几个人才知道，连他妈的师长都给蒙在鼓里！什么军代表更加不必说了。不过真怪！他们开到秀水、塔水不久，就派人四处联系了，怎么还没有跟你们挂上钩哩?!"

"我们这里最近一向相当乱呵!"乡长叹息着解释，"杨森部队经过不久，解放军又来了!"

"我听到说了!"对方插断乡长的诉苦，"你们可能把问题看得太严重了，其实就是那么回事！你今天不是还在乡公所登起吗？给你讲吧，拿安县、罗江一带的情形看，离了我们这些草包，他们的法台会更加不好坐呢! ……"

"你们是催命哇!?"乡长猛地头一甩对着房门大叫，因为老二又推开门来向他请示。"唉，怎么样？说呀？"他重又喂喂起来了，"你像也很忙呀？"

"哎呀，"对方呻吟一声，"尽是些鬼扯腿的事！这样好吧，有啥风声我再找你!"

可是谈话并未就此结束，彼此还开了几句玩笑。一个把对方那个诈骗来的新宠叫"摩登"，另一个则称呼对方的妻子叫"太座"。于是，乡长终于敞开房门，叫道："这下你们都进来吧!"把两名队长叫进来。

然而，乡长并未立刻要他们汇报前去向解放军交涉的经过。倒是灵机一动，像从前一样，依然把骆渊当成心腹，向他叩问起在秀水一带那支起义部队，有人来找过胖爷和他本人没有？

"听说有人来探问过。"骆渊回答，"可是你们两个都下乡了。"

"这是哪个说的呢？"乡长进一步追问。

"谢瓜瓜!"骆渊笑着回答。

"怎么分派他当值呵!"老二接口道，"说不上三句话就挽疙瘩!"

"好吧!"乡长显然有一点厌烦了，"现在谈正事吧!"

所谓正事，也就是两位队长到学校同解放军，也就是那位未来区长交涉怎样处理那桩抢案的经过。

"依他们简单呵！"骆渊笑道，"只要刀疤口头担保一下就没事了！"

"赃不追啦？"乡长问得相当仔细。

"赃款么，"这回答的是老二，"还有那两个逃跑了的，说是要刀疤劝他们来投案，如数归还赃款！"

包括老二本人，在场的三个家伙全都失声笑了。

"真是异想天开！"乡长充满了轻蔑。

"依我看么，"骆渊说，"他们怕逼出乱子来更不好整治！"

"管它的呵，就照他们说的办吧！……"

正在这时，乡长家里那个粗壮、质朴，憨态可掬，名为养女的大小姐闯进来了。因为对于乡长老婆的想法深信不疑，乡长仍旧在职，她一进屋就高喉大嗓，笑道："唐妈要你赶快回去哩！"毫不管顾乡长的惊讶。

"你唐妈上街啦？！"乡长惊讶地切断她。

"刚才拢屋，气都没喘一口，客人就来了！"

"哪里来的客人呢？"乡长又问。

"我不认识，——唐妈光叫我喊你跟到回去！"

"去，去，去，——真是莫名其妙！"

乡长真是气急败坏了，而那个大小姐则目瞪口呆，痴痴站在那里，不知该怎么做好。

"唉，你赶快回去呀！……"

骆渊终于把那个大小姐推送走了。

但是乡长并未因此就平静下来，他老婆从乡下回到家里，是无可厚非的，因为就在前一刻钟，他也觉得万事顺利，解放于他并没有构成威胁，而且深信自己对眼前的局面应付得了，因此老婆上街照料家务，实在用不上大惊小怪。

他一时想让他老婆留在街上，一时又感到处境相当危殆，她会妨碍自己应付瞬息万变的局面。

"尽搞些鬼扯腿的事情！"他唧唧哝哝继续抱怨，"也不想想现在是啥世道！……"

"这样好吧，"老二建议道，"让我先回去劝劝，也顺便看一下是什么客人。"

"是呀！这个时候有什么客人呀？……"

"恐怕不是一般客人！"骆渊推测，"哪个这个时候走人户呵！"

"好吧！老二，你就先回去一趟！……"

乡长的口气相当果断，思路也一下清楚了。而老二刚一转身，他更充满自信叮嘱起来。

"莫忙呵！"他对回过身来的兄弟加重语气说道，"记住一条哇：凡是素无交往的人，你都尽量帮我推托一下，说我忙！有什么事，他可以跟你谈，——不过，你千万不要下深水呵！——哼!?……"


# 十四

等到遣还白刀疤，送走那位遭抢的老太婆，全场闻名的厨师李学义来请乡长开饭。

既然请客的事情已经作罢，他就权且将仅能买到手的鸡鸭，为乡长安排了一顿便饭。可是，因为一直猜测着那个尚未探明是谁的客人，老二又还没有转来，乡长却对他的烹调技术一下就倒了胃。

厨师兴致勃勃地叙述着他这天备餐的经过，希望受到赏识。

"鱼没有搞到不说，连猪毛都没捞到一根，幸得不招待解放军了！"

"你给唐团正送去吧，"乡长插嘴道，"我这阵还不饿。"

"团正那里送得有呵！"

"那你就跟刘胡子他们一道吃了吧！——呵，究竟是什么人呵?!……"

因为老二毕竟来了，乡长站起来连连发问，随又支使开李学义。于是关上房门，坐下，听老二述说来客是谁，谈过些什么。

　　乡长的猜测相当准确，来客是邓显扬，也就是所谓小邓的兄弟。这个兄弟绰号幺鸡、瞟眼子，近两年才跟着哥哥茶馆进，酒馆出，开始在当地一般绅粮、袍哥中出头露面。看来颇有希望继承他们的家风。

　　"他哥哥要他来问问，学校里那批人有多少？进不进山？"

　　"他怎么打发幺鸡来呵？！"乡长吁口气抱怨说。

　　"这些事情，他兄弟当然比外人可靠！因为他打算先捅他妈一下！"

　　"那你又怎么回答他的呢？"

　　"我呀，"老二笑一笑说，"我说你们摸下来试试软硬也好。"

　　"哎呀！你咋个下深水呵！……"

　　"你跟舅舅在鱼洞山不是这么吩咐过么？"

　　老二多少理解他的心思，在没有同解放军接触前，他对前途感觉渺茫，因而愿意铤而走险，现在人民政府既然要他照样主持红石滩的政权，他就不能不慎重行事了，因而临走时他还请他哥哥放心，他能够不沾不脱处理好这件事。

　　乡长对于老二的机灵相当满意，胃口也一下子好转了，立刻叫来那位烹调专家，说他好久没吃他的软炸鸡了，如果材料方便，那就为他做一份吧。

　　结果，他吃得津津有味，心情十分舒畅。但这不能完全归功于厨师的烹调技术，主要因为他是这样设想：如果小邓真有胆量摸下来"试软硬"，就更好了，他将借此进一步争取人民政府的信任。

　　吃过午饭，他躺了一会。起床后看见时间还早，他就吩咐骆渊和刘胡子，他们得派人分头通知各保，明天上午来乡公所开会，商量本乡的治安和有关问题。而挨到老二送走客人来见他时，已经半下午了。

　　老二单独向他谈了谈应付客人的经过。一切都符合他的想望，没有什么差错。

"好吧，"乡长切断老二的叙述，"你跟骆渊这几天都不要乱跑哇！"

交代完毕，他丢心落意回转家里去了。决定劝说妻子回转到乡下去，不要在街上碍手碍足，让他拿出全副精力应付当前的局势。因为无论如何，他还不能说已经万事如意，不存在任何风险和意外了。

要说服自己的老婆，劝她照旧到龙湾子去，他知道不是一件轻而易举的事。因为她偏执、嘴碎，仗势她父亲唐团正在红石滩的名望，对丈夫不大买账。他呢，也因为自己年龄并不算大，却已借口没有子女，搞了两个小老婆了，多少有点内疚，因而也时常迁就她。

可以说，乡长是做了充分精神准备回家去的，心情十分安静。然而，刚才走进内院，起眼一看，立刻大吃一惊，激动起来。因为他万没料到，简幼芬，还有那个他用欺诈手段弄来的"摩登"，全都搬上街了！

乡长一下在耳门边收住脚，显出一种啼笑皆非的神情。

"哎呀，你咋把她们都约上街呵！"他近乎解嘲地说。

"这个还要哪个约吗？"简幼芬撒娇道，"我究竟还是这个家里的人啦！"

"一定要说是我把她们邀约上街的，也没有什么了不起！"唐秀英倨傲地接着说，"唉，小旦，你咋不张声啦？好像硬是我把你约上街来的啦?！……"

"哪个在这样说呵。"小旦笑一笑辩解说。

"好吧！"乡长准备就此结束这场争吵，"你们收拾一下照旧下乡去吧！……"

"那我倒不又捂在乡下躲猫猫呵！……"

老公话一出口，唐秀英就吵嚷开了。

乡长摇头叹气，一声不哼地走向堂屋里去。他知道他老婆的脾胃，一火起来，很不容易应付；对吵对闹，那会更糟。最好的办法，是让她痛痛快快发泄一通，然后倾箱倒匣地向她说些甜言蜜语。

乡长并没有踅进堂屋，走到门首，就在一张藤椅上坐下，而他的右边恰好是唐秀英、简幼芬。他真的一声不哼，仿佛是来恭聆老婆的辩解、抱怨和指责的。唐秀英确乎也有道理，那两位小老婆并不是她动员回来的，因为一连听到好几起赶场回家的熟识农民，向她们报喜，老公照旧是红石滩的当权人物！

而她们之所以逃避乡间，还因为长时期的反动宣传使她心怀疑惧，正跟少数无知无识、胆小怕事的农民一样，真的以为什么老配小等等荒谬绝伦的谰言，一旦解放就会变成事实……

唐秀英越说越发带劲。她慷慨陈词，理直气壮，仿佛成了教堂里的宣教士和法庭上的律师。

"你老是支使我们下乡，我问你呵，是不是解放军另外给你配了个老婆呵？——咋个只是笑呢？——总不会比栅门边朱大娘年纪大吧?!"

"对，对，对！你们就都留在街上吃我的喜酒吧！……"

老公无可奈何的解嘲，立刻把女眷们全逗笑了；因为孤老婆子朱大娘已经年逾古稀。

"唉，秀英！"乡长忽又神色庄重地说道，"等把晚饭吃了，又再慢慢扯好吧？"

"你就说上天我倒都不会下乡呵！"

"我绝对不强迫你下乡！——这该好啦？"

"咋个光是笑呵？"唐秀英转向简幼芬和小旦分派道，"赶紧一道去做晚饭吧！"

于是撑身起来，带头走向厨房。但她忽又回过头来，深情地望定丈夫，长长叹一口气。

"怎么不想一想呵，"她慢悠悠拖长声调说，"你一个人住在街上，难道我们就那么样放心啦？前一向不说了，现在还让你饱一顿饿一顿过日子？"

"可是你也不要把问题看简单了！坐下让我慢慢告诉你吧，——她们在一道有些话不好说！"

话一落音，乡长又顺手握着老婆的手望自己身边一拖。

唐秀英则把身子一缩，腰肢一扭，撒娇道："哎呀，拉拉扯扯好看吗！啥呵？"而随即在老公侧面一张椅子上坐下了，"想把我怂下乡倒不行呵！"她申明说。

可以说，乡长的确准备向老婆做一次开诚布公的谈话，愿以肝胆相见。这是他们结婚后少有的，因为他和旧社会一般丈夫相同，对老婆不大透露自己在社会交往和公事场中的隐秘。现在，他却向唐秀英坦露了他最近一两天的经历和思想活动，主要是他对共产党始终心怀疑惧。因为他老是想到自己担任乡长后的所作所为。

当然，他的坦白是有节制的，只是一般性的诉苦。

"照你这样说，那么我们爹哩？"唐秀英忍不住插嘴道，"难道他会拖起你一道跳岩?！"

"他不同了！"乡长赶紧申辩，"好多年没有摸公事了，人缘又好。告诉你吧，单是那个伍老师就会帮他疏通！"

"呵哟！你咋个把伍茂卿说得这样呵！……"

"你还不清楚呵：杂种天天跟解放军唧唧咕咕，——他还饶得过我？……"

"啥呵！冤有头吗债有主，他老丈母又不是你逼死的哩！"

乡长无可奈何地摇摇头，又长长叹口气。他一时不知道他是否该向老婆吐露真情。他最担心的是盗卖粮谷、焚毁粮仓问题。特别因为知道内情的伍茂卿在不久前的解委会上，最近一次接触当中，已经向他讲过一些带刺的话，他怎能等闲视之呢？然而，他不能如实向老婆说，担心她会张扬出去。

"好吧，"他叹息道，"遇都遇到了哩，我又照例给他垫背好啦！"

"这件事你倒不要操心！"唐秀英安慰道，"红石滩哪个不知你当时还在穿开裆裤哇？——我倒担心那位人的事呵。"

当她说到那位人时，把头向厨房那边一偏，又努努嘴。而乡长立刻就懂得她指的是霸占小旦这桩近事。这件事红石滩知道的人更多，小旦的公婆、丈夫目前还在邻场避祸，看来他们不会善罢甘休。加之，乡长十分清楚，小旦经常遭受唐秀英的凌辱，日子过得并不遂心。即便是她本人，恐怕也不敢说自己对待小旦厚道。

于是乡长立刻紧张起来，仿佛大祸已经临头。最近，他也不是没有想到过这件事，但却从来没有今天这样尖锐，因为事情就热朗朗地摆在他的面前，证据非常确凿，任何高明的骗术都无法掩盖！……

"我一辈子就是这件事做糟了！"他末了喃喃说。

"当初挪到轿竿子劝都不听啦！"唐秀英不无自负地抱怨道，"还赏了我好多叮心的话呵！……"

"不要给我垒饭了吧，——好像巴不得我摔一跤！"

"这才怪呵！愿意你摔跤我会提啦?! 没话说我会去打哈欠！……"

这在唐秀英是少有的，因为父亲唐简斋对他这个独生女相当娇惯，一向嘴头子不饶人。但她不仅没有尽情发泄，接着还为丈夫出奇划策。因为她并没有忘记他们目前的处境。而丈夫那样悔恨交加的神情，更叫她感到难受。不过，她的计谋既是一时心血来潮，同时也是早就设想过的，不过动机、用意不同而已。

她的建议说起来也简单，就是把小旦送还娘家。因为这样一来，乡长就可以诳称自己早就知道这件事搞错了。她讲得头头是道，仿佛完全是为丈夫打算，不是由于醋劲大发而施展诡计。她还假惺惺地主张多给小旦一些钱财，让她生活得好一些。

"再不下决心就迟了！"她一再叮咛，"我还要耐心跟小旦说明利害，免得她过经过脉的时候打胡乱说。"

"这样做当然好，"乡长接口道，"我就怕淘一包神，结果落得个人财两空。"

"那就留下来吧?"唐秀英大笑道，"免得你将来捶胸口！"

"哎呀，你这张嘴呀，——好吧，就照你的意思办吧！不过简幼芬又怎么安排呢？"

"这个用不上你操心，她好打整！"

这不是唐秀英夸口，因为经过长期调教，简幼芬对她十分驯服。于是她又开始叙说她对简幼芬的设想。而乡长可早已不听她的夸口了。因为为了消除隐患，乡长尽管感觉老婆的策划不错，他对小旦毕竟还是难于割舍。同时，他又不禁想起唐秀英一向对小旦的排斥……

"现在你总算遂心了！"他忍不住在心里嘀咕道。随又对老婆连连点头应声："对！对！对！你去跟小旦她妈先讲清楚！"

唐秀英大笑："我是说简幼芬呵！——你咋个打梦脚啦?!"接着又重述了一遍她对简幼芬的具体安排。

乡长除了同意，没有多说什么。这天以前，尽管唐秀英很难缠，丈夫毕竟还是一家之主，今天，可几乎是老婆在发号施令了！吃饭时候，也只有她不断叽叽喳喳，而且破天荒第一次，一再夸奖小旦的烹调技术。

饭后的节目，原本已经商量定了，由乡长和唐秀英一道，向小旦提谈回转娘家寄居的问题，而且事先把小旦以收荒为业的母亲也请来，说明情由和各项条件。然而，刚才放下筷子，饭后烟都没有抽，骆渊神色诡秘地来了。他说东道西了好一会，直到乡长单独离开餐室，他才说胖爷要乡长到龙湾子去一趟。

乡长忍不住长长吁了口气，因为他一下想起胖爷躲躲藏藏的主要原因来了，也就是老菜农妻子、女儿的死亡。这远比他同小旦的问题严重，而且从陈大发三番五次到城里控告的劲头，与同他女婿目前和解放军的亲密关系，也都一时浮上记忆。但他能有什么话好说呢？搞不好自己还会受累！……

乡长一时想了很多，于是连声抱怨起来："刚把你怂上街开过会，他又来了！"

骆渊则尽量说些宽心话来安慰他。末了，他们就一道暗中梭下乡去。

两舅甥一见面，胖爷就笑盈盈嚷叫起来：

"哎呀，你总算把头一关闯过了！——这几个当舅舅的没有估计错吧？……"

"正戏还没有开场呵！"乡长唉声叹气地插嘴说，"现在不过打了个头排①……"

"当然，共产党兴了这么大一场兵，他会这样就收场啦？恐怕只有你老丈人才相信！"他猛可地话头一顿，又向门外瞟了一眼，随即低声接下去道，"还得当心有人下烂药啊！"

"说来说去也就是个伍茂卿！——啥呵，我又不怕他画猫猫嘞！还要不要证据呵？……"

乡长非常激动，因为他此时此刻想到的，是两年前为了逃避盗卖公粮的罪行，在胖爷策划下唆使人暗中焚毁粮仓的问题。

"有！有！有！"而胖爷对于他的激动忍不住笑起来，"小旦不是还在你家里吗？她那个老公呢……"

"这个你老人家放心吧！"乡长挥挥手切断他，随即摆谈他晚饭前所准备的一切安排。"这样你看行吧？"

"这着棋当然该下！不过她总跟你同床共枕过几年呵？还有呢，她那个老公现在好像还没有死心。"

"幸亏是打鸣叫响从她娘家接过门的！不是从她老公床上抢起来的！……"

"这都是事实！不过白肉上都会生疔呵。好吧！现在谈正事吧。……"

---

① 打头排：过去戏班演出，正戏开演先打一阵锣鼓，叫"打头排"。

# 十五

　　胖爷的所谓正事，其实就是他外甥既然照常在红石滩当家做主，经过长期酝酿的应变方针，是否就完全不行了？真是老狗不死旧性在，末了，他们一致决定照样用阴一套阳一套的办法来苟延残喘。

　　两舅甥有一点猜对了：伍老师的确同那位解放军领队人唐昭往还密切，因为城里地下党的同志对他做过介绍。还有一点也猜对了：伍老师的确反映过两个家伙历年来的罪行，举如对老菜农妻女的陷害、盗卖公粮等等。不过，仅此一次，以后就没有再提了。

　　因为他的揭发一完，对方就提醒他道："只要他们痛改前非，所有的陈账都让它挂起吧！你扳指头算算，单你们这个县，在乡镇上摸过印把子的人有多少？全川，还有其他国统区的，合起来又有多少？一来就清旧账，这会造成个什么局面？说实话，目前我们还得利用他们办些事呵！"

　　可是，唐昭和伍老师谈话后没有多久，就在乡长到龙湾子这天深夜，在通往大山区的场口那面，炮声连天，全场居民都从睡梦中惊醒了。

　　现在，在中心校操场上，已经集合起一批解放军战士准备出击。除却那些参军不久的学生，所有来自部队的战士，都组织起来了。唐昭正在进行动员。

　　"咱们的实力、任务，老王，你清楚哇！把它赶进山就成了，不要穷追！——懂吧？"

　　"你放心吧！"那个叫作老王的侦察班长答道，"不会进山，——可要狠狠揍它一顿！……"

　　"对！不给它点辣椒吃，它还会来捣乱的。——肯定不会是溃军呵！"

这插话的是彭兴旺。自从那天闯进学校，凭着他的经历，伍老师的赞赏，他就同解放军负责人混熟了，还领老王暗中到近郊对贫苦农民进行过访问。而这次迎战山区下来的匪类，他已经被定为侦察兵了。

然而，正当队伍快要出发的时候，乡长，还有骆渊，全副武装地赶来了。

"怎么样?!"唐区长首先发问，"敌情很严重吗?"

"已经叫我们赶到拱桥那边去了!"乡长赶快责无旁贷地回答，就只差拍胸口。接着又追述自己的作战和部署情况。"气势是凶，一个冲锋可就萎下去了!"

"战果怎么样呢? 打死他多少人? 我们自己有伤亡吗?"唐昭接二连三插问。

"家伙些狡猾!"乡长回答，"眼看射击猛烈，就退了。光景就是些杨森部队的散兵游勇。"

"依你看，"唐昭审慎地试探道，"我们是不是增加点人，一起把他们干掉或者逼他们缴械?"

"当然都好! 不过没有十天半月工夫，恐怕不行。小龙坎上面地形好复杂呵! 又跟外县联界……"

唐昭静听乡长陈述下去，但他主要却在考虑乡长所不了解的一些困难。他率领的解放军虽然将近百名，而大部分是入川后沿途参加的知识青年，只有二十多名老兵有战斗经验。同时，经过调查研究，征粮队、评议员的人选大体已经酝酿好了，一两天内他就得带起大部人员离开，到秀水成立区署，正式开展征粮工作，号召土匪登记自新。

因此，当乡长又一次表示他能干保境安民时，尽管感觉对方的谈吐有些浮夸，唐昭立即顺水推舟，加以赞赏。

"好! 既然你肯把担子挑起来，我们一两天可以放心大胆走了。"

"怎么，你们一两天内就要走啦?!"乡长十分感到意外。

"是呀。大伙一道商议一下今后的工作，就动身了。不过还得留一批人在这里办些事情。这也需要你们乡、保长支持。至于具体任务，现在没时间谈，会上再告诉大家吧。"

于是谈话宣告结束。乡长则立即宣称他将回到大拱桥察看动静，就离开学校了。而他的情绪远不及来的时候饱满，当然也不无满意之处。他的诡计不只未被识破，反而受到赞扬，解放军的迅速撤离，都使他感到高兴。但是究竟要留下多少人？留下来干什么？又需要乡、保长做些什么样的支持？而所有这些问题都不断在他脑子里翻腾，越来疑虑越多，重又变成一名做贼心虚的角色。

起初，他还只在肚子里嘀咕，走过一段路后，可又忍不住向骆渊低声问起来。

"你看出什么症候来没有啦？"

"我觉得不错嘛！"骆渊回答，"不是很称赞你么？"

"称赞？"乡长冷笑着应声说，"管它的哟，反正今明两天他总要揭盖子！是红是黑到时候又再看吧！"

但一走上正街，乡长又忽然住了脚。在沉吟一会之后，就用黑话吩咐骆渊，要他赶快到大拱桥告诉他兄弟老二，今晚上就这样收场吧！下场戏演什么，怎么演，过两天再做安排，他自己也要回家里扯伸休息去了。

两个家伙正将分手，打从黢黑的阶沿上，两三位居民忽然望他们走来了，神情紧迫地问询起来。

"我就猜到是你嘛！"一个老头子开言道，"情况不严重吧？"

"嗨！既然解放军还要我在红石滩负责，你们就放心吧！……"

乡长用一种骇诈乡愚的语调回答，接着夸耀了一番这天晚上他的战绩。

"对！"骆渊则帮腔道，"大家放放心心回去睡吧，——绝对不会有什么问题！"

"连一批散兵游勇都打不退，我敢拍胸啦？——哼！"

乡长用鼻子冷笑一声来结束他的夸口，随即朝着家里走去。

尽管枪声早停息了，乡长大门首的岗哨却还未撤去。他的三个老婆，也照旧围坐在客厅里火盆边，长沙发上堆着几个包袱。十分显然，就连唐秀英也不知道这是一场早就设计好的闹剧，以为真有大股匪徒来攻打红石滩。

一进大门，乡长的步子就慢下来，因为傍晚唐秀英的献策忽然一下全部出现脑际。他十分强烈地感觉到，他该情真意挚地向小旦解释一番，安慰安慰她。同时可又想到，按照惯例，这很可能惹得唐秀英醋劲大发。最后，他决定相机行事，而且，希望枪声一停，她们就各自息宿了，否则他就只好打单！

而当他走到堂屋右首的客厅前，他预感到只有向命运低头了。

"嗨！你们怎么不去睡啦?!"他故为惊奇地叫道，"我还以为你们早就睡啦！"

"你都没有回来，我们总担心出事啦！"唐秀英解释说，随又诡秘地笑道，"那件事你不用焦心了。"

"好吧！"乡长含含混混接口道，"你们赶快去睡！"

"难道土匪已经叫你们打跑啦?"

唐秀英真有点惊喜交集。可是丈夫仍然没有向她透露半点真情，只说土匪的确已经给赶跑了。

"我倒还要熬阵夜听消息呵！"他加上说，"你们就放放心心去睡吧！"

"这就怪了！"唐秀英嘀咕起来，"打都打跑了还听啥消息吗！……"

而经丈夫又一次解释后，她的怀疑更强烈了，于是分派起来。

"简幼芬，把铺盖搬出来吧！你去跟小旦挤倒睡一晚上。"

乡长暗自埋怨："杂种好刮毒呵！"但也只好权且在沙发上过夜了。

乡长整整翻腾了一夜。不是沙发没有床上睡起来暖和、舒适，以及土匪的骚扰，也不完全是由于醋婆子太诡计多端了，他之终夜失眠，还有更重要的原因，经过反复琢磨，他都猜不准解放军留下一个工作组的真正意图！

而且，不只这天夜里，直到次日下午，坐在那位解放军领队，同时也是本区即将正式就职的区长唐昭召开的会议桌边，他都有点神不守舍，乃至越来越加感觉情况严重。因为当唐昭说到征粮工作组的任务、政策，接着还要他同列席的保长们全力保证工作组完成任务的时候，他都不能不想到他自己采取过的抛售粮食和假分家一类行径。

作为评议委员的候选人伍茂卿，也列席了。在唐昭讲话的时候，他不断对乡长注目而视，有时还微微露出含意深深的冷笑。而在唐昭讲话结束，鼓励大家发表意见的时候，因为唐简斋要他讲，他还第一个开口了。

伍茂卿扼要提了提唐昭讲话中的情况，全省上百万的解放军、起义部队、公教人员缺粮的情况，于是开始述说他的看法。

"我们既然拥护解放，就得说话算话。大家心里都有本账，今年又是丰收。依我看，只要乡保长出把力，征收起来问题不大！"

"可也不容易呵！"乡长机灵地接口道，"你知道么，单是杨森部队在这里就消耗了多少?! 前年，保安六团连公家的粮食都几乎搜刮光了！不要说老百姓的……"

伍茂卿忍不住插断他，一时忘记了唐昭的嘱咐。

"公粮仓库这个账倒还没这么简单呵！……"

有关盗卖库存公粮乃至焚毁仓库问题，伍茂卿已经向会议主持人提到过，因而唐昭感觉势将爆发一场剧烈争论，乃至影响目前的安定局面，于是他立即发言了。

"是征收本年的粮食呵！陈账暂且不提它吧！……"

接着他就较为具体详尽地向乡保长们宣布，他们在征粮工作中的各项任务：提供户口、田亩和产量数字。因为只有根据这些资料，才能认真执行"三多、三少"①的规定办事。而且，所定的征购数量，还得逐户由评议委员进行审核。

唐昭一口气说下去，同时可也留心观察乡保长们的反应，——他们有时皱皱眉头，有时又向挨身的熟人悄悄嘀咕一句，而神色变化最大的却是乡长！当其宣布评议员候选人名单时，他面露震惊之色，显得更加紧张。

因为在所有评议员候选人中，他想不到还会有伍茂卿！他老丈人当然不会害他，但也不可能包庇他，因为老团正一向认为做得受得，不通方圆。想到这点，他就更加没抓拿②了！然而，当会议主持人要他表态的时候，他却反而勇气百倍地硬起心肠表白了一番，正跟前两次一样。

"评议员都是本乡本土的人，"伍老师冷笑着接口道，"哪个要想作虚弄假也不那么容易！"

"作虚弄假当然不行！"唐昭紧接着表示赞赏，"你们评议员还要逐户审呀！……"

随即又补充说明，除开唐简斋、伍老师三四位外，还将由工作组从各保公正人士中推选一定名额的评议员。

"这一来，"他结束道，"谁想作虚弄假更不行了！总之，你们乡、保长就带个好头吧！"

于是会议宣告结束，人们带着各色各样感受、心情，纷纷退席，离开学校各自走了。

感受最深，心情也最不安静的是乡长焦继聪。而一出校门，他就忍不住嘀嘀咕咕哼道："妈的，想挑我的漏眼！"感觉伍老师的两次发言太毒狠了。有关查验公家存粮的建议被驳斥了，但却只是"暂且不提"

---

① 三多三少：土地多、亩产高、存储多，就多征购；反之则少。
② 没抓拿：没把握之意。

它了，并非从此一笔勾销。而他最担心的正是这一搭事！当然，假分家、抛售粮食在他也不轻松，可是，这样干的人不只是他一家，而且还可进行弥补。

唐简斋显然已经看出他的情绪很不正常。当他正想转上那条横街的时候，老团正招呼住他，悄声道："有窟窿赶紧塞呵！"本来还想添一句的："劝你们的话不听吧！"他把它咽下去了，但从语调、脾胃，乡长却已领会了他的全部意念。

因此，分手以后，乡长又气急败坏地嘀咕了："顶凶枪毙！"他不仅不对他老丈人的深切关怀感到安慰，反而有点气愤，仿佛唐简斋是幸灾乐祸。在他出任乡长头一两年，唐简斋的确一再提醒过他："银钱上要来清去白呵！"后来看见他大肆挥霍，同时听见一些风言风语，他更提出过警告："谨防将来笼起脱不到手呵！"而乡长现在想起来，反而忍不住嘀咕道："现在当然该你说风凉话呵！"随又想到，"你自己过去就那么清白呀！"其实，唐简斋的财富，完全是靠承包各项厘金，比如斗秤、猪牛买卖捐税，以及赶集天摇红宝积累起来的，不曾随意派款、盗卖公粮。

可能终于想起自己那些见不得天日的勾当是怎么干出来的了，一到家里，乡长更相当公开地高声埋怨胖爷："还说提拔我呵，啥事都把你推出去挨头刀！"接着诉说了一遍两三件非法摊派田亩捐和增加税收的行径。

"已经清起下脚来啦?！"多少了解一些情况的唐秀英，十分惊讶地问。

"他清好啦！——要我一个人承起那倒靠不住呵！"

"当然呀！哪个不说他是太上乡长哇！"

老婆随即转述她父亲一向对胖爷的评语："这个人呀，心子掉下来把脚背都打得肿！还惯会运用'使鬼拍门'、'金蝉脱壳'、'翻脸无情'一类手段。"最后，又恨声添说道，"你这回倒不能背起死人过河呵！"

"你说我那样傻！"乡长立刻表示赞同，"幸得也不是什么了不起的事情。"

而他随即不大在乎地提到一两件假公济私的往事。这不是他已然忘记了自己盗卖公粮一类重大罪行，而是他警觉出来，他不能随便向妻小透露，当然更不能讲他直接唆使人焚毁仓库的事！

最后，他又赶快拉开话题："怎么，你同她谈过啦?"说时将头向着内院一侧。

"这件事你倒不用发愁！"老婆知道他问的小旦，"我敢担保她满口承认！"

"那还消说！"乡长强制自己笑道，"都知道你那张嘴连鹊鸟都哄得下树哩。不过不要拖吧，——想起来真烦人！"

"给你实说，小简昨晚上摸了摸她的口气，——当然她不会一张嘴就答允的！其实无非想多带点钱走……"

"那就连手镯，连前次你代她保管的，都让她带走吧！横竖你自己有，用不上。"

"黄货倒不能给她呵！"老婆大声反对，"多给些钱都行。"

"那你又准备给她多少钱呢?"

"这个你不用操心！"唐秀英推诿道，"将来你总会说我办得很妥帖嘛！"

由于经常在家庭间醋海兴波，钩心斗角，正同丈夫一样，她也十分灵醒，善于见机行事。而为了避免深谈下去，以致酿成口角，她随即借口为丈夫准备午饭，喜笑颜开地离开客厅，翻身到后院去了。

乡长望着她那齐统统的身影，不由得感觉厌烦地哼了一声，嘀咕道："一天就只晓得兴妖作怪！"而当他把视线从那西式门窗上收回来时，他又长长叹一口气。因为他忽然想起了两年前修建这座院落的经过：不听父亲和老丈人的劝告，结果工程一摊开就逼得盗卖国家公粮；而在去年省参议会呼吁政府清查各县历年积谷，就又狗急跳墙，在胖爷策划下，唆使看管人员麻鱼子焚毁红石滩一栋粮仓！

此时此刻，他才真正感觉悔之晚矣！尽管伍老师的建议当场被否决了，没有得到采纳，可是，唐昭的话非常明显，不是永远不提这件事了。如果不是他舅舅把他拖出来当傀儡，在修建住宅上又大肆怂恿盗卖公粮，他不会搞得这样狼狈！他甚至把伍老师盯住他不放，也归罪于胖爷把老菜农一家人整惨了！

他忽然想起刚才老婆的建议来了，于是十分恼怒地嘀咕道："他要想干脱身那倒靠不住呵！"决定将来追查起来，自己绝不"背死人过河"，一人承担。

"来啦！"他忽然高声回答老婆的招呼，"家里该还有绵竹大曲吧？……"

## 十六

就在解放军离开红石滩的当天晚上，将近打更时候，胖爷摸上街了。

因为是临时决定的，只有一个平常供他使唤的姓肖的中年农民和他同行。他原想等到次日，听听乡长或骆渊向他汇报了会议经过，然后再决定是否上街的，但他实在熬不住了，很想立刻问个明白。

一般说，解放军的撤离，使他胆子壮了，至少以为眼前不存在生命攸关的险兆了。但他没有直接回家，因为撤离前那次会议，究竟安排了些什么工作？是否真果如他所想望的，按照那位领队，也就是说唐昭向群众宣布的，红石滩的治安仍然由那个他一直培植起来的外甥焦继聪负责。

因此，一走进场，他就折向乡长那座小独院去了。那两位守卫的团丁认出了他。但他切断了对方的问探道："不要声张哇！"就进去了。乡长很快就来到了客厅里接待他。

"哎呀！"胖爷抢先呻唤一声，"你们哪个也该来和我通通气哩！——把人眼睛都望穿了！"

"我本来准备下午去看你的。"

"昨天开过会你就该派骆渊来放个信呵！——你的职务没有变吧？"

"职务倒没有变。"

"哎呀，说得个凶！"胖爷喜出望外地插言道，"打了大半天雷，也就只下了点毛毛雨！"

"恐怕还有倾盆大雨在后头呵！"

"充其量他再开一连人来！"

"你先息口气好吧？"乡长忍不住劝说道，"听我慢慢讲嘛！……"

胖爷吃惊似的瞪了对方一眼，敏感到自己的设想已经落空。因为但凭那些从街上赶场回家的农民纷纷传言，解放军已经撤走，他就以为万事大吉，却也未免太天真了。

现在，胖爷已经冷静下来，认真谛听他外甥讲述全部事实，但却仍然不时插一两句，正像眉批夹注一样。当乡长谈到工作组时，他嘀咕道："呵哟，这是安的钉子呀！"对于征粮他倒不太在意，因为他觉得这好应付；但一听到刘家庆、彭兴旺都是组员，却又大吃一惊："家贼难防——这两个家伙绞进去不是好事！"而最叫他感到惊诧的，是已经被指定为评议员的伍茂卿，竟然在会议上建议清查历年库存的公粮，这叫他忍不住发火了。"妈的！要乱来么？好！又看我们哪个眼疾手快嘛！……"

"可惜人家并没有买他的账呵！"乡长紧接着安慰他道，"再说呢，我们老丈人也是征粮的评议员！……"

"他现在已经变成好好先生了！——会帮我们说话?!"

"至少他不会打顺风旗。再说呢，另外还要选举好几个评议员，未必都跟他姓伍的一个鼻孔出气？没那么怪！"

接着他又叙述了一套他所设想的有关选举评议员的诡计，拖些什么人参加选举，以及把哪些人选举出来做他们的代言人。他说得满有把握，以为就跟过去选举什么代表一样，完全忘记了这一次选举将由工作组主持，更不知道工作组已经在暗中物色人选了。

乡长的如意算盘显然平息了胖爷的愤恨，但是并未斩除他的疑惧。

"好嘛！"他接上乡长的叙述说，"又看你这道符灵不灵嘛！"

"至少有六七成把握！老二已经跟保长些联系过了，除开玉皇观那一两保，问题不大！鱼洞山一带，骆渊吃过早饭去的，估计很快就会回来。"

"总之呵，不管如何，伍茂卿那个家伙，始终是个祸患！……"

胖爷接着撑身起来，说是他得回龙湾子了。上街之前，他原本打算向乡长问探情况后回家的。住在乡间太闷气了。但他早已放弃了留在街上的设想，倒像他根本不曾打过这种如意算盘。而他之跑上街，无非是向他外甥探听一下情况而已。

"住一两天怎样？"乡长劝阻他道，"已经这样晚了！"

"没关系！"他满不在意回答，"老肖该还没有走吧？"

"哎呀，你该分派他来叫我嘛！深更半夜的！"

"不亲自来一趟，心里总是七拱八翘的呵！"胖爷假惺惺地诉苦道，"你是我推荐出来当乡长的，又是甥舅关系，我总担心你出事啦！"

"好吧，"乡长深为感动，"不管老肖走没有走，我都带人一道送你！……"

于是两个人就动身了。尽管乡长亲自带了队丁护送，又有电筒，而且月明星稀，然而胖爷远没有上街时候的兴致好。这不是由于深夜里寒气重，也不是由于他不曾回去看望他第二个如夫人，主要是太累了，走不多久就开始喘气。

乡长直到把他安顿好了，这才离开。而一回到家里，唐秀英一见面就唠唠叨叨起来。胖爷不同寻常的光临引起她很大猜疑，丈夫还居然摸去送他，说不定又上了他什么圈套。

"不知道又说了些啥好听的呵!"她抱怨道,"深更半夜还亲自摸起去送! ……"

"还是挪伸睡吧!一下也说不清楚。"

按照习性,唐秀英还会嘀咕一阵子的,但是时间的确晚了,上床不久就起了鼾声。乡长睡得更香,次晨醒来,已经日上三竿。而骆渊、老二早已在客厅里守候了好一阵了,准备向他汇报有关选举评议员的活动。

当其乡长两个得力助手正在互相交换情报,宣扬各自取得的成就,乡长本人吃过早饭走出来了。

"啥事谈得这么起劲哇?"乡长一进客厅就插嘴问。

"我们在讲麻鱼子啊!"老二笑道,"家伙挺起胸口担保不选举伍茂卿!"

"可惜这个名额是解放军指定的呵!"乡长不住摇头叹气,"你们估计家伙是不是有点兜不住啦?!"

"这倒是个硬汉子呵!"骆渊答道,"不会你一诈就打胡乱说! ……"

随即举例,说上两场伍茂卿回东岳庙碰见他讲了些挑拨离间的话,"若要人不知,除非己莫为:现在倒不怕哪个割嘴皮呵!"麻鱼子可脸都没红一下。以前的挑唆更不止一两次:"承得起才承呵!拷起梅子树不换肩没有好处!"他更满不在乎。

"这些我不是都向你讲过吗?"骆渊结束道,"依我看这个人决不会拉稀!"

"可惜他恰恰又是玉皇观的保长!"老二接着说,"要不么……"

"问题倒不在这里!"乡长插断他道,"只要他稳得起,家伙就天天挑唆他也是那么回事!"

于是话题又转到选举评议员上来了。至于他支使骆渊、老二四处活动的企图,已经相当明确,只要在各保当选的成员中,多几个他和胖爷一伙的应声虫,就大有可能抵销伍茂卿在评议工作中的作用。而叫乡长感觉得满意的，是他两个心腹在各保的活动相当成功。

当然，也有叫人感到忧虑的情势，工作组也暗中活动起来了，用革命语言说就是访贫问苦，扎根串联。而部分保长最感觉恼火的，是工作组的安全问题。因为自从实行宽大政策以来，土匪越来越多！

有关工作组暗中的活动，骆渊讲得相当细致，因为六保已经有一名保长的佃客，实际则是狗腿子的角色，已经骗取到一位工作组成员的信任。

"那你们该叫各保都设法派人跟他们靠拢呀！"乡长喜形于色地分派道。

"当然呀！哪个保长都有一两个亲信呵！"

"看来我还得赶快到滚钱坡那几保跑一趟！"老二紧接着申言说。

"好！"乡长大加赞赏，"至于土匪，现在都是些毛毛贼，不会碰工作组。"

接着，他又吩咐骆渊得跟庙儿子、五里堆几处的地头蛇打招呼，劝阻那些惯匪不要碰工作组，以免为地方上增添麻烦。谈话之间，乡公所的刘胡子来了，报告说，县政府要乡长、解委会主任马上进城开会。

"我已经通知唐团正了。"他继续说，"还要跟着去找张驼子准备滑竿！"

"你怕在做梦呵！"骆渊大笑，"坐起滑竿进城！？"

"你该问清楚来，"乡长也插入说，"究竟会期是哪一天嘛！难道光是叫马上去？"

"说是明天报到，后天开会……"

"好吧！"乡长切断他道，"那你赶快派人到桑镇租架马车，——这个放不得黄呵！"

刘胡子连连应声，表示马上就派人去桑镇租马车。

"呵！"他抱歉似的笑道，"我刚才忘记了，工作组老王也要去呢！"

"好！——你赶快派人到枣镇去吧！"

刘胡子一离开，他可立刻向骆渊、老二敞开了他的各式各样疑虑。

骆渊、老二感觉乡长多少有些慌张。于是他们开始劝说起来，力说问题并不严重。

"喂，你就把细说说他们在六保是怎么活动的吧！"乡长望着骆渊吩咐。

"说起来笑死人！"骆渊笑道，"那叫什么开会呀！……"

于是详细叙述起来。说，就是那个解放军侦察班长老王，每天晚上邀约三五个所谓穷人，在坟坝里坐下，一边谈话，一边用他那根旱烟棒请大家轮流抽他的牦牛丝烟！不是吹嘘以后会有好日子过，就是要人们检举本乡本保的坏人坏事。

"家伙些又怎么回答呢?"乡长插嘴问道。

"都说远不说近呵！"骆渊笑道，"好几个死鬼都遭到检举了！"

"主要还得看刘家庆、彭兴旺这几个家伙呵！"乡长忽然灵机一动，"你知道他们背地里打胡乱说些啥呵?！又跟伍茂卿一直打得火热，会不编些怪事?！"

"这就很难说了，"老二说，"不过这次进城绝不会有问题！"

"那还消说！"乡长说，"不过你们在家里要注意呵！有啥响动就去龙湾子找舅舅商量，——呵！骆渊，你怕今天就得去一趟呵！还要问问他住在那里方便不方便。万一引起工作组东猜西疑，倒不如索性搬上街住！"

"他住的是自己的老院子呀！又有病……"

经骆渊一提示，乡长算比较放心了，因为龙湾子真正是胖爷三代人的发祥地，根基很厚。但他仍然叫骆渊赶紧下乡，把他和唐团正、工作组长进城开会，以及工作组的活动，乃至他们的推测，详细向胖爷讲一讲。

然后，他又吩咐老二立刻下乡，请他父亲给城里那位名人写信，攀点瓜葛。于是找他老丈人商量去了。

唐团正在正街上住家，是一座旧式的小独院，隔刘家饭铺只有五六间铺面。家里没有什么排场，就跟普通小业主的家庭一样。既没有胖爷的宽大敞亮，也没有女婿家里那些时髦的门窗、家具……

团正正在堂屋里指点养子唐尚奎收拾行李，一听见女婿的招呼声，立刻离开那只旅行提包。

"呵！"他应声道，"你是不是也准备今天到桑镇住一夜呀？"

"用不上呵！我派人租马车去了！"乡长边答话边进堂屋。

"把马车租到红石滩来？"老团正反问道，"这得花多少钱啦！……"

"横竖乡公所可以报销！"乡长满不在乎，"又不是哪个走人户哩！"

"好吧，那我就'赶个船'吧！"老团正苦笑说。

他苦笑，因为他奇怪女婿怎么还是这个派头，却又不便公开指责。而乡长则十分认真向他解释起来，说是按规定他可以有一笔车马费。何况年岁也不小了，用不上步行二十里去搭马车，仿佛他派人去租车出于体恤他老丈人。然后，他开始转述起骆渊、老二谈到的一些情况来了，只是没有提及他向他们分派的任务，特别伍茂卿对麻鱼子的挑拨。

"我真担心他们被坏人利用呵！"他最后叹息说，"这里那里都是土豪劣绅！"

"心正不怕影子斜呵！"老团正发言了，"哪个又不是金口玉牙哩。"

"可是，凡是摸过公事的人，哪个没有点小辫子呢？"

"你这个话对！"老团正恳切地回答道，"我就不敢说我当公事那几年干净得很。可是，他们既然扯旗放炮地喊什么'既往不咎，立功有赏'，他们一定会兑现的！要悔口么？谨防有一天也跟老蒋一样，——栽大跟斗！"

老团正讲得有点激昂，乡长不张声了；而女婿的沉默一下使他感觉歉然。

"继聪呀,"他放缓口气紧接着说,"不要听骆渊他们瞎吹呵!"

"说起来你会不相信,"乡长扬声一笑,"还有人担心我进城会出问题呵!"

"又不是上杀场哩!"老团正笑道。

"就是上杀场也要去呀!你问吧,我一听刘胡子说要我们进城开会,就立刻叫他派人到桑镇租马车!"

"让我跟你揭穿说吧!你要少听些那位人的吹吹呵!"

"他倒还不知道这搭事呵!"乡长知道他指的胖爷。

"简直莫名其妙!"老团正只顾一口气说下去,"现在还捂在乡里,仿佛一露面哪个会啃他两口!"

乡长认真为舅舅解说起来:胖爷之愿住在龙湾子老院子里,不只为了贪图清闲,同时也为了养病。因为最近他的哮喘又发作了,经不住劳累。

"等我从城里开会回来,一定去劝他搬上街,大家一道把征粮工作搞好。"

"对!你说我讲的,叫他不要心虚!"

"他倒不会心虚呵!的确有病……"

"他的水草毛病我比你清楚呵!陈家那笔账带深了。曾经好几次向我探听伍茂卿对他的态度怎样,仿佛人家一天就只晓得敲他的小九九!"

一提起胖爷对伍茂卿的疑惧,乡长又不响了。随又借故告辞,说他还得赶办一些事务。

他原是来老丈人家寻求支持的,到了临走时候,他的思想包袱却更重了。不错,谈话中间,他也得到鼓舞,只要认真按照政策办事,积极完成征粮任务,肃清匪患,共产党的话会兑现的,实在用不上疑神疑鬼!

一跨出老团正的大门,焦继聪就到乡公所去了。而且立刻走进电

421

话室去，还特意掩上房门。这也是寻求支持，对象呢，就是一向同他交往密切，邻场那位年轻乡长余建初。在解放军到达红石滩时，他就得到过一项重要情报，这次他得到的情报更加惊人：那支起义部队叛变了！可也遭到彻底的覆灭……

其初，他真有点惊喜交集，心想："这下有好戏看！"随即又大大吁口气："幸得没有跟他们挪上关系！"最后，因为想起对方曾经同那支哗变队伍有过联系，他也不免为他的伙伴担起心来。

"你明天去城里开会吗？"

"当然去呀！"这是对方十分肯定的回答，"这个能打缩足牌吗！——你哩？"

"我已经叫人租马车去了。跟我们老丈人一道去。……"

随即又互相交换各种预测。而这次通话多少挽回了他在老团正家里失去的信心，可以正起面相进城开会去了。

一跨出电话室，他就碰见刘胡子来找他，显得相当着急。

"哎呀！说是你找唐团正去了；赶拢一问，又说你刚才离开……"

"究竟啥事情呵？！"乡长切住他问。

"啥事情呀？张娃儿来电话，马车价钱真吓死人！"

"唉！你赶紧给他去个电话吧：就是贵上天都要租！——快去！快去！……"


十七


龙湾子方家老院子规模不小，是胖爷祖父进学时修建的。选料精当，至今没有朽败。

一共三进，前面两进和四面的围房都是他的本家、佃客居住，只有后面一进正屋成年空起，由胖爷一位亲眷看管，他本人只是夏天搬来避暑。他那个现在在外地干邮政工作的儿子，也曾同自己的生母居住过一时期。前些年，外州县一些袍哥大爷犯了案，来到红石滩跑滩，只要有点名气，他都把他们安排在这里"避相"。

骆渊是吃过午饭到龙湾子来的，他正碰上胖爷午睡未醒，就留在客室里，同胖爷第三位小老婆坐在火盆边摆龙门阵。这个小老婆叫李蕙君，三十多岁，比丈夫小二十岁光景，可过门已经十五六年了，那时二十岁还不到。

这个寂寞寡欢的中年妇女，一瞧见骆渊就接二连三发问，好像有一肚皮委屈。

"昨晚上一回来就寻事生非！"她唠叨道，"究竟又撞到什么大头鬼了呵？——就尽向我发脾气！一会要洗脸水，给他打起来又说烫了，银耳也怪我没有发好，——究竟街上又出了啥事呵？"

骆渊让她倾箱倒匣地嚷下去，一直兴趣盎然地喜笑颜开。

"很简单！"他笑扯扯回答道，"解放军留了个工作组征收粮食，他把问题想复杂了！我就是跑来给他解疙瘩的。"

"依我看，他是越老越糊涂了！只有我们街上那一位会收拾他！我们这些人么，生来的受气包。真想不得，过门来就没有伸伸展展生活一天，——来啦！"

这"来啦"是她听见胖爷在卧室里叫喊她的应声，随即翻身而去。

李蕙君离开堂屋约一刻钟，胖爷就从卧室里出来了，而他显然对于骆渊的拜访感觉惊异。

"怎么？又是'大事不好'啦?!"他一露面就大声问。

"是来报告好消息的呵！——保长些都同意选可靠的人当评议员！"

"那就好呀！这下就不怕他伍茂卿作怪了。"

"是呀，人家说的，一个虱子顶不起一床铺盖！何况还有唐团正啦。"

对于工作组的暗中活动，他说得很审慎，担心胖爷知道了胡思乱想。

"大致是摸哪家哪户有多少田亩，产量怎样……"

"不只这些呵！"胖爷摇一摇肥头切断他，"还要大家检举坏人坏事！可是我们方正中说，都只讲何天王、小霸王怎么欺孤毁寡！看来他们只有派人到阴曹地府去捉拿了！"

"那就跟六保一个样呀！——好像都是商量过的！"

"可是家贼难防！"胖爷口气忽然变了，"我就担心刘家庆、彭兴旺几张嘴呵！"

"乡长也是这么样想。不过，单凭几张嘴也害不了人！"

"小伙子，人咬一口没药医呵！当然，官有一问，民有一诉，还要容人申辩几句么？就拿陈菜贩子那搭事说，别的不讲，是我把他女子抛下河的呀？他女人上吊我借过绳子？他妈的，单为给她两母女做道场，我花了多少钱呵！？就是没给她们当孝子！——老子就捂到半边嘴都说得过他！"

胖爷几乎一气呵成地说下来，因为这些话他已经想过无数遍了。但是，说完以后，他就呼哧呼哧喘起气来。这真把骆渊感动了，于是大加赞扬。

"你这些道理随便拿到哪里去讲都说得通！要不的话，菜贩子后来肯松手呀？"

在提到乡长跟唐团正进城开会的问题时，他对他们的计划和决定表示同意。只是在一件事情上谈了不少：要乡长代他向几位城里颇有声望，同他相识的所谓名人问好，并馈赠一点本场的土特产。

至于购置礼品的费用，尽管他只字不提，骆渊可也心里明白，照例由乡公所报销。因此，他连连应声，准备转身就上街了，胖爷可又十分慎重地叮咛起来。

"你记住哇！要他事先打听下，打不得挨字的就别理哇！"

"当然！哪个自己找麻烦呵！"

对于备办礼品，骆渊当然更是满口承认，同时却在心里笑道："就看乡公所拿不拿得出来这笔钱来!"

而当他傍晚回到街上,刚一提起礼品,乡长就发火了!

"他在做梦呵!"乡长叫道,"枪支子弹费早就挪用得不少了,——进城租马车又要花一大堆!"

乡长诉说了一长串苦楚,结果还是忍气吞声,叫骆渊盼咐刘胡子备办三五份礼物,馈赠城里解委会几位主要人士。因为这些人目前都合他的需要。

次日上午,老二才把他父亲写的信带上街。

"哎呀!"老二笑嘻嘻呻吟道,"像求神拜佛样,——开始他硬是不写呵!说他泝不来上水①……"

"我碰见他道锣就不响了!"乡长道,"啥事他都以为跟他年轻时候那样,又不上街来摸下行市!"

"好大岁数的人啰!"骆渊笑一笑说,"怎样,恐怕动得身了呵?"

"好吧,"乡长叹口气说,"是在乡公所上车哇?"

"中心校。唐团正光景已经去了。——就是这两件行李吧?"

骆渊于是忙着收拾行李。老二也开动了。乡长则领头离开客厅,走向中心校去搭车,一面小声叮咛着手提一只装满礼品的大帆布包的老二,因为他得留在家里看守摊子……

"腿子勤快点哇!看不准火色,就跑趟龙湾子!"

"哎呀,你放心!三几天不会出大问题。"老二充满自信回答。

"我说是吧!"骆渊有点惊喜交集,"那不是团正啦?"

乡长两兄弟结束了密谈,一直往学校门首走去。

老团正也刚到不久,他儿子唐尚奎正在往马车上放置一个提包。而最引起乡长注意的是伍茂卿正在和他岳父谈话,一瞧见他就不响了,走向工作组的老王。那位侦察班长已经去掉头上的羊肚帕了,换上一

---

① 泝上水:巴结逢迎有权势的人。

根青布套头，身上则仍然是那套便服，一个地道的四川老乡模样。当乡长走到他们身边时，老团正则开始劝说老王一道坐马车进城。

"横竖有空位置，一道走吧！"

"对！"乡长随和着说，"四五个人满坐得下！"

"还是打甩手痛快！"老王笑道，"到桑镇我就可以借到自行车了！……"

于是挥挥手说声再见，转身走了。

从神色、动作看来，工作组长显然不只是向老团正和乡长告别，还有前来送别老王的伍茂卿、刘家庆。而在他的身影逐渐远去的时候，因为有人顺便提到马车的租金问题，刘家庆忍不住惊叫起来。

"呵哟！这么贵呀？"

"横竖又不要你掏腰包哩！"斜睨乡长一眼，伍茂卿嘀咕说。

"要不是唐团正，几十里路，哪个租这个车呵！"乡长自言自语般解嘲说。随即大发其火："骆渊！你是怎么搞起的啦?！叫马车夫坐上来动身嘛！"

"他还在跟张娃儿算账呵！——喂！动得身啰！……"

骆渊回答，随又探身车门外一再叫喊，而马车夫也终于来了。

当老团正和乡长到达桑镇时，一般居民刚好生燃火煮午饭。车子照例停在那家名叫"悦来店"的旅舍兼茶铺面前。老团正、乡长、骆渊和唐尚奎，下了车到茶堂里坐下喝茶。

茶铺斜对面是一家所谓红锅饭馆。按照乡长分派，骆渊随即到饭馆里定菜去了。而在他离开茶铺不久，从一座高大建筑的门堂里，老王推着一架自行车走出来。那是即将宣布成立的区政府所在地，而紧接着从里面推起自行车出来的，则是区长唐昭。

当唐昭一出现，那位正在张罗老团正和乡长的本镇码头上一位执法管事，立刻向他们悄声述说，那队解放军离开红石滩经过这里，唐昭就留下十多名驻扎在过去的区公所了，其余的全都撤回县城。而根据本镇镇长得来的消息，只等城里的会议结束，桑镇、红石滩，以及邻近五个乡都将由区政府直接管辖。

照例，执法管事大都消息灵通，能言会语。这个白面黄须的中年人，随又悄声透露了一些征粮工作组的动静，大体跟红石滩一样，往往于深更夜半开会，参加的全是些"泥腿子"。有的保，也有人混进去为镇长探听情况……

"喂！菜马上下锅啦！……"

饭铺里掌勺子的师傅放声大叫。骆渊也在饭馆门前邀请。

"账记在我名下哇！"执法管事则应声大叫，"请呀！唐哥，乡长！……"

一顿便餐很快就结束了。饭后老团正只喝了一道茶，就催促马车夫立刻动身。因为剩下的五十里路得经过两个场镇，难免没有耽搁。而当他们到达县城的时候，太阳刚好落坡。

在一家名叫尚志社的旅馆住下，吃过晚饭，老团正同女婿就分别前去拜会自己的亲友。而焦继聪之寻亲访友，倒不只出于礼貌，出于交谊，主要是探听消息和拉关系，因而他几乎每一处都备有礼物。礼物有轻有重，他赠送本城解委会主任的，却有三四样土特产；还有他父亲亲笔写的函件，称俞著成为姻兄。

俞著成七十岁了，鹤发童颜，算是本县教育界的前辈。为人和善，一贯奉公守法，当他正同焦继聪摆谈家常的时候，客厅外忽然有人笑道："哎呀！我是说你会来开会嘛！"随即进来一个矮敦敦的青年人。

这是俞著成的幺女婿吴应祥，焦继聪盗卖粮谷的老顾主，同伍茂卿则是中学同学。

"老伍近来怎样？你人怎么瘦了？——呵，爸爸！解委会晚上不是要开会吗？"

"哎呀！你不提我差点忘记了！"俞著成笑道，"那你就帮我陪陪客吧！……"

"姻长，不要客气！"焦继聪应付说，"我两个前几年就熟识了。……"

彼此客气一番之后，老头儿叫来一名年轻壮实的用人，提上只风雨灯，伴送他开会去了。于是吴应祥就敞开心胸扯谈起来。他之急于找焦继聪，因为他探听到一个消息：有的地下党员，已经建议政府追查粮食库存。如果这个建议被采纳了，他们都将受到牵扯，尽管私下买卖公家粮食的，即以本县而论，也不止于他们两个，相当多！更为重要的是，他最近还听到了一点传说：有人怀疑红石滩粮仓焚毁都与他两个有关！

"这简直是活天冤枉！"他呼号道，"说实话，这究竟是什么人干的呵？！"

"我怎么知道哩？！"焦继聪发火道，"你这个话才问得怪！"

"你估计，这个谣言又是什么人造的呢？"

"要是知道那又好了！我正好抓住胡子问岁数，要他还个点点！——就要陷害人，也该有一点根据么！"

做贼心虚的焦继聪赌神发誓地辩解起来，说他摸公事好几年了，一向奉公守法，就是卖给吴应祥那些粮食，都陆续填补上了。而且，并不是为他自己"借用"公粮，是出于种种地方事业的迫切需要。他说得非常诚恳，就像披起黄钱喊冤那样！

"今天我放个屁在这里！"他愤激地结束道，"如果查出来是什么人造的谣么，——哼！……"

"对！"吴应祥唱和道，"查出来拉他出去灌大粪！"

"没有那么便宜！"焦继聪咬牙切齿地说。

"不过，你现在不要理它。"吴应祥继续说，"最好稳起！"

"当然呀！雷打人也要查个善恶嘛！"

然而，嘴里尽管这么样说，那个邪恶念头重又在他脑子里出现了：必须铲除伍茂卿这个祸根！而且远比他跟胖爷说的那一次肯定、歹毒。

而当对方问及伍老师的近况时，他还尽量克制，敷敷衍衍了一番。他原想向吴应祥探听点有关会议的消息，因为心烦意乱，很快就告辞了。而当他回到尚志旅社时，骆渊、唐尚奎正在旅馆门首的茶堂里下象棋。他没有惊动他们，独自向房间里走去了。

尽管气壮如牛，噼噼啪啪向吴应祥为焚毁仓库事进行了辩解。然而，自己有病自己知，事情是经不起追究的。而且，伍茂卿不必说了，他不止于怀疑，显然还有把柄。玉皇观离仓库较近的居民，早就议论纷纷，指出一些疑窦，只不过很快就被压下去了，全都守口如瓶，没有人敢提谈。

当然，对他最大的威胁照旧是伍茂卿，如他所设想的，这个吃白墨饭的已经下起毒手来了。因为，根据他前几天在红石滩的观感，他终于肯定了这一点，吴应祥告诉他的噩耗就是伍茂卿散布的。现在，他似乎只有一点希望：唐团正有可能帮他疏通一下。他一时躺在床上，一时又一蹦而起，向了房门探望：老团正终于赶回店房来了。

"哎呀！把我好等！"焦继聪脱口而出地呻唤说。

"出了啥事情吗?!"老团正多少有点吃惊。

"倒还没有什么了不得的事情，——你老人家坐下谈吧！"

女婿本人显然也发现自己的神情过于紧张，应该尽力克制，可又没头没脑说起来了。

"你看这个伍茂卿怪吧，到处造我的谣！"

"你是从哪里听来的呵？——他人都没有来呀！"

"用不上他本人来！拿纸画个猫猫，八分邮票就进城了！——当然，这也许是我神经过敏。不过解放军在中心校住了那么久……"

"呵，我忘记告诉你了，唐同志问起你呢。"

"他向你讲些啥呢?"女婿又紧张了。

"啥也没有说！就问你来没有。"

沉默。难堪的沉默。女婿忽然又惊讶讶叫开了。

"唉，爸爸！我把他伍家的祖坟挖了吗？这个伍茂卿就是老揪住我不放，硬说前年烧仓库是我指使人干的！"

"你咋个也跟你舅舅一样呵，仿佛人家一天就只想整治你们！——也该自己摸着胸口想一想嘛！……"

老团正显然还有好些话想说，主要是想点醒女婿，焚毁仓库的事，前两年他也听到过附近居民一些反映。但他担心损害翁婿间的感情，致使他女儿处境困难，当日没有明说，只是更加对他进行劝告、鼓励，凡事小心谨慎……

"妈的！"焦继聪忽又叫骂着开口了，"这个吴应祥居然也相信了。……"

"吴应祥？"老团正反应地重复说。

"唉，就是前几年经常到红石滩买谷子那个人呀！伍茂卿上中学时候的同学……"

"呵！"老团正恍然大悟，"我记起来了。啥同学呵！他能跟伍老师比？"

于是更加力劝女婿不要听那位高等流氓的胡说八道，一心一意抓好政府分派给他的工作。而经过这场谈话，不管是否牢靠，焦继聪的情绪算是稳定了。听过次日大会上县委书记兼县长的讲话，上一天吴应祥挑起来的疑惧，几乎已经消失。下午是分组讨论，他所属那一组，召集人恰好是同伍茂卿接触最多的区长唐昭！幸而只是在一般话语间引起他一些怀疑，震动不大。

然而，当区长提到不要轻信谣言时，他却又不免联想到吴应祥的谈话，似乎两者之间存在一定联系，情绪激荡起来。又如，一听区长要大家鼓励本地的头面人物在征粮工作中起带头作用，不要藏头缩尾，他就又以为是说的胖爷！而且同老菜农的冤屈联系起来……

当天夜里，摆尾子一场谈话，更加掀起了他的疑惧。家伙说是区长曾经问他，所谓"放五猖"是什么意思？恰好当天下午，区长谈到治安问题时，曾经用过这个俚语：要大家认真维持治安，更不能干暗中"放五猖"破坏社会秩序的勾当！……

这个疑惧照样非同小可！因为他向胖爷透露过这个诡计，而且他确也煽惑过个别哥老头子为非作歹……

# 十八

乡长是随同唐团正在腊月底进城的，在他走的当天夜里，麻鱼子溜上街找到老二。

这个粗壮、黧黑，四十带点的汉子，眼神呆滞，稀稀疏疏几根胡子，一个大鼻头紧紧压住具有两片厚嘴唇的阔嘴。一贯不声不响，你就猜不透心里在想想什么。这就更像一尾生活在岩石下面的无鳞鱼了。这晚上，为了避开外人的耳目，他就表现得更鬼祟。

"你这里没外人吧?"一见老二他就悄声发问。

"你进来坐呀!"老二有点惊怪。

"我只有几句话：工作组今天下午跟我缠了几顿饭久!"

"啥事情哩?"

"还不是前年那一搭事！看来有人弹了烂药。要不，怎么会提那么多怪问题呢？又说，'纸是包不住火的，现在比不得从前了!'看来这回雷在你舅舅、你哥头上打!"

"唉，下不得炟蛋呵!"

"大小一个光棍呀！……"

留下一个誓言，麻鱼子就离开门堂，在暗夜里消失了。老二心里可七上八下，度过一个不眠之夜。因为正如麻鱼子转述的，"现在比不得从前了!"从前，胖爷、乡长就是明火执仗，也没人敢哼一声。就拿他哥哥同小旦的结合来说，尽管谁都知道那些万恶的诡计，可是事后问起，大家仍然按照乡长自己编造的诳言回答。

更为重要的，是他知道近几天来，由于伍老师一些冷言冷语，乡长特别担心的正是焚毁仓库一事，因为这不仅牵涉到好几百石黄谷的偿还问题，它更是一桩目无法纪的犯罪行为。如果揭发出来，也不只是一个赔偿损失的问题。

尽管通宵失眠，次日天刚才麻麻亮，老二就赶到龙湾子去了。当他到达的时候，他舅舅正吃早餐。但他迫不及待地立即讲述起来。

"这是啥时候的事呢？"胖爷端着银耳羹的手一下落在了食桌上面。

"昨天下午。麻鱼子说，雷就在你跟大哥的头上打！"

"工作组老王不是说也进城开会去了么?!"

"工作组人还多呀！不过，我也搞不清楚！"于是叙述了一遍他和麻鱼子仓促见面的经过。"家伙话都不肯多说两句，就溜了！"

"家贼难防！"胖爷摇头叹息，"留下来的多半是本地人！"

"刘家庆几个跟伍茂卿都绞得紧呵！"

"这样：你上街去认真摸一摸吧！"胖爷心一横说，"不过，千万稳起！装着没那回事样。啊，你像还没有吃早饭呀？"

于是，胖爷立刻叫老婆为他外甥备办早餐。随又进一步叮咛老二：千万惊不得营，只要他两兄弟的公事没搁下来，伍茂卿不说了，其他的人不会乱来；同时还得赶快向麻鱼子探听工作组跟他纠缠的详细经过。

用过早饭，嘴巴都没有抹一下，老二就又上街去了。尽管阅历不深，由于耳濡目染，老二焦继敏早已经学会了装神弄鬼。一上街，他就到乡公所发号施令，借口六村的子弹费还差得远，根据村民揭发，叫保长麻鱼子私吞了！吩咐一名班长带人去抓。不到一顿饭久的工夫，那个私吞公款的角色，就在众目睽睽下被团丁押到了乡公所。

开始，麻鱼子感觉莫名其妙，接着就想起昨天晚上那场匆促谈话，情绪逐渐松弛下来。到了乡公所后，尽管队副焦继敏大发雷霆，同时可也一再向他示意，因而进一步理会了这场戏文他该怎样串演下去。

麻鱼子一口咬定他从来没有贪污过一分一厘公款，气势相当嚣张。"你们两弟兄把我关起来嘛！"他打赌道，"看这次捡得到便宜么！"

"呵哟！"老二大叫，"你嘴还这样硬呀？——好吧！……"

接着就下命令，把麻鱼子关在禁闭室里；随又吩咐刘胡子核对六保的子弹费该缴多少，收了多少，并要那名班长再去六保叫那些甲长上街对质。而他自己，则趁着大家忙得不可开交，悄悄摸到禁闭室去了。

支使开看管人员，他同麻鱼子谈了约一刻钟。这就不仅问明了工作组进行纠缠的详细经过，而且转达了胖爷对麻鱼子的赞扬，希望他始终像个"光棍"那样，在焚毁谷仓问题上坚持过去的口供。同时要他相信，只要焦继聪照旧在红石滩掌权，除开个伍茂卿，不会有人敢兴风作浪。而一个小学教员的作用也很有限。

两个家伙密谈结束不久，甲长们就被叫上街了。刘胡子的账目也已查对清楚，的确还没有扫尾。再经甲长些一对证，问题更清楚了：原来有好几户没有交款。于是麻鱼子立刻被开释了，随同甲长些一道回玉皇观。而一出乡公所，他就大发牢骚，责怪乡长两弟兄一贯偏信偏听！

这场瞒哄了不少红石滩居民的丑剧扮演后只有一天，乡长同老团正就从县里回来了。老二编导的丑剧并没有得到乡长多少赞扬，因为他把刘家庆他们对麻鱼子的纠缠，同吴应祥的谈话联系起来，感觉问题确乎严重。也就是说，老王进城以前，无疑伍老师已经向工作组揭露了他和胖爷焚毁谷仓的阴谋。而老王可能已经向区署、县委反映了。于是更加对伍茂卿恨入骨髓！……

老二当然同意他的判断，同时却又认为，只要麻鱼子挺得住，问题就好办了。工作组的老王是外省人，来到红石滩又不久，不容易摸清情况。刘家庆太嫩了，起不到多大作用。彭兴旺呢，当时又不在红石滩……

"最讨厌的是伍茂卿！"老二一个劲说下去，"像我刚才讲的那些绝门对子，刘家庆他们提得出来呀？"

"是呀！所以进城以前，我就讲他是个祸根！"

"我们前年搞得也太显眼了！"老二忽又吁口气说，"留那么多漏洞！"

"哪个想得到'老蒋'垮得这样快哩！"

焦继聪算是说了真话，因为如果想得到大西南一下就解放了，至少至少，当天下午，他不至于那么明目张胆地叫麻鱼子背了半桶煤油下乡。而且派遣骆渊夜里前去协助。谷仓焚毁后，虽然又在胖爷策划下搞了场苦肉计，妄图掩人耳目，而麻鱼子可又在禁闭室随意吃喝，就像耍人户一样！一句话，他们太大意了，以至于漏洞百出！

在短暂的沉默中，两弟兄想到的，是如何进行掩盖。可是迟了，都感到有点走投无路！

"唉！"哥哥末了叹口气说，"早该选新田坝那两眼仓！"

"我看你晚上就到龙湾子跑一趟吧！"老二想起了舅舅胖爷。

"真安逸！他倒溜了，让我一个人来坐蜡！"

"现在不能扯内皮①呵！还是看他怎么说吧。"

"那你就先去吧！我吃过晚饭动身。……"

接着他又明确地叮咛老二，务必把吴应祥在城里向他提到的有关情况，以及他本人的看法全都告诉胖爷，让他考虑得周到些，便于他到达后谈起来比较省事。

现在，两兄弟毕竟又感觉他们这位满肚皮诡计的舅舅可以信赖，都把摆脱危机的全部希望寄托在他身上。老二走后，乡长吃过晚饭，就带了他们的心腹骆渊到龙湾子去了。而他从跑到中途接他的老二口中得知，在他转述吴应祥的谈话时，胖爷非常震惊，认为是伍茂卿使了烂药！

---

① 扯内皮：内讧。

当焦继聪到达时，胖爷已经相当平静，只在见面的一瞬间冷笑着说了一句充满愤激的话："咋样？我早就说那个家伙是坏酒的曲子吧！"接着却要外甥详细谈谈城里开会的内容，有些什么人讲话，又讲了些什么，以及乡长些的态度。

若干年来，在这红石滩，胖爷一般是按习性和脾胃办事的，就是出现重大问题，也很少这样开动脑筋。现在，他可入骨搜风地研究起各方面的动向来了，担心一不对头就出岔子！他对县委书记的讲话很感兴趣，认为既然有近百万起义部队和解放军，以及南下干部需要粮食，而征粮又得依靠乡保长、本地绅粮支持，那就不至于动不动就算陈账。

"是吧！"胖爷笑道，"他们现在咋会干打草惊蛇的笨事呵！"

"还要看老王回来有些啥动作呵！"焦继聪照旧愁眉苦脸，"再呢，征粮工作一扫尾就难说了。"

"你这一着棋考虑得对！总之，那个家伙不会让我们丢心落意睡觉！……"

"那就先把他放睡倒①再说吧！"

"光景是得看哪个手快呵！"

"好吧！"骆渊笑道，"这件事就让我去办吧！"

"那咋行呵！"胖爷轻声叫道，"这件事露了马脚更糟！"

"当然不是我自己出手！"骆渊赶紧解释，"只是暗中布置一下，——哪个现在还没有讨到乖呵！"

"那你又准备安排什么人下手呢？"乡长紧接着问。

于是骆渊逐一提出他认为可以备选的凶手。当一提到麻鱼子的时候，两舅甥立刻就否决了。那个著名的惯匪，以及一名常备队的班长，他们也认为不恰当。倒是鱼洞山那个余蛮子，大家认为不错，因为胖

---

① 放睡倒：打死的意思。

爷、乡长都在他家里住过，鱼洞山又是他们应变的根据地。

"这个人又行啰！"乡长首先叫道，"同街上关系少，不至于露出马脚。"

"只是也要做得干净利落！"胖爷紧接着叮咛道，"不能留一点把柄！"

"哎呀！"骆渊紧接着说，"就装作是去跟门神打仗①的好啦！"

"对！"乡长叫道，"现在横竖到处都是土匪！昨晚上穆家沟又有人遭抢了！……"

随即又提出一些准备工作。首先，得让余蛮子暗中熟悉一下老菜农院子和中心校的布局以及伍茂卿的身材、容貌；其次，下手以前，得有个地方埋伏两天，以便选择时机。

俩舅甥越谈兴致越高，末后，甚至连使用什么枪都议论到了。胖爷甚至灵机一动，提出使用马刀妥当，因为枪声会惊动左邻右舍。

"就只一点，"他继续道，"解决不到问题那就糟了！"

"快算了吧，"乡长随即笑道，"还是用勃朗宁可靠得多，等你听到枪声跑来，动作麻利一点，已经跑了一两里了，——我看就这样吧！"

"我倒是随便一提呵！……"

胖爷没有坚持己见。接着把下手的地点也都商量定了，在玉皇观伍茂卿的住处。时间呢，则以黄昏时候为好。为了给余蛮子壮胆，乡长还要骆渊向他说明，万一事情暴露，他可以领笔钱出门跑滩，而且由码头上保证他的家庭生活开支。至于在光棍上办提升，那就不用讲了。

因为一项杀人灭口的阴谋终于商定执行方案，几个人都很高兴。胖爷还叫人备办了夜宵。而在吃吃喝喝中间，胖爷不免大发感慨，因为目前的处境对他太意外了。

---

① 跟门神打仗：打家劫舍，破门而入。

“他妈的!”他苦笑道,“过去收拾个把人哪有这么麻烦呵!”

“是呀!”骆渊顺口唱和,“我记得,我当娃娃头的时候,一年做单刀会,正在赶场,只听得一阵吆喝,刘久发就叫二大爷分派弟兄伙拖到场口上‘毛’了①! ——还有好多人跑去看呵!”

“那还消说!”胖爷不禁笑道,“想嘛,就是抗战胜利那年,也还把人大白天拖去‘毛’过嘛!”

“我记得蒋跛子就是那年在场口上‘毛’了的!”

乡长不由得联想到小旦的丈夫,因为那个年轻商人之搬往邻县,正是担心他下毒手,随随便便抓去“毛”了。其他三个人也联想到这件事,全都忍不住会心一笑。

吃过夜宵,乡长就带起老二、骆渊上街去了。这天晚上,睡眠的安稳是他近来少有的,没有辗转反侧。次日吃过早饭,他摆出一副舍我其谁的神态,前去乡公所办公。而当刘大爷瞟见他时,竟也暗自想道:“哎呀,看来还是离不开他们!”其他市民也都对他刮目相看。

刘胡子们也多少有点意外。因为工作组在玉皇观一带,对焚毁仓库事件进行摸底引起的种种猜测,他们也有所闻,而且早就知道事情发生的底细了,认为乡长的处境十分不妙!可他居然那样神气。

由于一种奇妙的心理作用,这天刘胡子显得特别殷勤,他忙着为乡长收拾屋子,同时还告诉乡长,他刚才接到桑镇区署来的电话。

“是什么人来的电话呢!?”乡长吃惊地切住他问。

“我没有问,”刘胡子回答道,“只是吩咐叫刘家庆来接电话。”

“你派人去叫他没有呢?”

“派的人前脚走,你跟着就来了。”

正在这时,乡长办公室外一阵“喂、喂、喂!”嚷叫声从电话传来,

---

① 毛了:同志会起义时,一般袍哥大爷对城镇上经常与他们作对的执法人员公开杀掉的通称。

接着就是一阵没头没脑的断句。

"马上动身？……立刻就去通知他？……明天赶到也行？……"

这打电话的是刘家庆。最后他大声嚷道："好！我马上去办！"随即在过道上一眼就瞧见了焦继聪。

"喝！"他扬声笑道，"我还说去找你呢！"

"好呀！"乡长迫不及待地说，"里边坐吧！"

乡长邀请对方坐下来谈，但他得到的却是谢绝。

"不了！"刘家庆回答说，"就是区委要你到桑镇去一趟！"

"今天就去吗？"

"我们马上就得动身！你呢，明天上午赶到也行！"

刘家庆匆匆做了个结束，随即翻身而去。而乡长却立刻陷于六神无主的境地，因为他猜不透区署要他去桑镇的用意。而且正在玉皇观给他制造麻烦的工作组，也将同时前去。最后，他决定前去看望他老丈人唐团正。

他想到唐团正，主要是想探问一下解委会是否也有人到桑镇去；他本来打算问一问刘家庆，家伙可忙匆匆走掉了。因为刘家庆并没有找过团正。而唐简斋由于看出了女婿精神上的重大负担，则照样向他做起解说工作来了。而且，直截了当地向他揭穿那个红石滩人所共知的公开秘密。

老团正认为到了现在，好多隐私都无法掩盖了，因而只有主动承当责任才是上策。

"这个话我已经向你说过好多次了！"他结束道，"难道我会害忌你么?!"

"只要真正是我干的，我当然承认呀！"女婿照样强自辩解，"我梦寐不知天啦！"

"好！我以后再不向你卖劝世文了！"

老团正用一种嘲讽语调结束了这场谈话。焦继聪感觉无法再坐下去了，只好在表示歉意后匆匆告辞。

他原是来向老团正寻求支持的，但老团正也没有被邀前去桑镇一事，就已经加重了他的不安。当一涉及焚毁仓库事件，语气之间又显然认定他是罪魁祸首，他就更加不复能自持了。然而，自己有病自己知，尽管已经进行了信誓旦旦的辩解，心里可毕竟不踏实，预感到桑镇之行凶多吉少。而当他昏昏然回到家里的时候，甚至那个逃跑的念头又一下那么尖锐地摆在了他面前！

帮他暂时摆脱精神上尖锐复杂斗争的是骆渊。他刚在客房里马扎上坐下不久，那个贴心伙伴就兴冲冲走来了。准备告诉他去鱼洞山动员余蛮子的经过：他们非常爽快地达成了凶杀伍茂卿的决议。

因为十分理解事情的严重性，骆渊拂晓就赶往鱼洞山了，借以表示他的忠诚。

"家伙简直比我还要性急！"他笑道，"说是明天赶场就好下手！"

"依我那个气呀！"乡长咬牙切齿叫道，"马上就把他拖到场口上去干掉！"

于是气急败坏地向他们的心腹述说自己这天上午的经历。


## 十九

在倾听乡长的追述中，骆渊有时叫道，"啊！家伙有点讲究！"有时又提点明确判断，"啥哟！给他一个不张！"最后，他却提出一项建议，到龙湾子去一趟，请胖爷拿点用神①，首先商量一下是否准时到桑镇去冒次风险。

几经犹豫，乡长算接受了他的劝告，但把时间推迟到晚饭以后。而且叮嘱骆渊，赶紧去找一找他们老二，分头四处听听风声。主要探

---

① 拿点用神：出谋划策之意。

听一下刘家庆有些什么活动；伍茂卿的言论态度怎样。能够找一找麻鱼子也好，问问他刘家庆他们最近两天向他施加了一些什么压力，要他从实招供。

离开乡长家里，骆渊很快就找到老二了。于是分头活动。可是，当骆渊吃过午饭，窜到中心校工作组住处时，刘家庆一伙，已经去了桑镇。伍老师呢，回玉皇观家里去了。老二尽管用尽心机，可始终未见到麻鱼子！

两个家伙可以说一无所得，因而当他们傍晚见到乡长，多少有些丧气，不知怎么回话的好。

"没有关系，"乡长安慰他们道，"到了龙湾子再慢慢扯吧！"

"不过伍茂卿、麻鱼子没有到桑镇去，这一点倒确切！"

"他们就一道去了也是那么大一回事！"乡长切断老二的解说。

于是，他催促他们先后几步，分别动身去龙湾子。他呢，等到黑定了再动身，以免引起居民们的猜疑。

当三个人在中途会齐，一道赶到方家大院，胖爷早已吃过晚饭了，正在同小老婆、侄儿打"逗十四"①，他近来已经不大在院子外露面了。他那位当保长的侄儿还向左邻右舍打过招呼，如果有人问起，就说早已经搬上街。因此，乡长的来临多少叫他有点吃惊。

一眼瞧见他们，胖爷就暗自沉吟："光景水又紧②了！"接着直截了当地叩问起他们的来意。

"其实，你们来一个把人也就行了！"他又叹息道，"人多了影子大！"

"根本就不会有人知道！"乡长立刻进行解释，"我们是开单线子来的……"

---

① 逗十四：纸牌的一种打法。
② 水紧：形势严重之意。

"好呀！"胖爷顺口说道，"你们都坐下来说吧！"

"下一步我们也会布置，"乡长情急地插入说，"不过现在有件事我拿不到用神呵！区署忽然要我到桑镇去一趟……"

"你还是乡长嘛！"胖爷嘀咕说。

"可又并不直接打电话给我！是打给工作组的——你看怪吧！?"

"这倒值得研究！"胖爷重又嘀咕了一句。

"还有呵：刘家庆说，他们当天就得赶到；我呢，明天去也行！"

"你找过老蜜吧?"

"哎呀?"乡长呻吟了，"不要提他老公公吧！听他那个口气，前年烧仓库那搭事，硬是我干的呵！要我立功赎罪……"

"我早就说他跟伍茂卿一个鼻孔出气吧！"胖爷忍不住叫嚷说。

这么一来，两舅甥立刻就把城里的、红石滩的有关焚毁仓库的风言风语联系起来；而乡长对桑镇之行的疑惧，也更加突出了。去吧，吉凶莫卜；不去，却又找不到借口，还可能被认为心虚胆怯。

两舅甥几经斟酌，加上骆渊、老二的帮腔，最后勉强得到一个无可奈何的决定：稳起！

"火色不对，你还可以溜呀！"胖爷又着重补充道，"一到桑镇就先跟幺舵把子打个照面，下步棋在那里。"

"依我看这样吧，"骆渊紧接着对乡长说，"我陪你一道去！"

"这咋行呵！"乡长叫道，"你现在不能走！"

随即指出骆渊不能离开红石滩的理由。而最主要的一条是，不管自己在桑镇的遭遇如何，铲除伍茂卿这个祸根的事，却丝毫不能放松。因为他越发感觉，只有处置这位正直的小学教师他可以稳操胜算，同时可以发泄满腹怨气。

胖爷首先同意了他的分析。因为在他的心目中，他外甥如果发生问题，只有骆渊可以做他的代理人。

"好！"他轻声叫道，"万一两个人都笼起那才叫不好搞！"

"不管怎样，不把那个家伙干掉，大家都得不到安宁！"乡长接着更激动了，"索到藤藤瓜要动吵！——哪个也休想干脱身！"他情不自禁横了胖爷一眼，想道："你溜边边就没事啦？"于是带点哥老会那种慷慨就义的情趣，就告辞了。

胖爷则一再叮咛他凡事灵醒一点，千万不要忘记了同幺舵把子联系。

当乡长回到街上的时候，已经二更天了，栅栏子关闭得紧紧的。因为担心引起猜疑，骆渊领他和老二从一家住户的后门进的场。

尽管劳累了好几个钟头，也相当困乏，但这一夜乡长却很少入睡。刚刚迷糊过去，一下又醒来了。就那么眼睁睁望着暗夜发呆。有时也想爬起来抽支烟，但又担心引起酣睡在身旁的唐秀英的唠唠叨叨。最后，快拂晓了，他却反而睡得很深沉了。

直到家里人都吃过早饭，骆渊、老二在客厅等候好久了，乡长这才翻身而起。来到他脑子里的第一个念头，就是他得赶快动身到桑镇去。

这时候，骆渊、老二已经有点着急，担心动身晚了，将会引起区署猜疑，以为他心虚胆怯，暗中溜了。因为经过昨晚在龙湾子的筹商，他们已经肯定了一条：这次要乡长到桑镇，显然是为了清查焚毁仓库事件。

骆渊考虑得很周到，他不仅选派了两名管事之类的人物，化装成队丁伴随乡长前去桑镇，还扎了一座滑竿供乡长代步，而且在场外等候乡长乘坐。此外，还预备了一礼物。老二呢，也坚持一道去，不过隐身幕后，并不跟随阿哥一道在桑镇露面。而这种周到细致的准备，使得乡长大为放心。因此，到达桑镇，拜会了幺舵把子以后，他就带上两名管事，相当镇静地前去区公所报到。

并没有等多久，他就被接见了。等他在区长办公室坐定，又陆续来了工作组的老王、刘家庆和彭兴旺。乡长的估计完全正确，因为等大家坐定了，区长唐昭就开门见山，提出他安排这次座谈的目的，要焦继聪查对一下焚毁仓库事件的内幕。

乡长焦继聪一听，立刻炸了！唐昭的开场白刚一结束，他就赌咒发誓地辩解起来。

"真是天晓得！"他呼吁道，"事情一发生我就追查！还把看守库房的人扣押在乡公所……"

"这我们知道！"唐昭笑一笑插入道，"你们让麻鱼子舒舒服服休养了好几个月！"

"不如说我像神主牌样把他供起来好些！"焦继聪越来越发激动，"岂止于招待他!?"

"那就暂且算是我造谣吧！"刘家庆忍不住搭腔了。

"我不是说你！——你也决不会编造谎言害人！"

"那总是我们编造起来害你嘛！……"

"少说一句好吧！……"

区长唐昭立刻出面制止住一场可能发生的争吵。首先，他劝告焦继聪，既是查对，就用不上急急忙忙解释。一俟工作组把在玉皇观一带了解到的群众反映讲述完了，然后再由当事人的焦继聪进行考虑，做出答复。他们既不强迫谁承认全部事实，可也决不相信群众的反映全是谎言。

"你看这样好吧?"他末了问焦继聪。

"我现在还有什么好说的呢！"焦继聪多少有点丧气。

"你也不要紧张！"唐昭鼓励他道，"政策呢，早向你们交代过了！"

接着是工作组的同志，主要是刘家庆在一种相当平静的气氛中综述他们在东岳庙乃至红石滩街上所了解到的各种反映。他们没有指出提供情况者的姓名，更没有一个字涉及伍茂卿。而最叫乡长焦继聪惊讶的，有些情节连他也早就遗忘了！

譬如，出事的当天下午，焦继聪曾经在玉皇观露过面，亲自在茶馆里制止过一个甲长对麻鱼子纵火经过的揭发⋯⋯

工作组的发言刚一宣布结束，乡长焦继聪又情不自禁呼号了："你们说这些我都梦寐不知天呵！"而区长唐昭又一次制止住他："你怎么不听招呼呀?！"于是更为详尽地解说一遍政府的态度。

区长着重告诉他说，他们并不要他马上承认这一切群众揭发的事实，更不会强迫他承认，但是希望他慎重考虑，什么时候把问题想通了，什么时候来找他作交代。最后，他还关心到焦继聪的居住问题，说是住旅店不方便，他可以到区署来住，也可以借住在亲戚友好家里。而这些嘱咐，使得焦继聪大为丢心。因为在整个谈话中间，他都感觉他可能会被扣押下来！

谢天谢地，现在他总算自自由由回到店房里来了。他感觉过分疲乏，一进房间就在床上躺起，漫不经心地回答着老二的问询。

"说起来也就是那么回事：仓库是我支使麻鱼子烧掉的，——你让我歇口气来好吧?"

老二于是深深叹一口气，拉上房门走了。而当他转来请阿哥吃晚饭的时候，焦继聪正坐在床沿上狠命抽烟。

"好家伙！"他愁眉苦脸地嘀咕道，"连你打过喷嚏他们都清查到了！"

"说来说去总不外那个家伙讲的那些！——晚饭总要吃吧?"

"不饿呵！"阿哥焦继聪连连摇头，"你们吃吧！"接着可又概略地谈了谈他在区署听取工作组揭发的经过，特别是区长前后的谈讲。

"笑官打死人！"他结束道，"你知道他葫芦里装的什么药呀?！"

"哎呀！"老二轻声叫道，"顶凶他把乡长给你搁下来嘛！"

"像这样又好啰！——老百姓不是人当的呀?"

乡长心情逐渐平静下来，而且终于随同老二一道去用晚饭。还喝了一杯白酒。

可能是酒的效力，同时确也十分困乏，这一晚上他睡得很不错。

次晨醒来，还久久赖在床上，下不了决心起床，因为他决定不了他该怎样去向区长交代；更不知道他会落得个什么结果。事情可又十分显然，他决不可能躺在床上就没事了！这绝对办不到。最后，他嚷叫道："啥呵！顶凶炮打脑壳！"随即一下从床上撑起身来。而他刚一打开房门，老二就出现在他面前。

"呵哟，我以为你还在睡觉呢！"

"有什么事情吗？"阿哥多少有点惊异。

"刘家庆来晃过一趟，说他们下午就要走了！"

"管他妈的！——老子总不能饿起肚皮就去！"

于是，乘着一股怒火，他的主意更确定了，不管如何，他都死不认账。

吃过早饭，又一连抽了两支香烟，他就到区署去了。两名随身的管事，远远跟在他的身后。他在门口第一个碰见的是刘家庆。那一个歪起嘴角一笑，没有理他。他也装作视而不见，没有瞅睬。收发室的同志，立刻把他领到区长办公室去了。区长和老王正在密谈。他一露面，室内的谈话就停歇了，可是全都对他显示出欢悦的脸色。

"怎么样，"区长唐昭笑道，"想通了吧？"

"昨天我已经说过了，"他苦着脸答道，"我对刘家庆他们讲的那些，真的梦寐不知天呵！要不的话……"

"唉，你坐下来说呀！"

"要不的话，政策明摆起的，我坦坦白白承认好啦！"

焦继聪一气说完，然后叹息着坐下了。两位负责同志好一会没吱声，只是显出一副苦笑神情，似乎他们早已料到了这一着。

"这样好吧！"唐昭终于打破沉默，"你回去协助工作组把征粮工作搞起来吧！……"

"这个我一定顶起跳！"焦继聪迫不及待地应声说。

"好！还有呢，你回去通知你们舅父一声，他现在不露面不行啦！

反而弄出很多风言风语，——你劝他到桑镇来一趟吧。"

"我都好久没有见到他了！"焦继聪申辩说。

"在龙湾子！最近还有人看到嘛。"老王忍不住搭腔说。

"总之，他还在红石滩！"唐昭紧接着笑道，"你一回去就先去找他吧！"

"他老公公的话有时很不好说，"焦继聪发愁道，"另外找人去说恐怕好些。"

"还是你去的好，来不来那是他的事嘛！你把话带到就行啦。"

这一来，焦继聪没有再推诿了。而事后想起这次谈话，他为自己的一切谎言感到多么懊悔！因为十分明显，单从区长的言谈神色判断，除了暴露自己的无知和不老实而外，并没有起到多少好作用。当然，区长最后一席话更加叫他坐卧不安。

"你看我们相信你吧？"唐昭接下去说，"就看你相不相信我们呵！"

正因为新政权是这样仁至义尽、苦口婆心，因此，一回到红石滩的当夜，他就带起老二，还有骆渊，到龙湾子去了。而且向他舅舅进行了一次前所未有的恳切陈词。没有钩心斗角的成分，更没有半个字的假话，真心诚意地呼吁胖爷到桑镇去一趟。

然而，他的说辞不只没有发生他所预期的效果，反而逐渐加重了胖爷的怀疑：仿佛自己被焦继聪出卖了！因为工作组搜罗的罪证那么确凿，可没有一条涉及他这个烧仓事件的策划人，焦继聪可既没有被拘留，更没有被免去乡长职务，同时倒要他劝说自己前去桑镇谈话！这不说明其中大有蹊跷？

胖爷早就气急败坏，呼哧呼哧地喘气了。其间，虽然有时也追问一两句，但都相当平静。现在，焦继聪的陈述一完，他可立刻气势汹汹地抛掷出他的全部疑心。

"唉，继聪！你没有交底吧?!"

"你怎么这样说呢!?"外甥大为吃惊，"难道我还会出卖你么?!"

"我不是这个意思！"胖爷喘息着申辩，"人总有说漏嘴的时候呀！"

"我根本就没有说几句话！……"

胖爷含讥带讽地笑了："天底下会有这么怪的事情！"他暗自嘀嘀咕咕。

"我看这样！"他末了关照道，"你就说我到成都治病去了！"

"好嘛！"焦继聪漫应着，"我总算尽到心了！"

窝了一肚皮火，他开始告辞。骆渊可又提出有关处置伍茂卿的问题，说是一切都已经准备就绪。

"余蛮子前天摸黑就上街了。"他说明道，"可能今晚上就下手。"

"啥?!"焦继聪惊叫道，"今晚上就下手!?"

"这个祸根迟早该铲除呵！"胖爷说，"顶凶派人来抓我去填槽好啦！"

舅舅的不信任和讽刺，使得焦继聪感到十分伤心，这远比他在桑镇的经历意外。但也叫他下定决心，协助工作组完成征粮工作。

在回转红石滩的途中，他甚至尽力说服骆渊，要他再转去劝劝胖爷，最好到桑镇去一趟，千万不能避不见面。但是，他们的心腹认为只有缓一步来，现在谁也劝不转他。于是乡长气恼地叫道："啥呵！一根牛尾巴只遮得到一个牛屁眼！"

可是，当到了栅门子边的时候，他忽又向骆渊、老二提起另外一件大事，就是设法阻止余蛮子到玉皇观暗杀伍茂卿。因为他一回红石滩就发生这样的事，将会把烧毁谷库的事搞得更为严重。

"这个时候十点钟还不到，"他说，"你们哪个赶紧跑一趟吧！"

"我就担心家伙已经摸到玉皇观去了！"骆渊也多少有点着急。

"那就到玉皇观去！"

"呵哟！"老二惊叫道，"这都去得呀？那不现相才怪！"

"这样，"骆渊紧接着说，"让我到我老丈母家里去一趟！"

"他是掩护在范大娘家里的哇?"乡长又惊叫了，"这个老婆子嘴稳么?"

"保险不会乱说！也只有她家里方便啦。"

于是在乡长催促下，骆渊转身望田野里走去了。而他刚转过身，穿过夜空，一连两发枪声从玉皇观那面呼啸而来。

"呵喝！"乡长紧接着叹息了，"真是糟糕！"

这是对焦继聪的又一个沉重打击。在两个随行者的提示、催促下，他赶快同老二进场了。但他心里希望那两声该死的枪声不会是余蛮子发出的，因为近郊的抢案并未绝迹。

回到家里，他就虚掩大门，叫老二在门堂里等候骆渊。约莫刚打二更，骆渊就打从一家居民的后院，阴悄悄摸来了，向乡长交代情况。

他们都没有猜错，余蛮子已经把伍茂卿凶杀了！家伙对骆渊非常夸耀自己的枪法，第一枪对方就躺倒了！

"真是糟糕！"乡长只顾跺脚。

为了安慰乡长，骆渊把迅速支使走余蛮子和消灭赃证的情况，加油加醋地叙述得很细致。而且指定余蛮子去沙窝跑趟生意再听音信。

这些周到做法叫乡长稍稍安了点心，而当骆渊、老二分别回去不久，乡公所就有人跑来告警：伍老师遇害了！

"啥？——下午还有人在中心校看见他呀!?"乡长故作惊异地大叫。

"是在玉皇观家里！听说着了两枪……"

"抢走些啥东西呢？决不会单为杀伍老师！"

"听说堂屋门边晒的几件衣服全收走了……"

"你赶快去找骆队长、焦队长，——我马上就带人去！……"

正在这时，骆渊和焦继敏已经来到了乡长面前，他们是被另外一名所丁吆喝来的。而他们一见面就更佯装不知地进行掩盖，仿佛真不相信已经解放了的红石滩竟会出现这样无法无天的明火打劫。于是立刻奔向乡公所去，安排队伍缉拿匪徒。

刚才转上正街，他们就碰上刘家庆一伙人，于是他们更加起劲地喧嚷了一番案情的重大，决定要把这次抢劫案件办穿。

"以后再不能一坦白就把人犯放了！"他建议道，"一抓到就立刻枪毙！"

刘家庆对他的表演相当欣赏，于是一道前去现场查勘，以便派人缉捕凶犯。


# 尾　声

不只当夜，就是事后很久，乃至镇反以前，除了胖爷、乡长和骆渊心里明白，这件疑案始终没有人弄清楚：仇杀？抢劫？杨素芳适逢回家接母亲兄弟去重庆，于祭奠、安葬她的恩师后，曾经要求县委、县府将案情查实，结果也只是搞了一堆材料。而日子一久，也就没有人再管了。不过，一般都很怀疑胖爷，因为他很快就逃亡了。乡长焦继聪从桑镇回来后，就只暗中见过他一次，仅仅只猜到他有逃亡的打算。

至于胖爷的家属，龙湾子帮他看管房子的保长侄儿，也一口咬定走的时候只是说前去成都治病。而同他一道走的，只有他那个一直寸步不离的李蕙君，而且把他出走的时间提前到乡长焦继聪到桑镇开会的前夕。这个侄儿的保长职务，立刻被罢免了。同时，由工作组支持老菜农前去成都探访。

老菜农陈大发是自告奋勇去的，所有新仇旧恨都叫他不能自已。但是半月过去了，成都的大小医院也都清查遍了，可哪里也没有胖爷的影子！但是，直到清匪反霸运动到来，老菜农就又自告奋勇，在工作组支持下，到胖爷那个独生子安家乐业的县城去了。虽然路途遥远，这个复仇者的干劲却远比他中年时期为妻女申冤告状强烈。他在那座县城里没有找到凶犯，那儿子赌咒没有见到过他。老菜农灰心了。可是，最后却于无意中发现了他的对头！

原来，胖爷的儿子和他的大妇人深知他平日所作所为，又曾遭受过他的苛待，而当地也正热火朝天地惩处豪绅恶霸，他们并没有接纳他。好在他带得有金条、硬洋，就在县属一个小镇上租赁房屋，开了一家小面馆避相。而恰好老菜农碰上门了！

仇人见面，分外眼明，二话没说，他就被扭到当地的工作组去了，而且立刻禁闭起来，随即押解回红石滩。胖爷是三个月后在桑镇一次镇反大会上被处决的。公审的前夕，红石滩人半夜就打起灯笼火把赶去参加，其中有几个老太婆，全都杵着棍儿上路，她们多少年来就是玉皇观一带的居民。

这个危害人民数十年的恶棍，终于被消灭了！直到今天，他的劣迹还在当地人民口上流传，成为一种通常指责批评一些作风恶劣，或者有不良习气的人们的通用词汇。譬如说，如果有人估吃霸赊，人们会说，"家伙咋个跟胖爷一样呵！"对于公开撒谎骗人的角色，则人们会说，"胖爷那一套现在吃不开了！"这也可算是废物利用吧。当然这也说明红石滩的社会风习尚有待进一步改善。

至于焦继聪呢，由于坦白彻底，在征粮工作中又十分卖力，只判了几年劳改。劳改后，在街上当小贩，卖些针头麻线。骆渊、老二和麻鱼子，都分别劳改过，后来也做了小商贩。余蛮子逃到少数民族地区去了。

唐简斋的结局很好，他病逝于乡人代会副主任任内，还开了追悼会。老菜农陈大发至今还是乡人代会代表，而由于杨素芳对伍茂卿遗孤经常资助，他一家人的生活相当不错。两个孩子的学习也都不错。